THOMAS RYDAHL

DER EINSIEDLER

KRIMINALROMAN

Aus dem Dänischen von
Maike Dörries und Günther Frauenlob

WILHELM HEYNE VERLAG
MÜNCHEN

Die Originalausgabe erschien unter dem Titel
Eremitten
bei Bindslev, Fredensborg

Der Verlag weist ausdrücklich darauf hin, dass im Text enthaltene externe Links vom Verlag nur bis zum Zeitpunkt der Buchveröffentlichung eingesehen werden konnten. Auf spätere Veränderungen hat der Verlag keinerlei Einfluss. Eine Haftung des Verlags ist daher ausgeschlossen.

Unter www.heyne-encore.de finden Sie das komplette Encore-Programm.

Weitere News unter www.heyne-encore.de/facebook

MIX
Papier aus verantwortungsvollen Quellen
FSC® C014496
FSC www.fsc.org

Verlagsgruppe Random House FSC® N001967

Redaktion: Leena Flegler
Umschlaggestaltung: Johannes Wiebel / punchdesign, München,
unter Verwendung von Motiven von but beautiful / photocase.de und
Arts Illustrated Studios / Shutterstock.com
Satz: Schaber Datentechnik, Austria
Druck und Bindung: GGP Media GmbH, Pößneck
Printed in Germany

ISBN: 978-3-453-27083-1

www.heyne-encore.de

LUISA

31. Dezember

1

Am letzten Abend des Jahres beschließt Erhard nach drei Lumumbas, sich eine neue Freundin zu suchen. Wobei neu vielleicht nicht das richtige Wort ist. Für ihn muss sie weder neu noch schön sein, weder charmant noch lustig. Nur warmherzig. Jemand, der im Haus rumkramt und alles in Ordnung hält, mit einem Lied auf den Lippen oder einem wütenden Fluch, wenn er, Erhard, wieder mal Kakao auf dem Boden verschüttet hat. Ist das viel verlangt? Nein. Hätte er einer Frau viel zu bieten? Nein. Aber leichter wird es nicht mehr. In ein paar Jahren muss sie womöglich auch noch seinen Nachttopf leeren, ihn rasieren und ihm nach einem langen Tag im Auto die Schuhe ausziehen, falls er dann überhaupt noch fahren kann.

Der Hang hinterm Haus ist in der Dunkelheit nicht mehr zu erkennen. Wenn er nur lang genug sitzen bleibt, sieht er irgendwann die Sterne und den dünnen Sternennebelschleier. Danach wird alles deutlicher und klarer. Auch die Stille nimmt dann immer mehr Raum ein, wenn man das so sagen kann. Breitet sich aus wie Töne, die aus dem Nichts kommen, und drängt die Wärme des Tages, die noch aus den Steinen sickert, in den Hintergrund, genau wie das konstante C-Dur des Windes, den Bass der sich der Küste nähernden Wellen und des pulsierenden Blutes in seinem Körper. Die Stille treibt ihm Tränen in die Augen, als wollte er sich ins nächste Jahr weinen.

Aber genau das liebt er, genau deshalb wohnt er hier draußen, abseits von allem. Hier ist er mit sich allein. Und mit Laurel und Hardy. Und den Sternen, die immer da sind, auch wenn das Licht ihn erst in diesem Augenblick erreicht. Erst sieht er nur einzelne helle Punkte, dann kann er die Sternzeichen erkennen, den Gürtel des Orion, die Galaxien, wie eine Lochkarte aus alten Zeiten mit Nachrichten vom Big Bang.

Siebzehn Jahre und neun Monate.

Er riecht Beatriz' Parfüm, das noch im Stoff seines Hemdes steckt, wo sie ihn am Nachmittag zum Abschied leicht berührt hat. Sie hat ihm vorgeschlagen, sie am Abend zu begleiten, in seinen Ohren ein halbherziger, nein, viertelherziger Vorschlag.

»Ich hab schon was vor«, hat er – typisch alter Mann – mürrisch erwidert.

»Komm schon«, versuchte sie es erneut.

»Nein, wirklich danke, die Leute sind zu fein für mich.«

Ein berechtigter Einwand, dem sie nicht widersprach. Stattdessen sagte Raúl: »Aber du bist einer der feinsten Menschen, die ich kenne.«

Sie sprachen nicht weiter darüber, aber als sie dann die Sektgläser aus dem Schrank nahmen, gab Erhard Beatriz einen Kuss, wünschte ihr einen guten Rutsch und ging hinaus auf die Straße. Raúl begleitete ihn.

»Buen viaje«, sagte Erhard, als sie unten auf der Straße in der Menschenmenge standen. Silón, der Taschenhändler, wünschte ihnen von der anderen Straßenseite ein Gutes Neues, vermutlich meinte er aber nur Raúl. Erhard lief zu seinem Auto und spürte wie jedes Jahr an Silvester diesen Stich. Wieder ein Jahr, das wie die anderen vergangen war, und wieder eins, das auf sich warten ließ.

»Prost, mein Freund.« Er hebt das gut gefüllte Cognacglas. Das warme Brennen strömt hinunter bis in seinen Bauch. Sein Körper glüht. Weil er an Beatriz denkt? An die dunkle Stelle, den Spalt zwischen ihren Brüsten, der im Ausschnitt ihrer Bluse verschwindet und aus dem ihr Duft aufsteigt? Verdammt. Er versucht, nicht an sie zu denken. Darf seine Zeit nicht auf sie verschwenden. Stattdessen sollte er sich der Tochter der Friseurin zuwenden. Sie …

Da ist etwas.

Er hat sie nie persönlich getroffen, aber gesehen hat er sie ein paarmal, aus der Ferne. Und er kennt das Foto von ihr, das an der Wand im Salon hängt. Er denkt an sie, stellt sich alltägliche Szenen vor, wie sie den Salon betritt und die Glocke über der Tür läutet. Oder wie sie ihm gegenüber am Tisch sitzt, wenn er isst. Wie sie in der Küche steht – in seiner Küche – und kocht. Vor sich dampfende, brodelnde Töpfe. In Wirklichkeit ist sie viel zu jung für ihn, außerdem beschäftigt sie sich mit Dingen, die er nicht versteht. Sie ist nicht mal sein Typ. Und was sollte er schon sagen, um eine junge Frau zu beeindrucken? Wahrscheinlich kocht sie nicht mal gern. Bestimmt telefoniert sie lieber mit ihren Freundinnen, wie alle jungen Frauen. Oder sie isst Thai-Nudeln aus Pappschachteln, während sie am Computer sitzt. Auf dem Foto im Salon ist sie ein Teenager, die Unschuld in Person. Locken umrahmen ihr Gesicht. Sie ist nicht hübsch, aber ihr Gesicht ist unvergesslich. Sie dürfte mittlerweile dreißig sein und ist laut ihrer Mutter klug und liebenswert, aber deren

Urteil traut er natürlich nicht. Auf der Straße hat er sie mal an ihren blonden Locken erkannt. Sie schlenderte mit geradem Rücken über die Straße, eine Tasche über der Schulter, wie eine richtige Dame. Als ein Auto kam, lief sie schneller, allerdings nicht elegant, eher unbeholfen. Er weiß nicht, warum er so oft an sie denken muss. Vielleicht macht die Insel ihn verrückt. Das Pfeifen des Windes über jedem Stein und an jeder Häuserecke. Wie der Ton der Einsamkeit, der aus dem Korpus eines Klaviers aufsteigt.

Das ist alles Petras Schuld. Mit ihrer ungesund lauten Stimme paralysiert sie die Kunden im Salon und macht jedes Gespräch und jede Widerrede unmöglich. Petra strahlt Härte aus, für sie ist Liebenswürdigkeit etwas, was man einander abringen muss. Sie redet in einem fort von ihrer Tochter und kratzt mit ihren langen Fingernägeln über Erhards Kopfhaut. Die Tochter habe eine eigene Wohnung bezogen und sich einen Roller gekauft. Sie habe einen neuen Kunden. Sie habe sich von ihrem Lebensgefährten getrennt, dabei wünsche sie – die Mutter – sich so sehr Enkel. Und vor ein paar Monaten sagte sie dann plötzlich: »Wenn meine Tochter doch jemanden wie Sie finden würde!« Das hat sie gesagt und ihn dabei auch noch im Spiegel angesehen. Und schließlich fügte sie hinzu: »Sie ist nicht wie die meisten anderen, aber das sind Sie ja auch nicht.« Über diesen Satz lachten sie beide, Petra mehr als er.

Die Anspielung hat Erhard vollkommen den Boden unter den Füßen weggezogen. Sie kann doch nicht einfach so mit ihrer Tochter vor seiner Nase rumwedeln? Erwartet sie, dass er sie jetzt ausführt? Weiß Petra denn nicht, wie sie ihn in der Stadt nennen oder dass ihm ein Finger fehlt? Außerdem ist da noch der Altersunterschied. Er ist gut dreißig Jahre älter als sie, könnte ihr Vater sein. Aber die Symmetrie hat auch was – wenn Generationen sich mit anderen vermischen. Wie Eschers Bilder von der Hand des Zeichners, die sich selbst zeichnet. Fünf Finger an der einen Hand und fünf an der anderen. Fünf plus fünf.

»Wenn meine Tochter doch jemanden wie Sie finden würde!«, hat sie gesagt. Jemanden wie ihn – nicht ihn, nur jemanden wie ihn.

Soll das etwa heißen, dass es da draußen noch mehr Menschen wie ihn gibt? Kopien seiner selbst, die über fast eine Generation hinweg immer das Gleiche machen, ohne Abweichungen, ohne Fragen zu stellen? Jemanden wie ihn, einen Furz aus dem Gedärm der Erde, heute hier, morgen weg, von dem nichts bleibt als flüchtiger Gestank?

Aus Richtung Stadt ist das Krachen von Feuerwerkskörpern zu hören.

Vielleicht sollte er wirklich bei ihr vorbeifahren und sie ausführen. Jetzt. Es hinter sich bringen. Er weiß ganz genau, dass da der Lumumba aus ihm spricht. So mutig wird er höchstens noch zwei Stunden lang sein, danach kommt wieder die Realität angekrochen. Es ist Viertel nach zehn, vielleicht ist sie essen mit irgendwelchen jungen Männern, die sich mit Computern auskennen. Aber wenn sie allein zu Hause sitzt wie er selbst und sich diese grässliche Fernsehshow ansieht, die sie jedes Jahr bringen? Wo ihre Wohnung ist, hat die Mutter ihm mehr als ein Mal gesagt. Unten im sanierten Haus an der Calle Palangre. Gegenüber vom Spielzeugladen. Was würde schon passieren, wenn er einfach mal vorbeischaute und überprüfte, ob hinter den Scheiben ein Fernseher flimmerte?

Er drückt sich von der Hauswand ab, nimmt die steife Hose von der Leine und schiebt seine Füße hinein. Draußen im Dunkeln stieben die Ziegen auseinander.

2

Er fährt Alejandros Weg hinunter in die Stadt.

Obwohl er mit dem Wagen eigentlich nicht über diesen Weg fahren sollte. Schon zwei Mal hat er die Achsen reparieren lassen müssen, und Anphil, der Mechaniker, hat ihn jedes Mal wieder gewarnt. »Jetzt fahren Sie aber nicht mehr über diesen Acker, über Alejandros Weg! Ihr Auto packt das nicht. Wenn Sie da runterwollen, brauchen Sie einen Montero oder einen neueren Mercedes, die schaffen das. Ihr Wagen nicht.« Aber Erhard will keinen Montero, und einen neuen Mercedes kann er sich nicht leisten, und selbst wenn, wäre er nicht bereit, seinen alten marokkanischen Mercedes mit den gelben Sitzen und der harten Beschleunigung gegen eine dieser neueren Maschinen einzutauschen. Über Alejandros Weg fährt er trotzdem. Vorbei an Olivias altem Haus, in das ein paar Surfer gezogen sind. Auf dem Dach liegen Surfbretter, und an der langen Fahnenstange, die über der Hütte emporragt, hängt ein Paar hellrote Shorts. Zwei junge Männer haben sich dort mit ihren Freunden eingerichtet. Manchmal sitzen sie schon morgens draußen, winken, rauchen Tabak aus großen Pfeifen und lachen sich schier tot. High wie kranke Ziegen, kommen kaum noch aus ihren Sesseln hoch. Jetzt gerade scheint die Hütte leer zu sein, das Licht ist aus, bestimmt sind sie am Strand oder unten in der Stadt.

Er nähert sich der Kurve über dem Meer – eine echte Wahnsinnskurve. Besonders nach drei Lumumbas, wenn man den Schnaps bis in die Fingerspitzen spürt. Der Weg ist voller Schlaglöcher und Steine. Die Karosserie zittert. Trotzdem gibt er Gas, bis der Wagen ausschert. Erhard spürt das Kribbeln und muss lachen – und furzen. Was ihn ärgert, weil er seinen Darm nicht mehr unter Kontrolle hat. Kaum spannt er die Bauchmuskeln auch nur ein bisschen an, geht ihm Luft ab, was gleichermaßen befreiend und unangenehm ist. Der Weg führt jetzt bergab und schlägt einen letzten Haken. Im Scheinwerferlicht sieht er eine Ziege mitten auf dem Weg stehen. Er fährt um sie herum und wirft ihr im Rückspiegel noch einen Blick zu. Sie sieht aus wie Hardy, aber Hardy kann es nicht sein, dafür sind sie viel zu weit vom Haus entfernt. Gleich darauf ist die Ziege auch schon wieder in der Dunkelheit verschwunden.

Er ist derart in Gedanken, dass er das entgegenkommende Auto erst bemerkt, als es auf dem viel zu schmalen Weg an ihm vorbeirauscht. Fast nur ein Geräusch, ein trockenes *Whoom*. Ein metallischer Schatten neben seinem Wagen. Der Seitenspiegel klappt knallend um.

»Forbandede amatør!«, schimpft er zu seiner eigenen Überraschung auf Dänisch. Das Fluchen in seiner Muttersprache vergisst man wohl nie. Er fährt weiter um die Kurve, der andere Wagen ist nicht mehr zu sehen, die roten Rücklichter sind in der Nacht verschwunden. Es lohnt sich nicht, anzuhalten und den Schaden zu begutachten. Er kurbelt die Scheibe runter und drückt den Spiegel wieder in die richtige Position. Das Glas ist gesplittert – wie ein Baum mit acht haarfeinen herabhängenden Zweigen.

Ein schwarzer Montero. Bestimmt Bill Haji, dieser Lebemann, der oben an der Straße in einer Art Ranch wohnt. Umgeben von Pferden. Es ist bekannt, dass Haji immer über Alejandros Weg rast, als würde das Meer hinter ihm brennen. Erhards Herz sollte eigentlich bis zum Hals schlagen, aber er ist vom Lumumba benebelt und nervös angesichts des bevorstehenden Treffens mit der Tochter der Friseurin.

Er biegt ab und fährt nach Corralejo. Wärme steigt vom Asphalt auf. Überall Autos mit singenden und schunkelnden jungen Leuten. Er rollt über die Avenida runter zum Hafen und parkt an der Calle Palangre.

Er will zu Fuß zur Tochter der Friseurin gehen. An ihre Tür klopfen. Der musternde Blick, mit dem sie ihm die Tür öffnen wird, lässt ihn schon jetzt erröten und betreten zu Boden schauen. Einen guten Abend und ein gutes neues Jahr will er ihr wünschen. Und erzählen, dass er sie gesehen hat – auf dem Foto im Salon. Er stellt sich vor, dass sie ein Sommerkleid trägt, dessen Träger immer von den Schultern rutschen. Ihre Brille stört ihn nicht, er ist nicht anspruchsvoll.

Als er zu dem Spielzeugladen kommt und nach oben schaut, kann er kein Licht sehen, in keinem der Stockwerke. Bestimmt sieht sie fern, trinkt Weißwein und hofft, dass jemand vorbeikommt. Er braucht ebenfalls etwas zu trinken, was Starkes, damit er sich traut, irgendwas zu ihr zu sagen. Es nützt ja nichts, einfach nur dazustehen und keinen Mucks zu machen. Er geht die Straße hoch, biegt in die Vía Ropia ein und betritt das Centro Atlántico, da ist immer jemand, Touristen, Leute, die er nicht kennt. Im Flicks tritt er an die Bar, bestellt sich einen Rusty Nail und gibt den beiden Männern in der Ecke eine Runde aus. Olivenbauern auf Brautschau, sie sind das Stadtleben nicht gewohnt, wirken betreten und verschüchtert und machen sich fast unsichtbar.

3

Noch achtzehn Minuten. An der Rückwand der Bar flimmern Bilder über den Fernseher: vom Times Square, vom Feuerwerk über dem Hafen von Sydney, von den langen Big-Ben-Zeigern, die langsam auf die Zwölf vorrücken. »Alle bereit für das neue Jahr?«, ruft der Barkeeper. Das klingt so vielversprechend, so einfach. Als könnte man alles Alte zurücklassen und ohne jeden Ballast noch mal von vorn anfangen. Mit etwas Neuem. Aber das Neue hat für ihn keine Bedeutung mehr. Das Neue betrifft ihn nicht. Er braucht nichts Neues, will nichts Neues. Es würde ihm schon reichen, wenn das Alte anständig weiterginge. Siebzehn Minuten. Noch würde er es schaffen, bei ihr zu klingeln und ihr ein frohes neues Jahr zu wünschen. Vielleicht trägt sie ein Negligé oder wie man diese Dinger nennt. Vielleicht hat sie darin eine Folge *7 Vidas* geguckt und dabei ein Glas Weißwein getrunken. Mit nassen Haaren, weil sie zuvor ein kühles Bad genommen hat.

Die Menschen strömen raus auf die Straße und schubsen ihn im Vorbeigehen fast von seinem Stuhl. Er bezahlt mit einem Schein und weiß jetzt wieder, warum er so ungern in Touristenkneipen geht. Mehr als zwanzig Euro für einen Whisky und einen Drambuie. Er geht mit den anderen nach draußen und läuft erneut in Richtung Calle Palangre. Überquert die Straße und betritt den Hausflur. Das Gebäude stammt noch aus der Franco-Zeit, die Treppe ist schmucklos kobaltblau. Er überfliegt die Namen an den drei Türen im Erdgeschoss. Von irgendwoher ist laute Musik zu hören. Aber nirgends eine Luisa, nicht einmal ein L.

Er geht weiter. Im grellen Licht des Treppenhauses knutscht ein Paar. Sie halten beschämt inne, als sie ihn sehen, und verschwinden nach unten.

Erneut wirft er einen Blick auf die Namensschilder. Als er wieder zu Atem gekommen ist, geht er weiter. Drei Etagen mit je drei Türen macht neun Türen.

Im zweiten Stock wohnt ein Federico Javier Panôs und ein Sobrino. Und dazwischen Luisa Muelas. Ihr Türschild ist groß und goldbeschlagen, die Schrift verschnörkelt. Bestimmt ein Geschenk von Petra und ihrem Mann. Hier ist es üblich, seinen Kindern beim Auszug so etwas zu schenken, zumindest wenn man erst mit dreißig dass Haus der Eltern verlässt.

Hier oben ist es still. Er legt ein Ohr an Luisa Muelas' Tür und wünscht sich fast, dass sie nicht zu Hause wäre. Doch dann hört er leise Geräusche, Klappern, Knarren, Gemurmel. Vielleicht nur der Fernseher.

Er richtet sich auf und klopft mit der unversehrten Hand – der rechten – auf das Holz über dem Türspion. Es ist vier Minuten vor zwölf. Vielleicht geht sein Klopfen ja im vormitternächtlichen Trubel unter.

Plötzlich sieht er ein Gesicht im Türschild.

Ein zerfallendes Gesicht – flehend, verwirrt, mit zwei runzligen Augen. Alte Haut, ein müder Bart. Ein verzweifeltes Gesicht. Er sieht Liebe und Trauer in dem Gesicht, unbeantwortete Fragen aus vielen Jahrzehnten, Alkohol. Er sieht den zynischen Beobachter, der urteilt und richtet. Ein zerrissenes Gesicht, schwer zu lesen, schwer zu ertragen, schwer zu lieben. Das Schlimmste aber ist, dass es sein Gesicht ist, das er sonst nur aus dem Rückspiegel im Wagen kennt, aus den Spiegeln über den kaputten Waschbecken öffentlicher Toiletten, aus Schaufensterscheiben. Eigentlich kann man diesem Gesicht nur eine einzige Frage stellen: Was hast du noch zu bieten?

Es gibt kaum etwas Beängstigenderes als so einen Moment. Diese Begegnung. Der Augenblick, in dem man sich nach vorn beugt und sagt: Ich will dich. Ein Augenblick, in dem der Zufall aufhört, man sich der Welt um sich herum ausliefert und einen anderen bittet, Stellung zu beziehen. Der Augenblick, in dem zwei Seifenblasen sich vereinen. Es ist nicht der Moment des ersten Kusses oder wenn man Sex hat, nicht mal, wenn man einander liebt. Es geschieht in der einen entscheidenden Sekunde, in der man sich von einem schier wahnhaften Glauben hinreißen lässt, einem anderen Menschen durch seine Anwesenheit irgendwas geben zu können.

Er hört Geräusche hinter der Tür. Füße in Strümpfen. »Ich komme«, sagt eine dünne Stimme. Zwei Minuten vor zwölf.

Er kann nicht, er kann einfach nicht. Er legt die Hand ans Treppengeländer und stürmt nach unten. Schnell, schneller. Oben geht die Tür auf. »Hallo?«, fragt eine Stimme. Vorbei an den Türen mit der lauten Musik und raus auf die Straße. Wie eine Ratte rennt er an der Mauer entlang, bevor er über die Straße zu seinem Auto eilt. Die Calle Palangre ist inzwischen voller Menschen, neben seinem Wagen steht eine Gruppe rauchender Männer, ein paar Frauen mit Champagnergläsern in den Händen sitzen rittlings auf ihren Rollern.

Aus einem Fenster über ihm ruft jemand etwas nach unten. Er schiebt sich auf den Sitz und fährt aus der Parklücke, folgt der Einbahnstraße durch die Menschenmenge. Eine Gruppe winkt, will mitfahren, aber er will nicht. Ihre Hände auf den Scheiben sind ihm ebenso egal wie ihre flehenden Blicke. »Frohes Neues, du Arsch«, schreit ein Mädchen mit einem silberverzierten Hut hinter ihm her.

Er lässt die Lichter der Stadt hinter sich und verschwindet in der Dunkelheit. Die graue Teerstraße geht in einen bleichen Schotterweg über. Er tritt das knirschende Gaspedal des alten Mercedes ganz hinunter, und Schotter spritzt gegen den Unterboden.

Plötzlich ist das Bild der Tochter der Friseurin wieder da, wie sie die Tür aufmacht, höhnisch, in Strümpfen, mit ungekämmten Haaren und einem Glas Whiskylikör in der Hand. Die Fantasie eines liederlichen Manns, eine der Begleiterscheinungen des Alters, die er verabscheut. Die Verwandlung jugendlicher Körperlichkeit ohne Geist zu reinem Geist ohne Körperlichkeit. Bis zu dem Punkt, da die besten Augenblicke nur noch aus Gedanken bestehen, aus Vorstellungen von der Zukunft, Erinnerungen an früher. Fast achtzehn Jahre lang versucht er jetzt schon, sich die Nähe einer Frau vorzustellen. Auch als er noch mit Annette zusammen war, hat er sich diese Nähe vorgestellt. Damals war sie etwas konkreter, die Nähe, die er sich zu anderen Frauen als ihr vorgestellt hat, bis er irgendwann nicht mehr in ihrer Nähe war.

Er geht vom Gas und tritt auf die Bremse. Vor ihm im Lichtkegel der Scheinwerfer liegt auf der schmalen Straße etwas Großes, Schwarzes.

DER KLEINE FINGER

1. Januar – 13. Januar

4

Im ersten Augenblick hält er den schwarzen Haufen mitten auf dem Weg für einen abgestürzten Satelliten, aber dann sieht er, dass es sich um ein auf dem Dach liegendes Auto handelt.

Ein Drecks-Montero, schwarz, wie der von Bill Haji.

Es ist Bill Hajis Montero.

Vielleicht vier-, fünfhundert Meter hinter der Stelle, an der sie aneinander vorbeigerast sind. Wie lange liegt das jetzt zurück? Eine Stunde? Er hat jedes Zeitgefühl verloren. Die Drinks sind ihm wohl doch stärker aufs Hirn geschlagen als gedacht.

Er will gerade seine Funkanlage einschalten und eine Meldung absetzen, als er Klopfgeräusche hört, die wie Morsezeichen klingen. Er steigt aus. Ruft Bill Hajis Namen, als wären sie alte Bekannte. Bill Haji. Dabei kennen sie einander kaum. Jeder kennt Bill Haji. Diese schillernde, unangenehme Persönlichkeit. Rastlos, immer auf dem Weg irgendwoher oder irgendwohin. Erhard hat ihn schon ein paarmal gefahren. Das erste Mal ins Krankenhaus. Danach zweimal vom Flughafen zu Hajis Ranch, die nur wenige Kilometer entfernt liegt. Haji war beide Male aus Madrid gekommen, mit vier, fünf Koffern und in Begleitung eines erschöpft wirkenden jungen Mannes. Die Koffer waren bei beiden Gelegenheiten dieselben, nicht so der junge Mann. Erhard waren die Gerüchte egal – oder wie Haji sein Leben lebte. In derlei Dinge mischt er sich nicht ein. Solange die Jungs volljährig und freiwillig da sind.

»Bill Haji«, ruft er noch einmal.

Das Auto hat auf allen Seiten Dellen. Vermutlich hat es sich mehrmals überschlagen. Drecks-Montero, japanische Pappe, nichts weiter. Eine lange Spur Glassplitter zeigt an, wie weit der Wagen über den Weg geschlittert ist. Er ruft noch einmal, während er um den Wagen herumgeht und durch das Loch schaut, das mal die Windschutzscheibe oder vielmehr die Seitenscheibe gewesen ist. Es ist niemand drinnen. Weder Bill noch einer seiner Jungs. Erhard atmet erleichtert auf. Obwohl Bill Haji ihm egal ist, hat er schon befürchtet, ihn zerquetscht wie eine vollgesaugte Zecke hinterm Lenkrad vorzufinden. Aber das Wageninnere ist leer, die Tür – oder eine der Türen – hängt in den Angeln. Vielleicht ist er losgelaufen, um Hilfe zu holen. Oder seine Schwester hat ihn abgeholt, die ist eigentlich immer in seiner Nähe, wenn man ihn in der Stadt oder im La Marquesina sieht. Er beugt sich vor und legt die Hand aufs Blech. Es ist noch warm.

Für einen kurzen Augenblick verschwindet die Dunkelheit, und Autowrack und Himmel erstrahlen in Grün, Zyan und Magenta.

5

Über ihm kracht es laut. Erhard blickt auf. Es folgt eine rasche Serie weiterer Donnerschläge, dann bunter Funkenregen. Im ersten Augenblick hält er es für Leuchtraketen eines Schiffes. Dann fällt ihm wieder ein, dass Silvester ist. Als seine Augen sich wieder an die Dunkelheit gewöhnt haben, nimmt er direkt vor sich eine Bewegung wahr.

Vor dem, was mal der Auspuff des Wagens gewesen ist, sitzt ein Hund.

Sitzen zwei Hunde.

Sie sehen ihn an wie zwei harmlose Kläffer, aber es sind Straßenhunde. Keiner weiß, woher sie kommen. Vielleicht aus dem elf Kilometer entfernten Corralejo. Im Mondlicht, im Widerschein des Feuerwerks, wirken sie richtiggehend hübsch. Bei Tageslicht aber sieht man, wie abgemagert und räudig sie sind. Eine echte Plage für die Schaf- und Ziegenbesitzer. Die jungen Männer machen sich inzwischen einen Spaß daraus, von den Ladeflächen ihrer Pick-ups auf sie zu schießen. Trotzdem vermehren sich die Köter wie Karnickel. Erhard schätzt, dass sich in der Dunkelheit um ihn herum noch mehr Tiere befinden, wahrscheinlich lauert dort ein gutes Dutzend. Vielleicht hat Bill Haji ja einen von ihnen erwischt und sich deshalb überschlagen. Einer der Hunde sabbert. Erhards Blick wandert an den Vorderbeinen entlang nach unten.

Der größte Teil des Gesichts ist weg, trotzdem erkennt er Bill Hajis Überreste. Da ist nichts mehr zu retten. Es ist nur zu hoffen, dass er bereits tot war, als die Hunde sich über ihn hergemacht haben. Seine markanten rötlichen Koteletten sehen aus wie abgezogenes Fuchsfell.

Und dann sieht er noch etwas.

6

Hinter dem linken Vorderrad leuchtet im Licht einer am Himmel explodierenden Rakete etwas auf. Warmer Bernsteinschimmer, zwischen Kupfer und Gold. Ein Brillenbügel oder ein abgerissenes Kabel. Dann erkennt er einen Fingernagel und den breiten, sich ins Fleisch schneidenden Ring.

Bill Hajis Verlobungsring an Bill Hajis Ringfinger. 10 minus 1.

Er will nicht noch mal um den Wagen herumgehen, also schiebt er seinen Arm darunter. Die zwei Hunde sehen von ihrer Mahlzeit auf, der eine fletscht die Zähne und zieht sprungbereit die Vorderläufe unter den Oberkörper. Vielleicht kann Erhard es noch schaffen, sich den Finger zu schnappen, ohne dass sich eins der Biester in seinen Arm verbeißt, vielleicht aber auch nicht.

Ganz langsam weicht er zurück und schaltet die Scheinwerfer seines Wagens ein. Er blendet ein paarmal auf und wieder ab, bis die Hunde aufstehen und ihn ins Visier nehmen. Dann legt er die Hand auf die Hupe und stemmt sich mit seinem ganzen Körpergewicht dagegen. Das Auto stößt ein paar heisere Töne aus, die eigentlich nicht zu einem Mercedes passen. Er hält die Hupe so lange gedrückt, bis die zwei Hunde sich wie zwei Junkies in die Dunkelheit verziehen.

Im Schein des Fernlichts rennt er zurück zu dem Montero. Sofern man es rennen nennen kann. Es ist Monate, wenn nicht Jahre her, seit er das letzte Mal gerannt ist, sodass ihm die wenigen Meter unendlich weit vorkommen. Vermutlich beobachten die Hunde ihn aus dem Dunkeln heraus und stürzen sich gleich auf ihn. Außerdem rechnet er jeden Augenblick damit, dass seine Beine ihm den Dienst verweigern und nicht weiter tragen wollen. Erhard beugt sich über die Front des umgekippten Montero, bis zum Ring fehlt aber noch ein guter halber Meter.

Er schiebt sich weiter und hängt schließlich genau über dem, was von Bill Hajis Kopf und Gesicht noch übrig ist, starrt in die bloßliegenden, aber verloschenen Augen inmitten des rotblauen Fleischklumpens.

Finde den Jungen.

Der Satz dringt so klar und deutlich durch den Lärm des Feuerwerks, dass Erhard einen Augenblick lang glaubt, das Radio im Wagen liefe noch. Oder einer der Hunde hätte zu ihm gesprochen – was weiß denn er. Er schaut in Bill Hajis Gesicht und könnte schwören, dass der Satz von dort gekommen ist, von dem schwarzen, sich langsam versteifenden Punkt im Auge. Die Stimme hat er schon einmal gehört, sie kommt ihm bekannt vor. Vielleicht war es die von Bill Haji. Oder er hat den Satz, aus welchen Gründen auch immer, selbst laut vor sich hin gesagt. Erhard erinnert sich schon nicht mehr an den Wortlaut, nur noch an den flehenden Unterton.

Dann fällt sein Blick wieder auf den Finger. Er zieht sich an einer vorstehenden Kante hoch. Das Blech ist immer noch warm, wie eine sonnenwarme Klippe. Das Feuerwerk verebbt, über der Küste wird noch ein letzter Salut abgeschossen und verglüht in einem grünsilbern glitzernden Netz. Dann wird es still. Bis auf das leise Knistern des Motors und das aggressive Kläffen der Hunde, das in supersonisches Gewinsel übergeht, ein Geräusch wie kurz vorm Angriff. Neben dem Auto raschelt und scharrt es. Erhard schiebt sich weiter vor, streckt die Hand aus und greift nach dem Finger. Er ist kalt. Rau. Ein Wunder.

9 plus 1, denkt er.

7

Er läuft zurück zu seinem Wagen, schiebt sich auf den Fahrersitz und knallt die Tür zu. Sowie er den Montero gesehen hatte, war er schlagartig nüchtern, wenn auch mit einem mächtigen Kater. Genauso schlagartig ist der Rausch jetzt wieder da. Nicht nur das Karussell in seinem Innern, sondern auch eine bizarre, aufgekratzte Freude.

Sein Gehirn betreibt eine Art Kurzschlussmathematik. Seine eigenen neun Finger plus Bill Hajis Finger machen zusammen zehn. Die Gleichung löst ein freudiges Kribbeln in seinem Bauch aus, das bis in seinen Schwanz reicht, als würde dieser neue zehnte Finger seine Libido befeuern. Er weiß, dass das Unsinn ist, Einbildung, trotzdem löst die Summe der Finger ein Gefühl in ihm aus, das er ewig nicht mehr verspürt hat. So wie die Trennung von seinem eigenen zehnten Finger vor fast achtzehn Jahren ein Akt des Abstoßens gewesen ist, eine bewusste Subtraktion, bringt dieser Finger das damals verlorene Gleichgewicht wieder zurück.

Er wirft die Socken in die Dunkelheit und legt sich mit schwirrendem Kopf ins Bett. Der Generator ist ausgegangen, weil Erhard vergessen hat, nach ihm zu sehen, bevor er gefahren ist. Morgen will er sich das Ganze anschauen. Es ist still, aber wenn der Wind die Richtung wechselt, glaubt er, das Knurren der Hunde zu hören.

Wenn sie ihn auffressen, ist nichts mehr da, was man begraben kann, und wenn es nichts zu begraben gibt, ist er nicht tot. Bill Hajis Schwester, ein hartleibiges Weib, fast ein Kerl, kann sich dann nur von einem leeren Sarg verabschieden.

Der Finger von Bill Hajis Hand, die Erhard einmal von der Hauptstraße gewinkt hat. Irgendeine Freundin war krank, und Bill Haji hat ihn während der Fahrt genervt. Am deutlichsten erinnert Erhard sich noch an den Duft von Wassermelone und an das aufgerollte Bündel aus Fünfhundert-Euro-Scheinen, mit denen Bill Haji bezahlen wollte. Erhard musste in einen Laden gehen und den Schein wechseln lassen. Der Finger. Bill Hajis Hand. Bill Hajis Koteletten. Das Irischste an dem Mann.

Er tastet im Dunkeln nach dem Telefon. »Da ist ein Unfall passiert. Beeilt euch«, fügt er noch hinzu. Als würde er eine Nachricht auf einem Anrufbeantworter hinterlassen. Er nennt ihnen die Adresse, verstellt die Stimme, versucht spanischer zu klingen. »Los perros se lo han comido.« Die Hunde haben ihn gefressen. Der Mann am anderen Ende der Verbindung versteht ihn nicht richtig.

»Ihr Name? Mit wem spreche ich überhaupt?«

Es ist lang still. Erhard will eigentlich auflegen, findet aber in der Dunkelheit die Gabel nicht. Er folgt dem geringelten Kabel bis zum Gerät.

»Hallo?«

Erhard legt auf. Schockierende Stille breitet sich aus. Nur der über die Steine fegende Wind ist wieder zu hören. Das neue Jahr hat auf den Inseln Einzug gehalten. Der Finger liegt unter seinem Kopfkissen wie ein Glücksbringer.

8

Am Dienstagmorgen steht er früh auf und fährt eine Runde, ehe er sich in der Zentrale meldet und die ersten Kunden annimmt. Seine erste Tour führt grundsätzlich runter in die Fischersiedlung Alapaqa, wo die Möwen kreischen und der beste Kaffee der Insel serviert wird. Aristide und seine Frau Miza rösten ihn selbst und mahlen ihn in einer alten arabischen Mühle, die einen ganzen Arbeitstisch belegt. Der Kaffee ist fast lila und süß, der beste der Insel, wenn Erhard auch nicht behaupten kann, alle auf der Insel gerösteten Kaffees schon mal probiert zu haben.

»Gut siehst du aus, Erhard«, sagt Miza. Erhard begrüßt ihre Cousine, die gerade barfuß das Café betritt. Sie wohnt vorübergehend bei Miza. Ein Biker-Girl mit Revolverschnauze. Was sie sagt, gefällt ihm weniger, dafür fasziniert ihn ihr Haar umso mehr, besonders wenn sie ihm den Rücken zukehrt. Das Haar ist dunkel und lang, bis zum Po. Während Erhard seinen Kaffee trinkt, erzählt die Cousine von einem Bodybuilder namens Stefano. Kein sehr sympathischer Typ, wenn sie Erhard nach seiner Meinung fragen würde, was sie natürlich nicht tut. Sie fragt grundsätzlich nicht. Sie spricht vom Erbsenhirn des Bodybuilders, der einen Fernseher zertrümmert und in einer Bar in Puerto zu viel Geld für ein paar blöde Tussis ausgegeben hat. Miza putzt das Café und wirft Erhard einen vielsagenden Blick zu.

Erhard darf Mizas Bad benutzen – ursprünglich ein kleiner Schuppen, den die Fischer zum Ausnehmen und Trocknen großer Fische genutzt haben, der inzwischen aber zur öffentlichen Dusche für Surfer, Fischer und einen Taxifahrer ohne eigenes Bad umgebaut worden ist. Erhard ist immer froh, wenn dort gerade kein Fisch zum Trocknen hängt. Heute baumelt dort ein großer Schwertfisch von einem riesigen Haken.

9

Er fährt knapp hundertzwanzig Euro ein. Kaum hat er den einen Kunden abgesetzt, kommt auch schon der nächste. Er traut sich nicht, den Finger rauszunehmen, der in seiner Tasche steckt. Er hat versucht, den Ring abzuziehen, der ihn nicht interessiert, aber der sitzt bombenfest. Bill Haji war nicht fett, aber entweder war sein Ringfinger geschwollen oder mit den Jahren so fleischig geworden, dass der Ring quasi eingewachsen ist. Wenn der Finger erst mal ein bisschen trockener ist und schrumpft, wird der Ring sich vielleicht lösen. Hauptsache, der Finger bricht nicht durch oder zerbröselt wie trockenes Leder.

Nach der Siesta fährt er runter nach Villaverde. Er parkt den Wagen in einer stillen Gasse hinter dem weißen Palast der Aritzas. Jedes Jahr kurz nach Silvester bekommen die Aritzas Besuch vom Festland. Dann muss die kleine Nichte Ainhoa Gershwin spielen, immer das Konzert in F.

Er kommt eine halbe Stunde früher, um noch den Flügel zu stimmen. Unterdessen trinken die Frauen auf der Veranda Champagner, und die Männer werfen kundige Blicke in den Steinway und fachsimpeln. Nicht mit Erhard, sondern miteinander. André Aritza ist ein freundlicher Mann Ende vierzig mit einer dicken Brille. Seit Erhard ihm gegenüber erwähnt hat, dass er von Computern keine Ahnung hat und sich auch nicht dafür interessiert, ist André Aritza merkwürdig distanziert. Vielleicht verständlich, immerhin hat Aritza ein Vermögen mit Schiffscomputern und Navigationsinstrumenten gemacht. Er ist einer der neureichen Inselbewohner, die wie Pilze aus dem Boden schießen. Verschrobene Männer ohne Rückgrat, mit Vorzeigefrauen, die sich um Haushalt und Kinder kümmern.

Heute stehen drei schielende Erfindertypen um den Flügel, kommentieren die hoch- und runterhüpfenden Hämmer und reden über Erhard, den Klavierstimmer, als säße er nicht direkt daneben. Der Schwager erzählt etwas von einer App, mithilfe derer man Klaviere stimmen kann. »Clever, clever«, sagt der Schwager. »Wie viel kostet dich der Klavierstimmer?«

»Viel zu viel für viel zu wenig.«

»Dann lad dir doch die App runter«, sagt der Schwager, »die kostet neunundsiebzig Cent.«

Die Männer lachen.

»Dann ist der arme Mann ja bald arbeitslos«, sagt der jüngste Erfinder.

Erhard steckt mit dem Kopf im Flügelkasten und werkelt mit dem Stimmschlüssel herum. So etwas erlebt er oft, auch beim Taxifahren.

Er spürt den Finger in der Tasche. Nein, er spürt ihn nicht, er ist sich nur bewusst, dass er dort steckt. Er hätte nicht übel Lust, die Saiten aus dem verfluchten Flügel rauszureißen. Oder mit André Aritzas zwischen die Saiten geklemmtem Kopf Etüden zu spielen. Zugleich macht der Finger ihn aber auch ruhig und entspannt. Wozu seine Möglichkeiten verspielen.

Reina Aritza versucht, die Gäste in das riesige Esszimmer hinter eine geschlossene Doppelschiebetür zu beordern. Im ganzen Haus riecht es nach verkochtem Hummer. Erhard lässt sich Zeit, während die Gesellschaft vor den Fenstern mit Blick über die Bucht zusammenkommt und Champagner trinkt. Er geht runter in die Küche und wäscht sich die schwarzen Finger, ehe er durch die Eingangshalle und den Haupteingang nach draußen geht. Als die Tür hinter ihm ins Schloss fallen will, denkt er gerade noch rechtzeitig an das Kuvert mit dem Honorar. Die hundert Euro liegen oben auf dem kleinen Sideboard. Er ist nicht darauf angewiesen; wenn er den Umschlag jetzt dort liegen ließe, könnte er André Aritza damit signalisieren, dass er den Flügel nicht wegen des Geldes stimmt und dass er sich für so ein Kleingeld keine blöden Kommentare anhören muss. Andererseits würde Aritza doch nur denken, dass Erhard sein sauer verdientes Geld vergessen hätte. Er hätte direkt den Mund aufmachen sollen, als sie über ihn gelästert haben. Er will ihnen nicht noch mehr Grund geben, sich über ihn lustig zu machen, das gönnt er ihnen nicht, verdammt noch mal.

Er geht wieder nach oben, vorbei an dem gigantischen Esszimmer, aus dem Reina Aritzas Stimme zu hören ist, die die Gäste an den Tisch dirigiert und Männer und Frauen platziert. Sie ruft nach André, bekommt aber keine Antwort. Erhard nimmt das Kuvert vom Sideboard und wirft einen kurzen Blick durch den Türspalt. Die Nichte lehnt am Flügel und schaut aus dem Fenster. André Aritza steht direkt hinter ihr, etwas zu sehr auf Tuchfühlung. Sein Mund ist zu dicht an ihrem Ohr, und seine Hand streicht über ihren Schenkel nach oben und bleibt auf der langen silberfarbenen Bluse liegen. Es scheint ihr nicht zu gefallen, aber sie wirkt auch nicht sonderlich überrascht und lässt es über sich ergehen. Der einzig mildernde Umstand ist, dass sie nicht seine leibliche Nichte ist, sondern die Tochter eines guten Freunds. Sie ist kein Kind mehr, eher eine junge Frau, siebzehn, vielleicht achtzehn Jahre alt. Für einen Mann wie Erhard, der sich weder mit Sex noch mit der Verführung von Frauen auskennt, sieht die Annäherung nicht gerade sexy oder verführerisch aus.

Hinter sich hört er Reina Aritza.

»Señor Jorgenson, danke schön und ein gutes neues Jahr«, sagt sie, als sie ihn mit dem Kuvert in der Hand sieht.

Erhard dreht sich hastig um und stößt die Tür zum Wohnzimmer auf, wo André Aritza eilig die Hand zurückzieht. Steif wie ein Kammerdiener steht er da und wirft Erhard einen vernichtenden Blick zu. Die Nichte wirkt noch immer gänzlich ungerührt. Vielleicht hat er sie ja mit Champagner abgefüllt oder ihr etwas gesagt, was sie noch immer beschäftigt.

»Ihre reizende Gattin sucht Sie«, sagt Erhard laut.

»Ja, danke«, sagt André Aritza und wendet verärgert den Blick ab.

»Der Hummer wird kalt«, ruft Reina in den Raum hinein. »Und denk an die Champagnergläser.«

»Ihnen und Ihrer Nichte ebenfalls ein gutes neues Jahr«, sagt Erhard zu André Aritza, dreht sich um und geht. Obwohl er solche Dinge immer wieder erlebt, fragt er sich jetzt, ob er gerade zum letzten Mal in diesem Haus war. Er wäre nicht überrascht, wenn André Aritza nach diesem Zwischenfall ihm gegenüber umso distanzierter wäre. Er hat nicht viele Stimmaufträge. Er sollte die wenigen Kunden, die er hat, nicht verprellen. Aber er muss sich ja noch nicht entscheiden. Diese Leute wird er im Zweifel erst in einem Jahr wiedersehen.

10

Ein Mann steht draußen vor der Tür. Erhard betrachtet ihn durch das kleine Fenster, zählt bis dreißig, vielleicht geht er ja wieder. Der Mann – ein gewisser Francisco Bernal – reibt sich die Lider unter der Sonnenbrille, als wäre er müde oder hätte etwas ins Auge bekommen. Einunddreißig, zweiunddreißig, dreiunddreißig. Doch der Mann bleibt und starrt bloß die Tür an, als könnte sie jeden Augenblick von allein aufspringen. Ein hübscher junger Mann Ende dreißig. Er hat Kinder und eine Frau, die in einem der Hotels arbeitet.

Erhard macht die Tür auf, und der Polizist sieht ihm direkt ins Gesicht.

»Ermitaño«, sagt er zur Begrüßung.

»Kommissar.«

»Ich bin kein Kommissar.«

»Und ich kein Eremit.«

Bernal lächelt. »Okay, Jorgenson. Wie geht es Ihnen?«

»Gut, und Ihnen? Den Kindern?«

»Der Jüngste hat gerade die Masern gehabt.«

Erhard nickt. Er kennt den Vizepolizeikommissar schon seit Jahren. »Ihr Kollege hat gestern Nachmittag angerufen.«

»Wir hätten es ja vorgezogen, Sie wären aufs Präsidium gekommen.«

»Ich war gestern verhindert.«

»Dann kommen Sie jetzt mit.«

»Nee, jetzt sind Sie ja hier. Außerdem verstehe ich nicht, was Sie noch wissen wollen. Ich hab Ihnen doch alles gesagt, mehr weiß ich nicht.«

Der Polizist nimmt die Sonnenbrille ab. Er sieht müde aus. »Ich kann Sie mitnehmen und wieder zurückbringen.«

»Klingt nett, trotzdem danke.«

Bernal wirft einen Blick auf den Wagen. »Was ist mit dem Seitenspiegel passiert?«

»So was passiert, wenn man Taxi fährt.«

»Jorgenson, ich soll Sie abholen. Machen Sie es mir nicht so schwer.«

»Nennen Sie mich Señor Gegendieregeln.«

Bernal lächelt. Ein ehrliches Lächeln. Genau deshalb mag Erhard ihn.

»Warum haben Sie am Telefon nicht Ihren Namen genannt?«

»Die Verbindung war schlecht«, sagt Erhard. »Sie wissen, wie das hier draußen sein kann.«

»Soweit ich weiß, ist es deutlich besser geworden, seit die neuen Kabel verlegt worden sind.«

»Ach ja?«

»Warum haben Sie nicht noch mal angerufen?«, fährt Bernal fort.

»Es war die Silvesternacht, und ich war müde.«

»Waren Sie auch müde, als Sie die Leiche gefunden haben?«

»Ja.« Erhard muss wieder an die Worte denken, die aus Bill Hajis Augen kamen, an die er sich aber nicht mehr erinnern kann. Solche Informationen fördern nicht eben die eigene Glaubwürdigkeit.

»Wann waren Sie zuletzt beim Arzt?«

»Ach, hören Sie auf«, sagt Erhard und holt seinen Führerschein heraus. Ein Taxifahrer muss ihn immer dabeihaben, er hat ihn aber noch nie jemand anderem als Bernal gezeigt, der ihn Mal ums Mal kontrolliert.

Er wirft einen Blick aufs Datum. Oktober 2011.

»Keine Probleme mit der Nachtsicht?«

»Natürlich nicht.«

»So was soll vorkommen. In Ihrem Alter.«

»Das ist doch Schikane. Es gibt hier zwei Taxifahrer, die noch älter sind als ich.«

»Das stimmt nicht ganz. Alberto Ramírez ist achtundsechzig, Luis Hernaldo Espósito sechsundsechzig.«

»Schau an, junge Männer also. Das ändert aber nichts an der Tatsache, dass ich ein guter Fahrer bin.«

»Das weiß ich, aber für Ihren Starrsinn sollte ich Sie eigentlich festnehmen.« Sein Blick wird schlagartig ernst. »Ermitaño, ich muss Sie etwas fragen.«

Er wird diesen Namen einfach nicht los. Vor ein paar Jahren hat ihn das noch so wütend gemacht, dass er alles Mögliche unternahm, damit die Leute ihn Jorgenson nannten. Genützt hat es nichts. Es gibt nichts Langlebigeres als einen missverstandenen Spitznamen.

»Schießen Sie los«, sagt er.

»Es gibt da was … über Bill Haji … was wir gern wissen würden.« Bernal sieht sich um.

»Keine Angst. Außer uns ist niemand hier. Außer uns und den Ziegen.«

»Ich hab Pérez-Lúñigo gebeten, im Auto zu warten.«

Erst jetzt bemerkt Erhard den dunklen Schatten im Streifenwagen. Lorenzo Pérez-Lúñigo ist Arzt, ein mittelmäßiger zwar, aber der einzige Rechtsmediziner auf der Insel. Kein bisschen engagiert, aber ein arroganter Teufel und geradezu verliebt in Leichen. Eine ätzende Persönlichkeit, Erhard wollte ihn vor ein paar Jahren wegen Leichenschändung anzeigen, aber Bernal konnte ihn überreden, von der Anzeige abzusehen.

»Was auf einer Taxifahrt passiert, bleibt für immer ein Geheimnis des Fahrers, heißt es.«

Bernal lächelt. »Können wir reingehen?«

Erhard führt ihn ins Wohnzimmer, das gleichzeitig auch die Küche ist. Er lehnt sich an den Küchentisch und gibt Bernal mit einer Geste zu verstehen, dass er das gern auch tun darf.

»Sie haben noch immer kein fließend Wasser?«, fragt der Polizist und mustert die leere Cognacflasche auf dem Tisch.

»Wasser ist für Schildkröten«, sagt Erhard.

»Na ja, Sie leben ja auch wie eine Schildkröte, ich mache mir Sorgen um Sie.«

»Lassen Sie's. Ich hab schon Schlimmeres überlebt.«

Bernal zuckt mit den Schultern. »Sie haben am Telefon gesagt, die Hunde hätten ihm ins Gesicht gebissen?«

»Ich hab gesagt, sie würden sein Gesicht fressen.«

»Und dass sie oben auf dem Wagen gehockt und sich über ihn hergemacht hätten.«

»Ja, so sah es für mich aus.«

»Sind Sie sich wirklich sicher, dass es das Gesicht war?«

»Ich hab seine Koteletten gesehen, Haare. Und seine Augen.«

»Waren Sie vielleicht übermüdet?«

»Ich weiß, was ich gesehen habe.«

»War es vielleicht der Rücken?«

»Wenn er hinten Augen hatte …«

Der Kommissar lächelt erneut. »Wir können seinen Ring nicht finden. Der ist außergewöhnlich, wenn auch ohne großen materiellen Wert.«

»Wer weiß, was diese Tiere sonst noch gefressen haben.«

»Wir haben in der Gegend alles abgeschossen, was vier Beine hat. Sogar ein paar Hunde, die gar nicht wild waren. Lorenzo hatte die Arme bis zu den Ellenbogen in den Hundedärmen. Nichts. Kein Ring.«

»Dann war er ja in seinem Element. Vielleicht haben die Viecher den Ring ja nicht runtergekriegt. Möglicherweise liegt der jetzt irgendwo, wer weiß, wo die sich rumtreiben.«

»Wir hätten ihn gefunden. Haben die ganze Gegend abgesucht. Das Problem ist, dass alles, was in diesen Hunden war, nach drei bis vier Stunden so aufgelöst ist, dass man es nicht mehr erkennen kann. Den Ring hätten wir trotzdem finden müssen. Und wenn das Gesicht wirklich das Letzte war, was diese Hunde gefressen haben, hätten wir auch das finden müssen.«

»Wann waren Sie dort?«

»So schnell wie möglich.« Der Polizist blickt zu Boden. Das Laminat ist an manchen Stellen gerissen und mit Klebeband geflickt. »Wir gehen von einem Unfall ohne Fremdeinwirkung aus.« Ohne Fremdeinwirkung. Er murmelt es gleich mehrmals vor sich hin.

Erhard will nicht, dass der Polizist ihm die Erleichterung ansieht. Er dreht sich um und räumt willkürlich ein paar Gegenstände auf der Anrichte um.

»Wie lang hat es gedauert?«

»Der Mann war ja schon tot. Außerdem war es in der Silvesternacht, wie Sie ja schon gesagt haben.«

»Wo liegt dann das Problem?«

»Die Familie sitzt uns im Nacken. Liebe macht ungerecht. Sie wollen irgendetwas in den Sarg legen können. Nicht nur einen Stein von Alejandros Weg. Der Schwester geht es vor allem um den Ring.«

»Eleanor können Sie nichts vormachen. Das würde nicht gut gehen.« Er muss wieder an die Schwester denken. Hat sie in seinem Rückspiegel gesehen. Sie ist doppelt so maskulin wie Bill Haji.

»Deshalb suchen wir auch weiter. Dieser Ring ist so etwas, na, Sie wissen schon, so etwas wie seine Persönlichkeit. Ich würde der Schwester gern den Ring geben und ihr sagen, dass er jetzt in Hajis Sarg liegt. Nicht nur die Reste seiner

Schuhe und die Leber, die diese Höllenviecher aus irgendeinem Grund nicht angerührt haben.«

Erhard wagt es nicht, zum Küchenregal hinüberzublicken, zur Kaffeedose mit der Aufschrift »Mokarabia 100 % Arábico«, in der der Finger liegt. »Ich kann Ihnen nicht helfen.«

Der Polizist sieht sich um, als wollte er noch etwas sagen. Sein Blick bleibt an einer Stelle hängen, wo sich die Tapete von der Wand gelöst hat. Man sieht das blanke Holz, die blasse Maserung mit Kritzeleien des Zimmermanns.

Erhard begleitet ihn noch raus zum Wagen. Pérez-Lúñigo blickt ungeduldig auf.

»Wenn Sie hören sollten, dass jemand den Ring gefunden hat, sagen Sie bitte Bescheid.«

»Natürlich«, sagt Erhard. »Wenn ich von jemandem hören sollte, der den Ring gefunden hat, ruf ich auf der Stelle an.«

»Hab ich schon erwähnt, dass ich mal ein Mädchen aus Dänemark kannte? Ich hab damals auf Lanzarote gewohnt. Ein wirklich teuflisches kleines Biest, nicht zu zähmen.« Er setzt sich in den Wagen, lässt die Tür aber noch offen. »Irgendwann ist sie einfach wieder nach Hause gefahren. Das ist das Problem mit diesen Inseln: Wer vernünftig ist, fährt irgendwann wieder.«

»Kenn ich nicht«, murmelt Erhard.

11

Er redet mit Aaz, dem Knaben im Körper eines Mannes.

Aaz ist vermutlich der Einzige, den er nicht einordnen kann und der auf seltsame Weise alle Typen in sich vereint und zugleich keiner von ihnen ist. Das gefällt Erhard. Sie fahren durch Tindaya.

Aaz meint, er sollte dem Ganzen eine Chance geben: Das hast du dir verdient, irgendwann muss das doch passieren.

Aber Erhard ist sich nicht sicher. »Das letzte Mal ist achtzehn Jahre her, Aaz. Und es kommen immer weniger Touristen – hauptsächlich diese primitiven Arsenal-Fans, die auf der Suche sind nach billigem Bier und einem schnellen Fick, um es mal so zu sagen. Oder Familien, deren fette Kinder, kaum dass sie gelandet sind, zum nächsten McDonald's wollen. Zwischen den richtig guten Fahrten kann es Riesenabstände geben, auch für mich. Ganz zu schweigen von den Abständen zwischen netten Frauen.«

Darf ich dir Liane vorschlagen? Oder eine der anderen Schwestern?

»Nett von dir, Aaz. Aber diese Frauen sind nicht direkt mein Typ, und ich wohl auch nicht ihrer. Mit ein bisschen Glück find ich eine mürrische alte Witwe aus Gornjal. Davon soll es dort ja einige geben.«

Sie lachen.

»Wer will schon einen abgehalfterten alten Taxifahrer?«, fragt Erhard. »Einen behinderten Arbeiter mit schlechten Zähnen?«

Du stimmst doch auch Klaviere.

»Dafür bezahlen inzwischen fast nur noch Idioten. Weißt du, es gibt inzwischen modernere Techniken, die besser und billiger sind. Wer weiß, vielleicht gilt das in ein paar Jahren auch fürs Taxifahren. Dann werdet ihr alle von Robotern rumkutschiert.«

Und du, was ist mit dir? Wer soll mich dann nach Hause fahren?

»Bis es so weit ist, Aaz, bin ich längst tot, und du bist erwachsen und hast mich seit Jahren vergessen. Dann gibt es bestimmt auch einen Tunnel nach Afrika, sodass du in die Sahara fahren und auf elektrischen Kamelen reiten kannst.«

Aaz antwortete nicht, er starrt aufs Handschuhfach, das man per Daumendruck öffnet.

12

Erwachsene Männer mit Drachen.

Erhard schaltet das Taxischild aus, bleibt bei den Dünen stehen und sieht den Kitesurfern zu. Er kann selbst entscheiden, wann und wie viel er arbeiten will. Will er den ganzen Tag fahren, kann er das machen und den nächsten Tag freinehmen, wenn ihm danach ist. Er fährt einfach dorthin, wo Kunden sind, und macht seine Touren. So kommt es ihm jedenfalls vor. Es ist nicht schwer, fordert ihm nicht viel ab. Er weiß, wo Kunden warten. Es ist genau wie mit den Klavieren. Er braucht nur ein paar Töne zu hören, dann weiß er, was das Problem ist, ob sich etwas verklemmt hat, die Luftfeuchtigkeit zu hoch ist oder sich nur zu viel Staub und Dreck angesammelt haben. Auf dieselbe Weise liest er den Verkehr, hört die Flugzeuge und spürt regelrecht das Gedränge auf den Hauptstraßen. Er weiß einfach, wo eine Frau mit ihrer Teenagertochter nach dem Shoppen wartet und zurück ins Hotel will, wo eine Gruppe Geschäftsleute auf die Straße tritt, um in die nächste Stripbar gebracht zu werden, oder wo ein Surfer mit Sand zwischen den Zehen über die Dünen klettert. Viele Kollegen hassen ihn dafür, während andere ihm beinahe mit Ehrfurcht begegnen. Einige der Katholiken bekreuzigen sich sogar, wenn er in die Werkstatt kommt. Von der Zentrale kriegt er nur selten Fahrten, sie wissen, dass er auch ohne sie genug zu tun hat. Hin und wieder traut sich einer der jungen Fahrer zu ihm und fragt ihn nach seinem Geheimnis. In der Bar des Hotel Phenix, während die jungen Kollegen im Hintergrund dumme Bemerkungen machen. Wartet's nur ab, der Mann ist eine Legende, er wird mir den Weg zum Ruhm zeigen. Aber Erhard kennt den Weg zum Ruhm nicht, er weiß ja selbst nicht, wie er das macht. Er kann nur sagen, beobachte den Verkehr, frag dich, ob du es mit einem Reisetag zu tun hast, und denk an die Menschen. Wo würdest du bei diesem oder jenem Wetter selbst hinwollen? Gute, im Grunde aber unbrauchbare Ratschläge. Es ist wie mit der Musik, versucht er, den Jungen zu erklären, die in der Regel keine Ahnung von Musik haben.

Die jungen Fahrer wollen was lernen, die im mittleren Alter sind verbittert. Sie werden in ihrem Leben kaum noch etwas anderes tun, als Taxi zu fahren, davon aber nie gut leben können. Sie sehen in Erhard einen Betrüger, einen Extranjero, der ihnen nicht nur die Fahrgäste nimmt, sondern sich auch noch aufführt, als wäre er was Besseres. Er wohnt allein dort draußen in Majanicho, er redet nicht mit den anderen, sitzt nur in seinem alten Mercedes und liest Bücher, wenn er ihnen nicht gerade Kunden vor der Nase wegschnappt. Manch einer spricht das auch laut aus. Sogar ihm gegenüber. Und sie haben recht. Auch was die Bücher angeht. Anfangs hat er gelesen, um sich abzulenken und den anderen Fahrern zu zeigen, dass er es nicht eilig hat, nicht händeringend Kunden braucht. Er ist sogar leere Touren gefahren und hat sich auf der Hauptstraße ganz hinten in die Schlange gestellt, um dort den ganzen Tag zu bleiben und Zeit für sein Buch zu haben.

Im Kofferraum hat er einen ganzen Karton mit Taschenbüchern, den er immer wieder durchwühlt, um das richtige Buch zu finden. Er liebt es, die Titelseiten zu betrachten und mit den Fingern über die leicht erhabenen Buchstaben zu streichen, mit denen die Cover bedruckt sind. Oder er blättert hin und her und zählt die Eselsohren. Hat ein Buch viele Eselsohren, ist es gut. Er kauft die Bücher – manchmal kistenweise – bei einer Freundin in Puerto, die einen Secondhandladen besitzt. Immer wenn er eine Fahrt zum Flughafen hat – in der Regel ein paarmal im Monat –, fährt er bei Solilla vorbei, holt sich ein paar Bücher und manchmal auch was zum Anziehen. Den Büchern fehlt nie was, während die Kleider immer ein bisschen müffeln. Er muss sie jedes Mal erst waschen und für eine Woche hinter dem Haus an die Leine hängen, bevor er sie anziehen kann. Dann steckt der würzige Geruch der Insel in dem Stoff. Erhard kann problemlos den ganzen Tag an einem Ort stehen und lesen. Damit die anderen auch was zu tun haben. Sie haben Frau und Kinder, die sie versorgen müssen, und können es sich nicht leisten, den ganzen Tag zu lesen. Er hat niemanden. Je mehr er verdient, umso mehr kann er Annette schicken. Jeden Monat überweist er ihr den Großteil seiner Einnahmen. Nicht mit freundlichen Grüßen. Sondern seelenlos und elektronisch. Er verdient nichts anderes und braucht eigentlich auch nichts. Er kann von Kaffee und den Konserven leben, die er schon vor Jahren gekauft hat. Er isst direkt aus der Dose. Ihn stört das nicht. Manchmal geht er in eins der besseren Restaurants der Insel, nimmt sich Zeit, um einen guten Wein und eine schöne Zigarre auszuwählen. Im Sommer sitzt er bei offenem Fenster im Wagen und liest, im Winter hat er einen Klappstuhl dabei. Dann setzt er sich neben den Wagen auf den Bürgersteig in die Sonne. Die anderen Fahrer schwitzen und verfluchen ihn.

Fährt man durch die Dünen und langsam vorbei an den stillen Hotels mit den Gärtnern und Bewässerungsanlagen, sieht man die Drachen über dem Wasser. Wie Vögel jagen sie hin und her. Er parkt den Wagen oben am Weg und geht hinunter an den Strand. Hier draußen ist die Sonne erbarmungslos. Auf jeden Fall fühlt es sich so an. Der Strand geht unendlich lang weiter, das Meer ist ein gigantisches Luftschloss, das sich am Fuß der Dünen erhebt. Heute sind keine Familien am Strand. Der Wind ist zu stark, der Sand prickelt und brennt.

Neben einem Container mit Surfutensilien steht eine Bude auf ein paar Europaletten. Dort kriegt man Eis, hört Musik, sucht Schutz vor Wind und Sonne. Erhard kauft sich ein San Miguel, während er die Marionetten beobachtet, die an Schnüren hin- und hergeworfen werden. Erwachsene Männer mit Drachen. Zwischendurch werden sie zum Spielball des Windes, dann wieder scheinen sie den Wind zu beherrschen. Er kann seine Ohren vor den Geräuschen in der Bude nicht verschließen, es ist frustrierend. Er hört jedes Husten, jedes Röcheln der Kaffeemaschine. Fast zum Greifen nah. Die Frau, die den Laden betreibt, ist vielleicht zwanzig Jahre jünger als er, aber ihr Anblick schmerzt. Sie strahlt was Mönchisches aus, rackert hart und stillschweigend und gibt sich alle Mühe; der viel zu aufopfernde Typ. Mutter von vier Kindern, geschieden, brauchte dringend einen Job, als ihr

Mann das Weite suchte. Als potenzielle Partnerin wäre sie einerseits erfahren, fast schon dienstbeflissen, andererseits aber auch höchst unheimlich. Sie zieht den Kopf ein wenig ein, um durch das kleine Fenster die Drachen sehen zu können.

»Ist einer davon Ihr Sohn?«

Sie sieht ihn verwundert an. »Kennen Sie meinen Robbi?«

»Ich kenne die meisten, zumindest vom Sehen«, sagt er.

13

Gegen 16.00 Uhr fährt er zum Oleana-Friedhof. Er parkt auf der gegenüberliegenden Straßenseite. Er sieht sie in einer kleinen, blumenreichen Prozession die Straße heraufkommen, alle reichen Familien machen das so. Sie gehen zu Fuß, tragen ihre Toten über weite Strecken, während die Armen viel Geld für teure Leichenwagen ausgeben. Die Hajis balancieren den Sarg durchs Friedhofstor. Er sieht alles andere als leicht aus. Vielleicht haben sie tatsächlich ein paar Steine hineingeladen. Eleanor geht ganz hinten zwischen einer großen jungen Frau, der die Haare ins Gesicht hängen, und einer älteren, vielleicht die Tante. Auf der anderen Straßenseite sieht er den Polizisten, er trägt einen ordentlichen Anzug, wirkt aber noch müder als sonst. Er nickt Erhard zu und folgt der Prozession.

»Das ist die Strafe Gottes«, hörte er eine Frau auf einem Balkon über sich sagen. »So ein warmer Bruder gehört einfach nicht auf die Insel.«

14

Nachts liegt er mit offenen Augen im Bett und starrt das kantige Telefon mit der Spiralschnur an. Unmittelbar vorm Einschlafen sieht er sich immer wieder aufstehen und den Hörer abnehmen. Morgens beim Frühstück wandert sein Blick zurück zum Telefon, er hört es klingeln und nimmt den Hörer ab und überlegt schon, selbst anzurufen. Es sind bald achtzehn Jahre. Aber er kann sich nicht überwinden und beeilt sich stattdessen, zu seinem Auto zu kommen.

Als er den Supermarkt betritt, fällt ihm als Erstes das Münztelefon in der Ecke auf, und in einem der vielen Elektronikgeschäfte von Corralejo sieht er schon von Weitem einen Anrufbeantworter in einem verblichenen Karton. Anfang Januar geht es ihm immer so, seit Annette ihn damals angerufen und beschimpft hat. Da brachte er kein Wort heraus, während sie einfach ihre ganze Wut über ihm auskippte. Das war 1997, unmittelbar nachdem er damit begonnen hatte, ihr Geld zu schicken. Sie wollte das Geld nicht, sagte, sie ertrüge sein gottverdammtes Geld nicht, wollte nichts von ihm haben. Nichts. »Du bist tot, für mich bist du gestorben«, schrie sie und legte auf. Ein Jahr später rief sie wieder an. Diesmal sagte sie nichts, weinte nur zwanzig Sekunden lang leise in den Hörer. Seitdem hat sie nie wieder angerufen. In diesem Jahr sind es achtzehn Jahre, seit er sie verlassen hat. Und er wartet noch immer auf einen Anruf von ihr. Wünscht es sich fast. Auch wenn sie nur weint. Aber es passiert nicht. Möglich, dass sie seine Nummer längst vergessen hat. Oder ihn. Oder dass sie wieder geheiratet hat.

Er nimmt alle Fahrten an, die er bekommen kann, und fährt bis zum Abend, bis er so erschöpft ist, dass seine Lider zusammenkleben. Hinterher geht er runter zum Hafen, kauft sich eine Flasche Wein, sitzt allein auf der Mole und sieht den Kindern beim Planschen zu, bis auch die letzten Sonnenstrahlen der Isla de Lobos den Rücken kehren und das Meer schwarz wird. Er torkelt auf die Gegensprechanlage an der Calle del Muelle zu und klingelt bei Raúl und Beatriz.

»Komm hoch, komm hoch, Alter«, ruft Raúl wie immer.

Sie machen die Tür auf – sie in einem gelben, fast durchsichtigen Sommerkleid, in dem man ihre langen braunen Beine sehen kann, er im Hemd, von dem nur die unteren drei Knöpfe zugeknöpft sind. Sie empfangen ihn, als wären sie seine Kinder, gut aussehend, gesellig, glücklich. Sie haben sich gerade einen Mojito gemacht und gehen gemeinsam hoch auf die Dachterrasse.

Beatriz sitzt auf Raúls Schoß, sie küssen sich. Erhard erzählt von den Kitesurfern und von Bill Haji und von Aaz' Mutter Mónica. Raúl meint, Erhard sei der unglaublichste Mensch, den er je kennengelernt habe, und Beatriz, die frische Mojitos für die beiden Männer und Wein für sich selbst holt, streift mit dem Hauch eines göttlichen Parfüms an ihm vorbei und fährt mit ihren langen roten Fingernägeln durch Erhards schütteres Haar.

Er tut immer so, als könnte er das nicht leiden, aber in manchen Nächten träumt er von diesen Fingernägeln, die spitz sind wie Bleistifte und lange Furchen durch sein Haar ziehen. Natürlich wäre es ganz anders, wenn Raúl tatsächlich sein Sohn und Beatriz seine Schwiegertochter wäre. Aber das sind sie nicht, und das weiß sein Schwanz eben auch. Allerdings hat er nicht mal ein schlechtes Gewissen wegen Raúl. Raúl ist Raúl, König Gernegroß. Der Sohn seines Vaters und Beatriz' Lover, so lange es eben währt. Er will alles, nur sich binden will er nicht. Er hat alles, will aber nichts besitzen. Unangepasst und charmant und immer bereit, sich mit irgendetwas abzuschießen. Und erstaunlicherweise Erhards feinsinnigster Schüler. Sein einziger Schüler. Anfangs war er noch jung und dumm und hatte nichts anderes im Kopf als seichte Unterhaltung und amerikanische Pornos. Erhard half ihm, tunlichst weiteren Problemen mit Lehrern und der Polizei, mit Nachbarn und aufgebrachten jungen Mädchen – und seinem Vater – aus dem Weg zu gehen. Er brachte ihm bei, in größeren Zusammenhängen zu denken, die Ermahnungen und Vorwürfe seines Vaters und die Blicke der Mädchen zu ignorieren. Und zwischen den spontanen Ausbrüchen und jämmerlichen Versuchen von Selbstständigkeit wenigstens ab und zu den Kopf einzuschalten und zu planen. Es ging – mit einem Wort – um Geduld. Ein paar Dinge färbten tatsächlich auf den Jungen ab, der inzwischen ein Mann war. Raúl war mittlerweile gelassener, konzentrierter, weniger aggressiv, zufriedener. Selbst dem Vater ist die positive Entwicklung aufgefallen, die er allerdings nicht Erhards Zuwendung zuschreibt, sondern den vielen Jahren Hausarrest, den Züchtigungen und gesperrten Bankkonten.

Sie sind richtig enge Freunde geworden. Erhards engste und auch alkoholischste Freundschaft. Und seine einzige. Eine Beziehung, in der Erhards Stimme etwas zählt, in der er respektiert und als der Mensch akzeptiert wird, der er in den letzten zwei Jahrzehnten gewesen ist.

Und nach Meinung des Geschäftsführers von TaxiVentura, Pauli Barouki, eine fragwürdige, bizarre Freundschaft. Weil Raúl der Geschäftsführung der Konkurrenz angehört. Böse Zungen behaupten, eine zwielichtige Freundschaft. Sie unterstellen Erhard, heimlich für Raúl zu arbeiten, Touren für ihn zu fahren oder ihm Probleme vom Hals zu halten.

Dabei sind die beiden so gut wie nie ins Leben des jeweils anderen involviert. Sie sprechen über Essen, Alkohol, die Ringkämpfe im Gelben Hahn. Erhard erzählt irgendwelche Geschichten aus Corralejo und Raúl von den reichen Säcken, wie er sie nennt, und ihrem abartigen Liebesleben. Beatriz amüsieren diese Geschichten. Aber keiner von ihnen möchte wissen, was der andere sonst so treibt. Raúl will nichts vom Leben eines Taxifahrers hören. Sobald Erhard sich über die Zentrale aufregt oder den neuen Regelkatalog für die Fahrer, winkt Raúl bloß ab. Genauso wenig interessieren ihn die Bücher, die Erhard liest. Und Erhard fragt Raúl nie nach Taxinaria oder, woher er das viele Geld hat. Er geht davon aus, dass es von seinem Vater stammt, auch wenn Raúl nicht oft genug betonen kann, dass er sein eigenes Geld verdient. Ein einziges Mal – mit Federico Molino und dem Koffer – ist Erhard für Raúl zu weit gegangen. Das war illegal, aber im Dienst der guten Sache, denkt Erhard heute, aber darüber gesprochen haben sie seitdem nie wieder.

Sie blicken hinüber zum Strand. Das Wasser sieht aus wie Marzipan.

Raúl starrt auf eine Wunde an seinem Fingerknöchel. »Eine kleine Meinungsverschiedenheit mit einem Seemann unten im Gelben Hahn«, sagt er grinsend. »Er hat nicht sehr freundlich über meine Frau geredet.«

Sichtlich sauer wendet Beatriz den Blick ab. »Ich hab dich nicht darum gebeten.«

»Ließ sich das nicht anders lösen?«, fragt Erhard, dabei ist er selbst der Meinung, dass die drei, vier Idioten, die in Corralejos Nachtleben immer wieder in Schlägereien verwickelt sind, die Prügel redlich verdient haben. Erhard kennt sie alle, hat sie schon unzählige Male nach Hause gefahren.

»Du kennst ihn nicht«, sagt Raúl, »aber er geht mir schon seit Monaten, ach was, seit Jahren auf den Sack. Aber scheiß drauf, reden wir nicht mehr darüber, okay, Bea? Salud!«

Sie unterhalten sich über den Wein, den sie trinken, und den Sonnenuntergang, später über den Sonnenaufgang und die neuen Boote, die vor Anker liegen, und schließlich über Petra, die Friseurin, und ihre Tochter, von der Raúl meint, dass sie genau die Richtige für Erhard wäre. Raúl macht sich darüber lustig, dass Erhard das Mädel noch nie gesehen hat und nur das Bild kennt, das im Salon hängt.

»Was ist das eigentlich mit dir und den Frauen?«, fragt Beatriz.

Raúl wird ernst. »Erhard redet nicht über seine Vergangenheit.«

»Dafür muss es doch einen Grund geben«, sagt Beatriz.

»Setz dich nicht in die Nesseln, Bea«, warnt Raúl sie.

»Hast du Angst vor der Liebe?«, bohrt sie weiter.

Raúl packt Erhards rechte Hand, damit sie den fehlenden Finger sehen kann.

»Oh nein«, sagt Beatriz. »Wie ist das denn passiert?«

»Liebe hat viele Gesichter, aber nur ein Arschloch«, murmelt Erhard.

»Wie poetisch«, sagt Raúl. »Lass es uns so sagen: Es ist riskant zu heiraten.«

Beatriz knufft ihn in die Seite. »Das ist nicht lustig. Wieso sagt ihr so was?«

»Erzähl Beatriz von der Tochter der Friseurin«, fordert Raúl ihn auf. »Er war ein paarmal knapp davor, sie zu besuchen, und jedes Mal hat er gekniffen.«

Wenn man den Silvesterabend mit einrechnet, viermal, um genau zu sein. Aber das sagt Erhard nicht laut.

»Im letzten Jahr. Oder im Jahr davor. Als es im Januar in einem fort geschüttet hat.«

»Letztes Jahr«, sagt Beatriz.

»Ich mache gerade eine Pause zwischen zwei Touren und spaziere die Straße runter, in der Petra und ihr Mann wohnen. Die Tochter hat damals auch noch dort gewohnt. Der Sohn geht aufs Internat. Durch die offene Balkontür höre ich Petra. Du weißt schon, dieser charakteristische Yorkshire-Akzent?«

Beatriz schüttelt den Kopf und lacht.

»Ihr Mann ist Halbmarokkaner. Ihm gehören ein paar Elektrogeschäfte in Puerto. Unter anderem. Wie auch immer, sie streiten sich über irgendwas, was mit der Schule des Sohnes zu tun hat. Und ich stehe da, in einem Hauseingang auf der anderen Straßenseite, und schaue zu ihnen hoch, um einen kurzen Blick auf die Tochter zu erhaschen, mit der Raúl mich verkuppeln will. Ich stehe bestimmt eine Stunde dort und folge jedem Schatten hinter den Fenstern, in der Hoffnung, die Tochter auf dem Balkon oder hinter dem großen Fenster daneben zu sehen.«

»Der reinste Hamlet!« Raúl lacht, doch Beatriz bedeutet ihm, den Mund zu halten.

»Romeo, meinst du«, sagt Erhard und fährt fort: »Ich bin so konzentriert, dass ich nicht mal mitbekomme, wie jemand an mir vorbeigeht, einen süßlichen Duft hinter sich herzieht – ein bisschen wie Honig –, die Straße überquert und im Hauseingang auf der anderen Seite verschwindet. Erst als die Eingangstür ins Schloss fällt, der Streit abbricht und Petra mit weinseliger Stimme ruft: ›Luisa, Darling!‹, weiß ich, dass gerade eben Petras Tochter an mir vorbeigegangen ist.«

»Und, was hast du gemacht?« Beatriz richtet sich gerade auf.

»Nichts«, sagt Raúl. »Das ist genau das, was ich meine. Das ist Erhard. Es passiert nichts, rein gar nichts.«

»Was?«, hakt Beatriz nach. »Du bist nicht hochgegangen?«

»Es soll wohl nicht so sein, dass ich sie kennenlerne.«

»Das ist jetzt nicht dein Ernst, oder?«, ruft sie.

»Ich hab den Wink des Schicksals schon verstanden.«

»Und woher willst du wissen, dass das der Wink des Schicksals war?«

»Weil ich das Muster kenne.«

»Salud – auf Luisa«, sagt Raúl.

»Das kann nicht dein Ernst sein …« Beatriz nimmt einen Schluck.

Erhard fände es schön, wenn Luisa eine etwas ältere Ausgabe von Beatriz wäre – mit Lippen wie Kirsten, einer Frau, die er vor Jahrzehnten im Hinterzimmer einer Bar in Horsens gevögelt hat, und mit einem Arsch wie die Volleyballmädels, die er neulich zum Sport Fuerte gefahren hat. Dabei ist Luisa wahrscheinlich bloß eine durchschnittlich hübsche Frau mit englisch blassen Brüsten unter einem Kleid mit Blumenmuster.

»Salud.« Erhard schlürft Rum und Zucker aus dem Glas und spuckt die Minzblätter aus.

»Pass bloß auf, das wird sonst zur Besessenheit«, sagt Beatriz. »In zehn Jahren denkst du an nichts anderes mehr und redest nur noch von ihr, wart's nur ab. Wie die Fischer, die einmal im Leben einen dicken Fisch an den Haken kriegen, und der reißt sich dann los.«

»So dick ist sie nicht«, sagt Raúl, und Beatriz drillt ihm den Ellenbogen in die Seite.

»Ich komm schon so lang ohne Frau aus, da macht das den Kohl auch nicht mehr fett«, sagt Erhard.

»Siebzehn Jahre«, sagt Raúl. »Weil du da draußen in diesem Loch haust.«

»So einfach, wie es aus deinem Mund klingt, ist es nicht.«

»Ich weiß. Aber wenn du nur die Hälfte oder ein Viertel deines Geldes nach Hause schicken würdest? Dann könntest du dir was anderes leisten.«

Erhard mag nicht darüber reden.

»Der Exmann aus dem Paradies«, sagt Raúl zu Bea. »Er schickt sein gesamtes Vermögen nach Dänemark.«

»Ist doch sehr löblich«, sagt Beatriz.

»Es kostet was, sich selbst zu retten, hast du das nicht gesagt? Weise Worte, Alter.« Raúl grinst. »Kurz auf den Punkt gebracht: Du führst da draußen nicht gerade das prickelndste Sozialleben. Geh aus und lern Leute kennen.«

»Wenn es der Plan ist, dass ich jemanden kennenlernen soll, dann werde ich das wohl tun.«

»Jetzt hör endlich auf mit diesem Karmascheiß. Wenn du deinen Eremitennamen leid bist, komm endlich aus deinem Schneckenhaus. Lern neue Leute kennen. Neue Frauen!«

»He, ich will auch neue Leute kennenlernen. Warum lernen wir nie neue Leute kennen?«

»Tun wir doch. Auf dem Boot und so weiter.«

»Ja, alte Knacker mit altem Geld. Ich will spannende Menschen treffen, wie in Barcelona.«

»Ach komm, hör auf zu nerven. Du bist betrunken. Du hast doch wohl keinen Grund, dich zu beklagen«, sagt Raúl und schiebt seine Hand unter ihr Kleid. Erhards Blick wandert über die zum Meer hin abfallenden Dächer. Er sitzt reglos da und starrt vor sich hin. Schließt die Augen, um das Bild loszuwerden. Als er die Augen wieder aufschlägt, ist die Dachterrasse leer. Auf den Stühlen sitzt niemand mehr, und alles ist aufgeräumt. Über ihm liegt eine dünne Decke, und neben ihm brennt eine Kerze. Der Himmel hängt zähflüssig blau und leblos über ihm. Das Licht aus der Stadt überschattet die Sterne.

15

Er fährt eine Frau vom Fährhafen in Corralejo zum Sport Fuerte. Ihre Haare sind vom Wind zerzaust. Sie findet die Adresse des Apartments nicht, das sie gemietet hat. Sie ist vielleicht dreißig oder etwas jünger. Ihre Finger sind lang und braun, ohne Ring. Sie entpuppt sich als Schwedin und wirkt irgendwie hektisch, aufgeregt. Sie unterhalten sich ein wenig, obwohl er die paar Brocken Schwedisch, die er mal konnte, so gut wie vergessen hat. Sie fragt ihn nach dem Kettenanhänger, der an seinem Rückspiegel hängt. Eine schwarz angelaufene kleine Silberlaterne. »Hier draußen ist es immer so dunkel«, sagt er, und sie lacht. Auf eine nette Art. Dann bedankt sie sich für die unterhaltsame Fahrt und drückt ihm bedächtig das Geld in die Hand. Er spürt den Druck ihrer Finger. Genau das ist es, wonach er sich zwischendurch sehnt.

Aber es entwickelt sich nichts daraus. Am Ende hebt er ihre Koffer aus dem Kofferraum und sieht, wie sie in die Hocke geht und hektisch ihre Tasche durchwühlt. Nicht, um ihm ihre Nummer zu geben, wie er für einen Augenblick hofft. Und seine Visitenkarte hat sie mitsamt einiger Broschüren von der Fähre auf der Rückbank liegen lassen. Für ihn ein klares Indiz, dass er zu alt ist und zu hässlich.

Zur Siesta fährt er heim und frühstückt.

Dann nimmt er den Finger aus der Tasche. Er ist hellbraun und krumm, die anderen Finger sind hellrot. Bis auf die Nägel. Die sind schwarz. Vom schwarzen Staub, der in der Luft über der Insel hängt und sich auf alles legt und unter die Nägel kriecht. Er schrubbt sich die Finger mit einer Schuhbürste und spült sie im Hof sauber. Außer Bill Hajis Finger natürlich.

Dann befestigt er den Finger mit Klebeband an der linken Hand. Mit dem silberfarbenen Streifen, der den Übergang verdeckt, sieht die Hand fast intakt aus. Er steht vor dem Spiegel und betrachtet sich – die Hand an der Seite, die Hand am Kinn, mit verschränkten Armen, mit dem Daumen in die Hosentasche eingehakt. Die kleine Veränderung steht ihm gut. Ein neuer kleiner Finger. Er fühlt sich fast normal und behält ihn dran, als er wieder losfährt.

Am Kreisverkehr vor Puerto stehen ein paar Leute. Er fährt sie zu einem Fahrradverleih in der Vía Panitta. Er schaltet, trommelt rhythmisch aufs Lenkrad. Keiner sagt etwas. Keiner starrt seine Hand an. Sie reden über alles Mögliche, aber nicht über seinen Finger. Die nächste Fahrt geht nach La Oliva: ein Mann mit einem Hund, der zum Tierarzt muss. Der alte Hütehund sitzt reglos da und hechelt. Erhard befürchtet schon, dass er womöglich den toten Finger wittert, aber er scheint sich eher für den Hohlraum unter der Handbremse zu interessieren, in dem eine zerknüllte Serviette vom Frühstück liegt. Der Mann sagt, das Tier müsse eingeschläfert werden, wiederholt ein paarmal, dass kein Weg daran vorbei führe. Eine Stunde später fährt Erhard die beiden wieder heim. Der Hund hechelt noch immer, aber das Herrchen ist glücklich. »Wir haben's geschafft«, flüstert er dem Hund zu.

16

Und dann kommt endlich der erste Regentag des Jahres. Er feiert dieses Ereignis gern im Trockenen mit einem Lumumba, den die wenigsten hier unten ordentlich zubereiten können. Oder in einer klimatisierten, halbwegs verschlafenen Hotelbar – aber da muss er der Bedienung meist erklären, wie ein Lumumba zubereitet wird. Im Hotel Phenix am Strand in Corralejo ist er sogar mal selbst hinter den Tresen getreten und hat der Kellnerin gezeigt, wie sie den Kakao mit derselben Düse warm machen kann, die sie zum Aufschäumen der Milch für den Café au Lait benutzt.

Heute ist er zu Hause, auf dem obersten Brett im Speisekammerregal steht ein Vorrat an Kakaopulver, Trockenmilch und Cognac. Wann genau die Regentage einsetzen, darüber gehen die Meinungen auf der Insel auseinander. Er schlägt Sahne mit einer Gabel steif, die er an die Bohrmaschine montiert hat. Dann setzt er sich mit nacktem Oberkörper in seinen Sessel unter die Plane und sieht den Berg hinauf. In den Regen.

Den Finger bewahrt er mittlerweile in einem Glas voll Formalin auf. In der Flüssigkeit wirkt er lang und dünn. Wie ein Pharaonenfinger, der Donner heraufbeschwören kann. Aus der Nähe betrachtet ist er braun und schrumpelig. Der Ring sitzt inzwischen lockerer und lässt sich bewegen, aber noch nicht abziehen. Allmählich nervt ihn der Ring, er will ihn endlich abbekommen, weil der Finger dann mehr wie sein eigener ist. Aber er darf auf keinen Fall austrocknen, sonst bricht er womöglich ab oder zerbröselt wie eine getrocknete Zimtstange.

Die Tropfen fallen so dicht, dass die Erde kehlig zu gurgeln beginnt. Solange es regnet, sind kaum andere Geräusche zu hören. Unter dem Trapezdach, das sich über die Toilette und die Küche zieht, ist das Prasseln noch lauter. Seit siebzehn Jahren will er es austauschen, weil es nicht zum Haus passt. Aber im Grunde ist es ihm egal. Ihn stört nur, dass es bei Südwind klappert. Doch wenn er wie jetzt vor dem Haus sitzt und den Berg hinauf in den silbrigen Himmel schaut, denkt er nicht an solche Dinge.

Wenn seine Fahrgäste ihn fragen, ob es nicht wunderbar ist, an einem Ort zu leben, an dem es niemals regnet, stimmt er zu, dabei sind es die vier, fünf Regentage im Jahr, die er besonders liebt. Die Unterbrechungen im immerwährenden Sonnenschein sind wie überraschend vom Himmel fallende Festtage. Die ganze Insel stagniert dann, alle Blicke sind nach oben gerichtet. Man sammelt Sachen ein, die auf der Einfahrt liegen, auf den Fensterbrettern, auf der Terrasse. Er stellt sein Taxi ab. Es gibt mehr Kunden, wenn es regnet, aber er will keinen dieser seltenen Regentage auf der Arbeit vergeuden. Er lässt den Wagen stehen, sitzt unter der Plane vor seinem Haus und trinkt heißen Lumumba, bis die Thermoskanne leer ist. Dann schläft er ein.

17

Es knallt. Das Dach klappert im Wind. Oder ist das Donner?

Es klopft.

»Erhard!«, dringt eine Stimme durch den prasselnden Regen. Er schlägt die Decke zur Seite, steht auf und geht um das Haus herum. Der Regen und die Nässe sind ihm egal, er genießt die kalten Tropfen auf der Haut, sie helfen ihm, wach zu werden. Der Schlaf hat ihn zu guter Letzt doch eingeholt.

Er erkennt das Auto und die Silhouette hinter der nassen Scheibe. Oben an der Tür steht Raúl und hämmert gegen die Tür. »Ich weiß, dass du da bist, stell den Lumumba weg und komm raus!«

»Dios mío, Junge, du bläst mir noch die Hütte um!«

Raúl dreht sich um und hält sich schützend die Hand über die Augen, um Erhard sehen zu können. Er lacht und umarmt ihn, sodass sie beide nass werden. »Komm mit«, sagt er und zieht ihn zum Auto. »Wir machen einen Ausflug.«

Erhard kennt Raúl, hat sich mittlerweile an seine Spontaneität gewöhnt. »Kleinen Moment«, sagt er, »dann bin ich da.« Er geht ums Haus herum, nimmt das Glas mit dem Finger mit hinein und stellt es aufs oberste Regalbrett zwischen die Konserven und den Kakao. Einen Moment lang betrachtet er den Finger. Dann nimmt er ihn mit einer Zange aus dem Glas und legt ihn vorsichtig in einen Gefrierbeutel, den er verknotet. Der Beutel landet in der Tasche seiner Kakishorts. Niemand kann erkennen, was in der Tasche steckt.

Beatriz klettert auf die Rückbank, und Raúl drückt Erhard auf den Beifahrersitz. Typisch Raúl. Beatriz nimmt Erhard von hinten in die Arme. Ihre Locken streifen seinen Nacken. Sie scheint kein Parfüm zweimal zu benutzen. An diesem Abend duftet sie nach Vanille und Salz. Raúl setzt auf Alejandros Weg zurück, Matsch spritzt auf, als er wendet. Die Musik ist laut. Krach, nicht mal richtiger Gesang.

»Das war Beas Idee«, ruft Raúl.

»Ich hab nur gesagt, dass die Blitze schön sind.«

»Und dann hast du Cotillo erwähnt.«

»Da kann man sie sehen.«

»Sag ich doch.«

»Warum gerade Cotillo?«, fragt Erhard. Der Scheibenwischer gibt sein Äußerstes. »Warum nicht hier oben?«

»Für meine Freunde nur das Beste. Wir müssen runter ans Meer, die Brandung spüren und das Wasser brodeln hören.« Raúl hört sich an, als hätte er die Blitze persönlich bestellt.

Er fährt nicht riskant, aber schneller, als es Erhard lieb ist. Sonst fährt Erhard immer selbst. Er ist ein miserabler Beifahrer. Bei jedem Abbiegen schaut er über die Schulter, und bei jeder Steigung zuckt seine Hand zum Schaltknüppel. Die Wege glänzen, die Landschaft ist komplett verändert, wie in schwarzes Plastik eingeschweißt. Überall ist Wasser, das nicht in den trockenen Boden einsickern kann.

»Du willst doch runter an den Strand, oder?«, fragt Raúl Beatriz. Sie pflügen durch Cotillo, das Wasser spritzt bis an die Hauswände. Raúl scheint richtig Spaß zu haben, und auch Beatriz amüsiert sich. Womöglich ist sie angetrunken, schießt es Erhard durch den Kopf. Vermutlich sind sie es beide. Auszuschließen ist es nicht.

Der Parkplatz am flachen, sacht zum Strand hin abfallenden Küstenstreifen ist voller Autos – nicht ordentlich in Reihen wie im Autokino, sondern zufällig abgestellt, chaotisch, bestimmt zwanzig oder dreißig, darunter auch ein paar Streifenwagen. Hinter den Autos spannt der Himmel sich wie eine graue Leinwand auf, über die grellgrünes Licht zuckt.

»Und jetzt raus!«, ruft Raúl, schiebt die Tür auf, springt raus und hält sich die Jacke über den Kopf.

»Können wir uns das Spektakel nicht von hier drinnen angucken?«, fragt Beatriz, doch Raúl hört sie nicht mehr. Er wirft die Tür zu und rennt um den Wagen herum, um ihr die Tür aufzumachen. Sie steigt aus, als er ihr die Hand reicht. Auch Erhard schiebt sich aus dem Wagen. Er ist sofort nass, aber das stört ihn nicht.

Sie laufen bis zum Rand des Parkplatzes, als wollten sie sich ans Ende der Schlange dieser Abendvorstellung stellen, aber außer ihnen ist niemand da. Also klettern sie über das Geländer und stolpern den Hang zum Wasser hinunter. Beatriz ist begeistert. Unablässig zucken Blitze über den Himmel, während der Donner durch den Regen und die rauschende Brandung kaum noch zu hören ist. Jeder Blitz zeichnet eine ganz eigene Linie von oben nach unten oder umgekehrt. Und mittendrin das schäumende, brodelnde Meer.

Und dann sehen sie auch das übrige Publikum. Unten am Strand stehen Menschen. Dunkle Silhouetten, einige mit Taschenlampen oder Laternen, wie gemalt in dieser Szenerie. Es werden Befehle gerufen, irgendeine Maschine läuft auf Hochtouren.

»Was zum Henker«, ruft Raúl. »Was ist da los?«

»Bestimmt irgendein Touristenguide«, ruft Beatriz.

»Doch nicht bei dem Regen«, meint Raúl.

Sie laufen auf die Gruppe zu. Die Leute stehen nicht annähernd so dicht beisammen, wie es zuvor aussah, sondern eher in einem Halbkreis um etwas in ihrer Mitte herum. Es blinkt blau, und jemand ruft: »Zurück, gehen Sie zurück!«

Niemand rührt sich. Die Wellen rollen bis an ihre Füße, einige der Anwesenden stehen bis zu den Knöcheln im schäumenden Wasser.

»Da steht ein Auto«, ruft Beatriz. »Was macht das denn hier?«

18

Ein Polizist sperrt den Bereich um das Auto herum ab. Es ist ein schwarzer VW Passat. Scheinwerfer sind aufgestellt worden, um die Stelle zu beleuchten, aber der Generator ist zu schwach, die Lampen gehen immer wieder aus und kippen im Sand um.

Erhard, Raúl und Beatriz bleiben in der Nähe stehen und versuchen, sich einen Überblick zu verschaffen. Hat da einfach jemand idiotisch geparkt, oder ist das Auto gestohlen und dort stehen gelassen worden? Erhard hat beides oft genug erlebt.

»Kommt, schauen wir uns weiter die Blitze an«, sagt Beatriz.

»Das können wir doch nicht machen«, erwidert Raúl. »Da ist irgendwas passiert.«

»Genau deshalb sollten wir nicht hier rumstehen und gaffen.«

»Der Wagen hat das Geländer oben am Parkplatz durchbrochen und ist bis an den Spülsaum gerollt«, sagt jemand vor ihnen.

»Bis hier unten kommt man nur, wenn man das wirklich will«, sagt ein anderer. »Vielleicht Selbstmord?«

»Wer war als Erster hier?«, meldet sich ein Polizist zu Wort. Einige Anwesende heben die Hände, lassen sie aber wieder sinken, als sie die anderen Hände bemerken. »Wer hat angerufen? Mit wem hab ich telefoniert?«

Ein Mann tritt vor. Sie reden eine Weile miteinander, während der Regen auf sie niederprasselt. Der Polizist versucht, ein paar Notizen zu machen, doch der Kugelschreiber funktioniert auf dem durchweichten Papier nicht.

»Das Auto muss gestohlen worden sein. Die Nummernschilder fehlen«, ruft ein Surfer in einem bunten Neoprenanzug.

»Da liegt was auf der Rückbank«, ruft ein anderer.

»Treten Sie zurück, treten Sie sofort zurück!«

Erhard erkennt den Polizisten. Es ist Bernal, der mit nass glänzender Uniform unter einem Sonnenschirm steht, den sie über dem Wagen aufgespannt haben. Er leuchtet mit einer Taschenlampe auf die Rückbank des Wagens und macht Bilder mit einer großen Kamera. »Hassib!«, ruft er dann. »Ich brauche hier Hilfe.«

Seine Worte gehen im Lärm unter, werden vom Wind weggerissen. Die anderen Beamten hören ihn nicht. Einer versucht krampfhaft, die Scheinwerfer im Sand zu verankern, ein anderer redet mit dem Rechtsmediziner, der sich eine Tasche unter den Arm geklemmt hat. Oben auf dem Parkplatz steht jetzt ein Kranwagen, der das Auto hochziehen soll. Der Regen prasselt unvermindert weiter.

»Wollen wir nicht gehen? Mir wird schon schlecht«, sagt Beatriz.

»Komm her.« Raúl zieht sie an sich.

»Ist jemand von der Presse hier?«, fragt ein Beamter.

Keiner antwortet.

»Noch nicht, Chef!«, ruft Bernal.

Er macht Fotos vom Rücksitz des Wagens. Es sieht so aus, als würden dort Blätter liegen, Zeitungsausschnitte. Ein Kollege kommt und hilft ihm. Sie diskutieren, sortieren sie um, machen Fotos. Über den Himmel zucken weiter Blitze, wie zur Antwort auf das Blitzlicht der Kamera.

Hin und wieder weht ein schwerer Geruch vom Auto herüber. Erhard glaubt erst, der Geruch käme aus seiner Tasche, von dem Finger. Er tastet vorsichtig nach, ob der Knoten aufgegangen oder die Tüte auf dem Weg die Böschung hinunter gerissen ist, aber sie ist unversehrt. Der Geruch, der vom Auto herweht, wird intensiver, feindselig.

Wie etwas, was schon vor Langem hätte entsorgt werden müssen.

»Das kann doch nur ein Unfall sein! Ist das gerade erst passiert?«, fragt Raúl einen Surfer.

»Nee, das Auto steht hier wohl schon einen Tag. Irgendwann ist dann jemandem aufgefallen, dass es nicht abgeschlossen war«, antwortet er.

Der Mann, der gerade mit dem Beamten gesprochen hat, mischt sich ein. »In dem Karton auf dem Rücksitz, da ist irgendwas. Ich hab da was rausragen sehen …«

»Was denn?«, fragt ein anderer.

»Sah aus wie …« Doch weiter kommt er nicht.

Vizepolizeikommissar Bernal marschiert mit verärgerter Miene an ihnen vorbei, und für eine Sekunde sehen er und Erhard sich an. Dann bleibt er stehen und kommt zurück. Erhard sieht Raúl nach hinten zurückweichen. Er hat offensichtlich keine Lust, mit der Polizei zu reden.

»Eremit«, sagt Bernal. »Sie haben offenbar ein Näschen für solche Dramen, was?«

Erhard weiß nicht, was er darauf erwidern soll. Er will ihm sagen, dass es nicht seine Idee war herzukommen.

»Was ist denn passiert?«, fragt der Surfer.

Bernal antwortet nicht. »Ich brauche die Namen von allen, die etwas gesehen haben. Wenn Sie nur Schaulustige sind, verschwinden Sie bitte.« Er starrt Erhard an.

»Wir wollten uns bloß die Blitze angucken«, erklärt Beatriz.

Bernal sieht zu ihr rüber. »Dann gucken Sie sich mal die Blitze an, Señorita.« Er klettert die Böschung hoch und verschwindet im Regen.

»Gehen wir?«, fragt Beatriz.

Raúl bleibt noch kurz stehen und starrt das Auto an. »Natürlich, mein Engel«, sagt er schließlich.

Das Wasser hat sich bereits ein paar Meter zurückgezogen, aber die Wellen rollen noch immer wie wütende Tiere über den Sand.

»Dafür gibst du jetzt aber einen Lumumba aus«, murmelt Erhard Raúl zu. Mit dem Blick folgt er Beatriz, deren Kleid so nass ist, dass es ihr am Körper klebt.

19

Früher ist Aaz jeden Mittwoch mit dem Bus gefahren. Er brauchte fast den ganzen Vormittag, um nach Tuineje zu kommen, und einen Großteil des Nachmittags zurück ins Heim Santa Marisa. Ein paarmal stieg er zu früh aus und irrte dann durch die Gassen der Ortschaft, bis er irgendwann von der Polizei aufgelesen wurde. Aaz ist groß, über zwei Meter, vielleicht zwei fünfzehn, hat aber das Gesicht eines Siebenjährigen. Sein Blick irrt rastlos umher, sodass er immer aussieht, als versuchte er, den geheimen Code oder das Notenbild der Welt zu entschlüsseln. Im Taxi liebt er es, die Stirn an die Scheibe zu legen und die Landschaft entlang des Weges zu betrachten, die ununterbrochenen Linien.

Jeden Mittwoch um Punkt 10.15 Uhr – so auch an diesem Mittwoch – steht er vor dem großen Tor auf dem Bürgersteig und hat sich den Rucksack hoch auf den Rücken geschnallt. Aaz hat seit vierzehn Jahren keinen Ton mehr gesagt. Er hat irgendwann einfach aufgehört zu reden. Er kann es, tut es aber nicht, hat Mónica erklärt. Anfangs hat Erhard jeden Mittwoch aufs Neue darauf gewartet, dass er etwas sagt. Sie sitzen an diesen Tagen mehr als zwei Stunden zusammen im Auto – eine Stunde hin und eine wieder zurück.

Er hoffte darauf, die räumliche Nähe würde Aaz dazu verleiten, sich zu öffnen. Erhard zu vertrauen. Für ihn ist es ein Spiel geworden, eine Herausforderung, den großen Mann mit dem Knabengesicht dazu zu verleiten, etwas zu sagen. Zum Lachen kann er ihn bringen und dazu, den Kopf zu drehen und ihn anzusehen. Trotzdem fährt Erhard jeden Mittwoch aufs Neue eine Niederlage ein. Irgendwann war sein Frust darüber so groß, dass er Mónica bat, sich einen anderen Fahrer zu suchen, weil er es einfach nicht mehr aushielt. Das Problem war nur, dass keiner der anderen Fahrer Aaz fahren wollte. Also musste wieder der Bus bemüht werden.

Mónica bot Erhard den doppelten Fahrpreis, wenn er ihn weiterhin führe. »Sie müssen ihn ja nicht mögen. Tun Sie einfach so, als ob«, sagte sie. Erhard gab sich noch ein halbes Jahr. Das Geld nahm er nicht.

Und dann passierte es.

Ganz plötzlich hörte Erhard Aaz sprechen.

Sie sind da. Erhard geht mit rein und sieht, wie Mónica die große Hand des Jungen nimmt. Sie setzen sich ans Klavier. Eine Leidenschaft, die sie verbindet. Aaz liebt Musik. Erhard sieht die beiden balzen wie zwei Vögel. Alle zwei Monate – an diesem Tag nicht – stimmt Erhard das Klavier. Heute sieht er sich nur um.

Mónicas Heim ist nicht so ärmlich wie sein eigenes, obwohl sie genauso alt und einsam ist wie er. Hier gibt es frische Blumen, Aquarienfische, Frauenmagazine neben dem Sofa und eine kleine Kommode mit Madonnen. An der Wand hängen gerahmte Bilder von einem kleinen Mädchen im Tutu, von Männern in Militäruniform draußen beim Calderón Hondo und von zwei jungen Frauen auf einer Vespa vor einem Bürogebäude, zusammen bestimmt zwanzig Bilder. Alle in Schwarz-Weiß, schön, aber auch ein bisschen melancholisch. Ein vergangenes Leben. Es gibt nicht ein Bild von ihrem Sohn, weder auf dem Regal noch auf dem Fernseher oder auf der Kommode neben den Madonnen. Wie er selbst versteckt auch sie das Wichtigste in ihrem Leben, damit es nicht plötzlich verschwindet. Mónica ist kühl und distanziert, sie ist nicht versnobt, sondern stilvoll in allem, was sie hat. Vom kleinen Löffel im Zuckerschälchen bis zu den Blumen, die farblich zu den Gardinen passen.

20

»Was wollen Sie?«, fragt er, ohne von seinem Buch aufzublicken oder seine Tasse abzustellen. Es ist Freitagvormittag, und drei Männer sehen Erhard beim Kaffeetrinken zu. Einer von ihnen ist Vizekommissar Bernal.

Bernal legt einen Zettel auf Erhards Buch. Es ist ein Zeitungsschnipsel. Es ist nirgends zu erkennen, aus welcher Zeitung er stammt, und darauf stehen nur wenige Worte. Die Druckerschwärze ist verwischt und das Papier abgegriffen, aber zwei Wörter stechen Erhard trotzdem ins Auge. *Pengepungen* und *bankpakke*. Zwei merkwürdige Wörter, die Erhard nicht gleich zuordnen kann.

»Was steht da?«, fragt Bernal. »Ist das Dänisch?«

»Ich glaube schon.« Ihm fehlt der Rest des Artikels, um den Sinn zu verstehen, aber es sieht tatsächlich aus wie Dänisch. »Woher stammt das?«, fragt er und fürchtet aus irgendeinem Grund, es könnte etwas mit Raúl zu tun haben.

»Das geht Sie nichts an«, sagt Bernals Kollege, ein klein gewachsener Mann mit dicht beieinanderstehenden Augen und ungepflegtem Schnurrbart. Er schaut sich im Café um, in dem außer Erhard nur ein ziemlich fertig aussehender junger Mann mit zurückgekämmten Haaren und zusammengekniffenen Augen sitzt, der offenbar die Nacht durchgemacht hat.

»Wir brauchen jemanden, der Dänisch kann.«

»Dann suchen Sie sich doch einen Touristenguide, davon gibt es hier doch eine Menge.«

»Nicht halb so viele wie früher. Kommen Sie schon, Jorgenson.«

»Sagen Sie mir, worum es geht, und ich denk darüber nach.«

»Sie schulden mir noch was. Ich hätte Sie beim letzten Mal mit aufs Präsidium nehmen können.«

»Sagen Sie mir, worum es geht«, beharrt Erhard und sieht, wie sich etwas in Bernals Gesicht verändert. Er sieht gequält aus. Vielleicht schläft er nicht genug, vielleicht trinkt er, vielleicht hat sein Kind immer noch Masern.

»Vergessen Sie ihn, Bernal, der kann uns nicht helfen«, sagt der Kleine, einer jener entschlossenen Typen, die einem lieber den Arm auf den Rücken drehen, statt die Hand zu geben. »Zu viele schlechte Erinnerungen«, mutmaßt er, trinkt seinen Espresso und will gehen.

Bernal hat den beiden anderen offensichtlich von Erhard erzählt, bevor sie ins Café gekommen sind. Und vom Fall Federico Molino, dessen Koffer draußen bei Lajares gefunden wurde. Mitsamt Pass und Socken, Haarwachs und Gleitcreme, was die Polizei geschickt in ihren Fragenkatalog einbaute. Dabei hätten sie froh sein können über Erhards Zeugenaussage. Trotzdem unterstellten sie Erhard die ganze Zeit, dass er mehr wüsste, als er sagte. Ein paar Beamte verbissen sich richtiggehend in die Sache. Bernal war der Einzige, der begriff, dass Erhard lediglich seine Beziehungen zu den anderen Bewohnern der Insel pflegte. Er sagte die Wahrheit, aber eben auch nicht alles, erwähnte weder Raúl Palabras noch den damaligen Regionalpräsidenten Emeraldo oder Suárez. Das war jetzt mehr als acht Jahre her.

»Dann lehne ich dankend ab, außer natürlich, Sie wollen mich festnehmen«, sagt Erhard.

Bernal sieht ihn eindringlich an, als hoffte er, dass Erhard aus freien Stücken seine Meinung ändern könnte. »Grüßen Sie den jungen Palabras von mir«, sagt er und geht. Die anderen folgen ihm.

Der Cafébetreiber steht stocksteif hinterm Tresen und beobachtet sie im Spiegel hinter der Bar. Bestimmt hat er, wie viele andere auch, keine Schanklizenz. Dann hebt er den Blick und ruft dem jungen Mann hinten im Café zu: »Pesce, verdammt, du sollst dich nicht mit deinen fettigen Haaren auf den Tisch legen. Geh nach Hause und schlaf dich aus!«

Als Erhard zu seinem Wagen läuft, der ganz hinten in der Taxischlange an der Hauptstraße geparkt ist, sieht er die Beamten an der Ecke der Paseo Atlántico stehen. Er steigt ein und schlägt Stendhals *Rot und Schwarz* wieder auf, ein sperriges, seltsam unzusammenhängendes Buch.

Er wirft einen Blick in die Spiegel, sieht niemanden, holt die Tüte aus der Tasche, nimmt den Finger heraus und versucht, den Ring abzuziehen, aber er geht immer noch nicht ab. Der Finger selbst fühlt sich an wie ein ölmarinierter Zweig. Er hält ihn an die Stelle, an der sein eigener kleiner Finger sitzen sollte. Der Finger ist zu groß und noch dazu von der falschen Hand, aber er sieht aus wie ein Finger. Und wieder ist seine Hand urplötzlich vollständig. Mit einem Finger, wo ein Finger sein sollte. Er packt ihn wieder ein. Schiebt ihn tief in die Tasche.

Hinten auf der Straße sieht er die Beamten um die Ecke biegen und sich voneinander verabschieden. Bernal überquert die Straße, kommt zurück und steigt in Erhards Wagen.

»Puerto«, sagt er nur.

Erhard sieht ihn an. »Und wenn ich dann schon mal dort bin, schlagen Sie mir bestimmt vor, kurz mit ins Präsidium zu kommen.«

»Möglich«, sagt Bernal.

»Das ist nicht meine Fahrt, ich stehe ganz hinten in der Schlange.«

»Fahren Sie los.«

Erhard schert aus der Schlange aus, und einer der Fahrer von Taxinaria schreit ihm etwas hinterher. Luis. Luis schreit immer. Mit seinem zahnlosen großen Maul. Sie fahren über die Hauptstraße quer durch die Stadt und dann auf die FV-1. Keiner von beiden sagt etwas.

»Hat es was mit Bill Haji zu tun?«, fragt Erhard. »Was das angeht, hab ich alles erzählt.«

Der Polizist grinst. »Nein, der Fall ist abgeschlossen. Ausgestanden. Die Schwester war nicht gerade glücklich, um es mal so zu sagen.«

»Und mit den Palabras hat es auch nichts zu tun?«, will Erhard wissen.

»Überhaupt nicht«, antwortet der Polizist. Er hat die Beine übereinandergeschlagen und wippt mit dem Fuß im Takt der Musik. Ein altes Coltrane-Tape, das Erhard seit mehr als zehn Jahren hat und immer wieder hört. »Sie waren doch selbst draußen in Cotillo. Haben Sie die Nachrichten nicht mitbekommen?«

Erhard hat schon seit Tagen keine Zeitung mehr gelesen. Er schüttelt den Kopf.

»Machen Sie auch noch was anderes als lesen? Hören Sie nie Radio?«

»Nicht wirklich.«

»Um es kurz zu machen: Dieses Auto am Strand von Cotillo … Wir haben keine Ahnung, was es damit auf sich hat. Es sollte eigentlich in Lissabon stehen, ist aber aus unerfindlichen Gründen hier, wurde gestohlen und ist hier einfach aufgetaucht. Wer es gefahren hat, wissen wir nicht. Es stand bis zum Motor im Wasser, ist jetzt also kaputt. Die einzige interessante Spur sind die Zeitungsfetzen.«

»Und was hab ich damit zu tun?«

»Sie sollen sich die Schnipsel angucken, die wir zusammengestellt haben, und uns sagen, was da steht. Vermutlich hat es gar nichts mit dem Fall zu tun. Vielleicht ist es einfach nur irgendeine wahllose Zeitung. Im Moment versuchen wir noch zu verstehen, wie das alles zusammenhängt. Unter uns gesagt, messen meine Chefs der Sache nicht gerade viel Bedeutung bei. Und was die Zeitungsspur angeht, stehe ich ziemlich allein da.«

Sie erreichen den ersten Kreisverkehr auf dem Weg aus der Stadt. Die Sonne klemmt wie ein Auge zwischen zwei Wolken.

»Warum waren Sie eigentlich unten am Strand?«, fragt Bernal.

»Meine Freunde wollten sich das Gewitter ansehen.«

»Ihre Freunde? Raúl Palabras und seine Geliebte?«

»Ja.«

Bernal sieht Erhard eine Weile an, während der sich auf die Straße konzentriert. »Es ist schon Jahre her, dass ich eine dänische Zeitung gelesen habe«, sagt Erhard.

»Gucken Sie sich die Schnipsel an und sagen Sie uns einfach, was da steht. Mehr müssen Sie nicht machen.«

Polizisten wie Bürger nennen das Polizeirevier in Puerto »das Schloss«, weil es in den Resten eines alten Schlosses untergebracht wurde, das Anfang des zwanzigsten Jahrhunderts vom spanischen König auf der Insel errichtet wurde. Außer den dicken Außenwänden und ein paar Verzierungen zwischen den aufgeputzten Säulen ist von der royalen Größe des Gebäudes nicht mehr viel zu sehen. Das Großraumbüro, in dem sechs, sieben Beamte vor ihren Computern schwitzen, ähnelt eher dem Rathaus von Rødovre irgendwann in den Achtzigern.

Auf dem Weg ins Gebäude laufen sie an ein paar Metalldetektoren vorbei. Erhard fürchtet schon, dass jemand ihn abtasten und den Finger in seiner rechten Hosentasche finden könnte, aber nichts passiert, als er Bernal über den Flur in einen Raum folgt, der wie ein Lager aussieht. Bernal macht die Tür hinter ihnen zu und holt einen großen hellbraunen Pappkarton aus einem Regal. Und er zieht Gummihandschuhe an.

»Muss ich auch solche Dinger tragen?«, fragt Erhard.

»Nein, nicht nötig«, sagt Bernal und streift kurz Erhards fehlenden Finger mit seinem Blick, ehe er die Zeitungsschnipsel aus dem Karton nimmt. »Die Schweine hatten auf dem Rücksitz eine ziemliche Überraschung versteckt.«

»Die Schweine«, sagt Erhard. Er erkennt den Karton wieder, es ist derselbe, der auf der Rückbank des Autos am Strand gestanden hat.

»Wir wissen nicht, ob und wie die Schnipsel zusammengehören oder ob es sich überhaupt lohnt, dieses Puzzle zu lösen. Ergibt das für Sie irgendeinen Sinn?«

Erhard sieht sich die Papierschnipsel an. Es sind Ausrisse von Bildern, Sätzen, Farben. »Die sind nass geworden und kleben zusammen.«

»Ja«, sagte Bernal bitter. »Genau das ist das Problem. Wir können nicht erkennen, ob das einfach irgendeine Zeitung ist – oder ob es eine Botschaft enthält.«

»Und was soll ich jetzt machen?«

»Beginnen Sie mit den Überschriften, den fett gedruckten Zeilen. Ergeben die für Sie Sinn? Die da zum Beispiel.« Er zeigt auf einen größeren Schnipsel mit einer Überschrift und dem Teil einer Unterzeile.

Seltsam, auf einmal so viele dänische Wörter zu sehen, denkt Erhard.

»Was steht da?«

»Dass in Kopenhagen wieder Obdachlose sterben werden, wenn der Winter so hart wird wie der letzte. Ein Mann ist bereits erfroren.«

»Und was bedeutet das?«

»Keine Ahnung. Dass es hart ist, als Obdachloser in einem kalten Land zu leben?«

Bernal breitet die Arme aus. »Weiter. Und die da?«

Der Zeitungsschnipsel ist deutlicher, klebt aber mit einem anderen zusammen. »Väter haben kein Glück mit Revisionen.«

»Und was heißt das?«

»Weiß ich nicht, aber das steht da.«

Bernal sieht unzufrieden aus. »Okay, sehen Sie sich das Ganze einfach an und sagen Sie mir, wenn Ihnen etwas merkwürdig vorkommt.«

Erhard nimmt einen Schnipsel nach dem anderen in die Hand, liest ihn und stapelt die gelesenen Abrisse übereinander. Nichts davon weckt seine Neugier. Es sind durchweg nicht sonderlich spannende Artikel über die Dänen und ihre wirtschaftliche Situation, über Kinder, soziale Einrichtungen, Scheidungen und Fernsehprogramme. Und ziemlich viel über Rocker. Auch wenn es lange her ist, dass er eine dänische

Zeitung gelesen hat, kommt ihm das alles ziemlich vertraut vor. Die Namen kennt er überwiegend nicht, aber der Rest ist ganz genau wie immer.

»Ich glaube nicht, dass da was zu finden ist, aber ich weiß ja auch nicht, wonach ich suchen soll.«

Bernal steht auf und schiebt die Schnipsel von der Unterlage in einen Karton. »Ich weiß auch nicht, wonach Sie suchen sollen. Verdammter Scheißtag«, grummelt er leise. Uringestank steigt Erhard in die Nase. Und er hört etwas.

In einem Nebenzimmer, hinter den Regalen, schluchzt und wimmert ein Kind. Bernal scheint nichts zu bemerken.

»Ich kann Ihnen nicht helfen, wenn Sie mir nicht sagen, wonach ich suchen soll. Ich muss schon ein bisschen mehr erfahren.«

Bernal denkt eine Weile nach. Erhard ist sich sicher, dass der Polizist seine Worte genau abwägt, um nur ja nicht mehr zu sagen als unbedingt nötig. »Kommen Sie«, fordert er ihn schließlich auf. »Kommen Sie.«

Er geht um das Regal herum in eine dunkle Ecke und gibt Erhard ein Zeichen, stehen zu bleiben. Es ist so dunkel, dass Erhard Bernals Gesicht kaum mehr erkennen kann.

»Sie sind nicht sonderlich zart besaitet, oder?«

Erhard schüttelt den Kopf.

»Erinnern Sie sich noch an den Fall Madeleine?«

»Haben Sie sie gefunden?«

Bernal sieht ärgerlich aus. »Erinnern Sie sich noch an sie?«

Erhard nickt.

»Gut, denn so einen Fall wollen wir ganz sicher nicht noch mal. Nicht hier. Wir haben getan, was wir konnten. Das müssen Sie uns glauben. Wir arbeiten hier nicht gegeneinander. Was da in Portugal passiert ist … hat den Tourismus in Praia da Luz komplett zum Erliegen gebracht. Polizisten wurden an den Pranger gestellt wie Kinderschänder. Der Unterschied zu unserem Fall ist, dass hier niemand ein Kind vermisst. Es gibt keine weinende Mutter oder einen Vater oder eine schluchzende Schwester, die sich an Uniformjacken klammert.«

»Ein Kind?«

Bernal schaltet zwei Wandlampen an und tritt an eine Infotafel. »Ein Junge«, sagt er und zeigt auf ein Foto.

Es ist ein Schwarz-Weiß-Bild. Vermutlich als Farbfoto aufgenommen und in Grautönen ausgedruckt. Ein schreckliches Bild, kaum zu ertragen. Schräg in der Mitte des Bildes ist ein schwarzes Viereck zu erkennen, markiert mit hellgrauen Wimpeln, die dem Viereck Tiefe geben. Und inmitten des Vierecks, wie von einer unsichtbaren Eierschale umgeben, liegt ein Mensch. Eine Hand am Kopf, als hätte er sich gerade gekratzt. Die andere Hand seltsam verdreht auf dem Rücken. Und um ihn herum, über und unter ihm Zeitungsschnipsel, weiß, blass und mit gestochen scharfer Schrift.

Erhard wendet den Blick ab und lässt ihn über die Tafel schweifen, an der weitere Bilder hängen, die jedoch dieselbe gnadenlose Wirklichkeit zeigen. Nahaufnahmen vom Mund des Jungen, seinen Augen, geschlossen, eingefallen, dunkel. Bilder vom Auto, vom Rücksitz, dem angeschnallten Karton.

»Wie … alt?« Erhard kann kaum sprechen, sein Mund ist mit einem Mal ganz trocken. »Wie alt ist er?«

»Drei Monate … etwa.«

»Aber der muss doch … vermisst werden?«

»Leider nicht. Bei den ganz Kleinen … sind die Ermittlungen besonders kompliziert. Die kennt noch niemand. Sie haben keine Kindermädchen, keine Spielkameraden. Sie hinterlassen keine Kollegen, keine Ex, keine leere Wohnung, für die schon länger keine Miete mehr bezahlt wurde. Wenn sie

Vater und Mutter egal sind, macht sich auch sonst niemand Sorgen.«

»Aber es muss doch jemanden geben, der dieses Kind als vermisst gemeldet hat? Hier auf den Kanaren oder in Spanien?«

»Wenn Sie mich fragen, ist die Mutter ins Wasser gegangen und hat sich wie ein feiger Hund ersäuft. Keiner lässt sein Kind so zurück, außer man ist verrückt.«

»Vielleicht ist den Eltern etwas zugestoßen. Vielleicht sind sie ja am Strand spazieren gegangen und gestürzt oder …«

»Vielleicht haben sie es auch in einer der Höhlen getrieben. Das Problem ist nur, dass wir die ganze Gegend abgesucht haben. Mit Hunden und Helikoptern. Nichts. Es ist genau wie mit Bill Hajis Ring: wie vom Erdboden verschluckt.«

»Aber jemand muss doch den Wagen gesehen haben. Was ist mit dem Typen vom Strand, diesem Surfer?«

»Wir haben schon zweimal mit ihm gesprochen. Er war unterwegs, ist erst einen Tag, nachdem der Wagen erstmals gesehen wurde, nach Cotillo gekommen. Keiner weiß etwas. Nichts. Nada. Der Wagen ist namentlich auf einen Importeur aus Lissabon registriert, der ihn aber nie bekommen hat. Er war der Meinung, das Auto stünde noch auf irgendeinem Transporter in Amsterdam.«

»Vielleicht ist das Auto ja geklaut worden. Mitsamt dem Jungen.«

»Wo? In Amsterdam?«

Erhard fällt keine Antwort ein.

»Das Seltsamste ist der Kilometerstand. Er beträgt einundfünfzig Kilometer, einundfünfzig …«

»Sie müssen doch Fingerabdrücke hinterlassen haben?«

»Keine Fingerabdrücke, weder am Lenkrad noch am Vordersitz oder am Schaltknüppel. Es ist gar nicht so leicht, Abdrücke zu finden, wie alle immer glauben. Vielleicht hat der Fahrer ja Handschuhe getragen. Oder alle Spuren beseitigt. Wir haben ein paar Abdrücke auf dem Karton gefunden, aber keine, die wir kennen. Wer weiß, wer diesen Karton alles in den Händen hatte, bevor der Junge dort hineingelegt wurde. Auf jeden Fall ist der Karton von irgendjemandem angeschnallt worden. Er scheint ziemlich durchgeschüttelt worden zu sein, wahrscheinlich als der Wagen vom Parkplatz über die Böschung nach unten gefahren ist. Er stand am Spülsaum, ist drinnen aber nicht nass geworden. In Cotillo hat niemand den Wagen über den Strand fahren sehen. Wenn wir doch nur mehr Hunde hätten! In Teneriffa haben sie welche, aber es dauert anderthalb Tage, bis die hier sein können. Das ist zu spät.«

»Vielleicht haben Mutter und Vater das Land verlassen?«

»Wir haben sämtliche Ein- und Ausreisen überprüft. Da ist niemand mit Kind ein- und ohne wieder ausgereist. Das Schlimmste ist aber das Ergebnis der Obduktion …« Bernal stellt sich vor das Foto des Jungen und tippt auf die dunklen Schatten unter seinen Augen. »Lorenzo ist zu dem Schluss gekommen, dass der Junge verhungert ist. Zwei bis drei Tage, bevor das Auto am Strand zurückgelassen wurde. Bevor … Bevor sie den Kleinen in dem Karton zurückgelassen haben. Seit der Obduktion wissen wir auch, dass das Kind etwa zwölf Wochen alt war. Wir sind alle von einem Neugeborenen ausgegangen, so dünn und klein, wie er war. Wir haben sämtliche Geburtsabteilungen und Ärzte auf der Insel angerufen. Und alle Mütter, die auf der Insel einen Jungen im Alter zwischen einem und fünf Monaten haben – hundertsiebenundachtzig insgesamt. Keine vermisst ihr Kind. Wir haben auch mit einigen Vätern gesprochen und ein paar Hinweise bekommen, aber nichts Brauchbares.«

Erhard erträgt den Anblick nicht mehr. »Wie kann man ein Kind zurücklassen?«, fragt er.

Inzwischen sieht Bernal noch müder aus. »Wir haben den Jungen gestern Morgen begraben. Im Osten von Morro Jable, Playa del Matorral. So ein Scheißbagger hat ein Loch in der Größe einer Mikrowelle gegraben. Es ging alles ganz schnell, damit die Medien nicht Wind davon bekommen. Wir hatten Angst, sie könnten den kleinen Sarg sehen. Können Sie sich vorstellen, wie schrecklich so ein kleiner Sarg aussieht? Ich musste die ganze Zeit an meinen eigenen Sohn denken, der ist drei. Es geht einfach nicht, so ein kleines Kind zu beerdigen – das ist … Das ist verkehrt.«

»Die Ermittlungen laufen noch?«

Bernal wirft ihm einen Blick zu. »Weil die Presse begonnen hat zu schreiben. Sie haben herausgefunden, dass in dem Karton ein toter Junge lag. Mehr wissen sie nicht. Und die Verantwortlichen wollen keinen neuen Fall Madeleine. Mehr sagen sie nicht. Negativwerbung in diesen Zeiten – wo der Tourismus doch eh schon verteufelt schlecht läuft! Ich sollte Sie eigentlich gar nicht einweihen, aber wir verfolgen eine lokale Spur.«

»Was soll das heißen?«

Bernal dreht ihm den Rücken zu, während er spricht. »Lokal heißt, dass wir eine Person hier von der Insel im Verdacht haben.«

»Wenn Sie kurz vor der Lösung des Falles stehen … warum bin ich dann hier? Warum vergeuden Sie dann meine Zeit?«

»Sie ist nicht vergeudet. Wir müssen in alle Richtungen ermitteln. Wir sind unserer Sache jetzt nur noch sicherer. Die Kartonspur führt uns doch nur in die Irre.« Bernal gibt Erhard die Hand. Sie ist warm, die warme Hand eines Menschen, der die meiste Zeit in einem Büro verbringt. Dann begleitet er Erhard nach unten in die dunkle, dank dicker Mauern immer kühle Halle.

»Sagen Sie Bescheid, wenn ich noch etwas für Sie tun kann«, sagt Erhard.

»Das ist nett.« Bernal bleibt an der schweren Eichentür stehen, die von Hand kaum zu öffnen ist. Durch die kleinen Scheiben der Tür wirft er Erhard einen letzten Blick zu.

Erhard läuft zu seinem Auto und spürt die Abendsonne im Rücken. Irgendwie stört sie ihn. Er braucht einen Schluck Wasser, hat kein gutes Gefühl.

Es ist eine Sache, Gerüchte über die bizarren Arbeitsmethoden der Polizei zu hören, über die Freundschaftsdienste, über Korruption und Polizeigewalt, Vergewaltigungen von Inhaftierten, alkoholisierte Beamte, eine ganz andere aber, es leibhaftig mitzubekommen. Wie oft hat er schon alkoholisierte Polizisten nach Hause zu ihren zeternden oder weinenden Freundinnen oder Frauen gefahren. Aber aus nächster Nähe mitzubekommen, wie die Ermittlungen in einem Fall mehr oder weniger unter den Teppich gekehrt und dann eingestellt werden, ist erschütternd.

Er nimmt eine warme Flasche Wasser aus dem Kofferraum und bleibt noch eine Weile hinterm Steuer sitzen, bevor er den Motor anlässt. Die Zufälle des Lebens können grausam sein und machen nicht einmal vor Kindern halt. Von den eigenen Eltern verraten, vom System – und dann der Tod, ein tiefes schwarzes Loch, das alles um sich herum verschluckt. Ihm graut vor der weiteren Entwicklung des Falles. Ihm graut vor dem, was kommen wird.

DIE NUTTE

14. Januar – 19. Januar

21

Am Samstagmorgen steht er auf, schaltet das Radio ein und sucht den Sender Fuerteventura. Während er vorsichtig den Finger aus dem Glas mit Formalin fischt, in dem er ihn nachts aufbewahrt, wartet er auf die Nachrichten. Die Verwesung scheint nicht mehr voranzuschreiten. Er hält den Finger an beiden Enden fest und biegt ihn leicht, hin und her, um den Ring weiter zu lockern, aber der rührt sich keinen Millimeter. Er packt den Finger in die Tüte und die Tüte in die Hosentasche.

Er ist erschöpft vom Vortag und schlecht gelaunt. Nicht wegen des Gesprächs, sondern wegen der Gedanken, die er hat, seit er die Bilder des Jungen vor sich hatte – der Säugling in dem viereckigen Karton, das unvorhersehbare Ende, die lokale Spur, was immer das sein soll.

Er fährt nach Alapaqa und trinkt seinen Morgenkaffee. Aristide, der normalerweise auf dem Wasser und nicht im Café anzutreffen ist, hat alle Hände voll zu tun mit einer Gruppe finnischer Touristen, die Frühstück bestellt haben. Erhard duscht und setzt sich auf einen Stein unten am Hafen, wo die Fischer diskutieren, wer heute wo fischen darf. Dann holt er sich noch einen Kaffee, fährt anschließend Richtung Norden, kurvt gemächlich durch Corralejo und weiter auf die Landstraße nach Cotillo.

Um diese Uhrzeit gibt es nur wenige Kunden. Bei Las Dunas nimmt er einen jungen Mann mit, der wild fuchtelnd am Straßenrand steht. Er hat kein Gepäck dabei und will nach Puerto, runter zu den Schiffen, möglichst noch vor acht. Erhard gibt Gas. Der junge Mann erzählt von dem Mädchen, von dem er sich gerade verabschiedet hat. Sie sei ganz anders als alle anderen, die er je getroffen habe. Natürlich stellt sich heraus, dass er kein Geld dabeihat, das sei auf diesem Schiff, was garantiert nicht stimmt. Wenn Erhard ihn jetzt gehen lässt, kann er sein Geld vergessen.

»Gib mir deine Karte, hier hast du meine«, sagt er und gibt Erhard eine Visitenkarte. »Ich schick dir das Geld.« Aber Erhard hat keine Visitenkarten. Es ist gleich acht. Am liebsten würde er den Typen festhalten, aber das kann er nicht machen. Er sagt dem jungen Mann, dass er sich beeilen soll, damit er sein Schiff nicht verpasst. Er läuft los, die Straße runter zum Anleger. Auf halber Strecke dreht er sich um und winkt.

Erhard nimmt sich vor, solche Typen das nächste Mal vorm Losfahren nach einer Kreditkarte zu fragen. Solche Typen – junge, von der Liebe verwirrte Männer.

Er fährt Richtung Westen und dreht den Funk aus der Zentrale leiser. Es geht ja doch nur darum, wer im letzten Monat die meisten Touren gefahren ist und wer die schärfste Frau hat. Gemecker von Fahrern, die vom Chef zusammengefaltet wurden, weil sie nach der Nachtschicht den Wagen nicht ordentlich sauber gemacht oder im letzten Monat zu wenig eingefahren haben. Oder sie regen sich über Kollegen auf, die sich am Flughafen in der Schlange vordrängeln, du meine Güte. Auch Lucía aus der Zentrale trägt ihren Teil dazu bei und macht sich über diejenigen lustig, die in Ungnade gefallen sind. Erhard kriegt nie auch nur ein einziges harsches Wort zu hören, weder vom Chef noch von der Werkstatt kam je eine Zurechtweisung oder ein blöder Spruch. Er fährt seit vierzehn Jahren, arbeitet anständig und macht täglich eine Viertelstunde Buchhaltung. Dreißig Prozent seiner Einnahmen legt er für TaxiVentura zurück, fünfundzwanzig für die Steuer, fünfundzwanzig für Annette. Zwanzig Prozent bleiben ihm selbst. An guten Tagen ist das okay, an schlechten reicht es nicht mal für eine warme Mahlzeit. Aber ihm ist das recht, er braucht nicht mehr. Bis auf seinen eigenen Anteil gibt er alles bei TaxiVentura ab, sie führen für ihn die Steuern ab und überweisen einmal im Monat Annettes Geld auf ein dänisches Konto bei der Arbejdernes Landsbank. Auch sein Taxi hält Erhard penibel sauber. Er hat in der Zentrale sogar ein paar Verbesserungsvorschläge angebracht, zum Beispiel ein Bücherregal und eine Sitzecke, in der man Kaffee trinken kann, allerdings ohne Erfolg. »Das kannst du machen, wenn du hier der Chef bist«, hat Barouki gesagt und sich zum wiederholten Mal die Hände gewaschen. Das macht er während jeder Arbeitsbesprechung fünf-, wenn nicht sechsmal. Er ist ein freundlicher Mann mit einem Faible für Klimaanlagen. Selbst ist er nur ein paar Monate lang Taxi gefahren, ehe er sich als Fuhrunternehmer selbstständig gemacht hat. Fast zehn Jahre hatte er seine eigene Firma, bevor er 2004 zu TaxiVentura ging. Wenn er etwas beherrscht, dann die Schichtpläne.

Erhard schaltet das Radio an und wartet auf die Zwölf-Uhr-Nachrichten, aber da kommt nichts Interessantes.

Er hält bei einer Tankstelle, wäscht den Wagen, spült den gelben Schaum ab, reibt das Auto mit alten Putzlumpen trocken und poliert es mit einem Wachs, das er von einem anderen Fahrer bekommen hat. Das macht er nur selten. Auf einer Insel, auf der es permanent windet und staubt, ist es eigentlich schwachsinnig, sein Auto zu waschen und zu polieren.

Während die Politur einwirkt, liest er das letzte Kapitel im aktuellen Buch von Almuz Ameida, der neuen großen Krimihoffnung. Er sitzt auf einer Bank im Schatten an der Tankstellenwand. Von dort kann er die Klippen und Dünen am Strand sehen. Mit jedem Windstoß, der aus östlicher Richtung über die Insel fegt, wirbelt Sand auf. Auf dem Felsplateau steht wie immer eine Handvoll Autos. Surfer und Nacktbader. Touristen, die wegen des herumwirbelnden Sandes in ihren Autos sitzen bleiben. Eine Familie in einem Miet-Seat. Kitesurfer sind keine unterwegs, die sind vermutlich alle an der Playa Cualpa. Guckt man genauer hin, entdeckt man zwischen den Felsen torfbraune Gestalten auf Luftmatratzen, gern mit einem Bier oder Weißwein aus kleinen Fläschchen in Reichweite. Fuerteventura ist die Insel des sanften Rausches. Nicht wie Ibiza, Mallorca oder Kreta, wo das jungdynamische Kampftrinken mehr oder weniger Alibi für anschließenden Sex ist. Hier auf der Insel wird unaufgeregt getrunken. Rund um die lärmenden Diskotheken und schrillen Cocktailbars mit handgemalten Schildern bewegen sich Hunderte verkrachter Existenzen von einem Rausch in den nächsten. Alkohol ist billig, das Wetter fast immer gut und der Kalender leer.

Warum also nicht?

Seine ersten sieben Monate auf der Insel hat er selbst dort unten zwischen den Klippen verbracht, dauergeil wie ein Stier. Von morgens bis abends hat er mit einer Riesenlatte hinter den Felsen gelegen und nur hin und wieder einen kurzen Ausflug ins Wasser unternommen. Nachts hat er unter

Felsvorsprüngen weiter nördlich an der Küste geschlafen, Lagerfeuer gemacht und sich von den Quallen oder Fischen ernährt, die er gefangen hat. Ab und zu hat er auch Reste eines Familienpicknicks gefunden, ein Stück Brot oder eine Wurst. Nur wenn es gar nicht mehr anders ging, hat er im Supermarkt ein paar Konserven gekauft. Geld hatte er von zu Hause mitgebracht. Nicht viel, einen Backgammonkoffer mit ein paar Tausendern. Aber an die Reserve wollte er nicht ran. Lange war er der Meinung, dass er dieses Geld nicht verdient hätte. Er wollte einfach nur seine Ruhe. Keinen Spaß oder irgendwelche Vergnügungen. Schon Sonne und Sterne waren zu viel des Guten. Er lag einfach nur reglos da und starrte freudlos in den Himmel. Auf Dauer war das allerdings nicht durchzuhalten. Irgendwann drangen die kleinen Lebensfreuden selbst bis zu ihm durch.

Der Klang des Wassers zwischen den Steinen, wenn das Meer sich zurückzog. Ein warmes, über dem Lagerfeuer geröstetes Stück Brot. Eines Morgens dicht vor ihm ein großer Vogel mit einem Fisch im Schnabel, der ihn mit großen, glänzenden Knopfaugen anblinzelte. Und ab und zu gesellte sich auch jemand zu ihm, aber das war erst später, erst nach Monaten. Neugierige, die sehen wollten, was es mit diesem Mann, dem Ermitaño, auf sich hatte, der einsam zwischen den Klippen hauste. Die meisten beobachteten ihn aus sicherer Entfernung. Andere trauten sich bis an sein Feuer, boten ihm etwas zu essen an und stellten Fragen. Aber er redete mit niemandem. Sieben Monate lang sagte er kein Wort, nicht mal als ihn die zwei Männer im Morgengrauen mit Schlagstöcken verprügelten und wie eine verletzte Schildkröte in der Sonne liegen ließen.

Was dich nicht umbringt, macht dich stärker, wie es so schön heißt.

Er stellt das Auto ab, überquert die Straße und das flache Steinplateau und läuft den felsigen Hang hinab. Dabei merkt er, dass sich die Sohle seines linken Stiefels ablöst, durch den Spalt kann er die Socke sehen. Es ist lang her, dass er zuletzt Geld für Anziehsachen ausgegeben hat. Der Gedanke, Schuhe anprobieren zu müssen, ist ihm zutiefst zuwider. Vielleicht lässt der Schuh sich ja irgendwie flicken, mit Kleber oder Paketband.

Hier, genau an dieser Stelle, stand das Auto.

Er läuft hin und her, nasser Sand über massivem Fels. Plötzlich steht er mit den Füßen im Wasser. Der Unterschied zwischen Ebbe und Flut ist auf der Insel überall ungefähr gleich, kommt einem hier an dem schmalen Strandstreifen aber viel krasser vor. Ein paar junge Frauen, die Mittagspause machen, und eine Familie beim Picknick werden von der Flutwelle überrascht, die den Strand auf ganzer Länge bis zu den Felsen überrollt.

Erhard fragt sich, wie der Wagen hier unten landen konnte. Wurde er über die Kante geschoben? Aber warum dieser Aufwand? Sollte das Wasser den Wagen mit ins Meer ziehen? Oder war der Absturz gar nicht geplant? Hat der Fahrer die Kontrolle verloren?

Vielleicht hat Raúl ja recht, und ein Autodieb hat den Wagen aus Jux und Tollerei über die Kante gefahren. Raúl wusste allerdings nichts von dem toten Jungen auf der Rückbank. Das macht das Ganze ungleich tragischer.

Erhard schaut übers Wasser.

Will man sich ertränken, muss man nur hundert Meter raus aufs Sandriff laufen. Dort ist die Strömung so stark, dass eine Leiche in zwei Tagen nach Lanzarote getrieben würde. Das hat er von Kollegen gehört, die über Los Tres Papas geredet haben, die ihr Geld mit Reinigungsfirmen,

Glücksspiel und Prostitution verdienen und sich immer wieder mal von Mitarbeitern trennen, die dann irgendwann zerschunden und aufgedunsen am Strand von Lanzarote auftauchen. Es kursieren Gerüchte, dass Raúl mit ihnen zu tun haben könnte, aber Erhard ist diesbezüglich nie irgendwas zu Ohren gekommen. Es ist garantiert nicht alles legal, was Raúl so treibt, aber ein Verbrecher ist er nicht. Es wird so viel erzählt, auch über ihn. Dass er Kunden ins Naturschutzgebiet Vallebrón gefahren und unter Steinen begraben haben soll. Um die Jahrtausendwende wurden dort mehrere Leichen gefunden – unter Steinen, in die drei kleine Strichmännchen geritzt waren.

Wenn die Mutter selbst das Auto den Hang runtergefahren hat, war sie vermutlich panisch, weil ihr Kind bereits tot oder sterbend in einem Karton auf der Rückbank lag. Womöglich hat sie sich aus Verzweiflung ertränkt, weil sie keinen anderen Ausweg mehr gesehen hat. Das erklärt aber noch nicht, warum der Pkw nicht zugelassen war und dass darin weder Fingerabdrücke noch DNA-Spuren gefunden wurden. Eine verzweifelte Mutter wischt nicht erst ihre Fingerabdrücke weg. Außerdem würde sie irgendeine Entschuldigung oder Erklärung hinterlassen. Einem Kind so etwas anzutun, ist das Unverzeihlichste. Das ist in allen Kulturen der Welt so. Selbst im Katholizismus, der doch für sämtliche Sünden Vergebung verspricht, wäre das etwas, wobei man sich mit dem Verzeihen schwertäte. Eine Mutter von dieser Insel würde niemals stillschweigend und heimlich sich und ihr Kind umbringen können. Da passt zu viel nicht zusammen. Der Strand birgt viele Geheimnisse, denkt Erhard. Es muss einen Grund dafür geben, warum der Wagen ausgerechnet hier zurückgelassen wurde. Er hat das Gefühl, als hätte er zig Puzzleteilchen vor sich, ohne auch nur zu ahnen, ob sich das fertige Bild aus einundzwanzig oder tausend Teilen zusammensetzt.

Im Supermarkt sieht er einen Pappkarton. Er sieht nicht ganz genauso aus wie der, in dem der Junge lag, aber ähnlich. Ein schlichter brauner Karton mit getackertem Boden und einem schmalen Luftschlitz zwischen den Bodenklappen. Er nimmt die Reisbeutel aus dem Karton und betrachtet ihn von allen Seiten. Prompt sieht er den Jungen vor sich, verdreht, abgemagert, allein. Der winzige Körper rutscht auf dem Kartonboden hin und her. Der Kleine mit den großen Augen. Und er stellt sich die Hände vor, die ihn dort hineinlegen oder hochheben wollen. Hände, die ihn entweder der endgültigen Dunkelheit übereignen oder ihn ein allerletztes Mal halten wollen.

Erhard versteht nicht, wieso ihn das so zornig macht, so unsäglich wütend, weshalb er das Ganze nicht einfach auf sich beruhen lassen kann. Er möchte nicht wissen, wie viele Kartons mit kleinen Kindern irgendwo auf dieser Erde abgestellt worden sind. Vermutlich könnte man eine ganze Lagerhalle damit füllen. Er ist überzeugt davon, dass der sterbende Junge nicht von der Mutter in den Karton gelegt wurde. Und auch nicht vom Vater.

Er stellt den Karton weg und kauft Thunfisch.

Auf dem Heimweg heftet sich sein Blick an den angeklebten Finger, der so gar nicht wie ein Finger aussieht, eher wie eine dünne, luftgetrocknete Wurst. Der Anblick ist nicht schön. Damit kann er niemanden täuschen, nicht einmal sich selbst.

Er denkt darüber nach, Bernal den Finger zu schicken, anonym, mit freundlichen Grüßen, oder ihn irgendwo zu vergraben oder während der Fahrt einfach aus dem Fenster zu werfen.

Stattdessen sucht er einen Plastikbehälter mit luftdichtem Deckelverschluss heraus, steckt den Finger wieder in einen Beutel und den Beutel in den Behälter. Dann zieht er ein paar Bücher aus dem Regal, schiebt den Behälter dahinter und stellt die Bücher zurück an ihren Platz. *Código binario* von Almuz Ameida und Frank Cojotes *Victim on Third*. Als er ein paar Schritte zurücktritt, ist die Lücke geschlossen, eine Mauer aus Buchrücken, der man nicht ansieht, dass sich dahinter irgendwas verbirgt. Anschließend isst er den Thunfisch direkt aus der Dose.

22

Am Montagnachmittag hat er einen Klavierkunden.

Ab und zu kommt auf Empfehlung alter Kunden ein neuer hinzu, aber die meisten bringen ihm die anderen Taxifahrer. Wenn die Gespräche während einer Fahrt das Thema streifen, empfehlen sie den Ermitaño weiter, obwohl sie es insgeheim seltsam finden, dass er auch Klaviere stimmt. Vor Weihnachten kam so ein Kontakt über Álvaro zustande, einen Olivenbauern, der im letzten Jahr Insolvenz anmelden musste und jetzt Taxi fährt. Er hatte eine Kundin aus Parque Holandés gefahren, die einen schon seit Jahren nicht mehr gestimmten Steinway besaß.

»Wieso melden Sie sich erst jetzt?«, fragte sie, als er an Heiligabend bei ihr anrief – angetrunken und unfähig, vernünftig zu verhandeln.

Es war ein ätzendes Gespräch, in dem sie ihn dreimal aufforderte, lauter zu sprechen, und einmal, sich genau zu überlegen, welchen Preis er für das Stimmen verlangen wollte –

für einen teuren Flügel, dem ansonsten nichts fehlte. Sie verhandelte beinhart, und am Schluss landeten sie bei sechsundvierzig Euro, nicht mal die Hälfte seines durchschnittlichen Grundpreises. »Und seien Sie pünktlich«, ermahnte sie ihn noch. »Meine Zeit ist kostbar.«

Vor ihrem Anwesen guckt er auf die Uhr. Er ist ein bisschen zu spät dran, auf Radio Fuerteventura fangen gerade die Nachrichten an. Die Neuigkeit des Tages ist der Beginn der Verhandlungen um die Löhne im neuen Casino. Mehr als fünfzig Angestellte sind jetzt …

Im selben Moment geht die Eingangstür auf. Eine Frau kommt heraus und sieht zu Erhard hinüber. Sie ist hübsch, weißer Safarilook, schlohweißes Haar. Sie signalisiert ihm mit einem Wink, dass er reinkommen soll. Er ignoriert sie. Die Nachrichten bringen jetzt einen Beitrag über die EU, die der spanischen Wirtschaft mit Bankengarantien unter die Arme greifen will. Profitieren würde davon auch die Solbank, Fuerteventuras größte Bank. Deren Kunden haben noch im Januar befürchtet, dass …

Die Frau kommt auf ihn zu.

Entspannt, auf hohen Absätzen und mit glänzend fleischfarbenem Lippenstift. Aus der Nähe sieht er die unnatürlich straffe Haut über den Wangenknochen. Was die Entspannung angeht, hat er sich gründlich geirrt. Erhard kurbelt die Scheibe runter.

Und da kommt die Nachricht, die er gefürchtet hat.

Eine siebenundzwanzigjährige Frau aus Puerto del Rosario hat gestanden, in der vergangenen Woche einen Säugling am Strand von Cotillo zurückgelassen zu haben, auf …

»Señor Klavierstimmer.«

… eines Pkws. Als es gefunden wurde, war das Kind bereits tot …

»Señor!«

… arbeitet nun mit der Polizei zusammen, um die tragische Geschichte aufzuklären. Die Polizei äußert sich optimistisch, dass die Mutter …

Der Kopf der Frau bewegt sich runter zu dem offenen Fenster. »Ich warte schon den ganzen Tag.«

»Seien Sie still!« Erhard dreht das Radio lauter. »Ich will das hören.«

… nicht in Untersuchungshaft. Urteil und Strafmaß für die Frau werden vor Ablauf …

Die Frau neben ihm redet jetzt so laut, dass er nicht mehr versteht, was im Radio gesagt wird. »So etwas Unverschämtes hab ich in meinem ganzen Leben nicht erlebt. Wir hatten eine klare Absprache, und ich habe Sie gebeten, pünktlich zu kommen.«

Der Nachrichtenbeitrag ist zu Ende. Genau so hat Bernal es vorhergesagt. Erhards Befürchtungen haben sich bewahrheitet. Das Leben geht weiter und zu anderen Nachrichten über.

Er blickt auf und sieht die Frau an, die ihm unmissverständlich zu verstehen gibt, dass er gefälligst aus dem Auto steigen soll. Sein komplettes Nervensystem ist darauf eingestellt, ihrem Blick und ihren Worten Folge zu leisten, aber irgendetwas hält ihn zurück.

»Sie kriegen zwanzig Euro, keinen Cent mehr, im Grunde müsste ich für Ihren miserablen Service noch was rausbekommen.«

Erhard startet den Wagen.

»Bleiben Sie stehen! Sie können doch nicht einfach fahren! Ich hab den ganzen Tag gewartet!« Ihr Gesicht sieht aus, als würde gleich die Haut reißen.

»Es gibt Wichtigeres als Ihren Steinway«, sagt Erhard noch, wendet und fährt zum Schloss.

Bernal ist überrascht, ihn zu sehen.

»Ermitaño …«

»Meinten Sie das mit der lokalen Spur?«

»Beruhigen Sie sich. Wovon reden Sie?« Bernal schiebt Erhard hinter ein Regal mit Aktenordnern und Kartons voller Kabel.

»Das ist keine Polizeiarbeit, das ist verdammt noch mal …«

»Ja bitte?«

»Wir wissen beide, dass sie nicht die Mutter ist.«

»Wieso sollte sie es nicht sein?«

»Vor drei, vier Tagen hatten Sie *nichts,* und Sie waren zum Kotzen frustriert. Und jetzt ist der Fall plötzlich gelöst.«

»Manchmal geht es schnell, wenn man erst mal auf der richtigen Fährte ist.«

»Hören Sie doch auf! Ein Auto ohne Kennzeichen, das gerade mal fünfzig Kilometer gefahren ist. Ein Mädchen aus Puerto, leck mich.«

»Es befinden sich gläubige Menschen im Raum, Ermitaño.«

»Verdammt, wie weit ist es eigentlich her mit Ihrer Moral?«

Bernal senkt die Stimme. »Ich hab Ihnen gesagt, dass wir uns keine Nulllösung und negative Presse leisten können. Das stand nie zur Debatte. Denken Sie an das Casino …«

»Das Casino? Was bitte hat das damit zu tun?«

»Kommen Sie aus Ihrer Höhle, Mann! Die Tourismusindustrie blutet aus. Wenn das Casino auf Lanzarote gebaut werden sollte, nur weil wir mit einem Mal kein guter Umgang mehr sind, verlieren eine Menge Leute ihre Arbeit.«

»Sie nehmen ein x-beliebiges Mädchen fest, damit wir ein Casino bekommen?«

»Natürlich nicht. Wir schließen nur einen tragischen Fall ohne Happy End ab.«

»Und was ist mit dem Mädchen?«, fragt Erhard.

»Sie ist kein Mädchen, sondern eine Frau, die sehr wohl weiß, was sie tut.«

»Und warum hat sie es getan, was hat sie dazu veranlasst?«

»Spielt das eine Rolle? Sie hat gestanden.«

Vielleicht spielt es tatsächlich keine Rolle. Vielleicht hat nur Erhard ein Problem damit. Was weiß er schon von solchen Dingen? Vermutlich passen nur selten alle Teile eines Puzzles zusammen.

»Woher stammte die Zeitung?«, fragt er unvermittelt.

Bernal reagiert gereizt. »Tut mir leid, dass ich Sie in die Sache reingezogen habe. Es war ein echt vertrackter Fall, auch für mich. Aber jetzt ist es überstanden. Vergessen Sie das Ganze. Wir haben eine Vereinbarung mit ihr, dass es ihr Kind ist.«

»Eine *Vereinbarung?*«

»Nicht so laut. Ja, eine Vereinbarung. Damit ist der Fall abgeschlossen.«

»Bernal, was haben Sie getan …«

»Meine Arbeit. Zum Teufel, Sie haben ja keine Ahnung, wie das ist.« Nicht mehr lange, und ihm reißt der Geduldsfaden. »Keiner will ungeklärte Fälle, egal wie unmöglich sie zu lösen sind. Und die da oben wollen den Fall zu den Akten legen.«

»Aber wieso tut sie das, wieso lässt sie das mit sich machen?«

»Alles eine Frage der Argumente«, erwidert Bernal, und Erhard ist augenblicklich klar, dass damit Geld gemeint ist. »Wenn man nichts zu verlieren hat …«

»Ich weiß nicht, ob ich Mitleid mit dem dummen Ding haben oder sie zum Teufel wünschen soll. Kommt sie ins Gefängnis?«

»Sie wird natürlich einem Richter vorgestellt, aber wir sorgen dafür, dass sie glimpflich davonkommt. Sie kriegt, was ihr zusteht. Mehr jedenfalls als in ihrem tristen Job.«

»Mit anderen Worten: eine Nutte? Ihr habt eine *Nutte* gekauft – eins dieser naiven, mit Heroin vollgepumpten Dinger? Da ist es doch eine Frage von Tagen, bis sie …«

Erhard kennt ein paar der Prostituierten der Insel, zwanzig, dreißig Mädchen vielleicht, die neben ein paar reichen Säcken hauptsächlich Touristen bedienen. Vermutlich wären viele von ihnen bereit gewesen, ein großzügiges Angebot anzunehmen. Immerhin müssten sie sich dann nicht mehr ficken lassen, sondern bräuchten nur noch vorzugeben, gefickt und geschwängert worden zu sein. Erhard tastet in der Tasche nach dem Finger, als ihm wieder einfällt, dass er ja gar nicht mehr dort ist. Er ist so aufgewühlt, dass seine Ohren glühen.

Bernal tritt zurück. »Sehen Sie mich nicht so an, ich bin der Einzige, der wirklich versucht hat, den Fall zu lösen. Glauben Sie mir, ich war überzeugt davon, dass Sie mir weiterhelfen könnten. Ein letzter Vorstoß, in welche Richtung auch immer. Wir wussten nicht, ob die Zeitungsschnipsel eine Spur waren. Jetzt wissen wir immerhin, dass sie bloß eine Sackgasse waren.«

»Aber es muss doch irgendwas bedeuten, dass eine dänische Zeitung in dem Auto lag? Verfolgen Sie nicht alle Spuren, die Sie haben?«

»Was wollen Sie damit andeuten? Womöglich war der Vater Däne. Auf der Insel wimmelt es nur so von dänischen Touristen, das hat doch nichts zu sagen. Es waren nur Zeitungsschnipsel. In ein paar Tagen ist der Fall vergessen.«

Es wird still.

»Ich fahre nach Hause«, sagt Erhard nach einer Weile.

»Danke nochmals für Ihre Hilfe.« Der Sarkasmus lässt Erhards Wut erneut aufflackern, doch insgeheim ahnt er, dass Bernal nur freundlich sein will.

Sie gehen nebeneinanderher durch das Büro und aus dem Schloss hinaus auf den Parkplatz.

»Und ich dachte immer, dass Polizisten total hysterisch reagieren, wenn's um Kinder geht. Dass sie sich die Nächte um die Ohren schlagen und jeden noch so kleinen Stein umdrehen.«

»Glauben Sie mir, wir haben uns die Nächte um die Ohren geschlagen, seit wir ihn gefunden haben. Und jeden verdammten Stein auf dieser Insel umgedreht. Aber manchmal sind Fälle eben beschissen, und das hier ist einer davon. Wir sind auch nur Menschen. Glauben Sie ja nicht, dass es mich nicht auch fertigmacht. Aber wir dürfen so was nicht persönlich nehmen. Jetzt wird der Fall jedenfalls abgeschlossen.«

»Wann ist der Gerichtstermin?«

»Ende der Woche, Freitagvormittag.«

Zum Abschied geben sie einander die Hand. Erhard kann Bernal gut leiden, was ihn irritiert. »Machen Sie's gut«, sagt er noch. Dann fährt er in nördlicher Richtung aus dem Ort, schiebt die Kassette in die Anlage, und John Coltrane spielt »Stella by Starlight«. Durchs Fenster sieht er, wie ein Flugzeug aus den Schleierwolken sinkt. In der Sonne sehen die Tragflächen aus, als stünden sie in Flammen.

23

Er fährt durch die Gegend, ohne auf die Anfragen der Zentrale zu antworten. Im Radio bringen sie die Meldung in immer kürzeren und leicht abgewandelten Versionen, aber statt des Nachrichtensprechers hört er nur Bernals Stimme: Keiner will ungeklärte Fälle.

Eine halbe Stunde bleibt er am neuen Casino stehen. Die Felsen sind bereits gesprengt und der Boden ist planiert, aber noch ist über Fundamenthöhe nichts gebaut worden. Die ganze Stadt spricht über das Projekt. Die ganze Insel. Anfangs ging es nur um ein paar Arbeitsplätze, doch jetzt soll das Casino ganz Corralejo retten, die ganze Insel, ja den gesamten Kanaren Stabilität, Fortschritt und Glück bringen. Laut Alphonso Suárez, dem neuen Casinochef, soll das visionäre Gebäude das neue klopfende Herz von Corralejo werden. Erhard ist skeptisch. Von diesem Casino wird seit 1999 geredet, und schon jetzt sollen dafür dreißig Millionen ausgegeben worden sein, ohne dass jemand wüsste, wofür.

Es ist niemand in der Nähe. Er lehnt sich in seinem Sitz zurück und würde gern ein Nickerchen machen, aber sobald der Radiosprecher etwas sagt, beginnen seine Gedanken zu kreisen, und als wieder Nachrichten kommen, gibt er der Zentrale Bescheid, dass er sich den Rest des Tages freinimmt. Er schaltet das Taxischild aus, aber statt nach Hause zu fahren, kurvt er in der Gegend herum. Erst durch das Industrieviertel von Puerto del Rosario mit seinen Gebäuden, die eher Baracken ähneln, dann durch das fast schon abgeschottete Selos-Viertel. Er fährt vorbei an den exklusiven Villen bei Sport Fuentes und schließlich in Richtung Guisguey, wo ein Swingerklub immer wieder interessante Menschen anlockt. Als er ein paar bekannte Mädchen sieht, fährt er rechts ran und bietet ihnen an, sie gratis mitzunehmen. Die meisten lachen nur, aber Angelina, Michelle und Bethany, drei Mädchen, die er schon öfter gefahren hat, nehmen das Angebot an.

Er fragt sie, ob sie mitbekommen haben, dass eine von ihnen kürzlich verhaftet worden sei, aber sie können ihm nicht weiterhelfen. Angelina zählt die Namen einiger Mädchen auf, die sie länger nicht gesehen hat, vermutet aber, dass sie entweder zu Hause oder nach Barcelona geflogen sind. Vielleicht sind sie auch einfach nur krank. Eine Siebenundzwanzigjährige kennen alle drei nicht.

Bethany kommt dann von sich aus auf den kleinen Jungen zu sprechen, der am Strand gefunden wurde. »Manche Leute sind echt so fucked up«, sagt sie, doch Erhard schweigt.

Sie führen ein trauriges Dasein. Auch wenn ihr Leben sich ähnelt, arbeitet doch jede allein und streift auf der Jagd nach Kunden einsam auf der Insel umher. Wie ein kleines Wandertheater, das die älteste Geschichte der Welt aufführt, die doch nie mit der großen Liebe endet. Jetzt und hier, in seinem Auto, sehen sie aus wie Kinder, die sich verkleidet haben. Er muss an Mette und Lene denken. Die Große mit verschmiertem Make-up und dünnen, blassen Beinen, die aus den Unterröcken ihrer Mutter ragten. Er will nicht an sie denken, nicht in diesem Zusammenhang. Auf keinen Fall.

Als er das dritte Mal durch Guisguey kommt – ein Ort, der im Wesentlichen aus einem verlassenen Hof und dem riesigen alten Supermarkt besteht, in dem jetzt der Swingerklub untergebracht ist –, sieht er ein neues Gesicht. Eine junge, komplett zugedröhnte Prostituierte. Erhard fragt sich kurz, ob er sie in seinen Wagen lassen soll. Am Ende fährt er an den Straßenrand und wartet, bis sie an sein offenes Fenster tritt. Sie hält ihn für einen Freier und verzieht das Gesicht zu einem abstoßenden Grinsen, beugt sich zu ihm vor, damit er ihre Brüste in dem schmuddeligen, ehemals pinkfarbenen BH sehen kann.

»Ich will nichts von dir, aber ich kann dich mit nach Puerto nehmen, wenn du willst. Da ist bestimmt mehr los als hier.«

Er erwartet schon ihren Protest. Die meisten Mädchen sind skeptisch, was solche Angebote angeht. Trotzdem setzt sie sich auf den Beifahrersitz – wie ein Roboter mit stecknadelkopfgroßen Pupillen.

Sie auszufragen hat wenig Sinn. Sie schläft ohnehin fast auf der Stelle ein. Er fährt nach Selos, um sie dort bei einem Restaurant abzusetzen, einem Treffpunkt der Mädchen, wo sie sich Zigaretten teilen und über Kunden reden. Wieder schaltet er die Nachrichten ein. Die Meldungen über den Jungen sind noch kürzer geworden, zur nächsten vollen Stunde wird wohl gar nichts mehr berichtet werden.

Er fährt die Juan Carlos hoch, die Hauptverkehrsader in Selos, und hält nach dem La Costa Ausschau. Als er die Tische auf dem Bürgersteig sieht, fährt er rechts ran und tippt sie vorsichtig an.

»Señorita, Sie müssen jetzt aussteigen.«

Sie sieht sich um. »Ich wi' hier nich' hin. Will nach Guisguey.«

»Da kommen wir gerade her. Sie wollten in die Stadt, erinnern Sie sich nicht?«

Sie sieht Erhard irritiert an. »Ich kann nich' mehr heute.«

»Haben Sie irgendwo eine Bleibe?«

»Gisgy … Hab da ein Bett.«

Sie ist allerhöchstens Anfang zwanzig. Ihre Nase trieft, und die Arme, die aus ihrer ärmellosen Bluse ragen, sind rot gefleckt wie die Haut eines Tintenfischs. Ein kaputter Körper. Armes Ding.

»Ich fahr Sie zurück«, sagt er.

»He«, sagt sie und will ihn anpöbeln, sackt dann aber auf dem Sitz zusammen und sucht in ihrer kleinen Tasche nach einer Zigarette. Eigentlich darf im Auto nicht geraucht werden, aber er sagt nichts und kurbelt nur die Scheiben runter. Sie zündet sich die Zigarette an und inhaliert.

»Was willst du? Soll ich dir … einen blasen?«

»Nein«, sagt er.

Sie raucht ohne Genuss. Asche wirbelt durch den Wagen.

»Wo sin' wir? Verdammt, wo … sin' wir?«

»Sie sind auf dem Weg nach Guisguey. Ich fahre Sie, ich helfe Ihnen.«

Mit der Zigarette zwischen den Fingern schläft sie wieder ein. Er nimmt die Kippe und wirft sie aus dem Fenster. Für die Strecke braucht man gut zehn Minuten, wenn man direkt fährt, aber er schlägt einen Umweg ein, damit sie sich länger ausruhen kann. Sie schläft unruhig, zuckt immer wieder zusammen, aber ihr Atem wird allmählich schwerer, und schließlich sackt sie auf dem Sitz zusammen. Als sie Guisguey erreichen, lässt er sie sitzen, steigt aus und geht über die Straße. Der Swingerklub sieht immer noch aus wie ein Supermarkt: große Schaufenster und Leuchtreklame in grellen Farben. Die Scheiben sind mit roter Farbe übermalt worden, darauf steht neuerdings »Pleasure World«. Der Eingang ist kaum zu finden. Er hat schon viele Kunden hergefahren, aber nie jemanden in das Gebäude gehen sehen. Orte wie dieser sind nichts für ihn. Zu effektiv, zu sozial. Die Vorstellung, mit einem Steifen zwischen anderen, jüngeren, fitteren

Männern herumzulaufen, stößt ihn ab. Sex muss nicht unbedingt etwas mit Liebe zu tun haben, aber er darf auch nicht zu einer Fischauktion verkommen.

Er geht zurück zum Auto. »Guisguey«, sagt er zu dem Mädchen. »Last stop: Guisguey.«

Sie rappelt sich hoch, steigt mit zusammengekniffenen Augen aus dem Wagen, tastet nach ihrer Handtasche und den Zigaretten. »Danke«, sagt sie. »Bis'n … Engel, 'n echter Engel.« Sie ist so benommen, so weit weg, dass ihre Worte nur mehr Floskeln sind. Trotzdem treffen sie Erhard mit überraschender Wärme. Sie taumelt über die Straße. Er läuft ihr nach.

»Du kanns' jess freimachen, Taximann. Ich komm klar.«

Er sieht ihr nach. »Hast du von einem Mädchen gehört, das von der Polizei verhaftet wurde? Wegen eines Kindes?«

»Wir sollt'n keine Kinder kriegen.« Sie macht ein Gesicht, als wollte sie grinsen.

»Weißt du, wer das war?«

»Die ha'm die nich' verhaftet. Die ha'm ihr'n Tausender gegeben. Steht gleich hier um die Ecke.«

»Wer, welche ist es?«

»Nur weil du so süß bis'«, sagt sie.

Er überlegt schon, ob er seine Geldbörse zücken und ihr einen Hunderter geben soll. Nicht nur, um sie zum Reden zu bringen, sondern um ihr zu helfen und vielleicht auch, um ein bisschen Eindruck auf sie zu machen.

»Die da. Alina, Alincita, die … snobby bitch.« Sie trillert mit zwei Fingern und greift dann nach einer Klinke, die Erhard gar nicht bemerkt hat. Dann verschwindet sie im Gebäude.

24

Es dämmert schon, als er nach Hause kommt.

Er betrachtet das Telefon in der Ecke, aber es deutet nichts darauf hin, dass jemand angerufen hat. Er legt seine Sachen zur Schmutzwäsche, wie oft an Montagen. Nur in Unterhose bekleidet stellt er sich an den Herd, isst Lammgulasch im Stehen und denkt kurz darüber nach, sich bei Guzmán unten an Alejandros Weg ein Bier zu holen. Dann entscheidet er sich doch für die Flasche Rotwein, die er noch im Haus hat, gießt ein Bierglas voll und trinkt, als könnte er damit seinen Durst löschen.

Es wird dunkel.

Er kocht Wasser auf, wäscht seine Wäsche und hängt sie zum Trocknen an die Leine, die vom Haus bis zu der hohen beflaggten Stange führt. Die Dunkelheit um ihn herum legt sich wie Wachs auf seine Arme und Beine. Er rasiert sich, bis seine Haut ganz glatt ist. Auch wenn er danach wie der perfekte Opa aussieht, macht er das ein paarmal im Monat. Er bügelt ein Hemd. Schwieriger ist es mit der Hose. Die zwei Hosen, die passen, hängen an der Leine. Die anderen haben Ölflecken und sind viel zu kurz. Am Ende zieht er Shorts an. Die anderen Taxifahrer finden das unmöglich, Shorts sind für Touristen. Ihm ist das egal, er trägt, wonach ihm der Sinn steht. Manchmal fährt er sogar in einem hellroten Hemd. Er trinkt Rotwein, hört Monk, nimmt den Finger aus dem Regal und hält ihn sich an die Hand. Es sieht nur echt aus, wenn er die Augen zusammenkneift. Vorsichtig legt er ihn zurück in den Behälter und versteckt ihn wieder im Regal.

Als die Flasche leer ist, läuft er zum Wagen und fährt schnell in die Stadt, bevor der Alkohol zu wirken beginnt.

Eine Flasche reicht, um ihn betrunken zu machen, aber noch spürt er nichts.

Er parkt im Hof hinter Olys Waschsalon, wo abends immer Leben ist. Er liebt diese ganz eigene Unruhe der Stadt. Musik geht an und aus, jemand ruft etwas, Lachen, laute Maschinen, die mitten in der Nacht eingeschaltet werden und wieder ausgehen. Er überquert die Straße und steuert die Greenbay-Jazzbar in einem kleinen Innenhof an. Die Musiker stimmen ihre Instrumente. Es ist die beste Zeit des Abends, das asynchrone Spiel beschert ihm eine Gänsehaut, es hat experimentellen Charakter, wie die ersten Laute eines Kindes. Er bestellt sich ein Bier und setzt sich mit seinem Glas in die hinterste Ecke.

Vor fünfzehn Jahren war der Club noch exklusiv, damals wurden an den Tischen teure Drinks serviert. Das zog Touristen an, die Einheimischen blieben weg. Der neue Besitzer hat zwar an der Musik festgehalten, aber die Preise gesenkt, um den Club für die Einheimischen wieder interessant zu machen. Die Klientel gibt sich noch immer intellektuell und exotisch, auch wenn die meisten Gäste vom Bankrott bedrohte Unternehmer, Touristen mit veralteten Reiseführern oder Prostituierte sind, die nur so tun, als wären sie in Begleitung gekommen.

Auf dem weißen Sofa auf der Terrasse sitzen zwei Frauen, drei Männer stehen an der Bar. Es ist noch früh, gerade mal 22.00 Uhr.

Er kann sich noch an jedes Gesicht erinnern, das er jemals gefahren hat. Irgendeine Fehlschaltung in seinem Hirn. Er sollte sie aus seinem Speicher löschen, es sind mit den Jahren zu viele geworden, trotzdem erinnert er sich an jedes einzelne. Eine der Frauen auf dem Sofa ist vor einem halben

Jahr mit ihm gefahren, weil ihr Wagen einen Platten hatte und sie zur Hochzeit ihrer Schwester musste. Die andere hat er vor vielleicht vier Jahren an einem verlassenen Ort in der Nähe von Corralejo aufgegabelt, angeblich hatte ein Freund sie dort ausgesetzt, was Erhard allerdings bezweifelt, da sie mit einem Blumengebinde winkte, als Erhard auf dem Weg in die Stadt an ihr vorbeifuhr.

Die Männer am Tresen sind aus dem Ort, aber was sie machen oder wer sie sind, weiß Erhard nicht. Er hat sie schon zigmal nach Hause gefahren, freundliche Gewohnheitstrinker, die schon früh in die Kneipen gehen, sich Rotwein bestellen und immer so tun, als wären sie verabredet. Sie wollen nicht zu Hause rumhocken und passen nicht ins Luz, die dunkelste Kaschemme der Stadt, oder in den Gelben Hahn, in dem die Bauarbeiter, Lastwagen- und Taxifahrer sich mit billigem Schnaps und Geschichten vom Festland berauschen. Alle drei auf ihren weißen Barhockern versuchen, das Gleichgewicht zu halten, und jedes Mal, wenn jemand Neues kommt, sehen sie zur Tür.

Die Musiker legen die Instrumente weg und treten an den Tresen, um dort zu warten. Vier schlaksige junge Männer, fast noch Jungs, mit eng sitzenden schwarzen Jeans, Hüten und fingerlosen Handschuhen. Einer von ihnen bestellt für die anderen mit, große Biere aus dicken Flaschen. Erhard hat nie in einer Band gespielt, sich aber immer gewünscht, gemeinsam in einem alten Truck auf Tour zu gehen, die Ausrüstung auf einer kleinen Bühne selbst zusammenzuschrauben, zu warten, Zigaretten zu rauchen. Dann der Soundcheck und schließlich das Konzert. Und hinterher trinkt man Bier und lacht und lobt sich für Dinge, die niemand außer der Band bemerkt hat.

Der Vater hat Erhard Klavierstunden beim alten Marius Tønnesen in Tastrup ermöglicht. Der ehemalige Musiklehrer thronte immer nur vor sich hin summend auf einem großen Sessel und rauchte zufrieden seine Selbstgedrehten. Ohne je etwas zu kommentieren oder Ratschläge zu geben. Als Erhards Vater nach neunzehn Stunden den Entschluss fasste, einmal mit zu Tønnesen zu kommen und einer Klavierstunde zu lauschen, war ihm schnell klar, dass der Unterricht nicht den gewünschten Erfolg hatte. Tønnesen musste seiner Meinung nach endlich hart durchgreifen, wenn Erhard falsch spielte. Schließlich trat er selbst ans Klavier und schrie seinen Sohn an, er möge wenigstens versuchen, die richtigen Tasten zu treffen. Danach wandte er sich wieder an Tønnesen und forderte ihn auf, Erhard mit dem Rohrstock einzubläuen, dass es zum Klavierspielen Übung brauche und keine Cowboy-und-Indianer-Spiele. Von diesem Tag an bezahlte der Vater nie wieder Stunden. Als Erhard in der darauffolgenden Woche ohne Geld bei Tønnesen auftauchte, bot ihm der Alte noch eine letzte Stunde an. Danach sei Schluss.

Diese letzte Stunde wurde sozusagen zur ersten, weil Erhard feststellte, dass er besser spielte, wenn er wütend war. Plötzlich war sein Spiel so energisch, dass Tønnesen von seinem Sessel aufstand, zu ihm trat und auf Erhards Finger hinabstarrte. Alle zehn. »Mein Gott, Junge, wie wütend du auf dieses Klavier bist!«

Erhard hämmerte auf die Tasten ein, und war am Ende der Stunde vollkommen erschöpft. Verschwitzt und aufgewühlt stand er im Flur, während Tønnesen in seinem Büro herumkramte. Erhard wollte gerade gehen, als der Alte wiederkam.

»Die hier ist für dich«, sagte er. Es war »Saxophone Colossus« von Sonny Rollins aus dem Jahr 1956. Auf dem Cover ein Schattenriss von Rollins mitsamt Saxofon.

»Könnt ihr ›You Don't Know What Love Is‹ spielen?«, fragt er einen der Musiker an der Bar. Der junge Mann dreht sich zu ihm um. Erhard rechnet nicht damit, dass sie das Stück beherrschen.

»Wir spielen keinen Jazz«, antwortet der Mann.

»Ich dachte, das hier wäre ein Jazzklub? Seit wann spielt man da keinen Jazz mehr?«, fragt Erhard.

Der junge Mann klärt ihn auf, dass sie New Funk spielen.

»Lass mich raten«, sagt Erhard. »Dreivierteltakt mit zwei Bassgitarren?«

»Den Leuten gefällt's.«

»Schaut so aus«, sagt Erhard und sieht sich um.

»Wir spielen uns nur warm. Unser letztes Video hatte auf YouTube mehr als 1,3 Millionen Klicks. Nächsten Monat spielen wir in Madrid.«

»Da habt ihr noch einen langen Weg vor euch«, sagt Erhard und blickt auf die löchrige Hose des Mannes. »Musik ist ehrlich, unbestechlich.«

»Whatever, Yoda«, sagt der Sänger und lacht, aber nicht unfreundlich. »Lass mich raten: noch eins der verkannten Genies auf dieser Insel?«

»Sieht man mir das an?«, gibt Erhard zurück.

»Nicht gerade der Businesstyp.«

Erhard grinst. »Du aber auch nicht.«

»Ich bin jung und verantwortungslos, you know?«

»Ja, das waren noch Zeiten.«

»Was ist mit deiner Hand passiert?«

Erhard blickt auf seine linke Hand hinab, an der noch das Tape klebt. »Lange Geschichte.«

»Keine Kinder oder Enkel, zu denen du nach Hause müsstest?«

»So weit hab ich's nicht gebracht.«

»Dann sitzt du also hier und beweinst dein Schicksal?«

»Ich höre Musik, außer ihr habt vor, den Abend zu versaufen, in einer Art Warmspielraum …«

»Yeah, right.«

Erhard dreht sich um und nimmt einen Schluck Bier. Es ist nicht immer angenehm, mit jungen Menschen zu sprechen. Wenn man mitten im Dialog feststellt, dass die Kluft zwischen den Generationen zu groß ist und der Weg zu verschlungen. Weitere Gäste kommen nicht, was außergewöhnlich ist, möglicherweise läuft Fußball. Sonst ist es eine halbe Stunde vor Mitternacht immer richtig voll. Erhard überlegt, ob er nach Hause fahren soll, solange er noch kann. Vermutlich vergeudet er nur seine Zeit, und sie kommt gar nicht.

Mittlerweile spürt er den Rotwein, aber nicht so, wie er es erwartet hätte, betäubend. Der Tag war einfach viel zu lang.

Er bleibt sitzen und starrt auf die dünnen Beine eines Musikers. Gardinenstangen in Jeans. Bestimmt wohnen sie zusammen in einer kleinen Wohnung in Puerto oder in Corralejo und leben von Hasch und Speed oder wie das Zeug heißt. Sie vögeln miteinander und mit den Freundinnen der anderen und streiten sich zweimal im Monat um die Miete. Vielleicht ist der Typ mit dem Sixpence anders. Er könnte vom Festland stammen, Madrid oder Valencia. Sieht aus wie ein Student. Ein seltener Anblick auf einer Insel, die den Beinamen Isla Ingenua trägt. Insel der Unwissenden. Zur nächsten anständigen Uni fährt man drei Tage mit dem Schiff oder fliegt fünf Stunden. Da fällt es schon auf, wenn man auf einen jungen Mann trifft, der in der Lage ist, seinen Grips zu gebrauchen. Erhard selbst blickt auf eine lange Reihe abgebrochener Ausbildungen zurück, aber das Leben hat ihn gelehrt, einen Intellektuellen zu erkennen, wenn er einen vor sich hat. Im Profil betrachtet, hat der junge Mann wirklich einen imposanten Zinken, wie ein Kuros, eine griechische Steinskulptur.

Die Bandmitglieder stehen auf und gehen zurück zu ihren Instrumenten. Als sie an ihm vorbeikommen, flüstert einer von ihnen etwas. Es geht so schnell und ist so leise, dass Erhard es nicht gleich versteht. »Stehst du auf junge Männer?«

Er will sich schon umdrehen, um zu sehen, wer das gesagt hat, aber es gelingt ihm gerade noch, den Reflex zu unterdrücken. Er weiß, dass nicht alle Stimmen von außen kommen. Andererseits ist das auf der Insel ein heißes Thema, Schwule haben es hier nicht leicht. Einheimische, die Touristen verprügeln. Diebstähle in den Dünen, wenn Deutsche oder Engländer es gerade miteinander treiben. Leichte Opfer.

Dann kommen doch noch mehr Gäste. Junge Paare, Hand in Hand, und einige Grüppchen. Die Anspannung, die Erhard in den letzten Minuten immer deutlicher im Lokal gespürt hat, verfliegt. Die Band spielt lauter und besser als zuvor, aber Erhard sieht nicht mal mehr hin.

Er trinkt sein Bier und geht nach draußen. Er hat Gäste ankommen und sich in den Hinterhofgarten setzen hören. Er umrundet das Gebäude. Auf der Mauer, die die Terrasse einrahmt, sitzt Alina, versunken in ein Magazin, das aus Bildern bekannter Schauspieler besteht. Ihr Blick ist überraschend konzentriert, als läse sie die Artikel wirklich. Leicht errötetes Gesicht, schmächtiger Körper, Jungmädchenbrüste wie kleine Konditortörtchen, die in Wahrheit fast nur aus Watte und Metallbügeln bestehen.

Er hat sie schon ein paarmal zum Jazzklub gefahren. Und zu den etwas vornehmeren Adressen der Insel, wo er sie im Morgengrauen, nachdem sie sich mit ihren Stilettos in der Hand durch die Tore der großen Villen zurück auf die Straße geschlichen hatte, wieder abholte. Bei ihrer letzten Begegnung kauerte sie auf den Knien und hatte den Schwanz des Präsidenten der Kanaren im Mund. Das ist jetzt ein Jahr her. Damals hatte Raúl ihn zu einer Party auf einer Jacht mitgenommen, die hinter der Isla de Lobos vor Anker lag. Raúl kennt die Reichen und Mächtigen, und Erhard hat die Prostituierten samt und sonders mit dem Taxi zu ihnen gefahren. Irgendwann mitten in der Nacht suchte er nach der Küche und überraschte dabei Alina und den Präsidenten, während der Leibwächter des hohen Herrn oben an Deck von Raúl beim Pokern abgezockt wurde.

Alina ist nicht schön. Vielleicht frech, wie ein Mädchen vom Land. Irgendwie hängen ihr Mund und ihre Wangen, als hätte sie mal eine Überbiss-OP gehabt. Aber sie ist anders als die anderen Prostituierten, reifer irgendwie und besser angezogen. Sie erinnert Erhard an eine Berühmtheit aus den Achtzigern, auf deren Namen er gerade nicht kommt. Die schwarze Hose sitzt hüfthoch unter einer weiten, seitlich geschlitzten goldfarbenen Bluse. An den Füßen trägt sie cremefarbene Sandalen. Erhard kennt sich mit Mode nicht aus, erst recht nicht mit Damenmode, sieht aber trotzdem, dass ihre Sachen eine andere Preisklasse sind. Als er neben ihr Platz nimmt, blickt sie auf und mustert ihn, als wollte sie Erhards sexuelle Vorlieben und seine Finanzkraft ergründen.

»Nein danke«, sagt sie.

Er muss beinahe lachen. »Deshalb bin ich nicht hier.«

»Wenn du was von mir willst, buch mich über meine Webseite, heute Abend bin ich beschäftigt.«

»Ich will mit dir über den Jungen reden«, sagt Erhard mit gedämpfter Stimme.

»Den Jungen?« Sie sieht aus, als hätte sie Tranquilizer genommen.

»Na ja, den Jungen, den du in einem Pappkarton hast verhungern lassen, du weißt schon.«

Sie stößt sich von der Mauer ab, und ihr Blick wird mit einem Mal steinhart. »Ich darf über meinen Sohn nicht reden, hat mein Anwalt gesagt.«

Tüchtiges Mädchen. Sie hat zugehört. Mein Sohn. Beleidigt. Vielleicht ist sie doch nicht so benebelt, wie sie aussieht. »Wie viel bezahlen sie dir? Stimmt es, dass du einen Tausender von der Polizei bekommen hast?«

Sie zischelt verächtlich. »Ganz sicher nicht. Das verdiene ich an einem durchschnittlichen Samstagabend im Dezember. Ich brauch kein Geld von der Polizei.«

»Und warum machst du es dann?«

Sie schlägt das Heft zu und sieht ihn an. »Weil es mein Sohn war.«

»Jetzt hör schon auf. Ich bin kein Journalist«, sagt Erhard.

»Ich weiß, wer du bist, du fährst Taxi.«

»Für tausend Euro hätte ich mich auch als Mutter des Jungen ausgegeben.«

»Ich bin die Mutter, Vollidiot.«

Sie antwortet mit solcher Überzeugung, dass Erhard Zweifel kommen. Aber sie hat so gar nichts von einer trauernden Mutter. Eher von einer unbekümmerten jungen Witwe an einem freien Abend. Ist sie wirklich die Frau, von der Bernal gesprochen hat?

»Wenn ich dich finden kann, kann die Presse das auch. Und wenn die rausfinden, dass du gelogen hast und die Polizei dich« – er senkt erneut die Stimme – »*bezahlt*, um die Mutter zu spielen, wird das nicht lustig für dich.«

»Alles eine Frage der Kalkulation.« Sie nuckelt an dem Strohhalm, der in ihrem grünen, mojitoartigen Drink mit Gurkenscheibe am Glasrand steckt.

Erhard weiß nicht, was er sagen soll. Er hat gehofft, dass sie Reue zeigen oder zusammenbrechen würde, aber nichts dergleichen. »Sie geben dir mehr als tausend Euro«, argwöhnt er. »Viel mehr.«

Sie lässt vom Strohhalm ab. »Whatever the money man says«, sagt sie mit einem Grinsen. »Man wird es mit der Zeit echt leid, alte Männer wie dich zu vögeln.«

Er geht über ihren Kommentar hinweg. »Mit deiner Hilfe kann die Polizei den Fall zu den Akten legen. Aber das ist nicht in Ordnung.«

»Der Junge ist tot. Seinen Eltern war er scheißegal, okay? Vielleicht sind sie ja selbst auch tot. Das sagt jedenfalls die Polizei.«

»Die wollen den Fall abschließen, obwohl er noch nicht aufgeklärt ist.«

»Na ja, das scheint er jetzt aber zu sein. Hör mal, Señor Taxifahrer, ich darf nicht darüber reden, und es gibt dazu auch nichts zu sagen. Du verdirbst mir nur den Abend.« Sie schlägt wieder ihr Magazin auf und konzentriert sich auf die Bilder.

»Wenn du Mutter spielen willst, musst du ein bisschen mehr Herz zeigen.« Er ist kurz davor, sie zu ohrfeigen.

Erhard geht zurück an die Bar, bestellt sich noch ein Bier und trinkt so gierig, dass ihm Schaum und Bier in den Kragen laufen. Diese dumme, nur auf ihren eigenen Vorteil bedachte Frau. Ein Resultat von Inzucht und Korruption. Erhard ist es so leid, hat nach mehr als dreißig Jahren die Schnauze voll davon. Verwaltungsbeamte ohne Moral und Bürger ohne Gerechtigkeitssinn.

Aber noch ist es nicht zu spät. Noch kann er die Polizeiversion zum Einsturz bringen, Alina entlarven und die Unfähigkeit der Ermittler publik machen. Bernal und seinesgleichen, Quasifreundschaft hin oder her, ans Bein pinkeln. Wenn der Vizepolizeikommissar die Eltern des Jungen nicht finden und seinen Tod nicht aufklären will, dann muss er dafür bezahlen.

Er lässt sie nicht aus den Augen und sieht durchs Fenster, wie sie sich Champagner bestellt, in der Zeitschrift blättert und sich wie eine Señora gibt. Selbstbewusst lächelnd, als fände sie das alles hier höchst amüsant. Ein paar Männer nähern sich, aber sie lässt sie abblitzen. Vielleicht ist sie ja wirklich nicht zum Geldverdienen hier, sondern um den Abend zu genießen und sich endlich einmal nicht unter irgend so ein schwitzendes Schwein zu legen. Nach dem unerwarteten Geldsegen kann sie sich vielleicht eine Auszeit leisten. Irgendwie gönnt er ihr das nicht.

Als das Konzert zu Ende ist, geschieht etwas Unerwartetes.

Während zwei junge Männer mit Pferdeschwanz die Instrumente und das Equipment zusammenpacken, lassen die Musiker sich auf die Sofas fallen und zünden dicke Joints an. Ein paar Mädchen tauchen auf und setzen sich auf ihre Schöße. Eine von ihnen ist Alina. Sie beugt sich über den Leadsänger, der in ihre Hose greift, um sich ihren Slip anzusehen. Weniger die Handlung selbst als vielmehr das Tempo stößt Erhard ab. Das ist so bar jeder Finesse, ohne Sinn fürs Vorspiel. Viel zu direkt. Obwohl noch immer Musik läuft, glaubt Erhard, jedes Wort zu hören. Auch Alina, die dem Leadsänger mit ihrem großstadtspanischen Akzent ins Ohr haucht: »Ich will dich in meinem Mund, Muchacho.« Erhard haut es beinahe vom Stuhl, er dreht sich zur Bar und leert sein Bier. »Nicht jetzt, nicht hier, gleich«, flüstert der Sänger. Alina hat Erhard nicht bemerkt, obwohl er keine vier Meter entfernt sitzt, vielleicht ignoriert sie ihn aber auch nur. Um keine Aufmerksamkeit auf sich zu ziehen, geht er langsam aus dem Lokal auf die Straße. Draußen sind immer noch Leute unterwegs, ein Moped mit drei Jugendlichen knattert vorbei, zwei Mädchen mit bunten Kleidern schlendern in Richtung Strand und zwitschern in ihre Handys.

Trotz der neuen Einkommensquelle scheint Alina nicht an einen Jobwechsel zu denken. Sie kann den Hals einfach nicht vollkriegen. Nicht mal in dieser Lügengeschichte ist sie es wert, die Mutter des Jungen zu sein. Sie ist eine Nutte der billigsten Sorte. Sie könnte ein anderes Leben führen, nutzt aber trotzdem ihren Körper, um sich an den Männern zu rächen, an deren Dummheit und Engstirnigkeit. Seht, was ihr mir antut, seht, welchen Qualen ich ausgesetzt bin.

Die jungen Typen haben den kleinen Lieferwagen fertig beladen und rufen dem Bassisten zu, dass sie das Zeug jetzt wegbringen. »Wir bleiben noch«, hört er den Bassisten antworten. Erhard sucht hinter einer Palme Schutz und wartet, bis die Bandmitglieder aus dem Lokal kommen. Von ihrer intellektuellen Aura ist nichts mehr zu spüren, es ist nur noch eine kichernde Gruppe Teenagersternchen mit Groupies. Sie überqueren die Straße, ohne auf den Verkehr zu achten, Autos müssen ihretwegen bremsen. Erhard lässt Alina nicht aus den Augen. Sie klebt regelrecht an der Hühnerbrust des Sängers. Ein anderer hat den Arm um ein junges Mädchen gelegt. Gemeinsam gehen sie die kurze Auffahrt zum Hotel Phenix hoch. Wenige Minuten später folgt Erhard ihnen.

In der Hotelbar sind nur wenige Gäste. Ein Ehepaar trinkt Weißwein, und ein Vertretertyp sitzt vor seinem Laptop. Der

Barkeeper winkt Erhard zu, aber Erhard macht kehrt und geht zurück zur Rezeption.

Er kennt den Portier, ein älterer Mann namens Miguel, der schon an der Rezeption arbeitet, seit Erhard auf der Insel ist. Als Taxifahrer sollte man die Angestellten der Hotels kennen. Gute Beziehungen bedeuten mehr Aufträge, mehr Kunden und mehr Trinkgeld. Außerdem ist Miguel jemand, an den man sich erinnert. Freundlich, immer ordentlich frisiert und mit zarten Händen. Angeblich wohnt er immer noch bei seiner achtzigjährigen Mutter.

Erst tut Erhard so, als wäre er zufällig vorbeigekommen. »Viel Arbeit, Miguel?«

»Wir haben immer viel Arbeit, Señor Jorgenson. Aber auch immer viel Zeit für unsere Gäste.«

»Und, mal wieder Jean Boulard gesehen?«

Jean Boulard ist ein Inselpromi, der in die Klatschspalten geraten ist, weil er einmal auf der Dachterrasse des Hotels mit Penélope Cruz getanzt hat.

»Ich rede nicht über unsere Gäste«, erwidert Miguel lächelnd.

»Auch nicht, wenn sie gegen das Gesetz verstoßen?«

»Solche Gäste haben wir nicht.«

»Und was ist mit den Typen, die vor ein paar Minuten gekommen sind?«

»Gibt es ein Problem, Señor Jorgenson? Haben sie die Taxifahrt nicht bezahlt?«

Erhard sieht Miguel nachdenklich an. »Könnte man sagen.«

»Um wie viel geht es? Ich kann es auf die Rechnung setzen.«

»Das würd ich gern persönlich klären. Bestimmt handelt es sich nur um ein Missverständnis. Verraten Sie mir die Zimmernummer?«

Miguel sieht Erhard streng an. »Aber nur, weil Sie es sind.«

»Sie wissen also, wen ich meine? Drei junge Männer und zwei, nun, sagen wir, Damen.«

»Ich habe nur die zwei jungen Männer gesehen, die die Zimmer heute Nachmittag gebucht haben. Waren sie in weiblicher Begleitung?« Miguel lässt sich nicht anmerken, ob er verstanden hat, dass es sich bei den Damen um Prostituierte handelt, und Erhard muss ihn nicht in Verlegenheit bringen.

»Es wird nicht lang dauern«, sagt Erhard.

»Zimmer 221 und 223. Gleich unter dem Zimmer, das Sie beim letzten Mal hatten.«

»Danke, Miguel. Ich bin gleich wieder zurück.« Erhard geht um die Ecke und nimmt den Aufzug. Er ist zu müde für die Treppe.

Schon von Weitem hört er sie. Der junge Mann klingt wie ein Staubsauger, Alina wie eine Sackpfeife, auf die jemand eintritt. Die Geräusche werden lauter, bis er vor Zimmer 221 steht. Erhard fürchtet schon, auf die anderen Bandmitglieder zu stoßen, andererseits muss sich ja mindestens einer von ihnen um das zweite Mädchen kümmern. Allerdings ist aus dem zweiten Zimmer kein Mucks zu hören.

Erhard klopft dreimal an. Nicht zu aufdringlich.

»Hau ab«, hört er den Sänger rufen.

»Champagner. Champagner, Señor.«

»Verschwinde einfach.«

»Ein Geschenk des Plattenproduzenten, der unten an der Bar gesessen hat, Señor«, sagt Erhard und hofft, dass das sein Interesse weckt.

Alina sagt etwas, dann hört er Schritte.

Im selben Moment, da der Sänger die Tür aufmacht, wirft Erhard sich mit voller Wucht dagegen, sodass sie dem Jungen in die Fresse schlägt und er nach hinten stolpert. Er rudert mit den Armen, versucht, sich festzuhalten, fällt dann aber rücklings auf einen wackligen Stuhl und ein Beistelltischchen und reißt einen Bilderrahmen herunter, der zu Bruch geht. Mit ein paar langen Schritten steht Erhard mitten im Zimmer.

Alina liegt auf dem Bett, die Arme zur Seite ausgestreckt und die Beine gespreizt, sodass Erhard ihr rasiertes Geschlecht, den runden Bauch und die spitzen Brüste sieht. Als sie ihn erkennt, kauert sie sich nicht etwa zusammen, wie Erhard es erwartet hätte, sondern verschränkt bloß lässig die Arme hinterm Kopf und schlägt die Beine übereinander.

Als der Sänger versucht, wieder auf die Beine zu kommen, schubst Erhard ihn gegen die Wand und dann zurück ins Bett. Blut sickert aus der krummen, arabisch anmutenden Nase. Er bringt kein Wort heraus. Auf dem Nachttisch steht eine offene Whiskyflasche. Erhard wirft einen Blick aufs Etikett. Jack Daniel's. Nicht die typisch viereckige Flasche, vermutlich bloß eine Kopie. Er nimmt einen Schluck, bevor er dem jungen Mann, der sich beide Hände auf die Nase presst, den Alkohol über den Kopf gießt. Der Typ windet sich vor Schmerzen, gibt aber noch immer keinen Laut von sich. Erhard weiß nicht, ob er aus Männlichkeit schweigt oder weil er blöd ist.

»Was zum Henker soll das, Vierfinger?«, ruft Alina.

Erhard bleibt still stehen und wartet darauf, dass der junge Mann ihn mit seinen blutunterlaufenen Augen ansieht. »Du nimmst jetzt deine Sachen und haust ab. Und machst einen großen Bogen um die Kleine hier. Ich will dich und deine Freunde nicht noch mal in ihrer Nähe sehen.«

»Was hab ich denn getan? Ich dachte … Wir haben doch unten in der Kneipe noch miteinander geredet«, wimmert der Sänger.

»Sie ist die größte Lügnerin der Insel.«

Alina reagiert auch auf diesen Satz nicht, und langsam wird Erhard nervös.

»Wovon redest du?«, fragt der Sänger.

»Verschwinde. Auf der Stelle.« Erhard fragt sich, ob er erst die Flasche anheben muss, um ihm klarzumachen, dass er es ernst meint, aber dann klaubt der Junge seine Sachen zusammen und verlässt das Zimmer. Seine behaarten Arschbacken sind ein jämmerlicher Anblick. Der Rücken voller Aknepusteln.

»Was läuft hier eigentlich?«, fragt Alina verärgert und doch mit einem Grinsen im Gesicht, als wäre sie amüsiert, ja, als wäre sie die Lieblingsdirne aus irgendeinem John-Wayne-Film. »Willst du mich für dich allein haben, du geiler Bock?«

»Ich will keinen Sex mit dir, du Lügnerin, nicht mal wenn du die letzte Frau hier auf der Insel wärst.« Er hätte gern noch was Vernichtenderes gesagt, um ihr das Grinsen auszutreiben, aber es scheint ohnehin alles an ihr abzuperlen.

»Und ob du willst.« Sie lacht.

Er will ihr die Flasche über den Schädel ziehen, ihr den Flaschenhals in den kinderlosen Bauch rammen. Sie vernichten. Plötzlich hasst er ihr Gesicht, die Kringellocken, die steifen Brustwarzen, die sie nicht mal zu verdecken sucht. Das selbstsichere Lächeln, in dem Erhard mit einem Mal erkennt, dass er es auch mit Gewalt, Demütigung und Hass nicht auslöschen kann, weil es eben gerade aus Gewalt, Demütigung und Hass entstanden ist. Er hat keine Macht über sie und starrt sie lange an. Irgendwann sieht er in ihr das Mädchen aus dem Dorf, die Halbwüchsige im Bus oder in der hintersten Reihe der Schulklasse. Ein

Kind mit Silberblick in einem geblümten Kleid, das Steine über den Weg kickt und einem großen Hund hinterherrennt.

»Wie bist du nur so geworden?«

Sie ist überrascht. Das Lächeln verschwindet zwar nicht, aber ihr Blick flackert unsicher.

»Wie ist es nur dazu gekommen, dass dir die anderen so gleichgültig sind? Dass du auf alles scheißt?«

»Du machst mir meine Arbeit nicht kaputt«, entgegnet sie und macht Anstalten, aus dem Bett zu krabbeln.

»Bleib da«, sagt Erhard barsch.

Sie hält inne und versucht zum ersten Mal, ihre Blöße zu bedecken, indem sie einen Zipfel des Lakens hochzieht. »Was willst du von mir?«

»Du bleibst da sitzen, du dummes Gör! Willst du wirklich am Tod eines kleinen Jungen verdienen?«

»Das kann dir doch egal sein«, sagt sie. »Das hat doch nichts mit dir zu tun.«

»Man verlässt nicht einfach sein Kind und kommt dann auch noch ungestraft davon.«

»Jetzt hör mir mal zu! Ich hab niemanden verlassen, ich hab nur …«

»Ich weiß, was du hast.«

»Was willst du dann von mir? Mich anzeigen?«, fragt sie. Wieder diese aufreizende Unerschütterlichkeit, als hätte sie Spaß daran, die Kindsmörderin zu spielen.

Aber sie hat recht. Erhard hat keine Ahnung, was er tun soll. Er hat gehofft, sie zur Vernunft bringen zu können, und weiß jetzt, da es nicht funktioniert, nicht weiter.

»Was immer du von der Polizei bekommst, ich zahl dir das Doppelte.« Ein Schuss ins Blaue. Er hofft, dass sich die Prostituierten draußen in Guisguey verhört haben und es weniger als tausend Euro waren, sonst reicht sein Geld nicht. Zweitausend könnte er sich gerade noch leisten.

»Ich krieg nichts von der Polizei«, sagt sie müde.

»Du lügst schon wieder«, sagt er und fragt sich, warum manchen Menschen das Lügen leicht fällt wie das Atmen, während andere so große Schwierigkeiten damit haben, dass sie lieber ans andere Ende der Welt fliehen und alles opfern würden, nur um nicht lügen zu müssen.

»Ich lüge nicht, ich hab von der Polizei wirklich keinen Cent bekommen.«

»Aber …«

»Nicht von der Polizei.«

»Wie meinst du das?« Bernal hat doch gesagt, dass es nur die richtigen Argumente brauchte, und dass er damit Geld gemeint hat, stand für Erhard außer Frage.

»Das Geld kommt von jemand anderem. Ich weiß nicht mal, von wem. Die Polizei hat bestimmt eine Million Mal gesagt, dass das Geld nicht von ihnen kommt, sondern von diesem Majorero. Irgendwer, der das Problem aus der Welt schaffen will. Guck mich nicht so an, ich lüge nicht, das haben sie wirklich gesagt.«

»Und wie viel?« Erhard riecht förmlich, dass der Betrag deutlich höher ist als die tausend Euro.

»Fünftausend für jede Woche Knast. Und ein Ticket nach Madrid, wenn es hinterher auf der Insel schwer für mich werden sollte.«

Er sieht sie an. Beim Reden hat sie ganz vergessen, sich die Hände vor die Brüste zu halten. Stattdessen kramt sie irgendwelche bunten Schaumdinger aus ihrer Tasche und kaut entspannt, als wären sie zwei Freundinnen auf Kneipentour. Schlagartig dämmert ihm, an wen sie ihn erinnert. Erst hat er an Beatriz gedacht – mit etwas kürzeren Haaren, dem gleichen Teint und etwas gedrungenerer Statur. Aber es ist nicht Beatriz, an die Alina ihn erinnert. Sondern Kim Wilde. Eine etwas pummelige Kim Wilde mit einer Vorliebe für Süßigkeiten, Drogen und Mojitos.

Er nimmt einen tiefen Schluck aus der Flasche. »Ich kann dir das Ticket besorgen – und vielleicht tausend Euro.«

Sie sieht Erhard ernst an. »Du hast sie doch nicht alle.«

»Das ist alles, was ich hab«, erwidert Erhard. Ehrlichkeit – keine Ahnung, ob er sie damit beeindrucken kann.

»Denk doch mal nach. Selbst wenn ich das nicht machen würde …«

»Sag ihnen, dass du vor Gericht nicht meineidig werden willst, dass du den Deal bereust.«

»Und wozu soll das gut sein? Dann suchen sie sich doch nur eine andere, die das Geld einsackt und sich an der Plaza Major einen Drink gönnt.«

»Ich weiß nicht, aber auf lange Sicht kann das so doch nicht weitergehen.«

»Gehst du dann auch weiter zur Nächsten … und zur Übernächsten? Das kannst du dir doch gar nicht leisten.«

Erhard ärgert sich, dass sich urplötzlich alles nur mehr ums Geld dreht, aber sie hat recht. Er kann es sich nicht leisten. Er könnte ihr höchstens zweitausend geben, falls sie sein Angebot annähme – und müsste obendrein auch noch den Flug zahlen. Woher er das Geld dafür nehmen soll, weiß er nicht. Jedenfalls nicht im Moment.

»Wenn du willst, dass der Schwindel auffliegt, warum gehst du dann nicht zur *Provincia*?«

Erhard hat tatsächlich darüber nachgedacht, zur größten Zeitung der Insel zu gehen. »Weil …«, sagt er, »weil das eine Polizeiangelegenheit ist und in der Zeitung nichts zu suchen hat. Es ist etwas Grauenvolles passiert. Ein kleiner Junge ist einem Verbrechen zum Opfer gefallen. Da bin ich mir ganz sicher.«

»Haben sie ihn erstickt?« Alina wird jetzt richtig wach. Sie nimmt Erhard die Flasche aus der Hand und trinkt. Sie scheint weder Bilder gesehen noch irgendwo gehört zu haben, wie der Junge umgekommen ist. Umso schlimmer, dass sie bereit ist, die Strafe auf sich zu nehmen.

»Nein, diese Arschlöcher haben ihn verhungern lassen.«

»Ich kann nicht«, sagt sie plötzlich. »Ich kann keinen Rückzieher mehr machen.«

»Was haben sie dir gesagt?«

»Nicht die Polizei, dieser Majorero, irgend so ein hohes Tier …«

»Hat er dir gedroht?«

»Nein.«

»Einer von Los Tres Papas?«

»Weiß ich nicht, vielleicht.«

»Hast du das Geld noch nicht bekommen?«

Sie blickt zu Boden. Vielleicht sucht sie nach ihren Kleidern. Erhard kann sie nirgends sehen.

»Du hast doch noch nichts davon ausgegeben?«

»Ich hab ausgegeben, was ich bekommen hab«, sagt sie und nimmt ein Stück Stoff vom Boden. Einen winzigen Slip.

»Wie viel? Wie viel hast du ausgegeben?«

»Zweitausend, vielleicht mehr.«

Erhard begreift nicht, wofür ein Mädchen wie sie so viel Geld ausgeben kann. »Was zum Henker hast du dir davon gekauft? Ein Auto?«

»Beruhige dich, du bist nicht mein Opa.«

»Wenn du das Geld schon ausgegeben hast …« Er bringt den Satz nicht zu Ende. Es ist viel komplizierter, als er es sich gedacht hat, weil sie das Geld bereits angenommen hat.

Sie zieht sich den BH an. Die kleinen Brüste sehen mit einem Mal rund und einladend aus. Ein teurer BH, das erkennt sogar Erhard. Und die goldfarbene Bluse könnte in irgendeiner exklusiven Boutique in Corralejo ebenfalls ein paar Hunderter gekostet haben. Die Hose auch.

»Starr mich nicht so an. Ich bin nicht so dumm, wie du glaubst«, sagt sie, während sie auf die Toilette geht, wo gleich die Lüftung zu laufen beginnt.

»Du musst es zurückzahlen, du musst …«

»Bist du verrückt? Einen Dreck tue ich. Das ist mein Geld, ich hab das bekommen.« Die Empfindsamkeit, die Erhard für einen kurzen Moment gespürt hat, ist wie weggeblasen. Stattdessen ist die Geschäftsfrau wiedererwacht. Die Polizei hat sich für diesen Deal die Richtige ausgesucht. Naiv, ja, aber alles andere als dumm. Eine, die man herumkommandieren, aber nicht manipulieren kann. Ambitiös, aber nicht verzweifelt. Wie so ein Olivenbauernmädchen als Prostituierte enden kann, ist nicht unbedingt ein Rätsel, aber neben schlechten Schulnoten und anschließender Arbeitslosigkeit gibt es sicher auch noch andere Gründe. Nur Eltern sind in der Lage, ihre Kinder derart kaputt zu machen. Nur schlechte Eltern können ein Kind so abgestumpft, so gleichgültig machen, dass sie sich selbst verkauft – erst den Körper und dann als Sahnehäubchen die Seele obendrauf.

»Und wenn ich dir das Geld gebe und du es zurückzahlst? Ich kann dir bis morgen früh ein paar Tausender besorgen. Wann sollst du vor Gericht aussagen? Freitag?«

»Jetzt hör endlich auf, das wird nicht passieren. Außerdem kannst du dir das gar nicht leisten.«

»Ich will dir nur das geben, was du zurückzahlen musst. Danach müssen wir mal schauen …«

»In Wahrheit war es deutlich mehr«, sagt sie. Inzwischen ist sie wieder angezogen und sieht schlagartig erwachsen aus. »Eher viertausend.«

Erhard spürt, wie seine Energie schwindet. Der Whisky und der übrige Alkohol des Abends sind ihm zu Kopf gestiegen und benebeln ihn. Du dummes, dummes Mädchen, will er sagen, schafft es aber nicht. Alles dreht sich nur um Geld, und da kann Erhard nicht mitreden. »Vergiss es«, sagt er schließlich und will gehen.

»Was willst du denn jetzt machen?«, ruft sie ihm hinterher.

»Die wirkliche Mutter des Jungen finden«, sagt er und tritt auf den Flur hinaus, läuft an dem Sänger und einem der anderen vorbei, die an der Tür gelauscht haben und einen Schritt zurückweichen, als sie ihn sehen.

Obwohl er betrunken ist, setzt er sich in den Wagen und fährt zornig und zu schnell davon. Steine und Dreck schleudern gegen den Unterboden, bis er irgendwann zu Hause ist. Statt hineinzugehen, bleibt er im Auto sitzen und schläft ein, noch ehe der Motor richtig ausgegangen ist.

25

Schlaf – viel zu unkompliziert, von Sorgen unberührt.

Und das Gegenteil von Schlaf? Wachheit? Zu kompliziert. Zu viele Gereiztheiten und bittere Gedanken. Er kann an nichts anderes denken. An nichts anderes als die Nutte mit dem teuren BH, den Jungen in dem Karton und das riesige Regal voll Aktenordner bei der Polizei.

Er wandert auf und ab, setzt sich hin, steht wieder auf. Das Frühstück schmeckt nach Pappe. Die Luft ist staubig und der Kaffee lauwarm. Er sieht sich seine Bücher an und denkt an Solilla, die Inhaberin des Secondhandladens.

Solilla ist um die sechzig, ein zierliches Persönchen, das vor lauter Zerstreutheit und Fahrigkeit mitunter das Essen vergisst. Sie hat ein irres Lachen und sortiert die Waren nach einem System, das nur sie allein durchschaut. Kleider werden nach der Länge des Reißverschlusses sortiert, Bücher nach der Seitenzahl – und Hundeleinen, Insektenvorhänge und Puder nach dem Nickelgehalt. Egal wo im Laden man sich aufhält, selbst unten im Keller, hört man sie leise vor sich hin meckern. Über das Gewicht eines Kartons, den Anblick einer Topfpflanze, den ganz alltäglichen Stress oder einen Kunden, der zu viele Sachen anprobiert, dann aber nichts kauft. Sie kann Kunden nicht leiden, die nur gucken und nichts kaufen. Solange man immer wieder etwas kauft – wie Erhard –, ist sie liebenswert und mitteilsam, dann lädt sie einen ein, sich zu ihr auf das Sofa vor dem Laden zu setzen und sich mit ihr zu unterhalten. Was Literatur, Politik und die Geschichte der Inseln betrifft, ist sie ein wandelndes Lexikon. Sie hat viele Jahre als Journalistin für den kanarischen Fernsehsender C2 gearbeitet.

Möglicherweise lassen sich über die Zeitungen oder die Nachrichten im Fernsehen die Eltern des Jungen ausfindig machen. Er kann sich gut vorstellen, dass ein Fall wie dieser Solillas Interesse wecken könnte. Nicht unbedingt die Geschichte des verhungerten Jungen, die sie vermutlich zu emotional findet. Aber dass die Polizei einen Fall abschließt, indem sie eine Verdächtige schmiert und ein Geständnis kauft. Solilla arbeitet nicht mehr als Journalistin, verfügt aber nach wie vor über ein funktionierendes Netzwerk und kennt bestimmt einen Kollegen, der sich der Sache annehmen mag.

Er zieht sich an, fährt nach Puerto, parkt schräg hinter einem Handwerkerwagen und geht die Treppe zum Laden hinauf. Der Baum vor dem Gebäude taucht das Sofa mitsamt Tisch und sämtliche Kisten mit Büchern und Magazinen, die drum herum stehen, in Schatten.

Solilla ist unten im Keller und sortiert Tücher. Sie nennt ihn laut beim Namen, ohne von ihrer Arbeit aufzublicken. Sie ist eine der wenigen auf der Insel, die sich wirklich Mühe gibt, seinen Namen so auszusprechen, dass er dänisch klingt, was ihr auch fast gelingt. Sie kann es nicht leiden, wenn man ihre Zeit verschwendet, darum kommt Erhard direkt zur Sache. »Ich bräuchte den Namen eines guten Journalisten.«

»Ha«, sagte sie und mustert ihn interessiert. »Die guten sind allesamt tot.«

»Einer, der sich traut, im Korruptionssumpf zu rühren.«

»Worum geht es denn?«

»Darum, dass die Polizei Verdächtige und falsche Geständnisse kauft.«

»Und?«

»Es gibt einen unaufgeklärten Kindsmord.«

»Einen Kindsmord? Erzählen Sie.«

»Vielleicht ist es auch kein Mord. Sie haben doch sicher mitbekommen, dass vor Kurzem am Strand von Cotillo ein toter Junge in einem Auto gefunden wurde.«

Sie schiebt den Karton mit den Tüchern ins Regal und winkt Erhard hinter sich her durch den Laden. Sie gehen an einem Kunden vorbei, der in einer Kiste mit afrikanischen Pornozeitschriften blättert. Solilla war immer schon eine Verfechterin der Pressefreiheit, was auch Pornos einschließt. Es gefällt ihr, dass Erhard aus dem Land kommt, das den Porno als Erstes legalisiert hat.

»Nein«, sagt sie.

»Unten am Strand stand ein verlassener Pkw, und auf dem Rücksitz war ein Karton, in dem ein kleiner Junge lag. Tot.«

»Aber nicht ermordet?«

»Nein, eher verhungert. Die Eltern sind unauffindbar.«

»Und?«

»Und jetzt haben sie – entschuldigen Sie die Wortwahl – eine dumme Nutte gefunden und sie zur Schuldigen erklärt.«

»Warum das?« Solilla lacht ihr irres Lachen. Sie geht vor ihm die Treppe hoch, und Erhard starrt auf ihren langen blauen Rock.

»Weil die Polizei den Fall so schnell wie möglich zu den Akten legen will. Wegen der Touristen, sagen sie.«

Sie brummelt, als könnte sie das Argument verstehen. »Und was wollen Sie dagegen unternehmen? Haben Sie denn irgendetwas in der Hand?«

»Das Mädchen, das sie geschmiert haben, damit es die Schuld auf sich nimmt.«

»Ist sie nicht in Polizeigewahrsam?«

»Nein, bis zur Gerichtsverhandlung läuft sie draußen frei herum.«

»Würde sie mit einem Journalisten reden?«

Genau das ist das Problem. »Keine Ahnung.«

»Was erwarten Sie dann von dem Journalisten?«

»Dass er zur Gerichtsverhandlung geht und davon berichtet, dass die Polizei eine Frau angeklagt und verurteilt hat, die mit dem Fall nicht das Geringste zu tun hat.«

»Können Sie das irgendwie beweisen?«

»Ich hab mit dem verantwortlichen Polizisten gesprochen. Und ich hab mit der Frau gesprochen.«

»Beweise, Mr. Jørkenzen, haben Sie Beweise? Dokumente, Bilder, Sie wissen schon? Irgendwas Brauchbares für einen Journalisten?«

Erhard weiß genau, was sie meint. »Nein.«

»Und was sagt die Frau? ›What's in it for her‹, wie man so schön sagt?«

»Geld. Sie ist ein ganz schön zähes Luder, wenn ich das mal so sagen darf.«

»Also, ich kenne da ein paar nicht völlig hoffnungslose Journalisten, aber die werden Ihnen das Gleiche sagen wie ich: Ein Mädel, das nicht reden will, und die Polizei, die sicher alles abstreitet, das gibt keinen Scoop. Worauf soll sich die Geschichte denn stützen?«

»Was weiß ich? Deshalb suche ich ja einen Journalisten. Wer, wenn nicht Ihresgleichen, weiß, wie man an entscheidende Informationen herankommt?«

»Ich übernehm das nicht, falls Sie das glauben.« Sie lacht wieder. Ist aber geschmeichelt.

»Glauben Sie mir, Solilla, das ist ein echter Fall. Ein Scheißfall, wie der Polizist sagte.«

»Wie viel bezahlen sie ihr?«

»Das Geld kommt nicht von der Polizei, das ist das Merkwürdige.«

»Von wem dann?«

»Von irgendeinem Majorero, wie sie ihn nennt. Fünftausend für jede Woche, die sie im Knast landet.«

»Das ist schon interessanter. Und logisch ist es nicht die Polizei, die sie für ihr Geständnis bezahlt. So können sie das Ganze jederzeit abstreiten.«

»Sie hören doch selbst, wie krank und pervers diese Geschichte ist. Das verdient es, öffentlich gemacht zu werden.«

Sie reicht ihm ein Buch. »Lesen Sie das, ein Klassiker.«

Er blickt auf den farbigen Umschlag hinab. Die schwarze Silhouette eines Manns, der eine Pfeife raucht. *The Adventure of the Speckled Band and other stories of Sherlock Holmes.* Er erinnert sich, schon mal in diesem Buch geblättert zu haben. Vor vielen Jahren. Er schlägt es auf. Wie alle anderen Bücher von Arthur Conan Doyle hat er es nie zu Ende gelesen.

»Vielleicht«, sagt er.

»Diego Navárez«, sagte sie. »Der Sohn eines alten Freundes und Kollegen. Er ist in die Fußstapfen seines Vaters getreten und arbeitet bei *La Provincia* hier in Puerto. Er ist ziemlich kritisch und ein scharfer Hund. Wenn jemand das übernehmen kann, dann er. Aber er hat noch nicht viel Erfahrung.«

»Hört sich gut an. Wie komm ich an ihn ran?«

»Überlassen Sie das mir. Sein Vater schuldet mir noch einen Gefallen.«

»Heute?«

»Dios mío, Sie haben es aber eilig. So aufgeregt hab ich Sie ja noch nie erlebt.«

»Die Verhandlung ist am Freitag.«

Sie sieht auf die Uhr über der Tür. »Ich ruf ihn sofort an. Warten Sie draußen auf dem Sofa. Ich komm raus zu Ihnen, sobald ich mit ihm gesprochen habe.«

Er setzt sich auf das Sofa unter dem Baum und liest Sherlock Holmes oder probiert es zumindest. Eine Katze, die Laden und Haus als Heim für sich beansprucht und von Solilla mit Steinen und Kronkorken beworfen wird, legt sich neben ihn und peitscht mit dem Schwanz über die aufgeschlagenen Buchseiten.

Kurz darauf kommt Solilla die Treppe runter und reicht ihm den Telefonhörer. »Verabreden Sie sich selbst mit ihm.«

Um ein Haar hätte er Aaz vergessen. Er setzt ihn vor Mónicas Haus ab und verspricht, spätestens um halb fünf zurück zu sein. Dann fährt er zurück nach Puerto. Sucht das Café. Und wartet. Bestellt zwei Bier vom Fass. Eins für sich und das zweite für Diego. Der Schaum löst sich auf.

Diego sieht aus wie ein Teenager. In einem Hemd, das er geerbt oder zumindest nicht gebügelt hat. Er setzt sich zu Erhard an den Tisch.

»Und die Mutter, die gar nicht die Mutter ist, bekommt Geld, damit sie die Schuldige spielt?«

Erhard schaut sich im Café um, aber da sind nur ein paar junge Männer, die am Flipperautomaten hinter einem Spalier aus Plastikblumen stehen. »Sie haben sich vorbereitet«, stellt Erhard fest.

»Ich hab das Wenige gelesen, was bislang darüber geschrieben wurde. Traurige Geschichte, aber nicht sonderlich ungewöhnlich. Es werden immer mal wieder Säuglinge gefunden. Erst 2010 gab es zwei ähnliche Fälle auf den Inseln. Minderjährige Mädchen, die Angst vor ihren religiösen Eltern hatten, vermute ich mal. Zu spät für eine Abtreibung, wenn Sie mich fragen.«

»Aber in diesem Fall hat die Polizei sich ein Mädchen gesucht, eine Prostituierte, die die Mutterrolle übernehmen soll. Und das ist eine Lüge. Frei erfunden.«

»Wieso sollten die so etwas tun? Ich gehe doch davon aus, dass in dem Fall ermittelt wird.«

»Nicht mehr, das ist ja das Wahnwitzige. Die Ermittlungen wurden eingestellt. Sie haben jemanden gefunden, der bereit ist, die Mutter zu spielen und die Strafe abzusitzen, damit der Fall abgeschlossen werden kann.«

»Aber wieso?«

»Der ermittelnde Polizist, mit dem ich gesprochen habe, meinte, wegen des Casinos. Weil sie es hier auf der Insel bauen und nicht an Lanzarote verlieren wollen. Ein unschöner Fall wie dieser könnte ihre Pläne durchkreuzen.«

»Interessant. Aber nicht sehr überzeugend.«

»So hat es der Polizist gesagt.«

»Derselbe, der Ihnen auch die anderen Sachen erzählt hat?«

»Ja.« Erhard merkt allmählich selbst, wie abstrus das alles klingt.

»Solche Sachen kümmern die Polizei doch sonst nicht sonderlich. Denen ist der Tourismus ziemlich egal, denke ich mal.«

»Haben sie nicht einen neuen Polizeipräsidenten bekommen?«

»Ja.«

»Es ist Ihre Story.«

Diego lacht. Für Erhards Dafürhalten etwas zu arrogant. »Ja, und es ist eine gute Story. Für die Bodega. Aber nicht für die Zeitung. Solange es nichts gibt, was die Geschichte glaubhaft untermauert.«

»Aber das hab ich doch gerade gemacht.«

»Und wo ist das Motiv?«

»Genau das sollen Sie ja herausfinden.«

»Mein Redakteur wird mir dieselben Fragen stellen, da bin ich mir ganz sicher. Und er will die Antworten, bevor ich auch nur eine halbe Stunde in die Sache investiere. Was zahlt die Polizei dieser Frau für das Geständnis? Haben Sie irgendwelche Bankauszüge oder so, die das beweisen?«

»Nein. Und es ist auch nicht die Polizei, die sie bezahlt. Irgendein unbekannter Geldgeber mit reichlich Kleingeld.«

Diego verdreht die Augen. »Okay.«

»Was heißt okay?«

»Das macht es noch schwieriger. Wer sagt, dass die Nutte das Geld nicht einfach verdient hat? Das wird hart, sehr hart, da was zu machen, glaube ich.«

Erhard rutscht auf seinem Stuhl herum. Die Energie, die ihn vor Diegos Ankunft noch angetrieben hat, ist fast verpufft. »Aber denken Sie doch an den Jungen.«

»Der Junge ist tot, das ist die gnadenlose Wahrheit«, sagte Diego. »Nicht ermordet, sondern vermutlich ›nur‹ von seiner Mutter, dieser Nutte, vernachlässigt oder vergessen worden. Tragisch und grausam. So was will keiner.«

Erhard muss an das Auto denken und an die gerade einmal fünfzig gefahrenen Kilometer. »Da wäre noch etwas. Das Auto wurde in Amsterdam oder so gestohlen und taucht dann plötzlich ohne Kennzeichen hier auf der Insel auf. Das ist doch irgendwie verdächtig.«

Diego leert sein Bier. »Okay, hören Sie, Jorgenson. Ich mag Sie. Ich bin hier, weil mein Vater und Solilla alte Freunde sind. Sollte noch etwas Spektakuläres auftauchen, bin ich gern bereit, den Fall genauer unter die Lupe zu nehmen.«

»Wie viel spektakulärer geht's denn noch?«, will Erhard wissen. »Die geständige Frau ist nicht die Mutter.«

»Das ist sicher interessant, aber ich gehe davon aus, dass die Polizei getan hat, was sie kann, um den Fall aufzuklären.«

»Am Freitag ist die Gerichtsverhandlung. Wenn sie sich schuldig bekennt und verurteilt wird, wird die Polizei den Fall zu den Akten legen und kaum mehr dazu zu bewegen sein, ihn erneut aufzurollen.«

»Okay, ich gehe zur Gerichtsverhandlung, und wenn ich dort irgendwas höre, was mich stutzig macht und Ihre Version untermauert, melde ich mich. Geben Sie mir Ihre Telefonnummer.«

Erhard gibt ihm die Nummer.

»Haben Sie keine Handynummer?«

»Ich hab kein Handy. Rufen Sie in der Zentrale von Taxi-Ventura an, wenn ich nicht zu Hause sein sollte.«

»Grüßen Sie Señora Solilla von mir und sagen Sie ihr, dass mein Vater ständig von ihr redet. Ich glaube, er ist ein bisschen in sie verliebt. Trotz allem. Danke für das Bier.«

»Ich werd's ausrichten.«

So viel zu den Idealen junger Leute. Erhard kommt sich vor wie ein verbitterter alter Verschwörungstheoretiker und bestellt sich noch ein Bier.

Er reiht sich in die Schlange unten auf der Carmen ein, weil er nicht weiß, was er sonst machen soll. Zum Lesen fehlt ihm die Konzentration. Unmittelbar vor der Siesta erreicht ihn die Nachricht, dass ein Anruf für ihn eingegangen ist. Er läuft zum Café Bolaño, dessen Nummer er in der Zentrale hinterlassen hat, und wartet darauf, durchgestellt zu werden. Dass der Journalist sich so schnell zurückmeldet, hätte er nicht gedacht.

»Ein Misston«, sagt eine Stimme.

Emanuel Palabras, dramatisch wie immer.

Es gibt Probleme mit dem Fazioli.

»Das hat sicher bis morgen Zeit«, sagt Erhard. Sie haben jeden zweiten Donnerstag im Monat eine feste Verabredung.

Doch Palabras ist ganz und gar nicht seiner Meinung.

»Ich hab jetzt noch einen anderen Termin«, sagt Erhard. »Danach komm ich vorbei.«

Erhard holt Aaz ab und fährt ihn zurück zum Santa Marisa.

Er sagt nicht viel, ihm fällt einfach nichts Unterhaltsames ein. Zum Abschied drückt er kurz die Schulter des Jungen.

Danach stellt er sich wieder an die Carmen. Fährt ein begeistertes junges Paar nach Las Dunas.

Erst gegen 18.00 Uhr legen sich seine Gereiztheit und sein Zorn. Er setzt eine Familie am Flughafen ab und kauft sich im Terminal ein Sandwich, das so pappig schmeckt wie zuvor sein Frühstück. Mit neuen Inseltomaten, die nach nichts schmecken. Diese Treibhäuser sind der Schandfleck der Insel. Den neuen Züchtern geht es nur darum, unter kontrollierten, staubfreien Bedingungen perfekt kugelrunde Tomaten anzubauen und davon so viele Tonnen wie nur möglich zu exportieren. Während er isst, sieht er sich die Schlagzeilen des Tages an. *La Provincia* bringt einen Artikel über den größten Olivenbauern der Insel, der aufs Festland zieht. Er legt der Verkäuferin im Kiosk passende Münzen auf den Tresen und wirft den Rest des Pappsandwiches in den Abfalleimer.

Unter seinem Scheibenwischer klemmt ein Flyer vom Sheraton Beach Golf and Spa Resort. Die angeleierten Bauprojekte aus der Zeit vor der Finanzkrise werden jetzt allmählich fertig und nehmen den Konkurrenzkampf um die wenigen Touristen auf, während die nicht fertig gewordenen Hotels wie Mahnmale des naiven Investitionseifers inmitten der Landschaft stehen. Oder wie überdimensionierte Etagenbetten für die Strandbewohner. Die Bauruine des Hotel Olympus in Corralejo wird nachts immer wieder von Feuern und batteriebetriebenen Discolampen erleuchtet, wenn Banden von Jugendlichen in den Betonskeletten feiern und Randale machen. Inzwischen regt sich nicht mal mehr jemand auf, man drückt ganz einfach beide Augen zu. Wo sollen die armen Schweine denn sonst hin? Es wäre teuer, eigens für sie was zu bauen. Problematisch ist nur, dass die Gebäude nicht gesichert sind. Im Januar ist dort ein junger Mann in den

Tod gestürzt. Ein elternloser Junge ohne Geschichte. Klebstoff in der Nase und ein Körper, der von Alkohol und Drogen ausgemergelt war. In der darauffolgenden Debatte ging es dann mehr um Jugendbanden als um gefährliche Baustellen, die jahrelang brachliegen. Erhard hat nichts gegen deren illegale Bewohner. Er war selbst einer von ihnen. Hat selbst gebrannten Schnaps aus Kanistern getrunken und gesehen, wie junge Mädchen Trips warfen, sich die Kleider vom Leib rissen und nackt durch die Glut tanzten.

Er sieht auf die Uhr und fährt nach Norden. Ein Besuch bei Papa Palabras ist nicht unbedingt das Gelbe vom Ei, aber heute ist er dankbar für jede Ablenkung. Und ein schöner Flügel – ein Meisterwerk von einem Flügel – hat ihn noch immer begeistert. Die Hoffnung stirbt zuletzt.

26

Am Ende der Calle Dormidero windet die Straße sich um eine Palme und führt wieder zurück. Im oberen Bogen der Schleife steht das Tor zu Papa Palabras' riesigem Anwesen: ein gigantisches Gattertor, das sich erstaunlicherweise immer wie von Geisterhand öffnet, wenn Erhard kommt. Andere Besucher müssen sich erst an der Gegensprechanlage anmelden. Erhard nicht. Er fährt die Auffahrt hoch und parkt vor der Dienstbotenwohnung auf der Westseite des Hauses. Dann marschiert er durch den Garten. Er weiß, dass Emanuel entweder auf der Terrasse sitzt und schläft, wobei ihm der Kopf auf die Brust gesackt ist, als hätte er sich das Genick gebrochen, oder in seinem Kakteentreibhaus sein Dienstmädchen, eine blutjunge Massai, antreibt, sich an den verschiedenen Kakteen zu stechen, um zu überprüfen, ob die Pflanzen auch gesund sind oder Wasser brauchen. Nur so spürt man den Unterschied, hat er einmal erklärt. Als Erhard einen Busch umrundet und die Treppe zur Terrasse hochgeht, sitzt Emanuel oben und schläft. Irgendwo schlägt jemand einmal kurz einen Gong, als Erhard näherkommt. Mit einem Ruck wacht Emanuel auf und funkelt Erhard ungehalten an, als hätte er seit Stunden auf ihn warten und sich langweilen müssen.

»Noches«, sagt er, kommt mithilfe der Massai auf die Beine und verschwindet im Haus. Erhard folgt ihm. Seine Besuche sind nie angenehm, doch Palabras ist Erhards bester Kunde, derjenige, den er am längsten hat, und der einzige, der Erhard einen festen Betrag dafür zahlt, dass er einmal im Monat den Flügel stimmt und immer abrufbar ist, sollte zwischendurch mal etwas sein. Diesen Extraservice hat Emanuel allerdings in fünfzehn Jahren erst ein einziges Mal in Anspruch genommen. Und heute.

Beim ersten Mal ging es nicht um das Stimmen des Flügels, sondern des Sohnes, der Popmusik spielte. So ist Erhard Raúl zum ersten Mal begegnet. Erhard starrte vielleicht zwanzig Sekunden lang in den Flügel, sah dann zu dem jungen Mann hinüber, der in der Zimmerecke stand. Dann wandte er sich wieder dem Flügel zu, lüpfte einen Hammer und polierte ein paar Saiten mit Stahlwolle. Der Flügel habe einen Misston, erklärte er, der durchaus korrigiert werden könne, aber das werde eine Stange Geld kosten und ein paar Monate in Anspruch nehmen. Der große Emanuel musterte Erhard kurz und wedelte dann zustimmend mit der Hand. Der Mann liebte seinen Fazzi.

Auf dem Weg nach draußen blieb Erhard bei dem Sohn stehen. Ein unseriöser Mensch, fand Erhard damals. »Ich bringe dich zu einem ordentlichen Lehrer«, versprach er, denn wenn er schon auf einem Fazioli spielte, sollte er es anständig tun. Das Geld, das Erhard bekam, um den Flügel zu bearbeiten, dem nichts gefehlt hatte, steckte er der besten Pianistin der Stadt zu, Francisca, einer Lehrerin, die in Gornjal wohnte. Manchmal fuhr er Raúl sogar persönlich hin und wieder zurück. Raúl wurde ein guter, wenn auch kein begnadeter Klavierspieler. Wenn es ihm einmal gelang, seine innere Unruhe auf die Tasten zu übertragen, klangen Gershwin und Bernstein sogar authentisch.

Emanuel wirkt seit einigen Jahren nicht mehr ganz so imposant, ist aber noch immer eine Naturgewalt. Auch seine Villa ist grandios. Mit Unterstützung seiner Architekten und Gärtner hat er sich ein Heim geschaffen, das mit den orangefarbenen Lehmwänden, den Bambusfächern, den gemusterten Säulen und den endlosen Löwenkopfreihen an Afrika gemahnt, und zwar an den kolonialisierten, gepeinigten, vom weißen, übergewichtigen Mann geknechteten Kontinent.

Letzteres ist Erhards Einschätzung, nicht Teil der verklärten Geschichte, die Emanuel immer dann erzählt, wenn er sich zu seinem Haus äußert oder zu den Massaimädchen, die er in seinem Anwesen versteckt. Sichtlich trauert er den Zeiten nach, in denen sein geliebtes, vermisstes, verfluchtes Mutterland Spanien Afrika erobert hat.

Emanuel setzt sich an den Flügel und beginnt zu spielen. Den »Coral« von Abril. Das einzige Stück, das er spielen kann und will. Alles andere ist für ihn Krach, eine unnötige Belastung des Flügels und eines Fazzi nicht würdig. Erhard ist kein Abril-Experte, trotzdem hört er, dass Emanuel gut spielt, temperamentvoll, allerdings viel zu schnell. Ein E weicht ganz leicht ab – kein Misston, sondern ein Klang, den Erhard schätzt und den er gern belässt, so wie er ist, weil er dem Instrument Charakter verleiht. Er steht neben dem Flügel und hört sich das Stück bis zum Ende an.

Emanuel zieht die Finger von den Tasten wie von einem Kartenhaus. Er sagt nichts, sieht Erhard nur irritiert an. »Hören Sie diesen Laut nicht, dieses Rasseln, Klirren?«

Erhard sagt, dass er auf dem Fis etwas gehört habe, nicht aber auf dem Ges. Er setzt sich an den Flügel und schlägt ein paar Akkorde an, fummelt Staub aus dem Korpus und schleift leicht die Saiten. Dann spielt Emanuel das Stück noch mal von vorn.

Erhard hört noch immer kein Rasseln. Als er das Stück ein drittes Mal spielt, geht Erhard um den Flügel herum auf Emanuels linke Seite und hört tatsächlich ein leises Rasseln, wie von einem herabfallenden Tannenzapfen, nur dass der Laut nicht aus dem Flügel kommt, sondern aus Emanuel. Er atmet flach und hektisch, durch den Spalt des schief geknöpften Hemds kann Erhard es genau sehen. Und von dort kommt auch der Misslaut. Offenbar ist der »Coral« eine so erregende Komposition, dass sie nicht spurlos an dem Alten vorübergeht, was unter dem gespannten Stoff über dem Schritt der dünnen Hose zweifelsfrei zu sehen ist. Emanuel ist über achtzig und trotz seiner Geilheit nicht imstande, eins seiner Massaimädchen zu vögeln, so gern er das auch wollte. Am Flügel kriegt er dann aus unerfindlichen Gründen einen Ständer, was er mit rasselndem Atem bezahlt.

»Haben Sie einen CD-Spieler?«, fragt Erhard.

Emanuel Palabras sieht ihn verständnislos an. Natürlich nicht. In diesem Haus gibt es nur Plattenspieler und Radios. Erhard erklärt Emanuel, dass er sich, wenn er das Rasseln wirklich loswerden wolle, genau an seine Anweisungen halten müsse.

Emanuel rutscht nervös auf dem Klavierhocker hin und her. Er ist es nicht gewohnt zu tun, was andere sagen. Am Ende winkt er ab.

»In einer Stunde bin ich wieder da und beseitige das Rasseln. In der Zwischenzeit beauftragen sie das Mädchen, das die ganze Zeit ein Auge auf Sie hatte, in der Auffahrt auf mich zu warten, bis ich wiederkomme.«

Emanuel mustert Erhard mit seinen Fischaugen, sagt aber nichts. Erhard stiefelt zurück zu seinem Wagen.

Er fährt in den Ort. Hält nach Alina Ausschau, als er die Calle Cervera quert, aber es ist nicht ihre Uhrzeit, sollte es denn überhaupt noch ihre Haupteinnahmequelle sein. Durch die Straßen zieht der Geruch von Lamm und Benzin. Er lässt den Motor an, als er an der Ecke zur Hauptstraße hinüber zum Plattengeschäft Bird läuft. Dort haben sie hauptsächlich Jazz und modernes Zeug, aber im Keller auch eine recht gute Klassiksammlung. Glücklicherweise zählt Abrils »Coral« auf den Inseln zu den beliebtesten Klavierstücken. Erhard nickt Antón, dem Ladeninhaber, zu und steigt über die Wendeltreppe direkt runter in den Keller. Er findet gleich zwei Aufnahmen, eine davon mit dem Orquesta Sinfónica de Madrid. Dann bittet er Antón, im Internet die Noten für das Allegro zu suchen und auszudrucken. Fünfzig Cent pro Seite. Antón ist genervt. »Scheiß Internet«, brummt er vor sich hin, als er am Computer steht. Wenn niemand mehr bereit sei, für Musik zu zahlen, könne er den Laden auch gleich dichtmachen. Wie soll er gegen all die anderen Nerds der Welt konkurrieren, wenn im Netz alles gratis zu haben ist? Prinzipiell ist Erhard seiner Meinung, er weiß aber zu wenig darüber.

Danach fährt er zum Electrón und kauft einen CD-Spieler. Er selbst besitzt auch keinen, kennt die Dinger aber aus dem Frühstücksraum. Er handelt den Preis auf dreißig Euro runter. Als er wieder draußen ist, überlegt er kurz, ob er sich in der Imbissbude an der Ecke ein paar gegrillte Shrimps gönnen soll, verliert aber den Appetit, als er sieht, wie der Verkäufer die hellrosa Krebstiere mit einer Zeitung wendet. Dann fährt er zurück zu Palabras' Villa.

27

Sie sieht aus wie eine Außerirdische. Makellos, schön und unheimlich. Und sie erwartet ihn bereits, genau wie er es sich erbeten hat. Er hat noch nie mit ihr gesprochen. Nie ihre Stimme gehört. Er weiß nicht mal, ob sie überhaupt sprechen kann. Er erklärt ihr, was sie tun soll, und sie hört ihm zu, ohne ein einziges Mal zu blinzeln. Als er sie fragt, ob sie ihn verstanden hat, nickt sie nur, Erhard weiß aber nicht, ob er dem Nicken glauben soll. Allerdings scheint sie keine Fragen oder irgendeinen Widerwillen gegen Erhards Plan zu haben.

»Ich soll es mit Manni machen ... mit Musik«, wiederholt sie.

»Ja«, sagt Erhard und amüsiert sich insgeheim darüber, dass dieses vielleicht zwanzigjährige Mädel einen der einflussreichsten Männer der Insel einfach Manni nennt. Manni könne nicht, sagt sie, sein Schwanz sei zu schlapp, das mache ihn verrückt.

Erhard schüttelt den Kopf, zeigt auf die CD und deutet an, wie Mannis Schwanz darauf reagieren wird. Sie strahlt ihn an, gibt aber keinen Laut von sich. Irgendwie wirkt sie dadurch noch unheimlicher.

»Komm mit«, sagt er.

Sie betreten das Haus, durchqueren ein paar Zimmer und finden Emanuel, wo sie ihn vor einer Stunde zurückgelassen haben. Unzufrieden blickt er auf Erhards Hände hinab, als hätte er Werkzeug erwartet und keine Einkaufstüte.

»Was jetzt, Klavierstimmer?«, fragt er, und Erhard erinnert ihn an sein Versprechen. Der Mann nickt einmal kurz. Erhard hakt ihn bei sich unter, führt ihn ins Nebenzimmer und drückt ihn auf das weiße Ledersofa, das nie benutzt wird.

»Sie können hier sitzen und Musik hören, während ich den Flügel repariere«, sagt Erhard, packt den CD-Spieler aus, legt die CD ein und lässt das Stück laufen. Schon beim ersten Anschlag geht ein Ruck durch Emanuel hindurch. Misstrauisch sieht er zu dem CD-Spieler hinüber. Erhard nickt dem Mädchen zu, das sich neben Emanuel aufs Sofa setzt und ihren Rock hochzieht. Emanuels Zorn weicht der Verwunderung und der Verletzlichkeit.

Erhard wendet sich ab und geht ins Nebenzimmer.

Er stellt das Allegro auf den Notenhalter und nimmt sich die erste Seite vor. Greift in die Tasten. Hart. Dann legt er den Stimmschlüssel an, tut jedoch vorerst nichts.

Der Flügel ist außergewöhnlich schön. Einer der ersten F308er, die 1987 in Faziolis Werkstatt gebaut wurden. Erhard hat darauf nie etwas anderes als Akkorde gespielt, aber immer wieder davon geträumt, sich irgendwann einmal in diesen Raum zu schleichen, wenn Emanuel nicht da ist, um den Flügel richtig zum Klingen zu bringen. Das Instrument hat einen ganz besonderen Klang: rein, unbefleckt, brillanter als jeder Steinway. Und auch die äußeren Bedingungen sind perfekt: kein direktes Sonnenlicht und eine gleichbleibende Raumtemperatur. Dass dieser Flügel rasseln soll, ist komplett abwegig und lächerlich. In all den Jahren, die er schon in die

Villa kommt, hat er dem Flügel nie was Gutes tun können, eher im Gegenteil.

In der Regel verbessert er den Klang neuerer Klaviere, Pianos und Flügel durch seine Arbeit. Einige Kunden bezeichnen ihn sogar als Magier, weil er sich dem Instrument nur wenige Minuten widmen muss, damit es besser klingt als je zuvor. Die meisten Kunden erwarten, dass er mit modernen akustischen Gerätschaften daherkommt. Stattdessen verlässt er sich auf sein Gehör und schafft es, dass die Klaviere wieder frisch und vital klingen – wie lebende Wesen, nicht wie Roboter. Das Geheimnis besteht darin, nicht jeden Ton zu perfektionieren und sämtliche Makel zu beseitigen, sondern die Fehler minimal beizubehalten und aufeinander abzustimmen. Nur so entstehen Charakter und Klangfarbe. Jeder Klavierstimmer weiß das, aber keiner spricht mit seinen Kunden darüber. Misch ein bisschen Mathematik unter und vergiss die Mathematik dann gleich wieder. Es geht nicht um das perfekt gestimmte Instrument, sondern um den optimalen Klang.

Die Musik erreicht das dramatische Zwischenspiel etwa bei Minute drei.

Erhard hört, wie der Couchtisch zur Seite gerückt wird. Er stellt sich die langen, gespreizten Beine des Mädchens vor. Dann hört er ein Brummen, bestimmt weil das Mädchen jetzt auf Emanuels Schoß sitzt und ihn reitet wie ein Jockey. Emanuel ist es nicht gewohnt, Streicher zu hören, doch ausgerechnet die werden ihm zu neuer Erkenntnis verhelfen, sodass er Abril erstmals richtig versteht.

Erhard gießt sich ein Glas Pedro Ximénez vom Tischchen neben dem Flügel ein. Dann schlendert er in den kleinen Kakteen- und Orchideengarten, der an das Zimmer angrenzt. Der Garten ist mit einem dünnen Netz überdacht, das tagsüber Schatten spendet und Vögel und größeres Ungeziefer fernhält. Nicht zuletzt deshalb ist der Garten ein Paradies für Schmetterlinge. Sie sitzen überall. Landen auf den Stacheln der Kakteen wie Vögel auf Zweigen und klappen die farbenprächtigen Flügel auf und wieder zu. Der Garten ist von Bodenlampen und einigen Deckenscheinwerfern erleuchtet, die ihn fast taghell erscheinen lassen.

Direkt vor Erhard sitzt ein Schmetterling mit spitz zulaufenden gelben Flügeln. Erhard fragt sich, wie lang es her ist, dass er so einen Schmetterling gesehen hat. War das im Hjerl Hede in Westjütland mit Opa Claus und dessen schweigsamer Frau? Durch die Tür hört er, dass Abrils Klavierkonzert wieder neu startet. Emanuel geht in die zweite Runde. Was für ein Glückspilz.

Erhard streckt seinen Zeigefinger aus und wartet, dass einer der Schmetterlinge darauf landet, aber er ist kein Kaktus, die Schmetterlinge erkennen den Unterschied. Auf der Insel gibt es bedingt durch Klima und Wind eigentlich nur wenige Schmetterlinge. Allein deshalb kommt dieser Garten einer weiteren Machtdemonstration gleich. Emanuel hat Schmetterlinge im Überfluss! Wie Autos, Mädchen, Wasser, Blumen, Jagdtrophäen, teures Rindfleisch und spanischen Wein. Und natürlich Geld. Mit dem Unterschied, dass Emanuel nie über Geld redet. Spricht ihn jemand auf seinen Reichtum an, reagiert er mürrisch und geht auf Distanz. Erhard hat mehr als ein Mal mitbekommen, wie Raúl von seinem Vater als verfluchter Judas tituliert wurde, nur weil er ihn um Geld für irgendein Projekt oder um Hilfe bei der Rückzahlung von Schulden gebeten hat. Irgendwann hat Emanuel ihm mal erzählt, dass er und seine Familie aus Vallecas in Madrid stammten, einem Armenviertel, in dem die Häuser aus Wellblech und die Fenster aus Plastikflaschen waren. Vielleicht schämt er sich für sein Geld, vielleicht über die Art und Weise, wie er es verdient hat.

Erhard muss wieder an den Jungen denken. Und an Alina. Emanuel Palabras könnte ihre kleine Madrid-Reise und eine extravagante Shoppingtour aus der Portokasse bezahlen. Es würde ihn weniger kosten als ein Kaktus oder seine Schmetterlinge. Er könnte ihn fragen, schließlich genießt er bei dem reichen Mann einen gewissen Ruf, den er nie ausgenutzt hat. Vielleicht ist es an der Zeit, an Emanuels Großzügigkeit zu appellieren und das Mädchen auf eine Reise zu schicken, um der Polizei eine Lektion zu erteilen. Emanuel Palabras würde das sicher gefallen. Wie die meisten, die am Rand der Legalität Geschäfte machen, freut auch er sich klammheimlich daran, wenn er die Polizei bloßstellen und lächerlich machen kann. Die Geschichte des Jungen wäre ihm dabei egal. Er würde allerdings von Erhard wissen wollen, warum er sich in die Geschichte einmischt. Wenn er Emanuel Palabras wirklich fragen will, muss er gute Argumente haben.

28

Als sein Sherry leer ist, geht er wieder ins Haus. Der »Coral« läuft jetzt zum vierten oder fünften Mal, aber nach ein paar Minuten sieht er das Mädchen, das sich die Kleider vor den Schoß drückt und über den Flur verschwindet. Gleich darauf kommt Emanuel ins Zimmer und steuert direkt auf den Flügel zu. Seine Unterlippe ist rot und geschwollen, als hätte das Mädchen ihn gebissen.

»Und?«, stößt er hervor. »Haben Sie ihn für mich repariert?«

»Für die nächsten drei Monate verbiete ich Ihnen, auf diesem Flügel den ›Coral‹ zu spielen«, sagt Erhard.

»Sie sind nicht mein Arzt, ich spiele, was ich spielen will«, entgegnet Emanuel erregt, lächelt aber, als wüsste er genau, was als Nächstes kommt.

»Sie haben mir versprochen zu tun, was ich sage. Wenn Sie drei Monate lang dieses Allegro spielen, werden Sie den Misston nicht mehr hören.« Erhard weiß, was er verlangt. Zwei Jahrzehnte lang hat Emanuel den »Coral« gespielt. Nichts als den Coral.

Emanuel setzt sich auf den Klavierhocker und betrachtet die Noten, als könnte er sie nicht lesen, und Erhard wird heiß. Vielleicht kann Emanuel tatsächlich keine Noten lesen. Wenn er den »Coral« spielt, sieht er zwar aufs Notenblatt, aber das heißt ja nun nicht, dass er es lesen kann. Vielleicht spielt er nie was anderes, weil er kein anderes Stück kann und das niemandem eingestehen will. Erhards Gedanken fahren Karussell. Kann er Emanuel irgendwie dazu bringen, es einzugestehen, oder ihm Unterricht bei Vivi unten in Gornjal vermitteln? Sie würde Emanuel ganz sicher hassen, wie sie anfangs auch Raúl für seinen Reichtum gehasst hat, doch mit der Zeit würde der Alte bestimmt was Neues lernen, sodass am Ende alles gut würde.

Nichts würde gut werden. Es würde mit einem leeren Haus unten in Gornjal enden. Vivis Beo würde die ganze Nacht hindurch schreien, bis die Nachbarn die Pianistin tot in einer Weintonne auf der Terrasse fänden. Sie ist das komplette Gegenteil von Emanuel – mit all den Bildern ihrer Patenkinder an den Wänden, den Biotomaten auf dem Fensterbrett und der Abneigung gegen alles, was mit Geld zu tun hat. Manchmal vergisst sie sogar, sich für ihren Unterricht bezahlen zu lassen.

Im selben Moment legt Emanuel die Finger auf die Tasten und schlägt die ersten Töne des Allegro an. Es klingt anders als der »Coral«. Vollkommen anders. Militanter. Feierlicher. Emanuel arbeitet sich durch die erste Seite. Blickt überrascht auf die weißen Tasten hinab, über die seine Finger marschieren, als könnte er gar nicht begreifen, dass sie andere Töne erzeugen als die von Abrils »Coral«, die er auswendig kennt.

Genau wie Erhard es erwartet hat, ist kein Klirren zu hören. Es war einfach nur ein anderes Stück nötig. Emanuel atmet ruhig ein und aus. Die wenigen Fehler, die er macht, verleihen dem Stück Charme. Das Mädchen wirft kurz einen Blick durch die Tür. Sie ist jetzt wieder angezogen, ist wieder die Außerirdische. Erhard macht sich bewusst, dass plötzlich ein ganz neuer Klang das Haus erfüllt. In all den Jahren haben das Personal, die Massaimädchen und der griechische Gärtner das immer gleiche Stück gehört. Wieder und wieder. Wie ein Löwe im Käfig ist Emanuel Palabras immer wieder zu denselben Tönen zurückgekehrt, um die letzten Reste einer vollendeten Fantasie, seiner Erregung zu spüren. Doch jetzt ertönt ein neuer Klang. Das Haus atmet erleichtert auf. Und auch Emanuel atmet ein wenig leichter, er ist noch immer zu dick, und sein ungesunder Lebensstil ist ihm noch immer anzusehen, aber sein Atem rasselt nicht mehr. Jetzt kann Erhard Feierabend machen.

Ohne zu fragen, gießt er sich noch einen Ximénez ein, dann geht er. Wie immer ohne ein Wort des Abschieds. Während Emanuel am Klavier sitzt, tritt er mit dem Glas in der Hand vor die Villa. Das leere Glas wirft er in den kleinen Teich.

29

Halb zehn. Er ist fast wieder auf dem Weg nach Hause, hält aber noch mal unten an der Hauptstraße und vervollständigt seine Buchhaltung. Es dauert, die vielen kurzen Fahrten zusammenzurechnen. Gleich will er sich unten in der kleinen Grillbar Cannes ein Sandwich kaufen. Er geht nicht oft dorthin, aber das Fleisch, das sie dort in das dünne Brot rollen, ist saftig und lecker.

»Ermitaño«, meldet sich Isabel, die die Abendschicht in der Zentrale hat. Die Telefonistinnen sprechen ihn sonst nicht so an. Er hatte keine Ahnung, dass sie seinen Spitznamen kennt.

Er drückt auf den Knopf. »4823.«

»Hotel Phenix zum Flughafen.«

»Berlin, 22.15 Uhr?«

Stille. »Woher soll ich das wissen? Die haben nur Flughafen gesagt.«

»Ich wollte gerade Schluss machen. Kannst du niemand anderen fragen?«

»Der Anruf kam von einer Frau. Und die hat explizit nach dir gefragt. Soll ich einen anderen schicken?«

»Nein, 4823 bestätigt die Tour.«

Er wirft die Unterlagen auf den Rücksitz und setzt den Blinker. Dieser harmlos klingende Auftrag beunruhigt ihn. Will sich die Band oder der Sänger an ihm rächen?

Vor dem Hotel hupt er kurz, was eigentlich nicht notwendig ist, weil die Leute an der Rezeption aufmerksam sind. Sollte allerdings wirklich irgendwer den 22.15-Uhr-Flug nach Berlin noch kriegen wollen, drängt die Zeit. Er wartet drei Minuten, dann schaltet er den Motor aus und läuft hinüber ins Hotel. Dort ist niemand. Weder in der Lobby noch hinter dem Tresen. Er drückt auf die Klingel. Miguel kommt aus dem Büro.

»Guten Abend, Señor Jorgenson.«

»Guten Abend, Miguel. Sie haben angerufen?«

Miguel sieht sich um. »Wie kann ich helfen?«

»Ich bin herbestellt worden. Eine Frau braucht ein Taxi. Vielleicht eine Kollegin von Ihnen? Jemand aus der Bar?«

»Die Taxibestellungen mache immer ich.«

»Aber … kann das ein Gast gewesen sein?«

»Möglich, Señor Jorgenson.«

»Es geht um eine Fahrt zum Flughafen.«

Miguel sieht auf seine Armbanduhr. »Berlin, 22.15 Uhr?«

»Denk ich auch.«

»Es hat noch niemand ausgecheckt. Aber sie kann es noch schaffen. Im dritten Stock wohnt eine Engländerin. Vielleicht war sie es.« Er sieht zu dem Regal mit den Schlüsseln. »Sie ist nicht auf ihrem Zimmer.«

»Ich warte draußen im Wagen, Miguel. Schicken Sie sie einfach raus.«

Er geht zurück zum Wagen und setzt sich hinters Steuer. Wenn sie nicht in ein paar Minuten da ist, wird sie den Flieger nicht mehr erreichen. Wenn sie denn einen Flug erreichen will. Vielleicht will sie bloß jemanden abholen oder arbeitet dort.

Plötzlich sind laute Geräusche von der Straße zu hören. Erhard hebt intuitiv die Arme, dabei ist es nur ein großer Pick-up, in dem laute Musik läuft. Drei junge Leute sitzen auf der Ladefläche.

Er wirft einen Blick in den Rückspiegel. Und erstarrt. Alina.

Mit einem Mal sitzt sie grinsend auf der Rückbank. Er ist verärgert.

»Ich habe keine Zeit für dich, ich warte auf eine Kundin.«

»Ich bin deine Kundin, Vierfinger.«

»Raus aus meinem Wagen!« Seine linke Hand schnellt hoch, als könnte er sie verscheuchen, indem er den Rückspiegel zerschlägt.

Sie grinst. »Nein, nein, ich bin's, die zum Flughafen will.«

»Ich kann die Fahrt verweigern«, erklärt er. »Verschwinde aus meinem Wagen.«

»Warum? Du brauchst doch Geld. Wie alle anderen hier auch.«

»Ich fahre keine Verbrecher.«

Sie grinst wieder. »Seit wann?«

»Ich will dein Geld nicht.«

»Fahr einfach«, sagt sie. Sie hat die seltene Gabe, Menschen zu dirigieren. Man tut, was sie sagt. Sich ihr zu widersetzen fällt schwer.

Er dreht sich zu ihr um. Sie trägt einen engen lachsfarbenen Overall und hat sich eine große vergoldete Sonnenbrille ins Haar geschoben. Geschmacklos. Trotzdem sieht sie in den Kleidern attraktiver aus, als sie in Wahrheit ist. »Was willst du dort? Es geht heute kein Flieger mehr.«

»Ich will ins Schloss.«

»Ist das nicht erst morgen?«

Sie grinst wieder. Scheint sich köstlich zu amüsieren. Oder ist sie betrunken?

»Allem Anschein nach soll ich heute Nacht dort schlafen und dann morgen früh vor Gericht.«

»Und warum soll ausgerechnet ich dich fahren? Es gibt dreißig andere Fahrer, die du hättest haben können. Oder die Polizei. Die hätten dich bestimmt auch abgeholt.« Im selben Moment wird ihm klar, dass sie ihn nur gerufen hat, um ihn zu demütigen und ihm zu zeigen, dass sie exakt das macht, wozu sie Lust hat. Dass niemand ihr etwas befehlen kann.

»Weil du mich an meinen Vater erinnerst«, antwortet sie auf seine ursprüngliche Frage. »Du bist alt, verbittert und komisch.«

»Armer Kerl, mit einer Hure als Tochter.«

»Diesem verfickten Arsch ist das doch egal.«

»Bestimmt nicht. Niemandem, der Kinder hat, ist das egal.«

Sie grinst wieder.

Er fährt los. Will es lieber schnell hinter sich bringen.

»Na also, geht doch, Vierfinger.«

Er fährt wie in Trance über die Avenida und dann in Richtung Las Dunas, während sie zu plaudern beginnt: über Madrid, Shopping und Freundinnen mit vierzig Paar Schuhen. Er muss sich konzentrieren und fummelt an der Klimaanlage herum, um die Luft im Wagen ein bisschen runterzukühlen.

»Du musst wissen«, sagt sie, als sie gerade auf die 101 abbiegen, »dass ich echt darüber nachgedacht habe. Wirklich. Ich habe mir Gedanken gemacht. Deinetwegen. Du weißt schon, Pro und Contra abwägen. Soll ich das Geld nehmen oder machen, was der alte Vierfinger sagt? Aber dann hab ich mit meiner Tante gesprochen. Sie hat sich einfach nur riesig gefreut, dass ich bald nach Madrid komme und …«

»Hör auf!«, sagt Erhard. »Ich will das alles gar nicht hören. Ich will nicht wissen, warum du das machst. Du bist so … so unglaublich egoistisch, dass ich …«

»Egoistisch bin ich nun wirklich nicht. Wenn du wüsstest, wie viel Scheiße ich schon durchgemacht habe. Ich bin nicht die Spur egoistisch, ich …«

Jetzt ist es Erhard, der grinst. »Du bist einfach nur dumm. So unglaublich dumm, dass ich mir wirklich Sorgen um die Zukunft mache. Wenn es noch mehr wie dich gibt, sieht die nämlich echt finster aus.«

Es wird still im Wagen.

»Du bist ein verdammtes Arschloch, wirklich«, sagt Alina. »Ich hab dir doch gesagt, dass ich mir Gedanken gemacht habe, aber ich kann es mir nicht leisten, da nicht mitzuspielen. Das getan.«

»Halt einfach den Mund«, blafft Erhard.

»Ich hab den Jungen nicht umgebracht. Ich hab nichts Falsches getan.«

»Nein, aber dank dir und deiner Madrid-Tour wird die Polizei niemals herausfinden, was wirklich passiert ist.«

»Und wenn schon, ist das mein Problem? Und überhaupt, warum beschäftigt dich das so?«

»Weil … Weil es ein Verbrechen ist. Das Schlimmste, das man sich überhaupt vorstellen kann. Jemand hat einen kleinen Jungen umgebracht. Und das waren nicht die Eltern.«

»Nicht alle Eltern sind gut, nur dass du es weißt.«

»Man lässt sein Kind nicht verhungern und steckt es dann in einen Pappkarton. Das würden Eltern niemals tun.«

»Eltern tun genau das, wozu sie Lust haben.«

»Solltest du jemals Mutter werden, wirst du dich schämen dafür, was du …«

»Was weißt du denn? Außerdem werd ich nie Kinder haben. Verstehst du? Nie!«

»Das will ich im Namen deiner Kinder auch hoffen.«

Er fährt jetzt so schnell, dass der Wagen scheppert. Wie immer bei hundertfünfzig Sachen. Er will die Fahrt hinter sich bringen, Alina schnellstmöglich absetzen. Die Sonne ist längst untergegangen, die Landschaft zur Rechten liegt bereits im Dunkeln, darüber ein lila-grüner Himmel.

Er betrachtet sie im Spiegel, als sie mithilfe eines Schminkspiegels frischen Lippenstift aufträgt. Für ihr Date auf dem Präsidium. Er stellt sie sich bei Gericht vor. Der lachsfarbene Overall unterstreicht die Geschichte der vom Weg abgekommenen Katholikin nur zu gut. Sie wird dasitzen, sich eine Haarsträhne um den Finger wickeln und sich tausendmal entschuldigen. Mehr als ein paar Monate Gefängnis wird sie nicht bekommen. Höchstens. Die Wachleute werden sich darum reißen, ihr in der Zelle Essen hinzustellen, und am Abend werden sie vor ihrer Tür Schlange stehen, um einen Blick durch den Spion zu werfen, sobald sie unter die Decke kriecht. Am meisten wurmt ihn, dass sie für diese Rolle tatsächlich nicht die schlechteste Wahl ist. Sie scheint nicht auf Heroin zu sein wie viele andere Mädchen, sie wirkt reifer und könnte durchaus Mutter sein. Ihre Wangen, die Haare, der Overall, die ganze Erscheinung. Wenn sie am ersten Verhandlungstag noch ein Tränchen verdrückt, wird nicht ein Journalist unbequeme Fragen stellen. Außer die leibliche Mutter oder der leibliche Vater taucht auf und mischt sich ein.

Sie begegnet seinem Blick im Spiegel und lächelt. Er sieht weg.

»Dieser kleine Scheißer hatte es bestimmt verdient.«

Es dauert einen Augenblick, bis Erhard klar wird, was sie da gesagt hat, bis er begreift, was sie meint. Es sind nur Worte. Aber Worte können boshafter sein als jede Handlung. Vorsätzlich, manipulierend, unmenschlich. Er weiß, dass sie hinter ihm sitzt und ihn beobachtet. Es darauf anlegt, ihn zu provozieren, zur Weißglut zu bringen, wie den Regionalpräsidenten oder jedweden anderen alten, geilen Mann, den sie an den Eiern packt und in den Schwanz beißt, um ihm zu zeigen, wer das Sagen hat.

Irgendetwas in ihm regt sich, und er weiß jetzt, was er tun muss. Noch ist es nicht zu spät, noch kann er Sand in das Getriebe dieser Maschinerie werfen und die Polizei dazu bringen, irgendwas zu unternehmen. Schließlich sitzt sie in seinem Auto, was niemand weiß. Es ist dunkel, weit und breit kein Licht.

»He, wo zum Henker fährst du hin?«, kommt es von hinten, als er am Kreisverkehr abbiegt.

30

Sie schreit laut, leistet Widerstand. Kaum parkt er den Wagen, springt sie raus und will weglaufen, aber die Dunkelheit ist so überwältigend, dass sie gerade lang genug dasteht, bis er das Auto umrundet hat und sie sich packen kann.

Sie ist stark, kratzt und schlägt ihn, flucht, aber das juckt ihn nicht. Er hat einen Entschluss gefasst und schiebt sie vor sich her über den Hofplatz zum Schuppen.

»Nein, nein!«, kreischt sie, als er sie in den dunklen Raum schubst und die Tür zuknallt. Er lässt das Vorhängeschloss einklicken.

Ihm ist heiß vor Aufregung. Er schnappt nach Luft und macht einen Schritt von der Tür weg, weil er befürchtet, sonst derart in Rage zu geraten, dass er in den Schuppen stürzt und sie windelweich prügelt. Er hat den Teufel in Gestalt der Frau gefangen und damit die Chance bekommen, dem Bösen in der Welt Einhalt zu gebieten. Dann steigt ihm der Duft ihres Parfüms in die Nase, und er hört sie flennen. Sie ist doch bloß ein kleines Mädchen, denkt er und ist sich sicher, dass die Dunkelheit, die Geräusche und die Ungewissheit sie im Lauf der Nacht kleinkriegen werden. Er überlegt kurz, ihr zu sagen, dass er sie spätestens am darauffolgenden Nachmittag wieder freilassen wird, sobald die Verhandlung vorbei ist. Aber das wäre zu früh. Er darf nicht zu früh freundlich werden.

Sie weint und flucht. Eine merkwürdige Mischung.

Er geht ins Haus, wo er sie kaum noch hört. Der Generator und der auffrischende Wind verschlucken ihre Stimme. Hoffentlich kommt sie nicht auf die Idee, am Generator rumzufummeln, der im Schuppen steht. Er würde ihr glatt zutrauen, dass sie ihn in ihrer Wut kaputt macht oder ausschaltet, nur um ihn zu provozieren. Aber noch ist sie vermutlich zu verängstigt und verwirrt dazu. Irgendwann wird sie sich beruhigen und hinsetzen. Mit ein bisschen Glück schläft sie dann sogar ein. Was aber wird am Morgen passieren, wenn das erste Licht durch die Ritzen fällt und sie den Generator entdeckt? Wird sie ihn dann kurz- und kleinschlagen oder die Kabel rausreißen?

Er schenkt sich einen großen Cognac ein und stürzt ihn hinunter, ohne zu genießen oder überhaupt etwas zu schmecken. Ohne Licht wandert er rastlos auf und ab, bis ihre Stimme hinter dem kontinuierlichen Rauschen und Klopfen zu einem perfekt gestimmten C wird. Er stellt sich ans Fenster und blickt hinüber zu dem violett schimmernden Schuppen. Keine Bewegung, nichts deutet darauf hin, dass sich darin ein Mensch befindet. Nur dieser Laut, wie von einem winselnden Hund. Er zieht Hose und Hemd aus und schaltet Radio Mucha ein. John Coltrane Quartett.

Endlich, nach fünfzehn, zwanzig Minuten, gibt sie Ruhe. Er tritt hinaus auf die Terrasse und lauscht dem Wind. Dann sieht er Laurel, der eine Unterhose frisst, die von der Wäscheleine gefallen ist. Erhard krault ihn hinterm Ohr und streicht ihm übers raue Fell. Er ist sich nicht ganz sicher, ob er das Richtige tut. Aber wenigstens hat er was getan.

Sie fängt früh an. Schreit im einen Moment, heult im nächsten. Nach dem Licht zu urteilen ist die Sonne gerade aufgegangen. Er hört Laurel draußen herumlaufen. Der Wind hat sich etwas gelegt. Sie hat tatsächlich seinen Generator ausgeschaltet – nur deshalb hört er sie so deutlich, als säße sie auf seinem Schoß. Hätte Erhard Nachbarn, die morgens eine Runde über die Hügel drehten oder vorbeikämen, um sich Zucker von ihm zu borgen, müsste er sich etwas einfallen lassen, um die Laute zu erklären. Ganz offenbar ein Mensch in Not. Eine frustrierte, verängstigte Existenz. Ein verwundetes Tier. Wimmern und Schreie, Hämmern an der Tür.

Er steht auf und geht hinaus. Stellt sich direkt vor die Tür.

»Hallo«, ruft sie. »Bist du das, Taximann?«

»Wenn du solchen Lärm schlägst, lass ich dich nicht raus.«

»Schließ auf, du Psychopath, du verfluchter Psychopath, Motherfucker, Scheißkerl, du … Hallo? Bist du noch da?«

»Es ist nur, bis die Gerichtsverhandlung vorbei ist«, sagt er.

Sie fängt wieder an zu weinen. Versucht offenbar, es vor ihm zu verbergen, aber das Weinen eines Menschen erkennt man selbst aus einiger Distanz.

»Ich bin jetzt ruhig«, sagt sie nach einer Weile. »Ich entspann mich. Komm, bitte, lass mich raus, wir können reden.«

Erhards Hand ist bereits auf dem Weg zum Vorhängeschloss, als er in der Bewegung innehält. Sie besitzt die erschreckende Fähigkeit, ihre Persönlichkeit zu verändern. Das muss er sich immer wieder in Erinnerung rufen.

»Ich bring dir Frühstück. Sei still, dann kriegst du was«, sagt er durch die Tür. So wie er es sagt, hört es sich nach frisch aufgeschnittener Melone und Tomate an, Aufschnitt, Bacon und Omelett, dabei hat er überhaupt nichts da, weil er selbst nur selten frühstückt. Er steht eine Weile vor den Küchenschränken und dem Kühlschrank. Am Ende gibt es Pfirsiche und Oliven und trockenes Brot, dazu ein Glas Wasser.

»Geh von der Tür weg«, sagt er, ehe er das Vorhängeschloss aufschließt. Er stellt den Fuß in die Tür, damit sie sie ihm nicht gegen den Kopf schleudern kann. Sie sitzt auf dem Boden an der Rückwand und blickt ihm müde entgegen. Ihr Overall ist knittrig und verdreckt, die Arme braun von Staub und Erde, als hätte sie versucht, einen Tunnel zu graben.

Er stellt das Essen vor ihr ab.

Sie sieht es desinteressiert an. »Meine Kippen«, sagt sie. »In meiner Tasche im Auto.«

Er zieht die Tür zu, schließt ab und geht zum Auto. Unter dem Beifahrersitz liegt ihre Handtasche. Ein Geldbeutel, ein Schlüsselbund mit vier Schlüsseln und einem Plastik-Dollarzeichen, ein Handy sowie eine Zigarettenschachtel irgendeiner neumodischen, ihm unbekannten Marke. Und eine angebrochene Tüte Schaumbananen, die sie bei ihrem letzten Treffen auch gegessen hat. Er probiert eine, aber sie schmecken ihm zu künstlich und zu süß. Er spuckt sie aus. Dann testet er das Feuerzeug, das mit einer langen, zischenden Flamme zündet. Warum sollte er freundlich zu ihr sein wie zu einem Gast, auf den er einen guten Eindruck machen will? Trotzdem ist eine Zigarette wohl nicht zu viel verlangt. Das macht die ganze Situation vielleicht etwas erträglicher. Er kehrt mitsamt der Tasche zu ihr zurück.

»Wehe, du versuchst irgendwas Dummes«, sagt er, als er ihr die Zigarette anzündet und sie gierig daran zieht.

»Ich kann dich bei der Polizei anzeigen, weißt du.«

Auf den Gedanken ist er bis jetzt noch gar nicht gekommen. Sein Plan war viel zu spontan, als dass er groß darüber nachgedacht hätte, wie er das Ganze durchziehen will. Aber sie hat natürlich recht. Wenn er sie am Nachmittag freilässt, gibt es keinen Grund, wieso sie nicht direkt zur Polizei gehen und Erhard anzeigen sollte. Das Einzige, was er bis jetzt erreicht hat, ist bestenfalls eine Verschiebung, bis sie Alina gefunden haben. Er muss herausfinden, was die Polizei jetzt unternimmt, ehe er sie gehen lässt. Im Schuppen kann sie nicht bleiben, es ist einfach zu lästig, wenn sie ständig den Generator ausschaltet, aber einfach wegpacken wie Bill Hajis Finger kann er sie auch nicht.

Er schließt die Tür ab, woraufhin sie wieder anfängt zu zetern. Aber was soll er machen, er muss schließlich zur Arbeit, wenigstens für ein paar Stunden. Bevor er fährt, steckt er ihr Handy in die Tasche und untersucht ihren Geldbeutel. Jede Menge Visitenkarten, sicher von Freiern, dann zwei Fünfzig-Euro-Scheine und ein paar Passfotos, wie man sie in diesen Automaten schießt. Auf den Bildern sieht sie zehn Jahre jünger aus, aber es ist unverkennbar sie. Dann Alina und ein anderes Mädchen, das ihr ähnlich sieht, das gleiche runde Gesicht, nur hübscher. Sie tragen beide schwarze Jacken und weiße Blusen mit Schleife. Eine fast schon feine Schuluniform. Und sie haben beide Rattenschwänzchen. Schwestern, die ältere stämmig und mit ernstem Ausdruck im Gesicht, die jüngere neugierig und naiv. Beide ordentlich frisiert, durch und durch puritanisch und wohl derart gegängelt durch fromme Ermahnungen, dass einen der vor Trotz und Hass flackernde Blick wundert, der fast ein Loch in das

Foto zu brennen scheint, auf dem Alina sich vorbeugt, wie um zu verhindern, dass noch mehr Bilder geschossen werden, während die kleine Schwester auf ihrem Schoß mit abgewandtem Gesicht lacht, ohne wahrhaft zu lachen. Natürlich war sie eine andere, bevor sie Nutte wurde. Aber ihre Seele war da bereits kaputt. Niemand wird aus freien Stücken Nutte. Niemand. Diejenigen, die etwas anderes behaupten – die behaupten, sie machten das, weil sie es gut fänden –, sind für ihn die Allerschlimmsten.

Er faltet die Geldscheine zusammen und steckt sie in die Tasche. Den übrigen Inhalt versteckt er hinter den Büchern im Regal, gleich neben Hajis Finger. Wahrlich nicht das originellste Versteck, sollte jemand das Haus nach Wertgegenständen absuchen, aber bislang ist ihm nichts Besseres eingefallen. Und wer sucht schon in so einem Loch nach Wertgegenständen?

Unten an der Straße bleibt er stehen, schaltet den Motor ab und lauscht. Das Hämmern an der Schuppenwand und ihre Rufe waren oben am Haus so laut, dass er bereits befürchtet hat, man könnte es bis unten an die Straße hören. Aber der unablässige Wind verwirbelt die Geräusche.

Er müsste gar nicht unbedingt arbeiten, braucht aber Zeit, um dieser neuen Lage Herr zu werden, und ein paar Stunden im Auto auf der Straße helfen ihm beim Denken. Er fährt ein paar Touren, endet aber gegen 11.00 Uhr in der Schlange an der Carmen. Er nimmt sein Buch, versucht zu lesen, schweift aber immer wieder ab. Er sieht Alina vor sich, die sich aus dem Schuppen befreit und aus unerfindlichen Gründen nackt über die Straße zu Guzmán läuft, wo sie den Berg hochzeigt und erklärt, dass der Ermitaño, dieser verrückte Kerl, sie entführt und gefangen gehalten hätte. Er weiß, dass das nicht sehr wahrscheinlich ist. Sie kann aus dem Schuppen nicht entkommen. Er sieht zwar baufällig aus, ist aber solide, die Bretter sind massiv, die Tür ist an vier Angeln befestigt und das Vorhängeschloss eins der stabilsten; für das es mindestens zwei Männer am Bolzenschneider braucht. Dann spielt er im Kopf eine Szene durch, in der er nach Hause kommt und sie zu sich in die Küche einlädt, wo er aus unerfindlichen Gründen Fisch brät, den sie dann hinterm Haus verspeisen, während sie die Ziegen oben am Berg beobachten. Dabei mag er gar keinen gebratenen Fisch.

Als er sich einen Becher Kaffee holt, kommt er an einem Taxi vorbei, in dem zwei Fahrer sitzen und sich streiten. Der eine ist Pedro Muñez, der normalerweise Nacht- und Wochenendschichten fährt, der andere Alberto, ein älterer Kollege, der unter der Woche nur vormittags und nachmittags fährt. Alberto ruft ihn durchs Fenster zu sich.

»Hola, Jorgenson, würdest du diesem jungen Mann – zum wiederholten Mal – erklären, wieso wir mit Taxameter fahren?«

Erhard beugt sich vor und wirft einen Blick ins Taxi.

»Wo liegt denn das Problem?«, fragt er. Die Kollegen ziehen ihn bei Meinungsverschiedenheiten gern zurate. Er steht im Ruf, ein Mann weniger, aber gerechter Worte zu sein.

»Das Problem ist, dass Alberto die Konkurrenz scheut«, sagt Muñez.

»Ich sag ja nur, dass du mit Taxameter fahren und den Kunden keinen Rabatt einräumen sollst.«

»Du sagst immer, der Taxameter wär zum Vorteil der Kunden, das versteh ich ja. Aber denk doch mal nach, du kriegst auch Rabatt eingeräumt, wenn du Schuhe kaufst, die Preisschilder sind doch nur für die Touristen.«

»Geld löst nicht jedes Problem«, stellt Erhard fest.

»Und wir sind keine Schuhverkäufer«, sagt Alberto eingeschnappt.

Muñez breitet die Arme aus. »Lächerlich, was ist zum Beispiel mit einem Stammkunden, der das Taxi im Voraus bestellt hat, oder einem Mädchen, das Angst hat, allein heimzulaufen?«

»Ich weiß auch, dass es gegen die Regeln verstößt, aber wieso kann Pedro nicht fahren, wie er will, solange die Buchführung stimmt?«, fragt Erhard.

»Weil es mein Wagen ist«, sagt Alberto, »und ich die Abgaben an TaxiVentura und die Ausgaben für den Wagen bezahle. Wie soll ich da kontrollieren, ob er bloß einen schlechten Tag hatte oder die Differenz ganz einfach in die eigene Tasche steckt? Seine Rabatte tauchen nämlich auch nicht zuverlässig in der Buchführung auf.«

»Hast du was unterschlagen?«, fragt Erhard direkt und weiß, dass er Muñez damit an der Angel hat.

»Hab ich nicht«, entgegnet der mit hochrotem Kopf. »Ehrlich!«

»Wieso lässt du ihn mit deinem Wagen fahren, wenn du glaubst, dass er dich betrügt?«

»Weil er siebzig Prozent kriegt«, antwortet Muñez an Albertos Stelle.

Es wird still.

»Du hast dich nie beschwert«, sagt Alberto mehr zu sich selbst.

So ein Streit kann in zwei Richtungen gehen. Entweder finden die beiden eine Lösung für ihr Problem, oder Muñez hört auf, für Alberto zu fahren, und fährt stattdessen direkt für TaxiVentura. Alles schon da gewesen. Alberto muss dann wieder Vollzeit fahren – zumindest bis er einen anderen Trottel findet, der die Nachtschichten für so ein Kleingeld übernimmt. Es gibt immer wieder Fahrer, die ihre Autos an Vertreter ausleihen, um ihre Wagen so zu finanzieren, ohne selbst die ganze Zeit fahren zu müssen. In der Regel ist das für den Vertreter selten ein gutes Geschäft. Darum sterben die Teilzeit-Taxiunternehmer aus, während die Großen, TaxiVentura und Taxinaria, immer mehr Fahrer rekrutieren.

»Was, wenn Pedro fünfunddreißig Prozent bekäme und dafür keine Rabatte mehr vergäbe?«, wendet Erhard sich an Alberto, damit der es als letzte Chance begreift, seine bequemen Tagschichten zu sichern.

Alberto starrt auf das mit Tesafilm an das Armaturenbrett geklebte Bild: ein vergilbtes Foto einer Frau, die auf einer Leiter balanciert und Oliven erntet. Seine Frau oder seine Mutter. »Okay. Aber dann nur über den Taxameter.«

Muñez sieht aus, als würde er noch überschlagen, ob sich das für ihn auch wirklich lohnt. Dann nickt er. In ein paar Monaten wird er trotzdem weg sein. Erhard hat keine Ahnung, womit der Bursche seine Tage verbringt, aber wenn er ernsthaft Geld mit Taxifahren machen will, braucht er einen anderen Vertrag. Die fünfunddreißig Prozent sind nur eine vorläufige Lösung, sie helfen allenfalls Alberto, seiner Rente ein Stückchen näherzukommen.

»Und räum deine Kaffeebecher weg«, sagt Alberto noch und drückt Muñez einen Pappbecher in die Hand, der im Becherhalter gesteckt hat.

Muñez nimmt den Becher grinsend entgegen und steigt aus. Er und Erhard laufen den Bürgersteig entlang, jeder mit seinem Becher in der Hand. Als sie Erhards Wagen erreichen, stellt Erhard seinen Becher auf das Wagendach und zieht die Tür auf.

»Tausend Dank«, sagt Muñez.

»Gern geschehen, Pedro.«

»Das war nicht einfach, weißt du, weil er so nett ist.«

»Alberto ist nicht so nett, wie es den Anschein hat. Frag die anderen, die schon für ihn gearbeitet haben.«

»Warum hast du mir geholfen? Ich dachte, ihr kennt euch.«

Ein ehrlicher Bursche. Neugierig. So was gefällt Erhard.

»Gerechtigkeit«, sagt er. »Es muss gerecht bleiben, sonst stimmt was nicht. Du kriegst, was du gibst.«

»So in der Art wie Yin und Yang, meinst du?«

»Wieso fragst du?« Entweder ist der Bursche gerissener, als er aussieht, oder er weiß nicht, wovon er redet.

»Es heißt, du bist ein kluger Mann, der viele Bücher liest und so.« Muñez wirft einen Blick auf den Beifahrersitz, auf dem Erhards Buch liegt.

»*Im Reich der Blinden* oder wie das heißt«, sagt Erhard und setzt sich hinters Steuer.

»Was?«, fragt Muñez.

»Glaub nicht alles, was du hörst. Und komm zu mir, wenn es wieder Probleme gibt.« Erhard lässt den Wagen an und rollt ein Stückchen vor.

Um die Siesta herum fährt er mit schlechtem Gewissen heim. Weil sie den ganzen Tag im Dunkeln eingesperrt war. Er lauscht an der Tür und ruft, er werde sie gleich rauslassen. Ohne ihre Antwort abzuwarten, bereitet er noch ein paar Dinge im Haus vor und holt dann eine lange Kette, die er mal zum Abschleppen benutzt hat. Er befestigt das eine Ende an einem Metallring am Giebel, dort war mal eine Plane angebracht. Er zieht die Kette zum Schuppen und schließt die Tür auf.

Drinnen ist es still. Erst sieht er nur das dichte Dunkel, das fast alles Licht verschluckt. Dann erkennt er ihr Gesicht, direkt vor sich. Sie hat hinter der Tür gewartet und versucht jetzt, sich an ihm vorbei ins Freie zu drängeln. Er stemmt sich gegen die Tür und hakt das Schloss wieder ein. Sie schreit frustriert.

»Mach so was nicht«, sagt er.

Sie antwortet nicht, aber er hört sie auf der anderen Seite gegen die Wand hämmern.

»Ich würd dich ja gern rauslassen, aber nur, wenn du keine Dummheiten machst. Einverstanden?«

Keine Antwort.

»Einverstanden?«, ruft er.

»Ja«, schreit sie schrill.

»Stell dich vor die Rückwand. Und bleib da stehen.« Er schiebt vorsichtig die Tür auf, sichert sie mit dem Fuß und späht hinein. Sie steht tatsächlich an der Rückwand, und ihre Hände hängen schlaff hinab. Sie war jetzt knapp siebzehn Stunden in dem Schuppen eingesperrt und sieht aus wie eine Schiffbrüchige. Ihre Haare, die zu einer Frisur hochgesteckt waren, sind zerwühlt. Die Schminke ist verschmiert und hat sich mit Dreck und Staub vermischt. Der Overall ist über dem Oberschenkel gerissen, zerknittert und fleckig. Als er mit der Kette in der Hand auf sie zugeht, sieht sie ihn panisch an.

»Ich lass dich demnächst gehen«, sagt er. »Du bist nur so lang hier, bis sie bei der Polizei feststellen, dass sie keine Schuldige mehr haben.«

Sie sagt nichts.

»Hat das Telefon geklingelt, während ich weg war?«

Sie sieht ihn nicht an.

Er schüttelt sie. »Das ist wichtig! Hat das Telefon geklingelt?« Er wartet auf den Anruf des Journalisten, der hoffentlich bei der Gerichtsverhandlung war und ihm erzählen kann, dass die Polizei jetzt die Ermittlungen wieder aufgenommen hat. Vielleicht hätte er selbst zur Verhandlung gehen sollen.

Er fragt sie ein drittes Mal, aber sie starrt nur stumm zu Boden.

Dann zeigt er ihr die Kette. »Ich hab mir überlegt, dir die hier ums Bein zu legen. Dann kannst du draußen rumlaufen und musst nicht hier drin hocken bleiben.«

Sie schüttelt den Kopf, als er sich vor sie kniet, die Kette um ihr Fußgelenk legt und sie an der schmalsten Stelle mit einem Vorhängeschloss sichert. Vermutlich wird es scheuern, aber immer noch besser, als die ganze Zeit im Dunklen zu warten.

Die Kette reicht bis ins Haus. Dort kann sie zur Toilette gehen. Oder in die Küche an den Schrank, aus dem er alle Gläser ausgeräumt und den er stattdessen mit Wasserflaschen und Keksen gefüllt hat. Wenn sie im Haus ist, lässt sich wegen der Kette zwar die Haustür nicht schließen, aber das macht nichts. Es kommt sowieso niemand vorbei.

Er führt sie herum und erklärt ihr alles.

»Das Telefon und das Regal kannst du nicht erreichen, also probier es gar nicht erst. Hier kannst du sitzen oder schlafen.« Er zeigt auf eine alte, durchgelegene Matratze, die er in die Ecke hinter die Tür geschoben hat. Sie sieht ihn gleichgültig, beinahe verächtlich an. Er hat eigentlich ein wenig Dankbarkeit erwartet und ärgert sich über sich selbst. Es irritiert ihn, dass er ihr immer wieder entgegenkommt und sie wie einen Gast behandelt. Wahrscheinlich wecken ihr elendes Aussehen und die runden, verschmierten Wangen seinen Beschützerinstinkt. Aber sie hat nichts anderes verdient als eine dreckige Matratze und eine Kette ums Bein. Er lässt sie stehen und stellt Wasser für einen Kaffee auf.

»Du machst aber keine Fotos von mir oder irgendwie so was Perverses«, sagt sie.

»Warum sollte ich das tun?«

»Weil Männer das machen. Und die Bilder dann ohne meine Erlaubnis ins Netz stellen.«

»Ich bin keiner von deinen perversen Kunden.«

»Aber du bist genauso pervers. Mit dem einzigen Unterschied, dass ich mich von dir nie ficken lassen würde.«

»Hör auf, so zu reden«, sagt Erhard und nimmt einen Schluck Kaffee. »Ich hab keine Ahnung, wovon du sprichst, und es ist mir auch herzlich egal.«

Als er das nächste Mal vorbeikommt, schläft sie wie ein Kind und hat alle viere ausgestreckt. Und wieder meldet sich ein hinterhältiges Gefühl von Behaglichkeit, von Freude darüber, dass sie sich in seiner Gegenwart entspannt. Er macht die Tür wieder zu. Nicht ganz, wegen der Kette.

Die holländischen Winterferien liegen in diesem Jahr früh, täglich landen zwei bis drei Flieger und schwemmen Touristen in die Straßen von Corralejo. Für ihn bedeutet das mehr kürzere Touren nach Las Dunas, zum Hafen oder zum Hotel am anderen Ortsrand.

Seit Alina das mit den Fotos im Internet gesagt hat, will ihm nicht mehr aus dem Kopf gehen, dass tatsächlich ständig fotografiert wird. Durch die Windschutzscheibe seines Taxis. Kunden, die einander im Taxi fotografieren oder ihn während der Fahrt. Draußen bei Las Dunas filmen zwei Typen mit einer winzigen Kamera die Sonne, die Dünen, die Ziegen. Früher, als er noch mit seinen Eltern in den Urlaub gefahren ist, wurden Fotos nur nach gründlicher Planung geschossen. Mit vierundzwanzig oder sechsunddreißig Bildern pro Rolle und höchstens zwei extra Rollen im Gepäck war das Bildkontingent für den Urlaub schnell erschöpft. Zehn Bilder pro Tag. Da wurde nicht unnötig geknipst. Keine vorbeitrottenden Ziegen, keine verschwitzten Socken, keine mittelmäßigen Gerichte in mittelmäßigen Restaurants. Man schoss keine Fotos von Menschen, die man nicht kannte, machte keine Bilder vom Müll am Straßenrand oder von einem wolkenlosen Himmel. Fotos waren eine Sensation. Inzwischen ist das anders, Fotos werden im Überfluss geschossen, alles wird festgehalten. Er muss an ein Mädchen denken, das vor der Diskothek Corralejo Beach in der Calle Cervera ihre Freundin mit der Zunge im Hals ihrer Bierflasche geknipst hat.

Es wäre interessant zu wissen, ob irgendjemand das Auto fotografiert hat, die Besitzer, als es in Cotillo angekommen ist. Bilder der Mutter oder des Vaters des Jungen, die sich mit einem letzten Blick durchs Seitenfenster von ihm verabschieden. Bilder des verlassenen Autos, während das Wasser am Strand aufläuft.

Um 6.00 Uhr schaltet er das Radio ein und hört Nachrichten. Aber es gibt nur Meldungen aus dem Ausland, nichts Lokales. Vielleicht wurde die Gerichtsverhandlung ja ausgesetzt, oder die Geschichte des Jungen gilt nicht länger als Neuigkeit. Es widerstrebt ihm, Bernal noch mal zu kontaktieren, er hätte gern einen Bekannten bei der Polizei, der die nachmittäglichen Ereignisse bei Gericht für ihn zusammenfassen könnte. Exekutive und Judikative liegen hier im Schloss so dicht beieinander, dass man im Eingangsbereich des Polizeireviers den Hammer aus dem Gerichtssaal hören kann. Buchstäblich.

Fürs Abendessen kauft er ein braunes Hähnchen, das sich unten am Markt den größten Teil des Tages am Spieß gedreht hat. Als Beilage soll es Tomatenscheiben mit hartem Schafskäse geben. Er kauft zwei Portionen und hofft, dass Alina so was mag. Es wäre leichter, wenn er sie irgendwie zähmen, ihr seinen Standpunkt klarmachen könnte. Stockholm-Syndrom, denkt er – wie lang muss er sie gefangen halten, bis sich das einstellt?

Alina hat noch nie was vom Stockholm-Syndrom gehört und hasst Hähnchen, er könne sie mal am Arsch lecken. Sie schlägt wütend mit der Kette auf den Boden und provoziert ihn, bis er ernsthaft darüber nachdenkt, sie wieder in den Schuppen zu sperren. Als er ihr das androht, brüllt sie ihn an, dass er ein jämmerlicher Extranjero sei, der mit ihr machen könne, was er wolle. Sie spuckt ihn an, faucht und schlägt wieder mit der Kette auf den Boden. Erhard hält es im Haus nicht länger aus, er geht nach draußen und füttert Laurel und Hardy, die am Hang stehen und an einem Stein lecken. Er fühlt sich aus seinem eigenen Heim vertrieben und hofft, dass es nur eine Frage von Stunden, höchstens eines halben Tages ist, bis er sie wieder freilassen kann. Dabei ist es ihm inzwischen fast egal, was passiert, wenn sie ihn wegen Entführung anzeigt. Fast. Natürlich hofft er, dass sie es nicht tut, sondern sich in irgendeinem Loch verkriecht und einfach dort bleibt. Keine Kunden mehr, keine Drogen. Aber als er ihre Stimme aus dem Haus hört, ist er sich nicht sicher, wie es weitergehen soll.

Oben vom Hügel kann er kilometerweit bis zur Küste blicken. Er sieht das mausgraue Wasser, das aus der Karibik und von Südamerika her gegen die scharfkantige Küste schwappt, an der alles zerschmettert. Laurels Glöckchen klingelt, als er versucht, an Erhards Gürtelschnalle zu knabbern. Er krault die Ziege hinter dem langen, weichen Ohr und hält ihr eine Handvoll Futter hin, das er in der Tasche hatte.

Als er zurück ins Haus kommt, sitzt sie auf dem Küchenboden und hat alles aus dem Schrank gerissen: Honig, Reis und Pfeffer liegen überall verstreut. Sie ist schlimmer als ein

Trotzkind. Zum Glück reicht die Kette nicht bis zum Kühlschrank, auch wenn nichts Besonderes drin ist. Ihr lachsfarbener Overall sieht inzwischen aus wie eine Sträflingskluft.

»Hilf mir bei einer Sache«, sagt er. »Dann lass ich dich frei.«

Und wieder diese mutlose Reaktion, ganz anders als erwartet. Sie ist ein Mensch ohne Hoffnung, denkt er, ohne jeden Lebensfunken. Vielleicht waren die Lüge und die Madrid-Tour ihre letzte Hoffnung, die Erhard nun zunichtegemacht hat.

»Du hast was von Fotos gesagt, die man ins Netz stellt. Wie macht man das?«

Sie sieht ihn aus zusammengekniffenen Augen an. »Was hast du vor?«

»Wenn man ein bestimmtes Foto sucht, wo sucht man da?«

»Kein Foto von mir, oder?«

»Nein«, sagt er. Sie denkt wahrscheinlich an was Pornografisches. Er will gar nicht wissen, was für Fotos von Alina im Internet kursieren. »Ein Foto des Autos am Strand von Cotillo. Ich hab gehört, dass man im Netz alle möglichen Bilder finden kann, selbst wenn sie gerade erst vor wenigen Tagen aufgenommen wurden, vor wenigen Stunden, und da dachte ich, vielleicht gibt es ja Aufnahmen von der Mutter oder dem Vater des Jungen, wie sie mit dem Auto dort ankommen.«

»Du kommst allein nicht weiter, was, Vierfinger?«

»Sag einfach, wo ich die Bilder finden kann.«

»Das kann ich dir nicht sagen. Da gibt's diverse Möglichkeiten. Such auf Google oder so.« Sie steht auf und lässt sich wie ein müder Hund auf die Matratze fallen.

»Hilf mir bei der Suche, dann kriegst du deine Zigaretten.«

»Fick dich, du hast alles kaputt gemacht, meine Tour nach Madrid, weg, erledigt.«

»Ich hab dich gerettet. Du hättest es bereut, diese Lüge zu unterschreiben.«

»Ich bereue es, jemals auf diese verschissene Insel gekommen zu sein. Seit meine Mutter, möge sie in der Hölle schmoren, mich geboren hat.«

»Hilf mir, hilf dem Jungen.«

»Wann raffst du es endlich? Der Junge ist mir scheißegal. Wenn ich irgendwas tue, dann nur, um hier wegzukommen.«

»Ich fahr dich in die Stadt, wenn wir gefunden haben, wonach ich suche.«

»Und was, wenn ich es auch nicht finden kann? Wenn es das Bild, das du suchst, gar nicht gibt?«

»Wenn du mir hilfst, darfst du gehen, unabhängig davon, ob wir fündig werden oder nicht.«

Sie sieht ihn lange an und zieht die Schultern hoch. Er deutet das als ein Ja.

»Also, wie machen wir's?«, fragt Erhard.

»Was weiß denn ich? Gib's bei Google ein, und dann gucken wir weiter.« Sie sieht sich um. »Wo ist dein Computer?«

Erhard sieht sie an.

»Du hast keinen?«

»Ich hab nie einen gebraucht.«

»Wie stellst du dir das vor? Sollen wir jetzt auf meinem Handy suchen? Das wird scheißteuer. Willst du das bezahlen?«

Er ist schon kurz davor, Ja zu sagen, antwortet dann aber: »Such das Bild, und ich nehm dir die Kette ab.«

»Gib mir meine Tasche. Wo ist die eigentlich?«

Wortlos geht er ins Wohnzimmer, um ihr Handy zu holen.

»Strand von Cotillo, 7. oder 8. Januar«, sagt er, als er ihr das Handy reicht.

»Der Akku ist fast leer, weniger als ein Viertel.«

Sie tippt auf dem Gerät herum. Er stellt sich hinter sie, sodass er sehen kann, was sie macht. Damit sie nicht die Polizei ruft oder eine Nachricht an irgendeinen Bekannten schickt. Aber es tauchen nur Bilder auf dem Display auf.

Man sieht ein paar Fotos vom Strand, aber nichts, was nah genug dran wäre oder zum Datum passen würde, das sie angegeben hat. Sommer- und Winterbilder, die sich im Himmel unterscheiden: weißmetallisch im Winter, gelblich weiß im Sommer. Sie zeigt Erhard ein paar Fotos, eins vom Hang und eins vom Meer, beides vom Strand aus aufgenommen. Danach ein paar Surfer, Frauen auf einem Badelaken und ein Mann oben auf dem Parkplatz, der den Oberkörper aus dem Schiebedach seines Leihwagens streckt. Es sind überwältigend viele Fotos. Erhard wird ganz schwindlig beim Versuch, dem Bilderstrom zu folgen, der über das winzige Display rollt und verschwindet. Ein Bilderstrom, der durch die Luft hin- und hergeschickt wird. Bei Kabeln kann er das ja noch irgendwie nachvollziehen, aber diese neumodischen Telefone sind für ihn ein Buch mit sieben Siegeln.

Es dauert viel länger, als Erhard dachte. Er hat sich das Ganze wie einen Karteikasten vorgestellt, in dem man unter dem entsprechenden Datum alles nachschlagen kann, was es gibt. Aber Alina behauptet, im Netz könnten Bilder überall abgelegt werden, und außerdem sei der Empfang sauschlecht. Es dauert eine halbe Ewigkeit, die Bilder zu öffnen. Sie versucht, es Erhard zu erklären, aber er versteht sie nicht. Draußen wird es dunkel. Er kocht Kaffee für sie beide. Als er das Wasser aufgießt, vergisst er wieder für einen kurzen

Augenblick, dass sie seine Gefangene ist und er sie gegen ihren Willen festhält. Sie ist nicht die Tochter der Nachbarn, die vorbeigekommen ist, um ihm Urlaubsbilder zu zeigen. Er reicht ihr den Becher, den sie neben die Matratze auf den Boden stellt.

»Vielleicht gibt es ja gar keins«, mutmaßt er. Sie hat eine endlose Reihe uninteressanter Fotos gefunden, Touristenbilder vom Strand und Las Dunas mit unnatürlich blauem Himmel, von riesigen Olivenbergen auf dem Markt in Morro Jable.

»Ich glaub auch nicht«, murmelt sie.

»Morgen fahr ich dich nach Hause«, sagt er müde und streckt sich auf dem Sofa aus.

»Du hast versprochen, mich sofort zu fahren.«

»Du hast doch nichts gefunden.«

»Du hast versprochen, mich zu fahren, wenn ich dir helfe.«

»Ich hab versprochen, dich zu fahren, sobald du was gefunden hast. Morgen.«

Sie tritt den Becher auf dem Boden um. Kaffee spritzt an den Ofen und über die Bücher, die sich auf dem unteren Regalbrett stapeln. Er bleibt still liegen, lauscht ihren Bewegungen und hört die Kette rasseln. Er freut sich darauf, wieder allein im Haus zu sein, aber in diesem Moment hat es was Spannendes, was Mystisches, sie hier bei sich zu haben. In seinen vier Wänden. Außer ihm hat nie jemand in seinem Haus geschlafen. Die Wände sind dafür zu dünn, der Platz ist zu knapp. Er versinkt zwischen den Sofakissen und …

»Hola, Vierfinger, hol deine Autoschlüssel.«

Er wacht davon auf, dass ihm Sachen an den Kopf fliegen. Ein Schuh, ein Hut.

»Ich hab was gefunden.«

Sie sitzt auf dem Küchenboden, so weit weg, wie die Kette reicht, und winkt mit ihrem Handy. Es ist noch nicht richtig hell, das Licht in der Küche wirkt bräunlich. Bald steigt die Sonne übers Wasser und wirft staubweiße Strahlen durch die beschlagenen Fenster.

»Der Akku macht bald schlapp, also schau's dir lieber gleich an.«

Er forscht nach Unehrlichkeit in ihrer Stimme. Wieso hat sie weitergesucht, nachdem er eingeschlafen war? Vielleicht hat sie ja gar nichts gefunden und versucht jetzt, ihn in eine Falle zu locken, verschlafen, wie er ist.

Er rollt sich vom Sofa und spürt ein Ziehen im Rücken, das inzwischen fester Bestandteil seiner morgendlichen Steifheit ist. Er muss langsam in die Gänge kommen, so ist das eben. Er rutscht auf die Sofakante und stemmt sich hoch. Sie sieht nicht feindselig aus, eher diensteifrig, die Beine hat sie wie ein kleines Mädchen, das mit Murmeln spielt, zur Seite gestreckt.

»Da sind an dem Tag einige Surfer unterwegs. Und da ist ein Auto«, sagt sie und schiebt mit dem großen Zeh die Bilder nach unten. Bei einem Bild verharrt sie, klickt es an und reicht Erhard das Telefon. Er lässt sich nicht anmerken, wie beeindruckt er ist. Überrascht. Er hätte nicht gedacht, dass sie ihm wirklich helfen kann.

Das Foto ist klein, und es ist nicht leicht zu erkennen, was es darstellt. Er braucht einige Sekunden, um den Blick zu fokussieren, und hält es sich dicht vors Gesicht. Auf dem Foto ist früher Morgen, ungefähr wie jetzt. Der Sand ist golden und wie glatt gebügelt. Ein Stück entfernt steht der VW. Er ist es wirklich, ohne jeden Zweifel. Schwarz und unorganisch, ein Fremdkörper. Die dunklen Scheiben, die den Jungen in dem Karton verbergen, starren ihn regelrecht an.

Wie ein Stromstoß durchzuckt es Erhards Körper. Er hat es gefunden – ein Foto, das die Polizei nicht hat. Eine Spur, die in eine neue Richtung weist. Die Vorderreifen stehen im Wasser. Unwillkürlich denkt Erhard an den Jungen auf dem Rücksitz. Tot. Der Fotograf weiß beim Fotografieren nichts davon, macht einfach nur sein Foto.

»Es gibt noch mehr Bilder«, sagt Alina. »Von einem MitchFever.«

»MitchFever«, liest Erhard unter dem Profilbild am oberen Bildrand und denkt dabei an ein Kind mit fieberheißer Stirn. »Wie wechselt man zum nächsten?«

Sie stupst das Bild mit dem Zeh nach unten, worauf der Rücken eines jungen Mannes in einem Neoprenanzug auftaucht, der ein Surfbrett über Kopf trägt. Im selben Moment wird das Display dunkel.

»Shit, shit, shit«, sagt Alina.

31

Das Ladegerät liegt zu Hause in ihrer Wohnung über der Bar an der Calle Taoro. Aber statt es zu holen, schlägt Alina vor, dass Erhard ihnen einen Computer besorgt. Am besten einen mit schnellem Internet. Aber wie soll er das machen? Erhard fällt der Computer im Gemeinschaftsraum der Taxizentrale ein. Oder könnte er sich vielleicht den von Raúl oder von Ponduel leihen? Ponduel hat sogar Informatik studiert, aber er ist ein Arschloch, daher kommt er eigentlich nicht infrage.

»Jeder, der Internet hat, kann dir ebenso gut helfen wie ich«, sagt Alina. »Ich hab dich auf den Weg gebracht. Jetzt fahr mich in die Stadt.«

Erhard steht auf. Vor seinen Augen dreht sich alles. Er geht nach hinten, wo sie an ihrer Kette nicht hinkommt. Er würde sie nur zu gern mit in die Stadt nehmen, damit sie ihm helfen kann, das Bild auf dem Computer wiederzufinden. Aber er kann sie weder in die Zentrale noch zu Raúl mitnehmen. Wie sollte er das erklären? Außerdem würde sie bestimmt versuchen wegzulaufen, Hilfe rufen oder ihm sonst wie Schwierigkeiten machen.

»Ich hol das Ladegerät. Keinen Computer.«

»Dann fahr mich nach Hause. Ich helf dir weiter.«

Er ahnt, dass sie dabei einen Hintergedanken hat.

»Nein, du bleibst hier. Leider.«

Sie will sich wieder aufregen, bleibt dann aber ruhig.

Bevor er sie gehen lässt, will er mit Diego Navárez reden oder in den Nachrichten hören, dass die Polizei die Ermittlungen wieder aufgenommen hat. Aber das sagt er ihr nicht. Aus Angst und Feigheit. Es setzt ihm allmählich zu, sie gefangen zu halten.

»Ich geb dir das Geld, von dem ich gesprochen habe. Finde diese Bilder für mich, und du bekommst das Geld.«

Sie hat wieder dieses kranke Grinsen im Gesicht. »Verdammt, warum bitte schön sollte ich dir glauben, Vierfinger, wenn du es dir ständig anders überlegst? Du hast mir schon zum dritten Mal versprochen, dass ich gehen kann.«

»Okay, ganz ehrlich, ich hab nicht die geringste Ahnung von Computern. Ich brauche deine Hilfe.«

»Das hab ich schon verstanden. Aber ich bin auch nicht gerade ein Computergenie. Lass mich gehen, dann frag ich jemanden, der dir bei diesen Sachen besser helfen kann.«

»Wie sieht dein Ladegerät aus?«, fragt er.

»Fuck you!« Sie spuckt in seine Richtung.

Aus irgendeinem Grund wartet er noch kurz im Auto, bevor er die Straße überquert. Es ist früh am Morgen. Aus der rund um die Uhr geöffneten Lieblingsbar der Seeleute, La Mar Roja, kommt Musik. Vor der Bar sitzt ein junger Mann auf der Mauer, zieht heftig an seiner Kippe und starrt in Richtung Bar, als wollte er sie ausrauben. Einer der vielen Drogenabhängigen der Stadt, denen es so beschissen geht, dass sie nicht mal mehr mit Lederwaren oder Strandskulpturen Geld verdienen können. Etwas weiter hinten fegt ein Mann die Straße.

Erhard geht auf den Eingang links von der Bar zu. Über der Tür prangt ein Gemälde von einem Schoner, der von einem Wal verschluckt wird. Er schließt mit einem Schlüssel aus Alinas Tasche auf und sieht sich die Namen an, die mit Klebeband auf die hellblauen Holzkästen geklebt sind. Ihr Name ist auf keinem der Briefkästen zu sehen. Nur Männernamen. Doch, da, Angelina Mariposa, oben rechts. Er überlegt zu laufen, nimmt aber dann doch den Aufzug, der schon unten wartet.

Ihre Wohnung ist dunkel. Er zieht die dichten Vorhänge auf, um etwas sehen zu können. Er hat eine vage Vorstellung davon, wie so ein Ladegerät aussieht, und hält nach einer Steckdose Ausschau. Die Wohnung ist nicht neu, aber halbwegs frisch renoviert. Alles ist viereckig und scharfkantig. In einem billigen Holzregal stehen hinter einem Vorhang mindestens dreißig Paar Schuhe. Hellrote Sneaker und schwarze Stilettos mit schmalen Riemchen. Er selbst hat nur ein einziges Paar Schuhe, und dieses Paar trägt er, bis es kaputtgeht. Das Ladegerät baumelt in der kleinen Küche über einem Tisch mit zwei Stühlen. Auf dem Tisch stehen zwei Weingläser – in einem ist noch etwas Weißwein –, daneben liegt eine amerikanische Zeitschrift, auf der ein lachsfarbener Nagellack steht. Sie hat weder Kochplatten noch einen Backofen, nur den Küchentisch und einen schwarzen Kühlschrank. Genau wie er scheint sie keine große Köchin zu sein. Isst sie immer auswärts, oder lässt sie sich von irgendwelchen Männern aushalten? Er nimmt das Ladegerät und sieht sich ein Schwarz-Weiß-Bild an, das unter einem Magneten am Kühlschrank hängt. Alina, die dem Fotografen mit einem Glas Sekt zuprostet, als gäbe es auf der ganzen Welt keine Probleme. Quer über ihrem Ausschnitt steht: »Du suchst Gesellschaft?« Und am unteren Rand des Fotos: »alinacompania.es«.

Irgendwie will es Erhard nicht einleuchten, dass diese Frau, die auf dem Foto wie ein Filmstar aussieht, bei ihm zu Hause angekettet im Wohnzimmer sitzt.

Auf dem Weg nach draußen nimmt er einen seltsamen Geruch wahr, der ihn ins Schlafzimmer führt – eine dunkle Höhle mit einem riesigen Bett, das mit einer schwarzen Decke bezogen ist. Der Duft ist schwer. Zimt und Zitrus. Ungewöhnlich. Linker Hand steht ein Garderobenschrank aus dunklem Holz. Er zieht die Schubladen auf und fährt mit den Fingern über Paillettenkleider und Sachen aus durchsichtigem Stoff. Er hat schon oft davon geträumt, in ein Dessousgeschäft zu gehen und Spitze und dünne Träger unter seinen Fingerspitzen zu spüren. Aber jetzt da er die Gelegenheit dazu hat, traut er sich kaum. Am Ende nimmt er doch was aus der Schublade: eine weiße, weiche Hose, ein T-Shirt mit großen Buchstaben und hellrote Unterwäsche mit blauen Bündchen, wie Kinder sie tragen. Dann geht er und zieht die Tür hinter sich zu.

Er lässt noch einen Lkw vorbei, dann läuft er zu seinem Wagen.

»Erhard?«

Noch bevor Erhard sich umdreht, weiß er, wer ihn da anspricht. Nur wenige Leute reden ihn mit seinem echten Namen an. Außerdem hat es fast Dänisch geklungen.

Raúl Palabras winkt noch einem Mann zu, der auf der anderen Straßenseite weitergeht, und läuft dann aus der Bar auf ihn zu. Er sieht entspannt aus. Offenes Hemd, aufgekrempelte Ärmel, die Haare gekämmt.

»Ich war in der Bar und hab dich kommen gesehen. Was machst du so früh hier?«

»Was machst *du* hier?«, gibt Erhard zurück. »Auf dem Weg nach Hause – ohne Bea?«

»Pesce und ich hatten ein bisschen viel getrunken, da ist sie heimgegangen«, sagt Raúl und legt die Hand auf Erhards Ellenbogen. »Kannst du mich nach Hause fahren?«

Er weiß nicht, wie er es abwenden könnte oder warum. Er fährt ohnehin in Raúls Richtung. »Ich nehm dich gern ein Stückchen mit. Ich muss ja Geld verdienen, weißt du.«

»Ach ja, immer dieses Geld«, sagt Raúl.

Sie mustern sich kurz.

»Was hast du da?«, fragt Raúl und starrt auf die Kleider und das Ladegerät hinab.

»Ein paar Sachen, die ich für einen Kunden holen soll.«

Raúl grinst. »Mann, du verstrickst dich da gerade in irgendwas, das seh ich dir doch an.«

»Halt den Mund«, sagt Erhard, zieht die Fahrertür auf und setzt sich ins Auto. Raúl läuft auf die andere Seite und schiebt sich auf den Beifahrersitz. Sie fahren los. Erhard hat die Sachen auf den Rücksitz hinter Raúl geworfen, damit der nicht sieht, dass es Frauenkleider sind. Er hat keine Lust auf Erklärungen. So weit ist er noch nicht.

Raúl klagt über den Stress, den er gerade hat. Er sei all die Leute, die nicht machen, was er sagt, allmählich leid. Erhard lacht über seine Geschichten. Als sie da sind, schlägt Raúl vor: »Komm mit hoch und lass uns einen Sunrise trinken … and watch the sunrise.«

»Die Sonne ist längst aufgegangen, Raúl.«

»Dann eine Bloody. Komm schon, ich brauch dich jetzt, Hermano.« So nennt er ihn nur, wenn er wirklich verzweifelt ist.

»Um dich zu betrinken? Geh lieber nach oben und schlaf mit deiner Schönen. Sie macht sich bestimmt schon Sorgen.«

»Ganz sicher nicht. Das ist ja das Problem. Sie hasst mich.«

»Jetzt hör aber auf!«, sagt Erhard ungläubig.

»Verdammt, Erhard, sie will sich von mir trennen.«

»Hat sie das gesagt?«

»Nicht direkt, aber sie liebt mich nicht mehr so wie früher. Ich spüre das. Komm mit hoch, dich mag sie, du bist wie ein Onkel für sie, wie ein großer Bruder. Wir wecken sie mit Bloodys und mit einem Frühstück.«

Es ist Samstag, und da fährt er vormittags eigentlich nicht. Er kann ja später zu Alina fahren, weg kommt sie ja ohnehin nicht. »Okay, aber nur eine Bloody.«

Er will in Raúls Tiefgarage fahren, aber Raúl meint, dass dort unten gerade gebaut wird und sicher kein Platz ist. Stattdessen parken sie auf dem verlassenen Bauplatz am Hiperdino und laufen nach unten zum Hafen und zu Raúls Wohnung. Auf der Straße vor der Tür liegt der Saure Enrique, wie sie ihn nennen, neben einem Baseballschläger. Raúl bedeutet Erhard, leise zu sein, als sie ins Haus und über die breite Treppe nach oben gehen. Aus irgendeinem Grund sieht Erhard noch einmal die Straße runter, bevor sie die Tür hinter sich schließen, und entdeckt wieder diesen nervösen Mann, der ihm schon vor der Bar aufgefallen ist. Sicher nur Zufall, immerhin liegt die Wohnung genau am Rand der belebten Innenstadt. Vielleicht will der Typ hier was verticken oder kaufen oder unten am Strand schlafen.

»Was hast du noch mal vor der Bar gemacht?«, fragt Raúl.

»Erinnerst du dich noch an diese Sache mit dem Auto am Strand, an dem Abend mit dem Gewitter?«, fragt Erhard.

»Ja, der Autodiebstahl«, sagt Raúl und wendet ihm den Rücken zu. »Gibt's da was Neues? Angeblich haben sie die Mutter gefunden.«

»Das behaupten sie, aber das ist eine Lüge.«

Raúl bleibt stehen. »Wer? Diese Papierpisser?« Raúls Bezeichnung für die Polizei.

»Ja, sie haben eine Prostituierte gefunden und ihr Geld angeboten, damit sie ein Geständnis ablegt. Allerdings hat sie damit nichts zu tun.«

»Und wie kommst du darauf?«

»Weil ich die Sache untersucht hab.«

»Du spielst Columbo?« Er schließt die Tür auf, und sie betreten den Flur. Durch die Fenstertüren sieht man ins Wohnzimmer.

Beatriz sitzt vor dem Fernseher und schläft. Auf dem Bildschirm sind ein paar schwarze Tänzer zu sehen, ein Motorrad und jemand, der sich als Hund verkleidet hat. Sie wacht auf, streckt sich müde zu Raúl aus, zieht ihn zu sich runter und gibt ihm einen Kuss. Dann fragt sie, wo er denn so lang gewesen sei. Raúl streicht ihr mit der Hand über die Augen. Sie solle sich nicht immer so betrinken.

»So voll war ich gar nicht«, sagt sie, lacht und drückt Erhards Arm.

»Komm«, sagt Raúl, »wir machen uns eine Bloody.«

»Oh nein«, kommt es von Beatriz, trotzdem folgt sie ihnen auf die Dachterrasse. Die Leiter steht auf dem Balkon. Sie ist schmal, wacklig und führt auf die bereits glühend heiße

Terrasse auf dem Flachdach. Oben stehen ein Gartensofa, ein afrikanisch inspirierter Couchtisch, ein paar große Korbsessel mit dicken Kissen und eine Anrichte mit Kühlschrank und Waschbecken unter einem großen Sonnenschirm. Beatriz lässt sich müde aufs Sofa fallen und kriecht unter die Decke.

»Erhard spielt Detektiv«, sagt Raúl zu Beatriz. »Erinnerst du dich noch an dieses Auto unten am Strand?« Er tritt an die Anrichte und macht sich daran, Drinks zu mischen. Alkohol, Saft, frisch gepresste Zitrone. Irgendwie steht so was bei Raúl immer bereit.

»Es ist doch nicht normal, sein Kind auszusetzen«, erklärt Erhard.

»Unerträglich, ich will das echt nicht hören«, sagt Beatriz.

Raúl grinst. »Stille Wasser sind tief, heißt es doch, oder?« Er presst die Zitrone über dem Glas aus. Der Saft spritzt in alle Richtungen.

»Wie meinst du das?«, fragt Beatriz.

»Ich meine, alle denken doch, dass die Welt unseres Ermitaños nur aus Klavieren, Alkohol und seinem Taxi besteht.« Er lacht wieder.

Raúl hat ihn nie zuvor Ermitaño genannt.

Erhard erzählt ihnen von dem Karton mit den Zeitungsschnipseln.

»Hat die Polizei denn keine DNA oder Fingerabdrücke gefunden? Das sieht man doch immer im Fernsehen?«, fragt Raúl.

»Bernal meint, das wär gar nicht so einfach, wie man glaubt«, erwidert Erhard.

»Ist der Kleine denn wenigstens ordentlich beerdigt worden?«, will Beatriz wissen. »Die Mutter muss doch irgendwie zu finden sein.«

»Bestimmt war es ein Unfall«, meint Raúl. »Ein Autodieb, der das Kind auf dem Rücksitz findet und – ups! – den Wagen am Strand stehen lässt und verschwindet. Du wirst schon sehen, vielleicht ist es ja doch das Kind dieser Prostituierten.«

»Nein«, sagt Erhard. »Ich hab mit ihr gesprochen. Sie ist nicht die Mutter.«

Es wird still.

»Was?«, fragt Beatriz. »Wie meinst du das?«

Erhard erklärt ihr, dass die Polizei Anklage gegen die Falsche erhoben hat.

»Sie lügt«, sagt Raúl.

»Nein«, sagt Erhard. »Ich hab sie richtig unter Druck gesetzt. Sie ist nicht die Mutter.«

»Ist ja verrückt«, murmelt Beatriz und seufzt.

»Hast du sie unten in der Stadt getroffen?«, fragt Raúl, der ihm noch immer den Rücken zugekehrt hat und jetzt den Stößel, mit dem er Sellerie, Zitrone und Kräuter zerstoßen hat, am Rand des Waschbeckens abklopft. Es riecht stark säuerlich.

Erhard sieht vorsichtig zu Beatriz hinüber. »Sie ist bei mir zu Hause. Sie versteckt sich dort. Sie hat Angst vor der Polizei. Sie hat mir alles erzählt und ist bereit, eine Aussage zu machen.«

»Erhard«, ruft Beatriz begeistert. »So was!«

Raúl reicht ihnen tiefrote Drinks, aus denen lange Löffel ragen. Er liebt es, den zerstoßenen Sellerie zu essen, wenn das Glas zur Hälfte ausgetrunken ist. »Für dich hab ich ihn extra würzig gemixt, Hermano.«

Erhard nimmt sein Glas entgegen und betrachtet die dicke Schicht Pfeffer auf der Oberfläche. »Danke.« Er nimmt den Strohhalm in den Mund und schmeckt den Wodka. Klar, beinahe unverdünnt.

»Verstrickst du dich da auch nicht in einen totalen Scheiß?«, fragt Raúl.

»Die Presse hat kein Interesse an der Sache«, sagt Erhard und fährt sich mit dem Handrücken über den Mund. »Ich hab schon mit einem Journalisten gesprochen. Aber vielleicht passiert ja was, jetzt da ich das Mädchen hab.«

»Wie meinst du das?«, will Beatriz sofort wissen.

»Jetzt da sie sich bei mir versteckt.«

»Will sie nicht weg von der Insel und der Polizei?«, fragt Raúl. »Vielleicht können wir ja etwas für sie tun.«

Beatriz sieht Raúl skeptisch an. Normalerweise ist er nicht so hilfsbereit. Oder liegt in ihrem Blick mehr als Skepsis? Stimmt es, was Raúl unten auf der Straße gesagt hat? Sie wirkt leicht verärgert, vielleicht sogar verächtlich. Es stört sie, dass Raúl so viele Freundinnen hat, denen er in einem fort den Arm um die Schultern legt und die er küsst ... Frauen und Mädchen aus sämtlichen sozialen Schichten wollen am schillernden Leben des ach so unangepassten Sohnes eines stinkreichen Vaters teilhaben.

»Im Moment hilft sie mir, die Eltern des Jungen zu finden. Wir brauchen dafür dringend einen Computer. Ihr könnt mir nicht zufällig einen leihen, oder?« Es fühlt sich beinahe normal an, mit jemandem darüber zu reden.

»Meinen kann ich leider nicht entbehren«, sagt Raúl, hebt sein Glas und prostet Erhard zu. »Immer wieder gut, dich hierzuhaben.«

Sie trinken. Beatriz nippt vorsichtig an ihrem Glas, während die beiden Männer ihre Gläser austrinken. Erhard schmeckt vor lauter Wodka, Pfeffer, Sellerie und Tabasco kaum die Tomate.

»Was ist denn mit meinem Computer? Den brauche ich zurzeit doch nicht?«, fragt Beatriz.

Raúl zuckt mit den Schultern. »Willst du keine Mails lesen oder schreiben? Und was ist mit deiner Homepage?«

»Da passiert in nächster Zeit doch sowieso nichts.« Sie gähnt so herzhaft, dass man die Füllungen in ihren Zähnen sehen kann.

»Willst du deine Geschäftsidee nicht weiter verfolgen?«, hakt Raúl nach.

»Vergiss es«, sagt Erhard. »Wir finden eine andere Lösung.«

»Sorry, aber ich bin jetzt echt zu müde.« Beatriz steht auf und sieht urplötzlich völlig fertig aus. »Gute Nacht, ihr beiden.«

Erhard sieht ihr nach, sagt aber nichts.

Auf einem Dach gegenüber beginnt eine alte Frau, Wäsche aufzuhängen. Die schweren, nassen Hosen ziehen die Leine nach unten, und die Antenne, an der die Leine befestigt ist, neigt sich zur Seite. Fußballtrikots für eine ganze Mannschaft und noch einiges mehr. Erhard muss an Aaz denken, der Fußball liebt.

»Das wird nicht einfach mit dem Computer«, sagt Raúl.

»Ich selbst hab davon keine Ahnung«, erklärt Erhard. »Das Mädel hat mich darum gebeten, damit wir irgendwelche Bilder besser erkennen können. Sie hat ein Foto gefunden, auf dem der Wagen am Strand von Cotillo zu sehen ist. Vor dem Erscheinen der Polizei.«

Raúl nimmt Erhard das Glas aus der Hand, tritt an die Anrichte und mischt neue Drinks. »Kann man darauf denn was erkennen? Wann ist das aufgenommen worden?«

»Das wollen wir uns noch genauer angucken. Gleich, wenn ich zurück bin.« Er verspürt beinahe Vorfreude, zu Alina zurückzukehren und das Ganze hinter sich zu bringen. Auch wenn er sie nicht leiden kann, stört es ihn, sie gefangen zu halten. Diese gestrauchelte Frau mit einem viel zu großen Faible für Schuhe. Er überlegt, ob er Raúl um einen Kredit bitten soll, damit er Alina mit ein paar Tausendern in der Tasche nach Madrid schicken kann. Vielleicht später. Vielleicht morgen.

»Vergiss nicht, dass es im Leben auch verdammt viel Gutes gibt«, sagt Raúl und reicht Erhard einen neuen Drink.

»Salud. Ich versteh einfach nur nicht, wie man so etwas machen kann. Ich meine, einen Säugling, einen kleinen, unschuldigen Jungen einfach so in einem Pappkarton verhungern zu lassen …«

»Man kann Hirn genug haben, um einen Führerschein zu machen, aber nicht das Herz, Kinder großzuziehen, hab ich mal einen klugen Mann sagen hören. Wer so was tut, ist keine Mutter, hat keine Seele, ist eine traurige Existenz, für die nichts zählt als sie selbst.«

»Aber das Mädel ist nicht die Mutter. Also, diese Prostituierte. Da bin ich mir ganz sicher. Sie sagt, einer der Reichen dieser Insel hätte sie für das Geständnis geschmiert, damit die Polizei den Fall schnell zu den Akten legen kann. Und die Bullen spielen das Spiel mit.«

»Einer der Reichen? Gibt es da noch andere außer meinem Vater?« Raúl grinst. »Prost.«

»Prost.«

Sie trinken.

»Apropos Vater«, sagt Erhard. »Hast du schon gehört, dass ich ihn dazu gebracht habe, etwas anderes als den ›Coral‹ zu spielen?«

Raúl ist mit der Besessenheit seines Vaters aufgewachsen und hat das Werk Abend für Abend und bei jedem einzelnen Empfang gehört – und noch öfter seit dem Tod von Emanuels zweiter Frau Saffín im Jahr 1999. Raúl war damals Mitte zwanzig und wohnte im Anbau am anderen Ende des Gartens.

»Ja, verdammt! Baya hat mich angerufen und gesagt, du wärst ein Genie. Er soll richtig aufgeblüht sein. Kümmert sich wieder um seine Geschäfte und hat ein Testament geschrieben. Das war's dann mit den hundert Millionen.« Raúl grinst.

»Na ja.« An so was hat Erhard natürlich nicht gedacht. Inzwischen ist er zu benebelt, um einen klaren Gedanken zu fassen.

»Aber vielleicht hinterlässt er seinem einzigen Sohn ja doch etwas. Andererseits ist es ja nur Geld, und im Grunde weiß ich gar nicht, ob ich von dem reichen Sack was haben will. Cheers!«

Typisch Raúl. Immer voller Verachtung für den Reichtum seines Vaters. Dabei nimmt er nur zu gern Geld an und tut rein gar nichts, um sein eigenes zu verdienen.

»Cheers«, sagt Erhard und muss sich setzen, um nicht über das Geländer der Dachterrasse zu stürzen.

Ihm ist schwindlig, und sein Körper schreit nach Schlaf, nur sein Kopf ist noch wach. Womöglich will Raúl ihn betrunken machen, aber das wäre ja nichts Neues. Es läuft immer wieder darauf hinaus. Raúl kennt nur zwei Extreme: Trinken bis zum Umfallen – oder nicht trinken. Ein Bier zum Essen oder ein Irish Coffee am Abend kommt für ihn nicht infrage. Es ist genau wie beim Pokern. Entweder spielt er defensiv, setzt kleine Beträge und hält sein Geld bis zum Ende zusammen, oder er setzt von Anfang an alles auf eine Karte und riskiert den Bankrott. Zweifellos ist es genau das, was Raúl so interessant macht und weshalb alle seine Nähe suchen. Dass Beatriz dieses Ganz-oder-gar-nicht mit der Zeit anstrengend findet, ist nachvollziehbar.

»Leg dich aufs Sofa«, sagt Raúl. »Du schläfst hier.«

Erhard murmelt einen Dank und will noch etwas zu Alina sagen. Dass sie allein ist. Dass er zu ihr nach Hause muss.

Dass sie auf ihn wartet und er ihr versprochen hat zurückzukommen. Aber Raúl fährt mit der Hand über Erhards Gesicht, und seine Augen schließen sich von ganz allein.

»Immer mit der Ruhe«, hört er noch über den Straßenlärm hinweg. Ein Lastwagen hupt in einer der engen Gassen, und ein Kind ruft unten am Hafen nach seinem Bruder. Eine viel zu große Babyhand drückt Erhards Kopf aufs Kissen.

DIE LEICHE

20. Januar – 28. Januar

32

»Seid ihr bereit für die Ankunft Unserer Heiligen Carmen?«

Eine hohe Stimme unten von der Straße bohrt sich in Erhards Schlaf. Er setzt sich auf dem Sofa auf und sieht sich auf der leeren Terrasse um. Er kennt diese Stimme, sie kommt aus einem Lautsprecher vom Dach eines alten Mazda, der durch die Straßen fährt und Reklame für das Fest am 23. Februar macht.

»Meldet euch zu den zahlreichen Unternehmungen an und tragt dazu bei, der Stadt und den Touristen ein grandioses Fest zu bereiten.«

Nach dem Sonnenstand zu urteilen, ist es schon nach zwölf. Die Sonne brennt gnadenlos vom Himmel. Sein Drink steht immer noch blutrot und halb verdunstet auf dem Tisch. Die Zitronenscheiben am Glasrand sind mittlerweile trocken. Beatriz und Raúl schlafen offenbar noch, weil sie ihn nicht geweckt haben.

Er steht auf und sieht die Waschfrau vom anderen Dach zu ihm herüberglotzen. Als er ihr zuwinkt, verschwindet sie durch eine kleine Tür und lässt die leere Wäscheleine zurück. Er nimmt eine Flasche Perrier aus dem Kühlschrank, schraubt den Deckel ab, leert sie in einem Zug und macht sich an den steilen Abstieg runter auf den Balkon. Die Balkontür steht offen, die Gardinen wehen heraus.

Er läuft in die Küche, zurück ins Wohnzimmer und wieder raus auf den Balkon, als wären die beiden in der Zwischenzeit dort aufgetaucht. Dann geht er wieder ins Wohnzimmer und von dort ins Esszimmer – ein Raum, in dem er sich noch nie länger aufgehalten hat. Weiter ins Büro, das unbenutzt wirkt, und schließlich zum Schlafzimmer, dessen Tür er mit dem Fuß aufschiebt. Er rechnet schon damit, dass sie gerade miteinander schlafen, Raúl Beatriz von hinten fickt. Sie mit schwingenden Brüsten, Raúl hitzig und geil wie ein Esel. Aber da ist niemand. Das Bett ist ungemacht, zerwühlt, als seien sie Hals über Kopf aufgebrochen.

Er ruft Raúls Namen, und mit jedem Ruf klingt er dumpfer, als würde der Name beschnitten oder von den Wänden aufgesaugt. Raú. Ra. R.

Im Flur sucht er in der Kommode nach einem Blatt Papier und einem Kugelschreiber, um ihnen eine kurze Nachricht zu schreiben. Bestimmt kommen sie gleich wieder. Dann tritt er auf etwas, was unter der Kommode herausragt – ein Schlüsselbund. Ein Mercedesanhänger und ein paar Hausschlüssel. Der gehört Raúl. Entweder ist er ihm aus der Tasche gefallen, oder er hat ihn vergessen. Vielleicht hat Beatriz den Wagen genommen. Er hebt die Schlüssel auf, als er plötzlich ein Geräusch aus dem Büro hört. Da war doch niemand? Ganz langsam kehrt er zu dem Raum zurück. Das dunkle Büro, das so gar nicht zum Rest der Wohnung passt, trägt Emanuel Palabras' Handschrift: ein Mahagonischreibtisch, ein Ledersessel, zwei blattförmige, mit gefärbtem Leder bezogene Schilde. Das vermutlich aus dem großen Einbauschrank stammende Geräusch ist mittlerweile verstummt. Die Tür ist nur angelehnt und gibt einen langen schwarzen Spalt vom Boden bis zur Decke frei.

Alle zwei, drei Monate nimmt Raúl eine Überdosis von irgendwas – was immer er gerade in die Finger kriegt. Ohne dass er dabei einem festen Plan folgen würde. Wenn der Alltag ihn einholt und die Routinen zwischen ihm und Beatriz oder zwischen ihm und der Welt unerträglich für ihn werden, scheißt er auf alles und wirft das Nächstbeste ein, was die Pusher auf der Calle Mirage gerade anbieten. Wie oft hat Erhard ihn schon abgeholt, wenn er sich irgendwo im Dreck gewälzt oder bei einer Party Randale gemacht hat. Oder einfach nur Gesellschaft in seinem Elend brauchte. Aber auf dem Boden des Schrankes, unter den Kleidern und Regalböden, liegt nicht Raúl, sondern Beatriz. Er sieht ihr Haar, ein Ohr, einen großen orangefarbenen Ohrring.

Er räumt die herabgefallenen Sachen beiseite, trägt sie ins Schlafzimmer und legt sie aufs Bett. »Was ist denn passiert? Wo ist Raúl? Wo steckt der verdammte Idiot?«

Natürlich kriegt er keine Antwort. Blut tropft aus ihrer Nase auf die Bluse. Ihre Lippe ist aufgeplatzt, die Mundwinkel sind blutverschmiert. Aber das meiste Blut kommt aus einer Platzwunde am Haaransatz. Sie atmet ruckartig und rasselnd, starrt in die Luft und blinzelt langsam. Das Telefon steht direkt neben ihr auf dem Nachttisch. Er wählt den Notruf und hört, wie am anderen Ende abgenommen wird. Er sieht zu Beatriz hinüber, und sie blickt Erhard tief in die Augen. Da ist was Spezielles. Weder Schmerz noch Verwirrtheit oder Tod. Im ersten Augenblick hat er sie für tot gehalten, weil ihre Pupillen so geweitet sind. Er hat geglaubt, sie hätte losgelassen und ihren Frieden gefunden. Aber dann bemerkt er das Fordernde, beinahe Befehlende in ihrem Blick. Die Augen zittern vor Anstrengung.

Tu es nicht. Wegen Raúl. Versteck mich. Versteck.

»Was?«, fragt Erhard, und die Notrufzentrale am anderen Ende wiederholt eine Frage, doch Erhard bekommt nicht mit, was sie sagen. Beatriz schließt die Augen und schweigt. Sie gleitet weg, weit weg.

Irgendjemand fragt hartnäckig weiter, was passiert ist, wo er sei. Die Stimme des Mannes ist freundlich. Erhard nimmt den Hörer vom Ohr, beendet das Gespräch.

Ihre Worte – er ist sich sicher, dass es ihre Worte waren – stellen alles auf den Kopf. Versteck mich. Was soll das heißen? Die Silben hallen in seinem Kopf nach, als hätte sie sie tatsächlich laut ausgesprochen, verpuffen dann aber und versickern. Versteck mich? Meinte sie vielleicht: Vergiss mich? Wieso soll er keinen Krankenwagen rufen? Und warum wegen Raúl? Soll Raúl nicht in irgendetwas reingezogen werden?

Raúl ist in vielerlei Hinsicht ein Schwein, aber Erhard hat noch nie erlebt, dass er Beatriz gegenüber gewalttätig geworden wäre. Das würde nicht zu der Beziehung passen, die sie führen. Weder zu Raúl noch zu Beatriz. Genau das macht sie ja so modern, so liebenswert, so provokant unnahbar, voller Selbstständigkeit und Stärke, Stolz. Was immer in der Wohnung vorgefallen ist: Es war kein Unfall, kein gewöhnlicher Beziehungsstreit. Irgendetwas muss passiert sein.

Er sieht sich Beatriz noch einmal an. Für seinen Job hat er Erste-Hilfe-Kurse machen und immer wieder auffrischen müssen. Er neigt den Kopf zu ihrem Brustkasten und sieht genau, dass er sich auf und ab bewegt. Dann biegt er ihren Kopf ganz leicht nach hinten, damit sie besser Luft bekommt.

Sein Blick streift ihren Mund, den Hals. Ihr blutverschmierter Morgenmantel steht offen, er kann ihre Brüste sehen, ihre behaarte Möse unter dem dünnen Stoff des billigen Baumwollslips erahnen. Eilig zieht er den Morgenmantel über ihrem Bauch zusammen und deckt sie zu.

Er wiederholt seinen Rundgang durch die Zimmer, diesmal auf der Suche nach Spuren. Blut, umgestürzte Gegenstände, unter dem Sofa herausragende Füße, abgerissene Gliedmaßen … Doch er kann nichts Außergewöhnliches entdecken. Ein paar Schubladen im Büro sind nicht ganz zugeschoben. Und möglicherweise ist das Bett zerwühlter als üblich. Auch dass auf dem Küchentisch ein Brotmesser liegt, kommt ihm irgendwie ungewöhnlich vor – als wäre es zu einem bestimmten Zweck hervorgeholt und dann liegen gelassen worden.

Versteck mich. Vergiss mich.

Er geht in die Küche, macht sich ein Dos Equis auf und nimmt ein paar gierige Schlucke. Dann zieht er sein kleines Notizbuch aus der Tasche. Es gibt kein System darin, aber er weiß, wo die Telefonnummer steht. An einem Abend in Puerto hat er sich mit einem stumpfen Bleistift Michel Faliandos Namen und Telefonnummer aufgeschrieben. Warum, weiß er nicht mehr, wohl aber, dass Faliando im Stadtrat sitzt und Arzt ist.

Er nimmt erneut den Hörer in die Hand und wählt.

Zuerst Raúls Nummer. Die Mailbox geht ran, doch statt eine Nachricht zu hinterlassen, legt er auf und wählt die Nummer noch einmal. Ohne Erfolg.

Dann ruft er den Arzt an.

»Michel Faliando? Hier spricht Erhard Jorgenson, Raúl Palabras' Freund.« Er hat keine Lust auf Erklärungen, kommt aber nicht darum herum. »Wissen Sie noch? Wir sind uns mal in Puerto begegnet.« Er teilt ihm mit, dass Beatriz verletzt ist, sich den Kopf angeschlagen hat, und zwar mächtig. So mächtig, dass sie dringend ärztlich versorgt werden muss.

»Ich kann leider niemand anderen fragen. Die Situation ist äußerst delikat.«

Stille am anderen Ende.

»Es handelt sich um Emanuel Palabras' Schwiegertochter«, ergänzt Erhard. Vielleicht hilft das.

Erneut Stille.

Dann fragt der Arzt, ob sie bei Bewusstsein sei.

»Sie atmet.«

Ob Drogen im Spiel seien.

»Nein«, antwortet Erhard, ohne nachzudenken.

Diabetikerin?

»Nein, ich glaube nicht.«

Unregelmäßiger oder rasselnder Atem?

»Ja, ein wenig schon.«

Liegt sie auf dem Rücken oder in stabiler Seitenlage?

»Auf dem Rücken.«

Stille.

Er kann erst in zwei Stunden kommen. Erhard weiß nicht, was er darauf erwidern soll, bedankt sich aber.

Zwei Stunden. Hoffentlich überlebt sie so lange. Er wird tun, was in seiner Macht steht, damit sie überlebt, will auf sie aufpassen, sie gesund pflegen, sie mit dem Löffel füttern, ihren Kopf halten …

Im selben Moment fällt ihm Alina ein.

Die Tour nach Majanicho dauert vierzehn Minuten, und mit jeder einzelnen Minute, die vergeht, wächst bei ihm die Überzeugung, dass Alina ihn hassen wird. Sie ist jetzt seit fast vierundzwanzig Stunden angekettet und hat seit mehr als sechzehn Stunden nichts mehr gegessen – es sei denn, sie hat sich aus dem Schrank bedient, bis zu dem die Kette reicht. Er wird ihr erzählen müssen, was passiert ist, weiß aber nicht recht, ob er ihr gegenüber Raúl oder Beatriz erwähnen soll. Nein, er wird ihr nur sagen, dass er Zeuge eines brutalen Überfalls geworden sei. Immerhin ist sein Hemd immer noch rot von Blut.

Zumindest hat er an das Ladegerät gedacht. Das Kleiderbündel mit der Unterwäsche und dem Ladegerät liegt neben ihm.

Er weiß, dass er sie bald gehen lassen muss.

Er parkt, springt aus dem Wagen und läuft ins Haus. Sie sitzt weder auf der Matratze noch in der Küche. Er späht vorsichtig um die Ecke und rechnet schon damit, dass sie ihn anspringt oder ihm irgendetwas an den Kopf wirft, was verständlich wäre.

»Alina?« Er schaut im Schuppen nach. Leer.

Dann fällt ihm die Kette ein. Er sucht den Boden ab, erst im Haus, dann draußen, doch die Kette ist nirgends zu sehen. Hat sie sie aufbekommen und sich befreit? Wie weit kann sie gekommen sein? Und wo ist der Rest der Kette?

Er sieht hinauf zu dem Metallring, an dem die Kette befestigt war. Er ist noch da, doch die Kette hängt nicht wie erwartet an der Wand hinab, sondern führt hoch aufs Dach und verschwindet aus seinem Blickfeld.

Erhard dreht sich zum Berg um, erwartet fast, sie über die Felsen laufen zu sehen. Aber dort ist niemand. Nur Wind und Staub.

Sie muss oben auf dem Dach sein. Die Leiter ist umgekippt, liegt auf dem Boden vor der Hauswand. Normalerweise hängt sie auf der anderen Seite hinterm Haus, sie muss sie geholt und dann hinaufgeklettert sein.

Er stellt die Leiter an die Wand und klettert hoch.

Wenn sie dort oben wäre, hätte er sie sehen müssen, als er mit dem Wagen kam. Außer sie liegt flach auf dem Dach.

Mit einem Sonnenstich. Vielleicht lauert sie ihm auf und wird ihn angreifen, sobald er über der Kante sichtbar wird.

Das Dach ist das reinste Puzzle verschiedener Materialien, Plastik, Wellblech, eine Plane über Holzplatten, beschwert mit Steinen und Felsbrocken von zehn, fünfzehn Kilo, um das Ganze selbst bei Wind an Ort und Stelle zu halten. Er geht leicht in die Knie und schiebt den Kopf über die Dachkante.

Leer.

Sein Blick folgt der Kette, die von dem Metallring aus stramm über das Dach bis ans gegenüberliegende Ende führt, wo sie nach unten verschwindet.

Sie hat die Kette übers Haus geworfen, denkt er. Um ihn zu verwirren und Zeit für die Flucht zu gewinnen. Das bestätigt seine Einschätzung. Auch die ihrer Wohnung. Sie ist schlau. Vielleicht sogar schlauer als Erhard. Er hat keine Lust, aufs Dach zu klettern. Ist sich nicht mal sicher, ob es sein Gewicht tragen würde. Er flucht, als er die Leiter wieder runtersteigt und ums Haus läuft, um die geöffnete Kettenfessel vor sich zu sehen.

Noch einmal lässt er den Blick über die Landschaft schweifen und hofft, sie irgendwo zu sehen, aber da ist nichts. Nicht mal die Ziegen. Die Sonne steht gleißend hoch über dem Horizont. Die Steine sind heiß. Alles Lebende brät in der grellen Sonne.

Der Anblick, der sich ihm bietet, als er um die Ecke biegt, verschlägt ihm schier den Atem. Die Kette ist so kurz, dass sie kopfüber vor der Wand hängt. Bein und Knöchel sind aus den Gelenken gerissen und ragen schief zur Seite. Die Kette ist gleichzeitig so lang, dass Kopf und Arme bis zum Boden reichen und dort in einer zähen Blutlache liegen, die teils schon in die Erde eingesickert ist. Er stupst sie mit dem Fuß an, und die Leiche dreht sich zur Seite, sodass er ihr Gesicht sehen kann oder vielmehr das, was davon übrig ist. Ein Schwarm Fliegen schwirrt irritiert auf. Ihre Wangen sehen aus wie Grillkäse. Er schlägt die Hand vor den Mund und wendet sich ab.

Vielleicht hatte sie ja vor, Erhard bei seiner Rückkehr zu überfallen, ist dann im Dunkeln über einen Stein gestolpert und gestürzt. Oder sie ist mit Absicht vom Dach gesprungen, um dem Elend ein Ende zu setzen. Oder um die Kette zu zerreißen. Der Gedanke ist schier unerträglich. Er hat das alles nicht gewollt. Wirklich nicht. Verdammt, er war doch bereits drauf und dran, sie zu mögen.

Sie kann noch nicht lange dort hängen. Das Blut ist noch nicht mal geronnen. Erhard muss an die herumstreunenden Hunde denken, die Bill Haji angefressen haben.

Die Polizei wird sich einen Teufel um die wahre Version scheren. Er ahnt bereits, was Bernal denken wird, wenn er hiervon erfährt. Er wird Erhard die Geschichte niemals abnehmen, wird glauben, er hätte die Nutte entführt, sie erpresst und dann vom Dach geschubst. Zeugen haben ihn aus ihrer Wohnung kommen sehen, und seine Fingerabdrücke sind dort überall.

Er muss sich etwas überlegen. Muss nachdenken.

Er zieht ein Paar Arbeitshandschuhe an und breitet eine Plane unter Alina aus, ehe er die Kette mit dem Bolzenschneider durchtrennt. Sie fällt schwer auf die Plane, und der Blutschwall aus ihrem Mund schwemmt ein paar Zähne mit hinaus. Er legt die Plane über ihr zusammen und zieht sie in den Schuppen. Dann schaufelt er die rote Erde in einen Eimer und verteilt sie fünfhundert Meter vom Haus entfernt zwischen den Steinen. Mit der Rückseite der Schaufel schiebt er Steine über die Stelle, wo ihr Blut war, und kippt schließlich ein paar Liter Wasser darüber, damit Steine und Sand sich besser verteilen und nicht so arrangiert aussehen. Danach putzt er sämtliche Oberflächen, die Alina erreicht haben könnte, erst mit einem feuchten, dann mit einem trockenen Lappen. Es ist 14.20 Uhr. Noch vierzig Minuten, bis der Arzt in Raúls Wohnung kommt.

Ihm ist übel, als wäre er geflogen. Er gießt Cognac in seine Kaffeetasse und leert sie in einem Zug. Dann wandert sein Blick hinüber zum Weg. Es sind keine Sirenen zu hören, keine blinkenden Streifenwagen zu sehen. Nichts. Hätte er das Mädchen doch nur gehen lassen, als sie darum gebettelt hat! Jetzt muss er allen Ernstes eine Tote aus dem Weg räumen, eine bewusstlose Frau verstecken und einen Freund aufspüren, der verschwunden ist. Es ist nur eine Frage der Zeit, wann jemand die drei vermisst. Er hat keine Ahnung, wie lang er das Ganze geheim halten kann. Wenn sie ihn festnehmen, kriegt er ernsthaft Probleme. Wie er es auch dreht und wendet, seine Lage ist mehr als bescheiden.

Eigentlich ist ihm zum Lachen, dabei hat die Situation wirklich nichts Komisches. Wenn sie jetzt auch noch Bill Hajis Finger hinter seinen Büchern finden, steckt er wirklich in der Scheiße. Der Ermitaño, ein perverser Eigenbrötler bei Majanicho.

Majorero. Das Wort vibriert kurz in der Luft und verflüchtigt sich wieder. Alinas zerschundenes Gesicht, Mund, Nase und Lippen sind nur mehr eine rote Masse.

Er läuft wieder ins Haus, holt den Finger hinter den Büchern hervor. Er sieht inzwischen aus wie die Lakritzwurzeln, die er als Kind gegessen hat. Der Ring sitzt noch immer fest, er könnte ihn abziehen, wenn er den Finger durchbrechen würde. Als Fingerprothese kann er ihn nicht mehr benutzen, was ihn ärgert. Es hat ihm solche Freude bereitet, ihn an die Leerstelle zu setzen, egal wie verkehrt oder verfärbt der Finger aussah. Wie seine Kunden ihn gleichgültig angesehen haben, weil er sich allem Anschein nach den Finger verstaucht hatte. Weil sie sich nicht vorstellen konnten, dass ein Taxifahrer mit dem Finger eines Toten durch die Gegend kutschieren könnte. Obwohl er viel dünner als die anderen Finger war und eine andere Farbe hatte. Der eine oder andere mag gedacht haben, dass er wie ein Ringfinger am Platz des kleinen Fingers ausgesehen hat, aber keiner hat gefragt. Sie schluckten die einfachste Erklärung und ignorierten die Alarmsignale.

Wenn, wenn, wenn, denkt er, legt den Finger zurück in den Behälter und stellt ihn wieder hinter die Bücher. Wenn es doch nur so einfach wie mit Bill Hajis Finger wäre, Alina zu verstecken. Aber er traut sich nicht, sie draußen zu begraben. Die Hunde würden sie von Weitem wittern. Außerdem lässt sich in der Erde schlecht graben, ein kräftiger Mann bräuchte mindestens einen Tag, um ein Grab auszuheben. Vielleicht könnte er sich einen Bobcat oder Bagger leihen oder einen Totengräber bestechen, Alina ins Grab eines anderen Verstorbenen zu legen. Oder er macht eine Tour an die Küste …

In einer halben Stunde kommt der Arzt. Er überlegt kurz, ob er den Termin absagen soll, will Beatriz' Leben aber nicht gefährden. Sie hätte schon viel eher Hilfe gebraucht. Zugleich will er Alina nicht im Schuppen liegen lassen, falls er den Arzt begleiten oder irgendetwas anderes tun soll. Die einzige Alternative ist, so dumm sie auch erscheinen mag, Alina in den Kofferraum zu werfen und dann später, wenn der Arzt weg ist, zu schauen, wie und wo er sie loswerden kann. Das Risiko ist so zwar größer, aber ihm fällt partout keine bessere Lösung ein.

Er hat keine Zeit, darüber nachzudenken, zieht ein Paar Gummihandschuhe an und trägt Alinas Leiche mitsamt Plane zum Auto. Die Plane zurrt er mit Spanngummis fest. Dann schiebt er sich durch den üblichen Samstagsverkehr zurück in die Stadt. Er winkt Muñez und einigen Kollegen zu, die vorm Hiperdino stehen, und fährt weiter die Calle del Muelle entlang.

Als er seinen Wagen über die Rampe in die Tiefgarage lenkt, sind es noch acht Minuten bis zur Ankunft des Arztes. Unten werden gerade ein paar Stützpfeiler versetzt, um mehr Parkraum zu schaffen. Der größte Teil des Kellers ist mit Kunststofffolie verkleidet. Überall stehen Schubkarren und Eimer mit getrocknetem Zement und Schaufeln und irgendwelche merkwürdigen orangefarbenen Maschinen, die wie Dampflokomotiven aussehen. Bauarbeiter sind in dem leeren, dunklen Keller nicht zu sehen. Vor dem Aufzug bleibt er stehen, schaltet den Motor aus und sieht sich um. Es würde ihn nicht wundern, wenn es hier unten Überwachungskameras gäbe. Er steigt aus. Der Wind fegt die Rampe runter und pfeift um die Ecken. Wie vermutet gibt es eine Kamera direkt neben dem Aufzug, die aber von einer Plane verdeckt ist. Erhard befindet sich außerhalb des Sichtfelds. Er drückt auf den roten Knopf und ruft den Fahrstuhl.

Raúls Schlüsselbund steckt noch in seiner Tasche, seit er ihn oben in der Wohnung gefunden hat. Der silbergraue Mercedes 500 SL steht weiter hinten im Keller. Erhard setzt seinen Wagen rückwärts vor den anderen, sodass sie mit dem Kofferraum zueinander stehen. Dann sieht er sich nach weiteren Kameras um. Auf dieser Seite des Aufzugs entdeckt er keine. Vielleicht hängen welche hinter diesen großen Platten, die an den Wänden lehnen, doch im Moment scheint dieser Teil der Garage wirklich nicht bewacht zu sein. Er schließt Raúls Wagen auf und packt Alina in dessen Kofferraum, der anscheinend noch nicht ein einziges Mal benutzt wurde.

Danach parkt er seinen Wagen schräg über einer schraffierten Fläche und läuft durchs Treppenhaus hoch in den fünften Stock.

Der Arzt steht schon vor der Tür und ist verärgert, dass er warten muss.

»Buenas«, sagt Erhard.

»Jemand hat mich unten reingelassen«, sagt der Arzt.

»Tut mir leid«, gibt Erhard zurück. »Ich musste noch etwas erledigen.«

Der Arzt sieht Erhard besorgt an. »Sie sollten sich vielleicht besser hinsetzen.«

Erhard schüttelt den Kopf und schließt die Wohnungstür auf. »Ich brauche nur einen Schluck Wasser«, sagt er.

Der Arzt betritt den Flur. »Hier war ich schon mal …«

»Hier lang.«

»Wo haben Sie sie gefunden? Im Büro?«

»Ja.« Er schiebt die Tür zum Schlafzimmer auf, wo Beatriz in derselben Haltung auf dem Bett liegt, in der er sie zurückgelassen hat. Der Arzt hat eine gewöhnliche Umhängetasche dabei, wie für Laptops. Er nimmt ein Stethoskop heraus, horcht sie ab und leuchtet mit einer Diagnostikleuchte in ihre schwarzen Pupillen. Dann fährt er mit den Fingerknöcheln leicht über ihre Halswirbel, kneift sie in die Wange, und im selben Moment ist Erhard sich sicher, dass sie tot ist. Er hält die Luft an.

Der Arzt arbeitet weiter. »Woher stammt die Verletzung am Kopf?«

Erhard schildert ihm, wie er sie vorgefunden hat.

»Wasser«, sagt der Arzt unvermittelt. »Lauwarmes Wasser.«

Erhard holt eine Schüssel und einen trockenen Lappen aus der Küche.

Die Platzwunde, die vom Haaransatz aus unter den Haaren verschwindet, ist rot verklebt. Der Arzt tupft sie ab. Untersucht ihren Hals, die Schultern, Rippen, den Bauch, bis runter zu den Beinen. Erhard will den Blick abwenden, kann es dann aber nicht lassen, den gebräunten Fingern des Arztes zu folgen, der Beatriz' Körper untersucht.

Dann sieht der Mann zu Erhard hoch.

»Ich muss Ihnen ein paar Fragen stellen. Darf ich offen sein?«

»Selbstverständlich.«

»Der Palabras-Clan ist nicht irgendwer ...«

»Was wollen Sie damit sagen?«

Der Arzt sieht wieder auf Beatriz hinab. »Jemand hat ... ihr das angetan.«

»Was angetan?«

»Diese Quetschung. Sie ist schwer verletzt, wurde erst gestoßen und dann auf den Kopf geschlagen. Oben auf den Schädel, ein kräftiger Schlag. Es ist ein Wunder, dass sie überhaupt noch lebt. Und atmet.«

»Kann sie sprechen? Ich glaube, ich hab sie vorhin, als ich sie gefunden habe, etwas sagen hören«, sagt Erhard.

»Unwahrscheinlich. Alles deutet auf eine Schwellung des Gehirns und eine potenzielle Schädigung von Hirngewebe hin. Ich tippe auf ein mittelschweres bis schweres Schädel-Hirn-Trauma. Sie ist komatös.«

»Was bedeutet das?«, will Erhard wissen.

»Dass ihr Gehirn verletzt wurde. Aber sie hat Glück, weil sie vor ein paar Jahren operiert und ihr Schädel damals angebohrt wurde.« Er hebt das Haar an, um Erhard etwas zu zeigen, doch der schaut weg. »Vielleicht sind es diese blutenden Löcher – die haben offenbar den Druck nach außen geleitet. Jeder andere wäre an einem solchen Schlag gestorben.«

»Kann es sein, dass sie geschubst wurde und sich beim Sturz den Kopf angeschlagen hat, dass es ein Unfall war?«

»Möglich. Aber dann müsste sie schon gegen ein Dreißigkilogewicht gefallen sein.«

Erhard kann sich nicht erinnern, ein Dreißigkilogewicht vor dem Schrank gesehen zu haben. Oder irgendeinen anderen schweren Gegenstand. Da waren nur Aktenordner und Pappkartons mit Bildern. Und Holzbretter.

Der Arzt streicht die Haare zurück über die dunkelroten Löcher. »Irgendwer hat ihr einen heftigen Schlag verpasst. Mit einem breiten, stumpfen Gegenstand, womöglich einem Schläger, der keine Spuren hinterlässt. Das sieht nach Affekt aus. Nach Wut.«

»Dann glauben Sie also, dass … Sie glauben also, dass …« Erhard bringt die Worte nicht heraus, obwohl er längst zum gleichen Schluss gekommen ist.

»Wer denn sonst? Ich kenne die Familie seit Jahren, er ist ein toller Kerl und nicht von Grund auf böse, aber er ist bekannt für seine … Ausbrüche.«

»Ich kann … Ich kann das nicht glauben. Er liebt sie doch.«

Der Arzt gibt ein spontanes Glucksen von sich. »Entschuldigen Sie, aber Liebe drückt sich auf vielerlei Weise aus – und gewiss nicht immer wie bei Shakespeare.«

Erhard versucht, sich zu erinnern, was Raúl zuletzt in Sachen Beziehung gesagt hat.

»Wie geht es denn jetzt mit ihr weiter? Wieso wird sie nicht wach?«

»In ihrem Schädel ist eine Schwellung entstanden. Der Druck ist nicht so stark gestiegen, dass er die Blutversorgung des Gehirns verhindert hätte, aber sie muss so schnell wie möglich an ein Beatmungsgerät angeschlossen werden. Sie muss in die Neurochirurgie nach Puerto. Möglichst bald.«

»Wird sie wieder aufwachen? Normal werden?« Erhard will gar nicht darüber nachdenken, fragt einfach, was immer ihm in den Sinn kommt.

»Vielleicht. Vielleicht innerhalb der nächsten Stunden. Vielleicht auch erst nach Tagen, Wochen. Als Allerersten muss sie jetzt an ein Beatmungsgerät. Das ist das Wichtigste.«

»Kann man ihr denn nicht was Schmerzstillendes geben oder andere Medikamente?«

»Sie braucht Zeit.«

»Und was ist mit ... Sie wissen schon.«

»Dafür wird er bestraft werden.«

Der Arzt packt seine Sachen zusammen und geht. An der Tür bleibt er noch mal kurz stehen. »Sehen Sie zu, dass sie nach Puerto kommt. Jetzt gleich. Und rufen Sie mich an, wenn ich irgendwas tun kann ... mit Gottes Hilfe.«

Erhard geht zum Barschrank und schenkt sich das Erstbeste ein, was er dort findet. Weißen Rum. Er kippt ihn hinunter und kehrt ins Schlafzimmer zurück. Setzt sich neben Beatriz, ganz vorsichtig, als könnte selbst die kleinste Bewegung die Adern in ihrem Gehirn zum Platzen bringen. Ganz behutsam schiebt er eins ihrer Augenlider mit dem Daumen hoch. Die Pupille füllt fast die gesamte Iris. Eine Glaskugel mit Muster.

Er nimmt den Daumen weg, und das Lid gleitet wieder zu. Die Schwerkraft. Ihm ist zum Heulen zumute. Die Seele mit einem Schlag aus ihr herausgeprügelt ... Wenn das tatsächlich Raúl war, ist das unverzeihlich. Er weiß, dass es so sein muss, aber die Folgen kann er immer noch nicht fassen. Jetzt und hier muss er sich darauf konzentrieren, diesen Körper zu retten, der vor ihm auf dem Bett liegt.

Er greift zum Telefon, als er wieder die Stimme hört.

Vergiss mich.

Er sieht Beatriz an, doch ihre Augen sind geschlossen, und eigentlich weiß er, dass er sich die Stimme nur einbildet. Sie ist nicht echt.

Versteck mich.

»Beatriz«, sagt er laut, dann versagt ihm die Stimme.

Pass auf mich auf.

Er sagt noch einmal ihren Namen. Würde sie am liebsten schütteln, wagt es aber nicht, sie zu berühren. »Ich muss das tun, ich muss anrufen«, sagt er laut und legt die Hand an den Hörer, der auf dem Nachttisch liegt.

Por favor. Mir zuliebe.

Die letzten Worte treiben ihm die Tränen in die Augen. Er kann sich nicht erinnern, wann er zuletzt geweint oder diese Art von Schmerz verspürt hat. Es ist der Zweifel, die Sorge um ihren Zustand, aber vor allem der Zweifel. Bildet er sich das alles nur ein, oder hört er wirklich ihre Stimme? Sie klingt nach ihr. Nach der Beatriz, die er kennt. Derselbe raue Tonfall, fast flüsternd, flehend. Er legt das Telefon beiseite und weint in ihren Morgenmantel, auf ihre nackte Brust.

33

»Können Sie ein Beatmungsgerät besorgen?«

»Ich hab Ihnen doch gesagt, dass sie …«

»Ich weiß, aber das kann ich nicht. Da müssen Sie schon selbst anrufen. Und mich anzeigen.«

Stille.

»Können Sie so ein Beatmungsgerät besorgen?«, fragt Erhard noch einmal.

»Ja«, sagt der Arzt knapp.

»Wie schnell?«

»In einer Stunde. Maximal.«

Erhard wirft einen Blick auf Raúls Radiowecker. »Kommen Sie zur 9 Vía Majanicho, um 19.00 Uhr. Das kleine Haus am Ende des Weges.«

»Hinter Guzmán?«

»Kurz vor Guzmán.«

»Dorthin wollen Sie sie bringen?«

»Ja, dort ist es friedlich.«

»Sind Sie sich sicher? Ist er das wirklich wert?«

»Nein, aber sie«, sagt Erhard und legt auf.

Während des Gesprächs ist ihm ein Gedanke gekommen.

Wie kann er Beatriz verstecken und am Leben erhalten, ohne dass jemand nach ihr sucht? Und wie kann er eine Leiche entsorgen, ohne dass die irgendwann gefunden wird? Die Antwort auf beide Fragen ist möglicherweise dieselbe.

Die beiden Frauen haben die gleiche Haarfarbe und sind annähernd gleich groß. Alina ist ein bisschen rundlicher als Beatriz und hat mehr Oberweite, aber auf so was achtet schließlich nicht jeder. Beatriz hat auf der Insel keine Verwandten, vielleicht auch sonst nirgends, sodass, außer Erhard und vielleicht einigen flüchtigen Bekannten, deren Namen er nicht kennt, niemand ihre Identität beschwören kann. Enge Freunde hat sie keine, das weiß er genau. Sie hat sich immer wieder darüber beklagt, dass ihr jemand zum Reden fehlt. Dienstags oder so hilft sie in der Boutique der Tochter von einem von Raúls Freunden aus. Damit die Ladenbesitzerin auch mal freimachen kann. Eine Freundschaft ist das aber nicht.

Und Alina? Auch sie wird niemand vermissen. Vielleicht rufen ein paar Kunden vergeblich bei ihr an; und sollten irgendeinem Zuhälter auf einmal Einnahmen fehlen, wird er sicher davon ausgehen, dass sie sich aufs Festland abgesetzt hat.

Niemand wird sie suchen. Und niemand wird die beiden Frauen miteinander in Verbindung bringen.

Er muss das alles jetzt allein bewerkstelligen. Er darf den Arzt nicht mehr als unbedingt nötig in die Sache hineinziehen.

Unter dem Waschbecken findet Erhard Gummihandschuhe zum Putzen. Er zieht eine Decke von Raúls Sofa und fährt mit dem kleinen, Zwei-Personen-Fahrstuhl in die Tiefgarage. Unten klemmt er ein Stück Holz in die Tür, damit der Aufzug dableibt.

Er macht den Kofferraum von Raúls Mercedes auf und starrt die seltsam leblose Puppe an, die dort liegt. Es wäre einfacher, sie an einem der Bauplätze am Hafen in einen Schacht zu werfen, andererseits weiß er nicht, ob diese Baustellen überwacht werden. Möglich wäre es.

Er wickelt Alina mitsamt der Plane in die rote Decke. Dann trägt er sie zum Fahrstuhl. Er muss sie fest an sich ziehen, damit er mit der freien Hand den Knopf drücken kann. Die Tür schließt sich, sein Rücken schmerzt, er presst sie gegen die Wand, damit sie ihm nicht wegrutscht, starrt auf die Zahlen, die von -1 bis 2 steigen. Er hofft inständig, dass der Fahrstuhl nicht in der falschen Etage stehen bleibt. Endlich ist er im fünften Stock. Als die Tür aufgeht, kann er sie nicht mehr halten, sein Rücken verweigert den Dienst. Er lässt sie nach vorn rutschen und zerrt sie aus dem Fahrstuhl in die Wohnung. Bevor er die Tür zumacht, tritt er noch mal auf den Flur und lauscht. Es ist nichts und niemand zu hören. Er schließt die Tür und zieht Alina vorsichtig ins Büro hinter den Schreibtisch. Mit einer Schere schneidet er sie aus dem einst lachsfarbenen Overall und der zerrissenen Strumpfhose, die sich nicht über den gebrochenen Knöchel ziehen lässt. Er nimmt ihr die Halsketten und das Armband ab und legt den Schmuck beiseite. Der Anblick des zerschundenen Gesichts tut ihm weh.

Schließlich liegt Alina nur noch in Unterwäsche auf der Plane. Lässt man das Gesicht mal außer Acht – und den zur Seite abgeknickten Knöchel –, sieht sie aus wie eine Schaufensterpuppe mit billigen Dessous.

Er geht ins Schlafzimmer zu Beatriz. Lauscht. Ihr Atem ist gleichmäßig, rasselt aber leicht, als würde sie in eine Tüte atmen. Wie gern würde er die Worte noch mal hören. Als er ihr Gesicht genauer ansieht, fällt ihm die Andeutung einer Narbe auf ihrer Lippe auf. Als wäre sie an einer Lippen-Kiefer-Gaumenspalte operiert worden. Das sieht er gerade zum ersten Mal. Es ist perfekt zusammengewachsen und ein ganz natürlicher Teil der Mundpartie.

Vorsichtig nimmt er ihr den Morgenmantel ab. Danach zieht er ihr die dicken Tennissocken aus – vermutlich Raúls –, auf denen Blutspritzer gelandet sind. Dann dreht er ihren Kopf ein Stück zur Seite und nimmt ihr den Schmuck ab. Auf dem Weg zurück ins Bad fällt sein Blick auf ihre Nägel.

Beatriz' fantastische Nägel. Der künstliche Nagel am Mittelfinger hat sich verschoben, darunter kommt der kurze echte Nagel zum Vorschein. Er muss ihr auch die Nägel abnehmen. Wenn er Alina zu Beatriz machen will, braucht sie diese Nägel. Er zieht den losen Nagel ab und mit ein bisschen Mühe auch die anderen.

Im Badezimmer findet er Haftlack, den er auf Alinas Nägel aufträgt. Ruhig und gründlich. Er hat noch nie falsche Nägel angeklebt, es ist aber nicht viel anders als bei den Modellflugzeugen, die er als Kind gebaut hat. Nach ein paar Minuten sitzen alle Nägel fest. Nur Alinas Daumen sind etwas zu groß für Beatriz' Nägel, der Rest ist perfekt.

Es gelingt ihm, Beatriz so auf den Beifahrersitz zu setzen, dass sie wie eine schlafende Kundin aussieht. Durch Kissen gestützt und in eine Decke gehüllt kann sie nicht zur Seite oder vom Sitz rutschen. Er fährt durch die Stadt und in einem Bogen um Majanicho herum. Alejandros Weg zu nehmen erscheint ihm wegen der Schlaglöcher und Bodenwellen zu riskant. Er braucht zehn Minuten länger als normalerweise, ist aber rechtzeitig zu Hause.

Er trägt sie ins Wohnzimmer und wickelt sie in eine weitere Decke ein, von der er vorher Staub und Krümel abklopft.

Um Viertel nach sechs hört er draußen einen Wagen. Er läuft dem Arzt entgegen, um ihm beim Tragen der Ausrüstung zu helfen, doch das Gerät ist kaum größer als ein Staubsauger. Der Arzt schiebt Beatriz das Mundstück am Ende des Schlauches zwischen die Lippen und befestigt es mit einem Gummiband, das er ihr um den Kopf legt. Der Apparat läuft bereits, und plötzlich pumpt Beatriz' Bauch wie ein Blasebalg unnatürlich auf und ab. Der Arzt erklärt ihm, dass das Gehirn die Hyperventilation für eine schnellere Durchblutung der zerstörten Bereiche braucht, aber Erhard sieht nur den Bauch unter dem viel zu großen T-Shirt. Das Beatmungsgerät läuft, ein paar Dioden leuchten, eine Lampe blinkt.

Der Arzt untersucht Beatriz erneut, misst ihren Blutdruck und legt ihr zum Schluss einen Katheter, durch den ihr Urin in einen Beutel läuft. Er instruiert Erhard, den Beutel zu wechseln, sobald er zu mehr als zwei Dritteln gefüllt ist.

»Wenn wir sie nicht innerhalb der nächsten drei Tage aus dem Koma holen können, müssen wir sie intravenös ernähren«, sagt der Arzt. »Sie müssen sie beobachten und mich sofort anrufen, wenn die Maschine anfängt zu piepen oder sonst irgendwas Ungewöhnliches geschieht. Solange sie hier bei Ihnen ist, sind Sie verantwortlich.« Der Arzt ist mit der Lösung hörbar unzufrieden. Erhard blickt nervös auf all die leuchtenden Lämpchen. Das wird eine echte Herausforderung für den Generator. Er sollte sich einen zweiten zulegen.

Der Arzt lehnt die Einladung auf ein Bier ab und geht wieder zu seinem Auto. Er verspricht, mit niemandem über die Angelegenheit zu reden.

Während Erhard eine gute Stunde an Beatriz' Bett sitzt, dämmert ihm, dass die zwei Frauen längst die Rollen getauscht haben. Alina ist jetzt dort, wo sie immer sein wollte, und Beatriz möglicherweise an jenem Ort, den sie am meisten gefürchtet hat. Er denkt darüber nach, eine Trennwand aufzustellen, damit sie einen Raum für sich hat. Wenn sie in einer Woche noch da ist, macht er das. Oder er zieht einen Zwischenboden ein, auf dem sie liegen kann. Wo man problemlos nach ihr schauen und die Apparate überprüfen kann.

Er schließt die Hintertür und verriegelt die Haustür mit einem Extraschloss. Nach der Sache mit Alina hat er das ungute Gefühl, es könnte jemand vorbeikommen und ungebeten in das Haus spazieren.

Dann fährt er nach Tindaya.

Die Insel ist so überschaubar, dass er jeden noch so kleinen Flecken kennt, auch den Wohnort von Lorenzo Pérez-Lúñigo. Das große gelbe Haus ist bereits in der fünften Generation im Besitz der Arztfamilie. Lorenzo hat in die Familie eingeheiratet. Seine Frau Adela ist die älteste Tochter von Doktor Agosto. Die beiden haben vier erwachsene Söhne. Um das Haus herum stehen Pferde.

Erhard parkt in einer kleinen Sackgasse am Rand des Grundstücks und geht um das Haus herum. Adela sieht krank aus, als sie die Tür aufmacht.

»Wir haben kein Taxi bestellt«, sagt sie.

»Frohes Neues noch«, erwidert Erhard. »Ich würd gern mit Lorenzo reden.«

»Er praktiziert nicht mehr.«

»Das weiß ich.«

»Warten Sie«, sagt sie und schließt die Tür.

Fünf Minuten später macht Lorenzo sie wieder auf. »Ja?« Als er Erhard erkennt, erschrickt er sichtlich.

»Ich muss mit Ihnen reden, allein.«

Lorenzo sieht Erhard lange an. Vermutlich fragt er sich, was passieren würde, wenn er ablehnte. Dann kommt er nach draußen.

Sie laufen bis zur Straße, auf der nie ein Auto fährt. Höchstens die Nachbarn könnten aus dem Fenster schauen. Erhard führt ihn zu der Sackgasse, in der sein Wagen steht.

»Was wollen Sie, Señor Jorgenson?« Wie immer hält der Arzt sich an die vornehmen Umgangsformen – eine aufgesetzte Attitüde, die nicht zu seiner sonst so vulgären Art passt.

»Ich will Klartext mit Ihnen reden. Ich beobachte Ihre kleinen Geheimnisse jetzt schon seit zehn Jahren.«

»Dios mío, was denn für Geheimnisse?«

Erhard wirft ihm einen misstrauischen Blick zu. Als Lorenzo nicht reagiert, fügt Erhard hinzu: »All die Autounfälle, die Sie besoffen untersucht haben, oder das Unglück unten in der Werft … Ich will gar nicht wissen, wie viel Promille Sie da hatten.«

»Das ist doch wohl nicht verboten. Und ich hab extra ein Taxi genommen.«

»Aber es gehört sich nicht. Außerdem gibt es bestimmt einen Grund dafür, dass Sie mir mal hundert Euro Trinkgeld zugesteckt haben.«

»Beschweren Sie sich jetzt über Ihr Trinkgeld?«

»Nur wenn es als Bestechung gemeint war.«

»Nein, das war keine Bestechung.«

»Dann bleibt noch das eine Mal, als ich Sie draußen bei Molino aufgelesenen hab.«

Lorenzo sieht Erhard erschrocken an. Es ist ihm unangenehm, daran erinnert zu werden. Damals stand der Arzt an einem frühen Morgen hilflos an einer Straßenecke, Kilometer von der nächsten Stadt entfernt, nachdem er seinen Wagen in den Straßengraben gesetzt hatte. Auf der Rückbank lag die nackte Leiche einer älteren Person. Erhard musste Lorenzo und den Toten erst in die Rechtsmedizin nach Puerto fahren, ehe Lorenzo den Abschleppwagen verständigte. Es war nicht das erste Mal, dass Erhard Leichen transportierte. Aber die Arroganz, mit der Lorenzo auftrat, als wäre so was völlig normal und Teil seines Jobs, Leichen mit heimzunehmen, hat Erhard alarmiert – auch wenn Lorenzos Trinkgeld üppig war. Letzten Endes war es dann Bernal, der Lorenzo vor einer Anzeige bewahrte. Auch wenn die sicher abgewiesen worden wäre, hätte es Gerüchte gegeben. In den Kreisen, in denen Lorenzo Pérez-Lúñigo verkehrt, gilt er als ebenso respektabler wie genialer Wissenschaftler aus gutem Haus, und diesen Ruf will er auch behalten. Der Umgang mit Leichen an einem derart abgelegenen Ort der Insel hätte zweifellos gewisse Fragen aufgeworfen.

»Was wollen Sie? Warum kommen Sie zu mir und sagen so etwas?«

»Vielleicht können wir uns darauf einigen, dass Sie mir einen Gefallen schuldig sind?«

Lorenzo sieht Erhard unzufrieden an. »Ich dachte, ich hätte Ihnen meine Dankbarkeit mehr als deutlich gezeigt. Also was wollen Sie, Señor Jorgenson?«

»Ich will einem guten Freund Frieden schenken.«

»Dabei mache ich nicht mit. Ich bin kein Mörder.«

»Leise, Lorenzo. Es soll doch niemand umgebracht werden. Sie sollen lediglich dafür sorgen, dass eine Leiche schnell an den Bestatter weitergegeben wird. Das ist schon alles.«

Lorenzo sieht sich um. »Wie meinen Sie das?«

»Morgen im Lauf des Tages werden Sie den Leichnam von Beatrizia Colini auf den Tisch bekommen. Als Todesursache geben Sie an, sie wäre von einer Leiter gestürzt. Sie dürfen gern weitere Details angeben, aber die Schlussfolgerung muss sein, dass Beatrizia Colini unglücklich gefallen ist und sich den Kopf angeschlagen hat.«

»Was haben Sie getan, Señor Jorgenson?«

»Ich hab gar nichts getan. Ich sorge nur dafür, dass der Ruf meiner Freundin Beatrizia nicht in den Dreck gezogen und die Familie Palabras nicht unnötig in die Sache verwickelt wird.« Sowie Erhard den Namen Palabras erwähnt, zieht Lorenzo den Kopf ein. Genau auf diesen Effekt hat Erhard gehofft.

»Lorenzo?« Adela ruft nach ihm.

»Haben wir eine Abmachung?«, fragt Erhard.

»Kann ich darauf vertrauen, dass Sie mich nie wieder mit einem solchen Ansinnen besuchen?«

»Wenn Sie mir diese Gefälligkeit erweisen, werde ich Sie überhaupt nie wieder aufsuchen.«

Lorenzo dreht sich um und marschiert zurück zum Haus. »Ich komme, Adela«, ruft er mit seiner Baritonstimme.

Als die Tür oben am Haus ins Schloss fällt, sackt Erhard auf seinem Autositz zusammen. Erst jetzt überkommt ihn die Nervosität. Er dreht den Zündschlüssel herum und fährt in seinem alten Mercedes zurück in Richtung Stadt.

Sobald der Balkon im Schatten liegt, schleppt er Alina die Leiter zur Dachterrasse hoch. Auf halbem Weg lässt er sie aus der Plane rutschen. Ihr Kopf schlägt auf der ersten Stufe auf. Er dreht sie um und legt ihren Kopf so auf ein Kissen, dass man ihr Gesicht nicht sieht. Ihre Glieder sind inzwischen steif. Erhard wischt ein bisschen von dem Blut, das sich in der Plane gesammelt hat, über die Leiter und den Holzboden des Balkons.

Unentschlossen wandert er zwischen Schlafzimmer und Balkon hin und her, bleibt stehen, trinkt einen teuren Kaffee. Die Sonne steht rot zwischen den Wolken. Er sieht zum Strand hinüber und beobachtet die Kitesurfer hinter den Dünen. Die Geräusche der Stadt unter ihm machen ihn traurig. Die Rufe der im Hafen spielenden Kinder. Das Hupen der ungeduldigen Autofahrer, die mit ihren Lieferwagen Gurken und Bier durch die schmalen Gassen transportieren. Er hat die Stadt immer geliebt, wie er andere Städte gehasst hat, aus tiefster Seele – allen voran Kopenhagen mit diesem gleichmäßigen, korrekten Aufbau. Corralejo hingegen ist unvergleichlich, von Trockenheit und Müßiggang geprägt. Voller Einheimischer, die die Region niemals verlassen haben. Für Erhard ist dieses Provinznest mit den langen Öffnungszeiten genau richtig, ein Dorf mit den Verlockungen einer Großstadt. Trotzdem würde er hier nicht wohnen wollen, selbst wenn er es sich leisten könnte. Der Lärm, der Geruch, das beständige Treiben in den Bars, die Huren wären vermutlich sein Tod. Es war für ihn immer was Besonderes, Raúl und Beatriz zu besuchen, mit ihnen auf der Terrasse über der Stadt zu sitzen und sich an keinen anderen Ort zu wünschen. Doch gerade jetzt wünscht er sich in den vergangenen Sommer zurück, nach Morro Jable in das kleine Fischrestaurant. Oder an den Tag, da sie aus dem Wagen das Gewitter beobachtet haben.

Er wählt noch einmal Raúls Nummer, wohlwissend, dass niemand den Hörer abnehmen wird. Danach wählt er die 112 und ruft einen Rettungswagen.

Anschließend geht er nach unten auf die Straße und wartet auf die Sanitäter. Sie müssen die Bahre über die Treppe hochtragen. Unterwegs erzählt er ihnen, wie er sie gefunden und was er getan hat. Es beruhigt ihn, dass einer der beiden Sanitäter völlig unbeeindruckt wirkt, als sammelte er täglich toten Frauen ein.

Als sie Alina sehen, rufen sie die Polizei und den zuständigen Arzt. Damit hat Erhard gerechnet. Trotzdem steht er verunsichert in der Küche und kocht Kaffee, damit sie nicht sehen, dass seine Hände zittern. Fünf Minuten später klingelt es an der Tür. Er hofft, dass es Bernal ist, doch stattdessen kommt ein junger Beamter, der groß und arabisch und nach Problemen aussieht. Erhard nennt seinen vollständigen Namen, während der Polizist sich nur mit Hassib vorstellt. Er will wissen, was geschehen ist, hört aber nicht zu, als Erhard seine Version wiedergibt, sondern starrt stattdessen auf sein Handy. Hinter ihm taucht ein junger Arzt mit kurzen Haaren und im Anzug auf. Der neue Amtsarzt.

»Reiche Familien und ihr Scheißlifestyle«, schimpft Hassib, während er zusieht, wie der Arzt die Folie zur Seite schlägt, die die Sanitäter über die Tote gelegt haben. Er nimmt die Leiche in Augenschein, ohne sie auch nur ein einziges Mal anzufassen, fotografiert sie, dreht sie um und wiederholt die Prozedur. Dann fotografiert er die Leiter. Er konzentriert sich auf einen der Zähne und macht auch davon ein Foto.

Erhard beobachtet das Ganze durchs Fenster und trinkt Kaffee. Der Beamte spricht kurz und leise mit dem Arzt, dann legen sie sie auf die Bahre und tragen sie die Treppe runter. Bevor er geht, fragt der Arzt Erhard nach dem Namen von Beatriz' Hausarzt, aber Erhard bleibt ihm die Antwort schuldig. »Fragen Sie Emanuel Palabras«, sagt er schließlich.

Der Arzt bedankt sich, reicht Erhard eine Visitenkarte und verschwindet mit dem Handy am Ohr durch die Tür. Hassib läuft auf und ab und sieht sich alles an, dann baut er sich vor Erhard auf.

»Wann haben Sie sie gefunden?«

»Etwa gegen elf. Ich hab hier drin geschlafen. Wir waren letzte Nacht unterwegs und hatten einiges getrunken. Als ich aufgestanden und rausgegangen bin, hab ich sie dort liegen sehen. Und dann …«

»Um elf? Warum haben Sie nicht eher angerufen?«

»Sie hat irgendwas gerufen, was ich nicht verstanden hab. Deshalb dachte ich, es wäre nicht so schlimm. Ich wollte sie auch in die Notaufnahme bringen, sobald es ihr wieder ein bisschen besser gegangen wäre …«

»In die Notaufnahme? Das Gesicht ist doch regelrecht zerschmettert.«

»Ich dachte wirklich, das würd wieder …«

»Aber sie ist tot, das verstehen Sie schon? Kann es sein, dass sie von jemandem gestoßen wurde? Solange Raúl Palabras nicht wieder auftaucht, zählt er zu den Verdächtigen.«

»Er würde so etwas nie tun. Das muss ein Unfall gewesen sein.«

»Was haben Sie gesagt – wo steckt er gleich wieder?«

»Ich hab gar nichts gesagt. Ich habe keine Ahnung, wo er ist. Ich hab versucht, ihn anzurufen, aber er geht nicht ans Telefon.«

»Wenn Sie wissen, wo er ist, müssen Sie mir das sagen. Sollten wir nicht alsbald weiterkommen, müssen wir ihn zur Fahndung ausschreiben.«

Wieder mal typisch, denkt Erhard. Immer müssen sie den erstbesten Verdächtigen nehmen. »Ich hab wirklich nur hier geschlafen«, sagt Erhard noch einmal.

»Sagen Sie Ihrem Freund – falls Sie mit ihm sprechen –, dass er sich selbst melden soll. Wär besser für ihn.«

Erhard weiß nicht, was er antworten soll, und angelt eine Weintraube aus der Schale auf dem Tisch.

»Was haben Sie gesagt, wo Sie geschlafen haben?«

»Auch dazu hab ich nichts gesagt. Im Schlafzimmer.« Erhard zeigt nach hinten.

Zu seinem großen Entsetzen geht der Polizist mit langen Schritten quer durchs Wohnzimmer und weiter ins Schlafzimmer, wo er das Licht einschaltet. Er sieht sich um. »Und wo hat Palabras geschlafen?«

»Keine Ahnung, ich war betrunken. Wir haben bis heute Morgen auf der Dachterrasse gesessen, haben geredet und Bloody Marys getrunken. Irgendwann wurde ich schrecklich müde und wollte eigentlich nach Hause, aber sie haben mich überredet, hier zu schlafen, was ich dann auch gemacht hab. Als ich wach wurde, war Raúl weg und … ja …«

Erhard bemerkt, dass der Polizist sich keine Notizen macht. Er sieht sich um, ganz wie es sich gehört, aber im Grunde scheint ihm das Ganze ziemlich egal zu sein. »Wie viel hat Raúls Geliebte getrunken?«

»Nicht übermäßig viel, glaub ich. Wir haben sie geweckt, als wir hier ankamen, und sie mit auf die Dachterrasse genommen. Sie war müde und hat in einer Tour gegähnt.« Erhard ist überrascht, wie leicht es ihm fällt zu lügen. Er muss nur an den vergangenen Morgen denken und die Geschehnisse ein bisschen modifizieren.

»Wie lang wohnen die zwei schon zusammen?«

»Acht, neun, zehn Jahre, so was in der Art.«

»Und sie haben sich geliebt?«

»Na klar, er war immer noch total verliebt in sie. Und umgekehrt auch.« Erhard muss wieder an Beatriz' Worte denken. Versteck mich, vergiss mich. Hat das was zu bedeuten, oder bildet er sich das alles nur ein? Hoffentlich nicht, denkt er, schließlich hat er das alles nur in Gang gesetzt, um Beatriz verstecken zu können und vor jemandem zu retten … Aber warum sollte das Raúl sein? Raúl kann es nicht gewesen sein.

»Ich verstehe nur nicht, warum Sie hier geschlafen haben.« Der Polizist marschiert ums Bett herum und zieht die Schranktüren auf.

»Was weiß ich? Gastfreundschaft? Raúl ist halt so.«

»Und wo haben die beiden geschlafen?« Der Polizist geht Raúls Anzüge durch.

»Auf dem Sofa, nehm ich an. Oder oben auf der Dachterrasse.«

»Haben Sie schon mal mitbekommen, dass Raúl Palabras handgreiflich gegen Beatrizia Colini geworden ist?«

»Handgreiflich?«

»Dass er sie geschlagen hat, gewalttätig wurde?«

»Nein, nie.«

Er geht aus dem Schlafzimmer zurück ins Wohnzimmer und wirft dabei einen Blick durch die angelehnte Tür ins Büro. »Was ist da drin?«

»Sein Arbeitszimmer. Das wird so gut wie nie benutzt.«

Der Araber schaltet das Licht ein, und Erhard zuckt zusammen. Hat er gründlich genug aufgeräumt? Irgendwie ist er davon ausgegangen, dass sich niemand für die Innenräume interessieren würde, wenn die Leiche erst einmal entdeckt wäre.

Der Polizist geht um den Schreibtisch herum und legt den Finger auf den zusammengeklappten Computer, der auf der Tischplatte steht.

»Wem gehört der?«

»Keine Ahnung, wahrscheinlich Raúl.«

»Den muss ich mitnehmen.« Der Beamte klemmt sich den Computer und die dazugehörigen Kabel unter den Arm.

»Und was passiert jetzt?« Erhard folgt ihm durch das Wohnzimmer zurück auf den Balkon. Die roten Flecken auf dem Boden und auf den Stufen der Leiter sind immer noch gut zu erkennen. »Was passiert jetzt mit ihr? Wird der Rechtsmediziner sie untersuchen?«

»Wir müssen erst die Familie benachrichtigen. Wissen Sie, wo die wohnt?«

»Sie hat niemanden hier auf der Insel. Vielleicht auf Gran Canaria.«

»Freundinnen? Ex-Lover?«

»Nicht dass ich wüsste. Ihr Leben hat sich nur um Raúl gedreht.«

»Arbeit?«

»Ein paar Tage in der Woche … unten in der Boutique an der Señora del Carmen. Die mit dem Elefanten. Sie hatte da allerdings gerade erst angefangen.«

»Hat sie ein Handy?«

»Ich hab schon danach gesucht, aber nichts gefunden.«

»Señor Pérez-Lúñigo wird schon herausfinden, was mit Ihrer Freundin passiert ist. Anyway, die Wohnung wird versiegelt. Und ich brauch Ihren Namen und Ihre Adresse. Wir müssen sicher noch einmal mit Ihnen sprechen.« Er zieht ein langes weißes Kaugummi aus einem Silberpapier, faltet es dreimal und steckt es sich in den Mund. »Und wir müssen Raúl Palabras finden, den verdammten Schnösel.«

34

Er steht im Treppenhaus und lauscht dem Fahrstuhl, der nach unten fährt. Erst als er nichts mehr hört, geht er zurück in die Wohnung, setzt sich an den Esstisch und sieht zur Tür, als würde er erwarten, dass der Polizist zurückkäme. Aber es passiert nichts.

Es wird Abend. Er liebt den Abend. Der Duft der Straße steigt in Wirbeln auf wie Zuckerwatte, die wechselweise nach Zimt, Karamell, Urin und Meer schmecken.

Es geht darum, Beatriz zu retten. Wenn sie in ein paar Tagen die Augen aufschlägt und wieder zu sich kommt, kann sie ihm vielleicht sagen, was passiert ist. Und wo Raúl steckt. Erhard kann seinen Freund und seine Freundin retten. Er denkt an Emanuel Palabras, den Vater und Schwiegervater. Womöglich hat Raúl ihn angerufen, vielleicht ist er bei ihm.

Erhard beschließt, nach Hause zu fahren und Palabras anzurufen. Es ist Zeit für einen Lumumba.

Sein Haus ist dunkel, dunkler als sonst.

Das Wissen, dass Alina hinter diesem Haus gestorben ist, macht die Szenerie bedrohlicher, noch kälter als sonst.

Er überprüft den Generator, schaltet das Licht an, nimmt sich ein Kissen vom Sofa und zieht einen Stuhl ans Bett. Beatriz' Körper füllt sich mit Luft und lässt sie wieder entweichen. Eine gleichmäßige Bewegung, so hypnotisierend wie einschläfernd.

Erhard schläft nicht. Er hält Nachtwache und lauscht Beatriz' Atem. Er denkt an Raúl, fragt sich, ob er tot ist, und starrt auf den Spalt zwischen den Decken, in den er seine Hand schieben und ihr Geschlecht berühren könnte. Ein verkehrter, dummer Gedanke, aber noch jetzt – nach mehr als zwölf Stunden Bewusstlosigkeit – riecht sie nach Saft und Zimt und warmen Rosinen. Das ist nur deshalb so, weil es in seinem Leben keine anderen Frauen gibt. Gäbe es andere, würden seine sexuellen Fantasien sich nicht um Beatriz drehen. Er zwingt sich, an Emanuels Massai zu denken, an ihren kleinen, knackigen Po, den er durch den dünnen Rockstoff sehen konnte. Aber sie taugt nichts. Ist zu viel und gleichzeitig zu wenig. Andererseits – was weiß er schon über Frauen? So lange, wie das her ist. Natürlich hat es Frauen gegeben, kurze Begegnungen, meist mit Prostituierten, die er sich leisten konnte. Wobei er immer zu den älteren tendiert hat, um es nicht zu peinlich und zu merkwürdig für sie beide zu machen. Und um ihr Geschäft ein bisschen zu beleben. Die jungen haben ohnehin genug zu tun. Frauen in seinem Alter hängen nur rum, lesen Zeitschriften und essen Joghurt. Er hat zweimal dieselbe gehabt, eine Spanierin namens Afrodita. Natürlich hieß sie nicht wirklich so, den Namen hat sie sich selbst gegeben. Eine durch und durch langweilige Frau, die wie eine Supermarktkassiererin aussah. Als er das erste Mal im La Mouscita in Puerto war – inzwischen ist das eine Pizzeria –, hatte er sich eigentlich für eine interessantere Frau entschieden, eine Mulattin, aber der Betreiber schien ihn irgendwie missverstanden zu haben und schickte Afrodita, die ihn so dankbar ansah, dass er den Fehler nicht reklamieren wollte. Wie sich herausstellte, beherrschte sie eine ganz besondere Blastechnik, deren Folgen Erhard noch Wochen danach an seinem Schwanz sehen konnte. Bei seinem zweiten Besuch nahm er sich vor, sich entschiedener um die Mulattin zu kümmern, aber sie war nicht da. Vielleicht krank oder freigestellt, um zur Hochzeit ihres kleinen Bruders zu fahren, jedenfalls fing er in einem kurzen zögerlichen Moment Afroditas Blick auf und spürte, dass er ihr aus alter Freundschaft etwas schuldete. Er bat sie, sich ausschließlich auf die Arbeit mit dem Mund zu beschränken, weil ihn das erregte und ihm so erspart blieb, dass sie sich auszog. Nicht weil er ihren Körper unansehnlich gefunden hätte, sondern weil sie beim letzten Mal die Kleider derart umständlich und langsam zusammenlegte, dass er die Lust verlor und erst wiederfand, als ihr warmer Atem über seinen Schwanz strich. Afrodita auf den Knien wie eine Putzfrau. Afrodita schrubbt den Boden im Bad. Afrodita taucht zwischen Schildkröten. Afrodita redet mit ihm unter Wasser, Blasen steigen aus ihrem Mund auf, während sie Austern sammelt. Erhard wacht auf. Alle dreißig Minuten. Lauscht Beatriz' Atem, dem Apparat. Und jedes Mal wandert sein Blick zu dem dunklen Spalt zwischen den Decken, in den seine Hand so gut hineinpassen würde. Müde und erregt dreht er den Kopf wieder ins Kissen. Die Nacht ist viel zu lang.

35

Die Berge heben sich schwarz vor dem eidottergelben Himmel ab. Er steht draußen zwischen den Felsen und sieht die Ziegen in einer geraden Linie auf sich zukommen. Laurels Glöckchen klingelt rhythmisch, wenn er die Vorderhufe aufsetzt.

Emanuel Palabras ist erstaunlich kühl am Telefon, als er behauptet, er hätte Raúl schon mehrere Wochen lang nicht mehr gesehen. Als Erhard ihm erzählt, dass Beatriz gestorben und Raúl verschwunden wäre, meint er nur, da wäre sein Sohn ganz das Kind seiner Mutter. Dann lacht er.

Erhard hat sich dem Mann schon immer auf gewisse Art und Weise verbunden gefühlt. Zwei hinter der Zeit zurückgebliebene Männer. Eine Generation mit hoher Arbeitsmoral und Härte gegenüber dem Leben. Palabras wiederholt mehrmals, dass man sich nicht in Dinge einmischen sollte, von denen man nichts versteht. Seine unterdrückte Irritation über den Sohn bricht jetzt voll auf. Erhard muss ihn regelrecht beruhigen, aber als er den »Coral« anspricht, beendet Palabras mit einem Grunzen das Gespräch.

Erhard folgt den Ziegen hinters Haus. Dort schüttet er Futter zwischen die Steine und sieht, wie die Tiere an der Erde schnuppern und jedes kleine Futterpellet einzeln mit ihrer grauen Zunge aus dem Staub auflecken. Er trägt die Leiter zurück an ihren Platz an der Rückseite des Hauses, nicht weit von der Stelle entfernt, wo er Alina gefunden hat. Kurz fragt er sich, weshalb sie die Leiter zur anderen Seite getragen hat, um auf das Dach zu klettern.

Das Wichtigste im Moment ist, für Ruhe und Frieden für Beatriz zu sorgen. Und einen neuen Generator zu beschaffen. Möglichst einen, der von allein wieder anspringt und sich nachts abschaltet, wenn er sich schlafen legt. Ein solches Gerät will er schon lang haben, konnte es sich aber nie leisten. Bis jetzt war es auch nie nötig. Wenn er einen Generator unter tausend Euro findet, passt es. Aber der Laden hat erst morgen wieder auf.

Er geht ins Haus. Isst Maisbrei, schaut Mal ums Mal nach Beatriz und dem Urinbeutel und hört Radio. Er holt sein Buch und setzt sich in den Sessel mit den ausgeleierten Federn, dem mürben Bezug und den abgewetzten Armlehnen – ein Gruß der Katze des Vorbesitzers. Er liest ein paar Zeilen aus *The Speckled Band.* »Das geringste Geräusch ist verhängnisvoll für unseren Plan«, sagt Holmes und sitzt reglos in der Dunkelheit. Eine Geschichte über den Tod zweier Frauen. Unheimlich, wie aktuell Solillas Buchempfehlung dieser Tage geworden ist. Und irgendwie führt der rote Faden immer wieder zu dem Jungen im Karton. Er wird den Gedanken nicht los, dass alles irgendwie zusammenhängt, kriegt es aber nicht zu fassen.

Hat jemand Beatriz zusammengeschlagen und sich Raúl vom Hals geschafft? Und hat derselbe Jemand Alina so verängstigt, dass sie vom Dach gesprungen ist? Aber was hat das alles mit dem Jungen zu tun? Ist es möglich, dass Raúl und Beatriz an dem Gewittertag am Strand in Cotillo gesehen und mit der Sache in Verbindung gebracht worden sind? Raúl und Beatriz sind auf der Insel nicht direkt Promis, aber wenn sie einen Raum oder ein Restaurant betreten, dreht man sich nach ihnen um und erinnert sich an sie. Außerdem kennt jedes Kind den Namen Palabras. Er wird hinter vorgehaltener Hand auf dem Gemüsemarkt geflüstert und im Gelben Hahn, sobald die Männer dort genug getrunken haben, laut ausgesprochen.

Er ist mit dem Foto, das Alina auf ihrem Handy gefunden hat, natürlich kein Stück weitergekommen. Das Foto vom Strand und von dem am Spülsaum geparkten Wagen. Er konnte nur einen kurzen Blick auf das Bild erhaschen, ehe das Handy abgeschaltet hat. Alina saß damit am Küchenboden, als er losfuhr, um das Ladegerät zu holen. Da hat er sie zum letzten Mal lebend gesehen. Das Handy muss irgendwo in der Küche oder in der Nähe sein.

Er legt sich auf den Boden, schaut unter das Regal, hebt die Matratze hoch und entdeckt es schließlich auf der Garderobenablage. Als hätte jemand es dort abgelegt, um sich die Jacke anzuziehen, und dann vergessen. Er drückt auf den Tasten herum, aber es ist tot. Wo er das Ladegerät hingelegt hat, weiß er nicht mehr. Es kommt ihm vor, als wären seitdem Tage, ja Wochen vergangen.

Warum ist das Leben nur so umständlich geworden? Wenn er auf dem Telefon je etwas finden will, braucht er Hilfe. Da fällt ihm Jorge Ponduel ein, um den er eigentlich lieber einen Bogen macht. Ein hitziger Majorero, dessen finsterster Tag im Leben war, als der Ziegenkäseproduzent Quesotierro das Sponsoring des UD Fuerteventura aufkündigte, des einzig guten Fußballvereins der Insel. Ponduel ist Elektronikfreak. Er redet gern von Lautsprechern und Bildschirmen und wunderlichen, eigenständig staubsaugenden Geräten, die er besitzt oder sich anschaffen will. Und er regt sich über veraltete Geräte auf, die den Geist aufgegeben haben oder von Haus aus japanischer Dreck sind. Wenn er sich recht erinnert, arbeitet Ponduel immer vormittags von Montag bis Freitag.

Sonntagnachmittags fährt Erhard für gewöhnlich keine Touren. Aber er ist rastlos. Ehe er geht, zieht er die Gardinen vor und löscht das Licht. Nur die Lampen des Beatmungsgeräts lassen ihre Konturen erahnen … In der Dunkelheit sieht sie mehr tot als lebendig aus. Wenn es tatsächlich Raúl war, der sie so zugerichtet hat, kann er Erhard mal am Arsch lecken. Doch sollte er unschuldig sein, wird er ihm eines Tages dafür danken, dass er versucht hat, sie zu retten.

36

In dem Laden arbeitet ein neuer Verkäufer, ein aufgeweckter junger Türke mit gestreift ausrasiertem Nacken. Er erzählt ihm was von Brennstoffökonomie und dass ein neuer Generator eine wirklich gute Investition sei. Dann schlägt er einen Katalog mit Fotos von großen blauen Kisten auf und schweift für Erhards Geschmack zu schnell ab. Der Bursche ist geschäftstüchtig, keine Frage, vermittelt Erhard aber das Gefühl, dumm zu sein. Er ist davon ausgegangen, den neuen Generator direkt mit nach Hause nehmen zu können. Dass das Ganze eine Sache einer Viertelstunde sein würde. Stattdessen blättert er jetzt schon eine halbe Stunde in einem Hochglanzkatalog und ist kein bisschen schlauer.

»Bis 100 kVA, und ganz einfach über diese Touch- und Fernbedienung gesteuert«, sagt der Verkäufer, der dem Namensschild zufolge Jorge heißt.

»Das ist mir eigentlich alles ein bisschen zu aufwendig und groß …«

»Sie wollten doch was Automatisierteres.«

»Ja, aber nicht … nicht so. Ich komm ein andermal wieder. Ist Ihr Chef morgen im Laden?«

»Mein Chef? Sie meinen Christiano? Der ist nicht mehr hier. Ich bin der neue Inhaber. Was genau ist Ihr Problem?«

»Ich will einfach nur einen Generator, der besser ist als mein alter – keinen so modernen, aufwendigen Kasten mit Monitoren und so weiter.«

»An was haben Sie gedacht?«

»Wie meinen Sie das?«

»Na ja, wie viel Geld können Sie lockermachen?«

Eine ziemlich direkte, indiskrete Frage. So was ist Erhard noch nie untergekommen. Die junge Generation eben. Die machen, was sie wollen.

»Das geht Sie gar nichts an.«

»Aber wenn Sie wissen wollen, was Sie für Ihr Geld kriegen, ist das der logische Weg.«

Erhard schaut auf die Uhr über der Werkstatttür. Es ist bald elf. »Ich hab ungefähr tausend Euro.«

Jorge klappt den Katalog zu. Möglicherweise enttäuscht, aber noch nicht geschlagen. »Okay, wissen Sie was? Wir gehen jetzt mal nach draußen.« Er läuft über den Hofplatz, und Erhard folgt ihm. Vor einem großen Tor bleibt er stehen und zieht Pappe von ein paar Paletten. »Da haben Sie Ihren Generator. Mit fünfzehnhundert sind Sie dabei.«

Auf der Palette steht ein bunt zusammengeschweißter Metallhaufen mit großem Tank und einem Bauteil, das wie ein schwarzer Koffer aussieht und an einen Radiator geschmiedet wurde. »40 bis 50 kVA an guten Tagen und mindestens zwanzig Jahre treue Dienste auf einem Hochseekutter. Nicht direkt neu, aber sicher besser als die meisten anderen Dinger, die Sie für anderthalb- bis zweitausend Euro kriegen.«

Das Ding sieht älter aus als sein Generator. Allerdings produziert der höchstens 25 kVA am Tag und hat nur drei Stromausgänge, dieser hingegen sechs. »Könnten Sie in den noch einen automatischen Ausschalter einbauen?«

»Klar«, sagt Jorge, ohne mit der Wimper zu zucken. »Für zweitausend Euro kriegen Sie den Generator mit eingebautem Timer.«

»Tausendsiebenhundert.«

»Tausendneunhundert.«

»Okay«, sagt Erhard. »Liefern Sie ihn heute zu mir nach Hause.«

»Haben Sie das Geld bar dabei?«

»Tausend hab ich.«

»Ich liefere, sobald Sie den gesamten Betrag zahlen.«

»Ihr alter Chef hätte mir eine Ratenzahlung angeboten.«

»Der ist nicht mehr hier«, sagt der Junge.

Erhard steht damit vor einem echten Problem. Er braucht mehr Strom, um Beatriz tagsüber allein daheimlassen zu können. Im Moment reicht eine Tankfüllung höchstens für vier Stunden Strom. Was bedeutet, dass er tagsüber während der Arbeit nach Hause fahren und Diesel nachfüllen muss.

»Wenn Sie den alten Schrotthaufen verkaufen wollen, nehmen Sie die tausend Euro Anzahlung und fahren ihn noch heute zu mir raus. Ich bringe Ihnen dann im Lauf der Woche die restlichen achthundert.«

Aus dem Deal wird nichts. Erhard könnte ihn für achtzehnhundertfünfzig plus Fracht haben, insgesamt zweitausendzweihundert. Immerhin verspricht der Typ, das Gerät eine Woche lang nicht zu verkaufen.

Er fährt nach Atalaya und nach Primo de Rivera, danach nach Milagrosa. Ein Kunde will einsteigen, als er um die Ecke biegt, aber Erhard zeigt auf das ausgeschaltete Schild. Er fährt um einen Wohnblock herum auf die Calle Nuestra Señora del Carmen.

Im Schritttempo hält er nach Ponduel Ausschau, kann ihn aber nirgends entdecken. Neben Alberto, der Zeitung liest, bleibt er stehen und kurbelt die Scheibe runter. »Guten Tag, Alberto.«

Alberto nimmt die Zeitung runter und grüßt zurück.

»Wie läuft's mit dem Muñez-Deal?«

»Gut, Señor Extranjero«, sagt Alberto.

Dann muss es wirklich gut laufen, denkt Erhard und überhört den Spitznamen, mit dem die Inselbewohner sich gern über Zugezogene erheben. »Hast du Ponduel gesehen?«

Alberto zeigt mit dem Daumen nach hinten. »Versuch es mal bei Nummer zweiundsechzig.«

»Hat er heute keine Schicht?«

»Es ist nichts zu tun. In London, Berlin und Madrid wird gestreikt. Vor morgen kommen von dort keine Flüge.«

Erhard setzt zurück und hält gegenüber der Nummer zweiundsechzig, einem Elektroladen. Der Inhaber ist ortsbekannt, ein Ire mit einer Vorliebe für Poker und Bier.

Im Laden ist niemand zu sehen. Erhard geht durch den Verkaufsraum und schiebt den Perlenvorhang vor dem Hinterzimmer zur Seite. Hier war er noch nie. Bisher hat er noch jede Einladung ausgeschlagen. Die Tür zum Hinterhof steht offen. Der Ladeninhaber, Cormac, erzählt gerade von irgendwelchen Geschäften mit Chinesen. Er zieht mit den Fingern die Augen auseinander. Als er Erhard sieht, nimmt er die Hände runter. »Ermitaño«, ruft er freudig überrascht.

Ponduel sieht Erhard schmollend an. Wie ein kleiner Junge, der von seinem Vater vom Spielen abgeholt wird. Erhard gibt Cormac die Hand.

»Ponduel, ich such dich.«

»That figures«, sagt Cormac und lacht laut, vermutlich ist er bereits angetrunken.

»Und was willst du von mir?«, fragt Ponduel. Erhard hat vergessen, wie unfreundlich Ponduel ist. Kein schlechter Mensch, nur eben unfreundlich. Er fragt sich, ob er ihn tatsächlich um Hilfe bitten soll. Möglicherweise müsste er dann Stunden mit ihm verbringen. Aber ihm fällt keine Alternative ein.

»Ich brauche deinen scharfen Verstand, Ponduel.«

»Du bist nicht der Typ, der andere um Hilfe bittet.«

»Jetzt schon. Ich brauche jemanden, der sich mit Computern auskennt.«

»Oh yes, dieser Bursche ist ein Teufel am Computer«, sagt Cormac und reicht Erhard ein Bier.

Ponduel zögert. »Um was geht's? Ich mach das nicht mehr. Jeder Teenager hat heute mehr drauf als ich. Such dir einen von denen.«

»Es geht um was anderes … Ich suche was im Internet.«

»Hell, das kann ja sogar ich«, sagt Cormac.

»Was denn?«, fragt Ponduel.

»Ein Foto.«

Cormac prustet los. »Oh we know what you mean«, ruft er laut, ohne dass Erhard versteht, was so lustig daran ist.

»Was für'n Foto? Ein bisschen mehr Info brauch ich schon.«

Erhard ahnt, dass es gleich anstrengend wird. »Weiß ich nicht genau.«

»Und was ist auf dem Foto? Wer hat es gemacht?«

»Das weiß ich auch nicht.«

»Dann soll ich also die Nadel im Heuhaufen suchen.«

»Ich weiß, dass es das Foto gibt. Ich hab's gesehen. Auf einem Handy, das es aus dem Internet hochgeladen hat. Aber ich kann's selbst nicht mehr wiederfinden.«

»Vergiss es«, sagte Ponduel und trinkt sein Bier aus.

»Ich bezahl dich auch. Lass einfach den Taxameter laufen, während du mir hilfst.«

»Scheint dringend zu sein«, sagt Cormac und muss raus in den Laden zu einem Kunden.

»Was ist denn auf dem Foto zu sehen?«

»Das sag ich dir, wenn du mir hilfst.«

»Sag schon. Ich kann dir nicht helfen, wenn du's mir nicht verrätst.«

»Es ist ein Foto vom Strand von Cotillo. Irgendjemand hat dort was sehr Wichtiges fotografiert. Eine Freundin hat es für mich gefunden, aber die ist jetzt tot, und ich würd das Bild gern wiederfinden.«

»Wer ist tot?«, fragt Cormac, als er wieder aus dem Laden zurückkommt.

Erhard ist auf all das nicht vorbereitet. Cormac ist nicht der Typ, dem man solche Sachen erzählt, außer man will, dass es die Runde macht.

»Eine Freundin«, sagt er nur. »Sie ist von der Leiter gefallen.«

»Und wo ist das Handy?«, will Ponduel wissen.

»Ich dachte, es wäre vielleicht besser, einen Computer zu benutzen. Wegen des größeren Bildschirms.«

»Und wo ist der Computer?«, fragt Ponduel.

Erhard schaut betreten zu Boden.

Ponduel schnaubt.

»Kannst dir ja hier einen kaufen«, schlägt Cormac vor.

»Du brauchst also nicht nur Hilfe, sondern auch noch einen Computer?«

Erhard ist genervt. Warum geht es allen immer nur um den eigenen Vorteil? Wieso kann niemand einfach nur helfen – ohne Gegenleistung? »Vergiss es«, sagt er. »Ich hab dich bloß gefragt, weil ich sonst niemanden kenne, der sich mit so was auskennt.«

Cormac steht auf. »Frag Luisa Glades.«

»Wer soll das sein?«, fragt Erhard.

»Sie unterrichtet IT in Puerto, wohnt aber hier in der Stadt. Oder zumindest ihre Mutter. Die hat echt was auf dem Kasten. Hat ihren Computer bei mir gekauft, gerade erst letzten Monat. Sie hat ihn sich selbst zusammengestellt.«

»Hört sich teuer an. Ich such keinen Experten, nur jemanden, der ein Foto für mich raussuchen kann.«

»Frag sie auf alle Fälle. Vielleicht kann sie dir was beibringen. Ich hab keine Nummer, aber die kannst du nachschlagen.«

Erhard sieht ihn an. »Glades?«

»Ja, die Friseurin unten in Acorzado.«

»Hat die zwei Töchter?«

»Nein, eine, und einen Sohn. Die Tochter heißt Luisa.«

»Wenn du ein paar saftige Details dazu wissen willst, ist Cormac genau der Richtige.« Ponduel schnaubt erneut.

»Yes, Gentlemen, ich bin Ohren und Augen, das wandelnde Switchboard der Insel, Elektronik macht große Männer zu plappernden Papageien.«

Den Spruch feuert er in regelmäßigen Abständen ab.

Sie heißt nicht Luisa Glades, sondern Luisa Muelas, aber das erzählt er den zwei Männern nicht. Erhard muss wieder daran denken, wie er vergeblich vor der Tür des Mädchens an der Calle Palangre gestanden hat. Und wie er sie sich nackt auf einem roten Ledersofa vorgestellt hat, eine Champagnerflasche zwischen den langen Beinen. Und an das Feuerwerk über der Isla de Lobos. Da steckte Bill Hajis Finger in seiner Innentasche. Ausgerechnet sie soll eine Computerexpertin sein?

Ponduel teilt Karten aus.

»Pass auf dein Vermögen auf«, sagt Erhard noch und verlässt das Hinterzimmer durch den Laden, in dem es piepst und rauscht und viel zu warm ist.

Er nimmt regelrecht Anlauf, bevor er die Treppe zum Salon hochgeht. Drei Schulkinder bekommen gerade die Haare geschnitten. Mit Lutschern im Mund. Sitzen ganz still da. Er zwingt sich, nicht zum Bild der Tochter an der Wand zu sehen.

Petra ist die Freundlichkeit in Person und kommt auf ihn zugeeilt, um ihn in den Kalender auf dem Tresen einzutragen, dabei will er das gar nicht, ein andermal vielleicht.

Er hat die Worte Computer und Luisa kaum ausgesprochen, als die Mutter auch schon anfängt, mit der Tochter zu prahlen, die ja immer so viel zu tun hat. Aber nicht mehr lang, sagt Petra, weil Luisa nämlich bald heiratet.

»Gratuliere«, sagt Erhard.

»Ich ruf sie für Sie an«, sagt die Mutter und tippt eine Nummer in das Ladentelefon.

Sie reden fünf Minuten, ehe Petra ihrer Tochter erklärt, dass ein Stammkunde ihre Hilfe bräuchte. »Der kluge, ältere Herr, von dem ich dir erzählt hab. Aus Norwegen.« Es ist ihm unangenehm, das Gespräch mit anzuhören. Petra sieht Erhard an. »Sie wohnen draußen in Majanicho, oder?«

»Nein, in der Calle del Muelle«, sagt Erhard. »Fünfter Stock. An der Klingel steht Palabras.«

Petra wiederholt es für Luisa. »Und wann haben Sie Zeit?«, fragt sie dann.

»Immer.« Er muss an Beatriz denken. »Morgen nach der Siesta?«

»Mittwoch gegen 20.00 Uhr, sagt Luisa.« Erhard nickt wortlos, und Petra legt auf. »Wollen wir der Ordnung halber doch noch einen Termin ausmachen?«

Er fährt ein amerikanisches Ehepaar, das draußen in Las Dunas im Hotel wohnt. Die Frau beklagt sich bei ihrem

Mann über den Wind. Das hätte er doch dazusagen müssen, als er den Urlaub gebucht hat. Der Mann versucht, ihr zu erklären, dass er das nicht gewusst hat. Auf den Fotos habe alles so schön ausgesehen. Wind könne man auf Fotos nicht sehen, erklärt die Frau, aber man hätte es sich ja anlesen können.

Kurz vor der Siesta fährt er nach Hause. Unterwegs macht er einen Zwischenstopp beim großen Hiperdino und kauft ein wenig Brot, billigen Käse und eine Zeitung, die er von vorn bis hinten liest, nachdem er nach Beatriz geschaut, ihren Puls gemessen, ihre Pupillen untersucht, Beine und Arme bewegt und ihr die Oberschenkel massiert hat, um den Kreislauf anzuregen. Er hört ihr zu. Legt sein Ohr an ihren Mund, aber es ist nur das Schnorcheln des Beatmungsgeräts zu hören. Er kennt ihren Körper inzwischen so gut wie den Körper einer Frau, die er geliebt hat.

Es hat eine spezielle Qualität, sich um einen bewusstlosen Menschen zu kümmern. Die Intimsphäre ist aufgehoben. Er wäscht sie mit einem Lappen. Behutsam. Sieht ihren Bauch an, der sich hebt und senkt, und denkt daran, wie er neben ihr am Strand oder auf der Dachterrasse gesessen hat. Wenn die Luft den Bauchraum verlässt, ist er schlaff und alarmierend dünn, außerdem glaubt er, dass sie blasser geworden ist. Er greift zum Telefon und ruft Michel an. Immerhin sind jetzt vierundzwanzig Stunden vergangen. Kein Anzeichen von Veränderung oder Besserung. Michel fragt Erhard verschiedene Dinge. Ob sie sich bewegt hat, ob sie dieses und jenes und so weiter. Erhard verneint alle Fragen. Der Puls liegt stabil bei einundsechzig, und der Respirator läuft, wie er soll. Zum ersten Mal nimmt er so was wie Unsicherheit in der Stimme des Arztes wahr. Wenn sich innerhalb der nächsten achtundvierzig Stunden nichts tut, muss Erhard sie ins

Krankenhaus bringen. Sie kann höchstens drei oder vier Tage ohne Nahrung und Flüssigkeit überleben.

Sie liegt auf dem Sofa, für jeden, der durch die Haustür käme, gut zu sehen. Erhard hat versucht, das Sofa herumzudrehen, aber das nützt nichts. Er ist unruhig, ihm fehlt eine Beschäftigung. Also macht er sich daran, in der kleinen Speisekammer einen Hängeboden einzuziehen. Der Raum liegt etwas tiefer als die übrigen Zimmer und hat daher mehr Deckenhöhe. Wenn er den Hängeboden über den Regalen einzieht und mit einem Sichtschutz versieht, kann sie dort oben liegen, ohne dass man sie von unten sieht. Gleichzeitig kann er problemlos auf einer Kiste oder einem Stuhl stehend nach ihr schauen. Sogar eine Steckdose gibt es dort oben, sodass der Respirator neben der Matratze platziert werden kann.

Er arbeitet so hart, dass er die Zeit vergisst. Sägt alte Kanthölzer zurecht und schraubt sie mit dem Bohrer an die Wand. Schleppt gebrauchte Platten aus dem Schuppen und hievt sie erst auf die Regale und dann weiter auf die Kanthölzer. Eine Platte ist zu breit, er muss sie erst einmal zusägen, damit sie durch die Tür und unter die Decke passt. Als die Platten an ihrem Platz sind, schließt er einen Doppelstecker an und schraubt eine kleine Lampe an die Wand. Dann transportiert er die Matratze, auf der Alina gelegen hat, nach oben auf den Hängeboden und sichert sie mit einer verschraubten breiten Latte.

Als die Sonne hinter den Hügeln versinkt, trinkt er Cognac aus einem Weinglas und hört Radio Mucha. Sie spielen Gillespie. Der Junge wird in den Nachrichten nicht mehr erwähnt. Die Inselbewohner haben ihn bereitwillig vergessen.

»Aber ich nicht«, erklärt er Beatriz.

Jetzt kommt das Schwierigste. Das Unangenehmste.

Zuerst stellt er das Beatmungsgerät hinauf und schließt es an. Er keucht wie eine kranke Katze. Dann schiebt er sich Beatriz über die Schulter, hält den Katheter und den Urinbeutel fest und zwängt sich durch die Tür. Ein Schritt nach dem anderen. Er steigt auf eine Kiste, dann weiter auf einen Stuhl. Ganz behutsam rollt er sie über den Balken auf die Matratze. Als Letztes lässt er ihren Kopf los und schiebt sie vorsichtig zur Wand, weg von der vorderen Kante in die Ecke, die von der schwachen Glühbirne der Leselampe erleuchtet wird. Den Urinbeutel legt er auf das Regalbrett darunter. Er traut sich nicht, das Piepsen des Beatmungsgeräts leiser zu drehen, aus Angst, irgendetwas zu verstellen.

Danach räumt er die Speisekammer wieder ein. Konservendosen, Bindfadenrollen, Öl- und Essigflaschen. Er schmeißt nichts weg, auch wenn vieles längst abgelaufen ist. Am Ende sieht es aus wie eine gewöhnliche, wenn auch nicht sehr appetitliche Speisekammer. Trotzdem, es funktioniert.

Zu guter Letzt schaut er nach dem Generator, füllt Diesel nach und hofft, dass er das nicht mehr allzu oft tun muss. Er stellt den Käse auf den Tisch und isst, während er aus dem Fenster auf den Weg blickt, wo das Licht allmählich schwindet und es immer dunkler wird.

Gegen 21.00 Uhr kommt ein Streifenwagen.

Damit hat er früher gerechnet.

In dem dunklen Auto ist die Silhouette einer einzelnen Person zu erkennen. Die Scheinwerfer hüpfen über den Schlaglöchern auf und ab. Er erkennt Bernal am Geräusch der Cowboystiefel auf der harten Erde. Er lässt ihn mehrmals klopfen, ehe er aufmacht.

»Ermitaño …«

»Bernal«, sagt Erhard, ohne ihn nach drinnen zu bitten.

»Was ist mit Ihnen los?«

»Was meinen Sie?«

»Bill Haji. Der Junge am Strand. Beatriz Colini tot, Raúl Palabras verschwunden. Das waren doch Ihre Freunde, oder?«

»Es ist eine kleine Insel.«

»Eine kleine Welt, wenn Sie mich fragen.«

»Sie kennen mich. Ich habe nichts mit ihrem Tod zu tun.« Was sogar die Wahrheit ist, denkt Erhard.

»Das weiß ich, obwohl wir die Möglichkeit durchaus erwogen haben. Noch gehören Sie nicht zu den Verdächtigen.«

»Die beiden sind meine besten Freunde. Ich käme niemals auf die Idee …«

»Waren.«

»Was?«

»Waren Ihre besten Freunde. Präteritum.«

»Raúl Palabras könnte sehr wohl noch am Leben sein.«

»Wissen Sie, wo er sich aufhält?«

»Nein. Das hab ich Ihrem Kollegen auch gesagt.«

»Was könnte ihn dazu gebracht haben, seine Lebensgefährtin zu erschlagen?«

»Er hat sie nicht geschlagen. Sie muss gefallen sein. Raúl würde sie niemals schlagen.«

»Reden wir von demselben Raúl Palabras, der zwei Anzeigen wegen Körperverletzung hat? Eben diesem Raúl?«

»Aber Beatriz würde er nie ein Haar krümmen. Nicht so.«

»Hassib hat in seinem Bericht geschrieben, dass Sie ungefähr eine Stunde bei ihr gewesen seien, ehe sie gestorben ist. Was haben sie da gemacht?«

»Ich hab versucht, sie zu retten.«

»Wie?«

»Ich hab sie ordentlich hingelegt und mit ihr gesprochen.«

»Eine Stunde lang?«

»Irgendwann kam ein Arzt.«

»Wer?«

»Spielt das eine Rolle? Er kam und sagte, dass nichts mehr zu machen sei. Kurz nachdem er gegangen war, ist sie dann gestorben.«

»Dieser Arzt ist ein Zeuge. Wir müssen mit ihm sprechen.«

»Er war als Freund von Beatriz dort. Ich möchte seinen Namen nicht nennen.«

»Ich kann Sie wegen Behinderung der Ermittlungen anzeigen und mich selbst auf die Suche nach ihm machen.«

»Tun Sie das.«

»Wann haben Sie sie gefunden?«

Erhard wiederholt die Geschichte, die er schon Hassib erzählt hat.

»Um elf? Sind Sie sich sicher?«, fragt Bernal.

»Ja. Nachdem ich sie gefunden und ordentlich hingelegt hatte, bin ich hoch auf die Dachterrasse, um Raúl zu suchen. Dabei hat mich eine Frau von einem der anderen Dächer gesehen. Sie kann den Zeitpunkt bestätigen.«

»Hat Beatriz noch etwas gesagt? Konnte sie sprechen?«

»Sie hat Raúls Namen gemurmelt.«

»Hat sie gesagt, was passiert ist?«

»Sie hat gesagt, sie sei gestürzt.«

»Von der Leiter zur Dachterrasse?«

»Ja, so sah es aus.«

»Lorenzo sagt, ihr Fußknöchel sei gebrochen und das Gesicht völlig zerschmettert. Ungewöhnlich für einen Sturz, wenn Sie mich fragen.«

»Was weiß denn ich? So hab ich sie vorgefunden.«

Bernal blickt zu dem Pfad hinüber. Die Ziegen laufen auf das Haus zu.

»Was ist mit seinem Horn?«

»Der sah schon so aus, als ich ihn übernommen habe.«

»Laden Sie mich auf ein Bier ein, Ermitaño. Wir müssen reden.«

Erhard hat befürchtet, dass es so kommen würde, und weiß nicht, wie er es abwenden soll. »Ich wollte mich gerade schlafen legen«, sagt er.

»Im Leben nicht. Sie sind ein Nachtmensch«, sagt der Polizist und tritt ein.

Erhard holt zwei lauwarme Bier aus der Speisekammer und schaut kurz zum Zwischenboden hoch, kann Beatriz aber weder sehen noch hören. Er löscht das Licht und reicht dem Beamten eine Dose.

»Sie haben umgeräumt«, stellt Bernal fest.

Erhard sieht sich um.

»Wieso? Meinen Sie das Sofa?«

Er hat das Sofa verschoben, um Beatriz daraufzulegen.

»Irgendwas sieht anders aus.« Er dreht sich um und sieht Erhard an. »Ich muss was Wichtiges mit Ihnen besprechen.«

Pause. Stille. Viel zu still.

»Raúl Palabras ist ins Ausland geflüchtet.«

»Haben Sie ihn gefunden?« Erhard verspürt eine merkwürdige Form von Erleichterung. Raúl lebt. Gleich darauf meldet sich die Wut darüber, dass der Junge vor seiner Verantwortung davongelaufen ist und seine Frau im Stich gelassen hat.

»Wir haben ein Bild von ihm am Flughafen, laut Passagierliste ist er an Bord eines Fliegers gegangen.«

»Wohin?«

»Kann ich nicht sagen.«

»Spanien?«

»Nein.«

»Wenn es vor zehn war, gibt es nur drei Möglichkeiten. Casablanca, London und Madrid.«

»Wir werden ihn schon kriegen. Sobald er seinen Fuß auf eine der Inseln setzt.«

»Das hoffe ich«, sagt Erhard und meint es fast so.

»Okay, hören Sie«, sagt Bernal. »Wenn es etwas in dieser Angelegenheit gibt, irgendetwas, was Sie uns vorenthalten, haben Sie jetzt die Gelegenheit, es zu sagen. Mein Kollege Hassib glaubt, dass Sie lügen und versuchen, irgendetwas zu verbergen. Er würde Sie am liebsten festnehmen, aber ich hab zu ihm gesagt, dass ich Sie kenne und Sie in Ordnung sind.« Er sieht Erhard auffordernd an. »Sagen Sie es jetzt und hier, wenn es was Wichtiges gibt, was wir wissen sollten.«

»Ich kann es Ihnen gern noch mal erklären, wenn Sie wollen. Ich habe niemanden umgebracht, falls es das ist, was Sie denken.«

Bernal lacht, als wäre es zwar undenkbar, als würde er es aber trotzdem denken. »Das Mädchen stürzt und stirbt, und Palabras steigt in den nächsten Flieger. Das ist doch kein Zufall.«

»Ich kann nur sagen, dass ich Beatriz gefunden habe und Raúl weg war.«

»Ich sag es ja, Sie sind in Ordnung. Hassib meint, Sie verarschen uns. Das sind seine Worte, nicht meine. Aber Sie sind in Ordnung.« Erhard steht auf. »Es gibt noch eine Cousine und eine Tante in Madrid, die haben es nicht hierhergeschafft oder konnten es sich nicht leisten. Wenn Sie dabei sein wollen – es werden sicher nicht viele Trauergäste kommen. Morgen, 17.00 Uhr. Draußen bei Alto Blanco.«

»Warum denn da?«

»Weil Emanuel Palabras es so wollte. Er kommt für die Kosten auf.«

»Wird er da sein?«

»Ich glaube nicht. Danke für das Bier.« Bernal hat das Bier nicht einmal angerührt und stellt die Dose auf den Tisch. An der Tür dreht er sich noch mal um. »Übrigens, falls Sie immer noch an dieser Sache mit dem Jungen interessiert sein sollten – wir kommen tatsächlich nicht weiter. Der Fall ist noch nicht abgeschlossen, aber es sitzt keiner mehr dran.«

»Ich dachte, Sie wollten ihn per Falschaussage abschließen.«

»Die Frau ist verschwunden. Das kommt bei solchen Leuten vor. Wahrscheinlich hat sie kalte Füße gekriegt. Von unserem ortsansässigen Sponsor haben wir auch nichts mehr gehört. Sie brauchen sich also keine schlaflosen Nächte mehr zu machen.«

»Die Mutter wurde immer noch nicht gefunden.«

»Die Erde dreht sich weiter, Ermitaño. Es passieren neue Verbrechen, die aufgeklärt werden wollen. Und Sie halten uns ja auch beschäftigt.« Bernal geht nach draußen. Raus in die dunkelbraune Nacht.

37

Dienstag fährt er den ganzen Tag, vom frühen Morgen bis spät am Abend, und kommt völlig fertig, genervt und müde nach Hause. Er hat den ganzen Tag über nur zwei kurze Pausen gemacht, um Diesel nachzufüllen, nach Beatriz zu sehen und etwas zu essen. Trotzdem muss er im Lauf des Tages einsehen, dass es unmöglich ist, mal eben zwölfhundert Euro zu erwirtschaften, solange er die Hälfte seiner Einnahmen an TaxiVentura abtreten muss. Als der Tag zur

Neige geht, hat er gerade einmal hundertachtundzwanzig Euro für sich. Er wird Wochen brauchen, um sich diesen Generator leisten zu können, verflucht.

Er stellt sich in der Speisekammer auf eine Kiste, lauscht Beatriz' Atem und sieht das Mundstück des Beatmungsgeräts beschlagen. Sie sagt nichts. Ihr Körper beginnt zu riechen, aber er traut sich nicht, sie auf die Seite zu drehen. Davon abgesehen ist er zu müde, er zieht nicht mal seine Sachen aus und schläft noch auf dem Sofa ein.

Er fährt auf einem hohen Damm zwischen der Wirklichkeit und einem kleinen, in der Sonne liegenden Dorf, in dem die Menschen von einem Restaurant ins andere laufen. Er hört Schritte vor dem Haus, weiß, dass er sich das nur einbildet, und sieht die Leiche einer jungen Frau, die mit Benzin überschüttet wird. Er schafft es nicht, die Bilder als Fantasie abzutun. Dann zuckt er heftig zusammen.

Es ist nur ein Krampf in den Beinen, gefolgt von brennendem Schmerz, als würden seine Muskeln bis zum Siedepunkt erhitzt. Doch bevor er weiter darüber nachdenken kann, steht er auf und läuft nach draußen. Der Wind hat aufgefrischt, und die Böen drücken den Wagen zur Seite, als er in die Stadt fährt. Die Straßen sind leer, und ihm bleibt nichts anderes übrig, als sich in der Schlange an der Hauptstraße einzureihen und zu warten.

Gegen zehn kommt ein Familienvater, der mit ihm den Preis für eine Fahrt nach Puerto verhandelt. Erhard akzeptiert, aber aus der Fahrt wird dann doch nichts, weil der Mann mit seiner Frau in einen Streit gerät und schließlich mitsamt Tochter in einem Café verschwindet. Sein Versuch, mit Sherlock Holmes weiterzukommen, scheitert.

Gegen zwölf schert er aus der Schlange aus und fährt zu Mizas Café.

Dort ist keine Menschenseele, weder Studenten noch Touristen, von denen es hier sonst wimmelt, weil das Café im Lonely Planet als Geheimtipp genannt wird. Bestes Café mit Aussicht. Miza hat die Musik aufgedreht und putzt gerade die Kaffeemaschine. Sie wundert sich, zu dieser Tageszeit ist er doch sonst nie hier. Sie summt noch einen Moment mit der Musik und fragt dann, wie es bei der Arbeit läuft.

»Gut«, sagt er.

Er blickt hinaus zum Meer. Alles beim Alten. Keine Wolke am Himmel, nur der hypnotisierende Strom der Wellen, die sich bis auf Kniehöhe aufbäumen, einen Moment auf dem Höhepunkt verharren, um gleich darauf über den Steinen zu brechen. Der Himmel ist sauber gewischt von diesen unsichtbaren Winden, und zurück bleibt klares Blau, reines, klares Blau. Und Weiß. Wie im letzten Jahr. Und im Jahr davor. Voller Poesie und doch nicht so poetisch, wie es klingt.

Das Telefon klingelt. Miza lässt den Lappen fallen und verschwindet in der Küche. Während des Telefonats schaltet sie einen Computer ein und tippt ein paar Informationen ein, die sie offenbar erhält. Sieht nach einer Tischreservierung aus. »Wir freuen uns, Sie bei uns begrüßen zu dürfen«, sagt sie zum Abschied und tippt dann noch einen Moment lang auf ihrer Tastatur herum. Sie ist Mitte vierzig und benutzt ganz selbstverständlich den Computer.

Erhard sieht zum Strand und zum davor kreuzenden Weg hinunter und steht auf. »Ich komm jetzt sicher seit fünf Jahren her, oder?«, fragt er.

Miza grinst. »Eher seit zehn.«

»Du hast mich nie nach etwas anderem als der Arbeit gefragt.«

»Nein, alles andere geht mich auch nichts an.«

»Du bist ein anständiger Mensch«, sagt Erhard.

»Danke, Señor Jorgenson«, sagt sie, setzt die Kaffeemaschine wieder zusammen und macht eine Tasse Kaffee. »Ich geb mir Mühe.«

Er sieht zum Computer. Es würde sie keine zehn Minuten kosten, das Bild zu finden. Warum sollte er damit Petras Tochter behelligen, die Computerspezialistin, sie würde ihn wahrscheinlich nur auslachen. Außerdem würde er dadurch nur noch älter wirken, als er ohnehin schon ist. Er könnte Miza bitten, das Bild für ihn zu suchen. Sie kennen sich seit Jahren, sind womöglich sogar Freunde, auch wenn sie immer nur über Alltägliches reden, über Kaffee, Fußball und die ortsansässigen Fischer.

Miza sieht ihn besorgt an. »Was ist los?«

»Ich suche nach einem Bild.«

Sie schaut sich um, als hätte er etwas im Café verloren. »Hier ist nichts liegen geblieben.«

Er sieht sie resigniert an. »Ich werde es schon finden.«

Sie lächelt. Ihr Mann wirkt mitunter ein wenig schroff, aber sie lacht gerne und oft. »Müssen Sie heute nicht fahren?«

»Doch.« Er nickt.

Dann fährt er nach Alto Blanco. Kauft für siebzehn Euro einen Strauß weißer Rosen, die vom Festland auf die Insel geflogen wurden. Parkt und steigt die lange Treppe hoch. Die Aussicht von oben ist atemberaubend. Permanent liegt der Staub des prähistorischen Vulkans wie Puderzucker über diesem Teil der Insel. Mitten auf der Anhöhe steht eine kleine Kirche aus schwarzem Schiefer. Die Kirche der reichen Insulaner. Sie lieben die Farben, die Aussicht, und manche der hier aufgenommenen Hochzeitsfotos sehen aus wie Parfümwerbung. Es gibt sogar einen gekachelten Bereich für die Stative der Paparazzi. Zehn Quadratmeter, auf denen sie rauchend auf Brautleute oder prominente Gäste warten. Erhard war noch nie in der Kirche. Er bleibt vor der Tür stehen und wirft einen Blick hinein, kann im Dunkeln aber nichts erkennen. Stimmen dringen zu ihm raus und locken ihn hinein. Aber er hat noch Zeit. Ist überpünktlich.

Der achteckige Raum wirkt beinahe asketisch. In der Mitte zwei Reihen mit je fünf Holzbänken, die auf den rohen Granitaltar ausgerichtet sind. Durch das kreuzförmige Fenster darüber fällt strahlend helles Licht. Simpel und wirkungsvoll. Ein Knabenchor – grellgelbe Gummischuhe unter schwarzen Kitteln – hat sich zur Linken aufgebaut. Die Kinder zupfen einander an den Gewändern, sagen aber nichts. Der Priester spricht mit einem Mann in einem schwarzen Anzug. Außer ihm und Erhard ist nur die junge Ladeninhaberin da, für die Beatriz gearbeitet hat. Hütchen, Schleier und Sonnenbrille, wie die Witwe eines Rockstars.

Kurz darauf kommen noch ein paar andere Frauen, anscheinend Freundinnen aus der Boutique. Erhard kennt keine von ihnen. Sie grüßen leise, scheinen eingeschüchtert zu sein von der Stimmung, dem Licht und dem Chor, der jetzt zu singen beginnt. Die Frauen tragen teure Kleider, eine von ihnen einen etwas zu kurzen Rock, den sie nach unten zu schieben versucht. Auf dem Granitaltar steht eine Urne. Wie ein Ei. Normalerweise finden Trauerfeiern vor der Einäscherung am offenen Sarg statt, in diesem Fall wurde die Einäscherung vorgezogen.

Nachdem er sie erst mal bemerkt hat, nimmt sie den ganzen Raum ein.

Alina.

Denn es ist niemand anderes als sie. Es kommt ihm vor, als hätte er nicht mehr an sie gedacht, seit er sie in Raúls Wohnung gegen Beatriz ausgetauscht hat. Jetzt wandern seine Gedanken zurück zu jenem Abend, als er sie in der Jazzbar gesehen hat und sie später im Bett des Sängers gelandet ist. Wie sie mit gespreizten Beinen dalag und Erhard wie das alte Stück Dreck behandelte, das er nun mal ist. Sie war derart aufreizend gleichgültig, so dumm und frech zugleich, dass man nur davon träumen konnte, sie flachzulegen, auch wenn alle Alarmglocken läuteten, weil man um die Zicke besser einen Riesenbogen machte.

Jetzt ist sie tot, und nur er weiß, wessen Körper wirklich eingeäschert worden ist. Auch wenn es nicht seine Schuld war, ist sie doch in seiner Obhut gestorben. Und es liegt in seinen Händen, durch ihren Tod Beatriz' Überleben zu sichern. Es würden ganz andere Leute in der Kirche sitzen, wenn sie wüssten, dass es sich hierbei in Wahrheit um Alinas Beerdigung handelt. Vielleicht wäre die Kirche dann voller Mädchen aus Guisguey, vielleicht wäre sie aber auch leer. Wenn sie denn überhaupt eingeäschert und beerdigt und nicht wie der kleine Junge einfach verscharrt worden wäre, weil sich niemand bereitgefunden hätte, die Bestattung für eine Hure zu bezahlen. So bekommt Alina doch noch den Platz in der ersten Reihe, von dem sie immer geträumt hat.

Erhard sitzt ganz hinten und spürt die Vibration, als die Glocken rhythmisch zu läuten beginnen.

Warum ist sie auf das Dach geklettert? Was hat sie dort oben gewollt? Wäre es nicht schlauer gewesen, ihre Kräfte zu sparen, um Erhard zu überwältigen, sobald er wieder zurück wäre? Tags zuvor hatte sie das doch auch versucht? Das passt doch alles nicht zusammen. Klar, sie war wütend, weil er sie allein zurückgelassen hat, andererseits hatten sie ein gemeinsames Projekt, für das sie ihn gebeten hatte, das Ladegerät zu holen. Warum sollte sie da vom Dach springen?

Als die Glocken aufhören zu läuten, geht die Tür auf, und Emanuel Palabras und eine bizarre Ansammlung von Dienstboten treten herein und verteilen sich auf die linken Bänke. Bis auf Palabras, der sich mit seinem grün-blauen Anzug und dem weißen Filzhut mit der schmalen Krempe wie ein Papagei von der Menge abhebt, tragen alle Schwarz. Es ist das erste Mal, dass Erhard Palabras außerhalb seines Anwesens sieht, das er Gerüchten zufolge nie allein verlässt. Seine Leibwächter, sein Gärtner, Abril und die Mädchen, seine Massai, bilden einen Puffer zwischen der Wirklichkeit und ihm. Jegliche Kommunikation findet über sie statt.

Der Priester, der bislang mit dem Rücken zu den Trauergästen dastand, dreht sich um. Die Neuankömmlinge überraschen ihn, und er hebt flüchtig die Hände zum Gruß. Selten zuvor hat Erhard ein so inniges Bedürfnis nach Worten verspürt, die dem Leben und dem Tod, der Porosität des Menschen Sinn verleihen. Der Priester zitiert die Heilige Schrift, erzählt die Geschichte des Goldenen Kalbs. »Uns allen voran geht ein Engel«, sagt er und bittet jenen Engel, nun auch vor Beatrizia Aurelia Colini herzugehen. Der Chor singt, und Erhards Blick wandert vom Fensterkreuz über den Altar mit der eiförmigen Urne zum grauen Boden.

Er sieht erst wieder auf, als die Glocken erneut beginnen zu läuten und der Priester auf die geöffnete Tür zuschreitet. Hinter ihm folgen der Mann im Anzug und ein Kirchendiener. Er trägt Handschuhe und hält die Urne in den Händen. Dahinter folgt die Trauergesellschaft, erst Palabras' Gefolge, dann die Leute aus der Boutique, am Ende Erhard.

Draußen vor der Tür steht Hassib, der Polizist, in Uniform. Er mustert Erhard. So kommt es ihm zumindest vor. Erhard nickt kurz und geht weiter. Priester und Kirchendiener steuern einen Pfad an, der zur Rückseite der Kirche führt. Dort befindet sich ein Plateau, das mit frischen Blumengebinden geschmückt ist. Vor einer koksgrauen Wand mit Metallkästen hinter weißen Buchstaben bleiben sie stehen. Das Kolumbarium gilt bei den Inselbewohnern als exklusivste Grabstätte. Trotz all der Lilien, der Rosen und Namensschilder mit Scherenschnitten der Toten oder kleiner Engel muss Erhard bei dem Anblick immer an Briefkästen denken.

Das Ei – die Urne – wird in einen Kasten geschoben, dann spricht der Priester ein paar Worte auf Latein und segnet die Gemeinde. In dem Moment der Stille, der auf seine Worte folgt, hört man das Meer einen letzten Kommentar murmeln. Dies ist der Höhepunkt der Beisetzung, findet Erhard. Dann folgen noch ein paar abschließende Worte über die Unumstößlichkeit des Seins. Das Leben als eine Summe von Taten, die man nur einmal begehen kann, denkt Erhard.

Sie schlendern zurück zum Parkplatz.

Er will nichts spüren, keine Gefühle zulassen und ganz sicher nicht dem Blick des Polizisten begegnen. Also beeilt er sich, läuft mit schmerzenden Knien an den Frauen aus der Boutique vorbei. An seinem Wagen wird er von einem von Palabras' Leuten überholt und angesprochen. Señor Palabras würde sich gern mit ihm unterhalten und bitte Erhard zu sich in den Wagen. Gemeint ist der gigantische Mercedes, der mitten auf dem Parkplatz steht.

Erhard folgt Palabras' Boten. Auf dem Rücksitz des Mercedes muss er einige Minuten warten. Beigefarbenes Leder und so viel Platz, dass Erhard nicht einmal mit ausgestreckten Beinen an die Vordersitze heranreicht. Schließlich kommt Emanuel Palabras. Er wird begleitet von zwei schlanken Massaimädchen und von Charles, einem der Wachleute, der auf dem Beifahrersitz Platz nimmt. Der rechte Fuß des Mannes ist eingegipst.

»Ein Tag der Trauer«, sagt Emanuel Palabras.

»Ja«, erwidert Erhard.

»Leider kann ich nicht behaupten, dass ich sie gekannt hätte. Mein Sohn hatte kein Interesse, sie mir vorzustellen.«

Erhard wundert sich. Für ihn hat es immer so ausgesehen, als wäre Raúl stolz auf Beatriz. Aber vielleicht hat er einfach keinen Wert auf die Gesellschaft seines Vaters gelegt.

»Ich nehme an, er ist ihrer überdrüssig geworden«, fährt Palabras fort.

»Sie wurde gerade erst beigesetzt«, empört sich Erhard. »Sollten wir ihr nicht ein wenig Ruhe gönnen?«

Emanuel Palabras schnaubt. »Glauben Sie etwa, dass das irgendetwas ändert?«

»Trotzdem könnten Sie Ihre Meinung über die Beziehung der beiden zumindest heute noch für sich behalten. Aus Respekt gegenüber der Toten.«

»Respekt, ja, aber bitte keine Unehrlichkeit, die nützt niemandem.«

»Was wollen Sie damit andeuten?«

»Sparen Sie sich die Empörung, Klavierstimmer. Ich hab das Arrangement bezahlt, weil ich keine Schande über das Mädchen bringen wollte. Ich versuche nur, die Beweggründe meines dummen Sohnes zu verstehen. Warum er getan hat, was er getan hat.«

»Dann haben Sie gehört, dass er das Land verlassen hat?«

»Ja, meine Freunde bei der Polizei sind mitteilsam.«

Meine Freunde. Aus dem Mund eines Mannes wie Palabras klingt das seltsam. »Sind Sie denn auch der Meinung Ihrer Freunde bei der Polizei, dass Ihr Sohn Beatriz umgebracht hätte?«

»Inzwischen glauben sie das nicht mehr. Auch dank Ihnen.«

Das ist neu für Erhard. »Gut«, sagt er nur.

»Ich hab ihnen gesagt, unsere Familie wäre außerstande, einen Menschen umzubringen. Wir sind in Gottes großem Spiel die Lämmer.«

Damit lehnt er sich ziemlich weit aus dem Fenster. Immerhin hat sowohl Emanuel als auch Raúl im Leben mehr als eine ganze Fußballmannschaft vermöbelt.

»Ja, Gott wird das wissen«, sagt Erhard und spürt Emanuels Blick auf sich.

»Reden wir nicht mehr davon«, sagt Palabras. »Wie geht es Ihnen?«

Mit einem Mal schrillen sämtliche Alarmglocken. Diese Frage hat Palabras ihm nie zuvor gestellt. »Abgesehen von der Beerdigung, dem Verschwinden meines besten Freundes, dem Niedergang des Tourismus wie auch der Anzahl Klaviere hier auf dieser Insel geht es mir wunderbar.«

»Der Tourismus? Seit wann machen Sie sich darüber Gedanken?«

»Makroökonomie«, sagt Erhard. »Wenn die Touristen andere Urlaubsziele bevorzugen und die lokale Wirtschaft schrumpft, bedeutet das weniger Taxifahrten.«

»Sie überraschen mich immer wieder, Klavierstimmer. Angenehm, dass endlich mal jemand das große Ganze sieht. Mein Sohn ist dazu nicht in der Lage. Er ist nicht zu viel nütze, aber er ist ein Menschenkenner. Sie sind mir zwar zuerst aufgefallen, Ihr großes Potenzial hat aber er erkannt.«

Die Alarmglocken schrillen immer lauter. Ein Kompliment von Emanuel Palabras hat seinen Preis.

»Ich bin schon lange hier – lang bevor ich Ihnen aufgefallen bin.«

»Sie sind urplötzlich aufgetaucht, wie ein Meeresgott aus dem Wasser.«

Das ist so dumm, dass Erhard lachen muss. Palabras lacht mit, sogar die zwei Massai, obwohl die bestimmt kein Wort verstanden haben. Oder doch? Ihren Gesichtern ist nichts zu entnehmen.

Erhard macht Anstalten auszusteigen.

»Oh«, sagt Emanuel Palabras. »Sie wollen schon gehen?«

»Sind wir nicht fertig?«

»Wann sehen wir uns wieder?«

»Am zweiten Donnerstag, wie üblich.«

»Wir sollten uns öfter sehen.«

»Warum?« Erhard lächelt, meint es aber ehrlich.

»Sehen Sie uns doch an, wir haben viel gemeinsam.«

»Das Alter und eine Schwäche für teure Pianos, mehr sicher nicht.«

»Ach, hören Sie auf. Sie und ich sind aus dem gleichen Holz geschnitzt.«

Erhard kann ihm nicht folgen. »Was wollen Sie von mir?«

»Ich will Sie anstellen.«

»Als was?«

»Sie haben einen brillanten Kopf. Da finden wir schon was.«

»Ich habe einen Job. Genauer gesagt zwei.« Oder drei, wenn man Beatriz' Betreuung mit einrechnet, aber das sagt er nicht.

»Aber Sie könnten mein Geld gebrauchen, nicht wahr?«

»Ich komme klar.«

»Sie würden auch noch andere Vorzüge genießen.«

Erhard starrt Palabras an. Er versteht nicht, was er meint. »Ich komme klar.«

»Sie sind jederzeit willkommen«, sagt Emanuel Palabras.

Erhard steigt aus, und der Wagen rollt davon. Auf dem Parkplatz ist sonst niemand mehr. Der Wind wirbelt den weißen Staub von einer Seite zur anderen. Unentschlossen.

38

Er wird zweimal vom Geräusch eines Motors wach, doch außer der Pumpe des Beatmungsgeräts ist dann doch nur das Rumoren des Windes zu hören, der die Steine schleift, und das Scharren der Ziegen, die am Haus Zuflucht gesucht haben. Erhard steht auf, geht nackt nach draußen und wäscht sich am großen Spülstein auf dem Hof.

Morgenlicht zieht über die Insel. Hinter dem Holzstapel findet er eine Unterhose und eine Jeans, die von der Wäscheleine gefallen sind, und zieht sie an. Isst rohen Bacon auf Knäckebrot. Radio Mucha spielt Coleman Hawkins' Version von »Out of Nowhere«, eine 1937er Aufnahme aus Paris.

Er lagert Beatriz um, kontrolliert den Katheter und erzählt ihr, was er heute vorhat. Es ist Mittwoch. Mittwoch ist er immer am frischesten.

Um Punkt 10.15 Uhr holt er Aaz ab, der bereits mit seinem Rucksack vor der Tür des Heimes steht und wie immer einsteigt, ohne einen Mucks zu sagen. Erhard erlaubt ihm, die Scheibe runterzukurbeln und die Hand nach draußen zu halten, um den Luftzug zwischen den Fingern zu spüren wie eine Möwe im Wind. Erhard ist gerührt und fährt ganz langsam und vorsichtig.

Na, Erhard, wie geht's denn so?

»Wie Ziegenscheiße und Gewitterfliegen«, antwortet er. Aaz mag es, wenn er flucht.

Erzähl mir nicht, du hättest viel zu tun. Ich weiß genau, dass du nichts anderes machst, als deine todlangweiligen Bücher zu lesen und mich jeden Mittwoch zu kutschieren.

»Aaz, du Rotzlöffel, du weißt genau, dass ich dich am liebsten jeden Tag fahren würde.«

Dir geht's gut?

»Hab viel um die Ohren«, sagt Erhard und knufft Aaz in die Seite. »Aber nicht, was du denkst. Beatriz hatte einen Unfall. Ich muss auf sie aufpassen.«

Das ist doch Raúls Frau?

»War, Aaz, sie war Raúls Frau. Er ist abgehauen, verschwunden.«

Dann muss ihm etwas zugestoßen sein. Wenn er wüsste, dass Beatriz einen Unfall hatte, würde er zurückkommen. Er liebt sie doch.

»Du musst noch viel über die Liebe lernen, Aaz.«

Aber wieso sollte er Bea, die er liebt, halb totschlagen? Das kann er nicht gewesen sein.

»Aus dem gleichen Grund, weshalb eine Mutter ihr Kind in einem Pappkarton am Strand zurücklässt. Weil wir manchmal lieber alles um uns herum zerstören, als uns selber zu ändern.«

Nein, nein. So ist das nicht. Wenn man einen Menschen liebt, wenn man je einem anderen Menschen in die Augen geschaut hat, kann man ihn nicht schlagen.

»Die Menschen sind schlecht, glaub mir, Aaz. Ich fahre schon viele Jahre Taxi, bin ziemlich alt und hab die dunkelsten Abgründe gesehen.«

Meine Mutter liebt mich, sie liebt mich so sehr, dass sie mich nach Santa Marisa gegeben hat, damit es mir dort besser geht, obwohl sie mich am liebsten bei sich behalten hätte.

»Deine Mutter ist außergewöhnlich. Genauso außergewöhnlich wie du.«

Kein Mensch lässt sein Kind allein zurück.

»Da irrst du dich, Aaz. Aber wenn wir Glück haben, taucht Raúl wieder auf – nachdem er mit irgendeiner Sängerin im Bett war oder auf Zechtour in Dakar. So ist er eben.«

Sie fahren durch Lorques, wo es eine Tankstelle gibt. Aaz sieht Erhard von der Seite an, als machte ihm die Stille zu schaffen.

»Ich hab übrigens eine Verabredung mit der Tochter der Friseurin. Luisa.«

Die ist zu jung für dich. Auf dem Foto im Salon sieht sie aus, als wär sie mein Alter.

Aaz lacht, aber nur mit den Augen.

»Wir können uns doch treffen, auch wenn wir ein paar Jahre auseinander sind. Sie soll mir bei einer Computersache helfen.«

Du weißt alles über Klaviere, aber nichts über Computer.

»Man kann nicht alles können, Aaz. Ich nehm dich demnächst mal mit an den Strand.«

Das erlaubt Liana nie.

»Weiß ich doch. Darum hab ich schon mit deiner Mutter gesprochen. Sie schreibt Liana einen Zettel, den ich ihr gebe. Wir wollen uns doch die Kitesurfer und die großen Drachen ansehen, die du aus der Ferne so schön findest. Wart's nur ab, bis du sie vom Wasser aus siehst! Wo ich herkomme, spielen die Kinder gern mit Blättern, die im Herbst von den Bäumen fallen. Sie trudeln wie Schmetterlinge zu Boden, und man muss sie in der Luft auffangen.«

Kann man die Drachen am Strand fangen?

»Nein, das kann man nicht. Aber man kann ihnen zusehen, wie sie durch die Luft wirbeln. Wie Blätter, die von Bäumen fallen.«

Hier fallen keine Blätter von den Bäumen.

»Nein. Dafür scheint hier immer die Sonne.«

Nachdem er Aaz nach drinnen begleitet hat, geht er in die Küche und benutzt dort das Telefon. Er ruft den Arzt an. Flüstert, während er sie drinnen im Wohnzimmer spielen hört. Er steht an der Küchentür und blickt hinaus in den Garten hinter Mónicas Haus. Ein typisch englischer Garten mit Rosen und Büschen, einer Bank und einer Voliere mit ein paar Kanarienvögeln.

Der Arzt ist kurz angebunden und klingt gereizt, verspricht aber, abends vorbeizukommen.

»Gestern Abend hat die Polizei bei meiner Frau angerufen und nach mir gefragt. Sie weiß nichts«, sagt er. »Aber ich soll mich heute zurückmelden. Was soll ich denen sagen?«

»Ich hab behauptet, dass ein Arzt Beatriz untersucht hätte, als sie noch lebte, aber dass sie dann gestorben wäre.«

»Ist sie tot?«, klingt es scheppernd aus dem Hörer.

»Nein. Aber das glaubt die Polizei. Und so soll es auch bleiben.«

»Versteh ich nicht.«

»Rufen Sie die einfach nicht an. Wenn die Polizei sich bei Ihnen meldet, sagen Sie nur, Sie hätten sie untersucht, als sie noch lebte, aber Sie hätten nichts mehr machen können. Mehr nicht. Wir reden heute Abend.«

Erhard setzt sich in einen Sessel und hört ihrem Klavierspiel zu. Aaz ist so groß, dass die Mutter neben ihm von hinten aussieht wie ein kleines Mädchen. Im Stillen nennt er sie die alte Dame, aber als er sie jetzt betrachtet, fällt ihm auf, dass sie vermutlich jünger ist als er. Sie ist nicht sein Typ. Und Erhard wohl nicht ihrer. Sie scheint nicht sehr vermögend zu sein und lebt zurückgezogen und allein, aber sie ist kultiviert, das spürt er, sie ist anspruchsvoll und vornehm wie kaum ein anderer, den er hier auf der Insel kennengelernt hat. Und sie sieht einen mit Augen an, die irgendwann vor langer Zeit all ihre Energie verbraucht und keine Kraft mehr haben. Nicht unfreundlich oder zynisch, einfach nur müde, erschöpft von aufreibender Sehnsucht. Sie erinnert ein wenig, aber nur ganz wenig, an Erhard selbst – vielleicht einen Hauch zufriedener, menschlicher, vielleicht weil sie eine Frau ist und Frauen seit jeher mehr zur Liebe neigen als Männer.

Sie kommt in die Küche, um nach Art der Italiener einen starken Kaffee zu kochen. Erhard lässt sich eine Tasse einschenken. Ihre Arme sehen alt aus, aber über der braunen Schulter sieht er den Träger eines schwarzen BHs. Er wirft einen Blick auf den Computer, der auf dem Schreibtisch steht.

»Kennen Sie sich mit so was aus?«

»Ich liebe meinen Computer«, sagt sie. Das überrascht ihn.

»Ich hab nie gelernt, damit umzugehen.«

»Es ist wie Schreibmaschine schreiben. Nur einfacher.«

»Das hab ich auch nie gelernt. Mit Klavieren kenne ich mich aus, aber nicht mit Computern.«

Sie lächelt. »Spielt das eine Rolle, wenn Sie doch auch ohne auskommen?«

»Warum soll ich es nicht offen sagen ... Ich habe ein Problem.«

»Entschuldigen Sie«, flüstert Mónica, als sollte Aaz sie nicht hören. »Was meinen Sie?«

»Ich suche nach einem Foto aus dem Internet.«

»Wollen Sie, dass ich Ihnen dabei helfe?«

»Wenn ich könnte, würde ich es selbst machen.«

»Sie wollen also meine Hilfe?« Aus ihrem Mund klingt es, als hätte er sie gerade um etwas ganz anderes gebeten.

»Ja«, sagt er.

»Wieso fällt es Männern nur so schwer, um Hilfe zu bitten?« Sie setzt sich vor den Computer und tippt irgendetwas ein. Dann hebt sie den Blick. »Wollen Sie oder wollen Sie nicht?« Sie zeigt auf den Stuhl neben sich, als böte sie ihm an, den Klavierhocker mit ihm zu teilen. Er geht zu ihr und setzt sich neben sie, spürt ihr Bein an seinem, als er ihr das Foto vom Strand von Cotillo beschreibt, das Alina gefunden hat. Aufgenommen von irgendwelchen Surfern.

Sie klickt eine Seite mit Fotos an, Hunderte, Tausende, in einer endlosen Reihe. »Erkennen Sie irgendeins davon wieder?«

»Nein«, sagt er. Das sind Touristenfotos. Alle gleich. »Das Foto wurde um Neujahr herum aufgenommen, ein paar Tage später, vielleicht eine Woche.« Er versucht zurückzurechnen. »Um den 5. Januar herum.«

»Was für hübsche Bilder von unserer Insel«, murmelt sie.

Vielleicht hat sie recht. Sonne und Wellen und junge Menschen. Doch er sieht gar nicht richtig hin.

»Da war ich noch nie«, sagt Mónica.

»Das da, kann ich das mal genauer sehen?« Er zeigt auf ein Foto.

»Es ist so umständlich, da rauszufahren. Und die Sonne brennt da immer so.«

Es ist nicht das Foto, das er sucht, nicht mal der Strand stimmt.

»Wie war noch gleich der Name des Fotografen?«, denkt Erhard laut, kann sich aber nicht mehr daran erinnern. Irgendwas mit einem Kind.

»Der Name wäre sicher hilfreich«, sagt sie und wartet. Er soll ihr sagen, was sie schreiben soll. Ihr Selbstbewusstsein überrascht ihn. Frauen und Computer.

»Haben Sie mal einen Computerkurs gemacht?«

»Nein«, antwortet sie. »Ich hatte mal einen Freund, dem ich E-Mails geschrieben habe. Damit hat es angefangen. Inzwischen benutz ich den Computer für alles Mögliche, hauptsächlich für Musik und Literatur über Aaz' Krankheit und über Sukkulenten«, erklärt sie, als sie Erhards ratlosen Blick auffängt.

Er kann sich ums Verrecken nicht an den Namen des Fotografen erinnern. Irgendwas mit Mix, oder es klang wie Mix. Und irgendwas mit einem fiebrigen Kind. »Fiebermix«, sagt er schließlich.

Mónica lehnt sich zurück. »Was soll das heißen?«

»MitchFever!«, ruft er. »Das war's!«

»Wie schreibt man das?«

Er buchstabiert es, ist erleichtert, dass es ihm wieder eingefallen ist. Der Name stand am oberen Bildrand und hatte bei ihm das Bild eines fiebernden Kindes heraufbeschworen.

Sie tippt den Namen ein. Das Suchergebnis sieht jetzt anders aus. Es sind weniger Bilder. Oben am Bildschirmrand erscheint das Foto einer jungen Frau, die barbusig auf einem Bett liegt. Er merkt Mónica an, dass ihr das unangenehm ist. Sie schaut über die Schulter zu Aaz und scrollt weiter. »Wonach suchen wir denn genau? Was Unanständiges?«, flüstert sie.

»Nein«, sagt Erhard betroffen. »Nein.«

»Versprechen Sie mir das?«

»Ja«, sagt Erhard. »Machen Sie einfach weiter, ich halte nach dem Foto Ausschau.«

Der Strand. Junge Männer in Neoprenanzügen. Füße im Sand. Mehr Fotos von der jungen Frau. In einem Sessel, an einer Bar, mit Hut. Sie küsst eine andere Frau.

Mónica rutscht auf dem Stuhl hin und her. Sie ist empfindsamer solchen Dingen gegenüber, als Erhard dachte.

»Da«, platzt er mit einem Mal heraus. »Das da.«

Mónica klickt sofort auf das Bild, und es vergrößert sich.

Es ist das Foto. Nur besser. Dichter dran. Scharf.

»Die Seite heißt Magicseaweed, und das Foto hat die Nummer 01062011_42«, sagt sie und schreibt es auf einen kleinen Block, der neben der Tastatur liegt. »Als Gedächtnisstütze. Der Fotograf nennt sich MitchFever. Es gibt auch einen Ordner, der heather_weekend heißt.« Sie tippt auf den Bildschirm. »Vom 6. Januar. Passt das?«

Auf dem Foto: der VW am Strand, feuchter grauer Sand. Die Vorderreifen stehen im Wasser. Und hinter den Scheiben: der Junge, die schwarzen Augenhöhlen.

»Können wir mal nachsehen, ob es noch mehr Fotos gibt, ohne dass dieses hier wieder verschwindet?«

»Natürlich, wenn wir es einmal gefunden haben, finden wir es jederzeit wieder. Ganz einfach. Verraten Sie mir, wonach Sie eigentlich suchen?«

»Nach dem Auto«, sagt Erhard.

Mónica klickt woandershin, und ein neues Bild geht auf.

Dieselbe Perspektive. Aus der Ecke, in der die Surfer immer liegen. Es ist vom 5. Januar. Das Foto heißt newyear_cotillo. Ein gewisser Carlos III Santierrez hat es eingestellt. Der Strand ist leer.

»Auf dem anderen Foto war das Auto zu sehen, auf diesem nicht«, sagt Erhard. »Kann ich das erste noch mal sehen?«

Sie ruft das Foto wieder auf.

Dieselbe Stimmung wie auf dem Foto, das Erhard bei der Polizei gesehen hat. Die schwarzen Scheiben des Wagens brennen sich in seine Seele wie ein anwachsendes schwarzes Loch, durch das er irgendwann die Hand stecken kann, um den Jungen unversehrt in die Wirklichkeit zu ziehen.

»Was hat es mit dem Foto auf sich? Und dem Auto?«

»Steht da irgendwo, wo MitchFever wohnt?«

»Mit Sicherheit nicht«, sagt Mónica. »Das ist irgendein Pseudonym, das er sich ausgedacht hat. Viele Leute verwenden Pseudonyme.«

Sie schreibt MitchFever in ein kleines Feld, woraufhin eine Liste mit Gegenständen erscheint.

Erhard ist froh, dass er nicht lernen muss, wie all das funktioniert. Vermutlich wäre das ein sehr viel härteres Stück Arbeit als das Klavierlernen damals, als er sich in die Welt der Musik einarbeiten musste. Und was sollte er mit dem Computerwissen auch anfangen? Wenn das hier überstanden ist, vergehen wahrscheinlich Jahre, bis er das nächste Mal irgendwas suchen muss. Andererseits – jetzt da er sieht, welche Möglichkeiten man hat und wie einfach es ist, Informationen, Bilder und Nachrichten aus dem Internet zu ziehen, hätte er schon Lust, mal nachzuschauen, wie es in Dänemark so geht. Vielleicht findet er ja sogar Fotos von der Familie. Von Annette und den Mädchen.

»Ich glaub, das ist die junge Dame.« Mónica klickt einen Text an. Auf einer neuen Seite erscheint das kleine Foto eines Mädchens, das wie ein Junge aussieht – mit blondierten, kurzen Haaren und einer großen Brille. »Sie scheint hier auf der Insel zu wohnen«, sagt Mónica. »Unten bei Marabú. Ihre Adresse kann ich nirgends finden, aber die meisten Fotos sind von dort.«

»Kann ich die Adresse denn rauskriegen?«

»Sie könnten nach Marabú fahren und den Leuten dort das Foto zeigen. Sie sieht aus, als wüsste sie, wie man Aufmerksamkeit auf sich zieht.«

»Sie ist das reinste Kind«, sagt Erhard und starrt ein weiteres Foto an, das sie von ihrem Spiegelbild gemacht hat – mit heruntergezogenem Neoprenanzug und einem Arm vor der Brust.

»Ein verwirrtes kleines Mädchen«, sagt Mónica.

»Sollte sie nicht zu Hause bei ihren Eltern wohnen?«

»Das tut sie hoffentlich.«

»Nicht, wenn man den Bildern glaubt.«

»Schauen Sie mal, die Fotos sind nummeriert«, sagt Mónica. »Das hier heißt 11122010_107 und das nächste 11122010_144.«

»Was bedeutet das?«

»Dass sie noch mehr Fotos gemacht hat, aber nicht alle ins Netz gestellt hat. Vielleicht weil Dinge darauf zu sehen waren, die nicht für ihre Eltern oder andere Leute bestimmt sind.«

»Ist das bei den Fotos von Cotillo auch so?«

Mónica klickt sich zurück zu den Cotillo-Bildern. »Ja. Das hier ist Bild dreiundvierzig, und das nächste hat die Nummer achtundvierzig. Dazwischen fehlen also vier Bilder.«

Erhard fährt Aaz nach Hause, der wieder die Hand aus dem offenen Fenster hält. Die Rücktour verläuft genauso wie der Hinweg. Aaz lächelt zufrieden und sieht aus, als fände er alles toll, obwohl er seiner Umwelt komplett entrückt ist, noch nie in Puerto im Kino war oder unten an der Ecke, um eine Waffel mit fünf Kugeln Eis zu essen.

Normalerweise führt Erhard auf der Rückfahrt ihre Unterhaltung von der Hinfahrt fort, aber gerade weiß er nicht mehr, was er sagen soll. Deine Mutter ist nett, will er sagen und fragt sich, wieso er das eigentlich noch nie zuvor gesagt hat.

Normalerweise macht Erhard sich keine Gedanken darüber, aber jetzt fällt ihm auf, dass Aaz nicht anzumerken ist, dass er sich gerade erst von seiner Mutter verabschiedet hat – für eine ganze Woche. Und er fragt sich, was ihn eigentlich antreibt, den Jungen jeden Mittwoch gratis zu fahren, obwohl Aaz – abgesehen möglicherweise von einem Lächeln ganz tief in den Augen – nie auch nur ein Zeichen des Wiedererkennens oder der Freude erkennen lässt. Reine Nächstenliebe oder die egoistische, utopische Hoffnung, dass Aaz sich eines Tages für all die Mühe und die Gespräche bedanken wird?

In gewisser Hinsicht rührt ihn Mónicas Hilfsbereitschaft, auch wenn sie ihm letztendlich nicht geglaubt hat, dass er nur an dem Auto am Strand interessiert war. Sie ist überzeugt davon, dass Erhard hinter diesem Mädchen her ist, das die Fotos geschossen hat. Am liebsten hätte er sie angeschrien, was zum Teufel sie sich einbilde, aber er wollte nicht undankbar sein. Sie könnte meine Tochter sein, wollte er sagen. Das Mädchen ist sicher Jahre jünger als seine Jüngste, und Mette ist inzwischen über dreißig. Aber ihm ist klar, warum Mónica das denkt. Er hat zu lang auf das Bild gestarrt, auf dem sie sich selbst im Spiegel fotografiert hat, und wahrscheinlich auch auf das Bild am Strand von Morro, wo sie splitterfasernackt auf einer Decke lag. Er geht nicht an FKK-Strände, darum hat der Anblick des Mädchens ihm den Atem verschlagen. Und Mónica hat darauf reagiert, als dürfte er in seinem Alter nicht mehr solche Gefühle haben. Als hätte er schon vor Jahren seine Lust in den Wind schießen und die Verbindung zwischen Hirn und Schwanz kappen müssen. Aber die Lust verschwindet nicht einfach, nur weil man auf die siebzig zugeht. Im Gegenteil, kann er von sich behaupten. Nach all den Jahren zittert er mitunter schon beim Anblick eines Astlochs im Tisch oder des Euters einer Ziege – bei Dingen, die aussehen wie etwas, was aussieht wie etwas, wozu er irgendwann mal Zugang hatte: Zugang zu einem verschlossenen Land, das er nur mehr durch die enge Pforte der Erinnerung erreicht. Er schämt sich.

Als Erhard sich verabschiedet, geht Aaz wie immer wortlos durch das große Tor von Santa Marisa. Er dreht sich nicht einmal mehr um, winkt nicht.

Der Arzt stellt sich auf die Kiste, um Beatriz zu untersuchen. »Sie können sie nicht hier behalten«, sagt er und schiebt die Hand unter ihren Körper. »Sie muss in die Neurochirurgie nach Puerto. Sie ist dehydriert, ihr Stuhlgang ist ganz trocken.«

Daher der Geruch, vermutet Erhard. Ein seltsamer Geruch, wie in einer Keramikwerkstatt. Er erträgt es nicht, bloß zuzugucken, und hantiert in der Küche herum.

»Können Sie denn gar nichts machen?«

Der Arzt sieht ihn vorwurfsvoll an. »Sie können nicht weiter …«

»Wunder können hier genauso gut geschehen wie im Krankenhaus.«

»Ich rede nicht von Wundern, sondern von der nötigen Ausrüstung, sollte sie eine fortgesetzte intrakranielle Blutung haben.«

»Entweder bleibt sie hier und überlebt, oder sie kommt ins Krankenhaus und stirbt. So einfach ist das.« Erhard gibt sich sicherer, als er sich tatsächlich fühlt.

Der Arzt nimmt einen Plastikschlauch aus der Tasche und steigt wieder auf die Kiste. »War das Beatmungsgerät irgendwann ausgeschaltet? Auch nur kurz?«

»Nein«, antwortet Erhard, »nein, zu keinem Zeitpunkt.« Was nicht wahr ist. In einer Nacht hat er nicht rechtzeitig Diesel nachgefüllt, sodass es für ein paar Minuten keinen Strom gab und das Gerät angefangen hat zu piepsen. Aber er hat es wieder in Gang gebracht, und Beatriz lebt noch. Ihm fehlen nach wie vor neunhundertfünfzig Euro für den neuen Generator.

»Das ist etwas beschwerlich hier oben«, kommt es von dem Arzt. »Tut mir leid, Beacita, ich kann dich nicht betäuben.« Er hantiert mit einer dicken Nadel und einem Plastikschlauch herum. Erhard mag gar nicht hinsehen. »Wie viel Urin hat sie abgegeben?«, fragt der Arzt, um Erhard abzulenken.

»Keine Ahnung. Zwei, drei Beutel bisher«, sagt Erhard.

Der Arzt steigt wieder von der Kiste und hängt einen großen Beutel mit einer milchig weißen Mischung an einen Nagel. Er klopft dagegen, und die Flüssigkeit beginnt, durch den Schlauch über Beatriz' Nase in ihren Körper zu sickern.

Der Arzt stellt sich in den Türrahmen.

»Hat sich die Polizei denn noch mal bei Ihnen gemeldet?«, fragt Erhard.

»Nein, noch nicht.«

»Erzählen Sie denen, wie es war: dass Sie sie bewusstlos angetroffen und untersucht, aber gesehen haben, dass die Verletzungen zu schwer waren. Sie ist gestorben, während Sie noch dort waren. Ich hab Ihnen gesagt, dass ich die Polizei benachrichtigen würde, weil ich ja ohnehin in der Wohnung war.«

»Das kann ich nicht. Solche Fälle muss ich melden.«

»Sie sind als Freund des Hauses gekommen und um mir einen Gefallen zu tun.«

»Das kann mich meine Approbation kosten.«

»Wird es aber nicht.«

»Sie werden mir Pfusch vorwerfen.«

»Sagen Sie, ich hätte Sie bedroht«, sagt Erhard.

»Inwiefern?«

»Dass ich behauptet hätte, es wäre Ihre Schuld, wenn Raúl davonkäme.«

»Wie meinen Sie das?«

»Sie hätten auf einen Blick erkannt, dass es ein Unfall war, während ich noch von Raúls Schuld überzeugt gewesen wäre.«

»Aber Sie haben doch gesagt, es wäre ein Unfall gewesen …«

»Schon, aber nur für den Fall, dass die Polizei wissen will, wieso Sie sich eingemischt haben.«

»Ich weiß nicht …«

»Vielleicht melden die sich gar nicht mehr. Sie wurde beigesetzt. Gestern.«

»Wie soll das denn gehen?«

Erhard hat keine Lust, es ihm zu erklären. »Lassen Sie uns einfach sagen, dass die Polizei davon ausgeht, dass Beatrizia Colini tot ist.«

»Und was ist damit?« Er zeigt in die Speisekammer.

»Es gibt sie nicht mehr. Sie ist frei.«

Der Arzt sieht ihn lange an. Anfangs frustriert und etwas steif, dann ein bisschen entspannter. »Ich glaube, ich verstehe. Aber Sie müssen … Sie braucht Glukose.« Er zeigt auf den Beutel mit der milchigen Flüssigkeit. »Und Sie müssen sie umlagern. Jetzt liegt sie auf der rechten Seite. Drehen Sie sie morgen auf den Rücken und am Tag darauf auf links. Mit ein bisschen Glück machen wir es genauso gut wie die in Puerto.«

»Kein Problem, das schaff ich schon.«

»Ich besorge mehr Glukose. Ohne zu viel Aufsehen zu erregen. Und mehr Beutel für den Stuhlgang.«

Aus dem Mund des Arztes klingt das so banal.

»Danke«, sagt Erhard. Es fällt ihm schwer, aber er schuldet dem Mann einen Dank für all das, was er getan hat.

Der Arzt nickt und verstaut seine Ausrüstung in der Tasche.

»Haben Sie jemals erlebt … Haben Sie jemals die Toten sprechen hören, ihre Stimmen, also nach dem Tod oder wenn sie im Koma lagen?«

»Persönlich? Nein«, sagt der Arzt und sieht Erhard an.

»Wie dann?«

»Ich hab von Ehepartnern gehört, die behaupten, sie hätten den Toten etwas sagen hören.«

»Und, glauben Sie ihnen?«

»Ja. Dass sie es gehört haben. Aber nicht, dass es eine reale Stimme war.«

»Was ist es dann?«, will Erhard wissen.

»Das weiß ich nicht. Einbildung. Hoffnung. Eine Art Phantomschmerz von Unausgesprochenem. Hat sie etwas gesagt?«

»Sie hat etwas zu mir gesagt, als sie noch bei Bewusstsein war. Bevor Sie gekommen sind. Dass ich sie verstecken soll – wegen Raúl.«

»Und genau das tun Sie gerade?«

»Ja.«

»Mir ist immer noch nicht klar, weshalb die Polizei sie für tot halten sollte.«

»Das ist mein Geheimnis.«

»Und was ist, wenn Raúl zurückkommt? Er muss doch damit rechnen, wegen Totschlags festgenommen zu werden.«

Ja, denkt Erhard. »Er wird nicht wieder auftauchen. Und wenn doch, dann ist das sein Problem. Ich glaube nicht, dass Raúl ihr absichtlich etwas getan hat. Es war vermutlich eine Folge seines Lebensstils. Er wird erklären müssen, was passiert ist.«

»Und wenn er verurteilt wird?«

»Sie haben es ja selbst gesagt, wenn er es war, muss er bestraft werden. Aber dann muss ich auch erzählen, was ich weiß. Ich muss es nehmen, wie es kommt.«

Der Arzt geht noch mal zurück zum Anfang ihres Gesprächs. »Und ich kann meine Approbation verlieren.«

»Nicht, wenn Sie bei der Wahrheit bleiben und die Dinge verschweigen, die passiert sind, nachdem ich sie hier rausgebracht habe.«

»Meine Frau macht sich Gedanken. Sie hat Angst vor Los Tres Papas.«

Erhard sieht ihn überrascht an. »Das ist ein Haufen Jungs in zu großen Jacken mit Schulterpolstern.«

»Ich dachte, Sie gehören dazu – dass Sie ein Gangster sind …«

Erhard lacht, obwohl es nicht zum Lachen ist.

»Wir haben damit gerechnet, dass Sie mich erpressen oder um die Ecke bringen wollen.«

»Warum zum Teufel sind Sie dann gekommen?«

»Meine Frau war ja auch nicht damit einverstanden. Aber was soll man machen? Ich kann doch nicht die Insel verlassen und vor meinen Problemen fliehen.«

Er wirkt mit einem Mal viel unbürokratischer und menschlicher, auch wenn Erhard seinen sandfarbenen Schlips, das sandfarbene Hemd, die sandfarbene Hose und das sandfarbene Gesicht noch immer nicht leiden kann. »Wieso denken Sie das von mir?«

»Es ist ein offenes Geheimnis. Alle wissen das.«

»Was?«

Der Arzt bleibt ihm die Antwort schuldig und packt seine Tasche zusammen. »Wir sehen uns in ein paar Tagen, wenn ich wieder nach ihr schaue. Wenn sich nicht bald was bei ihr tut, ist sie so gut wie tot, und dann wird aus der Lüge eine Tatsache.« Er geht zur Tür. Erhard entdeckt Alinas Handy, das oben auf der Kiste neben der Tür liegt.

»Was wissen alle?«

»Dass Raúl Palabras für Los Tres Papas arbeitet.«

Noch ist der Arbeitstag für ihn nicht zu Ende, er fährt noch ein paar Touren, um ein bisschen Geld zu machen. Er meldet sich bei der Zentrale an und fragt, ob es was in Richtung Süden gebe. Er fährt die 101 und die FV-2 runter und kriegt eine simple Tour von Puerto nach Pájara. Ansonsten ist es ein ganz gewöhnlicher Mittwochabend, mild und ein bisschen öde, nur unterbrochen von den Radiokommentaren zu den Fußballspielen auf dem Festland. Früher haben die Inselbewohner immer zu Madrid gehalten, aber seit ein paar Jahren schwenken immer mehr Leute auf Barcelona um, was auch den Kommentaren im Radio zu entnehmen ist. Erhard ist das alles herzlich egal. Er kann nur darüber lachen. Er hat nie Fußball gespielt, nicht mal in der Schule, weil er schiefe Füße hatte und man damals glaubte, dass es schädlich wäre, zu viel rumzulaufen. Vielleicht dachte das aber auch nur sein Vater, für den der Fußball als ein Sport für Bauerntrampel galt, ein Verlierersport, wie er gern sagte. »Guck dir die Schmutzfinken an, die Fußball spielen. Die sind zu blöd, ihre Hirne und Hände für irgendetwas zu gebrauchen, nicht mal für ein vernünftiges Handwerk.«

Er nähert sich Risco del Gato, das genau im Westen liegt. Die Silhouette des Ortes glüht im grellen Sonnenlicht. Er sieht das Hinweisschild nach Morro und beschließt spontan, Risco del Gato zu umfahren. Linker Hand sieht er Zenons Olivenhaine, den Stolz der Insel. Das einzige Unternehmen mit mehreren hundert Angestellten, jedenfalls war das mal der Fall. Heute ist niemand auf dem Gelände und dem Hofplatz zu sehen, der durch die Einfriedung zwischen den zwei riesigen Gebäuden zu erkennen ist.

Erhard ruft sich das Aussehen des Fotomädchens in Erinnerung. Als er losgefahren ist, war er überzeugt davon, dass es nicht schwer würde, sie zu finden, aber je näher er Morro kommt, umso mehr Bilder schieben sich vor ihr Gesicht: eine Frau mit Einkaufstüten, ein kleiner Junge auf der Schaukel eines Spielplatzes vor Risco del Gato, das Graffiti auf einer Hausfassade, die Olivenbäume mit ihren zartgrünen Blättern. Übrig bleiben Worte wie kurz, weiß, Brille. Er hofft, dass das reicht und sich alles von allein auflöst, sobald er in Marabú ankommt.

Als er auf die Digitaluhr mit den grünen Ziffern blickt, die gerade auf 19.02 Uhr umspringt, fällt ihm seine Verabredung mit Luisa wieder ein, der Tochter der Friseurin, fünfzig Autominuten entfernt. Erhard hat kein Telefon dabei, geschweige denn ihre Telefonnummer.

Nicht zu ändern, denkt er. Sein Fuß geht keinen Millimeter vom Gas. So einfach ist das. Außerdem ist er nicht mehr auf ihre Hilfe angewiesen. Er hat sein Problem auch ohne sie gelöst. Er wundert sich über seine Härte. Natürlich tut es ihm leid, dass die junge Frau jetzt vergeblich klingelt und sich wundert, wieso niemand aufmacht. Wenn es ihm möglich wäre, würde er Petra anrufen und ihr die Situation erklären, damit sie es ihrer Tochter bei Gelegenheit ausrichten kann. Er stellt sich Luisa in einer roten, taillierten Bluse vor, den Duft ihres Haares, ihre raue Stimme, während sie Erhard erklärt, wie das alles funktioniert.

Es wird schon seinen Grund haben, dass er sie und ihre Verabredung vergessen hat. Er war mit Beatriz und Aaz, dem Arzt und diesem Jungen beschäftigt. Aber er schuldet Luisa eine Erklärung, das ist das Mindeste, vielleicht eine Schachtel Pralinen für die Umstände. Er nimmt sich vor, auf dem Rückweg an einem Supermarkt Halt zu machen und die Pralinen morgen früh bei Petra abzugeben.

Dann ist er an der Küste.

Der Strand ist schwarz, schmal, das Wasser ruhig, trotz des ordentlichen Windes.

Am Horizont sind ein paar Surfer zu sehen. Er folgt dem Weg, Steinchen fliegen gegen den Unterboden des Wagens, bis er einen Strandabschnitt erreicht, wo Leute unter Sonnenschirmen und im Schatten eines kleinen Holzverschlags sitzen, in dem vermutlich Kitesurf-Equipment verliehen und Eis verkauft werden. Er steigt aus und läuft durch den heißen Sand. Sieht sich jeden einzelnen Strandbesucher an. Einige der Mädchen und Jungen sind in MitchFevers Alter. Daneben jüngere und ältere. Erhard umrundet den Holzschuppen, in dem eine Frau in seinem Alter Kaffee und Eis ausgibt. Er kauft sich einen Becher Kaffee, der nach Chlor schmeckt, und beobachtet eine Gruppe Jugendlicher, die ineinander verschlungen auf Decken und Handtüchern liegen. Neben ihnen liegen Surfbretter und Taschen, und von irgendwoher ist Musik zu hören.

Die Frau im Schuppen fragt ihn, ob er rauswill. Damit meint sie raus auf die Wellen. Erhard schüttelt den Kopf.

»Ich suche ein Mädchen mit kurzen, blondierten Haaren, das aussieht wie ein Junge.«

Die Frau lacht. »Das tun sie doch alle.«

»Sie ist mit einer Gruppe Jungs unterwegs und einem spanischen Mädchen mit langen schwarzen Haaren.«

Die Frau lacht erneut. Die Beschreibung treffe so ziemlich auf jeden zu. Da müsse er schon selber gucken gehen, sagt sie. Erhard will etwas erwidern, aber sie macht nicht den

Eindruck, als wollte sie ihm helfen. Vermutlich will sie nicht in irgendwas hineingezogen werden. Immerhin sind das ihre Kunden.

»Ich bin nicht von der Polizei, falls Sie das denken. Ich bin nur … Taxifahrer.«

Die Frau lacht schon wieder und wischt die Theke mit einem Lappen sauber. Erhard lässt den Blick über den Strand schweifen. Dann bedankt er sich für den Kaffee und geht auf die Jugendlichen zu. Die meisten schlafen. Nur einer der Jungs ist wach und sitzt da und schaut raus auf die Wellen. Erhard spricht ihn an. Ein scheuer, netter Bursche. Er scheint nicht viel übrigzuhaben für Erwachsene und ist es nicht gewohnt, mit ihnen zu reden. Nein, er kenne kein Mädchen mit kurzen, gebleichten Haaren, aber er meint, ein Stück weiter unten am Strand surften immer ein paar Amis mit älteren Leuten. Erhard lässt sich von ihm die Richtung zeigen und läuft los. »Oh je«, ruft der Junge hinter ihm her. »Da können Sie nicht hinlaufen, das sind am Strand entlang vier Kilometer, zur anderen Seite von Marabú, fast unten bei Morro Jable.«

39

Er wartet darauf, dass die fünf Gestalten an den Strand kommen. Eine sieht dünn aus, feminin, das könnte eine Frau sein. Aus der Ferne ist das schwer zu sagen. Erhard sitzt auf dem Boden, hat seine Zehen in der feuchten Wärme vergraben, die unter dem kalten Sand gespeichert ist. Er denkt an Raúl, auf den er auch mal so gewartet hat, am Strand oben bei den Dünen. An einem Freitagabend, sie waren beide betrunken, aber Raúl wollte unbedingt noch ein bisschen surfen, bevor sie weiter zu einem Fest fuhren. Die Wellen waren über den Strand und wieder zurück gerollt. Er selbst schlief ein. Als er wieder wach wurde, war die Sonne untergegangen und der Himmel über ihm weiß von Sternen. Draußen auf dem Meer zog Raúl Bahnen durch die Dunkelheit.

Einer der Surfer lässt das Segel ins Wasser kippen, zieht sein Brett an den Strand und kommt langsam auf ihn zu. Zwischen ein paar Steinen liegen Taschen, und ganz oben am Strand parkt ein Auto. Erhard steht auf, als der Surfer direkt vor ihn tritt, und erzählt, dass er nach einer jungen Frau mit kurzen Haaren sucht. Womöglich einer Amerikanerin. Der Surfer sieht Erhard eine Weile an und fragt, ob er ihr Vater sei. Erhard schmunzelt und denkt kurz darüber nach, ob es von Vorteil wäre, Ja zu sagen. Aber der Unterton – wie es der Surfer gesagt hat – bedeutet ihm, dass der Vater nicht unbedingt willkommen ist.

»Nein, ich hab gehört, dass sie eine gute Fotografin ist, und würde gern mit ihr über einen Auftrag sprechen.«

Der Surfer zieht sich den Neoprenanzug aus. Und die Badehose. »Sie meinen wahrscheinlich January, die ist Amerikanerin. Verdammt gute Surferin. Ich kenne sie selbst nicht, aber sie soll irgendwo in Morro Jable wohnen. Arbeitet in einer Strandbar in Marabú, im Great Reef. Ich glaub, von der haben hier alle schon mal gehört.«

»Warum?«

»Weil sie eine ziemliche Wildkatze ist, wenn Sie verstehen, was ich meine«, sagt der junge Mann und wickelt sich in ein großes Badetuch.

Erhard fährt zurück nach Marabú. Diesmal bis ganz unten an den Strand. Er parkt hinter dem Supermarkt, der fast an die Flutlinie grenzt. Die Gegend ist Neuland für ihn. In all den Jahren als Fahrer hat er hier nie jemanden hingefahren.

Er weiß nicht, wo die Strandbar ist, die der Surfer erwähnt hat, aber sowie er den Strand erreicht, liegt sie direkt vor ihm. Auf dem Flachdach steht ein Schild mit dem Namen der Bar über einem Surfbrett. Die Sonnenliegen rundherum sind leer. In der Hütte steht vielleicht ein knappes Dutzend Leute an einem Bambustresen. Bis auf einen Schwarzen in der hinteren Ecke, einen Sandkünstler, wie Erhard weiß, sind alles Surfer.

Sein Blick sucht sofort die junge Frau hinter dem Tresen. Sie ist blond, ihr Haar ist allerdings nicht annähernd so kurz wie auf dem Foto.

Er tritt an den Tresen und entdeckt dahinter eine Wanne mit eisgekühltem San Miguel. Er lässt sich eine Flasche aufmachen und trinkt sie halb leer, bevor er sie vor sich auf den Tresen stellt. Die Männer reden weiter.

Das Mädchen hockt am Boden und befüllt einen Schrank mit Colaflaschen. Erhard späht zu ihr hinunter und kann ihr in den Ausschnitt sehen. Glatt, jugendlich, weiß. Er zwingt sich, den Blick abzuwenden. Sie steht auf und nimmt einen Zug von ihrer Zigarette, die in einem Aschenbecher auf der Stereoanlage gelegen hat.

»MitchFever«, sagt Erhard aufs Geratewohl.

Das Mädchen dreht sich abrupt um und starrt ihn an. Erhard wird erneut bewusst, wie viel Misstrauen und Furcht im Surfermilieu herrschen. Als warteten alle nur darauf, wieder nach Hause geschickt zu werden.

»Don't worry, ich mag nur die Bilder«, sagt Erhard auf Englisch und sieht ihr an, dass sie das beinahe noch mehr beunruhigt. Er nimmt noch einen Schluck Bier, um ihr Zeit zum Reagieren zu geben. Aber sie sagt nichts.

»Ich würd dich gern für zwei der Fotografien bezahlen. Was sagst du zu hundert Euro?«

»Fotografien? Wie meinen Sie das?«

»Bilder, die du von den Stränden in der Gegend gemacht hast. Ich hab Aufnahmen aus Cotillo gesehen, die mir richtig gut gefallen haben.«

»Ach, die«, sagt das Mädchen. »Auf meinem Blog?«

»Nein, im Internet«, sagt Erhard, als wäre er ständig im Internet unterwegs. »Ich interessier mich für den Strand von Cotillo.«

»Sind Sie … Journalist?«

»Nein, Taxifahrer, und du kannst gerne du sagen. Ich heiße Erhard.« Das Mädchen entspannt sich.

»January«, sagt sie.

»Und wie kommst du auf MitchFever? Ist das eine Art Künstlername?«

»Nicht direkt. Ist eine lange Geschichte. Sagen wir einfach, dass es mein Bloggername ist. Warum ausgerechnet die Bilder von Cotillo?«

»Aus reinem Interesse«, antwortet Erhard.

Lächelnd zündet sie sich eine neue Zigarette an. »Ich bin aber keine Fotografin, falls du das glaubst.«

»Hast du noch mehr Fotos dort gemacht? Die du nicht ins Internet gestellt hast?«

»Ja, ein paar, ich mach immer viel mehr, als ich poste. Die Verbindung hier ist echt lahm.«

»Hm. Hast du noch mehr Aufnahmen von 6. oder 7. Januar dieses Jahres?«

»Warum?« Plötzlich ist sie wieder misstrauisch.

»Da stand ein Auto am Strand. Ein VW.«

»Ja und?«

»Hast du Fotos davon gemacht?«

»Als könnt ich mich daran erinnern.« Sie lacht. Wirkt irgendwie beleidigt.

Erhard trinkt sein Bier aus. Die zwei letzten Surfer in der Bar sehen sich was auf einem Handy an. January zündet sich die nächste Zigarette an und stellt den Fuß auf eine Bierkiste. Sie ist auf altmodische Weise schön, obwohl ihre feine Haut und das Gesicht bereits vom Alkohol und Meer gezeichnet sind.

»Also, hör zu. Ich will herausfinden, was mit dem kleinen Jungen passiert ist, der tot in diesem Wagen am Strand lag. Du scheinst die Einzige zu sein, die Fotos von dem Auto gemacht hat – bevor die Polizei den Wagen zwei Tage später abgeholt hat. Das Bild hat die Nummer …« Erhard kramt den kleinen Zettel raus, den Mónica geschrieben hat. »01062011_42.«

»Dann bist du … so eine Art Detektiv?«

»Nein, Taxifahrer.«

Das Mädchen reicht einem der Surfer eine Flasche Tomatensaft und wirft ein paar Scheiben Zitrone in ein Glas, bevor sie zurück zu Erhard kommt. »Die Bildnummern weiß ich ganz sicher nicht. Ich meine aber, mich zu erinnern, dass ich eine ganze Serie an diesem Strand geschossen hab, möglicherweise auch von diesem Auto, aber … Ich kann ja mal zu Hause nachgucken.«

»Wann könntest du das machen?«

»Heute Abend. Meine Schicht geht bis Mitternacht. Dann check ich meine Harddisk. Da schieb ich alle Bilder drauf. Ich ruf dich an, falls ich was finde.«

»Ich hab kein Telefon. Können wir uns treffen, wenn du die Bilder durchsiehst? Ich warte so lange im Taxi.«

Sie wirft ihm einen skeptischen Blick zu, hält ihn möglicherweise noch immer für einen Sonderling, der sie mit irgendetwas zu verführen sucht. Doch dann senkt sie den Blick und nickt.

Es endet damit, dass Erhard an einem Tisch Platz nimmt und wartet. Zwischendurch holt er sich ein Sandwich aus einem Laden in der Nähe. Drei Stunden lang blickt er aufs Meer hinaus und liest sein Buch, während sie eine Schachtel Zigaretten raucht und fernsieht, zwischen einem Fußballmatch und einem Snookerspiel hin- und herzappt und immer wieder über den Tresen wischt.

Um kurz nach zwölf fährt er sie heim.

Es gefällt ihm, ihr dabei zuzusehen, wie sie sich fertig macht, es gefällt ihm, sie zum Wagen zu begleiten und zu fragen, wie ihr Tag war.

Sie wohnt über einer alten Möbelhandlung in Morro Jable. Der Besitzer hat obendrauf einen Schuppen gebaut, der im Licht der Straßenlaterne sogar halbwegs zu sehen ist. Eine alte Treppe führt nach oben. Erhard folgt ihr, wartet aber vor dem winzigen Verschlag, der eng und sehr privat auf ihn wirkt.

Sie bleibt eine ganze Weile weg. Er stellt sich das Innere des Schuppens als ein Durcheinander aus Flaschen, Surf-Gerätschaften, wackligen Regalen mit Lonely-Planet-Reiseführern und Vampirbüchern vor.

Dann geht die Tür wieder auf, und mit der Kamera in der Hand kommt das Mädchen auf ihn zu und erklärt ihm, dass sie sich erst durch Hunderte von Bildern klicken muss, um bis zum 6. Januar zu kommen. Erhard sieht den Strand, die Bar, die Surfer und immer wieder die dunkelhaarige Freundin. Ein buntes, aber irgendwie auch monotones Leben.

Dann kommt sie zu den Fotos aus Cotillo.

Erhard fällt sofort das andere Licht auf. Ungefiltert, blaustichig. Sie überspringen eine Reihe Aufnahmen von surfenden Freunden. Dann kommen Bilder vom Land. Auf einem Foto, das ihre Freundin in den Armen eines Jungen zeigt, ist im Hintergrund der Wagen zu sehen. Sie gibt Erhard die Kamera, der sich die Bilder der Reihe nach ansieht. Irgendwann scheint January ihrer Freundin um das Auto herum gefolgt zu sein und dabei versehentlich zwei Bilder gemacht zu haben.

Eins davon zeigt die hintere linke Tür mit Handgriff und den unteren Teil der Scheibe.

Das zweite Foto ist noch weiter nach unten gerichtet und zeigt das hintere linke Rad. Unter dem Tankdeckel ist ein heller Streifen, als hätte das Wasser bis dort hinauf gestanden oder als wären die Wellen an die Seite des Wagens geschlagen.

Weitere Fotos gibt es nicht. Der Rest der Serie zeigt, wie die jungen Leute am Strand ankommen und sich fürs Surfen startklar machen. January mit Hut, auf einem Bild mit ausgestrecktem Arm, als sie ein Foto von sich selbst macht.

Tags darauf kauft er Pralinen und vergisst dann, sie im Friseursalon abzuliefern, weil zwei Geschäftsmänner eilig zur Fähre müssen. Außerdem ist Freitag, und da will der Arzt vor der Siesta mit mehr Material vorbeikommen. Einem Tropf, einem Katheter und ein paar Beuteln Glukoselösung.

Der Arzt zeigt Erhard, wie er die Beutel aufhängen muss, aus denen Beatriz Nahrung und Flüssigkeit bezieht, und wie er den kleinen Urin- und Fäkalienbehälter reinigt. Als er die Apparate ans Stromnetz anschließt, flackert kurz das Licht. Mehr Diesel, öfter nachfüllen. Er könnte den Arzt verfluchen, schenkt ihm aber ein freundliches Lächeln.

Am Freitag fährt er hundertdrei Euro ein, am Samstag nur zweiundvierzig. Dafür steckt an diesem Tag etwas Weißes in seinem Briefkasten unten an der Straße. Es ist Monate her, dass er zuletzt Post bekommen hat. Es ist ein großer Umschlag ohne Absender. Die Fotos, auf normales Kopierpapier gedruckt, die Qualität ist nicht besonders gut, aber ausreichend, um das Auto und die Spuren auf dem Lack zu sehen, über die er in der Zwischenzeit nachgedacht hat. Er hängt die Aufnahmen an den Kühlschrank.

Am liebsten würde er sich den Sonntag freinehmen und sich einfach betrinken, aber er kann es sich nicht leisten, blauzumachen und Geld für Alkohol auszugeben. Da könnte er das Beatmungsgerät ja gleich abschalten. Er muss das Geld zusammenkriegen, weshalb er am Sonntag erneut bis 21.00 Uhr am Steuer sitzt und trotzdem nur achtundsiebzig Euro einfährt. Daheim gießt er die Reste aus allen möglichen Flaschen zu einem erdfarbenen Cocktail zusammen und prostet Beatriz zu. Am liebsten würde er sie schütteln, um sie aus dem Koma zu holen oder ihr die ewige Ruhe zu schenken. Die Verantwortung ist einfach zu groß. Er kann nicht mehr.

DIE WOHNUNG

29. Januar – 6. Februar

40

»Aufwachen, Klavierstimmer.« Eine bekannte Stimme, nur ohne den gewohnten Klang, ohne die Tiefe. »Nicht schlecht, Klavierstimmer.«

Es ist Emanuel Palabras.

Außerhalb der gewohnten Kreise, in einer ungewohnten, unpassenden Umgebung.

Erhard ist nicht unangenehm berührt, eher enttäuscht, dass Papa Palabras tatsächlich eine Bruchbude wie seine betritt. Er hat eine seiner jungen Massaifrauen dabei, nicht das außerirdische Wesen, sondern eine andere, jüngere, knochigere, wie Palabras sie am liebsten hat. Hinter ihr in der Tür steht Charles, das Muskelpaket, mit Gipsfuß und Krücken. Ein Malerunfall, wie Palabras erklärt, obwohl Charles nicht gerade wie ein Anstreicher aussieht.

Erhard späht zur Speisekammer hinüber, deren Tür angelehnt ist und die keinen seiner Gäste sonderlich zu interessieren scheint. Er zieht die zur Seite gerutschte Decke über sich, um nicht nackt vor Palabras zu liegen. Emanuel ist sichtlich amüsiert, sagt aber nichts.

»Das hätte ich nie gedacht«, sagt Erhard. »Señor Palabras zu Besuch im wahren Fuerte. Willkommen am Bodensatz.«

»Sie gehören so wenig zum Bodensatz wie ich«, sagt Emanuel und blickt sich um. »Sie leben das Leben eines Gauklers unter Königen. Es fehlt Ihnen an nichts, Sie könnten ordentlich wohnen, wenn Sie wollten, aber Sie haben sich für diesen … Deckmantel entschieden.«

»Wie Sie meinen, Palabras. Sagen Sie mir lieber, weshalb Sie hier sind.«

»Ich bin ein Mann in Trauer. Meine Schwiegertochter ist tot und bald auch mein Sohn.«

»Ist irgendwas passiert?«

Emanuel winkt ab. »Es ist nur eine Frage der Zeit. Und in der Zwischenzeit ist niemand da, der sich um mich kümmert. Ich brauche Menschen, auf die ich mich verlassen kann. Und nun sind zwei von ihnen nicht mehr da. Ich habe nur noch Sie, Klavierstimmer.«

Wie immer theatralisch, denkt Erhard, aber irgendwas anderes schwingt da auch noch mit. »Was ist mit Charles und ihr da?«

»Ich brauche Sie, Klavierstimmer. Für Raúl.« Emanuel setzt sich vor dem Sofa auf den Couchtisch. »Ich brauche einen Mann in der Firma. Jetzt da Raúl weg ist, ist sie quasi ohne Kompass unterwegs.«

Erhard versteht nicht, was er meint. »Was wollen Sie damit sagen?«

»Sie kennen die Branche in- und auswendig. Und Sie haben ein unternehmerisches Näschen, das weiß ich. Es heißt, Sie seien der beste Taxifahrer der Insel.«

Das Gerücht ist an Erhard vorbeigegangen. »Meinen Sie Taxinaria?«

»Sie brauchen nicht mal mehr zu fahren, Sie sollen mir nur berichten, was dort läuft. Die Fahrer wenn nötig an die Kandare nehmen.«

»Dann hat Raúl nicht nur in der Geschäftsführung gesessen? Ihnen *gehört* Taxinaria?«

Emanuel Palabras sieht ihn an, als wäre er ein Idiot. »Wieso sollte mein dummer Sohn denn sonst in der Geschäftsführung sitzen? Ihn qualifiziert doch nur das Geld seines Vaters. Aber jetzt will ich einen Mann, der die Branche kennt, einen, der selbst denken kann.«

Charles hat sich vor der Speisekammer aufgebaut und lehnt dort an der Wand. Erhard gefällt das gar nicht, er würde ihn am liebsten von dort wegbeordern. »Ich kann nicht für Taxinaria arbeiten«, sagt er. »Das wäre illoyal.«

»Hören Sie schon auf mit Ihrer kommunistischen Kameraderie, natürlich können Sie das. Begeben Sie sich dorthin, wo die Zukunft liegt.«

»Ich kann nicht einfach Raúls Arbeit übernehmen. Das wäre würdelos. Und was sollen die da drüben mit mir anfangen, ich bin ein alter Mann, der bald in Rente gehen wird. Leute wie ich werden nicht mehr befördert. Wieso sollte ich das also machen?«

»Um mich zu unterstützen. Wie schon gesagt, Sie und ich, wir verstehen uns. Und ich werde Sie gut bezahlen. So, das wäre die kurze Antwort.«

Doch Erhard beißt nicht an. »Sie können Menschen doch nicht einfach kaufen«, sagt er und sieht Emanuel Palabras in die Augen.

»Ich kaufe niemanden, ich bezahle diejenigen, die ihre Chance erkennen. Kommen Sie, Klavierstimmer, wollen Sie wirklich den Rest Ihres Lebens hier verbringen? In dieser Bruchbude? Das ist doch absurd.«

Die Aussicht macht Erhard nicht mal Angst. Vermutlich weil er sie längst akzeptiert hat. Aber so, wie Palabras es sagt, klingt es wenig verlockend. »Ich komme zurecht.«

Ohne zuzuhören, fährt Palabras fort: »Sie könnten Raúls Wohnung übernehmen, bis sie verkauft ist. Ein paar Monate Urlaub von diesem Loch werden Ihnen guttun.«

Erhard steht auf und zieht sich mit dem Rücken zu seinen Gästen an. Ohne Unterhose schlüpft er in die Jeans.

Emanuel Palabras setzt noch einmal neu an. »Ich hab gehört, dass Sie einen neuen Dieselgenerator brauchen.«

Erhard hält mitten in der Bewegung inne. Am Kühlschrank hängen die Fotos von MitchFever.

»Das stimmt«, sagt er und dreht sich langsam um. »Wer erzählt Ihnen so was?«

»Kleine Orte haben keine Geheimnisse, wie es so schön heißt.«

»Gehört Ihnen der Maschinenladen auch?« Palabras besitzt so viele Dinge, da kann man nie wissen.

»Nein, Allmächtiger! Der ist mir zu klein. Aber man hört so dies und das. Zum Beispiel dass Sie unten in Morro Jable nach einer jungen Frau gefragt haben.«

Er findet es schon ein wenig beunruhigend, dass die Leute über ihn reden. Normalerweise interessiert sich niemand für ihn. Wieso also gerade jetzt?

»Stimmt das vielleicht nicht, Klavierstimmer? Eine kleine Nutte, auf die Sie scharf sind?«

Typisch Palabras.

»Nein, sie ist eine vernünftige junge Frau, die …« Eigentlich wollte er sagen: »… die gute Fotos macht«, aber er überlegt es sich spontan anders: »… die mir Geld für eine Taxitour geschuldet hat. Ich hab mein Geld bekommen, und das war's.«

Palabras sieht ihn lange an. Dann nickt er. »Sie sind nicht nur ein alter Bock, Sie sind auch noch ein alter, knickriger Bock.« Er lacht. »Solange Sie nicht in der Gegend herumrennen und Ihre Zeit vergeuden, sind alle glücklich. Fahren Sie Ihr Taxi, stimmen Sie mein Klavier, passen Sie gut auf sich auf.«

Es klingt fast wie eine Drohung, ohne dass Erhard genau benennen könnte, wieso.

»Was ist das für ein Geräusch?«, fragt Charles unvermittelt und schiebt die Speisekammertür mit einer Krücke auf. Er starrt auf das Regal mit den Lebensmitteln. Die Schläuche verlaufen unsichtbar am hinteren Regalrand und über dem Türrahmen. »Das kommt doch von da drinnen.«

Es ist der Alarmton des Beatmungsgeräts. Beatriz hyperventiliert. Was passieren kann, wenn sie gerade Urin ausgeschieden hat. Aber Erhard kann jetzt unmöglich zu ihr gehen. »Das ist ein Temperaturmesser, der anzeigt, wenn es draußen zu warm wird. Wir sollten besser die Tür zumachen.« Erhard zieht Charles die Tür vor der Nase zu und versucht, so gelassen und natürlich wie nur möglich zu wirken. Dann wirft er einen Blick in den Kühlschrank. Er war schon seit Tagen nicht mehr einkaufen, hat keine Lust, Geld für Lebensmittel auszugeben. Auf dem Kühlschrank liegt der Umschlag von January. Er schiebt ihn etwas weiter nach hinten, damit er nicht so auf dem Präsentierteller liegt. »Danke noch mal für das Angebot, Palabras«, sagt er, um die Aufmerksamkeit auf etwas anderes zu lenken. »Und – Raúl ist nicht tot. Vielleicht ist er morgen schon von seiner Zechtour aus Dubai zurück. Ich werde also weder seinen Job noch seine Wohnung übernehmen.« Aber ich würde mich jetzt gern um seine Lebensgefährtin kümmern, denkt er und fährt fort: »Ich will auch nicht mit dem Taxifahren aufhören, nur weil Sie eine Ihrer fixen Ideen haben.« Und sag mir nicht, was ich zu denken habe oder nicht, fügt er im Stillen hinzu. »Und drittens ist mir völlig unklar, was ich bei Taxinaria machen soll, wenn nicht fahren.«

Es vergeht ein Augenblick, dann bricht Emanuel Palabras in lautes Gelächter aus. »Schön, dass Sie glauben, mein unmöglicher Sohn würde wieder nach Hause kommen. Die Hoffnung stirbt zuletzt, mögen die Götter gnädig mit ihm sein, aber bis dahin muss sein Unternehmen, das auch mein Unternehmen ist, in Gang gehalten werden. Das ist keine robotergesteuerte Fabrik, die selbstständig irgendwelche Produkte ausspuckt. Das ist Gente-Business, ein Unternehmen mit echten Menschen, verstehen Sie? Und das erfordert Anwesenheit.«

Emanuel folgt Erhard durch das Haus nach draußen, während der sich die Zähne putzt, sich ein Hemd heraussucht und den Ziegen Futter hinstellt. Einen Augenblick lang stehen sie nebeneinander und schauen den staubig blassen Ziegen zu, die zwischen den Steinen herumspringen. Charles ist ihnen nach draußen gefolgt und lacht über Laurel, die Ziege mit nur einem Horn. Das Mädchen streichelt Hardys Fell.

Emanuel erklärt, wie wichtig es ist, dass der richtige Mann Raúls Geschäfte übernimmt. »Ich hab ihm die Firma zu seinem vierundzwanzigsten Geburtstag geschenkt«, sagt Emanuel. »Damals war es noch ein einfaches Geschäft. Keine Konkurrenz. Das ist jetzt exakt dreizehn Jahre und vier Monate her. Er sollte was zu tun haben. Aber er hat sich nie wirklich dafür interessiert. Meist hat er sich nur im Büro blicken lassen, wenn es geregnet hat.«

»Ich denk darüber nach«, sagt Erhard später, als sie mit einem Becher Pulverkaffee vor sich am Küchentisch sitzen.

»Raúl hat Ihnen doch sicher von seinen Geschäften erzählt?«, fragt Palabras.

»Nein, darüber haben wir nie gesprochen. Er wird schon seine Gründe gehabt haben.«

»Er war es, der Ihnen seinerzeit einen Job besorgt hat, oder?«

»In gewisser Weise«, sagt Erhard. Raúl hatte im Ort einen Aushang gesehen, auf dem tüchtige Fahrer gesucht wurden. Eines Abends zog er den Zettel aus der Hosentasche und warf ihn Erhard zu. Es war der Beginn ihrer Freundschaft. Sie betranken sich zusammen – das war noch vor Beatriz. Erhard bewarb sich auf die Stelle und bekam tatsächlich den Zuschlag. 1998 wurden noch Vollzeitfahrer gesucht. Anfangs fuhr er noch für einen gewissen Roberto, ein paar Jahre später tat sich Roberto dann mit drei anderen Fahrern zusammen und gründete TaxiVentura. Erhard fuhr weiter für Roberto, bis der vor einigen Jahren starb. Danach arbeitete er weiter für TaxiVentura.

Die Finanzlage von Taxinaria habe sich verschlechtert, erläutert Emanuel, seit TaxiVentura vor drei Jahren einen Vertrag mit dem Flughafen geschlossen habe. Erhard hört nicht einmal zu. Er kennt den Konflikt, hat unten am Taxistand zahllose Streitereien mitbekommen und ist das Thema leid. »Ja, Sie haben es uns nicht leicht gemacht«, beendet Emanuel Palabras seine Ausführungen, als wäre die Rettung von TaxiVentura Erhards persönlichem Einsatz zu verdanken. »Aber jetzt ist es an der Zeit, dass Sie in die richtige Mannschaft wechseln.«

»Ich denk darüber nach«, sagt Erhard noch einmal. Er muss nach einem anständigen Weg suchen, um Nein zu sagen.

»Treffen Sie die richtige Entscheidung«, erwidert Papa Palabras.

Die drei fahren in Emanuels kantigem weißen Mercedes 600, Baujahr 1972, von Erhards Grundstück. Das Mädchen sitzt am Steuer. Es kann knapp über den Lenker gucken.

41

Erhard eilt zurück zu Beatriz. Der Dränagebeutel, der so schwer aus seiner Halterung zu fummeln ist, ist bis an den Rand voll, obwohl er ihn erst in der Nacht geleert hat. Vielleicht ein Zeichen, dass die Glukoselösung zu wirken beginnt. Er dreht Beatriz auf die Seite und geht raus, um Diesel nachzufüllen.

Anschließend schaltet er Radio Mucha an, betrachtet Januarys Fotos und schreibt Fragen auf die Rückseite des Umschlags. Eine Spalte mit Fragen, die er selbst, und eine zweite mit solchen, die nur die Polizei beantworten kann. Er versucht, Fragen aus der einen in die andere Spalte zu verschieben. Seine Hand zittert, seine Schrift ist krakelig.

Wie hoch stand das Wasser am Strand von Cotillo in den Nächten von Mittwoch, den 4., bis Samstag, den 7. Januar? Das Auto stand dort mindestens vierundzwanzig Stunden.

Hat jemand das Auto ankommen sehen? In Klammern: niemand. Er weiß noch, dass Bernal so was gesagt hat.

War auflandiger Wind?

Wer ist an der Küste vorbeigesegelt und wie nah? Kann von dort jemand etwas gesehen haben?

Auf welchem Weg gelangen neue Autos auf die Insel?

Warum ausgerechnet eine dänische Zeitung?

Er hat das Gefühl, dass die Zeitungen eine Sackgasse sind und es nicht wert sind, unnötig Zeit darauf zu verschwenden. Dass sie nicht mehr als das Papier waren, in das der Junge gepackt wurde. Aber wer liest hier dänische Zeitungen? Die meisten Touristen, auch die dänischen, kommen mit englischen Zeitungen auf der Insel an oder höchstens mal mit einer *Jyllands-Posten* unterm Arm. Früher lagen dänische Zeitungen in den Hotels aus, aber seit es überall Computer gibt, ist das Geschichte. Ende der Achtziger hatte er selbst die *Berlingske* abonniert, die dann einmal pro Woche mit einer Woche Verspätung steif und wellig von der nächtlichen Feuchtigkeit und der gnadenlosen Morgensonne zugestellt wurde. Aber er hatte die Fußballergebnisse wissen wollen. Damals konnte man noch B1903-Fan sein. Er las sämtliche Artikel und stellte sich die Spiele vor, begleitet von Svend Gehrs' Stimme, obgleich der wahrscheinlich solche Spiele gar nicht mehr kommentierte. Er erinnert sich noch heute an die Spieler: John Beck Steensen, Martin Løvbjerg, Kim »Goldpfote« Petersen. Als die Kopenhagener Clubs zu einem großen Club verschmolzen, war die Magie dahin. Er bezog die Zeitung noch ein weiteres halbes Jahr, dann kündigte er das Abo und hat seitdem nie wieder eine dänische Zeitung in der Hand gehabt – bis er sich bei Bernal auf dem Revier die Kiste mit den Zeitungsschnipseln angesehen hat.

Als Abonnent stand sein Name samt Adresse auf der letzten Seite der Zeitung. Auch ohne Hausnummer kam sie immer bei ihm an. Er unterstreicht die Frage zur Zeitung und ergänzt: Wo stammt sie her?

Um diese Frage beantworten zu können, müsste er noch mal die Schnipsel sehen, was schwierig, aber nicht unmöglich sein dürfte. Schließlich weiß er, wo der Karton steht.

Das Hemd mit dem Logo von TaxiVentura auf der Brusttasche liegt in einem Wäschesack am Boden seines Schrankes. Er streicht es glatt und schlüpft hinein, ohne es aufzuknöpfen. Es riecht fremd, getragen, obwohl er es bestimmt seit sieben, acht Jahren nicht mehr angezogen hat. Seit Barouki den Laden professionalisieren und den Kampf gegen Taxinaria aufnehmen wollte. Er nimmt einen Pappkarton und füllt ihn mit Dosen und anderen schweren Dingen. Als er voll ist, klebt er ihn mit Paketband zu und schreibt eine Adresse auf einen gelben Zettel. Dann bereitet er einen anderen gelben Zettel mit der Adresse der Polizeiwache in Morro Jable vor, den er sich mitsamt Klebeband in die Tasche steckt.

Er fährt über Nebenstraßen nach Puerto. Niemand folgt ihm. Kein Mercedes, kein Palabras & Co. Trotzdem dreht er eine Extrarunde um das Schloss und biegt erst auf den Parkplatz ein, als er das letzte, einzige Auto im Kreisverkehr ist. Den Wagen stellt er an der Ecke unweit des Eingangs ab.

Drinnen herrscht eine Stimmung wie in einem Café für unzufriedene Inselbewohner. Im Schalterbereich sitzen eine Frau mit kleinem Hund, ein Ehepaar mit Sohn, zwei Freundinnen und ein Mann mit einem großen Koffer. Auf dem Boden liegen Papierbogen, Formulare, die von einem der Regale geweht sind, als die Tür aufging. In der Mitte steht eine große, vertrocknete Kübelpflanze. Erhard geht auf den Metalldetektor zu, stellt sein Paket vor dem wachhabenden Beamten auf den Tresen und tippt auf das Logo auf seinem Hemd. Der Wachmann sieht sich die Adresse an und stellt das Paket hinter den Detektor. Erhard geht durch den Bogen, nimmt das Paket wieder entgegen und geht weiter über den Flur, als würde er hier ständig Pakete abliefern. Der Wachmann sieht ihm nicht mal nach. Ein älterer Herr im Blaumann, der Wasser aus einem Handwaschbecken trinkt, wirft ihm einen desinteressierten Blick zu.

Er läuft an dem Großraumbüro vorbei, in dem normalerweise alle Beamten sitzen, das jetzt aber leer ist. Vielleicht sind sie in einer Sitzung oder zum Hafen runtergegangen, wo der taube Antonio die besten Tortillas serviert, die man sich vorstellen kann.

Erhard geht weiter bis zum Lager, in das Bernal ihn bei seinem ersten Besuch geführt hat. Es ist dunkel, und er muss das Licht anschalten. Die Neonröhren klicken und summen, während er direkt auf das Regal zuläuft, auf dem beim letzten Mal der Pappkarton stand. Er rechnet fest damit, ihn an derselben Stelle zu finden. Aber da hat er falschgelegen. Jetzt stehen dort andere Kartons, Beutel mit Kleidungsstücken, mit Gummibändern verschnürte Papierstapel. Das Regal ist vier Meter hoch und fünf, sechs Meter breit. Er geht um das erste Regal herum und sieht dahinter noch drei weitere Regale, die nach einem undurchschaubaren Prinzip sortiert sind, vermutlich nach Fallnummern. Erhard interessiert nur ein Karton. Mehr Licht wäre nicht schlecht oder eine Taschenlampe, bei der Dunkelheit muss er den Kopf fast zwischen die Regalböden schieben, um irgendetwas zu erkennen. Er hat Nummer zwei durchforstet und untersucht gerade das dritte Regal, als er Stimmen und Schritte auf dem Büroflur hört. Es wird gelacht, als kämen die Männer von einem Freizeitvergnügen. Sie sind aus ihrer Pause zurück.

Durch die Regale sieht er Leute über den Flur laufen. Der Kollege im Blaumann wischt den Boden vor der Lagertür, weshalb dort niemand entlanggeht.

Erhard treibt sich selbst zur Eile an und lässt den Blick über die Regalböden schweifen. Er verharrt nur bei viereckigen Formen, Schachteln, großen und kleinen Kartons. Er will gerade Regal Nummer vier in Angriff nehmen, als er im unteren Fach den Karton entdeckt. *Archivados*. Er erkennt den Karton sofort wieder.

Er zieht ihn so weit vor, dass er hineinsehen kann, aber bei dem schlechten Licht ist nichts zu erkennen. Er würde ihn gern zu dem Tisch neben der Tür tragen, aber von dort sind Stimmen zu hören. Wenn sie ihn entdecken, werden sie wissen wollen, was er hier zu suchen hat. Es gibt keinen Deckel zu dem Karton, keine Seitenklappen, die er schließen könnte. Er nimmt ein Blatt Papier aus einem der anderen Fächer und schlägt es um die offene Kartonseite. Dann zieht er den gelben Zettel mit der Adresse des Reviers in Morro Jable aus der Tasche und klebt ihn auf das Blatt Papier. Der Zettel sitzt nicht wirklich fest, aber das macht nichts. Hauptsache, er kommt so schnell wie möglich wieder weg. Er hastet an zwei Männern vorbei auf den Flur, noch bevor sie irgendetwas sagen können. Er sieht nicht einmal hoch und biegt in Richtung Ausgang ab. Inzwischen herrscht im Büro reges Treiben, Leute laufen an ihm vorbei. Irgendwo im Hintergrund glaubt er, Bernals Stimme zu hören. Vorn bei den Metalldetektoren hat sich eine Schlange gebildet. Er hofft, dass der Wachmann abgelenkt ist und nicht sieht, dass Erhard mit einem Karton wieder rauskommt. Rechts ist freie Bahn.

»Señor Jorgenson?«

Im Türrahmen zu einem kleinen, erleuchteten Raum mit großen Maschinen steht Hassib, der Polizeibeamte aus Raúls Wohnung.

»Ach, hallo«, sagt Erhard und geht weiter.

»Was machen Sie hier?«, ruft Hassib ihm hinterher.

»Kurierdienst«, gibt Erhard zurück und passiert den Metalldetektor, ohne sich umzudrehen. Er will gerade die Ausgangstür aufschieben, als ihn eine Hand auf der Schulter zurückhält.

»Wer schickt denn Pakete mit dem Taxi?« Hassib hat seinen Kaffeebecher abgestellt und starrt auf den Karton in Erhards Händen.

»Was weiß denn ich«, sagt Erhard. »Ich fahr nur zu der Adresse, die mir mitgeteilt wird.« Er blickt auf den gelben Zettel hinab. »Polizei Morro Jable«, liest er ab.

»Jable?« Hassib geht ganz nah an den Zettel heran, als würde ihn das klüger machen. »Was ist denn da so eilig?«

»Fahren Sie den Karton selber, wenn sie wollen«, blafft Erhard und hält ihn ihm hin. »Auf die fünfundvierzig Euro kann ich gut verzichten.«

Die Augen des jungen Arabers sind von dunkler, müder Haut umspannt. Er sieht den Karton an, als müsste er noch überlegen. Dann schüttelt er den Kopf und macht einen Schritt nach hinten. »Ich bin noch nicht mit Ihnen fertig«, sagt er, dreht sich um und geht.

Erhard schiebt die Tür auf und läuft zu seinem Wagen.

42

Er leert den Karton auf dem Tisch aus. In der Zugluft, die immer durchs Haus streicht, wirbeln die Zeitungsschnipsel durcheinander wie Ascheflocken über einem Feuer. Der Uringeruch ist weitgehend verflogen. Er sortiert die Schnipsel und legt diejenigen mit lesbarem Text beiseite. Dann ordnet er sie in Reihen nebeneinander und betrachtet jeden Schnipsel für sich, nimmt ihn in die Hand, begutachtet ihn gründlich von beiden Seiten und legt ihn dann zurück in den Karton.

Als er mit dem ersten Durchgang fertig ist, legt er neue Reihen. Er staunt, wie viel in so einer Zeitung leer bleibt. Als er die Hälfte sortiert hat, zählt er die leeren Schnipsel: siebenundsiebzig weiße – oder eher zeitungsfarbene –, einundfünfzig schwarze oder graue. Dreißig rote. Fünf grüne. Vier blaue. Zwei violette.

Er macht eine Pause und isst altes Brot.

Er hat sich immer noch keine Zeit genommen, um über Papa Palabras' Angebot nachzudenken, das heißt, er ist noch zu keinem Entschluss gekommen. Ohne Frage ein interessantes Angebot, aber unpassend und falsch. Palabras weiß genau, dass Erhard die Erfahrung fehlt, ein solches Unternehmen zu leiten, dass er nicht von einem Tag auf den anderen der Chef von Menschen werden kann, deren Konkurrent er jahrelang war. Natürlich gibt es ein paar Leute, denen er gern zeigen würde, dass er ohne sie besser zurechtkommt – Pauli Barouki zum Beispiel –, außerdem denkt er an die Neuerungen, die er durchsetzen könnte, womit er auch was für die Fahrer täte. Die Arbeit in der Zentrale könnte verbessert werden, der Einsatz der Taxameter und ganz sicher auch der Kaffee in der Werkstatt. Aber für derlei Gedanken ist es definitiv zu früh.

Im Augenblick interessiert ihn vor allem, warum Palabras so daran gelegen ist, ihn einzustellen. Die Antwort liegt nicht direkt auf der Hand. Positiv gedacht wäre es möglich, dass er die Kontrolle über das Geschäft behalten will und deshalb Erhard gefragt hat, weil der nach Raúls Abreise der Einzige in seinem weiteren Bekanntenkreis ist, der etwas vom Taxigeschäft versteht. Außerdem könnte er so Entscheidungen über Raúls Geschäft zurückstellen, bis klar ist, ob Raúl wieder auftaucht, für immer fortbleibt oder tatsächlich tot ist. Weniger positiv gedacht könnte es darauf hinauslaufen, dass Emanuel Palabras seinen Einfluss auf die Geschäfte seines Sohnes auch in Zukunft ausüben will, auch wenn Leute wie Marcelis Osasuna sicher versuchen werden, ihre Position im Unternehmen zu stärken. Eigentlich würde Erhard am liebsten ablehnen und weitermachen wie bisher, aber die Sache hat auch spannende Aspekte und reizt ihn, obwohl er nicht mal sagen könnte, was genau diesen Reiz ausmacht.

Auf einem der Schnipsel steht mit einem Kugelschreiber, der kurz vor dem Versagen gewesen zu sein scheint, *rick 2310* geschrieben. Er dreht den Schnipsel hin und her. Mehrfach überschrieben, der Stift hat sich durchs Papier gedrückt.

Er legt den Schnipsel beiseite und beginnt eine neue Reihe. Diesmal achtet er nicht auf Inhalt und Lesbarkeit, sondern nur auf Formen, Farben und Strukturen. Er sucht nach etwas ganz Bestimmtem, hat es tausendmal gesehen, ohne sich je darüber Gedanken zu machen. Wenn die Zeitung aus Dänemark auf die Insel geschickt worden ist, dann hat jemand in Dänemark einen Stempel draufgedrückt. Mit Namen und Adresse des Empfängers in grauen, kantigen Buchstaben. Möglicherweise verwischt oder kaum leserlich, aber zentral oben auf der Titel- oder Rückseite, damit der Postbote die Adresse auf einen Blick findet.

Nach fast drei Stunden, am Ende der vierten Reihe mit Zeitungsschnipseln, wird er fündig, zumindest teilweise. Die Adresse ist unvollständig und besteht nur aus einem Namen, der Straße und Hausnummer. Der Name der Stadt fehlt.

Café Rustic, c/o Søren Hollisen, 49 Calle Centauro.

Die Adresse sagt ihm nichts. In seinen dreizehn Jahren als Taxifahrer hat er nie von einer Calle Centauro gehört. Oder einem Café Rustic. Er geht zu seinem Auto und fragt in der Zentrale nach. Zwei Minuten später kommt die Antwort. Keine Calle Centauro. Jedenfalls nicht hier auf der Insel, fügt die Kollegin hinzu.

Vielleicht hat sich der Zuständige bei der Zeitung verschrieben. Er sucht weiter in dem Haufen Schnipsel nach dem Namen der Stadt.

Es wird Abend, es wird Nacht. Irgendwann macht er eine kurze Pause, sieht nach Beatriz und stellt sicher, dass der Tropf stabil und richtig dosiert ist. Sie nimmt Nahrung auf. Seine kalten Hände wandern über ihren warm pulsierenden Körper.

Er arbeitet den gesamten Schnipselhaufen durch, findet aber nirgends den Namen der Stadt. Einen Moment lang denkt er darüber nach, noch mal von vorne anzufangen, aber irgendetwas sagt ihm, dass der Schnipsel, den er sucht, nicht dabei ist. Er ist gründlich gewesen. Vielleicht fehlen ja Tausende von Schnipseln. Wenn er die vorhandenen zusammenlegte wie ein Puzzle, würde er die Löcher sehen und wissen, dass der Schnipsel mit dem fehlenden Städtenamen nur einer von vielen ist. Aber er kann nicht mehr. Er muss die Calle Centauro auf andere Weise finden.

Am Dienstagmorgen fährt er statt nach Alapaqa nach Tuineje zu Mónica. Er hat sie nie zuvor ohne Aaz besucht. Es ist ein gewaltiger Schritt. Er hält am Straßenrand, um seinen Mut zusammenzunehmen, schnappt sich dann sein kleines Notizbuch und läuft über die Straße auf eine Telefonzelle zu.

»Hier ist Erhard Jorgenson. Darf ich kurz vorbeikommen?«

»Es ist erst acht. In einer Viertelstunde?«

»Es ist wichtig.«

»Hat es etwas mit Aaz zu tun?« Sie klingt besorgt.

Darauf wäre er gar nicht gekommen. »Nein, nein, ganz und gar nicht. Es ist alles okay. Es geht wie beim letzten Mal um eine Computersache.«

Sie ist erleichtert. »Und das kann nicht warten?«

»Ich stehe unten an der Straße. In der Telefonzelle.«

Pause.

Es ärgert Erhard, dass sie so lang nachdenken muss.

»Geben Sie mir zehn Minuten, damit ich wenigstens ein bisschen frühstücken kann.«

Er wartet im Auto und steigt nach fünfzehn Minuten aus. Noch bevor er an ihrer Tür ist, öffnet sie und lässt ihn ein.

Das Haus sieht aus, als hätte sie aufgeräumt. Parallele Papierstapel und ein Putzlappen, der an einer Schnur über dem Waschbecken baumelt. Sie trägt einen roten Rock mit glänzenden Pailletten, als wollte sie Tango tanzen. Erhard tanzt keinen Tango.

»Sie sind doch Taxifahrer, kennen Sie da nicht alle Adressen auf der Insel?«, fragt sie, nachdem er ihr erklärt hat, wonach er sucht, und setzt sich an den bereits eingeschalteten Computer. »Wollen Sie nicht selbst lernen, wie das geht?«

»Irgendwann vielleicht«, sagt Erhard, kann es sich aber nicht wirklich vorstellen.

»Wie lautet denn die Adresse?«

Er buchstabiert die Namen des Cafés und der Straße.

»Das ist an der Ostküste«, sagt Mónica und zoomt die Karte groß. »Oh, ich hab vergessen, Fuerteventura einzugeben.« Doch noch ehe sie den Inselnamen eintippt, vergrößert sie den Bildschirmausschnitt. »Das ist Teneriffa. Könnte das passen?« Sie klickt auf eine Luftaufnahme von einem kleinen Küstenort. Über den Häusern steht ein Text, ein Straßenname. »Café Rústica«, sagt Mónica. »Oder?«

»Auf Teneriffa?«

»Ja, in Santa María del Mar, südlich von Santa Cruz.«

»Und hier auf der Insel gibt es keine Calle Centauro?«

»Ich hab keine gefunden.« Sie steht auf. »Möchten Sie eine Tasse Kaffee, wenn Sie schon mal hier sind?«

»Können wir vorher noch einer anderen Sache nachgehen?«

Sie setzt sich wieder.

Er zeigt ihr den Schnipsel mit dem Kugelschreibergekritzel: *rick 2310*. »Könnte das ein Fragment einer Telefonnummer sein?«

Er verfolgt nicht mal mehr, was sie da am Computer macht. Stattdessen beobachtet er, wie ihre Finger über die Tastatur tanzen. Man kann erkennen, dass sie Klavier spielt. Perfekt präzise Bewegungen.

Es gibt keinen Rick, dessen Telefonnummer diese Ziffern beinhalten würde – weit und breit nicht –, dafür aber Unmengen Ricardos, Rickos, Rickys und Rickis.

Sie kommen nicht weiter. Sie sucht für ihn nach Søren Hollisen, findet aber nur einen Ingenieur aus Farum namens Søren Holdesen Jensen. Keinen Hollisen. Keinen mit Verbindungen zu den Kanarischen Inseln. Allerdings, sagt sie, kann man sich auf das Internet nicht recht verlassen. Es steht längst nicht alles im Netz. Wenn jemand nicht gefunden werden will, findet man auch keine Informationen im Internet.

Dann macht sie Kaffee.

Erhard wirft noch einen Blick auf die Karte. Der Name des Cafés steht mit weißen Buchstaben über der Luftaufnahme.

Das muss es sein, auch wenn im Namen ein A zu viel ist. Sie räumt die Küche auf und hört ihn mit den Zeitungsschnipseln reden. Er würde ihr gern erzählen, was es mit all dem auf sich hat. Mit dem Jungen in dem Karton. Aber er kann nicht. Noch nicht. Er trinkt den Kaffee, der stark und bitter schmeckt, und beobachtet sie dabei, wie sie ein wenig Kaffeepulver vom Küchentisch wischt. Jenseits der Pailletten sieht er bezaubernde Rundungen.

Er füllt Diesel in den Generator nach, bevor er in die Werkstatt fährt. Der Wagen muss gesaugt und die Türen, Griffe und Armaturen müssen sauber gewischt werden. Die schwarzen Sitze und das Armaturenbrett sind schon ganz grau von Staub. In der Werkstatt gibt es eine Spezialbürste, mit der Wasser durch den Sitzbezug gepresst und gleich wieder aufgesaugt wird. Auch den Kofferraum macht er gründlich sauber. Man weiß ja nie, wer da als Nächstes einen Blick reinwirft.

Normalerweise wäscht er den Wagen jede zweite Woche – aber nach dem Gespräch mit Emanuel Palabras will er sich ein paar Dinge genauer ansehen, im Büro vorbeischauen und eventuell Pauli Barouki mitteilen, dass er verdammt noch mal irgendetwas mit den Fahrtenbüchern machen soll. Und an dem Waschplatz draußen vorm Büro, den Erhard nie benutzt, weil er zu eng und immer von den älteren Kollegen besetzt ist. Außerdem ist der Abfluss auf der Straße wieder mit Pappe verstopft, sodass der Schaum auf der Straße trocknet.

Das wäre jetzt die Chance, seine Ideen mit zu Taxinaria zu nehmen und dort umzusetzen. Er kennt Kollegen, die die Seite gewechselt haben, bei ihrem neuen Arbeitgeber aber die gleichen Probleme haben. Vielleicht könnte er mit seinen Ideen wirklich zum Mann der Stunde werden – zum Mann des Monats? Raúl hat ihm immer zugehört und über Erhards Gemecker gelacht, ob er aber bei Taxinaria irgendetwas davon umgesetzt hat, weiß er nicht. Angeblich gibt es an ihren Waschplätzen mehr Schwämme und ein neues Smartboard für den Dienstplan. Das Einzige, wovon Erhard Barouki jemals überzeugen konnte, war ein Regalbrett für den Tausch von Büchern. Erhard hat das Brett eigenhändig angebracht und die ersten Bücher daraufgestellt. Nachdem aber außer ihm niemand das Brett nutzte, nahm er seine Bücher irgendwann wieder mit heim.

Als der Wagen fertig ist, parkt er ihn draußen vor der Hecke und geht noch mal hinein. Er winkt Gustavo, dem neuen Fahrer, zu und grüßt einen von Taxinaria, Sebastiano.

Wahrscheinlich kann Pauli Barouki ihn wegen seiner Nähe zu den Palabras nicht leiden. Auf jeden Fall behandelt er Erhard anders als die anderen. Ein gutes Beispiel ist die Geschichte mit den Spinden. Jeder Fahrer hat einen eigenen Spind für Wechselklamotten oder persönliche Dinge. Irgendwann sollten ein paar Fahrer ihre Schränke sortieren, um für die Neuen Platz zu schaffen. Erhard erhielt den Spind am Ende, direkt neben dem Sicherungskasten, der nur halb so groß ist wie alle anderen. Früher war das der Spind für Springer oder Aushilfen. Erhard beschwerte sich, aber Barouki meinte nur, dass er eben Pech gehabt hätte und dass er ihm keine Sonderbehandlung angedeihen lassen könnte, nur weil Erhard bei gewissen Leuten beliebt wäre. Erhard glaubte damals, Barouki hätte auf seine Rolle in der Zentrale angespielt, in der Erhard für viele frustrierte Kollegen so etwas wie ein Beichtvater war. Es ist aber durchaus möglich, dass Barouki damals was ganz anderes gemeint hat.

Erhard läuft durch die Werkstatt und dann die Treppe hinauf zu den drei kleinen Büros, die sich um die Dachterrasse gruppieren, auf der ein Kaktus in der Sonne brät. Er steuert das Büro von Pauli Barouki an, der am Waschbecken steht, das er dort hat montieren lassen, und sich gerade das Gesicht wäscht. Er ist knochig und fahlgrau.

»Ermitaño«, sagt er, ohne aufzublicken.

»Ich wollte nur klarstellen, dass ich bis jetzt keine Ahnung davon hatte, dass Emanuel Palabras der Besitzer von Taxinaria ist.«

»Na, na.« Barouki grinst, was Erhard überrascht.

»Haben Sie mir deshalb damals den kleinsten Spind zugeteilt? Ich hab Sie gebeten, die Sache noch mal zu überdenken. Die Aufteilung war ungerecht.«

Barouki hört auf zu grinsen. »Sparen Sie sich Ihren Idealismus. Sie haben den kleinsten Schrank gekriegt, weil Sie schon Ihr Regal bekommen hatten, so einfach ist das. Man kann nicht von allen Seiten beschenkt werden.«

»Das mit dem Regalbrett haben Sie wirklich nie verstanden, oder?«, gibt Erhard zurück.

»Ich glaube, das hat niemand verstanden.« Barouki wäscht sich noch mal das Gesicht, nimmt ein Handtuch aus dem kleinen Korb unter dem Waschbecken und setzt sich. »Ich behandele Sie nicht anders, nur weil Sie mit Raúl oder dem alten Palabras befreundet sind. Ich mag vieles sein, aber ungerecht ganz bestimmt nicht.«

»Und warum haben wir dann immer noch kein Smartboard für den Dienstplan, obwohl wir schon seit Jahren darüber sprechen?«

»Zahlen Sie das? Nein? Na also. Wenn jeder von Ihnen zehn Euro spendet, dann können wir darüber reden. Oder Sie verzichten für vierzehn Tage auf Ihren Lohn. Dann ist die Sache geritzt.«

»Vielleicht sollte ich das Pferd wechseln. Vielleicht ist Taxinaria nicht so geizig. In den dreizehn Jahren, die ich für Sie fahre, haben Sie keine tausend Euro für Ihre Fahrer investiert. Den Pausenraum haben wir selbst gestrichen, und die Stühle hat Gonzo gestiftet, verdammt.«

»Sie haben die Spinde gekriegt, um die Sie gebeten haben.«

»Vor mehr als zehn Jahren.«

»Jetzt hören Sie aber auf. Das war bereits zu meiner Zeit. Ich war verantwortlich für eine ganze Reihe von Veränderungen. Und für die neue Anlage hab ich auch gekämpft, das wissen Sie.«

»Das ist auch schon etliche Jahre her und genau genommen eine Investition in Ihre eigene Infrastruktur. Außerdem haben die Fahrer diese neue Anlage niemals eingefordert.«

»Sehen Sie sich um, Ermitaño, Sie sind hier nicht in Wonderful Dinamarca. Wir, also, unser Vaterland ist bis über beide

Ohren verschuldet. Die Leute vom Festland bleiben aus, weil sie Schulden haben, der ganzen Insel fehlen die Touristen. Wir können es uns nicht leisten, unsere Fahrer zu verwöhnen, selbst wenn wir es wollten.«

»Hören Sie mit diesem Finanzkrisengesülze auf. Sie hätten längst etwas tun können. Sie haben doch Ihre Schäfchen im Trockenen.«

»Passen Sie auf, was Sie sagen. Sie sind kein Majorero, Ermitaño, vergessen Sie das nicht.«

»Ich sag nur, dass Sie was tun sollen. Wenn Sie nicht auf mich hören wollen, dann hören Sie auf Anphil, er ist Majorero und lebt für diese Werkstatt, aber was hätten Sie je für ihn getan? Nichts, rein gar nichts! Ich hab ein Jobangebot bei Taxinaria bekommen, das ich annehmen werde.«

Barouki steht schon wieder am Waschbecken und dreht ihm den Rücken zu. »Wir tun, was wir können, Ermitaño, überspannen Sie den Bogen nicht. Es heißt, der junge Palabras hätte noch ganz andere Geschäfte am Laufen. Von solchen Leuten sollten Sie sich fernhalten.« Er dreht sich zu Erhard um. »Und vergessen Sie nicht die Überweisung jeden Monat an Ihre Exfrau. Das ist gar nicht so unkompliziert. Ich muss mir von unserem Buchhalter immer wieder anhören, was für ein komplizierter Mist das ist, aber wir machen es trotzdem. Weil ich Ihnen irgendwann einmal versprochen habe, Ihnen zu helfen. Das nennt man Loyalität.«

»Als könnten das nicht auch andere für mich machen!« Erhard starrt den leer geräumten Tisch an. Nicht ein Dokument, keine Zeitung, kein Computer, kein Telefon. Nur ein leerer Tisch, der aussieht, als wäre er gerade erst geliefert worden. Er dreht sich um und geht, bevor Barouki noch was sagen kann. Das Ganze ging möglicherweise ein bisschen zu schnell, aber vielleicht musste es genau so laufen.

Auf dem Weg nach draußen spricht er noch kurz mit Anphil, der unter Ponduels Lexus liegt. Ponduel sitzt draußen mit einem Fahrer von Taxinaria, der auf einen Kaffee vorbeigekommen ist. Der Unterschied zwischen den beiden Unternehmen ist minimal, trotzdem verhalten die Fahrer sich wie Fans rivalisierender Fußballclubs.

Ponduel ist normalerweise nicht sehr redselig, doch als Erhard sich nach seinem Befinden erkundigt, beschwert er sich über die Werkstatt. Seiner Meinung nach sollte der Grieche, wie er Anphil nennt, nicht allein für dreißig Fahrer zuständig sein. »Und dann übernimmt er zwischendurch auch noch die Reparaturen für Taxinaria und schraubt am Mazda von Marcelis' Frau rum.« Erhard hört zu, merkt aber bald, dass Ponduel kein Ende finden wird. Also läuft er zurück zu seinem Wagen und wird dabei ein Stück von dem Taxinaria-Fahrer begleitet. Der Mann ist Mitte dreißig, vielleicht vierzig, der Sohn eines Fahrers, der letztes Jahr während des Maria-Festes verunglückt ist.

Erhard hält den Mann zurück, als er in seinen Wagen steigen will. »Wie ist das eigentlich bei euch? Ich meine, die Arbeit?«

Der Mann sieht Erhard freundlich an. Er gehört der jungen Generation an, die mit der Konkurrenz, all den Gerüchten und dem ganzen Schwachsinn nichts zu tun haben will. »Wie bei euch, denk ich mal.«

»Hast du schon mal Raúl Palabras getroffen?«

»Vielleicht zweimal.«

»Hm. Aber du weißt schon, dass Taxinaria Emanuel Palabras gehört?«

»Quién sabe. Das Sagen hat aber Marcelis.«

»Wie ist der so? Ist er so streng, wie es überall heißt?«

Der Mann lächelt. »Ja, bisweilen schon. Ich bin mal von ihm zusammengeschissen worden, das muss ich nicht noch mal erleben.«

»Wieso, was war da los?«

»Ich hab mich darüber beschwert, dass den ganzen Sommer über Umzugskisten im Pausenraum standen, sodass da höchstens noch Platz für fünf Leute war. Die Sekretärin war von ihrem Lover vor die Tür gesetzt worden und hat keine neue Wohnung gefunden. Sie hat bei Loulou, der Praktikantin, auf dem Sofa geschlafen.«

Erhard lacht. »Warum hat Marcelis sie denn nicht gebeten, die Sachen wegzuräumen?«

»Na ja, sie ist immerhin die Sekretärin.« Die Geste, die er macht, versteht Erhard nicht gleich.

»Ist Marcelis nicht verheiratet?«

Der Mann sieht Erhard an, als wäre er beschränkt. »Das bleibt jetzt aber unter uns. Ich spar auf eine eigene Firma. Wenn ich drei Jahre lang gefahren bin, kann ich mein eigenes Geschäft aufmachen und für mich selbst fahren. Ich will nicht wie mein Vater das ganze Leben lang in einem fremden Taxi sitzen.«

»Gute Idee«, sagt Erhard, ist aber insgeheim überzeugt davon, dass die Insel für drei Taxiunternehmen zu klein ist. Schon zwei laufen schlecht. »Danke. Vielleicht sehen wir uns ja mal wieder.«

Erhard fährt die Calle Nuestra Señora del Carmen hinunter und hat sich gerade in die Schlange eingereiht, als die Zentrale durchgibt, dass jemand für ihn angerufen hat. Er läuft ins Café Bolaño und wartet dort am Telefon. Vielleicht ist es Barouki. Er nimmt beim ersten Klingeln ab und hört, wie das Gespräch verbunden wird.

»Wir wollen Sie bei uns nicht haben, Ermitaño.«

»Wer spricht denn da?«, fragt Erhard.

»Marcelis Osasuna, Motherfucker«, brüllt jemand in den Hörer. Erhard hat den Mann nur ein paarmal getroffen, aber wegen seiner englischen Flüche kennt ihn jeder.

»Warum glauben Sie, dass ich zu Ihnen wechseln will?«

»Warum wohl, Extranjero? Mag ja sein, dass Palabras mich bezahlt, aber er bestimmt nicht alles.«

Offenbar hat Sebastiano mit ihm gesprochen. »Ich hab Ihren Mann doch nur gefragt, wie es bei Ihnen so ist.«

»Was für einen Mann?«

»Vergessen Sie's. Außerdem hab ich Emanuel Palabras noch keine Antwort gegeben.«

»Den Gerüchten zufolge schwingen Sie bei Ventura große Reden. Glauben Sie bloß nicht, dass Sie das hier bei mir auch machen können, sonst kriegen Sie selbst was zu hören.«

»Weiß Palabras, dass Sie mich anrufen?«

Stille. »Nein, natürlich nicht. Und Sie werden ihm das auch nicht sagen, sonst sind Sie fertig.«

»Das sind ja reichlich Drohungen«, sagt Erhard laut, obwohl er den Satz eigentlich nur gedacht hat.

»Und wo die herkommen, da gibt's noch mehr. Ich kämpfe für diese Firma. Sie verbrennen sich die Finger, Extranjero.« Er hört Marcelis mit Papieren rascheln. »Mag sein, dass Sie mit den Palabras' befreundet sind, aber Sie kommen nicht hierher und übernehmen den Laden.«

»Es sagt doch niemand, dass ich das will …«

»Und was wollen Sie?«

»Ich will ein paar Tage Bedenkzeit und dann Emanuel Palabras Bescheid geben.«

»Denken Sie gründlich nach, Ermitaño.«

Dann ist die Leitung tot.

Erhard steht noch einen Augenblick lang mit dem Hörer in der Hand da. Dann legt er auf. Auf einem der Zettel, die neben dem Münztelefon hängen, wird Werbung für eins der privaten Boote gemacht, die nach Lanzarote, Teneriffa und Gran Canaria fahren. Und sogar für die Fähre zu dieser gottverlassenen Insel El Hierro. Er starrt das Bild des Kapitäns an, der seinen Gästen zuprostet, die an einem kleinen Bartisch stehen, und beschließt, in den nächsten Stunden nicht an seine Zukunft zu denken. Stattdessen will er nach Morro Jable fahren und das Boot nach Santa Cruz nehmen. Dann fallen ihm Beatriz und der verfluchte Generator wieder ein. Es gibt nur einen, der auf sie aufpassen kann, während er weg ist.

Er geht zu seinem Wagen, holt seine Geldbörse, wirft eine Münze ins Telefon und wählt die Nummer des Arztes.

43

Er fühlt sich rastlos.

Es ist merkwürdig, die Insel zu verlassen, den sandigen Boden unter den Füßen. Abgesehen von einem kürzeren Ausflug auf die steinige Isla de Lobos mit Raúl und Beatriz 2008 ist es erst das dritte Mal, dass er Fuerteventura verlässt. Zweimal war er auf Lanzarote – einmal davon, um seinen Mercedes zu holen. Das war 1999.

Er sitzt auf einer Bank auf dem Sonnendeck in der neongrellen Sonne. Ist die nächsten zehn Stunden zum Nichtstun verdammt. Er will nicht einschlafen und verkneift es sich, Alkohol zu trinken. Er schüttelt Erdnüsse aus einem fettigen Tütchen und wirft sie sich in den Mund.

Der Kapitän ist nicht annähernd so freundlich wie auf dem Foto aus der Bar. Ein Choleriker, der kettenrauchend an der Reling steht und ins Wasser stiert, als wollte er sich gleich ins Kielwasser stürzen. Erhard versucht mehrmals, ihn in ein Gespräch zu verwickeln, wird aber immer wieder unterbrochen, weil Touristen Fotos mit dem Kapitän machen wollen, der militärisch grüßt und andere Albernheiten macht. Natürlich hat er herzlich wenig mit der Navigation des Schiffes zu tun, er ist einfach ein Steward, der die Autorität eines Kapitäns ausstrahlen soll, was ihm nicht sonderlich gut gelingt. So was hat Raúl immer amüsiert. Der Niedergang der Autoritäten. Abgedankte Koryphäen. Raúl liebte es, Politiker, Polizisten und Staatsdiener unter den Tisch zu trinken, sie mit albernen Spielchen zu demütigen und sie erröten zu sehen, wenn die Barkeeperin ihnen einen Tequila zwischen den Brüsten servierte. Er liebte es, ihnen ihre Hüte wegzunehmen oder an ihren Schlipsen rumzufummeln wie ein verschmuster Stripper. Manchmal schob er ihnen sogar Geldscheine in den Hosenbund und gab ihnen Wodkadrinks mit Papierschirmchen aus. Einmal packte er einen Vater am Kragen, nur weil der seinen Sohn in einen Matrosenanzug gesteckt hatte.

Wie hätte Raúl die Faust gegen Beatriz erheben können? Irgendeine logische Erklärung? Will Erhard nicht einfallen. Er will es einfach nicht glauben. Es widerspräche seiner Menschenkenntnis. Andererseits sind da die Worte, die Beatriz in der einen oder anderen Form gesagt hat. Versteck mich, vergiss mich.

Es frustriert ihn, derart gemischte Gefühle gegenüber Raúl zu haben. Nicht eindeutig, liebevoll oder zornig. Sehen so die Gedanken eines Vaters um seinen gefallenen Sohn aus? Vorwurfsvoll, verfluchend, in Sorge? Er steuert die kleine Bar auf dem Sonnendeck an, wo das Foto des Kapitäns aufgenommen wurde, und ersteht die letzte Packung Erdnüsse, die das Mädchen an der Theke finden kann. Der Nachmittag geht in den Abend über, ein paar Seevögel, lange schwarze Tiere mit kantigen Schnäbeln, wirbeln durch den Wind, der über das Boot weht. Sie nähern sich dem Land.

Er stellt sich vorn an den Steven.

Teneriffa.

Es ist siebzehn Jahre her, dass er das letzte Mal hier war. Als er damals auf der Suche nach einer Bleibe ankam, verbrachte er die ersten Tage in einem billigen Hotel am Strand. Jetzt sieht er die Insel mit anderen Augen, denen eines Bruders, während das Boot dem Hafen entgegen durch die Wellen krängt. Die Insel ist höher, röter als Fuerteventura, imposanter. Schön auf eine Weise, die er in jener Insel, für die er sich letztlich entschieden hat, nie sieht.

Hinter jedem neuen Wellental liegt Teneriffa größer und massiver vor ihm.

Die Calle Centauro ist trist, ein Schotterweg durch ein Industrieviertel. Das Café ist gleißend weiß, riesig, wirkt wie eine Diskothek. Ein großer Raum um ein kleines Atrium mit Palmen, die durch ein Loch im Dach ragen. Er setzt sich an einen Tisch unter einer Palme und sieht sich die handgeschriebene Speisekarte an. Fast schon eine Rarität. Selbst die kleinste, lausigste Wein- oder Cocktailbar in Corralejo hat mittlerweile knallbunte Speisekarten mit Flamingos und farbenfrohen Überschriften. Diese Karte ist graubraun und mit einer geschwungenen Handschrift geschrieben, mit großzügigen Kringeln über den Is.

Auch die frischen Blumen in den schmalen Gläsern tragen die Handschrift einer Frau, so etwas sieht man auf Fuerteventura nicht. Alles ist ordentlich und sauber, frisch, die Kellnerinnen wirken geschäftig und gut gelaunt. Eine von ihnen – eine große Frau mit stramm sitzender Bluse – zündet gerade Kerzen auf einem alten, von der Decke hängenden Wagenrad an. Als sie fertig ist, kommt sie zu Erhard an den Tisch. Sie ist fast schon zu freundlich, als sie sich mit dem Bestellblock in der Hand erkundigt, ob er Urlaub auf der Insel macht. Erhard bejaht, und sie gibt ihm ein paar Tipps für Orte in der Nähe, die man gesehen haben muss – nur nicht samstags, da ist es zu voll. Er fragt sie, ob sie aus Kalifornien stammt, und landet damit einen Volltreffer. Sie ist beeindruckt und erzählt ihm auch gleich, dass sie nicht weit von dem Lokal entfernt in einem Firmenapartment wohnt, solange sie auf ihr erstes Gehalt wartet. Er bestellt einen Mai Tai und kann über den Kartenrand genau in ihren Ausschnitt schauen. Bevor sie geht, fragt er sie noch, ob sie einen gewissen Søren Hollisen kennt. Sie zögert, hat von ihm gehört, kennt ihn aber nicht. Danach eilt sie hinter die Bar und redet mit einer tough wirkenden Kollegin, die sich das Haar streng nach hinten zu einem Pferdeschwanz gebunden hat. Die Kalifornierin sieht Erhard an, als wäre er ein wohlhabender Großvater, der Taschengeld verteilt, wenn sie nur brav ist. Die Kollegin mit dem Pferdeschwanz hört ihr verhältnismäßig unbeeindruckt zu und trinkt direkt aus einer Flasche.

Erhard sieht nach, wie viel Bargeld er dabeihat. Genug für ein paar Getränke und etwas zu essen, aber nicht für eine Übernachtung. Er wird am Strand schlafen müssen, was okay ist, wenn er genug getrunken hat. Aber vielleicht hat er das bald nicht mehr nötig.

Der Gedanke, dass sich das Glück für ihn wenden könnte, hat sich noch nicht ganz gesetzt, er springt zwischen seinen

Händen hin und her wie ein Frosch, wie etwas, was einfach zu schön ist, um wahr zu sein. Immerhin war er fast zwanzig Jahre lang vom Unglück verfolgt, hat die verkehrten Entscheidungen getroffen, in einem verkehrten Leben gelebt und ist zum falschen Zeitpunkt den falschen Menschen begegnet. Immer zehn Jahre im Timing daneben. Erst zehn Jahre zu früh – Hochzeit, noch bevor er zwanzig war –, und in den letzten zwanzig Jahren immer zehn Jahre hinter der Zeit. Zu spät, um etwas aus der Musik zu machen, die passende Frau zu finden, sich zurückzulehnen und das Leben zu genießen, wie man es in seinem Alter in Dänemark macht und wie es so viele Dänen in seinem Alter machen, die hier ihren Urlaub verbringen. Und jetzt bietet sich ihm inmitten all des Elends mit Raúl und Beatriz und diesem toten Jungen eine Chance, die er mit beiden Händen packen muss. Als wie falsch und seltsam sie sich auch erweisen mag. Er kann noch etwas aus sich machen, jemand sein, vielleicht ein Haus über dem Ort finden. Mit Garten. Kann in einem klimatisierten Büro lesen oder einen Spaziergang zur Werkstatt machen und sich mit Anphil unterhalten. Kann seinen Gästen Whisky anbieten.

All das hat er Emanuel Palabras gegenüber mit keiner Silbe erwähnt.

Am Morgen, bevor er von zu Hause aufgebrochen ist, hat er Palabras angerufen und ihm vom Zwischenfall mit Barouki erzählt – und von Marcelis' Anruf. Er hat nicht alles wiedergegeben, was Marcelis gesagt hat, aber durchaus erzählt, dass Marcelis offenbar nicht glücklich über Erhards zukünftige Rolle in dem Betrieb ist.

Lautes Kläffen mache eine Katze nicht zum Köter, hat Emanuel darauf entgegnet. Raúl hätte auch seine Fights mit Marcelis gehabt, willkommen im Club.

Am Ende ihres Gesprächs sagte Palabras: »Sagen sie Ja, und Sie werden ein Direktorengehalt bekommen.« Doch was im ersten Augenblick so gut geklungen hat, wirft jetzt Fragen auf. Welchen Titel wird er haben? Was genau war eigentlich Raúls Aufgabe im Unternehmen? Sollte er tatsächlich dessen Arbeitsbereich übernehmen, muss Erhard den Ball flach halten und darf sich nicht zu sehr einmischen. Andererseits will er etwas bewegen, wobei er ja noch immer gehen kann, sollte das nicht möglich sein. Keiner besitzt ihn.

Die Aussicht, sich nicht mehr um einen Generator kümmern zu müssen, Beatriz in einer Privatklinik in Puerto unterbringen zu können und vielleicht ja sogar Aaz und seine Mutter zum Kaffee zu sich einzuladen, ist wirklich verlockend.

Die Frau mit dem Pferdeschwanz bringt seinen Mai Tai, serviert auf einer Untertasse mit Serviette. Er zahlt sechzehn Euro und drückt ihr zusätzlich vier Euro in die Hand. Ein ordentliches Trinkgeld, aber sie zuckt nicht mit der Wimper. Er fragt auch sie, ob sie Søren kennt. Vielleicht steht sie ja auf Frauen, denkt Erhard, als sie ihn ansieht, als fände sie in ihrem tiefsten Innern, dass Männer vergeudete Lebenszeit sind.

»Was wollen Sie wissen?«

»Søren Hollisen, kennen Sie den? Ist oder war das einer Ihrer Gäste?«

»Ich weiß, wer er ist, das tun alle hier.«

»Woher kennen Sie ihn?«

»Ich kenne ihn nicht. So einen kennt man nicht.«

»Aber Sie haben ihn schon getroffen?«

»Getroffen«, sagt sie und malt mit ihren Fingern Anführungszeichen in die Luft.

»Sind Sie von hier, von der Insel?«

»Fuerteventura.«

»Aha«, sagt Erhard, hat aber keine Lust auf freundliches Geplänkel. »Gibt es hier irgendjemanden, der ihn besser kennt als Sie?«

»Ellen.«

»Ellen? Wer ist das?«

»Die Eigentümerin. Engländerin. Sie ist draußen, hinten. Aber sie geht bald.«

Erhard bedankt sich und probiert den Mai Tai. Er ist zu süß. Zu viel Sirup, zu wenig Limette. Als Entschädigung reichlich dunkler, gehaltvoller Rum. Er isst die Deko aus Ananas und Apfelsine. Als er gerade ein Stück Ananas im Mund hat, setzt sich eine Frau in einem hellblauen Kleid mit schwarzer Anzugjacke an seinen Tisch. Sie sieht aus wie ein Mann mit langen, zu einem Knoten hochgesteckten Haaren. Ihr Mund ist verkrampft und schmal wie ein Pinselstrich.

»Freund oder Feind?«, fragt sie und fährt fort, ehe Erhard antworten kann: »Sie haben sich nach Søren Hollisen erkundigt.« Aus ihrem Mund klingt es wie Soren Hollyson. »Freund oder Feind?«

»Keins von beidem«, antwortet Erhard.

»Was hat er getan?«

»Soweit ich weiß, nichts.«

»Warum fragen Sie dann nach ihm? Doch wohl nicht aus romantischen Gefühlen.« Ihre Art, Erhard zu verhören, hat etwas Getriebenes. Schlimmer als Hassib.

»Das würde ich ihm gern selbst sagen.«

»Tun Sie das, aber dann müssen Sie in Dakar weitersuchen. Hat es was mit Geld zu tun?«

»Vielleicht«, sagt Erhard, um sie zu verunsichern.

»Er hat hier nichts mehr zu suchen. Wir haben alles Menschenmögliche getan, um wieder auf die Beine zu kommen nach dem Chaos, das er hinterlassen hat. Wir wollen in nichts reingezogen werden.«

»Ganz ruhig, Miss …«

»Blythe-Patrick. Ellen.«

»Okay, Ellen. Ich kenne Søren gar nicht.«

»Sind Sie von der dänischen Polizei?«

»Nein. Ich bin zwar Däne, das ist richtig, aber das ist lange her. Ich lebe auf Fuerteventura.«

»Ich hab ihn seit Monaten nicht mehr gesehen, vielleicht ein Jahr. Er soll angeblich in Dakar sein.«

»Ich bin mir gar nicht sicher, ob ich unbedingt mit ihm persönlich sprechen muss, vielleicht können Sie mir auch weiterhelfen.«

Sie setzt sich gerade auf und sieht sich um, als befürchtete sie, jemand könnte sie hören. Aber es ist niemand in der Nähe. Ein Stück entfernt sitzt ein Pärchen, beide offensichtlich so betrunken, dass sie drauf und dran sind, auf dem Sofa einzuschlafen. »Ich will nicht in Sørens Angelegenheiten hineingezogen werden.«

»Ich ziehe Sie in nichts rein«, sagt Erhard und holt den Papierschnipsel aus der Tasche, den er in einem durchsichtigen kleinen Beutel verstaut hat. »Erinnern Sie sich vielleicht, ob das Café irgendwann mal eine dänische Zeitung abonniert hatte? Im letzten Jahr?«

Die Frau sieht sich den Schnipsel an und lacht. »Ja, sicher. *Politiken*. Niemand hat die Zeitung je gelesen. Die lag nur rum. Wie sich zeigte, hatten wir nie dänische Gäste. Und Norweger und Schweden lesen offensichtlich keine dänische Zeitung.«

»Wann war das?«

»Weiß ich nicht mehr. Vor einem Jahr vielleicht. Irgendwann kam sie nicht mehr. Søren hatte das Ganze angeleiert, und keiner von uns wusste, wie wir es wieder beenden sollten. Irgendwann haben wir die Zeitungen direkt entsorgt.«

»Ist irgendeiner Ihrer Mitarbeiter in den vergangenen drei Monaten überraschend verschwunden?«

»Verschwunden? Nein. Aber ein paar sind abgereist, wieder nach Hause gefahren. Nach England, Spanien, Holland, wo immer sie herkamen.«

»War darunter eine junge Frau, die schwanger wurde oder eine Abtreibung vorgenommen hat?«

»Ihr Dänen habt keine Scheu, den Leuten auf die Zehen zu treten, was?« Sie lacht. »Aber das kann ich gut leiden, solange Sie meine Mädchen nicht einschüchtern.«

»Ich helfe einem Bekannten, seine Lebensgefährtin zu finden. Sie wurde zuletzt mit dieser Zeitung hier auf der Insel gesehen.«

Sie beugt sich über den Tisch und dämpft die Stimme. »Wenn Sie nach Mädchen zwischen achtzehn und dreißig suchen, die kein Kondom benutzen, sind Sie hier an der richtigen Stelle. Hier wimmelt's nur so von denen, viele von denen werden schwanger. Die Locals hier sind zwar katholisch, aber ihre Töchter sind nicht gerade Heilige. Die Klinik in Santa Cruz lebt gut davon. Das hier ist eine Partyinsel. Den Männern ist es egal, und die Mädchen sind zu dämlich, so einfach ist das. Ist sie Dänin?«

Erhard ist davon ausgegangen, dass die Mutter Dänin war, weil der Junge auf einer dänischen Zeitung lag, ist sich plötzlich aber nicht mehr sicher. »Möglich«, sagt er. »Sie ist zumindest hellhäutig.« Er muss wieder an die Fotos denken, die er von dem Jungen gesehen hat.

»Die Lebensgefährtin eines Bekannten, sagen Sie? Das ist nicht viel.«

»Hat irgendjemand die Zeitungen je mit nach Hause genommen? Vielleicht ein dänischer Gast?«

»Hören Sie, hier feiern jeden Tag außer am Sonntag über fünfzehnhundert Leute. Bis Sonnenaufgang. Ob einer von denen eine dänische Zeitung mitgenommen hat? Keine Ahnung. Ich weiß nur, dass wir die Zeitungen direkt weg geschmissen haben, weil wir sie nicht mehr sehen konnten.«

»Ab wann kam die Zeitung nicht mehr?«

»Oktober. Vielleicht auch November.«

»Und wo haben Sie sie entsorgt?«

Die Frau sieht Erhard an, als zweifelte sie an seinem Verstand. »Im Müllcontainer, wo sonst?«

»Und wo stehen Ihre Müllcontainer?«

»Gehen Sie einfach raus auf die Straße und um das Gebäude herum. Viel Vergnügen.«

Erhard steht auf. »In Ihrem Mai Tai ist zu viel Sirup. Nehmen Sie ein bisschen weniger. Oder mehr Limette.«

44

Er hat nicht vor, die Mülltonnen zu inspizieren, hat das nur gesagt, um sie aus der Reserve zu locken. Er wüsste gar nicht, wonach er darin suchen oder was es ihm nützen sollte, sich Mülltonnen anzusehen, in denen vor zig Monaten Zeitungen entsorgt wurden. Er geht ein Stück und landet in einer Bar, in der ein Pferderennen gezeigt wird.

Gegen elf isst er ein Schinkensandwich und bestellt sich das billigste Bier von der Karte. Er spricht mit niemandem. Sitzt nur stumm da und spielt Direktor, indem er die Beine übereinanderschlägt, würdevoll dreinschaut, süffisant lächelt und schließlich den untersetzten Ober zu sich winkt, um noch ein Bier zu bestellen.

Anschließend will er zum Strand runtergehen, um sich nach einem Schlafplatz umzusehen. Er ist erschöpft. Hat sich noch ein Bier aus der Bar mitgenommen. Als er am Rústica vorbeikommt, sieht er, dass es tatsächlich so voll ist, wie die Inhaberin gesagt hat. Die Gäste drängen sich auf den Terrassen, während der Asphalt von der Musik vibriert. Das Nachtleben verströmt hier wirklich eine ganz andere Energie als auf Fuerteventura. Er geht langsam weiter bis zu einem Weg, der hinter das Gebäude führt, und sieht im Zwielicht mehrere Müllcontainer wie Panzerwagen nebeneinanderstehen und in einer Ecke ein wild knutschendes Pärchen. Erhard hustet vernehmlich, damit sie vorgewarnt sind. Rechter Hand liegt das Café – eine hohe, fensterlose Wand. Vielleicht dreißig Meter vor ihm markiert ein erleuchtetes Rechteck eine offene Tür, vermutlich die Tür zur Küche. Links zieht sich ein hoher Zaun um ein Containerareal. Erhard nimmt aus dem Augenwinkel eine Bewegung wahr, und plötzlich streichen unzählige Katzen um seine Beine. In der Dunkelheit sehen sie alle blau aus. Aus den verknoteten Plastiktüten, die sich in den Müllcontainern stapeln, strömt widerwärtiger Gestank. Als er gerade auf die offene Tür zugehen will, tritt ein junger Mann mit gelben Gummihandschuhen und einer Zigarette im Mundwinkel nach draußen. Der Lichtstreifen aus der Tür reicht bis zum Zaun und einer Reihe von Flechtkörben mit Flaschen, Pappe und vergammeltem Obst, das süßlich und vergoren riecht. Der junge Mann, wahrscheinlich Tellerwäscher und vermutlich Marokkaner, nickt ihm zu, sagt aber nichts. Vermutlich arbeitet er illegal hier.

»Zeitungen?«, fragt Erhard und zeigt zum Müll. Der Mann versteht nicht, was er meint, nickt nur. »Hier? Zeitungen?« Erhard zeigt auf die Müllcontainer.

»Nein, die kommen da drüben rein«, antwortet der Spüler. »In den Papiercontainer, zum Recyceln.«

Erhard läuft zurück zu einem großen schwarzen Container, an dem er gerade erst vorbeigegangen ist, und wirft einen Blick hinein. Er ist randvoll mit spanischen und englischen Zeitungen. Er hebt ein paar hoch, sie sind von gestern.

»Wozu brauchst du die?«, fragt der Spüler. »Wenn du was zum Schlafen suchst, kann ich dir eine Decke leihen, heute Nacht wird es kalt.«

Erhard dreht sich um und will ihm gerade antworten, als er neben dem Zeitungscontainer ein langes, hohes Loch im Maschendraht entdeckt.

»Was ist dahinter, auch Container?«, fragt er.

Der Spüler hat sich eine neue Zigarette angesteckt und setzt sich auf einen Klappstuhl neben der Tür. »Irgendein Lager, Frachtgut, Import-Export, Möbel, Antiquitäten, alles Mögliche, was man in Containern aufbewahren kann. Die sehen das nicht gern, wenn man durch den Zaun steigt, haben ihn bisher aber auch nicht repariert.«

»Und warum will man durch den Zaun steigen? Ist das eine Abkürzung?«

»Ab und zu werden unten in den Häusern am Wasser Partys gefeiert. Über den Platz dauert es gerade mal fünf Minuten, außenrum bestimmt eine Viertelstunde.«

»Hast du eine Taschenlampe?«, fragt Erhard und zwängt sich durch das Loch, ehe er eine Antwort bekommt.

Auf seinem Weg über den Containerplatz fällt ihm nichts Außergewöhnliches auf. Teils, weil der Platz im Dunkeln liegt und nur von wenigen uralten Straßenlaternen erleuchtet wird, teils, weil es nichts Außergewöhnliches zu sehen gibt. Die meisten Container sind mit dicken Schlössern gesichert; in den offenen stapelt sich alles Mögliche: Pappkartons, in Luftpolsterfolie verpackte Gegenstände, Glas und Schaumgummi. In ein paar Containern liegen Metallschrott und alte Räder. Gerade mal hundert Meter von der bewachten Einfahrt entfernt stehen mehrere Kühlcontainer und Wohnwagen, kleinere Lieferwagen und etwas, was wie Bauelemente für ein Haus aussieht. Er schlendert an dem Wachmann vorbei, der sich einen Sylvester-Stallone-Film ansieht, und weiter hinunter zum Strand, wo er sich zu einem Sandskulpteur und seinem Hund ans Feuer setzt.

Sie teilen sich das Bier, das Erhard dabeihat. Auch der Hund kriegt einen Schluck aus einem verbeulten Metalldeckel. Die Wärme, der Feuerschein und die Stimme des Skulpteurs machen Erhard schläfrig. Der Mann erzählt von Lanzarote, von den Achtzigern, als marokkanische Fischer mit Absicht ihre Boote mit Wasser volllaufen und vor der Küste havarieren ließen, um an Land gebracht zu werden.

Irgendwann schläft Erhard ein und wacht erst wieder kurz auf, als der Skulpteur alte Klamotten, Jacken und Decken über ihm ausbreitet. Bei Sonnenaufgang packt er seine Sachen und läuft mit seinem Hund den Strand entlang. Die Spuren sind noch zu sehen, als Erhard gegen acht Uhr wach wird. Er setzt sich auf und blickt noch eine Weile aufs Meer hinaus.

45

Am Nachmittag ist er zurück auf Fuerteventura. Sein Wagen steht allein auf dem Parkplatz am Hafen. Auf dem Dach sitzt eine Möwe. Er verjagt den Vogel und fährt Richtung Norden. Fragt sich, wie er es anstellen soll, sich selbst nicht alles zu verbauen. Er darf nicht wieder in alte Gewohnheiten verfallen und seine Probleme wie früher lösen.

Er kommt knapp zwanzig Minuten zu spät und sieht Aaz gemeinsam mit Liana, einer der Nonnen, vor dem Tor von Santa Marisa stehen. Er hält neben ihnen, und Aaz steigt ein. Die Nonne tippt mit dem Finger gegen die Scheibe.

»Ihr Zuspätkommen ist für ihn ungemein beunruhigend«, sagt sie. »Sie müssen pünktlich sein. Er erträgt es nicht, hier draußen zu warten.«

»Ich hatte mit Mónica vereinbart, dass ich ihn heute erst um 15.15 Uhr abhole.«

»Solche Verschiebungen sind einfach nicht gut. Aaz kennt die Uhrzeiten.«

»Das weiß ich, Schwester«, sagt Erhard, der sich wie immer, wenn er mit einer von ihnen redet, wie ein Trampel fühlt.

»Aber die Verspätung ist noch schlimmer. Es ist bereits halb vier.«

»Tut mir leid«, sagt Erhard. Er hasst diese kleinlichen Diskussionen. Er ist ja nicht mit Absicht zu spät gekommen.

»Ich werde seine Mutter über die Verspätung informieren. Sie macht sich bestimmt Sorgen.«

»Danke«, sagt Erhard, findet es aber gar nicht gut, dass die Schwester Mónica in die Sache hineinziehen will.

Sie lassen Corralejo hinter sich und fahren durch Las Dunas. Erhard schaltet den Scheibenwischer mitsamt Waschanlage ein. Aaz liebt das. Er lacht. Er ist ein Mensch ohne jeden Groll und überhaupt nicht nachtragend. Es ist befreiend, mit ihm zusammen zu sein.

»Ich bin übers Wasser gefahren«, erzählt Erhard. »Nach Teneriffa.«

Was hast du da gemacht?

»Ich versuche, die Mutter zu finden, du weißt schon, von dem kleinen Jungen.«

Und, hast du was herausgefunden?

»Das weiß ich noch nicht, vielleicht.«

Wie sieht es denn dort drüben aus? Gibt's da auch so viel Sand und so viele Steine wie hier?

»Da wachsen grüne Palmen, genau wie die in Santa Marisa. Und es gibt Felsen, die senkrecht aus dem Wasser aufragen. Zwischen die Klippen haben reiche Leute weiße Häuser gebaut. Ich hab auch einen Strand mit weißen Liegestühlen gesehen, der abends von einem Mann gerecht wird, und eine kleine Bucht, in der ich mit einem alten Freund gesessen hab. Wir haben zugesehen, wie das Meer schwarz wurde, und über dich geredet.«

Aaz' Blick zuckt zu Erhard hinüber. Der Junge versteht alles.

»Irgendwann kommst du mal mit auf das Boot und fährst übers Wasser zu der großen Insel. Wenn Liana sich wieder beruhigt hat. Vielleicht will deine Mutter auch mitkommen.« Erhard will ihm gerade von Emanuels Jobangebot erzählen, von den besseren Zeiten, die jetzt bevorstehen, als ihm einfällt, dass die vielen Veränderungen Aaz verwirren und nervös machen könnten. Er muss sich gut überlegen, was er sagt.

Als sie durch Antigua fahren, lachen sie über einen Mann, der seinem Hut hinterherrennt, den der Wind vor ihm herweht.

Er würde Aaz am liebsten allein ins Haus gehen lassen, aber Mónica steht schon draußen auf der Straße und wartet. Erhard steigt mit ihm aus und sieht Mónica entschuldigend an. Aaz läuft an Mónica vorbei ins Haus.

»Hat Liana angerufen?«, fragt er.

»Was ist passiert?«

»Nichts Schlimmes, ich hab mich nur verspätet.«

»Ich weiß ja nicht, in was Sie sich da verstrickt haben, ich hoffe nur, dass Aaz sich weiter auf Sie verlassen kann.«

»Ich habe mich in nichts verstrickt.«

»Es war gut, dass Sie mich gestern angerufen und den Termin verschoben haben, aber fangen Sie nicht an, Ihre Termine zu vergessen oder zu spät zu kommen.«

»Ich habe mich in nichts verstrickt.«

»Sie tauchen hier in aller Herrgottsfrühe auf und verlassen dann die Insel. Da stimmt doch was nicht.«

»Es wird für Aaz keine Auswirkungen haben.«

»Versprechen Sie mir, dass Sie nicht mehr zu spät kommen?«

»Natürlich«, sagt Erhard, denkt aber insgeheim, dass er in letzter Zeit ein bisschen viel versprochen hat.

»Hatte das irgendwas mit der Adresse zu tun, die ich für Sie rausgesucht habe?«

»Ja.«

»Ist es was Kriminelles?«

Erhard lacht.

»Ist es was Kriminelles?«, fragt sie erneut.

»Nein, es ist ... Es ist was Gutes. Ich suche jemanden.«

»Das Mädchen auf dem Foto?«

»Nein«, sagt er. »Aber sie hat mir weiterhelfen können.« Es wäre dumm, Mónica noch tiefer in die Sache reinzuziehen. Aber eigentlich scheut er sich nur, ihr zu sagen, was er macht. Falls er die Mutter nicht findet. »Ich suche einen guten Freund, der plötzlich verschwunden ist.«

»Aha«, sagt sie. Zweifelnd. »Und wen?«

»Raúl Palabras«, antwortet er, weil ihm sonst niemand einfällt.

»Das ist Ihr Freund?«

»Ja.«

Sie sieht ihn lange an, und plötzlich fühlt er sich alt. »Mir ist egal, was Sie machen und wer Ihre Freunde sind, solange Sie meinen Sohn nicht versetzen. Tun Sie das nie wieder.« Sie hat Tränen in den Augen. Er hätte ihr gern die Hand auf die Schulter gelegt, aber sie ist schon wieder auf dem Weg ins Haus. »Ich hatte eigentlich vor, Sie zum Essen einzuladen, aber jetzt können wir das wohl vergessen. Seien Sie um 20.00 Uhr wieder hier.«

Es ist das erste Mal, dass sie ihm auf diese Art und Weise Anweisungen erteilt. Er will sich nicht verteidigen, außerdem könnte er ohnehin nicht mit ihnen essen, er muss zurück nach Hause und Diesel nachfüllen. Michel war am vergangenen Abend und dann wieder am Morgen da – höchste Zeit, dass wieder jemand daheim ist. Er steigt ein und fährt nach Hause.

Es ist gute siebzehn Jahre her, dass er sich zuletzt mit einer Frau gestritten hat. Mit Annette. Irgendwie kommt ihm das Gefühl bekannt vor, und auf gewisse Weise stachelt es ihn sogar an, andererseits empfindet er es als ebenso banal und ärgerlich wie früher. Es ist, als würde man mit unterschiedlichen Regeln »Mensch ärgere dich nicht« spielen. Es gibt keine Wahrheit, keine Referenzen. Nur das Gefühl, dass nichts von all dem, was gesagt wird, mit dem zu tun hat, worum es wirklich geht. Er hat nicht schlecht Lust, zu fahren und nie wieder zurückzukehren.

Oder exakt das zu tun, was er ihr versprochen hat. Was er Aaz versprochen hat.

Eine ätzende Mischung aus Gefühlen und Gedanken.

46

Während er Diesel nachfüllt, klingelt drinnen im Haus das Telefon. Weil er aber noch den halben Kanister einfüllen muss, lässt er es einfach klingeln.

Anschließend geht er hinein und wechselt Beatriz' Katheterbeutel. Wieder klingelt das Telefon. Er hat den Beutel in der Hand und weiß nicht, wo er ihn ablegen soll. Sein Blick huscht zu Beatriz. Irgendwie hat er das Gefühl, sie betrogen zu haben. Es ist schon Tage her, seit er zuletzt mit ihr geredet hat. Aber was soll er auch sagen? Er steht müde neben ihr und sieht zu, wie die Maschine ihre Atmung steuert.

Kurz darauf klingelt das Telefon zum dritten Mal. Er starrt den Hörer an. Nimmt ihn widerwillig von der Gabel.

»Wo sind Sie gewesen?«, fragte Emanuel Palabras ohne Vorrede.

»Im Süden«, sagt Erhard.

»Ich habe mit Marcelis gesprochen.«

»Haben Sie ihn gefeuert?«

»Ruhig, mein Freund. Ich sage Ihnen nur, was ich getan habe. Wir sind erwachsene Menschen, und es geht ausschließlich darum, den Laden in Schwung zu bringen.«

»Ich habe noch nicht zugesagt.«

»Aber das werden Sie.«

Erhard fühlt sich nicht wohl in seiner Haut. Er hat das bestimmte Gefühl, dass Papa Palabras ihm seinen Willen aufzwingen und diktieren wird, was er zu tun hat. Aber er will sich nicht von seiner Verärgerung leiten lassen.

»Ja«, sagt er.

»Gut, mein Freund, gut.«

Erhard bittet um Einsicht in die Bücher. Er würde gern noch einen Rechnungsprüfungsbericht oder Ähnliches sehen.

»Warum denn das?«, fragt Palabras irritiert. »Raúl hat sich nie dafür interessiert, das ist doch Zeitverschwendung. Krempeln Sie lieber die Ärmel hoch. Raúl ist jetzt schon zehn Tage verschwunden, die Firma wird vernachlässigt.«

»Und wie stellen Sie sich meinen Aufgabenbereich vor?«

»Sie sollen die Fahrer im Auge behalten, besonders diejenigen, die keine Leistung bringen, und Sie sollen ein paar gute Verträge schließen. Sie werden schon selbst daraufkommen.«

»Ich kenne mich von früher ganz gut mit Buchhaltung aus.«

Stille. Dann: »Sie überraschen mich immer wieder, Klavierstimmer.«

»Ich muss einen Blick in die Bücher werfen können, wenn ich mit Marcelis zusammenarbeiten soll.«

»Vielleicht opfert der Mann ja ein paar Stunden seiner Zeit. Bei einem guten Essen«, sagt Emanuel und wechselt das Thema. »Ich möchte, dass Sie Raúls Wohnung übernehmen. Ich komme für die Miete auf. Sie können dort bleiben, bis wir die Wohnung in ein paar Monaten verkaufen – sobald der Markt sich wieder beruhigt. Bis dahin haben Sie gespart und kaufen sich dann eine eigene Wohnung. Angeblich zieht die Wirtschaft noch in diesem Jahr wieder an.«

Erhard ist sprachlos. »Und was, wenn Raúl zurückkommt?«

»Reden Sie nicht mehr von ihm.«

»Er ist Ihr Sohn, Palabras.«

»Er ist tot.«

»Woher wollen Sie das wissen? Die Polizei hat gesagt, dass er die Insel verlassen hat. Aber Sie kennen ihn doch, er kann in Dakar oder Madrid sein, wo auch immer. Immerhin sind erst … elf Tage vergangen. Er war auch früher schon mal einen ganzen Monat weg.«

»Er ist tot. Die Wohnung wird geräumt. Ich will, dass sein ganzer Plunder wegkommt.«

Erhard ist sich nicht sicher, ob Palabras mehr weiß oder seinen Entschluss unabhängig davon gefasst hat. »Reicht es Ihnen nicht, seine Sachen einzulagern?«

»Warum nehmen Sie ihn in Schutz?«

Erhard starrt ins Dunkel der Speisekammer. »Warum glauben Sie, dass er tot ist?«

»Er hat sich das Leben genommen, weil er Schande über seinen Vater gebracht hat.«

Das klingt nicht nach Raúl. Er würde sich weder das Leben nehmen noch irgendwas bereuen, was er seinem Vater angetan hat. »Woher wissen Sie das?«

»Lassen Sie die Fragen. Das geht Sie nichts an, Klavierstimmer. Ich will nichts mehr davon hören.«

»Ich kann nicht in Raúls Wohnung mit seinen Sachen ziehen, das wäre pietätlos. Was ist mit all seinen Papieren? Seinen Kochbüchern? Der Plattensammlung aus den Achtzigern, den Bildern und dem Wein? Das sind doch seine Sachen.«

»Ich will nichts mehr davon hören. Trinken Sie seinen verfluchten Wein und schmeißen Sie den Rest weg. Lassen Sie jemanden kommen, der alles abholt. Tun Sie, was Sie wollen. Sie können jederzeit einziehen. Wenn Sie Ihre Majorero-Höhle in Majanicho behalten wollen, ist das auch in Ordnung, Hauptsache, Sie kommen sauber und ordentlich ins Büro. Und seien Sie nicht knauserig, wenn Sie Essen gehen.«

»Ich denk darüber nach«, sagt Erhard.

Den Schlüssel für die Wohnung hat er bereits, aber das sagt er Palabras nicht. Und auch nicht, dass er seine Höhle liebend gern aufgeben und in die Wohnung ziehen würde. Dort wäre alles so viel einfacher: Beatriz wär wieder bei sich zu Hause, sie hätte ein anständiges Bett, und er müsste nicht andauernd den Generator im Blick behalten. Falls Raúl tatsächlich nicht mehr nach Hause kommt oder tot ist, muss die Wohnung ja nicht leer stehen. Erhard könnte sie übernehmen, bis es Beatriz wieder besser ginge und er genug Geld hätte, um sich was Eigenes zu kaufen. Etwas, was eines Direktors würdig wäre.

»Das ist Ihre Chance, Klavierstimmer«, sagt Emanuel Palabras. »Ich mache einen Termin mit Marcelis aus. Rufen Sie mich an, wenn es Probleme mit ihm gibt.«

Er nimmt sich ein Glas Wein, geht nach draußen und holt Hose, Unterwäsche und einige Handtücher aus der Waschmaschine. Die Kleider haben zu lang in der Maschine gelegen und riechen säuerlich. Er hängt sie sofort an die Leine. Im Vorbeigehen sieht er, wie Laurel auf einem Stück Stoff rumkaut, das Erhard an eins seiner Oberhemden erinnert. Es ist schon öfter vorgekommen, dass Kleidungsstücke von der Leine geweht wurden und spurlos verschwanden – bis dann Reißverschlüsse oder Hemdenknöpfe im Kot der Ziegen wieder auftauchten. Er kippt einen Becher Futter für Laurel aus, woraufhin die Ziege die Wäsche in Ruhe lässt. Vielleicht kommt ja auch Hardy, selbst wenn er ihn im Augenblick nirgends entdeckt.

Seine Gedanken wandern zu Bill Haji und den wilden Hunden. Würden die bei ihrer Suche nach Futter so weit gehen, eine Ziege zu reißen? Vielleicht, wenn sie bereits verletzt wäre oder sich irgendwo eingeklemmt hätte. Er starrt den aufgescharrten Boden an, vielleicht hat da eine der Ziegen gekratzt. Alles hat einen Grund. Eine Geschichte. Wie das Auto am Strand, der Karton und die Zeitungsschnipsel. Sie wollen etwas sagen, ihnen geht eine Serie von Handlungen voran, wie unbegreiflich sie auch erscheinen mögen.

Eine Mutter lässt ihr Kind nur dann zurück, wenn es dafür einen guten Grund gibt oder sie unter extremem Druck steht. Sie ist nicht böse, nicht egoistisch, vielleicht ist sie im Gegenteil so schlau und gütig, ihrem Sohn die Qual eines Lebens, wie sie es führt, ersparen zu wollen. Es wäre noch immer ein Verbrechen, aber es wäre aus Gutherzigkeit begangen worden, aus Liebe, aus selbstloser Rücksicht auf das Kind. Vermutlich ist die Mutter ins Wasser gegangen, nachdem sie den Wagen an den Strand gefahren hat. Vielleicht war sie ja Gast im Rústica und hat nur zufällig eine der alten Zeitungen eingesteckt. Er ist unsicher, was diese Verbindung angeht, aber er weiß, dass es sie gibt.

Er fährt ein paar Stunden und holt Aaz um Punkt 20.00 Uhr ab. Mónica sagt nichts. Sie wirkt skeptisch, mustert Erhards Gesicht, weshalb er ihr nicht in die Augen sieht.

»Sie findet, dass ich ein Idiot bin, oder?«

Du bist zu spät gekommen, das ist alles.

»Bin ich für sie nicht ein hoffnungsloses Arschloch?«

Sie ist viel zu gut erzogen, um so was über jemanden zu sagen.

»Genau das ist das Problem. Hat sie denn gar keine Fehler oder Laster?«

Sie mag nasse Küsse.

»Das ist bei Müttern oft so, wenn sie ihre Kinder küssen.«

Und sie kann nicht sonderlich gut kochen, ihr brennt immer alles an. Sogar der Sancochado.

Erhard muss lächeln. »Den kann ich auch nicht kochen. Hab's nie probiert.«

Ich auch nicht.

»Was noch, was macht sie gern?«

Sie kümmert sich gern um ihre seltsamen Pflanzen. Kakteen, Oleander, Strelitzien. Sie spricht mit ihnen und gießt sie mit einer kleinen grünen Kanne, die wie eine Ölkanne aussieht. Sie kann tote Pflanzen zum Leben wiedererwecken, ich hab selbst gesehen, wie aus einem trockenen Stängel eine große rote Blume wurde. Es ist wie in dem Buch der Schwestern – sie kann die Toten mit den Fingern aufwecken.

»Sie ist eine besondere Frau, kein Zweifel. Und das Gleiche gilt für Schwester Liana. Guck mal, sie wartet schon.«

Schwester Liana sagt kein Wort, als sie Aaz wie eine heimgekehrte Geiß durchs Tor ins Innere des Hauses lotst.

Er packt die ordentlichsten Sachen, die er hat. Sucht weiße Unterhosen raus und packt sogar ein paar CDs sowie sechs Bücher ein, die er noch nicht gelesen hat. Er verstaut alles gemeinsam mit der Zigarrenkiste voller Bilder in einem großen Pappkarton, leert den Kühlschrank und prostet Laurel zu. Von der Tür aus lässt er seinen Blick noch mal über das Land schweifen und lauscht dem Wind, dem beständig klappernden Dach.

Dann packt er das Tropfstativ, den Katheter und das Beatmungsgerät in den Kofferraum und trägt Beatriz zum Auto, legt sie in Seitenlage auf die Rückbank und wirft ihr eine Decke über. Am Ende schaltet er den Strom aus, läuft zum Schuppen und koppelt den Generator ab. Es wird dunkel und still, fast so, als gäbe es das Haus nicht mehr.

Er legt Beatriz in ihr Bett im Schlafzimmer. Er selbst bezieht das Sofa unter der Treppe. Er schläft den Schlaf der Schuldigen, aus dem er mit schlechtem Gewissen aufwacht, als hätte er was Wichtiges vergessen. Er sieht sich im braunen Dunkel der Wohnung um und wundert sich über all die Geräusche, die das Gebäude von sich gibt. Der Aufzug, die Wasserhähne, Stimmen.

Als die Sonne aufgeht, trinkt er den letzten Pulverkaffee. Eine teure Marke, Zebrezá, ein hellbrauner Kaffee mit Crema. Die Wohnung wirkt frisch gereinigt. Sie haben sicher eine Putzhilfe, die sich um alles kümmert, trotzdem wischt er mit einem Lappen alles ab. Dann leert er die Schubladen aus, reinigt sie, sortiert den Inhalt und räumt alles neu ein. Schließlich wäscht er auch noch Raúls Bettwäsche. Er hat nie andere für sich putzen lassen. Er wirft sämtliche Lebensmittel weg und füllt die Schränke mit den Waren, die er im Hiperdino gekauft hat.

Beim Mittagessen beobachtet er Beatriz. Ihr Gesicht ist irgendwie nicht länger interessant und ausdrucksvoll, mittlerweile besteht es beinahe nur noch aus skulpturalen Elementen über einem hellbraunen Hintergrund. Wie zerbrechlich doch alles ist, wie schnell alles kaputtgehen kann. Vorsichtig nimmt er ihr das Mundstück des Beatmungsgeräts ab, befeuchtet seinen Zeigefinger und streicht ihr damit über die Lippen. Wenn er still bei ihr sitzt, vernimmt er gelegentlich wieder die Worte. Wenn er sich auf das Zischen des Beatmungsgeräts und den Rhythmus ihres Atems eingestellt hat. Es ist ihm wichtig, die Worte immer wieder zu hören, damit er weiß, warum er tut, was er tut. Und um sich weniger allein zu fühlen. Er spürt die Haut auf ihren Lippen, jede Wölbung, jedes Fältchen. Die faszinierendste Öffnung einer Frau, ein Ort voller Geheimnisse. Annette hatte einen langweiligen Mund. Erst nach Jahren wurde ihm bewusst, dass ihr langweiliges Äußeres von ihrem Mund ausging. Dass sie ansonsten schön war. Glatte, lange Haare, die mit den Jahren silbern wurden. Viele beneideten ihn um ihre Brüste, die größer aussahen, als sie in Wirklichkeit waren. Aber ihre Lippen, ihr Mund – in all den Jahren hat er es beinahe persönlich genommen, dass es ihm nie gelungen ist, ihre Mundwinkel über die Grundlinie zu heben. Eine Aufgabe, die mit jedem Tag schwerer und schwerer wurde. Erst nach ihrer Trennung begann er, ihrer Mutter Vorwürfe zu machen, der Familie, ihrem sozialen Erbe. In ihrer Familie herrschten so viel Skepsis und Frustration, dass die Mundwinkel der vier Schwestern – Annette war die jüngste – selten die nach unten gerichtete Position verließen. Ihre Gesichter schienen keinen Muskeltonus zu haben. Beatriz hingegen hatte ein unglaubliches Lächeln. Sie gehörte zu den Frauen, die mit ihrem Lächeln jeden erreichten. Als kleines Mädchen hatte sie dank ihres Lächelns vorn auf dem Roller sitzen dürfen, als junge Frau ihren ersten Job bekommen und als Erwachsene die Qual der Wahl gehabt, welchen Mann sie in den Wahnsinn treiben wollte.

Versteck mich, vergiss mich. So leise, so weit entfernt, dass es unsinnig ist, von Worten zu sprechen. Eher sind es kaum merkliche Signale im Lärm des Beatmungsgeräts. Die sowohl »Versteck mich, versteck mich« heißen könnten als auch »Vergiss mich, vergiss mich«. Zwei unterschiedliche Worte, aber es ist weniger die Aussprache als die Bedeutung, die miteinander verschmilzt. Er sagt Beatriz' Namen, flüstert ihr ins Ohr, spürt die Wärme ihres Ohres. Was kann ich tun, was möchtest du? Ihr Körper scheint zu reagieren, ihr Brustkorb hebt und senkt sich, ein Zittern wandert vom Haaransatz übers Gesicht. Dann ist ein Geräusch aus dem Katheter zu hören, und eine grünliche Flüssigkeit läuft in den Beutel. Wieder wird ihm dieser Zustand grenzenloser Verletzbarkeit bewusst, und er legt ihr das Mundstück des Beatmungsgeräts wieder an und dreht sie vorsichtig zur anderen Seite. Sie redet, auf eine Weise, die nur er hört, sodass auch nur er ihr helfen kann. Normalerweise wäre er nicht bereit, diese Verantwortung zu schultern, diese Rolle, aber wer sonst sollte sie übernehmen? Es kann sich niemand beklagen, ihm niemand Vorwürfe machen. Nur er selbst, nur seine eigene innere Stimme.

Er widmet sich wieder dem Putzen, voll wütender Energie. Sucht auf Raúls Hightechanlage Radio Mucha, dreht die Musik laut und saugt die Wohnung. Als er in den Flur kommt, sieht er den Brief, der an der Vase im Flur lehnt. Jemand war hier.

Das Schreiben ist von Emanuel Palabras.

Marcelis, im Büro, Montag, 13.00 Uhr.

Allmählich dämmert ihm, welche Macht Emanuel Palabras tatsächlich hat – wenn er Marcelis dazu überreden konnte, in ein Treffen mit ihm einzuwilligen. Erhard spürt ein erwartungsvolles Kribbeln, begleitet vom Widerwillen, Zeit mit Marcelis verbringen, ihm Fragen stellen und von ihm lernen zu müssen. Marcelis wird nicht offen und mitteilsam sein, sondern versuchen, Erhard zu übergehen. Er wird davon ausgehen, dass Erhard weder von Buchhaltung noch von Management und Unternehmensführung Ahnung hat. Er wird ihm allenfalls Taxifahrer-Know-how zugestehen. Marcelis ist selbst vermutlich nie Taxi gefahren. Er kommt vom Servicio Canarias, einer Kurierfirma, die für ihre astronomischen Preise und unzuverlässigen Fahrer bekannt ist. Erhard weiß allerdings nicht, was Marcelis dort gemacht oder gelernt hat.

Während er im Flur steht, wird ihm klar, dass die Schlüssel zur Wohnung in den Händen unterschiedlicher Menschen gewesen sein könnten und dass es Nachschlüssel geben muss. Vermutlich mehrere. Er muss misstrauischer sein und mit dem Schlimmsten rechnen, wenn er die Situation beherrschen will. Er leert die Schubladen aus und legt die Schlüssel aus der kleinen Schachtel oben auf die Kommode. Legt Raúls Autoschlüssel und den Wohnungsschlüssel daneben. Insgesamt sind es zwei Wohnungsschlüssel, drei unbekannte und die Autoschlüssel. Er überprüft beide Schlüssel an der Wohnungstür, geht ins Büro und sucht im Regal nach dem blau-weißen Telefonbuch. Unter C findet er die Nummer des einzigen Schlüsseldiensts der Stadt, eines gewissen Saragó. Er wählt die Nummer und vereinbart einen Termin für Freitag um 8.00 Uhr.

Sein Blick ruht auf Raúls Autoschlüssel. In gewisser Weise kommt es ihm noch anmaßender vor, jemandes Auto zu übernehmen als dessen Wohnung. Der Wagen war Raúls Lieblingsspielzeug. Er war verliebt in all die Knöpfe und Hebel, das weiße Leder und das Schnurren des Motors. Ihm sein Auto zu nehmen ist gerade so, als würde er Raúl endgültig verstoßen. Erhard weiß genau, warum ihm das so schwerfällt. In seiner Familie galt immer die Devise, man müsse sich gewisse Güter erst verdienen, aber in der Praxis hat keiner von ihnen jemals gut verdient. Insofern war das Glück nicht mal mehr launisch, sondern lächerlich. Sein Vater hat ein Leben lang geschuftet, ohne je die Hand nach etwas oder jemandem auszustrecken, und seine Tage als verbitterter, dementer Greis beendet, der immer wieder betonte, dass ihm nie etwas geschenkt worden sei. Aber was ist eigentlich so schlecht daran, etwas geschenkt zu bekommen? Die Krümel aufzusammeln, die das Leben einem hinwirft? Warum nicht das annehmen und genießen, was man bekommt – wie ein schlechter Straßenmusiker? Egal, ob man es verdient hat oder nicht? Jetzt ist Erhard an der Reihe, etwas zu bekommen, was er möglicherweise nicht verdient hat, was aber trotzdem griffbereit vor ihm liegt.

Am Nachmittag fährt er in die Zentrale. Wenn er etwas noch nie gekonnt hat, dann langsam Abschied nehmen, häppchenweise, Schritt für Schritt. Er mag keine Veränderungen, aber wenn es sein muss, dann soll es auch sein. Es gibt keinen Grund, ein unangenehmes Ende zu beschönigen. Keinen Grund für freundliche Gesten und nette Abschiedsfloskeln. Ein Abschied ist ein Abschied.

Leicht oder schmerzfrei ist es deshalb noch lange nicht. Annette und die Kinder zu verlassen war schrecklich, aber es war ein klarer Schnitt. Nicht aufgeweicht durch süße Floskeln, Entschuldigungen oder nächtliche Anrufe. Ohne Bitten um Verständnis oder Vergebung. An einem Tag brachte er Mette noch zur Schule und sah ihr von der Treppe aus nach, am nächsten war er weg. Auch wenn er viele Jahre in der Firma war, muss es jetzt, hier und heute enden. Bleibt noch der Haufen Papierkram rund um den alten, von Taxi-Ventura geleasten Benz. Er will keine Erklärungen abgeben, keine Abschiedsrede halten, mit niemandem anstoßen. Schon als er vor der Werkstatt aus dem Wagen steigt, begegnen ihm seltsame Blicke. Die Gerüchte scheinen bereits zu kursieren, denkt er, ohne sich dafür zu interessieren. Er saugt den Wagen, schlägt die Fußmatten aus, wischt die Ablagen und Armaturen ab und putzt Scheiben, Scheinwerfer und Felgen. Er leert das Handschuhfach in den Mülleimer aus und nimmt die Kette vom Rückspiegel. Die Schlüssel lässt er auf dem Tisch bei Anphil liegen und betritt das Gebäude. Die einzige Fahrerin der Firma, Felia – ein wahrer Satan – steht an ihrem Spind und ordnet irgendwelche Zettel, als er hereinkommt. In seiner Ecke stopft er die wenigen Sachen aus seinem Spind in eine Plastiktüte. Als er alles hat, geht er ohne ein Wort wieder nach draußen.

Die Zentrale liegt am Stadtrand von Corralejo. Der Weg dorthin ist lang und öde, er springt über einen Graben und überquert einen verwilderten Bauplatz. Katzen sitzen auf verrosteten Tonnen.

Obwohl er oft in dieser Gegend unterwegs war, sind ihm nie die Container aufgefallen. Sie stehen hinter einem rostigen Stacheldrahtzaun auf einem asphaltierten Platz. Unkraut wuchert in alten Autoreifen. Er schlüpft durch ein Loch im Zaun und zwischen zwei Container.

Irgendjemand transportiert die Riesenkästen in der Gegend herum. Niemand nimmt sie wahr, trotzdem sind sie da, werden irgendwo verschlossen, um an einem anderen Ort wieder geöffnet zu werden. Beladen mit Klopapier, Batterien, Bacon und Heineken, nachts angeliefert von Containerriesen, morgens auf Lastwagen verladen, ins Hinterland gebracht, entladen und schließlich auf derlei Asphaltplätzen gelagert. Eine unsichtbare, gut geölte Maschinerie ohne Herz. Erhard denkt an den alten VW, den er in Teneriffa in so einem Container gesehen hat. Wo kommen die Autos her, wie werden sie transportiert? Erhard weiß es nicht, hat sich dafür nie interessiert. Per Schiff aus Barcelona? Er fährt mit der Hand über den rauen Stahl und sieht in das Innere eines leeren Containers. Dunkelheit und reichlich Platz für ein Auto.

Seine Gedanken wandern zu dem Wagen am Strand. Vermutlich ist jemand damit von Puerto gekommen und hat ihn dann am Strand zurückgelassen. Von Puerto bis Cotillo sind es vielleicht fünfundvierzig Kilometer, wenn man über Corralejo fährt. Eigentlich hätte der Wagen in Lissabon sein sollen. Und die Nummernschilder fehlten.

Die Fakten sind: eine unbekannte Mutter.

Ein toter Säugling.

Zeitungsschnipsel aus Teneriffa.

Ein gestohlenes Auto aus Amsterdam.

Der Strand von Cotillo bei Niedrigwasser.

Das Naheliegendste wäre doch, dass die Mutter mit ihrem Sohn von Teneriffa nach Fuerteventura gefahren ist, vielleicht mit einem Fischerboot, einem Privatboot oder auf einer der größeren Jachten. Dort ist dann irgendwas passiert. Der Junge stirbt, die Mutter packt ihn in die dänische Zeitung aus einem Café, in dem sie mal gewesen ist. In Puerto kriegt sie ein gestohlenes Auto in die Finger, schraubt die Nummernschilder ab und versucht, sich und den bereits toten Kleinen die Klippe runter ins Wasser zu fahren, um ihrem Leben ein Ende zu setzen, doch der Wagen bleibt im Sand stecken, die Mutter ertränkt sich und lässt den Jungen im Wagen zurück.

So weit stimmt alles mit den Ermittlungen der Polizei überein. Hinzu kommt nun Erhards Wissen, dass die Zeitung aus Teneriffa stammt und das Auto bei Flut im Wasser gestanden hat, wie aus den Fotos des Mädchens hervorgeht. Als er einer Katze nachschaut, die über den Containerplatz läuft und hinter einem trockenen Busch verschwindet, ist er trotzdem überzeugt davon, dass alles ganz anders war, ganz anders.

Er sieht sich die Tür des Containers an. Das Schloss. Die Container werden mit einem etwa armlangen Hebel geschlossen und dann mit einem durch ein Loch im Hebel und die Containeraußenwand geschobenen Splintbolzen gesichert. Erhard versucht mehrmals, den Container zu schließen.

Das Schloss ist schlicht, solide, er kennt den Mechanismus von der Arbeit, sie haben einen alten Anhänger mit einem ähnlichen System, nur dass der Hebel dort nach oben gedreht wird, weshalb die Tür manchmal von selbst aufgeht, wenn man vergessen hat, den Hebel mit dem Splint oder einem Vorhängeschloss zu sichern. Hier führt allein die Schwerkraft dazu, dass der Hebel sich nicht von allein öffnet. Er geht weiter zu einem zweiten, offenen Container, dann zu einem dritten. Keiner hat exakt den gleichen Schließmechanismus.

Erhard weiß nicht, ob das von Bedeutung ist. Er läuft zwischen den Containern hindurch und über das offene Gelände eines alten Bauplatzes, auf dem Holzverkleidungen liegen. Es ist bald 17.00 Uhr. In drei Tagen ist der Termin mit Marcelis, und er hat sich noch nicht vorbereitet. Es ist das erste Mal seit fünfzehn Jahren, dass er von der Zentrale zu Fuß zurück in die Stadt geht, ohne etwas anderes in der Tasche zu haben als Emanuel Palabras' Versprechen.

Die Tomaten sehen aus wie geballte Fäuste, die Haut wie bei Äpfeln, der Saft glasklar wie Eiweiß. Ganz unten in der Kiste findet er drei gute und eine, die vielleicht zu reif ist, aber noch gut riecht. Danach fischt er sich ein viereckiges Stück afrikanischen Ziegenkäse aus einem Essigeimer und bezahlt mit seinem Trinkgeld vom Vortag. Seine vielleicht letzte Taxifahrt war nicht übel, irgendein Anwalt, aber Erhard war in Gedanken schon bei Aaz, den er unbedingt pünktlich abholen wollte.

Noch ganz in Gedanken trifft er Cormac, den Elektrohändler, der rauchend auf seiner Treppe sitzt und Erhard mit seinen Tüten hungrig ansieht.

»Auf dem Weg nach oben?«, fragt Cormac.

»Gleich, muss erst noch Einkäufe erledigen.«

»Nach oben in der Nahrungskette, meine ich.« Er grinst so breit, dass man die Lücken in seinem Gebiss sieht.

»Ist es einem alten Hund nicht erlaubt, seine letzten Tage zu genießen?«, gibt Erhard zurück.

»Die guten Fahrer meinen, du hättest es verdient.«

»Tun sie das?«, fragt Erhard überrascht. »Und was sagen die schlechten?«

Cormac sieht ihn an und inhaliert die Hälfte seiner millimeterdünnen Zigarette. Rauch ringelt sich durch seine Haare. »Ponduel – der Teufel möge bei ihm in die Lehre gehen – meint, du wärst ein Arschkriecher.«

Nur dass ich nicht irgendjemandem in den Arsch krieche, denkt Erhard. »Das sagt er nur, weil er ja keine Ahnung hat, wie schlecht ich krieche.«

Cormac grinst. »Andere meinen, du würdest rumschnüffeln und Polizeiarbeit machen. In meinem Elektroladen kommt mir ja so einiges zu Ohren.«

»Wer sagt das?« Es gelingt Erhard nicht, seine Neugier zu verbergen.

»Meine reizende Frau hat das von einem der Mädchen unten am Hafen gehört. Du suchst angeblich nach der Mutter eines toten Jungen.«

Erhard lächelt angestrengt und wendet den Blick ab. Er weiß nicht, wie er auf das Gerede reagieren soll. Soll er es leugnen – wohlwissend, dass Cormac das nur noch neugieriger macht? Oder mitspielen und das Gerücht bestätigen? Nein, es gibt nur einen Weg, denkt er, ich muss das Gerede ignorieren. Er lächelt, aber noch bevor er etwas sagen kann, wechselt Cormac das Thema.

»Hast du eigentlich die Tochter der Friseurin erreicht? Die Computerexpertin?«

»Ach, das war nichts.«

»Du warst doch auf der Suche nach einem Foto?«

»Ich hab was anderes gefunden.«

»Oh well«, sagt Cormac enttäuscht.

Erhard kommt eine Idee. »Weißt du eigentlich was über meinen neuen Kollegen, Marcelis Osasuna?«

Cormac dreht sich eine neue Zigarette. »Gewerkschaftsmann«, sagt er, ohne den Blick zu heben. »Wenn ihr keine Freunde seid, nimm dich in Acht.«

»Was soll das heißen?«

»Erinnerst du dich nicht mehr an den Streik bei Servicio Canarias?«

Erhard schüttelt den Kopf.

»Die Frachtleute haben in einen Vergleich eingewilligt, nachdem sie elf Tage lang gestreikt hatten, um die Kündigung eines Kollegen rückgängig zu machen. Dein Mann, Osasuna, hat den Vergleich ausgehandelt. Der Fahrer wurde allerdings nicht wieder eingestellt.«

»Dann war er da nicht Geschäftsführer?«, fragt Erhard.

»Vielleicht hat er irgendeine Abteilung geleitet, keine Ahnung. Und dann war da diese Sache mit dem Schrottplatz ...«

Jetzt erinnert Erhard sich wieder daran: die Beschwerde von Anwohnern, weil Taxinaria einen Bauplatz westlich der Zentrale als Abstellplatz für Reifen und Karosserieteile benutzte. Eine Frau, die hinter dem Platz wohnte, hatte schon seit Jahren um die Genehmigung gekämpft, dort einen Kinderspielplatz zu bauen, doch die Gemeinde hatte ihren Antrag rausgezögert und irgendwann überraschend abgelehnt. »Was hat Osasuna damit zu tun?«

»Die Papageien krächzten damals, Osasuna hätte die Gemeinde davon überzeugt, dem Gewerbe unter die Arme zu greifen, if you know where I'm going.«

Die Gerüchte auf der Insel können einem wirklich auf den Geist gehen. Aber manchmal liegt doch sehr viel Wahrheit darin. Warum also nicht mitspielen? »Und, krächzen die Papageien auch etwas über seine Frau?«

»Ja, tun sie.«

Erhard wirft ihm eine Handvoll Krumen hin. »Ist da was dran, dass Osasunas Frau Fuerteventura nicht leiden kann und sie sich deshalb nur am Wochenende sehen? Und dass er stattdessen eine ziemlich enge Beziehung zu seiner Sekretärin hat?«

»So in der Art, ja.«

»Er ist halt auch nur ein Mensch«, sagt Erhard.

»Sind wir das nicht alle?«

Erhard hebt seine Tüten an. »Ich muss nach Hause. Buenas.«

»Buenas«, sagt Cormac.

Er schneidet die Tomaten und den Käse in kleine Stückchen und isst auf einem Stuhl im Schlafzimmer bei Beatriz.

Am Freitagmorgen kommt der Mann vom Schlüsseldienst und ersetzt das Schloss durch ein Dreipunktschloss. Er übergibt Erhard drei Schlüssel, die nicht nachgemacht werden können. Einen davon hängt Erhard an den Autoschlüsselring, den zweiten versteckt er in einem Glas mit Sardinen im Kühlschrank. Den dritten klebt er an die Unterseite der Treppe draußen im Flur. Falls der Arzt oder jemand anderes nach Beatriz sehen muss.

Er macht eine Flasche Champagner auf und schießt den Korken über die Terrasse. Das ganze Wochenende pendelt er zwischen Fernseher, Terrasse und Beatriz' Bett. Er ist angetrunken, läuft barfuß und rasiert sich im Bad mit den vielen Lampen. Am Samstag verwendet er einige Zeit darauf, in diesem Riesenfernseher einen Kanal zu finden, auf dem

Fußball gezeigt wird. Auf der Box unter dem Fernseher muss 23 stehen, da ist ein Sportsender. Er lässt ihn laufen und hört den Kommentator schimpfen, während er sich was zu essen macht und Raúls CD-Sammlung aufräumt. Er schmeißt nichts weg, verstaut aber die Sachen, die er nicht mag, im Schrank unter der Anlage. Während der Siesta legt er sich eine halbe Stunde neben Beatriz ins Bett, und auch in der Nacht auf Sonntag legt er sich neben sie und schläft zu den Geräuschen des Beatmungsgeräts ein.

Am Sonntag kommt der Arzt und untersucht Beatriz. Er ist der Meinung, dass Erhards Pflege nicht mehr ausreicht. Er stellt sich auf die Terrasse, putzt seine Sonnenbrille und redet auf ihn ein. Sie sei nicht ordentlich gewaschen worden und habe vom Liegen links eine Druckstelle. »Holen Sie sich wenigstens Hilfe«, meint der Arzt, aber das will Erhard nicht. Die kurze Begegnung mit Cormac hat ihn wieder daran erinnert, wie schnell Geschichten Beine bekommen. Er weiß, dass der Arzt dichthält, aber auch nur, weil er moralisch in der Klemme steckt. »Verdammt, Sie müssen sie endlich in ein Krankenhaus bringen«, wirft er Erhard vor. »Die Chance, dass sie aufwacht, wird immer geringer. Sie hat ein schweres Hirnödem, das sich nur teils zurückgebildet hat.« Er spricht noch nicht von Hirntod, aber Erhard hört deutlich, dass er genau das meint. »Außerdem müssen wir damit rechnen, dass sie starke Schmerzen hat, ohne dass man es ihr ansieht.«

Eine unfaire Bemerkung, denkt Erhard. »Ich übernehme die volle Verantwortung für sie. Sie kommt nirgendshin. Sie bleibt hier. Wenn sie hirntot ist, ist sie hirntot. Daran kann dann auch kein Krankenhaus der Welt mehr etwas ändern. Und gegen die Schmerzen kann ich ihr was geben. Sie können mir ja was aufschreiben. Sollte sie je wieder aufwachen, soll sie das hier in ihrer Wohnung tun.«

Der Arzt scheint Erhards Meinung zu akzeptieren und erklärt sich bereit, weiter nach ihr zu sehen, übernimmt aber keine Verantwortung. Erhard zeigt ihm, wo er den Schlüssel deponiert hat. Anschließend setzen sie sich vor den Fernseher, trinken ein Bier zusammen und schauen sich ein Golfturnier an. Ein saftig grüner Platz drüben auf dem spanischen Festland. Den Arzt interessiert so was.

47

Er bleibt vor der Tür des kleinen Vorzimmers stehen, auf der Marcelis' Namensschild prangt, als sie auch schon aufgerissen wird.

»Es ist Jorgenson«, sagt Ana laut und lässt die Klinke los, damit er eintreten kann. »Ana Lorenzo, Verwaltungsassistentin.« Sie gibt ihm die Hand, die sich kalt anfühlt wie frisch gefangener Fisch. Im Büro hinter ihr herrscht Chaos.

»Verdammt, Sie sind zu früh«, ruft Marcelis aus seinem Büro.

Erhard nimmt sich vor, ebenbürtig aufzutreten, nicht zu blinzeln, nicht zurückzuweichen, sich nicht über den Mund fahren zu lassen. »Ich bin pünktlich«, sagt er. Und würde zu gern wissen, was hier passiert ist. Hat er die beiden bei einer schnellen Nummer auf dem Schreibtisch überrascht, bei der sie sämtliche Papiere und Ordner auf den Boden gefegt haben? Aber dann sieht er die offenen Schubladen und Marcelis, der aufgeregt in seinem Büro hin- und herläuft und Papierstapel vom Boden aufklaubt. Das Problem muss also ein anderes sein.

»Was hat der Wirtschaftsprüfer gesagt?«

»Ich hab ihn noch nicht angerufen. Aber das kann nicht er gewesen sein«, erklärt Ana.

»Ruf den verdammten Prüfer an. Wer weiß, ob der nicht doch noch mal vorbeigeschaut hat.«

Ana will etwas entgegnen, lässt es dann aber bleiben und greift stattdessen zum Hörer. Erhard geht an ihr vorbei ins Büro, wo Marcelis dabei ist, einen Archivschrank auszuräumen, während er auf den Putzdienst schimpft, den Wirtschaftsprüfer, Ana und alle Leute, die Unordnung machen.

»Sind Sie fertig?«, fragt Erhard absichtlich ungeduldig.

»Fuck, ich bin noch lang nicht fertig«, sagt Marcelis. »Irgendjemand hat die Buchführungsordner verstellt, all das, was ich versuchen wollte, Ihnen zu erklären.«

»Wollen Sie das Treffen verschieben?«

»Warten Sie, bis der Wirtschaftsprüfer sich gemeldet hat. Das kann nur er gewesen sein. Ana?«

Ana kommt wieder herein. »Alquizola ist seit September nicht hier gewesen.«

»Der Putzdienst«, sagt Marcelis. »Die räumen ständig meine Sachen um, sodass ich nichts mehr wiederfinde.«

»Wir haben den Putzdienst am Wochenende gestrichen, die sind donnerstag- und montagnachmittags hier.«

Es wird still.

»Was ist eigentlich mit deinen nervigen Umzugskisten, wann willst du diesen Mist endlich hier wegschaffen? Wie lang stehen die jetzt schon hier rum? Fünf Monate? Bestimmt sind die Ordner in einer Kiste gelandet und schimmeln dort vor sich hin.«

Ana verlässt eilig das Büro. Marcelis lässt sich auf seinen Bürostuhl fallen und lehnt sich zurück. Erhard ist sich nicht sicher, ob er wieder gehen soll. »Die tauchen schon wieder auf …«

»Willkommen in meinem Büro«, sagt Marcelis, ohne eine Miene zu verziehen. »Guter Einstieg.«

»Haben Sie keine Kopien? Macht man nicht grundsätzlich von allem eine Kopie?«

»Ja, aber die sind auch weg. Zwei Ordner – die Originale und die Kopien. Ich versteh das nicht.«

»Ich dachte, das würde heute alles auf dem Computer gespeichert.«

»Das dachte ich verflucht noch mal auch. Aber dieser Teufel Alquizola, unser Wirtschaftsprüfer, benutzt keinen Computer. Bei ihm läuft alles handschriftlich. Möge ihn der Blitz erschlagen.«

Ana taucht wieder in der Tür auf. »Ich hab jetzt alle Umzugskisten durchgesehen«, sagt sie. »Da sind die Ordner nicht.«

»I know, my dear, das hab ich doch nur so gesagt«, sagt Marcelis versöhnlich. Er nimmt einen Stapel Papiere von einem Stuhl und signalisiert Erhard, dass er sich setzen soll.

»Ich stehe gern«, sagt Erhard.

»Wollen Sie in dem Büro, das ich gerade für Sie herrichte, auch stehen?«

Raúls Büro, er kann nur Raúls Büro meinen. Erhard hat das ungute Gefühl, dass hier etwas ganz, ganz schiefläuft, und sträubt sich mit jeder Faser dagegen, die Form von Chef zu werden, über die er sich jahrzehntelang lustig gemacht hat. »Büro?«, sagt er.

»Seinen Wagen haben Sie ja schon übernommen, wie ich sehe, da ist es doch wohl völlig klar, dass Sie ein eigenes Büro bekommen. Oder wollen Sie in der Kantine arbeiten? Oder sich das Büro mit mir teilen?« Marcelis schiebt die Tür zu. »Hauptsache, Sie haben keine Ambitionen auf irgendwelche Direktorenprivilegien. Wenn Sie wissen, was ich meine.«

»Was meinen Sie?«

Marcelis zeigt in Richtung Vorzimmer. »Es ist nicht unbedingt ein Geheimnis, das weiß ich selbst«, sagt Marcelis. »Ich denke, sogar meine Frau weiß Bescheid. Sie brauchen also gar nicht erst darüber nachzudenken, das gegen mich zu verwenden.«

Erhard hat tatsächlich bereits darüber nachgedacht, den Gedanken dann aber wieder fallen lassen.

»Palabras meinte, Sie hätten keine Ahnung von Unternehmensführung.«

»Ich bin Taxifahrer«, sagt Erhard, obwohl er sehr wohl etwas darüber weiß, aber er will sich gern Marcelis' Ausführungen anhören, um beurteilen zu können, ob er in Bezug auf die wichtigsten Aspekte des Betriebs und der Finanzen ehrlich ist. »Mir wäre eine ausführliche Einführung sehr recht.«

Marcelis sieht Erhard misstrauisch an. »Das ist nicht gerade Rocket Science, aber eben eher trockene Materie. Gut, wenn Sie es heute haben wollen, dann ohne genaue Zahlen und Buchführungsunterlagen. Ich erkläre Ihnen mal, wie das bei uns so läuft. Business für Dummies sozusagen.«

Marcelis öffnet einen Wandschrank, hinter dessen Türen ein Whiteboard zum Vorschein kommt. Er malt ein Haus und ein paar Pfeile, notiert Summen, ergänzt Kästchen und weitere Pfeile in die eine und andere Richtung, während er Abläufe erläutert. Ana bringt Espresso und Kekse mit roter Marmeladenfüllung. Das Gerücht, dass einige Fahrer sechzig Prozent für sich behalten dürfen, andere hingegen nur vierzig, scheint zu stimmen. Erhard lag bei TaxiVentura bei siebzig Prozent, und das seit sechs Jahren. Er hätte mehr aushandeln können, wenn er es darauf angelegt hätte. Aber Barouki ist ein harter Knochen und er selbst kein guter Verhandler. Außerdem hatte er nie Lust, als Bittsteller aufzutreten. Marcelis legt ihm die finanziellen Verhältnisse von Taxinaria dar, erläutert, welche Faktoren die Liquidität beeinflussen und dass die verspätete Abgabe der Abrechnungen vonseiten der Fahrer am Anfang des Monats eine Vorfinanzierung erforderlich mache. Als Marcelis sagt, dass sie versucht hätten, die Werkstatt zu verkaufen und sich bei TaxiVentura einzumieten, geht Erhard zum ersten Mal ernsthaft auf, dass er nie mehr in einem Taxi sitzen wird, sondern nur mehr hier, auf einem Bürostuhl, zusammen mit Marcelis und seinesgleichen. Er wird Sitzungen leiten, Reden halten und Entscheidungen fällen. Obwohl er die Hoffnung noch nicht aufgegeben hat, dass Raúl eines Tages wieder auftaucht – braun gebrannt und abgemagert nach monatelangem Drogenmissbrauch –, spürt er den Rausch grundlegender Veränderung. Ihm ist schwindlig. Er braucht einen Fixpunkt, etwas, woran er sich festhalten kann, und bittet um etwas zu trinken.

»Wir trinken erst nach 17.00 Uhr«, sagt Marcelis, ohne sich umzudrehen – als hätte er nur darauf gewartet, diesen Satz loszuwerden.

48

Seine erste längere Fahrt mit dem Silbergrauen. Er würde den Wagen jederzeit gegen seinen alten eintauschen, aber dieser hier liegt wirklich göttlich auf der Straße, fährt über alle Unebenheiten hinweg und gleitet lautlos durch Las Dunas.

Er bestellt einen Extraschwarzen bei Miza und dreht die Visitenkarte, die Marcelis für ihn hat drucken lassen, zwischen den Fingern hin und her. Spaßeshalber. Vorläufig, hat er gesagt, natürlich kriegt er noch eine ordentliche Visitenkarte auf ordentlichem Papier. Die vorläufige ist auf dünnes

Papier gedruckt, trägt Taxinarias Blau und Gold in einer Ecke und seinen Namen mit dem vorgesetzten Titel Chief Operating Officer darunter. Er zeigt Miza die Karte, die ihm gratuliert und ein Stück selbst gebackenen Mandelkuchen auf eine Untertasse legt. Erhard weiß nicht mal, was der Titel bedeutet.

Er ist erstaunt, wie umgänglich Marcelis bei ihrem Gespräch war. Vielleicht kapiert er ja, dass sie jetzt in einer Mannschaft spielen. Als Lars Bo Römer von B1909 zum AGF Aarhus wechselte, wurde er jedes Mal ausgebuht, wenn er danach in Kopenhagen auflief. Aber ist es wirklich möglich, eine Zugehörigkeit gegen eine andere auszutauschen? Während Marcelis' Ausführungen ist Erhard sich vorgekommen wie ein Infiltrant hinter der feindlichen Linie – mit dem Auftrag, Marcelis zu entlarven. Er hat aufmerksam Ausschau nach Lücken und Unsicherheiten und Zögern oder ausweichenden Antworten und Versuchen gehalten, Erhards mangelnde Erfahrung als Argument für vordergründige Erklärungen zu nehmen. Aber Marcelis war – wenn man mal über die Aufregung angesichts der verschwundenen Ordner hinwegsah – überraschend gründlich, wobei es natürlich unmöglich gewesen wäre, an einem einzigen Nachmittag sämtliche Details anzusprechen. Danach gingen sie durch das Vorzimmer in Raúls altes und Erhards neues Büro, das Marcelis mit ein paar neuen Möbeln und Bildern an den Wänden hatte einrichten lassen.

»Das Aquarium hab ich weggeschafft, das war Raúls Ding«, erklärte Marcelis. »Und die Eichenholzbar in der Ecke. Er hat ein bisschen zu gern dem Whisky zugesprochen, wenn Sie mich fragen.«

Erhard schüttelte den Kopf und sah aus dem Fenster in den Hof, wo zwei Fahrer standen und sich unterhielten. Zwei neue Gesichter von vielen, die Erhard noch nicht begrüßt hatte. Hinter dem Hof sah er, wie der rote Berggipfel sich dem Himmel entgegenstreckte. »Was genau soll eigentlich meine Aufgabe hier sein?«, fragte Erhard unvermittelt.

Marcelis sah Erhard an und lachte. »Good question.« Dann reichte er Erhard die bereitliegenden Visitenkarten. »Sie können ja schon mal damit anfangen, die überall zu verteilen. Finden Sie raus, was Sie können, und tun Sie das, so gut Sie können«, sagte er und schaute runter in den Hof. »Fangen Sie am besten damit an, sich einen Überblick über unsere Wagen zu verschaffen. Wir haben gerade ein Auto verschrottet und brauchen diverse neue. Wir hatten bislang einen Vertrag mit einem Importeur, aber ich bin mir nicht mehr sicher, ob das immer noch der günstigste Deal für uns ist. Sie wissen sicher, worauf man dabei achten muss. Das wäre doch vielleicht eine gute Aufgabe für Sie. Ich leite die E-Mails mit den Kontaktdaten unseres bisherigen Importeurs an Sie weiter.«

Und wie liest man E-Mails?, fragte sich Erhard. Aber es war nicht der richtige Zeitpunkt, um so etwas zu fragen. Hinterher erkundigt er sich vorsichtig bei Ana, was er da tun müsse, und sie druckt ihm mehrere Seiten aus, Übersichtslisten über Autopreise, Zahlungsbedingungen und die Kontaktdaten eines Autoimporteurs.

Er läuft runter zum Wasser. Alapaqa hat keinen Strand, nur ein paar schmale Molen. An Land hängen Fische zum Trocknen, und ein paar Hunde kläffen eine große Möwe auf einem der Trockengestelle an.

Ein Autoimporteur. Erhards Gedanken wandern sofort zurück zu dem VW am Strand von Cotillo. Aus Amsterdam. Ist es möglich, ein gestohlenes Auto auf der Insel anzumelden – oder hat es gerade deswegen keine Kennzeichen gehabt?

Die Polizei hat vermutlich längst alle Importeure auf der Insel kontaktiert und sie zu dem Wagen befragt. Bestimmt gab es da eine Fahrgestellnummer. Er stellt sich einen Containerplatz wie die beiden vor, auf denen er jüngst erst gewesen ist, einen jungen Mann, der einen Container aufbricht, ein Auto stiehlt und den Wachmann besticht, damit der ganz kurz woanders hinsieht. Unwahrscheinlich, dass ein Auto nicht vermisst wird – aber nicht undenkbar. Es gibt eine Redewendung auf der Insel: Papierarbeit macht selbst geschäftige Männer müde. Da ist was Wahres dran. Die Inselbewohner haben einen Widerwillen gegen Protokolle, Anmeldeformulare und Verträge. Da kann schon mal ein Auto in einem Papierstapel verschwinden. Auf den Inseln geschehen viele rätselhafte, unerklärliche Dinge.

Er schlendert zurück zu dem Silbergrauen auf dem kleinen Parkplatz hinter Mizas Haus. Er hat zwei Wünsche. Der eine ist, sich das Auto vom Strand genauer ansehen zu dürfen. Unter Garantie steht es auf einem Parkplatz für beschlagnahmte Fahrzeuge irgendwo in der Nähe des Schlosses. Der zweite Wunsch ist ein Besuch in der Casa Negra, dem einzigen Restaurant der Insel, das afrikanische Gerichte serviert. Während er den schmalen Weg durch Alapaqa zur Hauptstraße hinauffährt, denkt er an ein scharfwürziges Fischgericht mit Reis. Das Restaurant liegt bescheiden direkt an der Landebahn des Flughafens, sodass die Gäste an ihren wackelnden Tischen schier erstarren, sobald ein Flugzeug zur Landung ansetzt. Trotz Hungers entscheidet er sich, die Autofrage erst zu klären. Er fährt zum Schloss, sieht sich ein wenig um und findet schließlich ein Stück zurückversetzt ein Parkplatzareal mit staubbedeckten Wagen. Über der Einfahrt zu ein paar abgetrennten Bereichen prangen uniforme Firmennamen: Retail Invest, Joint Markets, Northeast Invest, ausländische Namen, Leasingfirmen, graue Gebäude hinter grauen Zäunen. Am Ende einer kurzen Sackgasse entdeckt er hinter einem hohen Zaun und einem Tor mit Polizeiwappen eine Lagerhalle. Erhard biegt in die Sackgasse ein, stellt den Wagen ab und läuft auf den Zaun zu. Links neben dem Tor steht hinter dem Zaun ein leerer Klappstuhl. An dem Pfeiler vor dem Stuhl hängt eine Überwachungskamera. Er betrachtet die schwarze Linse, in der sich der Platz hinter ihm spiegelt. Kurz darauf öffnet sich eine Tür zur Lagerhalle, und eine Polizistin kommt auf ihn zu.

»Was wollen Sie?«, fragt sie schon von Weitem.

»Ich suche ein Auto, einen Volkswagen.«

»Was wollen Sie? Das hier ist Polizeigelände.«

»Ich suche nach einem verschwundenen Pkw.«

»Da müssen Sie sich erst an die Kollegen im Revier wenden.« Sie zeigt zum Schloss hinüber. »Sie brauchen eine Besichtigungsgenehmigung. Formular RO-19.«

Er sieht ihr an, dass sie den Satz schon oft gesagt hat. Es hat etwas leicht Gekünsteltes, wie sie ihr Haar über die Augen fallen lässt. Vielleicht versucht sie ja, ein paar hässliche braune Leberflecke zu überdecken.

»Vielleicht können Sie mir ja auch weiterhelfen«, sagt Erhard und tritt näher an den Zaun heran. »Meine Firma sucht einen Wagen, der verschwunden ist, bevor er angemeldet werden konnte. Das würde mir viel bedeuten.«

Sie sieht sich die Visitenkarte an, die er ihr hinhält. »Sie brauchen trotzdem ein RO-19.«

Er versucht es auf gut Glück. »Ich gehe davon aus, dass der Wagen dort drinnen steht. Ich will nur sicher sein, dass er dort ist, mehr nicht. Ein blauer Passat.«

»Ich würde Ihnen ja gern helfen, aber ich kann nicht.«

»Geben Sie mir zwei Minuten.«

»Ich kann Ihnen nicht helfen, tut mir leid«, sagt sie verunsichert.

Aber sie ist nicht eisern. Sonst wäre sie längst gegangen. Er versucht es noch mal anders. »Señorita … Vázquez.« Der Name steht auf dem Schild an ihrer Jacke. »Auf der Rückbank des Autos wurde ein Säugling gefunden … tot. Ich suche nach seiner Mutter, darum möchte ich mir das Auto ansehen.«

Die Frau nimmt die Sonnenbrille ab, reibt sich die Augen und mustert Erhard. Offenbar schätzt sie ihn als unschuldigen alten Mann ein, denn sie setzt die Brille wieder auf und flüstert ihm vertraulich zu: »Ich kann ja mal im Computer checken, ob wir einen Passat hier haben.« Sie will gerade einen großen Knopf in einer Box drücken, die ein paar Meter von dem Zaun entfernt steht. »Warum sucht ein Taxiunternehmer nach der Mutter eines toten Säuglings? Ist das nicht Angelegenheit der Polizei?«

Darauf fällt Erhard keine gute Antwort ein. »Bedauerlicherweise, Señorita, sind Ihre Kollegen anderweitig beschäftigt. Tote Säuglinge berühren nur die wenigsten von uns.« Er antwortet einfach nicht auf ihre Frage. Es ist ein Versuch. Wenn sie keine Kinder hat, wird sie Lunte riechen. Hat sie welche, wird sie den Knopf drücken.

»Was war denn mit dem Säugling?«

»Er wurde am Strand von Cotillo gefunden.«

»Irgendwas klingelt da bei mir«, sagt sie.

Er hilft ihr auf die Sprünge. »Das muss man sich mal vorstellen, sie hat den Jungen einfach in einem Pappkarton zurückgelassen.«

Sie sieht ihn lange an. Dann drückt sie den Knopf. »Sie müssen mir aber versprechen, den Wagen nicht anzurühren. Das ist das Einzige, worum ich Sie bitte.«

»Ich will ihn mir nur ansehen. Aus ein paar Metern Entfernung.«

»Alles hier drinnen ist Beweismaterial.« Doch das Tor gleitet auf.

»Hier haben Sie meine Karte«, sagt er. »Außerdem haben Sie mich ja auf Film«, sagt Erhard und zeigt hoch zur Überwachungskamera. »Ich fasse nichts an, und ich habe nicht vor, irgendeinen Fall zu sabotieren.«

»Drei Minuten, Señor. Ich begleite Sie.« Sobald er drinnen ist, drückt sie wieder auf den Knopf, und das Tor schließt sich hinter ihnen.

Ein paar schwache Lampen leuchten auf, als Erhard und die Frau an Autos, Motorrädern, Schrottcontainern und sonderbaren, in Plastikfolie verpackten Gegenständen vorbeigehen. Jeder einzelne Gegenstand steht auf einem nummerierten Feld. Nur etwa jedes achte Feld ist von einem Fahrzeug belegt oder von dem, was davon übrig ist: zerquetschte Karosserien, ausgebrannte Lieferwagen, ein Bus ohne Dach.

Sie laufen schweigend nebeneinanderher. Die Atmosphäre erinnert an eine Kapelle, eine Friedhofskapelle für gefallene Soldaten. Hinter jedem Gegenstand verbirgt sich eine Tragödie. Ein Schicksal. Ein Polizeibericht. Sie gehen an einem Käfig mit offener Tür vorbei, der für Tiger oder Bären sein könnte. Am Beiwagen eines Motorrads ohne Motorrad. An einer Tiefkühltruhe. Er würde gern wissen, wo die Sachen herstammen und welche Geschichte sie haben, aber er weiß, dass die Frau nicht antworten würde. Außerdem will er sich die Fragen lieber für später aufsparen. Sie laufen an einer Reihe Pkws vorbei, ein paar sind dunkelblau, einer ist ein Volkswagen. Erhard schüttelt den Kopf. Er würde sich gern freier bewegen, ohne diese Frau. Vor einer Reihe undefinierbarer, in der Dunkelheit verzerrter, nicht erkennbarer Gegenstände bleibt er stehen. Die Frau lässt den Lichtkegel ihrer Taschenlampe darüberwandern. Ein Trimmrad, ein Springbrunnen, ein Barhocker. Wie ein skurriles Spiel, bei dem man sich so viele Gegenstände wie nur möglich merken muss, ehe es wieder dunkel wird.

»Sie haben aber viele spannende Dinge hier. Tragen Sie allein die Verantwortung dafür?«

Sie sieht ihn skeptisch an, ist sich nicht sicher, ob er das ironisch meint. »Kann man so sagen. Außer mir sind nur noch Levi, der Fuhrunternehmer, und ein paar Nachtwächter hier.«

Erhard sucht nach einer Möglichkeit, ihr ein Kompliment zu machen, ohne aufgesetzt zu klingen. »Die meisten Frauen würden wahrscheinlich mehr Licht machen, aber Sie scheinen mit der Taschenlampe ja gut klarzukommen. So was erlebt man selten, Señorita Vázquez. Sie haben starke Nerven.«

»Ich tu nur meine Arbeit«, sagt sie und leuchtet einen Seat an, ohne weiter auf Erhards Kompliment einzugehen.

Erhard schüttelt den Kopf. Sie laufen weiter durch den Mittelgang. »Trotzdem danke für Ihre Hilfe.«

»De nada. Wann wurde er denn konfisziert?«

Das Foto des Mädchens vom Strand von Cotillo wurde am 6. Januar aufgenommen. »Vor etwa einem Monat«, sagt er.

»Da hätten wir woan…«

Doch ehe sie den Satz zu Ende gesprochen hat, sieht er den Wagen und bleibt abrupt stehen. In der Dunkelheit sieht er schwarz aus. Ein 2011er Modell.

»Darf ich?«, fragt er und meint die Taschenlampe.

Sie leuchtet ihm ins Gesicht. »Aber nichts anfassen!« Dann reicht sie ihm die Lampe, als wäre es eine Axt.

Erhard geht dicht an den Wagen heran, bewegt den Lichtkegel auf und ab, schaut an den Seiten nach Sandrändern. Dann wirft er einen Blick auf die Rückbank, als stünde dort immer noch der Karton mit dem Jungen. Schließlich läuft er um den Wagen herum und geht hinter der Heckstoßstange in die Hocke. Señorita Vázquez steht unter einer Deckenlampe und schluckt runter, was sie gerade sagen will, als sie sieht, dass er gebührend Abstand hält.

Er lässt den Lichtkegel ganz langsam hin- und wieder zurückgleiten, in Erwartung, Spuren zu entdecken, eine Delle an der Stoßstange – irgendwas. Die Frau hat sich ein Stück entfernt, und mit einer hastigen Geste fährt er mit den Fingern über den Lack. Glatt wie ein fabrikneuer Wagen, stellt er verwundert fest, steht auf und geht wieder nach vorn zur Kühlerhaube.

»Zwei Minuten, Señor«, sagt die Frau.

»Danke.« Erhard hockt sich vor die vordere Stoßstange, die genauso glatt und spiegelblank aussieht wie die hintere. Die Frau, die jetzt anderthalb Meter hinter ihm steht, stresst ihn. Sein Blick springt hin und her, aber er findet nichts. Er nimmt sich jeden Zentimeter vor, folgt der natürlichen Kurve der Stoßstange, die an einem Computer in der Designabteilung von Volkswagen entworfen wurde. Formvollendet und perfekt lackiert. Er kann nichts finden.

»So, es ist so weit, Señor«, sagt die Frau. »Tut mir leid, aber …«

Erhard steht auf, und die Frau macht sich auf den Weg in Richtung Ausgang. Erhard nutzt den Augenblick und wischt über die Stoßstange. Die Frau dreht sich um und ruft ihm etwas zu, als er exakt in der Mitte der Stoßstange eine breite Delle ertastet – ein Richtungswechsel, der nicht aus der Fabrik stammt. Zwanzig Zentimeter eingedrücktes Blech, die Folge einer großen Krafteinwirkung. Er hat es übersehen, weil er lediglich nach einem Detail gesucht hatte. Erhard dreht sich zu der Frau um und hebt beide Hände.

»Entschuldigung, Entschuldigung«, sagt er. »Ich musste es einfach anfassen.«

Sie hat das Telefon schon fast am Ohr, als wollte sie jemanden verständigen, sagt aber nichts. Stattdessen wirft sie einen Blick auf den Hörer, drückt eine Taste und hängt das Telefon zurück an ihren Gürtel. »Ich hab Ihnen doch gesagt, dass Sie nichts anfassen dürfen. Verlassen Sie jetzt bitte das Gelände.« Sie wirkt nicht nur verärgert, sondern persönlich enttäuscht, als sie ihn vor sich her zur Tür schiebt. Hinter ihnen gehen die Lampen aus.

»Es tut mir wirklich leid«, sagt er über die Schulter.

»Das nehme ich Ihnen nicht ab«, entgegnet sie.

»Sie kriegen schon keinen Ärger, es weiß schließlich niemand, dass ich hier war.«

»Woher wollen Sie wissen, ob ich Ärger kriege?«

»Ich musste das Auto einfach sehen. Dem Jungen zuliebe.«

»Hören Sie schon auf mit dem Jungen. Das haben Sie sich doch nur ausgedacht, um mich breitzuschlagen.« Sie haben die Tür erreicht und treten ins Freie. Das Licht ist scharf, die Luft mild. »Gehen Sie jetzt bitte, Señor«, sagt sie, als wäre er nicht ohnehin schon auf dem Weg. Dann komplimentiert sie ihn durchs Tor. Erhard will sich noch mal bei ihr bedanken, aber bevor er auch nur ein Wort sagen kann, hat sie kehrtgemacht und ist durch die Tür in der Halle verschwunden.

Er geht zurück zu seinem Wagen, fährt zur Casa Negra und bestellt sich ein würziges Kabeljaugericht. Während er auf das Essen wartet, notiert er sich die möglichen Szenarien auf einer Serviette: Das Auto wurde erst in Amsterdam und später noch einmal von einem Containerplatz gestohlen.

Das Auto wurde in Amsterdam gestohlen und hier auf der Insel an die Mutter oder den Vater des Jungen verkauft.

Das Auto wurde …

Er kann sich nicht überwinden, das nächste Szenario niederzuschreiben. Das Auto wurde in Amsterdam gestohlen, ist unterwegs aus einem Container gefallen und auf irgendeine Weise vom Meer an den Strand gespült worden.

49

Schon im Aufzug hört er Musik und abgehackte Stimmen. Auf Höhe des vierten Stocks glaubt er schon, dass das nur Raúl sein kann. Er ist zurückgekommen. War nur auf einer seiner Sauftouren, außer Reichweite des Übervaters und aller Menschen, die ihn lieben, um ja nicht zurückgeholt zu werden. Dafür erwartet ihn jetzt ein total umgekrempeltes Leben. Er hat Beatriz gefunden und wird von Erhard wissen wollen, wer zum Henker in der Urne auf dem Friedhof von Alto Blanco liegt. Das Spiel ist aus, bestenfalls kann er nach Majanicho zurückkehren.

Dann fällt ihm das neue Schloss wieder ein. Der Lärm kann nicht aus der Wohnung kommen, allenfalls aus dem Treppenhaus. Die Türen des Fahrstuhls gehen auf, und im Flur stehen mindestens zwanzig Personen. Leute, wie man sie in jeder Bar findet – nur besser gekleidet, mit Schlips und Goldkettchen statt Tattoos auf den Knöcheln. Er hält nach Raúl Ausschau, nach dem Gesicht seines Freundes, nach dessen von wochenlanger Sauferei und Hurerei blutunterlaufenen Augen, aber noch während er in die Runde blickt, wird ihm klar, dass er nicht da ist. Dass er nie mehr da sein wird. Diese Leute sind bestellt, Männer und Frauen, die er weder kennt noch mag. Pappkameraden. Abseits an der Wand lehnen ein paar Massai wie bei einem großen Ausverkauf. Niemand von ihnen scheint zu wissen, wer Erhard ist, oder sich für ihn zu interessieren. Er bahnt sich einen Weg zur Tür und stößt ganz hinten, durch ein fast rabenschwarzes Mädchen verdeckt, auf Emanuel Palabras.

»Klavierstimmer«, sagt er laut, füllt ein Glas mit Champagner und drückt es Erhard in die Hand.

»Was feiern wir?«

»Den ersten Tag der neuen Arbeit.«

»Von einem Arbeitstag kann man da kaum sprechen.«

»Gewöhnen Sie sich daran, als Chef brauchen Sie die Stunden nicht mehr zu zählen.«

»Und deshalb dachten Sie, Sie könnten einfach ein paar heimatlose Anzugträger und eine Handvoll Nutten vorbeischicken?«

»Reden Sie anständig von meinen Freudenmädchen! Sie können Sie hören und verstehen. Außerdem ist es wohl kaum Ihre Wohnung, sondern meine. Auch wenn Sie das Schloss ausgetauscht haben.«

»Wenn ich Sie richtig verstanden habe, bereitet Ihnen diese Wohnung Bauchschmerzen?«

»Wenn ich möchte, dass Sie sich mit den besten Mädchen und Callboys der Insel vergnügen, dann tun Sie das.«

Irgendwas an seinem Ton geht Erhard gewaltig gegen den Strich. Er fühlt sich mit einem Mal gekauft, bezahlt. Der Mann, den er über Jahre besucht, dem er geholfen und den er fast als Freund betrachtet hat, ist in Wahrheit nichts als ein gewiefter Geschäftsmann. Aber er will diese Auseinandersetzung jetzt nicht führen. »Wenn wir mit all den Leuten feiern wollen, geht das nur oben auf der Dachterrasse. Ich will in der Wohnung keinen Ihrer sogenannten Freunde sehen, auch Sie nicht, Señor Palabras. Außer auf dem Weg nach draußen oder wenn Sie mal auf Toilette müssen. Deal?«

»Sie haben sich ja überraschend schnell an die großzügigen Verhältnisse gewöhnt«, sagt Palabras. »Natürlich führen wir uns ordentlich auf, nicht wahr, meine Damen und Herren?« Letzteres sagt er laut und erntet von den Umstehenden zustimmendes Nicken.

Erhard schließt die Tür auf, betritt die Wohnung und schaltet das Licht ein. Er stellt sich so hin, dass er den Flur zum Schlafzimmer blockiert, und sieht zu, wie die Gesellschaft durchs Wohnzimmer in Richtung Dachterrasse pilgert, angeführt von Palabras und dem hinkenden Charles. Eins der Mädchen zieht die hochhackigen Schuhe aus, und einer der Männer öffnet die nächste Flasche Champagner.

Er schaut flüchtig nach Beatriz und schließt die Schlafzimmertür ab, ehe auch er mit seinem Glas Champagner auf die Dachterrasse geht. Eins der wohlduftenden Mädchen will sich auf seinen Schoß setzen und ihren Arm um ihn legen, aber er schiebt sie vorsichtig beiseite. Palabras meint, man müsse seine Siege feiern. Es sei das Los der kleinen Leute, dass ihre Tage zu einer einheitlichen grauen Masse verschmelzen. »Aber wir trinken Champagner, solange wir können! Das gehört dazu!«, brüllt er über die Dachterrasse.

Sie schieben die Möbel auf der Terrasse hin und her und leeren den Barschrank, als wären sie hier zu Hause. Erhard stört dieses Benehmen. Sie haben eine Art Transistorradio dabei, aus dem Retortenmusik kommt.

»Sie schulden mir noch einen Schlüssel«, ruft Emanuel Palabras zwischen zwei Mädchen hindurch. Er klingt beinahe wie Raúl, wenn er betrunken ist.

Erhard lacht. Er weiß nicht, was er sagen soll.

»Die Wohnung ist mein Eigentum, Klavierstimmer.«

»Ich hatte mich auf ein bisschen Ruhe und Frieden gefreut. Herzlichen Dank für die Feier, aber ich zöge es vor, wenn die Wohnung meine Wohnung bliebe und nicht zum Nachtclub würde.«

»Sie wollen mir also keinen Schlüssel geben? Charles, rede du mit ihm.« Aber Charles macht nichts dergleichen, er hat den Arm um ein Mädchen gelegt, das auf seinem Schoß sitzt wie die Puppe eines Bauchredners. »Die Wohnung gehört mir.«

»Ja, aber sie ist jetzt mein Zuhause. Und da will ich nicht, dass Sie kommen und gehen, wie es Ihnen gerade passt. Es geht dabei nicht um Sie, es geht um … ach verdammt, wahrscheinlich darum, sich an einem Ort sicher zu fühlen, geborgen.«

Doch Palabras gibt nicht nach. »Ich bitte den Schlosser einfach um einen extra Schlüssel. Er tut, was ich sage.«

»Ich würde mir wünschen, es gäbe noch andere als mich, die Ihnen Paroli bieten.«

Emanuel Palabras breitet die Arme aus, als wäre das alles blanker Unsinn. Erhard fragt sich, ob er sich in der Wohnung je zu Hause fühlen wird oder ob sie für immer eine Art Niemandsland bleibt. Für ihn bedeutet Zuhause ein Ort, an dem er allein sein kann, für sich, während Palabras der Ältere davon ausgeht, kommen und gehen zu können, wann es ihm beliebt. Eins der dünnen Mädchen drückt ihr Steißbein wie ein Messer an seinen Penis. Erhard hebt das Glas zu einem Toast und kippt den sicher Hunderte Euro teuren Champagner in einem Schluck hinunter, was Palabras ärgert, wie er annimmt. Es ist eine Nacht der Sternschnuppen, hat er in der Zeitung gelesen, aber er sieht nichts, vielleicht weil er seine Augen die meiste Zeit zusammenkneift.

Gegen zwei wirkt Palabras wie eine seiner Holzmasken, sein Gesicht ist vor Müdigkeit beinahe konturlos. Erhard ahnt, dass er selbst nicht viel anders aussieht. Die Massaimädchen sind an die Bar getreten, trinken Champagner und unterhalten sich leise und für ihn unverständlich, während die jungen Männer rauchend auf der Treppe sitzen. Charles hilft Palabras aus seinem Stuhl und wischt ihm Chipskrümel von der Jacke. Erhard hat fast schon Mitleid mit ihm. Charles bedankt sich für den Abend und befiehlt den Massai und den Männern aufzuräumen und die Gläser nach unten in die Küche zu bringen. Palabras hebt zum Abschied kurz die Hand.

Sekunden später könnte man meinen, dass sie nie dagewesen wären. Es würde Erhard nicht wundern, wenn er in die Küche käme, und alle Gläser stünden im Schrank. Aber die Luft ist anders. Es ist Montagabend, alles ist still. Nicht gut für Corralejo. Stille ist das Geräusch der Arbeitslosigkeit, der fehlenden Touristen. Er steht auf, um sich schlafen zu legen. Auf seiner Hose ist ein großer nasser Fleck. Mitten im Schritt. Als hätte jemand etwas darüber geschüttet.

Tags darauf beschließt er, zur Arbeit zu fahren. Unten an der Straße bleibt er vor Silóns Laden stehen und sieht sich eine Aktentasche mit einem simplen Zahlenschloss und Klappverschlüssen an. Er überprüft, ob sein Buch, seine Pillendose und ein Baguette hineinpassen. Silón will dreißig Euro dafür, Erhard handelt ihn auf zwölf runter. Er lässt die Sachen direkt in der Tasche, läuft zum Wagen, öffnet ihn per Funkschlüssel und legt die Tasche auf den Beifahrersitz. Annette würde ihren Augen nicht trauen, wenn sie ihn jetzt sähe, oder denken, er wäre unterwegs zu einem Maskenball.

Die Taxinaria-Geschäftsräume sind modern und bunt, sie sehen aus wie die Büros im neueren Teil von Puerto. Man muss einen Code eintippen, um hineinzukommen, aber er hat Glück und schlüpft hinter einem Mädchen vom Service, wie die Leute aus der Zentrale hier heißen, durch die Tür. Er geht einen langen Flur entlang, vorbei an leeren Büros und einem dunklen Frühstücksraum. Weil er die Kaffeemaschine auf dem Gang nicht bedienen kann, nimmt er sich einen Sprudel aus dem Kühlschrank. In seinem Büro greift er zur Montagszeitung, die auf seinem Schreibtisch liegt, und beginnt zu lesen.

Um kurz nach acht hört er Geräusche aus dem Vorzimmer. Er sieht durch den Türspalt, wie Ana ein paar Sachen sortiert und mit der Hand über die Pflanze auf der Fensterbank streicht. Eine mausgraue junge Frau, ähnlich wie Lene Anfang, Mitte dreißig, mit klobigen Gummischuhen. Er mag solche Schuhe an Frauen nicht. Lene kann er sich darin so gar nicht vorstellen. Als er sie zuletzt gesehen hat, trug sie Winterstiefel von Bilka. Annette hat dort so gut wie alle Kindersachen gekauft. Ana scheint es gewohnt zu sein, verlassen zu werden, Scherben zusammenzukehren, dass die Menschen um sie herum explodieren, zusammenbrechen, sie anblaffen, schlecht über sie reden oder sie angrapschen. Sie ist eine von denen, die das meiste überleben, aber nie glücklich sein werden. Er hofft, er irrt sich.

»Buenas«, sagt er leise.

»Buenas«, erwidert sie, ohne sich umzudrehen, als wüsste sie längst, dass er da ist.

»Kennen Sie sich mit Autos aus?«

Sie dreht sich um. »Sollte ich?« Sie argwöhnt, dass er sie auf die Probe stellen will.

»Ich weiß nicht«, sagt er. »Ich kann sie nur fahren.«

Sie lächelt höflich. »Viel weiß ich auch nicht.«

»Die Papiere, die Sie gestern für mich ausgedruckt haben … Marcelis meint, ich soll mir ein paar Wagen ansehen. Ich würde mir aber gern erst ein paar ältere Verträge ansehen, um die Konditionen vergleichen zu können.«

»Die sind auf dem Laufwerk … im Computer«, ergänzt sie, als er sie fragend ansieht. »Soll ich sie Ihnen ausdrucken?«

»Das wäre eine große Hilfe.«

Für einen kurzen Augenblick sieht er die vielen Jahre der Frustration in ihrem Gesicht, nicht direkt in ihren Augen, sondern in der Falte zwischen ihren Augenbrauen, die sich durch all die untauglichen, geistesschwachen, inkompetenten, verantwortungslosen Männer gebildet hat, die ihr das Leben versaut haben. Dann ist die Falte wieder weg, und sie beugt sich über den Schreibtischstuhl und wirft einen Blick auf den Bildschirm. »Ich bring's Ihnen gleich«, sagt sie. Ihre Dienstbereitschaft ist andressiert und offensichtlich nicht nur dem Chef vorbehalten, der sie vögelt.

Er wartet, holt sein Buch aus der Tasche. Eins der Bücher, die mit umgezogen sind. Er hat es nur mitgenommen, weil auf dem Umschlag ein schwarzes Telefon auf einem Holzboden abgebildet ist. Es geht darin um eine HNO-Ärztin, die für ein Team von Spezialisten rekrutiert wird, das einen international gesuchten Terroristen fangen soll, der übers Telefon mordet. Der Hintermann – er wird als Computergenie beschrieben – hat eine Maschine entwickelt, die Menschen anruft und sie mittels Ultraschall tötet. Das alles weiß er aus dem Klappentext. Er ist noch im ersten Kapitel, in dem der Mann der Ärztin auf einer Konferenz begegnet, wo sie eine alte Affäre mit einem New Yorker Investmentbanker wieder aufleben lässt. Eine Passage liest Erhard mehrmals. Über die Ärztin, die erregt und zu allem bereit in ihrem Hotelzimmer wartet, bis sie schließlich unten an der Rezeption anruft und erfährt, dass ihr Ex-Lover gerade ausgecheckt hat. Er ist weg. Das Buch ist peinlich und dumm, trotzdem muss Erhard an die Ärztin denken, an die Leere, die sie an diesem fremden Ort empfunden haben dürfte. Fast kommen ihm die Tränen.

Er kann sich gerade noch auf seinem Stuhl aufrichten, als Ana mit den Unterlagen eintritt und sie gemeinsam mit ihm durchgeht. Mit einem vor Nässe glänzenden Kugelschreiber, weil sie ihn im Mund gehabt hat, tippt sie auf einzelne Details. Süß. Als sie wieder gegangen ist, blättert er die Unterlagen noch mal ohne viel Interesse durch. Er hat nicht das Gefühl, sich da irgendwie einbringen zu können. Allerdings dämmert ihm, dass der VW Passat offenbar populärer ist, als er gedacht hätte. Taxinaria hat über die Jahre mehr als fünfzehn Passats gehabt, am beliebtesten scheinen die Wagen um die Jahrtausendwende gewesen zu sein.

In der Mittagspause schließt er sich Ana an. Hier essen offenbar alle im selben Raum, auch wenn die Fahrer hinter einer Reihe Pflanzen ihren eigenen Bereich haben. Die Geschäftsleitung, Ana, die Verkäufer und die Telefonistinnen sitzen weiter vorn neben der Küche. Bei TaxiVentura haben sich viele darüber beklagt, dass die Bürokräfte und die Chefs sich zu fein gewesen wären, mit ihnen zusammenzusitzen. Doch hier kann Erhard deutlich spüren, dass es nicht einfach ist, zwei so unterschiedliche Welten in einem Raum zu vereinen. Immerhin arbeitet das Büropersonal fünfunddreißig Stunden in der Woche, während manche Fahrer bis zu siebzig Stunden in ihren Autos verbringen, wobei das Lohnverhältnis etwa umgekehrt ist.

Er isst Lammspieße mit Bratkartoffeln und weiß es wirklich zu schätzen, dass er nicht mehr selbst kochen muss. Das Essen wird im Nachbargebäude im Restaurant Muñoz zubereitet und in großen Töpfen hergebracht. Schlicht, aber eindeutig besser als das, was er zustande bringt. Er redet mit niemandem. Ana unterhält sich mit ein paar Frauen, deren Namen und Stimmen er schon über den Taxinaria-Funk gehört hat. Sie erzählen von Fahrern, die plötzlich mit Blumen oder Schokolade im Büro auftauchen, weil sie sich in die freundlichen Stimmen verliebt haben, während sie Stunde um Stunde in ihren Wagen saßen. Erhard hat das vor vielen Jahren selbst einmal gemacht. Bei Michela. Sie hat jedem Fahrer das Gefühl gegeben, nur mit ihm zu reden. Wochenlang hat er sich gefragt, wie er ihr näherkommen könnte. Das Problem war, dass es für einen Fahrer kaum einen akzeptablen Grund gab, um in der Zentrale aufzutauchen. Er beschloss zu warten, bis sie freihatte, um sie nach Hause zu bringen – ein kalkulierbares, wenig riskantes Unterfangen. Aber dann, kurz bevor er seinen Plan umsetzen konnte, wurde ihm klar, dass nicht nur er so dachte, sondern beinahe alle Fahrer, inklusive Luis, und schlagartig fühlte sich sein Plan lächerlich an. Seither ist ihm dieses Muster immer wieder begegnet. Auf der einen Seite die Fahrer, einsame Seelen, die sich langweilen, auf der anderen die Mädchen mit ihren über die Jahre geschulten, bezaubernden Stimmen, die von der Üppigkeit unter den bunten Kleidern ablenken. Hier bei Taxinaria sind die beiden Mädchen mit den leidenschaftlichsten Stimmen ebenfalls auffallend dick, aber auch die drei anderen – darunter eine Tunesierin namens Alissa – haben nicht gerade Modelmaße. Ihre Gesichter, Ellenbogen und Füße sind klobig und plump, und in einem fort plappern sie: über ihre Männer, Lebensgefährten, über Hunde und einen neuen Film, der am Hafen im Open-Air-Kino gezeigt wird. Ana hört zu und lacht, als hätte sie all das noch nie gehört.

Er geht zurück ins Büro, hat aber keine Lust mehr auf das Buch über den Telefonterroristen, weshalb er sich noch mal die Fahrzeugunterlagen vornimmt. Auf dem Ausdruck einer Autohändler-Homepage stehen unten der Name des Ansprechpartners und eine Telefonnummer. Er greift zum Hörer und wählt die Nummer. Mit etwas Glück erreicht er dort noch jemanden vor der Siesta.

»Autovenga, guten Tag?«

»Hallo, ich rufe von Taxinaria an, mein Name ist Erhard Jorgenson. Könnte ich mit Gilberto Peyón sprechen?«

»Am Apparat. Neu oder gebraucht?«

»Sicher nicht neu.«

»Wie darf ich das verstehen?«

Erhard hört, dass er Gilberto erst ein bisschen aufwärmen muss, bevor er ihn um einen Gefallen bitten kann.

»Das Beste, was Sie haben«, sagt Erhard. »Ich bin hier der neue Direktor und brauche ein paar neue Wagen.« Erhard hofft, dass die Bürotür wirklich geschlossen ist.

»Entschuldigen Sie, aber von wo aus rufen Sie gleich wieder an?«

Erhard hört ein Rascheln und beginnt noch mal von vorn.

Diesmal ist der Mann aufmerksamer. »Es würde mich sehr freuen, Ihnen wieder Wagen liefern zu können. Ich will ja niemandem zu nahe treten, aber ich dachte, unsere Zusammenarbeit wäre beendet.«

»Warum?«, fragt Erhard.

»Palabras meinte, er hätte jetzt andere, günstigere Lieferanten.«

»Emanuel?«

»Raúl Palabras. Stimmt es, dass er verstorben ist?«

»Sie sollten nicht alles glauben, was Sie hören.«

Der Autohändler lacht. Verwirrt. »Ja, da mögen Sie recht haben.«

»Ich bin auf der Suche nach dem Besten des Besten«, sagt Erhard und geht davon aus, dass der Autoverkäufer ein zielstrebiger, erfolgshungriger Mann ist, der in vier Jahren seinen eigenen Laden haben will.

»Dann lassen Sie uns einen guten Deal machen«, schlägt der Mann vor.

»Aber«, sagt Erhard und hört ein Klicken, als hätte der Mann durch die Leitung einen Schlag erhalten. »Vorher habe ich noch eine Frage, oder nennen wir es eine Bitte. Können Sie mir vielleicht mit Informationen über einen bestimmten Wagen helfen? Ein Auto, das … für einen Mitarbeiter bestellt worden ist.«

»Bei uns?«

»Ich glaube nicht. Ich dachte nur, Sie könnten das womöglich nachschlagen. Gibt es nicht ein Verzeichnis über alle auf der Insel bestellten Wagen? Mein Kollege hat den Wagen geordert. Er ist manchmal etwas … nun ja. Chaotisch. Ich hoffe, bei Ihnen ist das anders?«

»Was ich Ihnen absolut versichern kann.«

»Gut, es handelt sich um einen blauen VW Passat, Baujahr 2010, 2011 oder 2012.«

»Wo gebaut? In Spanien?«

»Möglich, der Wagen ist aber über Amsterdam gekommen.«

»Und wann wurde er bestellt?«

»Das weiß ich nicht.«

»Auf welchen Namen?«

»Das weiß ich auch nicht.«

Es wurde still. »Ein Passat?«

»Ja.«

»Einen Augenblick.«

Eine Weile ist nichts zu hören.

»Hallo? Es sind keine neuen Passats auf der Insel bestellt worden. Seit Ende 2010 nicht mehr. Überhaupt kein VW.«

»Wer außer Ihnen importiert sonst noch VWs?«

»Bruno Tullo in Vallebrón, aber der hat in letzter Zeit gar nichts mehr verkauft. Vielleicht ist er auch tot.«

»Okay«, sagt Erhard. »Dann noch eine andere Frage. Wenn ein Passat in Amsterdam gestohlen wird, ohne Kennzeichen und mit nur fünfzig Kilometern auf der Uhr, und in Cotillo wieder auftaucht – wie kann er dann dahin gekommen sein?«

»Das weiß ich nicht. So was … kommt bei uns nicht vor.«

»Nein, das ist mir klar. Aber wie macht man das?«

»Es gab schon mal gestohlene Wagen hier auf der Insel. Aber die sind selten und sehr schwer zu verstecken. Außerdem muss jeder Wagen über Puerto und durch Ruiz' Hände.«

»Ruiz?«

»Na, der Zollbeamte in Puerto. Und der lässt keine Autos einfach durch, das können Sie mir glauben. Er verdient an jedem Wagen, der hier auf die Insel fährt.«

»Könnte man Ruiz denn … *überreden,* einen gestohlenen Wagen hier auf die Insel zu lassen?«

»Im Prinzip wäre das möglich, ja, aber nicht im Fall Ruiz. Er mag ein Idiot sein, aber Gesetze sind ihm heilig. Würde er mitbekommen, dass hier auf der Insel ein Wagen herumführe, für den er keine Genehmigung erteilt hat, würde er den Verantwortlichen finden und nachträglich Zollgebühren einfordern. Mit ihm ist nicht zu spaßen.«

»Und wo finde ich ihn?«

»Unten am Hafen in Puerto. Customs.«

Erhard schreibt es sich auf. »Hören Sie, wenn sie Ruiz sprechen und mal nachhorchen, ob er Kenntnis von einem blauen Passat hat, der im Lauf der letzten drei Monate auf die Insel gekommen ist, würde ich gern mit Ihnen ins Geschäft kommen. Zwei Wagen, Luxusklasse.«

Der Verkäufer wird wieder lebhafter, klingt aber trotz allem gedämpft. »Das freut mich, Señor Jorgenson. Aber Ruiz ist nicht leicht zu erreichen. Er telefoniert nicht gern.«

»Dann fahren Sie doch zu ihm. Von Ihrem Büro ist das doch sicher nicht sehr weit.«

Als das Telefonat beendet ist, läuft Erhard der Schweiß über die Stirn. Jeder Muskel in seinem Körper ist angespannt und zittert. Er sackt in sich zusammen und wünscht sich nur noch, dass Ana ihm ein Wasser bringen möge.

Den Nachmittag nutzt er für einen Spaziergang. Unten an der Straße trifft er einige Fahrer, die zusammenstehen und rauchen. Einer löst auf seinem Handy ein Kreuzworträtsel. Er spricht kurz mit ihnen, hört ihnen zu und lässt eine Bemerkung fallen, dass seine langjährige Erfahrung als Fahrer ja vielleicht dazu beitragen könne, ihnen allen sowie Taxinaria das Leben leichter zu machen. Sie sind positiv eingestellt, aber nicht so begeistert, wie er es sich erhofft hätte. »Warten wir's ab«, sagt der mit dem Kreuzworträtsel, bevor er zurück zu seinem Wagen geht.

Die Zeit vergeht unglaublich langsam.

Es ist noch nicht einmal Siesta, und er fühlt sich müder als nach einer Vierzehn-Stunden-Schicht. Vielleicht verträgt sein Körper die Büroarbeit ja nicht, oder ihm fehlt ein kaltes Bier oder ein Whisky. Es endet damit, dass er sich mit einer Tasse Kaffee auf den breiten Fensterrahmen setzt und seinen Terroristenroman weiterliest. Die HNO-Ärztin soll den englischen Premierminister in einem geheimen Bunker auf der Isle of Man treffen. Vor dem Essen zieht sie sich ein Abendkleid an, und mehr als eine Seite des Buches geht damit drauf, dass sie vor dem Spiegel über sich selbst spricht. Das Kleid unterstreicht meine vielen Jahre auf dem Stepmaster, und meine Brüste sind für eine zweifache Mutter wirklich noch verdammt sexy – und das ganz ohne chirurgische Freundschaftsdienste. Irgendwie kommt es ihm vor, als wäre das Buch für eine andere Zeit geschrieben, ein anderes Geschlecht, ein anderes Universum. Er kommt sich wie ein Zaungast vor, ein Gaffer. Er will das Buch gerade wegwerfen, als Ana klopft und ihm eine Nachricht von einem gewissen Gilberto bringt.

»Er hat mich gebeten, Ihnen zu sagen, dass Ruiz von dem entsprechenden Auto nichts weiß.«

»Danke, Ana«, sagt Erhard und sucht nach einer Erklärung. »Es geht um diese neuen Wagen … Er hat mir geholfen, die richtigen Modelle zu finden.«

Sie nickt und schließt die Tür.

Er wirft das Buch in den Papierkorb, wird aber das Bild der HNO-Ärztin im BH von Victoria's Secret nicht so schnell wieder los.

DAS CONTAINERSCHIFF

7. Februar – 18. Februar

50

Erhard hätte sich gewünscht, dass Aaz das neue Auto irgendwie bemerkt. Aber der erwachsene Junge sitzt wie gewohnt steif auf seinem Sitz. In Las Dunas lässt er die Scheibe runter, und irgendwas in seinen Bewegungen scheint zu registrieren, dass es sich um ein anderes Auto handelt. Dass die Scheiben anders funktionieren.

Hast du also endlich ein neues Auto bekommen.

»Gefällt es dir?«

Besser als das alte.

»Das alte war doch okay.«

Das alte war schrecklich. Die Federung war so hart, dass mir der Arsch wehtat.

»Pass auf, was du sagst, junger Mann.«

Gib doch zu, dass es besser ist. Die Lüftung ist besser. Der Sound. Und es riecht besser.

»Schon gut, ich geb's ja zu.«

Wie fühlt es sich an, Raúls Arbeit und sein Auto einfach so zu übernehmen?

»Findest du nicht auch, dass ich es verdient habe?«

Man kriegt nicht immer, was man verdient.

»Wenn Raúl zurückkommt, werd ich mich für diese Leihgabe bedanken und zu meiner alten Arbeit und in mein altes Haus zurückkehren.«

Und wenn er nicht zurückkommt? Dann steckst du in dieser todlangweiligen Arbeit fest.

»Immer noch besser, als jeden Tag in einem alten Mercedes zu hocken und auf den immer gleichen staubigen Landstraßen für einen Hungerlohn herumzufahren, der nicht mal für einen alten Mann und zwei Ziegen reicht.«

Bisher hast du dich nie beklagt.

»Glaub mir, Aaz, das ist nicht lustig. Wieso soll ein Mann es sich nach so vielen Jahren nicht mal ein bisschen gut gehen lassen?«

Und du glaubst, dass du einfach wieder in dein altes Leben zurückkehren kannst, wenn Raúl wiederkommt? Nachdem du in dem neuen Auto gefahren bist, in der schönen Wohnung gelebt und teuren Wein mit diesen vornehmen Herrschaften getrunken hast? Nicht zu vergessen, dass du auch noch Samariter für seine Frau spielst. Ich glaube nicht, dass du da so einfach zurückkannst.

»Er hat sein Leben weggeworfen, da sind wir uns doch wohl einig, oder? Ich hab bloß den Scherbenhaufen zusammengekehrt, den er hinterlassen hat. Doch, ich kann jederzeit in mein altes Leben zurück. Mein alter Mercedes hat mir nie gehört, den werd ich wohl nicht wiedersehen, aber das Haus ist nur abgeschlossen, als wäre ich im Urlaub.«

Und dann bedankst du dich einfach freundlich für Wohnung, Auto und Luxus und gehst zurück zu Laurel und Hardy?

»Ich lebe jetzt seit zwanzig Jahren hier, und in der ganzen Zeit hat sich verdammt noch mal nichts getan. Soll ich da wirklich die eine Chance, die sich mir bietet, verstreichen lassen?«

Fährst du mich dann nicht mehr?

»Doch, natürlich. Es ist schließlich das beste Erlebnis der ganzen Woche, mit einem großen Jungen rumzufahren, der einem das Ohr abkaut. Warum, glaubst du, hab ich mir wohl so ein schönes Auto ausgesucht?«

Haben wir dann noch Zeit, zu den Drachen an den Strand zu fahren?

»Ja, Aaz. Irgendwann krieg ich auch noch ein Schreiben von deiner Mutter, dass wir zusammen zu den Drachen fahren dürfen. Dann kannst da am Strand sitzen und heißen Tee trinken, während ich versuche, auf einem der Bretter zu stehen. Das wird ein spaßiger Anblick werden.«

Heute steht Mónica vorm Haus, als hätte sie schon auf sie gewartet. Auf dem Tisch steht heißes Omelett. Aaz liebt Omelett. Fast schon schüchtern fragt sie Erhard, ob er mit reinkommen mag, was sie sonst nur selten tut. Sie schneidet das Omelett in dreieckige Stücke und serviert sie mit Rosmarin. Beim Essen hören sie die Kanarienvögel im Garten. Erhard erzählt Mónica die Neuigkeiten.

Zuerst ist sie empört, dann lacht sie. Sie kennt die Palabras und mag sie nicht besonders. Kurz rutscht sie auf dem Stuhl hin und her und fingert an der kleinen Vase mit Schnittblumen aus dem Garten herum, die mitten auf dem Tisch steht. Sie befürchtet schon, dass Erhard ihre Vereinbarung aufkündigen wird, aber er versichert ihr, dass er Aaz auch weiter jeden Mittwoch fahren wird, und hofft, dass vielleicht mal so viel Zeit ist, zwischendurch mit ihm zum Strand zu fahren. Oder zum Flohmarkt in Gran Tarajal.

Mónica sitzt schweigend da und stochert in ihrem Omelett herum.

Nach dem Essen schaltet sie den Fernseher ein. Aaz darf in dem weichen Sessel sitzen und sich die Sendung mit der

Schildkröte und dem Fisch im Unterwasserlebensmittelladen ansehen.

Erhard hilft Mónica in der Küche. Er spült die Teller ab und räumt ein Glas mit sonnengetrockneten Tomaten weg. Es hat was sehr Privates, den Kühlschrank eines anderen Menschen zu öffnen. Er sieht nicht genau hin, als er das Glas ins mittlere Fach stellt. Die Vorstellung, Mónicas kleine Schwächen zu entdecken – ein Marmeladenglas, eine Tüte Kokosmakronen oder Cornichons aus der Dose –, wäre zu viel für ihn.

»In einer halben Stunde fahren wir wieder«, sagt er zu Aaz.

»Das ist aber eine Ausnahme, oder? Ich hatte gehofft, er könnte bis zum Abendessen bleiben.«

Er hat noch einen Termin bei Autovenga, um sich zwei Wagen anzusehen, und wollte Aaz eigentlich gern vorher wieder im Heim abliefern. »Ich kann auch später noch mal wiederkommen«, sagt er.

Seine Aussage besänftigt sie. »Vergessen Sie es. Sie können sich wohl kaum von Ihren Verpflichtungen losmachen«, sagt sie aus der Ecke neben dem Kühlschrank, wo sie vor einem kleinen Spiegel an der Wand steht und ihren Lippenstift nachbessert. »Wir kommen auch ohne Ihre Hilfe klar. Mussten wir vorher ja auch.«

Erhard weiß nicht, wie er darauf reagieren soll. Sie sagt das nur, um ihn zu verletzen, da ist er sich sicher. Dabei macht er dies alles ohnehin eher für sich, und nicht, um ihnen eine Gefälligkeit zu erweisen. Aber das hört sich falsch an. Egoistisch.

»Ich habe schon dafür gesorgt, dass mir die Mittwochvormittage freigehalten werden, damit ich ihn auch weiter fahren kann«, sagt Erhard. In Wirklichkeit hat er niemandem gesagt, was er in diesen Stunden treibt, und er wird auch gewiss nicht um Erlaubnis bitten wie ein Teenager. Erst recht nicht Marcelis. Beim Verlassen des Büros hat er zu Ana gesagt, er führe zu einem Termin mit Autovenga. Das stimmt zwar, ist nur nicht die ganze Wahrheit, aber verdammt, er kann doch wohl machen, was er will.

Mónica kocht einen italienischen Kaffee. Er trinkt ihn vor dem Fernseher, während sie in den Garten hinausgeht.

»Kommen Sie mich doch am Samstag besuchen«, schlägt er später vor, als sie sich durch die runtergelassene Scheibe von Aaz verabschiedet. Ein spontaner Einfall. Schlechtes Gewissen? Vielleicht auch etwas anderes, auf jeden Fall hat er sich keine Gedanken gemacht, was er dann mit Beatriz anstellen soll. Aber vielleicht reicht es ja, einfach das Zimmer abzuschließen, wie er es getan hat, als Emanuel mit seinem Hofstaat überraschend vor der Tür stand.

Sie scheint ihn nicht verstanden zu haben, sieht aber nicht feindselig aus. Höchstens zaudernd.

»Als Dankeschön für die gemeinsamen Fahrten mit Aaz und für Ihre Hilfe mit dem Computer.«

Komm schon, Mama, hört er Aaz sagen. Lass uns das doch machen.

Andererseits hofft er fast schon, dass sie ablehnt, dass sie diejenige ist, die keine Annäherung will. Dabei würde er sich wirklich freuen, Aaz zu sehen. Und sie auch. Unter anderen Umständen. Um ihr zu zeigen, dass er etwas zu bieten hat. »Wenn ein Fußballspiel läuft, kann Aaz es sich auf dem großen Fernseher angucken.«

»Ob das gut ist?«, fragt sie. Das war vorhersehbar.

»Womöglich nicht«, sagt er. »Wenn Barça verliert, zertrümmert er am Ende die ganze Wohnung.«

Sie lächelt kaum merklich. »Wollen Sie das wirklich?«

Ihre Unsicherheit ist fundamental und herzzerreißend. Diese Frage begleitet ihn schon sein ganzes Leben, und er hat sie sich schon viele Male selbst gestellt. Er kann ihr nicht mal in die Augen sehen, als er mit Ja antwortet. Nur mit Ja.

Sie betrachtet Aaz, der durch die Windschutzscheibe schaut, als führen sie durch eine spannende Landschaft. »Dann kommen wir gern.« Er lächelt sie nur an, als sie den Kopf zurückzieht und sagt: »Holen Sie uns um 12.00 Uhr ab.«

Er hat gedacht, es würde ihm schwerfallen, auf Alkohol zu verzichten, aber das ist nichts im Vergleich zu dem Stress und der Verwirrung, die ihn allmorgendlich packt, wenn Ana versucht, die Aufgaben des Tages mit ihm durchzusprechen. Führungssitzung, Vorstands- und Monatsmeeting, Kaffeekränzchen, Personalsitzung und vor allen Dingen: Kundengespräche. Eine lange Reihe von Terminen mit Großkunden, die zum Essen eingeladen werden wollen, ehe sie sich entscheiden, mit welchem Taxiunternehmen sie zusammenarbeiten wollen.

Ana erklärt ihm, dass diese Termine entweder in seinem Büro am runden Tisch mit den weich gepolsterten Stühlen oder im Restaurant Muñoz stattfinden können, wo in einem Hinterzimmer mit Stierkampfplakaten und Sherryflaschen immer ein Tisch für sie reserviert ist. Er kennt sich mit derlei Treffen nicht aus, fürchtet gute Manieren und unverständliches Geschäftsgeschwafel und hat Angst, dass sie ihn als schäbigen Taxifahrer betrachten und in den Verhandlungen in Grund und Boden reden. Furchtbar nervös geht er zum ersten Treffen mit dem Souschef vom Gran Hotel & Spa Atlantis und sucht mehrmals die Toilette im Muñoz auf, um schließlich einem jungen Mann in Jeansjacke gegenüberzusitzen. Glücklicherweise schmeckt ihr Sancocho nach stundenlangem Einköcheln mit viel Pfeffer einigermaßen. Erhard bekleckert sich das Hemd und versucht, den Fleck mit einer Papierserviette wegzutupfen, was es aber nur noch schlimmer macht. Der Souschef amüsiert sich, sitzt ansonsten aber irgendwie nervös auf seinem Platz, stochert in seinem Eintopfgericht herum und redet ohne Punkt und Komma von seinem Vorleben bei McDonald's und davon, dass er sich nicht vorstellen könne, ewig auf der Insel zu bleiben. Obendrein schaut er ständig auf sein Mobiltelefon, als erwartete er einen wichtigen Anruf. Erhard muss an Marcelis denken. Er kennt das Hotel, hat häufig Kunden rausgefahren oder von dort abgeholt. Der Empfang liegt oben auf einem Hügel, und vom Taxihalteplatz muss man erst eine lange, steile Treppe hochgehen. Viele Fahrer haben keine Lust, das Gepäck bis ins Foyer zu schleppen, und auch Erhard hat es jedes Mal in den Knochen gespürt, wenn er einen Amerikaner mit vier, fünf schweren Gepäckstücken nach oben begleitet hat.

»Das ist aber nun einmal so«, sagt der Souschef. »Wir schaffen es zeitlich nicht, die Koffer und Taschen aller Gäste unten abzuholen, außerdem ist der Tagesportier nicht mehr der Jüngste. Er arbeitet schon seit mehr als zwanzig Jahre im Hotel und will nur noch Türen aufziehen, Trinkgelder kassieren und nach Promis Ausschau halten. Aber feuern können wir ihn nicht, weil er über ein paar Ecken Verbindungen nach oben hat.«

»Was, wenn unsere Fahrer sich bereit erklärten, das Gepäck nach oben zu tragen?«, fragt Erhard.

»So eine Absprache gab es schon einmal. Die jungen Fahrer sind daran nur mäßig interessiert. Die haben es eilig. Und die alten – Entschuldigung, zum Beispiel Alberto – können das nicht mehr.«

»Aber wenn ich die Fahrer davon überzeugen könnte, es zu machen, kämen wir dann ins Geschäft?«

»TaxiVentura ist in sieben Minuten da. Mir ist zu Ohren gekommen, Sie schaffen das in sechs?«

Erhard weiß, dass das eine Lüge ist. Das Gran Hotel & Spa Atlantis liegt weit außerhalb. Weit und breit keine Bebauung, nur langweilige Strandabschnitte. Mit ein bisschen Glück schafft man es bis dorthin in sieben Minuten. Von Puerto Nord, wo die Taxis vor den Kinos stehen, sind es Minimum elf Minuten.

»Wir schaffen es in dreizehn Minuten.«

Der Souschef lacht und feuert eine Reihe eingeübter Hotelfloskeln ab. Wie kundenorientiert sie denken, dass sie alles daran setzen, die Erwartungen der Gäste zu übertreffen, und ihr Personal regelmäßig in Costumer Service Intelligence schulen, wobei es letztendlich darum geht, im Schnitt mehr als dreitausend Gäste durch die Maschinerie zu schleusen, im Sommer achttausend. Erhard muss unweigerlich an einen Fleischwolf denken. »Da können wir es uns nicht leisten, sie dreizehn Minuten auf das Taxi warten zu lassen.«

Jetzt ist Erhard derjenige, der lacht. »Bieten sie ihnen doch eine gute Tasse Kaffee für vier Euro an, um ihnen die Wartezeit zu verkürzen und sich ein bisschen zu entspannen.«

Der Souschef muss darüber nachdenken und fragt, was Erhard selbst über sein Angebot denke.

»Es ist realistisch. Wer immer behauptet, das wär in weniger als elf Minuten zu schaffen, hat sich weit aus dem Fenster gelehnt.«

»Marcelis Osasuna, letztes Jahr, als ich mit ihm hier zusammengesessen habe. Es gab den gleichen Sancocho. Man kann sagen, was man will, bemüht seid ihr jedenfalls.«

»Ich bin nicht Marcelis. Marcelis hat keine Ahnung vom Taxifahren. Er kann ein Unternehmen leiten. Aber genau deshalb hat er mich zu diesem Treffen geschickt. Ich kann die

Wagen auch nicht schneller von einem Ort zum anderen zaubern, aber ich kann Ihnen ein realistisches Angebot machen, mit dem sie kalkulieren können – und dafür sorgen, dass unsere Fahrer den Gästen die Koffer nach oben tragen.«

Der Souschef sagt nichts mehr, hebt stattdessen das Glas und mustert Erhard. Dann fragt er: »Entschuldigen Sie, aber wo zum Teufel haben die Sie ausgegraben?«

»Cotillo«, antwortet Erhard, und der Souschef lacht. Ein ansteckendes, freundliches Lachen, und Erhard stimmt mit ein.

Kurz darauf serviert ihnen der Oberkellner halb geschmolzenes Vanilleeis und Pfirsichhälften aus der Dose. »Noch vor wenigen Jahren«, sagt der Souschef und stochert in seinem Dessert herum, »war das hier der Höhepunkt des hiesigen gastronomischen Angebots. Unseriöses, tristes Dosenfutter. Der Sancocho ging ja noch, aber das hier ist wirklich ein Witz, eine absolute Schande. Wir müssen einiges besser machen, wenn wir die Touristen halten wollen. Wissen Sie, wie viele schlechte Beurteilungen dieses Lokal bei TripAdvisor hat? Mehr als neunzig. Neunzig Menschen haben sich die Zeit genommen, negativ über dieses Drecksloch hier zu schreiben – weil sie sich über dieses absurd unappetitliche Eis zu vier Euro fünfzig geärgert haben. Und genau dagegen müssen wir vorgehen. Immer wenn irgendwer hier auf der Insel was versiebt, wird das im Internet gleich an die große Glocke gehängt. Gefundenes Fressen für alle, die ohnehin keine Lust haben, vier Stunden im Flieger zu sitzen, um dann hier wie die Idioten behandelt zu werden.«

Erhard versteht die Empörung, auch er hat schon von dieser Entwicklung gehört, auch wenn er sich das mit dem Internet noch immer nicht richtig vorstellen kann. Andererseits haben Alina und Mónica beide im Handumdrehen nur wenige Tage alte Fotos im Netz gefunden. Dass das alles so verdammt schnell geht! Man sollte meinen, die Leute hätten Besseres zu tun.

»Sie verstehen nur Bahnhof von dem, was ich sage, oder?«, fragt der Souschef.

»Nein«, sagt Erhard. »Keine Erklärung nötig.«

Der Souschef lacht wieder. »Fantastisch. Sie sind wie ein trockener Alkoholiker drei Tage vor seiner Pensionierung. Wir sitzen hier in einem der furchtbarsten Restaurants der Insel. Trotzdem haben Sie es geschafft, mir Hoffnung zu machen, ein kleines bisschen Hoffnung, dass wir weiter zusammenarbeiten und gutes Geld verdienen können. Richten Sie das gerne Ihrem Chef aus.«

»Er ist nicht mein Chef«, sagt Erhard. »Ich habe keinen Chef.«

Der Souschef hört sofort auf zu lächeln. »Okay«, sagt er.

Das Vanilleeis schmilzt vollends, während sie ihr Bier austrinken.

Danach findet Erhard immer mehr Gefallen an den Sitzungen und Treffen. Nur seinen alten Kollegen gegenüber hat er ein schlechtes Gewissen. Er hat einfach das Gefühl, dass Bier trinken und essen zu gehen keine redliche Arbeit ist. Aber die Treffen laufen gut. Er überzeugt Ana davon, zukünftig bei Miza einen Tisch für Treffen zu organisieren, bei der selbst der Salat und das Sandwich besser schmecken als das teuerste Essen bei Muñoz. Außerdem ist die Aussicht dort besser, und Erhard fühlt sich wohler. Nach fünf Verträgen, die er problemlos unter Dach und Fach gebracht hat, hat er beim nächsten Gespräch erstmals das Gefühl, dass etwas schiefläuft. Die Vertriebsleiterin aus dem Zoo Oasis Park mag Alapaqa nicht und macht einen unzufriedenen Eindruck. Sie will nur Verträge mit jemandem schließen, der die Insel kennt und die Kultur respektiert. Erhard versucht, ihr zu erklären, dass er das durchaus tue, worauf sie entgegnet, dass weder Osasuna noch er von der Insel stammen und Osasuna überdies den Ruf habe, unsolidarisch zu sein. Irgendwann hat Erhard das Gefühl, dass sie bereits mit Barouki gesprochen und von ihm ein gutes Angebot bekommen hat, und gibt auf. Miza hat Teile der Unterhaltung mitbekommen und streift im Vorbeigehen ganz leicht Erhards Schulter.

Im Büro schlägt ihm noch immer Feindseligkeit entgegen.

Eines Morgens kommt Marcelis ihm auf dem Flur entgegen und grüßt ihn schon aus zehn Metern Entfernung. »Señor Castilla, I presume«, ruft er laut und für alle hörbar. Erhard ahnt schon, was als Nächstes kommt. Castilla ist die Hauptperson von *El comisario,* Spaniens populärster Krimiserie, die jeden Donnerstag im Fernsehen läuft. »Sie wissen schon, dass es vertraglich vorgeschrieben ist, keiner anderen Arbeit nachzugehen als derjenigen, für die man eingestellt ist? Ich baue in meiner Freizeit ja auch keine Häuser.«

Erhard weiß genau, worauf Marcelis anspielt, beschließt aber, sich dumm zu stellen. »Mit Palabras ist abgesprochen, dass ich nebenbei weiter eine Handvoll Kunden betreue.«

»Ich meine nicht die Klavierstimmerei. Ich meine Ihren Nebenjob als Detektiv.«

»Ich habe keinen Nebenjob als Detektiv.«

»Sie wissen genau, was ich meine, Jorgenson. Die Leute reden darüber. Ana hat es mir erzählt.«

Erhard ist verwundert, dass Ana nichts zu ihm gesagt hat. »Das hat nichts zu bedeuten«, sagt er. »Das ist nur wie ein Puzzle, das ich in meiner Freizeit löse. Das hat mit meiner Arbeit nichts zu tun.«

»Lassen Sie das Puzzeln und konzentrieren Sie sich auf Ihren Job«, sagt Marcelis und macht auf dem Absatz kehrt. Noch ehe Erhard etwas entgegnen kann, ist er weg.

Erhard überlegt, Palabras anzurufen, damit der Marcelis in seine Schranken weist, schreckt aber davor zurück, weil er ja weiter mit Marcelis zusammenarbeiten will. Außerdem wird Palabras vermutlich ins selbe Horn stoßen: Kümmern Sie sich um Ihre Arbeit und vergessen Sie Ihre kleinen Abenteuer.

Wer ihn nicht kennt – vor allem die jungen Fahrer, Mijael und Gustavo –, hat kein Problem damit, ihn als Chef zu akzeptieren, während Luis ihn immer noch schräg von der Seite ansieht und keinen Ton von sich gibt, wenn er mit seinem Automatenkaffee in der Hand den Flur herunterkommt. Eines Nachmittags setzt er sich in den Pausenraum und unterhält sich mit den Fahrern, die während der Siesta vorbeischauen. Anfangs sagen sie nicht viel, aber schon bald haben sie vergessen, dass Erhard einer aus der Geschäftsführung ist, und beschweren sich wie gewohnt über das System und die Stunden, die nicht angerechnet werden. Erhard hört schweigend zu und geht dann runter ins Büro, um eine Liste mit den Punkten zu erstellen, die genannt wurden. Er verspricht ihnen nichts, möchte aber versuchen, die Dinge anzugehen, die sie angesprochen haben. Allmählich beginnt er zu verstehen, weshalb die Firmenleitung den Wünschen der Fahrer nicht immer nachkommen kann, er denkt aber, dass man den Fahrern zumindest zeigen muss, dass sie mit ihren Klagen Gehör finden und man gern das eine oder andere ändern will, soweit es finanziell machbar ist. Marcelis hat nichts gegen Verbesserungen, so viel hat Erhard in den letzten Wochen herausgehört. Allerdings ist er eher daran interessiert, mehr Wagen auf die Straße zu bringen, als sich um die Befindlichkeiten der Fahrer, um Kaffeemaschinen und Massagen zu kümmern. Das Fernbleiben der Touristen und die steigenden Benzinpreise machen das Ganze nicht gerade leichter.

In den Tagen, die er im Büro verbringt, hört er auf einem kleinen Transistorgerät Radio Mucha und arbeitet Ordner mit Verträgen und alten Abrechnungen durch, um sich einen Überblick zu verschaffen, wofür wie viel Geld ausgegeben wurde. Ana oder Marcelis, einer von beiden, hat einen Globus auf einen der Aktenschränke gestellt, als wären sie ein weltumspannendes Unternehmen. Er dreht ihn und sieht den winzigen Punkt mitten im Meer, Fuerteventura, und den nicht viel größeren Flecken über Deutschland, Dänemark. Wenn nichts anderes im Kalender steht, zieht er sich auf die Toilette zurück und liest.

51

Am Samstag wird er noch vor Sonnenaufgang auf dem Sofa wach – in den Klamotten vom Vorabend. Möglicherweise hat ihn das Licht geweckt, der blauviolett leuchtende Streifen zwischen Himmel und Meer. Er ist mit dem Gedanken aufgewacht, Raúl zu sein. Vielleicht hat sein letzter Traum davon gehandelt. Aber er will nicht Raúl sein. Will nicht wie er leben. Er hätte gerne Raúls Jugend, seine Leichtigkeit gehabt, würde gern unbekümmert durchs Leben tanzen, Beatriz' Blick auf sich spüren, wenn er über das Meer philosophiert oder einen Wein kommentiert.

Aber er will nicht Raúl sein, wenn in Beatriz' Augen die Angst aufflackert – wie eben in dem Traum, in dem Beatriz nackt unter ihm lag, schreiend, und er sie schlug, sie vergewaltigte. Ihre eine Brust wippte auf und ab, während die andere aus irgendeinem Grund unbewegt nach oben ragte. Ihr Schrei klang trocken – wie eine Schnur, die man rasend schnell um einen Pfosten zieht. Er war in diesem Traum Raúl, seine Arme waren Raúls dicht behaarte Arme, und er schlug sie, während er sie vögelte. »Nein!«, rief sie wieder und wieder, weinte und betete zu Maria. Erhard hat keine Ahnung, ob sie katholisch ist, er hat sie jedenfalls nie in der Nähe einer Kirche gesehen. Aber sie hat auch nicht das Ave Maria gebetet, sondern den Text eines Popsongs, den Raúl gern hört. Only when you leave, I need to love you. Sie hörte auf zu reden. Verstummte. Lag reglos unter ihm. Er zählte seine Arme. Es waren verdammt viele. Acht oder neun, die vor ihm herschlackerten, sodass Beatriz kaum mehr zu sehen war.

Er kann sich nicht aufraffen, zu ihr ins Schlafzimmer zu gehen und nach ihr zu sehen. Der Körper, der dort drinnen liegt, ist so anders als derjenige, den er in seinem Traum gespürt hat. Das ist gleichermaßen bedrückend und erleichternd. In seinem Traum war sie die zerstörte Seele einer regelrechten Sexmaschine. In der Realität ist es der Körper, der zerstört ist und in dem eine notleidende Seele haust. Ohne das Licht einzuschalten, wechselt er den Katheterbeutel und dreht sie auf die andere Seite. Er weicht ihrem Blick aus, diesen funktionslosen Porzellankugeln, will das Gesicht mit den schlaffen Muskeln nicht sehen.

Anschließend geht er hinunter zum Strand. Es ist die beste Zeit des Tages, wenn man wissen will, wie die Stadt ursprünglich mal gewesen ist. Die Möwen sitzen auf den übereinandergestapelten Stühlen der Cafés, ein Ehepaar streitet auf einer Bank unter einem blühenden Baum um irgendwas, ein junger Mann harkt den Sand und stellt Liegestühle auf, und draußen auf dem Meer die Fischer. Einsame Silhouetten, die immer früh unterwegs sind, um etwas zu tun, was wenigstens an Arbeit erinnert, damit sie sich mittags guten Gewissens betrinken können. Er beobachtet eins der Boote, das auf dem Weg in den Hafen ist. Es schlingert durch Wind und Strömung wie die Autos unten bei den Dünen, die der Wind manchmal fast von der Straße drückt. Er dreht um und läuft in Richtung Hafen. Auch für den Ort ist es die beste Zeit des Tages, wenn man mit jemandem reden will, der weiß, wohin die Gezeiten und die Strömungen des Meeres große Gegenstände bewegen.

Er sieht das Boot zwischen den Molen hindurchmanövrieren und zwischen zwei verwaisten Kuttern anlegen. Die Männer laufen auf und ab und zurren alles fest. Das Ganze geht schweigend vonstatten. Erhard beobachtet sie, um herauszufinden, wer der Kapitän oder zumindest der Erfahrenste von ihnen ist. Vermutlich der mit dem Kopftuch. Oder der mit dem orangefarbenen Overall. Er entscheidet sich für den mit dem Tuch, der auf den Anleger geklettert ist und ein paar graue Kisten ausspült.

»Wer ist denn der Kapitän auf Ihrem Boot?«

»Wer will das wissen?«, gibt der Mann zurück, ohne Erhard dabei anzusehen.

»Eine neugierige Seele«, antwortet Erhard.

»Davon gibt es morgens um sechs nicht viele.«

»Na ja, mittlerweile ist es bald halb acht. Sind Sie der Kapitän?«

Der Mann zeigt grinsend in Richtung Steuerhaus, in dem ein junger Mann steht und etwas auf einen Zettel schreibt. Er ist ein bisschen zu weit weg, und der Motor läuft noch.

»Ich hab eine Frage an den Kapitän«, ruft Erhard über den Lärm hinweg. Es dauert eine Weile, bis seine Stimme zu dem Mann durchdringt und er Erhard ansieht. Sein Gesicht ist rötlich braun, und seine Augen sind weiß, wie von der Sonne ausgebleicht. Erhard kennt ihn. Nicht persönlich, sondern weil der Mann im Hafen von Corralejo aufgewachsen ist. Er ist einer von denen, die unten an der Straße kleine Fische verkauft haben, die nackt zwischen den Klippen herumgeklettert sind und den Touristen die Krabben gezeigt haben. Einer von denen, die unter Tränen zusehen, wie das Floß mit der Jungfrau Maria aufs Meer hinausgeschickt wird, im Gedenken an ihre Väter, die draußen auf See geblieben sind. Weil auch sie selbst draußen ihr Ende finden werden. Ein junger Fischer alter Schule, ein Kind der Insel, wenn er denn jemals ein Kind gewesen ist. Der Mann klettert aus dem Steuerhaus, kommt auf Erhard zu und reicht ihm die Hand.

»Polo«, sagt er. Eine Gesichtshälfte des Mannes ist seltsam flach, wie von etwas Großem, Hartem eingedrückt.

»Ich hab eine Frage an denjenigen von Ihnen, der die meiste Erfahrung auf dem Meer hat«, sagt Erhard, nachdem er sich vorgestellt hat. Er sieht sich um und erwartet schon, dass einer der anderen den Kopf hebt.

»Fragen Sie nur«, fordert Polo ihn auf.

Mit einem Mal ist Erhard unsicher, wie er es formulieren soll, ohne zu großes Gelächter heraufzubeschwören. »In Ihrer Zeit auf See haben Sie bestimmt schon einiges erlebt. Ich bin eine Landratte, die zufällig hier auf der Insel gestrandet ist. Ich weiß nichts über das Meer oder das Wasser und die Verhältnisse dort draußen.« Polo sieht ihn an. Bis jetzt hat er keine Einwände. »Was ist das Seltsamste, das Sie je draußen auf dem Wasser haben treiben sehen? In den Medien wird von einer gigantischen Plastikinsel vor Hawaii berichtet. Haben Sie jemals etwas ähnlich Fremdartiges auf dem Wasser gesehen?«

Der Mann sieht Erhard an, als versuchte er zu ergründen, worauf er mit der Frage hinauswill. »Meinen Sie Wasserleichen? Wie den Sohn dieses Reichen, nach dem letzte Woche gesucht wurde?«

Erhard ist schockiert, als ihm klar wird, wen der Fischer meint. »Nein, den meine ich nicht. Haben Sie ihn gesehen, haben Sie ihn gefunden?«

»Nee, das hab ich auch den Polizisten gesagt, als die gefragt haben. Wir haben nichts gesehen. Glauben Sie mir, ich will keine Toten in meinem Netz haben. Die sind schlecht fürs Geschäft.«

»Und was ist mit anderen Dingen? Häuser? Oder Sachen vom Tsunami letztes Jahr? Autos?«

»Wir haben schon die seltsamsten Sachen herumtreiben sehen, nicht wahr, Jungs?« Die anderen brummen zustimmend. »Aber wir schreiben das nicht auf und vergessen das auch gleich wieder. Das Meer hat seine Geheimnisse, das lernen wir immer wieder, wenn wir draußen sind. Aber wir sind Fischer, keine Wracktaucher.«

»Treibt da draußen viel herum? Nicht nur Boote und Flöße und Holzstücke?«

Polo zuckt mit den Schultern. »Klar.«

»Wie ist das mit Autos, die aus irgendeinem Grund im Meer landen, treiben die auch auf dem Wasser?«

Polo grinst. Er ahnt, dass Erhard die ganze Zeit auf diese Frage hinauswollte.

»Ist das möglich?«

»Gesehen hab ich das noch nicht«, sagt Polo.

Erhard blickt zu den anderen Männern, um zu überprüfen, ob von denen vielleicht einer eine Geschichte loswerden will.

Polo ergreift wieder das Wort: »Mein Onkel hat vor vielen Jahren in Morro gefischt. Einmal ist sein Boot mit einem

Lkw zusammengestoßen, der unmittelbar unter der Wasseroberfläche trieb. Mein Onkel hat behauptet, von dem Ding wär nichts zu sehen gewesen. Die wenigsten haben ihm geglaubt, das hat ihn echt auf die Palme gebracht. Er konnte sich sogar noch an den Firmennamen erinnern – Transo Viajes. Das wäre unter Wasser deutlich zu sehen gewesen. Erst als er mit dem Lastwagen zusammengestoßen ist, ist das Ding wie ein Stein gesunken. Mein Onkel musste sein Boot reparieren lassen. War verdammt teuer, und die Versicherung wollte natürlich nicht zahlen, auch die haben ihm nicht geglaubt.« Die anderen Männer auf dem Boot grinsen, wahrscheinlich haben sie die Geschichte schon häufiger gehört. Polo sieht Erhard an. »Vielleicht können also auch Autos schwimmen, wer weiß.«

Die Männer schleppen weiter Kisten auf einen hölzernen Rollwagen. Erhard nickt Polo dankend zu und läuft zurück.

Als er auf der anderen Seite des Hafenbeckens ist, ruft Polo ihm hinterher: »Sagen Sie mir Bescheid, wenn Sie es rausgefunden haben. Mein Onkel ist tot, aber der Familie würde es guttun zu wissen, dass er damals recht hatte.« Dann bekreuzigt er sich.

Die Skepsis des Fischers bestärkt Erhard in seiner Vermutung. Trotzdem hält er wohl vorrangig wegen seiner Abneigung gegen Angepasstheit und Autoritäten an seiner Meinung fest. Nachdem alle behaupten, dass der Wagen nicht übers Meer gekommen sein kann, ist er sich fast sicher, dass er übers Meer gekommen sein muss. Er schaut beim Laufen nur auf seine Füße. Als er die Bauruine des Hotel Olympus erreicht, an das so hohe Erwartungen geknüpft waren, klettert er auf das Plateau, wo der Pool gebaut werden sollte und von dem aus man freie Sicht auf die Stadt hat. Die lange Reihe weißer

Häuser wird einzig unterbrochen von der grünen Fassade des Fischmuseums mit dem gigantischen, sich in der Sonne drehenden Tintenfisch.

In einem kleinen Hiperdino kauft er sich Brot und ein paar Scheiben Schinken. Zurück in der Wohnung deckt er den Tisch und holt sich eine Flasche Rotwein, räumt sie dann aber sofort wieder weg. Das ist Raúls Rotwein, und er war ganz bestimmt unsinnig teuer. Außerdem weiß er nicht mal, ob Mónica Wein mag.

Er wechselt Beatriz' Kleider. Zieht ihr einen anderen Jogginganzug an. Inzwischen ist das Umziehen zur Routine geworden, als würde er ein Kind wickeln. Die Haut unter dem Mundstück ist wund, er nimmt es ab und beobachtet sie beim Atmen. Schließlich schaltet er den Apparat aus und wickelt Schlauch und Mundstück um das Stativ. Der Arzt hat vorgeschlagen, es ein oder zwei Tage ohne künstliche Beatmung zu versuchen. Er lässt eine Lampe brennen, schließt die Tür jedoch ab.

Anschließend nimmt er ein Bad, zieht sich um und rasiert sich. Eigentlich gefällt er sich rasiert nicht, er ist sich aber sicher, dass Mónica ihn so lieber mag. Sein Spiegelbild lässt keinen Zweifel offen: Er ist ein alter Mann mit müden Augen.

Dann macht er sich auf den Weg. Eigentlich wollte er erst Aaz abholen, der Gesellschaft wegen, und bestimmt auch, weil er sich allein mit Mónica vielleicht unsicher fühlen könnte. Immerhin ist sie nicht irgendein Fahrgast. Doch als er an den Abzweig zum Heim Santa Marisa kommt, fährt er geradeaus in Richtung Tuineje weiter.

Er hupt einmal kurz vor ihrem Haus. Sie läuft nach draußen und springt auf den Beifahrersitz, als würde es regnen. Schüttelt die Haare aus und stellt ihre Tasche zwischen die Füße. Sie trägt ein Kleid, hohe Schuhe und eine Strumpfhose. Ein seltener Anblick auf einer heißen, staubigen Insel. Mónica ist anders, das weiß er, manchmal passt sie noch weniger in diese Gegend als er selbst.

Sie wundert sich, dass Aaz nicht da ist.

»Ich wollte ihm die lange Autofahrt ersparen«, sagt Erhard, obwohl ihm klar ist, dass sie sehr wohl weiß, wie gern Aaz Auto fährt.

Sie fahren durch Antigua und vorbei an der Glasfabrik mit den zwei Schornsteinen. Erhard hat schon viele Menschen gefahren, aber es ist ein anderes Gefühl, ohne Taxameter zu fahren, ohne Funksprüche der Zentrale und noch dazu in diesem neuen, silberfarbenen Gefährt. Will er ihr je von dem Jungen in dem Pappkarton erzählen, wäre dies jetzt der richtige Moment. Nachdem sie ihm mit den Strandbildern und der Caféadresse geholfen hat, schuldet er ihr eine Erklärung. Er weiß nur nicht, ob es ihr gefallen wird. Ob sie es nicht für eine Angelegenheit der Polizei halten wird.

»Reden Sie immer so viel beim Fahren?«, fragt sie nach ein paar Minuten Stille.

Erhard muss lächeln.

»Ich mag stille Typen«, sagt sie. »Früher dachte ich, Aaz könnte gar nicht sprechen, aber das kann er, sogar sehr gut, wissen Sie das? Er redet manchmal im Schlaf, und beim Fernsehen ruft er hin und wieder spontan etwas aus, zum Beispiel wenn die Schildkröte nicht tut, was sie tun sollte. Er hat eine tiefe Stimme. Früher hat er ständig geredet – mit mir, mit den Vögeln, mit allen, die vorbeigekommen sind, aber irgendwann war damit Schluss. Von einem Tag auf den anderen.«

Erhard sieht sie von der Seite an.

»Vielleicht hat er irgendetwas gesehen oder gehört. Eines Morgens bin ich davon aufgewacht, dass er neben mir lag und weinte. Er war damals fünf Jahre alt und hat einfach nur geweint. Ohne Tränen. Ohne einen Laut. Ich hab ihn getröstet, hab ihm die Haare gestreichelt und für ihn gesungen. Aber seitdem – Schluss, aus, Ende. Seitdem hat er kein Wort mehr gesagt. Ich hab versucht, ihn zu motivieren … aber er will nicht. Oder er kann nicht mehr. Vielleicht ist es ihm zu schwer geworden.«

Erhard fragt sich, ob er Mónica von seinen Unterhaltungen mit Aaz erzählen soll.

Sie kommen zum Fuß der steilen Straße, die an Santa Marisa vorbeiführt. Er spürt Mónicas Blick auf sich. Aaz steht mit seiner Tasche vor dem Tor und schaut, als gäbe es weit und breit nichts zu sehen. Als der Wagen vor ihm hält, sieht er Mónica auf dem Beifahrersitz an, und sie klettert sofort auf den Rücksitz.

Genau wie er gehofft hat, ist Mónica beeindruckt von der Wohnung. Sie klatscht in die Hände, läuft durchs Wohnzimmer und berührt ein paar Dinge, als wären es Kunstgegenstände. Sie fährt mit der Hand über Raúls Buchsammlung, die Erhard mit seinen eigenen Büchern ergänzt hat. Raúl hätte seine Sachen im Schlafzimmer eingelagert, erklärt er, deshalb wäre auch die Tür verschlossen. Sie schluckt die Lüge, geht auf die Terrasse und lässt ihren Blick über die Straßen schweifen, während Aaz die nächste halbe Stunde im Badezimmer verbringt und mit der Tür der Duschkabine spielt, deren Glas milchig wird, sobald man sie schließt.

Als Erhard sich in die Küche zurückzieht und Sandwiches vorbereitet, deckt Mónica den Tisch, und Aaz setzt sich vor den großen Fernseher und schaltet zwischen den fünf Kinderprogrammen hin und her. Erhard hatte keine Ahnung, dass er so viele Sender hat. Die Sendung mit der Schildkröte hat noch nicht angefangen. Dann steht das Essen fertig auf dem Terrassentisch. Aaz will sein Programm nicht unterbrechen, sodass Mónica Essen und Trinken zum Couchtisch trägt. Erhard und sie nehmen auf dem Sofa Platz, während Aaz mit einer Schale Tintenfischringe vor sich auf dem Boden vor dem Fernseher sitzt. Der riesenhafte Körper auf dem Teppich lässt den Raum kleiner wirken. Mónicas leise Stimme geht im Geschnatter der Fernsehfiguren beinahe unter, Erhard kann kaum verstehen, was sie sagt. Sie erzählt vom Personal im Santa Marisa, das am Sonntag keinen Besuch duldet. Von den Zimmern, in denen sie zu viert in Stockbetten schlafen. Nur wer richtig Lärm macht, kriegt ein Einzelzimmer, keins dieser Zimmer hat ein Fenster mit Aussicht, außerdem lassen die Fenster sich nicht öffnen. Nachts ist ein ständiges Gezischel und Geflüster zu hören, sodass man fast meinen könnte, es würde spuken, was man auch über viele Jahre hinweg behauptet hat. Aaz müsste eigentlich neben einem Erwachsenen schlafen, der seine Hand hält, aber es gibt nur eine Art Nachtwache, die in der Mitte des Zimmers sitzt, die Kranken beobachtet und allenfalls mit ihnen auf die Toilette geht.

Erhard bekommt nur die Hälfte mit, aber das reicht völlig, damit er sich körperlich schlecht fühlt. Er lässt den Schinken liegen.

Anschließend räumen sie gemeinsam auf. Wie zu Hause bei Mónica, nur diesmal in der großen Küche, in der keiner von beiden richtig weiß, wo welche Sachen hingehören.

»Ich hab gehört, dass Sie Polizist spielen.«

»Was?«, gibt er zurück und sieht zu Aaz hinüber.

»Man redet über Sie. Es gibt nur einen Ermitaño auf der Insel, wenn Sie wissen, was ich meine. Und der Ermitaño versucht sich angeblich als Detektiv.«

»Wer erzählt so was?«

»Die Leute. Die Mütter auf der Insel. Die sind doch alle mit jemandem verheiratet, der jemanden kennt, der von dem Kind gehört hat, das am Strand gefunden wurde.«

»Ich hab bloß ein paar Fragen gestellt. Ich bin kein Polizist oder Detektiv.«

»Jeder hätte gern, dass Sie die Mutter finden, aber ...«

»Ich suche nach keiner Mutter. Ich will doch nur das Rätsel lösen – wie jemand Kreuzworträtsel löst oder diese japanischen Zahlendinger aus der Zeitung.«

»Warum kaufen Sie sich dann keine Zeitung?«

»Man verlässt sein Kind nicht einfach ohne Grund. Der Mutter muss etwas zugestoßen sein.«

»Einige tun das. Laufen einfach weg, wenn's schwer wird.«

»Worauf wollen Sie hinaus?«

»Vielleicht ist die Mutter es nicht wert, gefunden zu werden. Vielleicht hat sie es verdient, dass sie ertrunken oder irgendwie anders umgekommen ist.«

»Sagen die Leute?«

»Ich meine doch nur, dass Sie sich vielleicht nicht einbilden sollten, den Fall allein lösen zu können, wenn die Polizei schon aufgegeben hat.«

»Haben Sie Angst, dass Aaz etwas zustoßen könnte?«

»Sie könnten Probleme mit den falschen Leuten bekommen. Aaz hat Sie sehr gern, das wissen Sie, oder?«

»Da ist doch irgendwas, was Sie mir nicht sagen?«

»Ich weiß nichts. Ich mache mir nur Sorgen um Aaz.«

»Es hat nichts mit Los Tres Papas zu tun, falls Sie das glauben. Es geht um ein Kind, nicht um eine Ladung Hasch.«

»Sie wissen doch, wie die Dinge hier auf der Insel zusammenhängen.«

Es klopft an der Tür. Erhard sieht zu Mónica, als wüsste sie, wer da geklopft hat. Eigentlich kann es nur jemand aus dem

Haus sein, denkt Erhard, Hauptsache, es ist nicht Emanuel Palabras, das wäre wirklich schlechtes Timing. Er läuft zur Tür, lauscht, hört aber nur leises Rascheln. Er macht die Tür auf.

»Hallo.«

Es klingt, als würde die Person ihn schon lang kennen. Eine falsche Blondine, eine dieser spanischen Marilyn-Monroe-Schönheiten. Sie trägt ein rotes Strandtop, einen Jeansrock und eine transparente Strumpfhose. Ihre Füße stecken in schwarzen Lackschuhen mit mindestens zehn Zentimeter hohen Absätzen.

»Ich bin gerade erst hier eingezogen, ich wohn jetzt unter Ihnen«, sagt sie.

Erhard hat sie noch nie gesehen. Er würde sich daran erinnern.

»Guten Tag.«

»Ich dachte, ich könnte Sie vielleicht auf ein Glas Wein und etwas zu essen einladen, damit wir uns kennenlernen.«

»Ich bin selbst neu …«

»Das macht doch nichts, deshalb lade ich Sie ja ein.«

»Mich?«

»Ja, einfach auf ein Glas, vollkommen unschuldig.«

Plötzlich wirkt sie nicht mehr die Spur unschuldig. Und ihr sexy Auftreten und der russische Akzent, den er mit einem Mal zu erkennen glaubt, kommen ihm verdächtig vor. Er will schleunigst die Tür zumachen, bevor Mónica sie sieht. »Das geht jetzt nicht«, sagt er, »ich hab Gäste, leider.«

»Dann ein andermal«, hört er sie noch sagen, bevor die Tür ins Schloss fällt. Zu seiner eigenen Verärgerung hat er einen Steifen bekommen. Wütend schiebt er seinen Schwanz unter das Gummi seiner Unterhose. Was zum Henker war das denn?

»Eine Nachbarin?«, fragt Mónica, die das Gespräch offenbar mitbekommen hat.

»Ja, unter mir.«

»Sie hätten sie doch reinbitten können.«

»Nein danke. Sie sah aus wie eine Prostituierte auf der Suche nach neuen Kunden.«

»Na und? Es ist doch sicher nicht das erste Mal, dass Sie mit Prostituierten zu tun haben?« Sie sieht ihn an, als erwartete sie eine bestimmte Reaktion.

»Aaz würde bei so einer Frau in Ohnmacht fallen«, sagt er. »Glauben Sie mir, er hätte vom Fernsehprogramm nichts mehr mitbekommen, wenn ich sie reingebeten hätte.«

Mónica mustert Erhard und beginnt zu lachen. Dann stellt sie sich vor ihn und legt ihm die Hände auf die Oberarme. Er sieht ihr ins Gesicht. Ein müdes, abgelebtes Gesicht. Wie sein eigenes.

»Alles ist gut«, sagt er. »Ich bin kein Polizist. Es reicht mir vollkommen, Chef eines Taxiunternehmens zu sein.«

Ihr Gesicht entspannt sich. Ein wenig.

Erhard geht zurück ins Wohnzimmer und schaltet um, und Aaz protestiert. Er scheint müde zu werden. Trotzdem greift Erhard zu dem teuren Rotwein und entkorkt die Flasche.

»Nein, das sollen Sie nicht, nein …«

Als würde er sie vor den Augen ihres Sohnes ausziehen.

Er schenkt ihr ein, aber Mónica trinkt nur wenig und läuft zwischen Sofa und Balkon hin und her. Er hätte die Blumenkübel nicht gegossen, ruft sie, und tatsächlich ist Erhard das noch gar nicht aufgefallen. Irgendwann setzt sie sich wieder aufs Sofa, aufrecht und mit aneinandergepressten Knien, als müsste sie aufs Klo.

Mónica begleitet Aaz ins Heim. Bevor sie durch das Tor verschwindet, gibt sie Erhard mit einem Blick zu verstehen, dass er nicht wegfahren soll. Als hätte er das vor. Auf dem Santa-Marisa-Schild sind ein paar der Buchstaben weggekratzt oder verblichen, sodass da nur noch »Santa Mar« steht. Heiliges Meer. Mónica kommt zurück und setzt sich neben ihn.

Er versucht, sich in sie hineinzudenken. Was fühlt sie, wenn sie ihren erwachsenen Sohn dort abliefert? Schlechtes Gewissen? Trauer um das Kind, das sie nie hatte?

Wortlos fahren sie nach Süden. Die Sonne geht inzwischen unter, und dieses ganz spezielle Licht, gefiltert vom Inselstaub und Dunst des Meeres, schiebt sich grünlich zwischen Himmel und Meer. Keiner sagt ein Wort.

Die Reifen knirschen über den Schotter, der Wagen hält. Erhard wünscht sich, er könnte den Tag noch mal von vorn beginnen, mit besserer Laune. Er würde ihr gern von seinem Traum erzählen und ihr erklären, warum er so verschlossen war. Aber das geht nicht. Außerdem hat seine Laune nichts mit dem Traum zu tun. Er ist einfach so, das kann er nicht ändern.

»Ich hatte einen schönen Tag«, sagt sie. »Weil Aaz einen schönen Tag hatte. Das hab ich ihm angemerkt.« Mónica lächelt. »Wir haben noch nie auswärts gegessen. Das war das erste Mal.«

Erhard senkt den Blick. »Und ich hatte noch nie Besuch. Das passt dann ja gut zusammen.«

»Jetzt haben Sie ja auch noch Ihre neue Nachbarin, die Sie einladen können.«

»Das kann ich mir nicht leisten«, sagt er im Versuch, ironisch zu klingen.

»Waren Sie nervös?«

»Wegen heute? Nein.«

»Ich schon. Ich hab die ganze Nacht nicht geschlafen. Ich hab mich gefragt, was passieren würde, wenn Aaz beim Essen einen seiner Anfälle bekäme. Oder wenn er Ihren Teppich dreckig machte. Manchmal kann er das Wasser nicht halten.«

»Ich auch nicht.«

»Danke, dass Sie zugehört haben«, sagt sie und steigt aus. »Sie waren ehrlich, Sie haben gesagt, was Sie denken.«

An der offenen Tür bleibt sie stehen, ohne dass er ihr Gesicht sehen könnte. »Sie sind ein guter Mensch, Erhard.« Es ist das erste Mal, dass sie ihn mit seinem Namen anspricht, auch wenn es wie Jerrar klingt. »Das dürfen Sie nicht vergessen. Auch wenn Sie die Mutter des Jungen nicht finden. In meinem Leben gibt es keinen Platz für einen Mann. Ich kann nicht. Wegen Aaz. Sie verstehen das.«

Sie dreht sich um und geht zum Haus, und er spürt, dass sie gerade etwas beendet hat, was noch gar nicht begonnen hatte.

52

Erhard hofft, Marcelis in seinem Büro anzutreffen, um mit ihm über die zwei ausgewählten Wagen zu sprechen. In den Leasingverträgen ist bereits Osasunas Name eingetragen, sodass nur er unterschreiben kann.

Erhard hat ihn seit ihrer kurzen Begegnung in der vergangenen Woche auf dem Flur nicht mehr gesehen. Die Tür zu seinem Büro ist geschlossen. Ana ist bei ihm. Er hört ihre gedämpften Stimmen. Erhard steht eine Weile da und lauscht. Sobald sie wieder über Taxiangelegenheiten reden, will er reingehen. Zuerst klingt es, als würden Möbel verrückt, dann ist ein Rascheln zu hören, als würde Papier geschreddert. Irgendwas rutscht an der Tür hinunter. Im selben Augenblick geht Erhard auf, dass das Rascheln in Wahrheit Marcelis'

Stöhnen ist. Hinter der Tür treiben sie es miteinander. Er packt sein Buch ein und läuft durch das Gebäude, als wäre er auf dem Weg zu einer Sitzung.

Der Autohändler ist gerade zu Tisch. »Essen Sie ruhig zu Ende«, sagt Erhard und setzt sich in der Kantine zu ihm.

»Wir dürfen hier keine Kunden empfangen.«

»Ist doch schön hier.«

Gilberto sieht sich um, als hätte er noch nie einen Gedanken darauf verschwendet. In seinem Mundwinkel klebt Mayonnaise von seinem Sandwich.

»Ich bin gekommen, um Sie um einen Gefallen zu bitten.«

»Äh«, sagt Gilberto mit vollem Mund.

»Ändern Sie unseren Vertrag so, dass ich anstelle von Osasuna unterschreiben kann.« Er zeigt auf die Stelle, wo der Name steht.

»Das kann ich nicht, das wissen Sie doch«, sagt Gilberto und schnappt nach Luft wie ein Fisch auf dem Trockenen.

»Sie wollen damit doch wohl nicht sagen, dass auf allen Wagen des Unternehmens Osasunas Name steht?« Das war geraten, doch Gilbertos Blick sagt ihm, dass er ins Schwarze getroffen hat. »Das heißt, dass er an dem Tag, an dem er abdankt, im Prinzip den ganzen Fuhrpark mitnehmen kann?«

»Nein, so ist das nicht, er muss …«, beginnt Gilberto.

»Und was, glauben Sie, hält Emanuel Palabras von solchen Machenschaften?«

Im ersten Moment sieht Gilberto ihn verwirrt an. Dann blitzt Panik in seinen Augen auf. »Ich kann die Verträge nicht abändern, weil ich die gar nicht selbst aufgesetzt hab. Das hat mein Chef gemacht, reden Sie mit ihm.«

»Und was, glauben Sie, hält Emanuel Palabras davon?«

Gilberto legt sein Sandwich weg. »Ich kann die Verträge nicht ändern, so ist das nun mal, Palabras hin oder her.«

Erhard ist natürlich klar, dass dieser Mann keine Verträge ändern kann. Er blickt auf die Tischplatte hinab, als würde er kurz nachdenken. »Na ja, vielleicht können Sie mir ja mit ein paar anderen Informationen weiterhelfen?« Gilberto sieht ihn skeptisch an. »Wer transportiert die Wagen? Wer hier aus der Gegend fährt die Wagen zwischen den Inseln hin und her oder zum Festland?«

»Denken Sie da an Einzelpersonen oder Firmen?«

»Wer ist dafür verantwortlich? Eine große Firma oder mehrere kleine? Wie kommen Ihre Wagen hierher?«

»Wieso fragen Sie?«

»Sagen wir, dass ich mich für den Autoimport interessiere.«

»Hat das was mit dem Jungen zu tun?«

Erhard ist inzwischen nicht einmal mehr überrascht, welche Kreise das Gerücht gezogen hat. Auch wenn er hier – bei einem Autoverkäufer in Puerto – insgeheim nicht damit gerechnet hat. »Wie kommen Sie darauf?«

»Weil … Weil meine Frau mir erzählt hat, dass irgendein verrückter Norweger nach der Mutter des Jungen sucht. Alle Frauen in meiner Straße reden davon.«

»Ach, und Sie glauben, das wäre ich?«

Gilberto starrt auf die Tischplatte. »Was weiß denn ich? Sie sind jedenfalls der einzige Norweger, den ich kenne.«

»Na ja … Es stimmt schon, ich bin derjenige, welcher.«

Der Autoverkäufer sieht ihn erleichtert an. »Ich würde Ihnen wirklich gern helfen. Das ist es nicht. Ich finde es gut, dass Sie die Mutter finden wollen. Sie darf damit nicht einfach davonkommen. Aber … also …«

Erhard stellt wieder einmal fest, dass es zwei Meinungen zu der Geschichte gibt. Da sind diejenigen, die die Mutter für eine Verbrecherin halten, die ihren Sohn umgebracht hat. Und die anderen, die glauben, dass Mutter und Sohn Opfer eines Verbrechens geworden sind. Erhard kann nicht sagen, zu welcher Seite er gehört. Vermutlich steht er irgendwo dazwischen. Irgendwann wird die wahre Geschichte ans Tageslicht kommen – und dann geht es darum, offen zu sein.

»Also, Gilberto, wer transportiert die Wagen?«

»Hierher? Importaciones Juan y Juan.«

»Und wenn wir nicht nur diese Insel hier nehmen, sondern alle Inseln und den Transport vom und zum Festland?«

»Keine Ahnung ... Da gibt es einen Haufen Importfirmen ...«

»Könnten Sie das für mich rausfinden?«

»Möglich. Jetzt gleich?«

»Wenn das ginge?«

Gilberto kommt schwerfällig auf die Beine. Erhard folgt ihm aus der Kantine und über den Platz, auf dem ein paar Fahrzeuge ohne Reifen und Türen stehen. »Interessiert an altem Schrott?«, fragt Gilberto, als er Erhards Blick sieht. »Was zum Rumschrauben?«

»Wie viel?« Er hat keine Lust, an diesen Rostlauben rumzuschrauben, aber vielleicht kann er einen für die Werkstatt kaufen.

»Die dort kosten hundert, der da drüben nur fünfzig.«

»Was ist denn mit dem, der sieht doch besser aus als die anderen?«

»Irgendein Verrückter hat da einen Rasenmähermotor eingebaut. Haben Sie einen Sohn? Dem könnte das gefallen.«

»Danke, nein.«

Sie durchqueren die Maschinenhalle. Der Mechaniker, der Erhard den Weg zur Kantine gezeigt hat, raucht gerade eine Zigarette im Showroom, und Gilberto fuchtelt mit der Hand vor seinem Gesicht herum. »Wir hinken ein bisschen hinterher, was das Rauchverbot angeht. Aber wenn wir das Rauchen verbieten, haben wir morgen keine Mechaniker mehr. Tut mir leid.« In seinem Büro lässt Gilberto sich auf einen durchgesessenen Bürostuhl fallen und tippt etwas in seinen Rechner ein. Dann wischt er mit der Maus über die Tischplatte und brummelt vor sich hin, weil irgendwas nicht funktioniert. »Wissen Sie was? Wahrscheinlich ist es einfacher, hier nachzusehen.« Er dreht sich auf dem Stuhl um und greift sich ein kleines rotes Buch. »Diese Dinger schicken sie uns einmal im Jahr, vielleicht sind die ja wirklich für was gut. Schauen wir doch mal.«

Erhard ist die nächsten Tage damit beschäftigt, die Firmen aus Gilbertos rotem Büchlein abzutelefonieren. Kurze, eher unangenehme Gespräche. Irgendetwas an der Arbeit dieser Gesellschaften, an ihrem Naturell, macht sie alle feindselig, sobald Erhard sich meldet. In einer Firma kann der Mann, der den Hörer abnimmt, gar nicht begreifen, wo Erhard die Nummer herhat, und bei TiTi Europe, einer großen spanischen Transportfirma, fragt die Frau am anderen Ende ihn mehrmals, ob er von einer Zeitung anruft. Gilberto hat ihm das Buch mitgegeben, und jedes Mal, wenn er eine Gesellschaft ausschließen kann, streicht er sie durch. Viele nehmen gar nicht erst ab. Dort muss er es später noch einmal probieren.

Erst als er sich dem Ende der Liste nähert, kommt ihm der Gedanke, dass sie alle so merkwürdig reagieren, weil sie in nichts hineingezogen werden wollen. Immerhin fragt er in jedem Gespräch, ob es im letzten Vierteljahr an Bord eines ihrer Schiffe einen Unfall oder Zwischenfall gegeben habe, und das will niemand einräumen. Überall soll alles reibungslos gelaufen sein. Anfangs reicht Erhard diese Auskunft, aber nachdem sie alle bestreiten, dass je irgendwas vorgefallen wäre, weiß er, dass sie lügen. Zumindest einer. Nur wer, ist schwer zu sagen. Ihm ist klar, warum die Firmen nicht die Wahrheit sagen. Für sie ist es einfacher, jeden Vorfall zu leugnen. Er muss es anders angehen, wenn er eine ehrliche Antwort hören will. Also noch mal von vorn.

Der Nachmittag geht mehr oder weniger damit drauf, dass er sich eine neue Taktik zurechtlegt, doch so richtig kommt er nicht weiter. Er hat die Kaufverträge bei Ana abgegeben und rechnet schon damit, jeden Moment einem zornigen, beleidigten Marcelis zu begegnen. Aber Marcelis kommt nicht. Das Büro ist ausgestorben. An diesem Montagnachmittag vermisst er es zum ersten Mal, in seinem Taxi zu sitzen.

Er hätte Lust, Aaz zu treffen. Mónica.

Die neue Nachbarin unter ihm hat immer noch kein Namensschild angebracht. Er hofft, sie bald auf dem Weg durchs Treppenhaus wiederzusehen – nur zu sehen. Damit er sich sicher sein kann, dass sie tatsächlich dort wohnt und nicht bloß eine Prostituierte ist, die sich aufs Hausieren verlegt hat. Vielleicht war ihr Interesse ja aufrichtig.

Dienstag. Kaum ist Erhard aus der Tiefgarage gefahren, kommt er wieder an jenem tristen Büro vorbei, in dem ab frühmorgens ein junger Mann in einem hellblauen Anzug sitzt und telefoniert. Erhard hat es immer für ein anonymes Reisebüro gehalten, aber an der Scheibe kleben mittlerweile zwanzig A4-Blätter mit je einem Buchstaben: Mercuria-Versicherung. Kein lukratives Geschäft hier auf der Insel, deren Einwohner als Fatalisten gelten. Ihr Credo lautet: Es kommt, wie's kommt. Und wenn es nicht kommt, gibt's ja auch keinen Grund, dafür zu zahlen. Aufgrund spezieller Bedingungen hier auf der Insel – Wind, Wetter, Alkohol – wird im

Großen und Ganzen nie Schadensersatz ausbezahlt. Von Versicherungen hört man hier nur, wenn ein amerikanischer Tourist gegen eine Mole gesegelt ist oder ein Israeli in einem Swimmingpool vergiftet wurde. Oder wenn sich wieder mal eine neue EU-Richtlinie auf die Insel verirrt und sich plötzlich alle Bootsbesitzer oder Fuhrunternehmer versichern lassen müssen. Erhard kann sich keinen ätzenderen Job vorstellen als den eines Versicherungsmaklers. Selbst als Bestattungsunternehmer verkauft man noch was, was die Leute brauchen. Und als Taxifahrer ist man regelrecht der rettende Engel. Man rettet Menschen, die es eilig haben, den Weg nicht finden oder vor etwas davonlaufen. Als Klavierstimmer rettet er ein geliebtes Instrument, indem er dessen Klang verbessert und Ordnung ins Chaos bringt. Als Versicherungsvertreter hingegen ist man der Hiobsbote, der ewige Mahner, der voraussagt, welch fürchterliche Dinge einem in Zukunft widerfahren könnten: der Familie, dem Auto, dem Haus. Und wenn das Grauenvolle, das Unvorstellbare tatsächlich eintritt, speist er einen – wenn überhaupt – mit einem Betrag ab, der im Verhältnis zu dem, was passiert ist, wie Almosen wirkt und in der Regel weit unter dem liegt, was man eingezahlt hat. So oder so steht man also auf der Verliererseite. Ein Lottoschein des Unglücks, denkt Erhard. Beim Wort Schadensersatz ist man schnell bereit, zu lügen und Halbwahrheiten in Umlauf zu bringen. So verhält es sich doch für die meisten. Auch für Unternehmen im Logistikbereich?

Erhard stellt den Wagen ab und steuert das Büro der Mercuria-Versicherung an. Hier sieht es aus wie in einer Möbelausstellung, vier Meter über ihm brennt eine Reihe hellblauer Neonröhren, unter denen der Mann am Schreibtisch wie ein Roboter wirkt. Er hebt den Blick, als Erhard eintritt, scheint es nicht gewohnt zu sein, Besuch zu haben. Erhard legt einen Finger an die Lippen, um ihm zu signalisieren, dass er gar nicht erst stören will, beugt sich vor und zupft eine Visitenkarte aus einem Kästchen. Der Mann spricht weiter in sein Headset, wobei er Erhard begeistert ansieht und ihm mit einer großzügigen Geste zu verstehen gibt, dass er so viele Visitenkarten mitnehmen soll, wie er nur will. Erhard nimmt nur eine.

53

Um kurz nach acht nimmt er sich die Liste noch einmal vor. Von vorn bis hinten. Direct Logística SL. Er gibt seiner Stimme einen helleren Klang und versucht, akzentfrei zu sprechen. Es macht richtig Spaß.

»Guten Morgen, Sie sprechen mit Jorge Algara.« Es ist der Name auf der Visitenkarte. »Ich rufe von der Mercuria-Versicherung in Las Palmas an. Ich bin angewiesen worden, eine größere Schadensersatzsumme an Sie auszuzahlen, aber ich bräuchte noch ein paar Informationen zu dem Vorfall.«

Am anderen Ende ist es still.

»Ja«, kommt es durch den Hörer. »Was genau wollen Sie wissen?«

Auf einmal wollen alle mit ihm sprechen. Ein paar bleiben skeptisch, einige können seine Fragen nicht beantworten und leiten ihn weiter, die meisten aber schlagen ihre Logbücher auf und teilen ihm detailliert mit, wann sie wohin gefahren sind. Anfangs schreibt er noch mit, aber nach ein paar Gesprächen geht er dazu über, die Daten und Zeiten in eine Karte einzuzeichnen. Er fragt sie, ob sie Kenntnis von Wrackteilen in der Umgebung hätten, und bittet um die Bankverbindungsdaten, wohin er die Summe überweisen soll. Wenn sie um eine E-Mail-Adresse bitten, gibt er ihnen die von Jorge Algara bei der Mercuria.

Am Ende des Vormittags macht er eine Pause und schaut sich die Karte an. Keine der Firmen hat in der fraglichen Zeit Fahrzeuge nach Fuerteventura gebracht oder an der Insel vorbeitransportiert. Keine hat Wrackteile gesehen. Nur bei einer Firma gab es einen Zwischenfall, eine Kollision in der Nähe der Inseln, aber nicht im fraglichen Zeitraum, und die beteiligten zwei Schiffe haben keinen Schaden genommen. Er weiß jetzt mehr, hat aber trotzdem weiter das Gefühl, dass sie ihm mehr verschweigen als sagen. Er nimmt sich die Liste noch mal vor. Neunzehn Firmen stehen noch aus.

Erhard sitzt im hinteren Teil seines Büros und spricht leise, damit Ana ihn nicht hört, obwohl sie vormittags in der Regel ohnehin bei Marcelis ist. Natürlich bekommt sie trotzdem etwas mit: als sie ihm Kaffee bringt, obwohl er sie schon mehrmals aufgefordert hat, es bleiben zu lassen.

Nach einer kurzen Pause, die er mit den Frauen aus der Zentrale verbringt, telefoniert er weiter. Bei TiTi Europe ist er sich zuvor sicher gewesen, dass sie Informationen zurückhalten. Bei seinem ersten Anruf klang die Person fast schon feindselig, weshalb er sich auf den neuerlichen Anruf besonders vorbereitet. Er geht im Büro auf und ab und redet mit sich selbst. Er muss einen anderen Mitarbeiter an die Strippe kriegen als beim letzten Mal. Als die Rezeptionistin abhebt, bittet er direkt darum, mit der Rechnungsabteilung verbunden zu werden.

»Alfonso Díaz, Buchhaltung.«

»Guten Morgen, Señor Díaz, Sie sprechen mit Jorge Algara. Ich rufe von der Mercuria-Versicherung in Las Palmas an. Ich soll Ihnen eine größere Versicherungssumme auszahlen, aber ich bräuchte zu dem Vorfall noch ein paar detaillierte Informationen.«

Am anderen Ende herrscht erst einmal Stille. »Da muss ein Irrtum vorliegen«, sagt Alfonso Díaz dann. So hat bislang noch niemand reagiert.

»Heißt das, Sie sind nicht an der Auszahlung einer Schadensersatzsumme in Verbindung mit der Kollision im Januar interessiert?«

»Wir hatten schon seit vierundfünfzig Monaten keine Kollision mehr.«

»Beeindruckend. Aber natürlich, ich muss Ihnen recht geben – laut meinen Unterlagen handelte es sich um eine Beinahe-Kollision.«

»Eine was?«

»Das ist ein Versicherungsbegriff.«

»Was immer es gewesen ist, wir waren in den Vorfall nicht verwickelt. Aber nun sitze ich hier in der Rechnungsabteilung. Ich verbinde Sie besser mit unserem Verkehrsmanager, der hat den Überblick über die Schiffsbewegungen.«

Mit dem Verkehrsmanager hat er beim ersten Mal gesprochen, was nicht gerade von Erfolg gekrönt war. Wenn er wieder zu ihm durchgestellt wird, war's das.

»Nein, nein, die Rechnungsabteilung ist schon richtig. Der Unfallgegner hat endlich seine Schuld eingeräumt und ist bereit, die dem Nominalwert von dreißigtausend Euro entsprechende Summe zu zahlen. Wenn Sie für mich bloß schnell einige Informationen überprüfen könnten, würde ich Sie um Ihre Kontoverbindung bitten, damit ich das Geld anweisen kann.«

Der Köder ist ausgeworfen. Stille.

»Augenblick bitte.« Es klingt, als hätte er die Hand über den Hörer gelegt, damit Erhard nicht mithören kann, was er als Nächstes sagt. Aber er spricht mit einer Frau, und es wird mehrfach Nein gesagt. No. No. No.

»Hallo?«, meldet Alfonso Díaz sich zurück. »Haben Sie schon mal angerufen? Ich höre gerade von einer Kollegin, dass Sie schon mal angerufen haben.«

Erhard weiß nicht, was er sagen soll. »Nein … Ich rufe von Mercuria an …«

»Sind Sie der Mann, der überall nach einem Passat fragt?«

»Bitte? Ich rufe von der Mercuria-Versicherung an.«

»Wir können Ihnen nicht helfen.« Er spricht jetzt leiser. »Was immer Sie da wissen wollen – ich kann Ihnen nichts sagen. Lesen Sie keine Zeitung? Wir sind nicht Eigner der Seascape Hestia. Ich kann Ihnen da nicht weiterhelfen.«

»Dann sind Sie nicht an der Auszahlung …«

Plötzlich ist die Leitung tot.

Wütend schleudert Erhard den Hörer weg. Die Schnur spannt sich, und das Plastikgehäuse zersplittert an der Tischkante. Zur Hölle mit denen und ihren Geheimnissen! Gibt es da wirklich Vorschriften, was sie sagen dürfen – oder wissen sie irgendwas über den kleinen Jungen? Er kann das alles nicht glauben. Ein Kind auszusetzen ist zu brutal, zu zynisch, als dass ein Unternehmen so was decken würde! Es kann also nur um Geld gehen. Geld verschließt jedes Maul. Erhard hat eine Stinkwut auf diese Firmen, die noch in Krisenzeiten unfassbare Summen mit dem Import von Discount-Waren verdienen, die im Osten mithilfe von Kinderarbeit produziert werden, und auf deren Chefposten neureiche Russen sitzen, die argentinisches Rindfleisch fressen und ihren Kamin mit Geldbündeln anfeuern. Am liebsten würde er sie aufsuchen, nein, nicht aufsuchen, ihre Büros ausfindig machen, bei ihnen einbrechen, finden, wonach er sucht, und dann die ganzen Buden abfackeln.

Die Tür geht auf, und Ana steckt den Kopf herein. Ihr Blick geht erst zu Erhard, der vor der hinteren Wand am Boden sitzt, und dann zu dem zersplitterten Telefonhörer.

»Ich brauch ein neues«, murmelt Erhard.

»Was ist denn passiert?« Sie sieht schockiert aus, obwohl sie derlei Ausbrüche von Marcelis gewohnt sein dürfte, immerhin ist der bekannt dafür, mit Kugelschreibern um sich zu werfen. Erhard bleibt ihr eine Antwort schuldig, ist viel zu aufgewühlt, um etwas zu sagen.

Sie verschwindet und kommt mit einem Kehrblech und einem Handfeger zurück.

»Telefone sind heute billig zu kriegen«, sagt sie.

Er antwortet ihr immer noch nicht. Sie sieht die Überreste an und trägt sie dann aus dem Büro.

»Danke«, ruft er ihr noch hinterher. »Wird nicht wieder vorkommen.«

Die Tür fällt ins Schloss.

Seascape Hestia?

Der Mann aus der Rechnungsabteilung von TiTi Europe hat sehr wohl versucht, Erhard zu helfen. Seascape Hestia muss der Name eines Schiffes sein, das sich zum fraglichen Zeitpunkt zwischen Gran Canaria und Fuerteventura befunden hat. Ein Schiff, mit dem irgendetwas nicht in Ordnung war oder auf dem etwas passiert ist, wovon möglicherweise alle wissen, worüber aber niemand spricht.

Jetzt kommt ihm auch der seltsame Kommentar wieder in den Sinn: Lesen Sie keine Zeitung? Der Mann von TiTi Europe hat damit nicht Erhards mangelndes Interesse am Tagesgeschehen kritisiert, sondern ihm einen Hinweis auf etwas Relevantes gegeben: Über das Schiff, nach dem Sie fragen, wurde in der Zeitung berichtet. Oder anders ausgedrückt: Schauen Sie nach alten Nachrichten über die Seascape Hestia, dann finden Sie vielleicht auch, wonach Sie suchen.

Über Frachtschifffahrt wird selten in den Medien berichtet, es sei denn, ein Schiff geht unter oder kollidiert mit einem anderen. An die Nachrichtenarchive hat Erhard noch gar nicht gedacht, aber es ist eine gute Idee. Mal abgesehen davon, dass er nicht weiß, wo er anfangen soll. Es geht um die Zeitungen eines ganzen Monats. Die Sache ist mehr als vierzig Tage her. Meinte er die Lokalzeitung oder eine überregionale, spanische Zeitung? Kann er einfach bei *La Provincia* vorbeigehen und um Einsicht in die Ausgaben vom Januar bitten? Ob die Bibliothek in Corralejo ein Archiv mit Zeitungen hat, in denen man blättern kann?

Er schnappt sich einen Block und schreibt sich »Seascape Hestia« auf, damit er den Namen nicht vergisst. Es ist inzwischen dunkel geworden, das Büro liegt ab 15.00 Uhr im Schatten. Er schiebt sich den Zettel in die Brusttasche und zieht seinen Pullover über. Er will mit der Buchhändlerin Solilla reden und noch mal ihren Freund aufsuchen.

54

Ein Pulk Arbeiter kommt aus dem Hafenbereich und schlendert die Straße herauf. Es sind nicht nur Männer, sondern auch ein paar Frauen in Latzhosen, die Helme noch auf dem Kopf, die Arbeitshandschuhe unter die Achsel geklemmt. Erhard steht auf einem leeren Baugrundstück hinter einem Waschmaschinen-Outlet. Von dort hat er das Glasgebäude im Blick, in dem die Zeitungsredaktion untergebracht ist.

Die Tür schwingt im Wind auf und zu. Oder sind das elektrische Türen? Nach ein paar Minuten tritt Diego durch die Tür nach draußen, überquert die Straße und geht wie zufällig auf Erhard zu.

»Señora Solilla meinte, ich soll für Sie Berichte aus dem Januar über die Hestia raussuchen. Es waren fünf oder sechs Artikel.« Er hält Erhard eine Mappe hin. »Das hier hab ich gefunden. Der Drucker hat allerdings gebockt. Ich nehm mal an, das ist es, wonach Sie suchen.«

»Okay«, sagt Erhard.

»Immer noch derselbe Fall?«

»Möglich«, antwortet Erhard.

»Ich weiß ja nicht, wonach genau Sie suchen, aber wenn es etwas mit dem toten Jungen zu tun hat, sollten Sie Beweise sammeln. Sonst könnten sich einige reiche Jungs auf die Zehen geschlagen fühlen.«

Auf die Zehen geschlagen. Ein Journalist, der seine Idiome nicht beherrscht. »Au«, sagt Erhard. Er ist verbittert, dass der Journalist keine Lust hat, über die Sache zu schreiben.

Diego zuckt mit den Schultern. »Na dann, viel Glück und viel Erfolg«, sagt er und läuft über die Straße zurück ins Zeitungsgebäude.

Judaskuss, schießt es Erhard durch den Kopf.

Zurück im Auto schlägt er die Mappe auf und überfliegt die sechs ausgedruckten Seiten. Es sind vier Artikel zum selben Thema. Ein kurzer Einspalter handelt von der Leiche des englischen Maschinisten Chris Jones im Netz eines Fischers vor Gran Canaria. Im nächsten wird der Maschinist mit der Seascape Hestia in Verbindung gebracht, die in Gran Canaria ablegte und zwei Tage später in Lissabon erwartet wurde, sich da aber südlich von Agadir befand. Am Ende des Artikels ist von einer möglichen Kaperung die Rede. Dann ein längerer Artikel aus *El País* über das Frachtschiff, das den Hafen von Port Agadir angelaufen hat. Der Journalist ist offensichtlich fasziniert von der verwirrenden Geschichte. An Bord wurde nur ein ghanaischer Kapitän angetroffen, der behauptete, von Terroristen auf das Schiff gebracht worden zu sein, während die achtköpfige Besatzung von Bord gegangen wäre. Die Fracht hätte laut spanischer Hafenbehörde aus Baumaterial, Kunststoffwaren, Konserven und europäischen Autos bestehen sollen, aber der Frachtraum war leer – und der ghanaische Kapitän konnte keine Auskunft darüber erteilen, wie und wann das passiert war. Der letzte Artikel ist wieder sehr kurz: Die Hestia sei nach Holland zurückgekehrt, wo sie zugelassen sei. Es werde weiter nach der vermutlich spanischen Besatzung gefahndet. Die Ermittlungen gingen weiter, während aber der ghanaische Kapitän ohne Anklage freigelassen worden sei.

Erhard wirft die Seiten in den Fußraum. Mit jedem Stein, den er umdreht, tauchen neue Fragen auf. Er weiß jetzt, dass das Schiff aus Holland stammt und europäische Autos geladen hatte. Aber ein Verbrechen lässt sich nicht durch die Lektüre alter Zeitungsartikel lösen. Was ist mit dem Schiff passiert? Der tote Maschinist und diese Inszenierung um den ghanaischen Kapitän sowie die verschwundene Fracht deuten für ihn darauf hin, dass da jemand schnelles Geld machen wollte.

Das Auto riecht inzwischen nach der Bücherkiste, die auf dem Beifahrersitz steht. Die Bücher müssen einem Raucher gehört haben. Es sind mehr als zwanzig Titel, lesen wird er davon sicher nur ein paar: Chatwin, vielleicht Márquez, den die Spanier lieben und hassen. Die anderen hat er nur gekauft, um Solilla eine Freude zu machen. Zum Beispiel den Roman über eine Gitarre, die den Bürgerkrieg und den

Ersten Weltkrieg überlebt hat und dann in der Downing Street in Clementines Händen landet, Churchills Frau. Sie soll Roosevelts Frau darauf vorgespielt haben, als die Deutschen 1945 kapitulierten. Warum nicht? Offenbar ist alles möglich. Er ist der Spur des Autos gefolgt, und die führt nicht länger über die Insel, sondern übers Meer nach Holland und Agadir. Er lässt den Motor an.

55

Er ist zu seinem Haus gefahren, um die Ziegen zu füttern, nur kann er sie nicht füttern, weil sie nirgends zu sehen sind. Er hört weder ihr Meckern noch das Glöckchen um Laurels Hals. Das Haus kommt ihm baufälliger vor denn je. Auch Häuser vereinsamen allem Anschein nach, wenn ihre Bewohner ausziehen. Die Fenster werden matt wie müde Augen, und aus einer klappernden Tür wird ein Mund, der darum fleht, man möge bleiben. Aber vielleicht hat das Haus schon immer so ausgesehen, auch in der Zeit, als er es geliebt hat, als er sich danach gesehnt hat, Frieden zu finden von den Albträumen, den Stimmen im Taxi, dem Trubel in der Stadt. Es war immer wie zu einer schmollenden, kranken Geliebten nach Hause zu kommen, die ohne ihn nicht leben konnte. Jetzt steht er da und hasst selbst die Erinnerung daran, wie er im Schaukelstuhl vorm Haus gesessen und Lumumba getrunken oder ein schnell zubereitetes Kartoffelgericht gegessen hat. Gäbe es die beiden Ziegen nicht, würde er nie wieder hierher zurückkehren. Die vielen Jahre im Haus haben ihn gnadenlos gemacht und zornig: auf den Staub, das ewige Knarzen und die durchhängende Wäscheleine.

Er schüttet Futter auf die Erde. In der Regel lockt das Geräusch die Tiere an. Besonders Laurel, die zutraulichere der beiden Ziegen, liebt die Fütterung. Nicht nur wegen des Futters, sondern wegen der Nähe, der Hand, die ihr Rückenfell krault. Erhard mag die Tiere, trotzdem ist seine Beziehung zu ihnen nicht eng. Er hat sie einfach gern um sich.

Der Wind fegt über die Steine, und aus der Ferne ist ein Motorboot oder ein Flugzeug zu hören. Erhard geht um das Haus herum und bleibt zwischen dem Wäscheständer und dem Steinhaufen stehen, den er über Jahre aufgeschichtet hat. Da, Laurels Glocke. Wie ein leises Glucksen, kaum wahrnehmbar. Er ruft die Ziege, auch wenn er nicht daran glaubt, dass sie ihren Namen kennt, geht ihr entgegen und klettert auf einen Felsen, um sich einen besseren Überblick zu verschaffen. Sein Blick buchstabiert sich durch die Formen der Landschaft und die Nuancen von Braun und Grau. Eine kaum sichtbare Bewegung, ein weißer Strich, Laurel am Fuß des Hanges.

Etwas Furchtbares ist geschehen, geschieht oder wird geschehen.

Während Laurel langsam näherkommt, fragt Erhard sich, um wen er sich mehr Sorgen machen muss. Um Hardy oder um jemand anderen? Beatriz? Wahrscheinlich um Hardy, der Laurel sonst nie aus den Augen lässt. Wird der Abstand zwischen ihnen doch einmal zu groß, bleibt eins der Tiere stehen und rührt sich nicht, bis sie wieder beieinander sind.

Wenn Hardy nicht in der Nähe ist, kann er nur tot sein. Beide Tiere sind mehr als vierzehn Jahre alt, es wäre also nicht verwunderlich, wenn es alsbald zu Ende ginge. Er muss wieder an Bill Haji denken. Vielleicht ist Hardy ebenfalls von einer Gruppe wilder Hunde angegriffen worden.

Er krault Laurel hinterm Ohr, geht zurück zum Haus und schüttet noch mehr Futter auf den Boden. Laurel frisst, während die Ohren hin- und herzucken. Es ist sinnlos, die Ziege zu fragen, wo ihr Bruder abgeblieben sei, trotzdem fragt Erhard. Wieder und wieder. Hast du ihn nicht gesehen? Ist was passiert? Was Schlimmes?

56

Seine Unruhe legt sich nicht. Er schläft, als könnte jederzeit das Telefon klingeln oder jemand an der Tür klopfen. Dabei klingelt das Telefon in der Wohnung nur selten. Nur der Arzt ruft an.

Der Morgen ist vollkommen windstill, ein so seltenes Phänomen, dass alle Bewohner der Stadt innehalten und sich bekreuzigen, während sie über das still wie Beton daliegende Meer blicken. Als er die Wohnung verlässt, steht seine neue Nachbarin vor ihm. In denselben Klamotten wie beim letzten Mal, aufreizend und erbärmlich. Hat sie keine anderen Sachen?

»Lassen Sie mich raten. Sie haben sich ausgesperrt.«

»Ja«, sagt sie. »Woher wissen Sie das?«

»Man kennt doch seine Nachbarn.«

»Kann ich bei Ihnen warten, bis Rainier kommt?«

Ihr Zuhälter, tippt Erhard. »Können Sie sich nicht unten im Luz treffen?«

»Rainier ist der Hauswart«, erklärt sie, als hätte sie seine Gedanken gelesen. »Er müsste gleich hier sein. Kann ich oben bei Ihnen warten?«

»Tut mir leid, ich muss zur Arbeit.«

»Sie sind Direktor, oder?«

»Warum?«

»Steht an der Tür …«

»Das ist das Schild des Vormieters, Raúl«, sagt er und wirft einen Blick auf die Tür. Das Schild, das dort hängt, hat er noch nie gesehen. Direktor Erhard Jorgenson. Grauenvoll, an Hässlichkeit nicht zu überbieten. Er will es ihr auch nicht erklären.

»Grüßen Sie Rainier von mir und fragen Sie ihn, warum er das Schild aufgehängt hat«, sagt er zu seiner Nachbarin, die auf dem Treppenabsatz direkt vor Erhards Wohnung stehen bleibt. Er fürchtet, ihr trotz der billigen, amateurhaften Aufmachung irgendwann zu erliegen. Er darf nicht vergessen, dass seine Sehnsucht durch so etwas nur noch schlimmer wird. Wie bei den anderen Malen. Mit einer schmerzhaften Erektion läuft er runter in die Tiefgarage.

Als er Aaz abholen fährt, ist er noch immer unruhig und argwöhnt, dass irgendwas geschehen ist. Dass Aaz seine Zunge verschluckt oder Mónica ihn für immer nach Hause geholt haben könnte. Aber als er vor dem Heim vorfährt, tritt Aaz durch das Tor. Eine Hand ist verbunden, aber er wirkt glücklich und winkt ihm fröhlich zu. Der kleine Finger. Er zeigt auf Erhards Hand.

»Nein«, sagt Erhard. »Nein, nein.«

Die ist jetzt wie deine.

»Aaz, deine Hand ist nicht wie meine – du darfst nicht …«

Ich weiß, dass es dumm war.

»Was hast du denn für komische Ideen?«, fragt Erhard.

Wenn du das kannst, kann ich das auch.

Erhard ist außer sich, weiß nicht, wohin er fährt. Er hält irgendwo am Straßenrand, der Ort kommt ihm vage bekannt vor. »Warst du in der Notaufnahme? Hat ein Arzt sich das angesehen?« Er dreht und wendet Aaz' Hand.

Der zuckt mit den Schultern. Nur eine Wunde, mehr nicht.

Erhard will ihn nicht ausschimpfen, traut sich aber auch nicht, die Sache auf sich beruhen zu lassen. Er sieht ihn an und hält schweigend Blickkontakt, bis Aaz Tränen in die Augen steigen. Dann entlässt er ihn aus seinem Blick und legt wieder den Gang ein.

Auf Höhe des Flughafens ist Erhards Puls wieder normal. Aaz beobachtet den Verkehr und hält wie üblich nach Flugzeugen Ausschau. Erhard erzählt von seinen Telefonaten mit der Frachtgesellschaft. Er erzählt auch von Solilla und dem Journalisten der *Provincia*.

Du bist weit gekommen, Erhard.

»Nein, Aaz, ich drehe nur jeden Stein um, weit gebracht hab ich es deswegen noch lange nicht.«

Stell dir das mal vor. Im Moment gibt's nur einen einzigen Menschen auf der Welt, der wirklich herausfinden will, was passiert ist.

»Es ist nicht zu fassen, dass die Polizei den Fall nicht aufgeklärt hat.«

Bernal, dieser Cowboy mit dem Schoß voller Kuscheltiere. Die Polizisten sind die Guten, die werden die Verbrecher fangen.

»Sie haben keine Zeit, oder sie nehmen sie sich nicht. Ich weiß nicht.«

Meine Mutter sagt, man kann, wenn man nur will.

»Deine Mutter ist viel zu gut, Aaz.« Erhard schaltet das Radio ein. Stan Getz, irgendeine Clubaufnahme von »Captain Marvel«. Knisternd, scheppernd, genau wie es sein muss. Er versucht, die Wut in den Griff zu kriegen, die unter seinen Fingern pulsiert. Die Inselpolizei hat im Grunde rein gar nichts unternommen. Sie haben den Jungen begraben. Und das Auto fortgeschafft. Vielleicht haben sie ein paar

Telefonate geführt. Bestimmt nicht viele. Auf jeden Fall nicht so viele, wie Bernal behauptet hat.

Der Straßenabschnitt, über den sie gerade fahren, zählt zu den schönsten der Insel. Viele Kurven und Steigungen. Pässe.

Liana sagt, ich wäre schwach und dumm. Sie sagt, ich weine und vermisse meine Mutter.

»Ist doch egal, und wenn schon. Man ist nicht schwach und dumm, nur weil man weint.«

Hast du geweint, als du deinen Finger verloren hast?

»Nein, ich habe nie gelernt zu weinen. Jeder sollte das lernen, von seinem Vater oder von seiner Mutter.«

Erhard geht mit ins Haus, um Mónica Hallo zu sagen, aber sie telefoniert, dreht die Schnur des Telefons um den kleinen Finger und blickt zur Küchenwand. Erhard schreibt ihr einen Zettel: Bin um 17.00 Uhr wieder da. Da sitzt Aaz schon vor dem Fernseher und zeigt auf die Schildkröte.

Ana hat ihm ein neues Telefon besorgt, ein Teil mit vielen Tasten und einem kleinen Bildschirm, auf dem man die Zahlen sieht, die man gewählt hat, oder die Nummer, von der aus angerufen wird. Er braucht eine Bedienungsanleitung, und nicht mal da versteht er was.

Neben das Telefon hat Ana ein dickes Kuvert gelegt. Es steht kein Name darauf, kein Absender. Er wiegt es in der Hand und wirft dann einen fragenden Blick ins Vorzimmer.

»Von Luis«, erklärt Ana, als sie den Blick hebt. »Er ist zur *Provincia* gefahren, um ein Päckchen für den ›Direktor von Taxinaria‹ zu holen. Damit sind wohl Sie gemeint?«

Er reißt das Kuvert auf. Ein paar ausgedruckte Seiten, ein Artikel. Vorne drauf klebt ein hellroter Post-it-Zettel. »Hab den hier noch im Drucker gefunden. Passen Sie auf sich auf! D.«

Er faltet den Artikel auseinander. Er ist lang, nicht von *La Provincia,* sondern von *El Sol News,* und handelt von der Reform europäischer Versicherungsgesetze, die zuvor im Eiltempo durchgewinkt wurde. Viele Versicherer haben die Preise für Schiffsversicherungen so massiv angehoben, dass diverse Reedereien verkündet haben, es sich fortan kaum noch leisten zu können, mit voll versicherten Schiffen zu fahren. Das Thema gewinnt seit einiger Zeit wegen der Kaperungen am Horn von Afrika zusehends an Brisanz, aber auch in Spanien kam es im Januar zu einem Vorfall, als die holländische Hestia, die für eine kanarische Frachtgesellschaft fährt, vor der Küste Marokkos gekapert wurde. Die geladene Fracht wurde gestohlen. Die Versicherungssumme wurde auf fünfundfünfzig Millionen Euro veranschlagt – ein gewaltiger, aber keineswegs außergewöhnlicher Betrag, insbesondere wenn es sich um Autos und Baumaterial handelt. Dem Sicherheitschef der Frachtgesellschaft Palalo zufolge decke die Versicherungssumme den realen Schaden bei Weitem nicht, weil durch den Vorfall auch Kunden verloren gingen und der Ruf der Reederei Schaden nehme. Ein solcher Betrag diene in erster Linie dazu, Kunden zu entschädigen und die verlorene Fracht zu erstatten. Palalo wolle von nun an nur noch mit versicherter Fracht fahren, allerdings – so der Sicherheitschef – würden einige Kunden auf lange Sicht ihre Waren selbst versichern müssen, außer die Versicherungskosten flössen in die Frachtkosten mit ein. Die damit verbundene Kostensteigerung von rund fünfzehn Prozent müssten letzten Endes die Kunden tragen, die ohnehin schon unter der Finanzkrise litten. Für einige Waren wäre eine derartige Preissteigerung desaströs. Das Problem sei in den großen Schifffahrtsnationen längst zu einem Thema geworden. Auf EU-Ebene müsse nun beschlossen werden, ob man sich gemeinsam für eine

Piraterieversicherung starkmachen wolle, um zu verhindern, dass die so entstandenen Kosten auf die Endverbraucher abgewälzt würden. Für seine Reederei bedeute dies, dass man sich auf billigere Produzenten konzentrieren müsse, während es für die traditionellen, etwas teureren Exportfirmen langfristig schwierig werden könne, im Ausland weiter konkurrenzfähig zu bleiben. Und für die Kanaren könne es durchaus dazu führen, dass sich das Sortiment der Supermärkte ändere.

Erhard hat die Überschriften der Zeitungen an den Kiosken gelesen, aber nicht realisiert, dass die somalischen Piraten eine solche Bedeutung für den Inselalltag haben. Allerdings ist die Logik bestechend, und er sieht die leeren Hiperdino-Regale schon vor sich.

Er kehrt noch mal zum Anfang des Artikels zurück. Die Hestia wurde von der kanarischen Reederei Palalo angemietet und hatte Waren für mehr als fünfzig Millionen Euro geladen. Palalo. Der Name kommt ihm bekannt vor. Er glaubt, ihn in dem Buch gelesen zu haben, das er von Gilberto bekommen hat. War das eine der Firmen, die er angerufen hat? Er angelt das Buch aus der Tasche und blättert darin hin und her, bis er den Namen findet. Palalo in Las Palmas, Gran Canaria. Er erinnert sich nicht daran, mit ihnen gesprochen zu haben, und weiß jetzt auch wieder, warum nicht: Die Telefonnummer fehlt. Hinter den Namen hat er ein Fragezeichen gekritzelt. Er hat nur die Internetadresse.

Er ruft Ana, bittet sie, Palalos Telefonnummer herauszusuchen, und gibt ihr die Internetadresse.

»Okay«, kommt es von draußen. Und kurz darauf: »Da wird nirgends eine Telefonnummer genannt. Man kann ihnen aber eine E-Mail schreiben.«

Palalo. Er steht auf und läuft ins Vorzimmer. »Darf ich mal gucken?«, fragt er und schaut ihr über die Schulter, während sie über die Webseite surft. Er weiß nicht, was er erwartet, aber sein Kopf schwirrt, und er braucht etwas, was seine Vermutung entkräften kann. »Steht da irgendwo, wem die Gesellschaft gehört?«

»Nein, nichts … Jedenfalls nicht auf der Seite. Aber vielleicht kann ich das ja über eine andere Seite in Erfahrung bringen.« Neue Fenster öffnen sich, kleine und größere. Sie tippt »Palalo« ein und erhält kurz darauf eine Übersicht über verschiedene Firmen. Sie scrollt nach unten und hält inne. »Hier steht was. Die Gesellschaft gehört Palabras ETVE. Haben Sie danach gesucht?«

Einen Moment lang steht Erhard wie vom Donner gerührt da. Was bedeutet das denn jetzt? Natürlich weiß er, dass Palabras neben seinem bekanntesten Unternehmen, der spanischen Olivenölproduktion, noch zahlreiche andere Firmen besitzt. Das Taxiunternehmen, die größte Tomatengärtnerei der Insel, die Hälfte des Las-Dunas-Beach-Komplexes vor Corralejo, ein paar Fischfabriken auf Gran Canaria und noch ein paar weitere Unternehmen. Dass er aber auch noch der Eigner der Gesellschaft ist, deren Fracht von einem holländischen Schiff gestohlen und über Umwege am Strand von Cotillo gelandet ist – mitsamt einem toten Jungen –, macht ihn sprachlos. Ein bisschen viele Zufälle auf einmal. Oder?

»Danke, Ana.« Er geht zurück in sein Büro.

Es könnte alles aber auch ganz anders sein. Er sieht sich um. Gelbe Wolken und die dreckigen Fenster dämpfen das Licht. Was weiß er eigentlich über dieses Büro? Wer hat es eingerichtet? Und warum steht gleich neben dem Telefon ein Globus? Vielleicht mischt er schon zu lang bei etwas mit, was er nicht tun sollte? Und welche Rolle spielt Palabras?

Er setzt sich an den Globus, dreht ihn hin und her und sucht nach einem Mikrofon. Ergebnislos. Es ist wirklich nur ein Globus. Eine Plastikkugel mit Folienaufdruck – und so klein, dass Dänemark nicht mal verzeichnet ist, nur das Land darunter, Deutschland. Er stellt den Globus wieder hin und untersucht den Bleistifthalter, die Briefablage und die Schubladen. Alles leer. Was weiß er schon von diesen Dingen? Doch nur, was er in irgendwelchen Büchern gelesen hat. Heutzutage kann man Abhöranlagen bestimmt auch in Computer oder Telefone installieren.

Er starrt auf das Telefon, das Ana ihm gegeben hat. Die Reste des alten Geräts hat sie einfach aufs Kehrblech gefegt – vielleicht ein wenig zu schnell, denkt Erhard. Außerdem ist er sich mit einem Mal sicher, dass er unter Beobachtung steht. Seit er erstmals mit Bernal im Schloss war und sich diese Zeitungsschnipsel angesehen hat, geschehen seltsame Dinge.

Und diese Dinge erklären vielleicht auch, warum Palabras so daran gelegen war, Erhard an Raúls Platz zu setzen, warum er so freundlich zu ihm ist, ihm die Wohnung überlassen hat, das Auto. Das ist die simple Erklärung dafür, wie ein einfacher Taxifahrer urplötzlich zum Mitglied einer Geschäftsleitung werden kann, das außer ein paar Restaurantbesuchen eigentlich keine Funktion hat. Und das erklärt auch, weshalb Marcelis' und nicht Erhards Name in den Verträgen steht. Sie rechnen nicht damit, dass er lang bleibt.

Außerdem würde es Raúls Verschwinden erklären. Vielleicht hat Emanuel ihn darum gebeten, für eine Weile von der Bildfläche zu verschwinden. Denkbar wäre aber auch, dass Raúl sich für Erhard einsetzen wollte und nur die Möglichkeit sah, das Feld zu räumen und sich aus dem Spiel des Vaters abzumelden. Vielleicht war das ja auch der Grund für den Streit zwischen Raúl und Beatriz. Vielleicht wollte sie nicht, dass Raúl geht, vielleicht meinte sie, dass Erhard schon allein zurechtkäme. Zurechtkommen müsste. Womöglich haben

Emanuels Leute Raúl zum Flughafen gefahren, vielleicht hat sie sich zur Wehr gesetzt …

Er steht auf. Mit diesem Wissen kann er nicht länger untätig hier sitzen bleiben. Er steckt die Firmenübersicht und ein paar andere Bücher in seine Tasche. Dann tritt er auf den Flur und geht über die Treppe nach unten.

Er fühlt sich dumm. Vor allem dumm.

Palabras hat ihn mit Geld gelockt. Oder … nicht direkt mit Geld, sondern mit einer Art Fleißprämie, dem Gefühl, es zu etwas gebracht zu haben. Ein bitterer Cocktail aus Vollpension, neuem Auto, Direktorensessel, einem Gefühl von Wichtigkeit und einer Wohnung mit Aussicht. Immer wenn er etwas bekommt, muss er an Annette und die Mädchen denken. Vor allem an Annette. Weil er ihr zeigen will, dass er es doch noch zu etwas gebracht hat. Dass er, trotz all ihrer Verwünschungen, ihrer Abscheu, ihrer Diffamierungen und all des Geldes, das er ihr Monat für Monat überweist, aufgestanden und zu einem echten Mann geworden ist. Er hat seine Chancen genutzt und das Beste daraus gemacht. Palabras hat seine Schwäche erkannt und an den richtigen Fäden gezogen, um das auszunutzen. Arbeit, Auto, Wohnung. Die neue Nachbarin. Mónica. Wer weiß, was Palabras sich noch hat einfallen lassen?

Er fährt nach Süden. Hat noch zwei Stunden Zeit, bis er Aaz abholen muss. Er rollt durch kleine Ortschaften und kommt an der Villa der wütenden Klavierbesitzerin vorbei. Er tankt, und blättert noch mal die Unterlagen durch, die er aus dem Büro mitgenommen hat, ohne etwas Interessantes zu entdecken. Dann bleibt sein Blick erneut am Namen Palalo und der Internetadresse hängen.

Auf dem Boden der Tasche liegt die Visitenkarte eines Kunden. Er erinnert sich noch gut, wie er sie mit der üblichen

Abschiedsfloskel erhalten hat: »Sollten Sie je in Düsseldorf sein … in Liverpool … in Göteborg …« Ja, ja. Er erinnert sich nur zu gut. Der Mann war verliebt, hatte eigentlich kein Geld fürs Taxi, aber versprach, es ihm zu schicken, was er natürlich nie getan hat. Second Officer Geert Kloewen. Steuermann. Unter seiner Stellenbezeichnung stehen eine Telefonnummer und eine E-Mail-Adresse. Anscheinend ist das heute so. Geert war höchstens dreißig. Erhard weiß noch, wie er ihm von der Gangway aus zugewinkt hat, wirklich dankbar für die Gratisfahrt. Gleich darauf wurde die Vertäuung gelöst. Bestimmt hatten sie an Bord eine Besatzungsliste, auf der jeder abgehakt wurde, der über die Gangway kam – wie in der Schule. Vielleicht kann dieser Geert ihm helfen, an die Besatzungslisten anderer Schiffe zu kommen – möglicherweise die der Seascape Hestia.

Erhard nutzt derlei Verbindungen grundsätzlich ungern aus. Geert schuldet ihm zwar noch was, aber eigentlich kennt er ihn ja gar nicht. Außerdem könnte er sich im Moment am anderen Ende der Welt befinden. Wenn er doch nur jemanden kennen würde, der sich mit Schiffen auskennt oder Verbindungen zu einer Reederei hat! Normalerweise hätte er Raúl gefragt, vielleicht sogar Emanuel Palabras. Doch auf dieses Netzwerk kann er diesmal nicht zurückgreifen.

Dann fällt ihm Aritza wieder ein, dessen Flügel er kurz nach Neujahr gestimmt hat. André, ein sanfter Ingenieurstyp, der zu schnell zu einer Menge Geld gekommen ist, das er nun für violette Hemden und teures Mobiliar für seine Villa ausgibt. Unter anderem für einen total überteuerten Steinway – ein Instrument für Menschen, die keine Ahnung von Flügeln haben. Aritzas Frau Reina hat ein paarmal versucht, Erhard zu erklären, woher ihr Geld stammt. Irgendwas mit Seefahrt, Computern und Satelliten. Sie haben sich

Erhard gegenüber schrecklich versnobt verhalten, sind aber trotzdem freundliche, loyale Kunden, seit sie vor gut zehn Jahren Besuch von ihrer klavierspielenden Nichte erhalten haben. Sie um Hilfe zu bitten wäre sicher besser, als Geert anzurufen, einen Fremden. Wenn er Aritza anböte, den Flügel fortan gratis zu stimmen, würde der vielleicht ein freundlicheres Gesicht machen und ihm helfen.

Er lässt den Motor an und fährt zu Mónica.

57

Er wünscht sich eine herzliche, innige, womöglich sogar warme Begrüßung, erwartet aber lieber nicht zu viel. Mónica ist nicht der Typ, der flirtet. Er ruft ihren und Aaz' Namen, ehe er das Haus betritt. Sie sind ausnahmsweise draußen im Garten. Er steht hinter dem Fliegengitter und schaut zu ihnen raus. Mónica ist mit ihren Pflanzen beschäftigt, während Aaz die zwitschernden Vögel beobachtet. Sie hat ihn gehört, sagt aber nichts.

»Ich könnte bei Xenia was zu essen holen, für uns alle«, sagt er.

»Das darf nicht zur Gewohnheit werden«, antwortet sie und fingert an einer großen weißen Blüte mit einem Kragen aus spitzen gelben Blättern herum. Er hört nicht heraus, ob sie das ernst gemeint oder nur im Spaß gesagt hat. Er setzt auf Letzteres und spaziert die Straße runter zu dem Steinhaus mit dem irreführenden Namen Taberna del Puerto, wo Xenia Wirtin sowie Kellnerin ist und zudem an der Seite ihres Sohnes in der Küche steht. Touristenessen, aber erträglich. Aaz bekommt gebratenen Fisch, Erhard ein Steak, Mónica einen Salat mit Shrimps und einer einzelnen Muschel, die vermutlich versehentlich darauf gelandet ist.

Es ist leicht, zusammen zu essen, wenn jeder sich nur auf seinen Teller konzentriert. Erhard kann gut damit umgehen, aber Mónica seufzt laut. Vielleicht wünscht sie sich, dass er etwas sagt. Sie trinkt Rotwein und nimmt das Glas nach dem Essen mit nach draußen, wo sie Erhard ihre Sukkulenten zeigt. Am Anfang hört er noch zu, aber irgendwann genießt er nur noch den Anblick ihrer langen Finger, die einen Kaktus streicheln, ohne dass sie sich an den Stacheln pieksen würde. Einige der Pflanzen gälten als aphrodisierend, erklärt sie, ohne ihn auch nur anzusehen. Als sie im hinteren Teil des Gartens angelangt sind, unterbricht er sie, weil er auf die Toilette muss. »Und darf ich bei der Gelegenheit Ihr Telefon für ein kurzes Gespräch benutzen?«

»Nehmen Sie es mit raus auf den Flur, da ist es ruhiger. Aaz sitzt vor dem Fernseher. Ich hab das Gefühl, die zeigen ununterbrochen ein und dasselbe Kinderprogramm.«

Er schaut in seinem kleinen Notizbuch nach und tippt die Nummer der Aritzas ein. Der Freiton klingt metallisch und hohl, als lägen Tausende Kilometer zwischen den Apparaten.

»Reina«, meldet sich eine müde Stimme.

Erhard ist überrascht. Er hat nicht in Erwägung gezogen, dass irgendwer um diese Zeit schon schlafen könnte. »Erhard Jorgenson am Apparat, der Klavierstimmer.«

Es bleibt kurz still. »Aha«, konstatiert die Frauenstimme am anderen Ende und sagt dann etwas in den Raum hinein, was er nicht versteht.

»Ist Señor Aritza zu Hause?«

»Augenblick«, sagt sie und reicht den Hörer weiter.

»Ja?«, meldet sich André Aritza.

Er sieht Mónica durchs Fenster, dreht sich mit dem Gesicht zur Ecke und spricht leiser. »Guten Tag, Señor Aritza. Ich wollte fragen, ob ich Sie vielleicht um einen Gefallen bitten dürfte.« Er hat sich vorgenommen, professionell aufzutreten, aber mehr als falsche Höflichkeit kommt nicht dabei heraus.

»Worum geht es denn?«

»Wenn ich es richtig verstanden habe, haben Sie enge Verbindungen zu diversen Reedereien.«

»Wir unterhalten Geschäftsbeziehungen zu den größten Reedereien in Spanien.«

»Und Sie kennen vermutlich jede Menge Leute aus ... der Seefahrt.«

»Ich treffe Politiker und Direktoren der größten Player auf dem Markt. Verraten Sie mir, wieso Sie das wissen wollen?«

»Ich bräuchte die Besatzungsliste eines Schiffes ...«

»Ich verstehe Sie ganz schlecht, Jornson. Können Sie ein bisschen lauter sprechen?«

»Ich brauche die Besatzungsliste eines bestimmten Schiffes.«

Es knistert im Hörer. Vielleicht hat Aritza sich hingesetzt, als ihm klar geworden ist, dass dieses Gespräch länger dauern könnte. Er ist ein kräftiger Mann, der leicht außer Atem gerät. »Darf ich fragen, wofür?«

»Das muss Sie nicht interessieren.«

Stille. »Und wozu brauchen Sie meine Hilfe?«

»Ich bin mir sicher, dass Sie jemanden kennen, der jemanden kennt, der mir weiterhelfen könnte.«

»Señor Jornson, ich denke, wir haben – wie soll ich es formulieren? – keinen Bedarf mehr an Ihrer Arbeit an unserem Flügel.«

Damit hat Erhard nicht gerechnet. Hat das mit dem merkwürdigen Erlebnis zu tun, das Erhard bei seinem letzten Besuch hatte? André Aritzas Hand um die Hüfte der Nichte und so weiter? Vielleicht hilft ihm das ja weiter. »Haben Sie mit Ihrer Frau über unsere letzte Begegnung gesprochen?«

Aritza lacht, Erhard spürt aber, dass der Mann nachdenkt. »Ich hab einen Freund bei der IMO. Wenn jemand etwas weiß, dann er.«

Erhard setzt noch einen drauf. »Ich erwarte, dass Sie alles tun, was in Ihrer Macht steht, um mir zu helfen.«

»Ich bin mir nicht sicher, ob solche Informationen überhaupt weitergegeben werden dürfen.«

»Finden Sie einfach jemanden, mit dem ich sprechen kann«, sagt Erhard und will jetzt das Gespräch beenden. Mónica ist inzwischen über den schwarzen Gartenpfad bis vor die Küchentür gelaufen und kann ihn hören.

»Kommen Sie morgen in meinem Büro vorbei? Dann können wir die Sache aus der Welt schaffen.«

»Ich hätte lieber jetzt gleich eine Telefonnummer.« Erhard ringt um Oberwasser, doch André Aritza ist darin geübter.

»Kommen Sie am Freitagvormittag vorbei, dann kann ich Ihnen vielleicht weiterhelfen.« Er nennt Erhard die Adresse.

»Ich bin um 10.00 Uhr dort«, sagt Erhard und legt auf. Er fühlt sich matt.

Als er wieder in den Garten kommt, hält sie einen Vortrag über die Pflanzen, als hätte er sie darum gebeten. »Manche von ihnen wollen nur äußerst selten gegossen werden«, sagt sie. »Gerade abweisende Pflanzen sind eine echte Herausforderung für jeden Gärtner. Ich muss regelrecht darauf bestehen, mich um sie zu kümmern.«

Vor einem Tisch mit bunten Blumentöpfen und Pflanzen in allen nur erdenklichen Formen bleibt sie stehen. Er streicht mit der Hand über eine Pflanze, die wie ein grüner Stein aussieht. Sie nennt ihm den lateinischen Namen, den Erhard gleich wieder vergisst.

»Wir brauchen Sie nicht länger«, sagt sie zu Erhard.

»Wenn es damit zu tun hat, dass ich …«

»Es hat nichts mit Ihnen zu tun. Die Heimleitung hat vorgeschlagen, dass ich ihn jeden zweiten Samstag dort besuche. Aaz ist inzwischen so alt, dass seine sozialen Kontakte im Santa Marisa am wichtigsten für ihn sind. Und sie sagen, Ruhe wäre auch wichtig.«

»Aber er muss doch seine Mutter treffen. Sie müssen doch Zeit zusammen verbringen können.«

»Das werden wir. Ich fahre zu ihm und verbringe den Samstagnachmittag mit ihm.«

»Ich kann Sie fahren. Samstags habe ich keine Termine.«

»Es ist einfacher, den Bus zu nehmen. Das bin ich gewohnt.«

Er sollte aufhören, ihr noch mehr Hilfsangebote zu machen. Er sollte ihr Raum geben.

»Ich kann Sie nach Hause fahren. Samstags nach der Siesta fährt kein Bus mehr nach Tuineje.«

Sie überhört ihn, was schmerzhafter ist als ein klares, deutliches Nein. »Sie spielen samstags immer Bingo und haben mich eingeladen, daran teilzunehmen. Angeblich hat er Glück im Spiel und gewinnt immer. Sie wissen nicht, wie er das anstellt. Was für Karten er auch hat, er gewinnt.« Sie zupft Blätter ab, die wie Antennen aus einem trockenen Baumstumpf ragen. »Liana meint, es wäre zu seinem Besten und dass er so viel Stabilität bräuchte, wie er nur kriegen kann. Seit ein paar Monaten macht er wieder ins Bett, und er ist extrem anhänglich, sucht lieber die Gesellschaft der Schwestern als der anderen Patienten. Früher war das anders. Er ist zusehends isoliert. Außer wenn er Bingo spielt.«

»Ich erlebe ihn ganz anders.«

»Bei mir zu Hause ist es genauso. Er will nur noch vor dem Fernseher sitzen. Das macht mich krank. Er sieht die Schildkröte häufiger als mich.«

»So erlebe ich ihn nicht, auf mich macht er einen lebhaften, offenen Eindruck.«

»Er mag Sie. Er mag die Fahrten mit Ihnen.«

»Und die Schwestern nerven ihn. Sie reden immer nur von Gottes Willen und halten Morgenandachten.«

»Woher wissen Sie das?«

»Das hat er mir erzählt.«

»Ich bin gerade nicht in der Stimmung für so was.«

»Das sind seine Worte, nicht meine.«

Sie verharrt mitten in einer Bewegung und sieht ihn an. »Sie sind ein seltsamer Mensch, Erhard. Ich weiß nicht, ob Sie der dümmste, der liebenswerteste, der idiotischste oder der klügste Mann auf dieser Erde sind oder einfach nur neben der Spur. Sie sind Lichtblick und Enttäuschung in einem. Das eine und das andere. Taxifahrer und Direktor. Aber was sind Sie wirklich? *Wer* sind Sie? Was wollen Sie von ihm? Aaz verunsichert das. Er weiß nicht, woran er bei Ihnen ist, er muss wissen, was Sie wollen, ob er sich auf Sie verlassen kann, ob es Ihnen ernst ist mit dem, was Sie tun, ob Sie dahinterstehen oder ob Sie das alles nur tun, damit es Ihnen besser geht. Es ist einfach, Sie zu mögen, aber unmöglich, Sie zu lieben.«

Erhard ist völlig paralysiert. Seit fast zwanzig Jahren hat so niemand mehr mit ihm gesprochen. All die Jahre hat sich niemand auf diese Weise für ihn interessiert. Er fühlt sich zugleich missverstanden und zutiefst verstanden. Ihre Vorwürfe geben ihm den Raum, Fehler zu machen, schäbig und grob zu sein, aber eben auch das Gegenteil. Raum für Größe, Großzügigkeit und Freiheit.

Er tritt wie von einer fremden Kraft gesteuert auf sie zu und zieht sie an sich. Er weiß nicht mal mehr, wie das geht, verabschiedet sich von dem Versuch, das Richtige zu tun, und lässt sich von der völlig überrumpelnden Lust mitreißen, sie zu küssen. Er ist überzeugt, dass das falsch ist, nicht der richtige Einstieg. Wenn etwas Positives zwischen ihnen entstehen soll, dann nicht so. Er dreht den Kopf, damit seine Lippen die ihren besser finden können, ignoriert ihren versteinerten Gesichtsausdruck und drückt sich an ihren Busen. Der Duft, der aus ihrem Kleid aufsteigt, ist kein Parfum, sondern der warme Geruch der Pflanzen, vermischt mit Angstschweiß. Er wundert sich, dass sie nicht zurückweicht, ihm keine Backpfeife gibt. Er beugt sich über sie, sodass sie sich rücklings über den Tisch mit den Kakteen lehnen muss. Sie hängt in der Luft und betrachtet ihn, ohne sich zu wehren. Die Grenze ist überschritten. Egal, was sie tut, er hat ihre Beziehung verändert. Schlägt sie ihn oder weist ihn ab, wird es gleich peinlich. Gibt sie nach, oder küsst sie ihn, wird es später peinlich. Es gibt keine Zukunft, keinen Plan, keinen Hintergedanken. Es geht nur um diesen Kuss. Er würde alles tun, um ihre Lippen zu berühren. Kann sich nicht erinnern, wann er zuletzt so fokussiert war, seine eigene Integrität so sehr aufs Spiel gesetzt hat. Nicht mehr seit er zu Hause im Fuglebjergvej die Tür zugeknallt und deutlich gezeigt hat, was er will. Wie damals kämpfen unterschiedlichste Gefühle in ihm, Triumph und panische Angst wechseln wie das Licht im Spektrum des Weinglases, das umkippt, sodass der Rotwein über den weißen Holztisch mit den Blumentöpfen schwappt. Erhard bleibt ungerührt, während ihr Widerstand bricht. Sie gibt nach. Erhard kann es kaum glauben, und für einen Moment ist er erfüllt von der Begeisterung eines Kindes über sein unfassbares Glück, ehe sich eine Buchhalterstimme meldet und ihm sagt, dass es nur gerecht ist und jetzt er mal an der Reihe ist, ein paar der zufällig ausgeteilten Punkte in der Lotterie des Lebens einzusammeln. Auch dieses Gefühl ist nicht von Dauer, sondern wird abgelöst von totaler Stille, Verlegenheit, fast Dankbarkeit, als er plötzlich ihre Lippen spürt, salzig und geöffnet, feucht und warm wie frische Ziegenmilch. Sie schiebt Pflanzen und Töpfe beiseite, ihr Knie landet in seinem Schritt, und ihre Hand in seinem Haar zwingt sein Gesicht zu sich herunter. Einen atemlosen Moment lang bleibt die Zeit stehen. Er hört nur ihr Seufzen und weit im Hintergrund das Geschnatter der Schildkröte aus dem Fernseher. Erhard mahnt sich zur Vorsicht, er will ihr nicht wehtun, obwohl er Lust hätte, ihr in die Lippe zu beißen wie in zartes Hähnchenfleisch. Sie stöhnt, als würde er sie schon seit Stunden lecken, ohne dass er bisher auch nur seine Hände unter ihren Rock geschoben hätte. Beide sind in Gedanken bei dem großen Jungen und hoffen, dass er bleibt, wo er gerade ist, dass er seinen Platz vor dem Fernseher nicht verlässt und sie sich gehen lassen können, solange sie noch Geräusche aus dem Wohnzimmer hören. Erhards Rücken schmerzt, auf diese Weise vorgebeugt hat er sich schon lange nicht mehr. Er stützt sich mit dem Ellenbogen auf dem Tisch ab, um sich weiter über sie beugen zu können und mehr von ihr zu kriegen. Sie schmeckt nach Rauch, vielleicht raucht sie ja heimlich, vielleicht hat sie sich hinter der weißen Hecke eine Zigarette gegönnt, während er telefoniert hat. Die Haut über ihren Wangen ist so papierdünn, dass er schon befürchtet, sie könnte von den Mundwinkeln bis zu den Ohren reißen, aber sie macht den Mund nur immer weiter auf und nimmt ihn mit einem verzweifelten Hunger auf, der ihm nur allzu bekannt ist. Dann fummeln gänzlich unerwartet ihre Finger am Knopf seiner Hose, den er selbst manchmal kaum aufkriegt. Sie windet und dreht sich, um nach unten sehen zu können. Nicht mal das Licht der untergehenden Sonne will ihr helfen. »Ich kann nichts sehen«, sagt sie frustriert.

Er hätte nicht schlecht Lust, Knopf und Reißverschluss mit roher, geiler Gewalt aufreißen, aber in Wahrheit will er Zeit gewinnen. Sein Glied ist noch nicht steif genug, und er weiß, das kann dauern – wenn es überhaupt passiert. Er befindet sich am Höhepunkt seiner eingebildeten Wollust, kann sich nicht vorstellen, noch geiler zu werden, und stellt sich vor, wie seine Zunge jede kleine Falte ihres Halses erkundet, den Stieg zwischen ihren Brüsten, ihre Bauchfalten, den Ansatz ihrer Scham bis zu den kohleschwarzen Schamlippen, prall und pulsierend, die er mit seiner Zunge kaum zu berühren braucht, ehe sie vor Erregung schreit. Er ist so verdammt nah dran zu kommen, ohne dass sein Schwanz das wüsste, als er plötzlich Wasser oder einen anderen Körpersaft aus seinem After laufen spürt und nicht weiß, ob er lachen oder weinen soll.

»Hilf mir«, klingt es von unten, wo sie ihre Brille aufgesetzt hat und sich an dem widerspenstigen Knopf zu schaffen macht, als wäre es ein Türschloss.

»Ich zuerst«, sagt er und schiebt sie zurück auf den Tisch, bis er den unteren Rocksaum erreicht und hochschieben kann. Sie protestiert kurz, drückt sich vom Tisch weg und zieht sich zu seinem Schrecken selbst den Rock hoch. Er hat keine Ahnung, was er darunter erwartet hat. Weiß nicht, ob er fürchtet oder hofft, dass Mónica als Aaz' Mutter in sexueller Abstinenz gelebt hat. Aber der Anblick dieser Frau, die er zu kennen glaubte und die jetzt vor ihm liegt – in von der Dämmerung violett gefärbter Wäsche –, ist mit einem Mal so lähmend schön, so unverzeihlich sündig, dass er gar nicht begreift, wieso sein Penis nicht reagiert. Er kann sich nicht erinnern, jemals ein solches Bedürfnis verspürt zu haben, jemanden mit Haut und Haaren zu fressen, er möchte mit ihren Zehen beginnen, dann weitermachen mit ihren Schenkeln, die rund und weniger blass sind als erwartet und alle Energie zum Schoß emporlenken, der unter seidigem Stoff gefangen ist. Ihre Brüste sitzen stramm in einem zu knappen BH, sodass sie sich leicht über den Saum wölben, größer wirken, als sie sind, und der dunkle Kranz um ihre Brustwarzen über die Spitzenborte lugt. Es bewegt sich was in seiner Hose, aber nach wie vor zu wenig und nicht wert, gezeigt zu werden. Er lehnt sich gegen ihren Schoß und will nicht darüber nachdenken, spürt, dass er nur eine Chance hat, in sie einzudringen, und die will er nicht vertun. Bei näherer Betrachtung erweist sich die Farbe des Slips als ein changierendes Blau, unter dem sich ein dunkler Fleck von der unteren Zwickelnaht nach oben ausbreitet. Im ersten Moment mutmaßt er, dass sie ihre Menstruation hat, aber im Grunde ist es ihm egal, und dann dämmert ihm, dass sie mindestens genauso mitgerissen und geil ist wie er und von lang verdrängten Paarungsinstinkten gepackt. Er schiebt den Slip zur Seite, der unelastischer ist, als er aussieht. Ihr Busch ragt delikat in die Höhe, rasiert, ohne ein überflüssiges Haar auf ihren feuerroten Schamlippen. Annette hat ihm so einen Anblick nie geboten. Mit Annette war Sex wie Unterricht: Sie führte beide freundlich auf den Höhepunkt zu und setzte sich an einem guten Abend zur Krönung rittlings auf ihn drauf. Er kann sich nicht erinnern, dass einer von ihnen jemals die Besinnung verloren oder den anderen so durchgevögelt hätte, wie er es in diesem Augenblick mit dieser Frau tun will. Er will nichts anderes mehr, als mit der Zunge in sie einzudringen. Spürt das Pieksen der Haare. Riecht den säuerlichen Duft ihres feuchten Schoßes und fühlt zu guter Letzt die Schamlippen – weicher als eine überreife Melone und hundertmal berauschender als die mechanische Schwanzlutscherei jedweder Nutte. Er ist sich nicht ganz sicher, ob sie frisch schmeckt oder sauber, weiß nicht mehr, wie das war. Für ihn schmeckt sie verboten, betörend, als hätte die Natur einen Trank für besonders hartnäckige Narren gemixt, denen das Sehen und Berühren einer Frau nicht reicht. Er ist so gebannt von dem Geschmack, dass ihm erst jetzt der pfeifende Laut auffällt, der aus ihrer Lunge kommt, wie das Schnurren einer Katze, ein supersonisches Sirren, das sie selbst vermutlich gar nicht wahrnimmt. Wenn er den Druck auf die Schamlippen ein klein wenig erhöht oder seine Zunge in sie schiebt, steigt der Ton exakt um eine Quinte, umkreist er sie hingegen, fährt er mit der Zunge über das gestutzte Haar und bewegt sich um den Kitzler herum, der die äußeren Schamlippen bestimmt um einen Zentimeter überragt, fällt der Ton um eine Quinte. Er weiß nicht, was das zu bedeuten hat, sucht aber nach einer Balance zwischen hoch und tief, während er seinen Mund mit ihr füllt. Er spürt ihren Körper antworten, die Töne folgen allmählich dichter aufeinander. Er war nie ein guter Liebhaber, hat sich jedenfalls nie als solcher empfunden, aber das hier ist was anderes. Ausnahmsweise scheint das Alter ihn in allem, was er gerade tut, besser gemacht zu haben. Er ist wie befreit von der Knechtschaft seines Schwanzes und so neugierig auf das, was er sieht, schmeckt und hört, dass er sich vollkommen wach fühlt. Was er auch macht, es steigert die Intensität, und sie antwortet ihm mit einem Schuss Adrenalin.

Sein Oberschenkel verkrampft, und er muss sich bewegen, woraufhin sie in sein Haar greift und sein Gesicht noch fester in ihren Schoß drückt. Er ignoriert den Krampf, als sie die Tischkante umfasst und ihn zwischen ihren Schenkeln in einer neuen Form von Stille einschließt, nur durchbrochen vom Rauschen des eigenen Blutes unter der Haut. Sie beginnt, sich zu bewegen und hin- und herzuruckeln. Ein paar Pflanzen fallen zu Boden. Die weiche Haut ihrer Schenkel presst sich an seine Ohren. In den fünfzehn Jahren ihrer Ehe hat er Annette nie so hemmungslos und stark erlebt wie diese Frau. Und bei den Frauen, die er vor Annette kannte, hatte ihn nichts anderes interessiert, als in sie einzudringen und seinen Schwanz von ihnen umschließen zu lassen.

Irgendwann spürt er den heranrollenden Höhepunkt und sieht ihm mit Angst und mit Begeisterung entgegen. Angst vor dem Hinterher, Begeisterung für die unfassbare Belohnung der Natur. Sie sind auf dem Weg. Der Tisch unter ihnen schwankt. Er hört ein Murmeln, das aus ihrem Mund kommt. Es klingt wie Baskisch. Wortfetzen, Flüche oder heisere Kampfrufe vereinen sich mit den Tönen aus ihrer Lunge und verschmelzen zu einer Stimme. Seine Zunge ist empfindlich und wund. Er antwortet, indem er sich umso mehr ins Zeug legt, mit ganzem Körpereinsatz. Um ihn herum ist alles feucht, Haut, Haar und Schamlippen. Er hört, wie ihre Organe zusammenrücken und Platz machen für etwas. Das ganze System knackt und ächzt. Ein Tier auf dem Weg durch einen Wald, den es hier auf der Insel gar nicht gibt. Der Tisch gibt nach, ein Kaktus drillt sich in seine Hüfte, aber das kümmert ihn nicht. Sein Schwanz presst sich hart gegen den Reißverschluss, er will jetzt raus. Er hat sie ganz im Mund, spürt, wie sie sich aufbäumt, bebt und hört wieder das leise Pfeifen. Dann endlich fallen ihre Schenkel auseinander, über ihnen der offene Himmel, durchbohrt von Kakteen, saurer Saft läuft aus ihrer Höhle, im Wohnzimmer lacht die Schildkröte. Mónica stößt einen Schrei aus, der Tisch kracht zusammen, er leckt sie weiter, und sein Schwanz explodiert, ein heißer Strom pumpt aus ihm raus und stürzt ihn schmerzhaft in ein Chaos ohne Sinn und Verstand.

58

Kichernd krabbeln sie zwischen zerschellten Blumentöpfen und über ein umgerissenes Bäumchen. Erschöpft legt Erhard sich auf ihren runden Bauch, und sie lässt es geschehen, ohne zu protestieren.

»Du hast wirklich eine Teufelszunge«, flüstert sie.

Sie lachen wieder. Er ist ausgelaugt, benebelt, kann nicht mehr klar denken. Keiner der beiden sagt etwas. Drinnen lärmt noch immer der Fernseher. Wie viel Zeit mag vergangen sein, seit er sein Telefonat beendet hat? Die Sonne ist unter den Horizont getaucht, und der kleine, steinerne Wall wirft einen mannshohen Schatten in den Garten. Es ist bestimmt ein halbes Grad kälter geworden.

Er kann es nicht fassen. Sein Glück. Seine Beobachtungen, seine grenzenlose, allumfassende Hingabe. Versteht nicht, dass eine Frau ihm so viel geben kann, ohne dass er es verdient hätte.

Und er versteht nicht, warum er Beatriz' gegenüber eine derart zerstörerische Schuld empfindet. Das ist bizarr, verwirrend. Plötzlich widert ihn alles an. Ob es an der anderen Frau liegt oder daran, dass er währenddessen keine Sekunde lang an Beatriz gedacht hat – er weiß es nicht. Seine geweiteten Poren schließen sich, und seine Begeisterung erstarrt. Es ist wie in ein Geschäft zu blicken, das gerade schließt, es wird abgerechnet, weggeräumt, geschlossen. Unangenehm,

Zeuge eines solchen Moments zu werden. Er weiß nicht, was er tun soll oder ob er überhaupt etwas tun muss. Muss er die Frau, mit der er gerade Sex hatte, jetzt lieben? Kann er sich nicht damit zufriedengeben, diejenige zu lieben, die zu Hause auf ihn wartet, ungeachtet ihres Zustands?

Er steht auf und geht ins Haus. Lässt sie in ihrer Unterwäsche allein, während er selbst nicht mal sein Hemd ausgezogen hat. Seine Kleider geben nichts davon preis, was geschehen ist, nur der nasse Fleck auf seiner Hose ärgert ihn.

»Ich muss los«, sagt er.

Als er ins Wohnzimmer kommt, sieht er sofort, dass irgendwas nicht stimmt. Es ist dunkel, nur der Fernseher flimmert. Es läuft noch immer dasselbe Kinderprogramm, doch Aaz sitzt falsch herum auf einem Stuhl und sieht unverwandt zur Tür. Mit eisernem Blick starrt er Erhard direkt in die Augen.

Erhard kann seine Gedanken nicht lesen, will etwas sagen, aber über seine Lippen kommt kein Mucks. Er ist sich nicht mal sicher, ob sie einander im Zwielicht wirklich ansehen. Langsam dreht Aaz sich wieder um und sieht zum Fernseher.

Mit einem Mal wird ihm bewusst, dass er Aaz mitnehmen muss, und zum ersten Mal fürchtet er sich vor einer Fahrt. Aaz kommt ihm plötzlich unberechenbar vor. Draußen im Garten sieht er, wie Mónica aufsteht.

Mit zitternden Händen schließt er seine Wohnungstür auf. Unten hört er die neue Nachbarin. Sie steht an ihrer Tür. Es kommt ihm vor, als wäre er viel länger als nur ein paar Stunden weg gewesen.

Er steht eine Weile da und starrt ins Schlafzimmer, auf den kleinen, blinkenden Apparat auf dem Tisch, das Gestell für den Katheterbeutel, beides verbunden mit diesem länglichen Bündel, das im Dunkeln unter der Decke liegt. Was hat sie gleich wieder gesagt? Er kann sich nicht mal mehr genau daran erinnern, dabei weiß er es natürlich, nur dass die Worte so zerbrechlich sind, dass sie nicht ausgesprochen, nicht buchstabiert, nicht gedacht werden können, ohne dass sie vor sich selbst erschrecken. Je weniger er versucht, sich an die einzelnen Silben zu erinnern, umso klarer hört er sie. Aber vielleicht wünscht er sich ja nur, dass sie mit ihm spricht.

Aus einer Eingebung heraus macht er sämtliche Lampen an und zieht Beatriz' Decke runter, damit er sie in ihrem Jogginganzug mit Pailletten daliegen sehen kann. Er setzt sich neben sie auf die Matratze, legt einen Finger auf ihr Augenlid und schiebt es hoch. Ihre Pupille segelt herum wie ein Blatt im Wind.

Er will sie rufen. Wo bist du, Beatriz? Bist du noch da drin? Aber noch bevor er den Mund aufmacht, spürt er seine Verzweiflung und erkennt, um was es hier eigentlich geht.

Bis jetzt hatte er das Gefühl, selbstlos Gutes zu tun – sie vor dem Tod zu retten, auf sie aufzupassen und darauf zu warten, dass sie wiederkommt. Bis jetzt hat er sie nur um ihretwillen retten wollen, hat davon geträumt, sie wachzuküssen und den Fluch zu durchbrechen, der auf der Insel lastet. Aber das ist nicht die Wahrheit. Nichts ist gut, und nichts ist ihretwegen geschehen, es gibt kein Happy End. In Wahrheit geht es schon die ganze Zeit um ihn. Um den hoffnungslosen Versuch, sich jetzt so sehr für Beatriz aufzuopfern, dass sie ihn später, wenn er seinen Tribut einfordert, nicht abweisen kann. Um die letzte Chance, sein Leben mit der Anwesenheit einer Frau zu versüßen, die sich sonst nie in ihn verliebt hätte.

Und wenn er wirklich ehrlich sein will, geht es auch um Neugier. Um die Bedeutung der Worte. Und was Beatriz erzählen wird, wenn sie aufwacht. Nur sie allein weiß, was in der Nacht tatsächlich passiert ist, in der Raúl verschwunden ist. Auch wenn Raúl niemals zurückkommen sollte, muss Erhard wissen, ob es wirklich Raúl war, der sie geschlagen hat, oder ob das Ganze nur ein tragischer Unfall war. Ob Raúl vor einem Verbrechen oder vor grobem menschlichen Versagen geflohen ist. Er muss es wissen. Zum einen, um den Menschen zu verstehen, dessen Freund er zu sein glaubte, den er in Wirklichkeit aber nicht kannte. Zum anderen, um wieder Vertrauen zu sich selbst und seinen Entscheidungen zu fassen.

Als er ihr in die Augen sieht, fühlt er sich unglaublich dumm. Welches Leid er ihr zugefügt hat. Die degradierende Entmenschlichung namens Koma entfernt sie mit jedem Tag, der vergeht, weiter von der Person, die sie mal war und die sie nie wieder sein wird. Familie und Freunde haben Abschied von ihr genommen, sie hat nur noch ihn. Einen erbärmlichen alten Mann, der beschlossen hat, dass sie leben soll – für ihn, für sein Ego, seine Neugier.

»Verzeih mir«, sagt er leise, wieder und wieder. Bis er neben ihr auf dem Bett einschläft, ganz nah, ohne einen einzigen Gedanken an Sex.

Erhard fährt zu Aritzas Büro in Puerto, östlich des Selos-Viertels im sogenannten Parque Occidente. Noch vor wenigen Jahren wollte niemand in dieser Gegend wohnen oder arbeiten, jetzt ist es genau umgekehrt. Jetzt ist dies der Ort für junge Leute mit Geld. Erhard hat keine Ahnung, was sie machen. An der Straße stehen protzige Autos und teure Leihwagen, und nebenan hat eins der teuersten Restaurants der Insel aufgemacht. Die einzige verständliche Erklärung für den Aufstieg des Parque Occidente ist die Aussicht. Ansonsten ist Selos zu drei Seiten umgeben von Autowerkstätten, funktionalen Bauten und den Resten der alten Hafenanlage. Zur vierten Seite öffnet sich das Viertel zum Meer.

Erhard betritt eins der drei langweiligen Gebäude, die wie ein Hufeisen zusammenstehen. Darin befinden sich luxuriöse Büros. In der gemeinsamen Lobby mit den in den Boden eingelassen Wasserbecken duftet es nach frisch gemahlenem Kaffee. Er läuft zu einem Fahrstuhl und fährt lautlos in den dritten Stock hinauf, während er durch die Glaswand auf den Hafen und das Meer schauen kann.

Die Fahrstuhltür öffnet sich und gibt den Blick auf ein Großraumbüro frei, in dem zwanzig, dreißig Tische stehen, flankiert von Sofas und Grünpflanzen. Hinter roten Glaswänden liegen ein paar Sitzungsräume. Überall sind Bildschirme zu sehen. An ein paar längeren Tischen stehen Menschengruppen, Inder, junge Männer mit Mützen. Ein Schild vor dem Aufzug benennt die Firmen, die hier untergebracht sind. Eewayz, Aritzas Firma, liegt zur Rechten. Als Erhard das Großraumbüro durchquert, sieht er Aritza hinter einer Glaswand. Er hat das Handy am Ohr und blickt übers Meer. Erhard wartet vor der Tür, bis Aritza sich umdreht, ihn zu sich winkt und sein Telefonat mit einem »Bye, bye!« beendet. »Guten Tag«, sagt er dann, ohne sein Handydisplay aus den Augen zu lassen. Erhard setzt sich in einen kugelförmigen, weichen roten Sessel. Endlich hebt Aritza den Blick und sieht Erhard an. »Was immer Sie zu wissen glauben, Sie irren sich. Da war nichts, Sie haben nichts gesehen.«

»Das will ich hoffen«, sagt Erhard. »Ihrer Frau zuliebe. Und Ihrer Nichte.«

»Meiner Frau ist das vollkommen egal. Sie würde Sie nur auslachen, wenn Sie ihr mit so etwas kämen.«

»Und warum treffen wir uns dann?«

»Was wollen Sie?«

Erhard sieht ihn lange an. »Wenn ich ehrlich sein soll, wende ich mich an Sie, weil ich sonst niemanden kenne, der Verbindungen zu Seefahrt und Logistik hätte. Ich nehme an, dass es sich um sensible Daten handelt, für deren Einsicht man eine Genehmigung braucht.«

»Sie hätten mich nur zu fragen brauchen. Auf die freundliche Art.«

»Tue ich doch.«

Aritza lehnt sich zurück. »Sie wollen mit Robbie sprechen, meinem Freund Robert Jamieson.«

»Ich will mit jemandem reden, der mir helfen kann, die Besatzungsmitglieder eines bestimmten Schiffes zu finden.«

»Ja, und sehen Sie, ich hab bereits mit Robert gesprochen. Er hat mir erzählt, dass das Schiff, nach dem Sie suchen, die Seascape Hestia, gekapert wurde.«

»Das weiß ich schon. Deshalb brauche ich ja die Besatzungsliste.«

»Was wollen Sie von diesen Männern?«

»Lassen Sie mich gleich vorweg versichern, dass es hier nicht um etwas Kriminelles geht.«

»Eine Straftat liegt doch bereits vor. Das Schiff wurde gekapert und ein Mann getötet. Besatzung und Fracht sind verschwunden.«

»Ja, aber ich will ausdrücklich betonen, dass ich Ihre Hilfe nicht in Anspruch nehmen will, um etwas Gesetzeswidriges zu tun.«

»Warum suchen Sie nach den Besatzungsmitgliedern?«

»Weil ich jemanden brauche, der mir erzählen kann, was dort an Bord passiert ist.«

»Das kann vermutlich niemand. Die Besatzungsmitglieder sind allesamt verschwunden. Was wollen Sie denn tun?«

»Weiß ich noch nicht«, antwortet Erhard.

»Wenn ich Ihnen jetzt helfe, ist aber endgültig Schluss mit …«

»Ich hab nicht vor, jemanden darüber zu informieren. Vorausgesetzt, Sie lassen sich scheiden und heiraten Ihre Nichte.«

André Aritza sieht ihn entsetzt an. »Ich …«

»Entspannen Sie sich«, sagt Erhard. »Helfen Sie mir einfach. Was den Rest angeht – damit müssen Sie allein klarkommen.«

»Und Sie versprechen mir, dass Sie meinen Freund nicht in Schwierigkeiten bringen? Wir können ihn gemeinsam anrufen.«

»Ich würde gern selbst mit ihm sprechen.«

Aritza nickt. Er hebt sein Handy ans Ohr, und sein Gesichtsausdruck verändert sich. »Hi, Robbie, hier ist André. Also, ich hab mit ihm gesprochen. Er ist in Ordnung. Ja. Nein, das macht er nicht. Ja, okay. Ich geb ihn dir jetzt.« Er reicht Erhard das Telefon.

»Guten Tag.«

Es knackt am anderen Ende. Dann hört er eine sehr britische Stimme. »Guten Tag. André meint, Sie suchen nach einer Schiffsbesatzung?«

»Ja«, antwortet Erhard. »Aber nicht aus Gründen, die Sie vielleicht vermuten.«

»Nun …«

»Hier auf der Insel ist ein Junge gestorben, und ich glaube, dass es eine Verbindung zwischen seinem Tod und dem Schiff gibt.«

»Ein Junge? Meinen Sie den Maschinisten?«

»Nein«, sagt Erhard. »Ein drei Monate alter kleiner Junge.«

»Wie soll der was mit der Kaperung eines Schiffes zu tun haben?«, fragt die Stimme. Auch André Aritza sieht verwirrt aus.

»Das weiß ich noch nicht.«

»Also, davon weiß ich nichts. André hat mich gebeten, etwas über das Schiff herauszufinden, das Sie suchen. Die Seascape Hestia, nicht wahr?«

»Ja. Ich muss jemanden aus der Crew finden. Vielleicht reicht auch schon eine Telefonnummer.«

»Kennen Sie sich mit Schifffahrtsgesetzen oder maritimer Verwaltung aus?«

»Nein«, sagt Erhard. »Gar nicht.«

»Jeder, der auf einem Schiff anheuert, wird registriert. In England machen wir das weitestgehend digital, aber das ist nicht Standard. An vielen Orten werden Besatzungslisten noch handschriftlich geführt. In Spanien gibt es beide Systeme. Valencia und Algeciras, die zwei großen Verwaltungen, haben das einigermaßen im Griff, aber auch wenn Las Palmas und Santa Cruz zu Spanien gehören, fahren dort mehr Schiffe für Dakar und Abidjan, wo man eben keine ordentlichen Papiere braucht. Nicht immer jedenfalls.«

»Und was bedeutet das für die Seascape Hestia?«

»Bis Oktober 2008 war die holländische Reederei, also der Eigner der Seascape Hestia, verantwortlich für die Registrierung der Seeleute. 2009 kam das Schiff nach Spanien und wurde immer wieder an spanische Gesellschaften vermietet, und die stellen nicht dieselben Ansprüche. Vor diesem Küstenabschnitt des afrikanischen Kontinents hat es bislang kaum je Piraterie gegeben, weshalb man sich darauf nie konzentriert hat.«

»Dann führt also die Gesellschaft, die das Schiff gemietet hat, die Besatzungsliste?«

»Sie hatten eine Liste, die fünf Tage vor dem Ablegen geschrieben wurde. Etliche von denen, die auf der Liste standen – eine sogenannte IMO FAL 5 –, waren allerdings nicht mit an Bord.«

»Aber den Kapitän hat man gefunden …«

»Ja, er und drei von acht Besatzungsmitgliedern waren korrekt registriert, der Rest leider nicht. Die Liste war bereits in dem Moment veraltet, als die Hestia abgelegt hat. Aber selbst mit einer vollständigen Liste würden Sie niemanden finden. Über den Kapitän hinaus sind auch die drei namentlich bekannten Crewmitglieder spurlos verschwunden. Die anderen Personen von der Liste konnten über die Seascape Hestia nichts sagen – bis auf Chris Jones.«

Der Name kommt Erhard bekannt vor. »Was ist mit ihm?«

»Er hätte ebenfalls an Bord sein sollen, wurde aber im letzten Moment durch einen anderen ersetzt. Er weiß nicht, durch wen, aber als die Leiche des Maschinisten mit Chris Jones' Papieren auftauchte, glaubten die Behörden natürlich, dass er der Tote wäre.«

»War er aber nicht.«

»Nein. Chris Jones hat erst in einem Pub von der Kaperung erfahren und ist dabei auf seinen eigenen Namen gestoßen.«

»Dann weiß niemand wirklich sicher, wer auf dem Schiff war?«

»Das ist unverantwortlich und nachlässig und zeigt, wie unzulänglich das Regelwerk ist.«

»Oder es hat jemand absichtlich vergessen, die Papiere auszufüllen«, sagt Erhard und muss unwillkürlich an gestohlene Autos denken, die zuletzt in Holland gesichtet wurden.

»Die kanarische Polizei weiß diesbezüglich mehr als wir. Sie haben im Hafen von Santa Cruz eine ganze Reihe von Leuten befragt. Auch eine meiner Kolleginnen war vor ein paar Wochen davon betroffen. Von ihr weiß ich, was ich Ihnen gerade erzählt habe. Das meiste ist allerdings inoffiziell. Also keine Liste, keine Namen.«

»Okay«, sagt Erhard.

»Tut mir leid.«

»Schon okay«, wiederholt Erhard.

»Könnte ich André noch mal haben?«, fragt der Engländer.

»Augenblick«, sagt Erhard. »Können Sie mir noch etwas zu Chris Jones erzählen? Haben Sie seine Telefonnummer?«

»Er war doch nicht an Bord des Schiffes …«

»Ich würde trotzdem gern mit ihm sprechen.«

Eine Weile herrscht Schweigen. »André meinte, Sie würden ihn erpressen. Es ist mir egal, worum es dabei geht, aber wenn ich Chris Jones' Daten raussuche, vergessen Sie alles, was Sie über André Aritza zu wissen glauben, verstanden?«

»Ich brauche die Nummer noch heute.«

»Ich such Ihnen die Nummer raus und schick sie an André.«

»Danke.« Erhard reicht André Aritza das Telefon zurück, der sich jetzt mühsam aus dem Sessel hochstemmt. »Der Engländer noch mal für Sie. Er will mir im Lauf des Tages eine Telefonnummer schicken. Sie erreichen mich unter dieser Nummer … sobald Sie sie bekommen haben.« Erhard legt seine Visitenkarte auf den Tisch.

Aritza nimmt das Telefon entgegen und wendet sich ab.

Am Nachmittag hat Erhard einen Termin mit dem Direktor des Badelandes. Allein schon der Gedanke daran ist ihm zuwider. Weil die Tür zu Osasunas Büro zu ist, bittet er Ana, den Termin um eine Woche zu verschieben. Sie tippt auf ihrem Computer herum. Dann erzählt er ihr, dass er auf den Anruf eines gewissen André wartet, den sie zu ihm durchstellen soll. Er weiß nicht, ob er ihr vertrauen kann.

»Emanuel Palabras hat angerufen und nach Ihnen gefragt«, sagt sie.

»Und was haben Sie geantwortet?«

»Dass Sie nicht da sind.«

»Okay.«

»Aber jetzt sind Sie ja da. Soll ich ihn zurückrufen?«

»Nein, ich ruf ihn selbst an.« Und wieder meldet sich der Verdacht, dass sie Palabras und Osasuna von allem berichten könnte, was er tut.

»Sie müssen Ihr neues Telefon noch anschließen.«

»Ja«, sagt er und geht zurück in sein Büro, das ihm mit einem Mal kleiner vorkommt als der Innenraum seines alten Mercedes. Er kniet sich hin und steckt den Telefonstecker in die Buchse. Das Freizeichen ertönt. Dann greift er zu einem Buch, versucht zu lesen, starrt aber immer wieder auf das dunkelgrüne Telefon.

Gegen halb vier klingelt es. Es ist Aritza. Er gibt ihm eine Adresse auf Teneriffa. »Damit wären wir quitt«, sagt er.

»Ich hab um eine Telefonnummer gebeten.«

»Sie sind ein Arschloch. Robbie hat Stunden gebraucht, um an diese Adresse zu kommen – und das nur Ihretwegen. Es gibt keine Telefonnummer. Ach, und der Mann ist allem Anschein nach schwer krank.«

Erhard schweigt. Er weiß nicht, was er sagen soll.

»Ich hoffe trotzdem, dass Sie etwas über den toten Jungen in Erfahrung bringen. Kinder sind das Salz des Lebens«, fährt Aritza fort, auch wenn es aus seinem Mund irgendwie unnatürlich klingt.

»Nicht für alle«, erwidert Erhard.

59

Also wieder nach Teneriffa. Der Flug dauert nicht mal eine Stunde. Erhard sitzt verkrampft auf seinem Sitz und starrt aus dem Fenster, während eine große, unsichtbare Welle sie von einer Insel zur anderen trägt. Der Motor ist kaum zu hören, alles ist still, selbst das Personal. Niemand kommt und serviert Drinks, sie lächeln nur freundlich, sogar die Männer. Bei seinem letzten Flug war das ganz anders. Aber der liegt auch schon siebzehn Jahre zurück. Außerdem war er damals so betrunken, dass er die Landung auf Fuerteventura für den Start hielt. Es ist jetzt insgesamt das vierte Mal, dass er die Insel verlässt. Das zweite Mal innerhalb eines Monats. Diesmal auf Kosten der Firma, weil er dort erzählt hat, dass er zu einem Lunch mit einer Frachtgesellschaft müsste.

Vom Wasser aus hat Santa Cruz so malerisch ausgesehen. Aus der Luft ist es die Großstadt, die es sein will, aber nicht wirklich ist. Die Palmen sind grau, die Gebäude mit Werbung tapeziert. Sogar auf dem Dach des Flughafengebäudes prangt Reklame: ein neues Parfüm mit Limone und Anis, ein junges, ineinander verschlungenes Paar.

Er fährt mit dem Taxi direkt zu der angegebenen Adresse und wird an einem kleinen Platz mit einem Zeitungskiosk und ein paar Buden rausgelassen. Es ist Sonntag, die Stimmung entspannt und träge.

Er betritt ein verdrecktes, heruntergekommenes Treppenhaus mit Taubenscheiße auf den Stufen, hört die Vögel irgendwo über sich sitzen, sieht aber nicht nach oben. Gemessenen Schrittes steigt er hoch bis in den dritten Stock. Buchstabe C. Die weiße, billige Tür droht beinahe, in sich zusammenzufallen, als er klopft. Das offene Treppenhaus gibt den Blick auf eine Art Sportplatz hinter einem Zaun auf der anderen Straßenseite frei. Er klopft noch mal. Noch zweimal. Dreimal.

»Kommen Sie rein«, hört er von drinnen.

Erhard schiebt vorsichtig die Tür auf. »Chris Jones? Mein Name ist Erhard Jorgenson.«

»Kommen Sie rein und schreien Sie nicht so«, ruft Chris Jones. Er ist betrunken. Lallt. »Mein Gott, seit ich quasi tot bin, besuchen mich lauter spannende Leute!«

»Da kann ich wohl froh sein, dass Sie nicht auf See sind«, sagt Erhard, als er den Mann auf einem Bett im Dunkeln liegen sieht. An den Wänden hängen Poster mit Hundefotos.

»Hell, no. Ich bin Frührentner. Arbeitsunfähig. Auf Kosten des Staates. Das süße Leben.« Er kann Erhard nicht die Hand geben, weil er gerade ein Grillhähnchen aus der Tüte isst, starrt allerdings wortlos auf Erhards fehlenden Finger.

Erhard sieht sich nach einem Stuhl um, auf den er sich setzen könnte, und lehnt sich dann kurzerhand an die Wand.

»Vom Glück auserwählt oder wie es so schön heißt. Kann man sich ein besseres Leben als das hier wünschen? Mit Aussicht auf die Hunderennbahn – ein Brathähnchen in der einen und selbst gebrannten Whisky in der anderen Hand.« Jones nickt zum Regal über der Klotür hinauf. Fünf Flaschen mit brauner Flüssigkeit. Die Marke kennt Erhard nicht.

»Sie hätten auf dem Schiff sein sollen, das gekapert wurde.« Das ist noch gar nicht lange her, dabei ist der Mann ein Wrack.

»Der Kurs war klar. Ich hatte meine Sachen schon an Bord, aber dann hat mich irgendein Sack niedergeschlagen, als ich aus einem … na ja, sagen wir … Nachtclub kam. Als ich wieder aufgewacht bin, war das Schiff weg und mein Leben im Arsch. End of story.«

»Wer hat Sie niedergeschlagen?«

Er lacht. »Das hat die Polizei mich auch gefragt. Aber ich hab echt keine Ahnung, Mann. Ich hab den nicht gesehen. Und auch nicht nach seinem Namen gefragt. So einfach ist das. Ich tippe aber, dass es der Motherfucker war, der später mit meinen Papieren aufgefunden wurde. Aber das ist nur eine Vermutung.«

»Warum sollte jemand Interesse daran haben, Ihren Platz auf dem Schiff einzunehmen?«

»Vielleicht hat das Schwein ja mit den Piraten unter einer Decke gesteckt? Wär doch logisch, oder? Sind Sie eigentlich Journalist? Wenn ja, will ich fünf Riesen, wenn Sie einen Artikel darüber schreiben.«

»Ich bin kein Journalist, und ich habe auch kein Geld.«

»Und warum nerven Sie mich dann?«

»Ich suche nach einer verschwundenen Person.«

»Davon weiß ich nichts. Verdammt, ich wurde niedergeschlagen, kapieren Sie das nicht?« Er wirft die Take-away-Tüte in Richtung Mülleimer, verfehlt aber sein Ziel.

»Sie müssen doch irgendwas gehört haben. Gerüchte. Von Freunden oder Leuten, mit denen Sie auf See waren. Sieben Seeleute sind verschwunden – und Fracht im Wert von mehreren Millionen.«

»Das hier ist keine Gerüchteküche. Meine Schwester ist die Einzige, die mich noch besucht. Und diese verfluchten Zeitschriftenfritzen haben keine Ahnung, was da abgelaufen ist. Die haben einfach nicht kapiert, dass nicht ich tot bin, sondern ein anderer. Meine Mutter hätte fast einen Herzinfarkt gekriegt.«

»Aber Ihre Freunde – die müssen doch etwas gehört haben? Ich bin viele Jahre Taxi gefahren, und Taxifahrer reden mehr als Waschweiber, wenn Sie wissen, was ich meine.«

Chris Jones lacht breit, er scheint wirklich besoffen zu sein. »Ich weiß verdammt gut, was Sie meinen. Wer sind Sie überhaupt?«

»Bloß ein alter Kauz, der jemanden sucht, der auf dem Schiff war. Sonst nichts.«

»Ein alter Kauz? Ein neugieriger alter Kauz, würd ich sagen. Aber irgendwie gefällt mir das. Solange Sie nicht von der Polizei sind … oder von irgendeiner Zeitung …«

»Ehrenwort.«

»Geben Sie mir eine von denen«, sagt er und deutet auf die Flaschen. Erhard nimmt eine Flasche und gibt sie ihm. Er gießt eine alte Tasse voll, die auf einem Schemel neben dem Bett steht, und reicht sie Erhard. Dann setzt er selbst die Flasche an und trinkt sie zu einem Viertel aus. »Was ist mit Ihrem Finger passiert?«, fragt er dann.

Erhard empfindet es als Befreiung, wenn die Leute konkret fragen. »Strafe für ein Verbrechen«, antwortet er.

»Fuck me. Haben Sie im falschen Land die falsche Frau angestarrt oder was?«

»Nicht ganz, aber so was in der Richtung.«

»Vereinigte Arabische Emirate?«

»Dänemark.«

»What? In Dänemark macht man so was nicht.«

»Ich hab's selbst gemacht.«

Es vergeht eine Weile, bis Jones begreift, wie er das meint. »Brutal«, sagt er leise.

Sie trinken.

»In der letzten Woche«, beginnt Jones, nachdem er sich den Mund abgewischt hat, »hab ich einen Kumpel getroffen,

Simão. Früher bin ich mit ihm zur See gefahren. Wir haben ein paar Dinge gemeinsam. Die Hunde …« Er zeigt auf die Poster an den Wänden. »Er ist mit hochgekommen und hat dort auf dem Stuhl gehockt. Vollkommen high, aber total betroffen von dem, was mir passiert ist. Und plötzlich fängt er an, über die Hestia zu reden. Von wegen, dass er wüsste, was passiert ist und wo sich alle verstecken und so weiter.«

»Verstecken?«

»Er hat gesagt, die Besatzung wär an der Sache beteiligt gewesen und dass sie sich jetzt vor der Polizei versteckt.«

»Beteiligt? Wie?«

»Keine Ahnung. Bestimmt hat der nur groß getönt. Das tun doch alle. Jeder hier ist tausendmal um die Welt gesegelt und hat in jedem Hafen eine Geliebte. Alles nur dummes Geschwätz. Die meisten sind nur kleine, feige Arschlöcher, die nicht vom Schiff wollen, wenn man im Hafen liegt. Solang es Zigaretten, Schnaps und Cola gibt, bleiben sie in ihren Kajüten und ficken sich selbst. Schweine, allesamt.«

»Na ja …«

»Aber Simão hat eine Sache gesagt, die wirklich interessant ist. Er meinte nämlich, dass die Fracht zurück auf die Insel gebracht worden wäre. Der ganze Scheiß ist dahin zurückgegangen, wo er herkam. Das hab ich echt noch nie gehört. Alle meinen, das Zeug wär irgendwo auf dem schwarzen Kontinent verschwunden. Blame it on the niggers, Sie wissen schon.«

»Interessant«, sagt Erhard, weiß aber noch nicht, was das zu bedeuten hat.

»Das Ganze ist voll durchorganisiert, von irgendwelchen reichen Säcken, die auf irgendeinem Golfplatz sitzen.«

»Wie kann ich Ihren Bekannten finden? Den, mit dem Sie gesprochen haben?«

»Wenn er nicht im Hafen ist, ist er auf irgendeiner dieser Rennbahnen, Sie wissen schon, wo diese superdünnen Hunde um die Wette laufen.«

»Und wo genau?«

»Im Norden gibt es eine große Bahn.«

»Wie heißt dieser Simão weiter?«

»Simão. Der hat keinen anderen Namen. Wie Pelé. Bloß Simão.«

»Wenn ich Ihnen einen Gefallen täte, würden Sie mir dann auch einen tun?«

»Ganz schön dreist«, sagt Chris Jones und lacht.

»Wenn Sie herausfinden, wo ihr Freund Simão ist, finde ich für Sie raus, wer Sie niedergeschlagen hat.«

»Das weiß ich doch, das war dieses Schwein. Außerdem bin ich gerade beschäftigt.« Er wedelt mit der Flasche.

»Dafür ist morgen auch noch Zeit. Oder für eine ihrer anderen vier Freunde.«

»Es ist echt schwer, einem alten Kauz was abzuschlagen.«

»Stimmt«, sagt Erhard.

60

Das Schiff heißt Nicosia. Der Name ist kaum zu lesen, weil Möwendreck, Wind und Wetter ihn weggeätzt haben. Die durchgetretene Gangway, die auf den schätzungsweise fünfzig Meter langen Frachter führt, wirkt vor der schwarzen Stahlwand des Schiffrumpfs irgendwie verkehrt und nicht sehr vertrauenswürdig. Er hat mit regem Treiben an Deck gerechnet, aber es ist niemand da, als er wie selbstverständlich die Gangway hochgeht.

Oben angekommen ist noch immer keine Menschenseele zu sehen. Das Deck steht voller Kräne und Kisten und Flaschenzüge und Container, die mit kräftigen Spanngurten festgezurrt sind. Es riecht nach Eisen, fast wie Blut. Im ersten Moment glaubt Erhard wirklich, dass er sich auf die Zunge gebissen hat, aber es sind die zerbeulten, abblätternden Container und Stahlketten, die diesen Geruch verströmen. Er läuft an der Reling entlang und sucht nach einer Tür. Vielleicht ist die Besatzung ja gerade bei einem Treffen, oder sie haben den Dienst noch nicht angetreten. Chris Jones hat ihm empfohlen, zur Brücke zu gehen.

Unter einer Treppe, die aufs Oberdeck führt, entdeckt er zwanzig Zentimeter über dem Boden eine niedrige Tür, die eher wie eine Schranktür aussieht. Erhard erwartet dahinter Regalfächer mit Taschenlampen und Tauwerk und anderer seemännischer Ausrüstung. Er hat keine Ahnung von der Arbeit und dem Leben auf See. Da die meisten Seeleute, die er kennt und denen er begegnet ist, alkohol- oder drogenabhängig sind, hat er sich das Leben auf See immer deprimierend vorgestellt – harte Arbeitsbedingungen, Langeweile, konstanter Seegang, schmerzende Knochen und schlechtes Essen auf tristen Metalltabletts. Dauergeile Matrosen in zu schmalen Betten.

Die Tür führt nicht ins Innere eines Schrankes, sondern auf einen langen Korridor, von dem nach sechs, sieben Metern ein Treppenabgang abzweigt. Da er nicht unter Deck will, geht er weiter, bis er hinter einer Ecke eine steile Treppe entdeckt, die nach oben zu einem Glaskasten führt, der ein bisschen an ein Vogelhäuschen erinnert.

Er wirft einen Blick durch die Scheibe in der Tür. Der Raum, der offenbar als Kommandobrücke genutzt wird, ist mit Arbeitstischen und riesigen Computern und Monitoren vollgestellt. Lampen brennen keine, Licht fällt nur durch die kaffeebraun getönten Scheiben der Fensterfront, die den Blick freigibt auf den Schiffsbug und den Hafen mit den anderen Schiffen und das Meer. An einem kleinen Tisch sitzt eine Person, die ihm den Rücken zugewandt hat und etwas liest. Erhard macht leise die Tür auf. Irgendwo läuft ein Radio.

»Good morning«, sagt Erhard.

Eine kleine, arabisch aussehende Frau mit glattem Haar und Schirmmütze dreht sich um und blickt zuallererst auf Erhards billige Gummischuhe. Nicht gerade die Schuhe eines Direktors. Er trägt immer noch die alten Schuhe, obwohl Emanuel ihn mehrfach aufgefordert hat, sich neue zu kaufen.

»Und Sie sind …«

»Ich suche nach Simão.«

Sie zeigt zu einer weiteren Tür. »Da drinnen. Er schläft, aber er muss jetzt ohnehin aufstehen, wir legen in einer Dreiviertelstunde ab.« Sie dreht sich um und liest weiter.

Erhard schiebt die Tür auf. Der kleine Raum dahinter ist stockdunkel. In dem Lichtstreifen, der durch die Tür fällt, sieht er ein Etagenbett und einen Wicht mit schwarzem Vollbart. Der kleine Mann wird wach und rekelt sich unter der Decke wie ein Kind.

»Simão«, sagt Erhard.

»Bin wach«, antwortet Simão, hört sich aber nicht so an.

»Das hab ich nie gesagt«, wiederholt er mehrmals. Erhard hat ihm gerade zweihundert Euro in die Brusttasche gesteckt.

Alles über hundert Euro würde den Scheißkerl in Gang bringen, hat Chris Jones gesagt. Vermutlich ist er bis über beide Ohren verschuldet – Geld, das er nie zurückzahlen kann –, sodass sein Leben jetzt in den Händen derer liegt, die als Einzige in der Zockerwelt selbst nicht zocken: Drahtzieher in öden Büros, die Millionen zwischen den Inseln hin- und herschieben und keine Steuern zahlen. Unter dem Bett liegt eine Rennsport-Zeitung. Erhard hätte mehr Bilder an den Wänden erwartet – von Frauen, Kindern oder Hunden wie bei Chris Jones. Aber vielleicht ist dies gar nicht Simãos Koje, sondern nur eine Gemeinschaftskabine für die Diensthabenden auf der Brücke.

Simão geht mit Erhard an Deck, um zu rauchen. Noch mal erklärt Erhard, weshalb er hergekommen ist. »Ich möchte Ihnen ein paar Fragen stellen. Sie kriegen noch mal zweihundert von mir, wenn Sie sie mir beantworten. Ich weiß bereits, was Sie von der Seascape Hestia erzählen. Sagen Sie mir einfach das Gleiche, mehr verlange ich gar nicht.«

Simão lässt den Blick über den Hafen schweifen. »Chris Jones, dieser Marica, hat einen Dachschaden, seit sie ihn vermöbelt haben. Ich hab das bloß gesagt, damit er sich nicht mehr so mies fühlt, weil er … weil er …«

Erhard hört darüber hinweg. »Ich bin weder Polizist noch von den Behörden oder so. Von mir erfährt niemand, dass ich mit Ihnen gesprochen habe.«

Sie stehen an Deck im Schatten einiger Container. Simão steckt sich an der ersten gleich die zweite Zigarette an und schnippt die alte Kippe über die Reling. Dann tastet er nach den Scheinen in seiner Brusttasche.

»Das ist Wochen her. Damals hab ich im verfickten Casablanca festgehangen, wo ich auf meinen Buddy Ramón gewartet hab, der da mit mir verabredet war. Aber er ist nicht aufgetaucht. Stattdessen hab ich in irgendeiner Bar einen Steuermann getroffen, den ich kenne – völlig betrunken und zugedröhnt mit irgendwas. Wir haben ein paar Shots gekippt, und ich hab vorgeschlagen, dass wir ihm eine Frau suchen. Aber er wollte nicht so recht, meinte, seine Frau würd ihm die Haut abziehen. Irgendwann sind wir dann in einem Lokal gelandet, wo wir was geraucht haben. Dort hat er mir erzählt, dass er auf einem Schiff unterwegs gewesen wäre, das die Fracht eines kanarischen Containerschiffs übernommen hätte, von dem momentan alle reden würden. Nach der Besatzung des kanarischen Frachters würde gesucht, aber die hätte sich nach Westafrika abgesetzt. Niemand wüsste, dass er auch an Bord gewesen wäre. Er war sich total unsicher, ob er das der Polizei erzählen sollte oder nicht. Auf keinen Fall, hab ich gesagt, in so einen Scheiß mischt man sich nicht ein.«

Bis jetzt hat Erhard noch nichts wirklich Neues gehört. »Wieso haben Sie ihm geglaubt? Vielleicht hat er sich das Ganze ja nur eingebildet?«

Simão sieht Erhard an, als wäre er nicht ganz bei Trost. »So was weiß man. Ein Seemann lügt nicht.«

»Vielleicht wollte er sich einfach nur mit ein bisschen Unterhaltung für die nette Gesellschaft revanchieren?«

»Was meinen Sie mit Unterhaltung?« Simão hebt das Kinn an, als fühlte er sich angegriffen. »Was wollen Sie damit andeuten?«

»Nein, nein, ich meine nur, dass er Ihnen möglicherweise eine Lügengeschichte aufgetischt hat.«

»Er hat nicht gelogen, Abuelo.«

»Und wie, sagten Sie, heißt er?«

»Ich hab gar nicht erwähnt, wie er heißt. Einen Scheißdreck hab ich. Woher soll ich das auch wissen?«

»Sie haben einen Abend lang zusammen gesoffen, waren schon mit ihm auf See und wissen nicht mal, wie er heißt?«

»Ist doch scheißegal, wie er heißt. Das spielt keine Rolle.«

»Aber er ist Spanier?«

»Ja, verdammt«, sagt Simão.

»War er mit anderen Leuten verabredet?«

»Wir haben ein paar Shots mit Einheimischen getrunken – Neger. Sonst war da niemand.«

»Und Sie sagen, die Piraten hätten die Besatzung in Westafrika abgesetzt?«

»Die Piraten, ja, ja.«

»Was?«

»Ja, die Piraten haben sie in Casablanca rausgeschmissen.« Und plötzlich versteht Erhard, warum Simão sich so schräg verhält, und die krampfhaften Bewegungen seiner Finger. Es gibt gar keinen Saufkumpan. Er war selbst an Bord des Schiffes. »Es gab keine Piraten, oder?«

»Doch, zur Hölle, sag ich doch. Da waren massenhaft Piraten.«

Erhard sieht Simão an. Ein junger Mann, höchstens Anfang dreißig. Womöglich ist es gut, dass er auf ihn wie ein strenger Vater wirkt. Er sieht dem Jungen ins Gesicht.

Simão wischt sich über die Augen. »Entspannen Sie sich. Ich weiß nichts über die Sache mit Chris. Ich schwöre, dass ich keinen Schimmer hab, von wem er Prügel bezogen hat oder wer den falschen Chris über Bord geworfen hat.« Es sieht aus, als würde er die Wahrheit sagen, aber Erhard bleibt skeptisch.

»Aber Piraten waren da keine?«

»Fuck, nein. Da waren keine Piraten.«

»Nur die Crew?«

»Es sollte so aussehen, als wär das Schiff gekapert worden. Die Besatzungsmitglieder der Hestia haben sich gegenseitig vermöbelt, damit es so aussah, als wären das Piraten gewesen. Anfangs haben wir darüber gelacht. Bis Señor P einem der anderen einen Zahn ausgeschlagen hat.«

»Was ist mit Ihrem Kumpel, hat der auch jemanden geschlagen?«

»Nein, der hat nichts getan. Die waren auf ihrem Schiff doch bloß zu viert. Sonst wären die sicher umgebracht worden.«

»Wieso? Was hat das mit dem Schiff zu tun?«

»Das hätte keiner von der anderen Crew fahren können.«

»Was ist mit der Fracht passiert?«

»Der größte Teil ist hierher zurückgebracht worden. Die Crew wurde in Casablanca abgesetzt.«

»Die Crew ging in Casablanca von Bord, die Fracht wurde zurück nach Teneriffa gebracht …«

Simão nickt und inhaliert so heftig, dass die Glut tiefrot leuchtet.

»Außer Señor P, der ist wieder dahin gefahren, wo er hergekommen ist.«

»Kann man auf dem offenen Meer denn Fracht umladen?«

Simão grinst. »Ganz schön viele Fragen, Abuelo.«

»Hab ich ja gesagt. Denken Sie an meinen Beitrag zum Hunderennen.«

Simão sieht Erhard misstrauisch an. »Ich hoffe wirklich, dass Sie ein guter Freund von Chris sind, sonst schuldet er mir echt was.« Er drückt die Kippe aus und zündet sich eine neue an. »Es geht schon, ist aber anstrengend. Dangerous et cetera.«

»Wieso?«

»Auf dem offenen Meer schwanken die Schiffe extrem und laufen deshalb Gefahr gegeneinanderzukrachen. Insbesondere die Kräne. Und man kann Fracht verlieren. Das ist nie gut.«

»Hört sich wirklich beschwerlich an. Wahrscheinlich braucht es auch einige Zeit, oder …«

»Klar, wenn viel umgeladen werden soll.«

»Wenn es keine Piraten gab, was ist dann mit dem Maschinisten passiert, den alle für Chris Jones gehalten haben? In der Zeitung stand, er hätte sich den Piraten entgegengestellt.«

»Die haben gesagt, Chris wäre über Bord geworfen worden, und das hab ich auch geglaubt. Dabei hatte ich ihn gar nicht an Bord gesehen. Aber he, mein Kumpel hat gesagt, da wäre das totale Chaos ausgebrochen. Es war Silvester, an der Küste wurden Raketen abgefeuert, der Wind wehte das Knallen herüber, und der Seegang war echt heftig. Darum haben sie auch Señor P kommen lassen. Der kennt das Meer besser als jeder andere.«

»Dann war es Señor P, der den falschen Chris Jones über Bord geworfen hat?«

»So heißt es. Dieser vermeintliche Chris Jones kam erst kurz vor dem Unglück an. War high, sturzbetrunken, sagte eigenartige Sachen.«

»Inwiefern eigenartig?«

»Söhnchen ist sauer, hat er immer wieder gesagt, Söhnchen ist sauer. Und dass ihm das Geld in der Tasche brennt. Verrückte Sachen.«

»Söhnchen?«

Simão lacht. »What do I know? Ich hab einmal, an einem Abend, mit ihm gesprochen. Sonst nie.«

»Wieso haben Sie der Polizei nichts davon erzählt? Die suchen nach der Besatzung. Die gehen davon aus, dass sie in irgendeinem Keller eines marokkanischen Piraten gefangen gehalten werden. Kinder vermissen ihre Väter, Frauen ihre Männer.«

»Das mit Chris tut mir leid und mit dem Marica, der über Bord gegangen ist. Aber ich will damit wirklich nichts mehr zu tun haben.«

In diesem Moment beschließt Erhard, Druck zu machen. »Sie haben Geld bekommen. Die haben Sie bestochen.«

Simão geht nicht darauf ein. »Ich hab nichts Gesetzeswidriges getan.«

»Informationen zurückzuhalten ist gesetzeswidrig.«

»In welchem Land? Ich fahre unter kubanischer Flagge.«

»Sie waren an Bord, Sie haben mitgeholfen, die Fracht auf ein anderes Schiff umzuladen.« Simão windet sich, als wollte Erhard ihm Essig einflößen, doch der bedrängt ihn weiter: »Sagen Sie Ja. Von mir erfährt niemand etwas, und Sie kriegen hundert Euro mehr für Ihren kleinen Hund.«

»Das ist kein kleiner Hund«, entgegnet Simão steif. »Das ist ein Azawakh.«

Erhard gibt ihm einen Hunderter. »Wie habt ihr es gemacht?«

Simão späht zwischen die Container. »Wir sollten uns nördlich von Alegranza treffen, sind aber am Ende weiter nach Süden gefahren, direkt westlich vor Lanzarote. Die Hestia war verspätet. Das war schon schlimm genug, aber es kam noch schlimmer.«

»Inwiefern?«

»Der ursprüngliche Plan war wohl, ein Schiff in der gleichen Größe wie die Hestia zu finden, aber unser Kapitän hat kein passendes aufgetrieben, bloß die La Brugia, immerhin waren wir nur vier Besatzungsmitglieder. Die Brugia ist kein Containerschiff, sondern ein Stückgutfrachter wie dieser hier. Die zwei Schiffe sind total unterschiedlich, deshalb war es auch höllisch anstrengend umzuladen.«

»Und was ist danach passiert?«

»Wir haben Kurs auf Casablanca genommen, während der ghanaische Kapitän das zweite Schiff nach Agadir gebracht hat.«

»Nach Fuerteventura ist nichts gegangen?«

»Nein. Die Hestia ist zwar diese Route gefahren – vorbei an der Isla de Lobos, nachdem wir uns getrennt haben –, aber der Ghanaer hat den Hafen nicht angefahren, das hab ich selbst gesehen.«

»Dann habt ihr also alles umgeladen?«

»Ja, war eine Höllenplackerei, viel Gebrüll und Geschrei. Ein paar Container hat's zerlegt.«

»Zerlegt?«

»Ja, beim Umladen. Die sind wie Eierschalen, wenn man sie an der falschen Stelle anschlägt.«

»Auf der Hestia oder auf Ihrem Schiff?«

»Hab ich nicht gesehen. Ich war unter Deck im Frachtraum. Die haben sich gestritten, wie sie bei dem Wind und der Strömung das Schiff ausrichten sollen. Der Ghanaer hat über Funk mit irgendjemandem geredet, und eine Stunde später kam dann Señor P an Bord. High und bösartig – aber er kennt das Fahrwasser wie seine Westentasche. Er stammt aus Fuerteventura, hätte die Gegend trockengesegelt, wie er meinte. Dann wurde mit dem Umladen begonnen. Kurz darauf ist dann das Unglück mit Chris Jones passiert oder wie immer der Kerl hieß.«

»Was haben Sie gemacht, als Sie davon hörten?«

»Einen Scheißdreck. Was sollten wir schon machen? Wir hatten es eilig. Ich wollte nicht denselben Weg nehmen wie er. Ich hab meine Arbeit gemacht und war froh, dass es nicht Chris erwischt hat, sondern irgendeinen anderen Marica. Aber das hab ich erst erfahren, als ich zurück nach Teneriffa kam.«

»Wofür steht das P? Señor P?«

»Calm, Opa. Mehr weiß ich auch nicht. Wenn du mich weiter so ausfragst, brauch ich noch eine zusätzliche Brücke.«

»Eine Brücke?«

»Einen Fünfhunderter.«

»Mehr Geld hab ich nicht. Erzählen Sie mir, wofür das P steht?«

»Fuck you, Opa«, sagt Simão.

Erhard ist sich sicher, dass er das nur sagt, um wieder Achtung vor sich selbst zu haben. Erhard hat fast ein bisschen Verständnis dafür. »Danke für den Plausch«, sagt er und geht in Richtung Gangway. Gleich darauf kommt ihm noch etwas in den Sinn, und er läuft zurück zu den Containern. Simão zündet sich gerade seine zehnte Zigarette an. Erhard reicht ihm seine Karte. »Falls Sie einem kleinen Jungen helfen wollen, der verschwunden ist, rufen Sie mich an. Aber hinterlassen Sie keine Nachricht.«

»Was für ein Junge? Was hat das mit dieser Sache zu tun?«

»An Bord des Schiffes war auch ein drei Monate alter Junge. Mit seiner Mutter.« Ein Schuss ins Blaue. Erhard weiß nach wie vor nicht, ob sie wirklich an Bord waren.

»Da war kein Junge. Und auch keine Mutter.«

»Rufen Sie mich an, wenn Ihnen noch was einfällt. Aber mehr Geld gibt es nicht. Die nächste Information von Ihnen ist gratis.«

Erhard geht. In der Hoffnung, dass Simão hinter ihm herläuft, um ihm zu erzählen, wer der Steuermann war, aber als er sich am Ende der Gangway noch mal umdreht, ist er allein.

61

Er spaziert an einer breiten Straße entlang in Richtung Santa Cruz. Als ihm das zu langweilig wird, nimmt er ein Taxi, das vor einem Hotel steht, und nennt dem Fahrer eine der wenigen Adressen, an die er sich erinnern kann: 49 Calle Centauro. Sein Rückflug geht in gut drei Stunden. Zu lang, um am Flughafen zu warten, und zu kurz, um eine Fähre zu nehmen. Da setzt er sich lieber in ein Café. Er bezahlt den Fahrer, der die Scheine leicht abgewandt wegsteckt, als befürchtete er, Erhard könnte ihm den Geldbeutel aus der Hand reißen. Offenbar gibt es hier häufiger Überfälle. Größere Insel, mehr Touristen. Die Straße, auf der er rausgelassen wird, erkennt er nicht wieder. Er beschließt, die Gegend zu erkunden. Er läuft am Zaun entlang, der den Containerplatz einrahmt. Heute herrscht dort reger Betrieb. Riesige Lastwagen, Gabelstapler und ein paar Kranwagen, die braunen Rauch aus hohen Auspuffrohren spucken. Vor seinem inneren Auge sieht er Container, die auf Lastwagen und dann weiter auf Schiffe verladen werden, um am Ende auf neuen Containerplätzen zu landen. Ein Verkehrsstrom an Gütern, die ihren Platz wechseln, ein gigantisches Netzwerk von Angebot und Nachfrage, Sehnsüchten, Bedürfnissen, Wünschen, Gewohnheiten. Ein chinesischer Zahnstocher in einer kanarischen Olive in einem italienischen Martini. Ein polnischer Wodka in einem thailändischen Champagnerglas in der Hand einer Engländerin aus Portsmouth. Das unsichtbare Unterholz der Infrastruktur, ebenso wenig thematisiert wie Toilettenbesuche. Aber manchmal muss man Scheiße durchwühlen, um etwas über die Mahlzeit zu erfahren.

Am Eingangstor bleibt er eine Weile stehen und sieht zu, wie die großen Lastwagen ein- und ausfahren. Schließlich geht er zu dem Glaskasten, in dem ein afrikanisch aussehender Mann sitzt.

»Kann ich den Geschäftsführer sprechen?«

»Geschäftsführer?«, erwidert der Mann.

»Palalo«, sagt Erhard und hält kurz seine Visitenkarte hoch. »Ich soll unsere Container beaufsichtigen.«

»Woher, sagten Sie …«

»Palalo.«

Er schaut auf einen kleinen Computerbildschirm. »Einen Geschäftsführer gibt's hier nicht, Sie können aber mit Binau sprechen, unserem Manager, der ist irgendwo auf dem Platz, ich kann ihn anrufen.«

»Nicht nötig, ich finde ihn schon. Wo stehen unsere Container?«

Der Mann schaut wieder auf den Monitor. Dann zeigt er in einen der Korridore zwischen Container und offene Lagerreihen, die wie verkrüppelte Regale aussehen. Erhard bedankt sich mit einem Nicken und geht durch das Tor, vorbei an Lastwagen, Kränen, Geschrei und Lärm. Der Untergrund ist lehmig und hart. Zwischendurch kreuzt ein Gabelstapler seinen Weg und hebt eine Palette von einem der sechs Meter hohen Regale, um sie auf die Ladefläche eines Lkw zu hieven. Er folgt der Richtung, die der Wachmann ihm gewiesen hat, ohne zu wissen, wonach er sucht. Vor einem untersetzten Mann mit Kopfhörern auf den Ohren bleibt er stehen.

»Palalo«, ruft er dem Mann zu, der keine Anstalten macht, die Kopfhörer abzunehmen.

»Da drüben«, sagt er nur kurz und konzentriert sich wieder auf sein Handy.

»Die Container da drüben?«, ruft Erhard und zeigt auf vier zusammenstehende rote Container.

»Von hier vorn bis da hinten«, sagt der Mann, ohne aufzuschauen.

Erhard läuft zwischen den Containern hindurch, als hoffte er, etwas zu spüren, die schwindelerregende Anzahl zu begreifen, in ihnen zu verschwinden. Er hält nach einem Mitarbeiter Ausschau, der die Container zählt oder irgendetwas organisiert, aber da ist niemand. Ein paar neuere Container mit eingebauten Schlössern stehen zwischen alten, die nur per Vorhängeschloss gesichert sind. An ein paar Stellen sind die Container übereinandergestapelt, andernorts stehen sie dicht an dicht, dann wieder auf Lücke, als würde dort demnächst von oben etwas einschweben. Er erreicht eine Ecke, wo der Zaun abknickt, ein Stück den Hang hinauf und dann runter zum Meer führt. Dahinter liegen nur noch Felsen und Geröllflächen. Oben am Berg sind ein paar Häuser zu sehen, auf einem Tennisplatz laufen zwei Leute herum. Vor dem Zaun steht ein kleiner Schuppen, nicht mehr als ein Wellblechdach auf vier Pfählen, unter dem ein Stuhl neben einer Holzkiste steht. An der Rückwand hängen Werkzeug, ein Gehörschutz, eine Taschenlampe, ein Hammer, ein Bolzenschneider, eine Säge, eine Kabelrolle, ein paar pechschwarze Handschuhe, in die man seine Finger lieber nicht stecken möchte. Erhard sieht sich um, hört die Lastwagen, sieht aber niemanden. Er schnappt sich den Bolzenschneider, geht zu den Containern und kneift ein Vorhängeschloss nach dem anderen auf. Nach fünfzehn Schlössern hängt er den Bolzenschneider zurück und sieht sich wieder um. Noch immer kein Mensch zu sehen. Er zieht den ersten Container auf. Den nächsten. Und noch einen. Sie sind bis auf den letzten Kubikzentimeter mit Lampen, Teppichen und Kisten gefüllt, verpackten Fahrrädern, Kleidersäcken und Kabeln, manches auf Paletten gelagert, anderes direkt auf dem Boden. Das meiste ist festgezurrt, anderes nur dazwischengeschoben.

In Container Nummer zwölf oder dreizehn wird er fündig: ein Seat Leon, der mit kreuz und quer durch den Container gespannten, gepolsterten Spanngurten gesichert ist.

Er holt sich den Bolzenschneider wieder, öffnet weitere zwanzig Container und findet insgesamt vierzehn Autos: Seat, Skoda und Volkswagen.

Als er den Container mit dem schwarzen VW öffnet, setzt sein Atem kurz aus. Es ist ein anderes Modell, aber der Anblick der Automarke und die Farbe geben ihm das Gefühl, auf dem richtigen Weg zu sein. Er klettert über die Spanngurte und schafft es mit Mühe, sich auf den Vordersitz zu zwängen. Im Innern riecht es nach Nylon und Leder. Der Zündschlüssel steckt. Erhard sucht nach dem Kilometerstand, aber die Anzeige ist digital und kann nicht abgelesen werden, solange der Motor aus ist. Er dreht den Zündschlüssel herum, aber es tut sich nichts. Er zwängt sich wieder aus dem Wagen und verlässt den Container. Ist erschöpft, aber stolz.

Er schließt die Türen, sammelt die Vorhängeschlösser ein und schmeißt sie über den Zaun, wo sie zwischen Steinen landen. Dann geht er am Zaun entlang den Hang hoch und hält nach einem verwaisten Pfad zwischen Containern Ausschau, um auf dem Rückweg von möglichst wenig Leuten gesehen zu werden. Als er das Loch im Zaun und die schmale Gasse hinter dem Café Rústica entdeckt, weiß er plötzlich wieder, wo er ist. Er zwängt sich durch das Loch und geht die Gasse hinunter.

Er bestellt einen Mai Tai, um zu sehen, ob sie seinen Rat beherzigt haben, aber er schmeckt auch diesmal viel zu süß.

Die Kellnerin, die ihn bedient, ist freundlich, flirtet aber nicht mit ihm. »Mehr Papier konnte ich nicht finden«, sagt sie und legt zwei Postkarten vor ihm auf den Tisch, beides Reklame für das Café. Sonntags DJ und Happy Hour oder Rústica Time, wie sie es nennen. Mai Tai für einen Euro. Darauf notiert er sich die Fakten, die er für gesichert hält: wo das Auto herkommt. Mit welchem Schiff es angekommen ist. Eventuell wie es nach Fuerteventura gelangt sein könnte. Er weiß, wo die Zeitungen herstammen, und glaubt auch zu wissen, wo das Mädchen herkam. Es kann nur ein Mädchen sein. Eine Frau würde ihr Kind nicht alleinlassen.

Völlig in Gedanken versunken sieht er den Mädchen im Café nach, als erwartete er, die Mutter unter ihnen zu finden. Als glaubte er, erkennen zu können, welche von ihnen ein Kind zur Welt gebracht hat und verhungern ließ. Er stellt sich Mónica als junge Frau vor, mit Aaz, als er noch klein war, ein winziger Junge an der Brust der Mutter, saugend, gierig wie ein krankes Katzenjunges. Annette mit Lene, ihrer Jüngsten, im Arm, auf dem blassblauen Sofa im zweiten Stock der Klinik in Bispebjerg, wie sie jedem, der vorbeikam, ihr Kind zeigte, während er hinter der Scheibe stand und versuchte, von einem Münztelefon zu telefonieren, das seine fünfundzwanzig-Öre-Münzen hartnäckig wieder ausspuckte. Ein Mädchen ist so schön, dass ihm die Tränen kommen, als er sich vorstellt, wie diese junge Frau ihr Kind mit zitternden Händen in den Pappkarton legt, es linkisch in Zeitungsseiten einwickelt und zum Sterben zurücklässt. Eine Mutter ist immer schön, sie ist aller Anfang, ihre Worte bauen auf und stärken, ihre Hände halten. Eine Mutter ist so schön und zugleich so gefährlich. Sie bestimmt, ob ein Kind leben darf und wie lange. Einen Tag, einen Monat, ein Jahrzehnt. Er beobachtet eine der jungen Frauen – blass und mager –, die eines Tages, vielleicht bald, ebenfalls Mutter wird. Sie schleppt sich mit einem Müllsack und Pappkartons ab. Viel zu harte Arbeit für ein so zartes Ding. Spontan steht Erhard auf und bietet seine Hilfe an. Sie lehnt ab, nein, nein, lächelt ihn aber trotzdem dankbar an. Kurzerhand nimmt er ihr den schweren Sack ab und folgt ihr an der Bar vorbei und durch die Küche zum Hintereingang. Als er den Müllsack in den Container gewuchtet hat, bedankt sie sich noch mal.

»Ich tauge nicht für diesen Job, ich bin zu klein, zu unorganisiert. Man muss an so vieles denken.«

»Du bist perfekt für den Job«, sagt er.

»Sagen Sie das bitte nicht der Chefin«, erwidert sie. »Dass ich nicht tauge.«

»Meinst du Ellen?«

Das Mädchen sieht ihn überrascht an und nickt.

»Keine Bange, ich kenne sie nicht wirklich, hab nur einmal mit ihr gesprochen«, sagt Erhard.

Das Mädchen sieht ihn erleichtert an. »Sie kommt zwischen vier und fünf und darf mich nicht hier stehen sehen.«

»Warum kündigst du nicht?«

»Weil das der beste Job ist, den ich bisher hatte. Ich brauche den Job. Brauche ihn einfach.«

Erhard fragt nicht nach, warum sie den Job dringend braucht, aber das Mädchen erzählt ihm von sich aus, dass sie ihrer Freundin, die wieder nach Hause will, drei Monatsmieten schuldet.

Erhards Blick streift einen Pappkarton. Ein ganz normaler Karton, der aussieht wie derjenige, in dem die Zeitungsschnipsel lagen.

»Hast du mitbekommen, ob eine deiner Kolleginnen schwanger war?«

Sie zögert. »Nein, ich …«

»Oder wird über ein Mädchen gesprochen, das hier gekellnert hat und schwanger wurde?«

»Nein, nicht soweit ich weiß.«

»Was ist mit den anderen Cafés in der Umgebung?«

»Hier in der Nähe gibt es eigentlich keine Cafés. Aber vor ein paar Monaten hat ein Mädchen eine Abtreibung machen lassen.«

»Kommt das häufig vor?«

»Ich glaube nicht. Die meisten sind hier ja katholisch. Es sind hauptsächlich Engländerinnen, die so was machen, Sie wissen schon.«

»Was ist mit ihr passiert?«

»Sie hatte ihre Abtreibung und ist zurück zur Arbeit gekommen.«

»Hier?«

»Ja. Mittlerweile ist sie nicht mehr hier. Sie ist wieder nach Hause gefahren.« Das Mädchen schaut zu einem Fenster über dem Café. Genau genommen sind es drei große, leere Fenster. Hinter einem lehnt eine verbeulte Aluminiumplatte, die die Sonne reflektiert, hinter dem zweiten steht eine vertrocknete Blume. Eine langstielige Rose.

»Wegen der Abtreibung?«

»Das glaub ich nicht. Die Abtreibung hat sie nicht weiter mitgenommen. Ich hab mit ihr zusammengewohnt, sie hat selten zu Hause geschlafen, wenn Sie verstehen, was ich meine.«

»Und wieso ist sie dann abgereist, wann war das?«

»Das ist schon ein paar Wochen her, vielleicht mehr, Ende Januar.«

Erhard bekommt schier Atemnot. »Bist du dir sicher? Das ist wichtig.«

Das Mädchen mustert ihn neugierig. Sie ist nicht direkt hübsch, aber so schöne Sommersprossen sieht man bei den

Einheimischen nur selten. Mindestens ein Elternteil muss von den britischen Inseln stammen. »Das mit der Abtreibung war jedenfalls im November, in meiner alten Wohnung.«

»Und außer ihr kennst du niemanden, der schwanger geworden wäre? Keine rätselhaften dicken Bäuche oder plötzliche Krankmeldungen?«

»Nein.« Sie verliert allmählich das Interesse und schaut zur Tür.

»Sieh zu, dass du wieder reinkommst. Und danke für das Gespräch.«

Sie verschwindet in der Küche, Erhard folgt ihr und setzt sich zurück an seinen Platz. Er überlegt, ob er den Karton mitnehmen soll, andererseits ist nicht der Karton als solcher interessant, sondern die Tatsache, dass Pappkartons und dänische Zeitungen weniger als dreihundert Meter von dem Platz entfernt gelagert haben, wo der Wagen aller Wahrscheinlichkeit nach gestanden hat. Er ist sich sicher, endlich auf der richtigen Spur zu sein.

Um kurz nach vier sieht er ein großes Auto an der Straße parken und Ellen, die Eigentümerin, mit Sonnenbrille auf der Nase ins Café marschieren. Eigentlich müsste sie ihn wiedererkennen, denkt er, aber das tut sie nicht. Na ja, nicht jeder Cafébetreiber hat ein fotografisches Gedächtnis wie ein Taxifahrer. Sie stellt ihre Tasche ab und beginnt unmittelbar, die Mädchen herumzukommandieren. Die Musik wird leiser gedreht. Die kleine Blasse bekommt einen Anpfiff, weil sie hinter der Bar Cola trinkt. Das Ganze geschieht im Flüsterton, nur Erhard kriegt es mit. Die anderen fünf Gäste sind auf ihr Essen konzentriert oder sehen fern.

Erhard tritt an den Tresen und hofft, dass Ellen auf ihn aufmerksam wird, aber sie ist damit beschäftigt, die Arbeitsplatte rund um die Spüle sauber zu wischen und alte Zitronen wegzuwerfen.

»Bereit für einen Besuch von der Gewerkschaft?«

Sie dreht sich um und sieht ihn an. »Sie schon wieder?«

»Ja, ich bin immer noch auf der Suche nach einer jungen Mutter.«

»Jedem Mann sein Gelüst.«

Das überhört er. »Ihnen ist keine Angestellte oder Jobsuchende aufgefallen, die an einem Tag einen runden Bauch und am nächsten einen flachen hatte?«

Sie tut so, als würde sie nachdenken. »Kronprinzessin Kate vielleicht?«

»Bitte?«

»Nichts«, sagt sie. »Immer noch nichts.«

»Wie lange vermieten Sie schon die Wohnung über dem Café?«, fragt er.

»Die stelle ich besonderen Angestellten zur Verfügung.« Starre Augenlider. Das reinste Pokerface.

»VIPs?«

»Ja.«

Erhard lacht so lange, dass Ellen irgendwann in sein Lachen mit einfällt. »Erzählen Sie das einem anderen«, sagt er schließlich.

»Nur als Übergangslösung, für die Mädchen, die keine Unterkunft finden.«

»Ich gehe davon aus, dass die Mädchen nur eine symbolische Miete zahlen.«

»Wollen wir über was anderes reden?«, schlägt sie vor.

»Was Neues von Ihrem Freund Hollisen?«

Sie sieht ihn unterkühlt an. »Nein«, sagt sie. »Ich hab Ihnen alles erzählt.«

»Könnte es sein, dass er Ihnen eine Postkarte geschickt hat?«

»Heutzutage schickt niemand mehr Postkarten.«

»Na …«

»Wenn sie Ihrem Freund tatsächlich helfen wollen, schnüffeln Sie woanders rum. Hollisen kommt nicht zurück«, sagt sie.

»Und das wissen Sie, obwohl Sie nichts von ihm gehört haben?«

»Ja.« Sie sieht ihn lange an. »Er ist tot.«

»Seit wann?«

»Keine Ahnung. Aber niemand, den ich kenne und mit dem er in Kontakt stand, hat in den letzten Monaten von ihm gehört. Kein Sterbenswörtchen. Der Typ stand immer auf der Kippe, finanziell, sexuell und, ja, psychisch. Zwei Monate Funkstille sind da ungefähr gleichzusetzen mit …« Der muntere Unterton ist weg. »Er muss tot sein.«

»Sicher wissen Sie das aber nicht? Vielleicht hat ihn eine Muse auf eine griechische Insel entführt und sein Gedächtnis gelöscht?«

»Die einzige Muse, die den Mann zu irgendwas hätte verführen können, war The Big Groove.«

Erhard kennt Ausdruck noch von früher. »Drogenabhängig?«

»Jetzt hören Sie schon auf. Ich kann mich nicht mehr an Ihren Namen erinnern, aber stören Sie den Mann nicht in seiner Totenruhe.«

»Sie wissen doch gar nicht, ob er tot ist.«

»Eine Frau weiß so was. Dazu kommt die Tatsache, dass er nicht mehr an sein Bankkonto gegangen sind, obwohl da noch ein paar hundert Euro geparkt sind. Und glauben Sie mir, das wäre nicht Sørens Art. Maßhalten war ein Fremdwort für ihn.« Der Gedanke entringt ihr ein Lächeln. »Er hatte nie Geld, hat aber immer in teure Feste investiert. Eine schlechte Angewohnheit aus einer Zeit, als er noch mit den reichen Jungs gespielt hat.«

Erhard sieht sie auffordernd an.

»Okay, ich hab Umschläge mit Bankauszügen aufgemacht, die an ihn adressiert waren und die vor ein paar Wochen hier ankamen. Bis Neujahr hat er regelmäßig kleinere Beträge abgehoben, am 2. Januar das letzte Mal – danach nichts mehr. Keine Aktivität. Das ist ernsthaft alarmierend.«

»Was, glauben Sie, ist da passiert?«

»Wer weiß? Vielleicht hat er sich totgesoffen oder ist mit einem seiner Gangsterfreunde zusammengerasselt?«

»Ist das Ihr Ernst?«

»Ja, er hatte immer Angst, dass so etwas passieren könnte. Als ich ihn zuletzt gesehen hab, hat er selbst drinnen die Sonnenbrille aufgelassen.«

»Wann war das?«

»Im Dezember.«

»Bei unserem letzten Treffen haben Sie gesagt, Sie hätten ihn seit einem Jahr nicht mehr gesehen.«

»Ich hab ihn nicht gesprochen. Er stand draußen und hat hier rübergeglotzt.«

»Ich bin kein Polizist, Ihr Deal – oder was immer das ist – ist mir herzlich egal. Ich will nur einen Freund finden, der verschwunden ist. Und Hollisen scheint irgendwie in die Sache verwickelt zu sein. Hat er zum Café rübergeschaut oder zu der Wohnung darüber?«

Statt zu antworten, verschwindet sie in der Küche und kommt gleich darauf mit einem Croissant im Mund zurück. »Es war Ende Dezember. Ich weiß es noch, weil ich um die Feiertage herum das Café übernommen hatte. Ich war dabei, den Weihnachtsschmuck aus den Fenstern zu holen, als ich ihn da drüben stehen sah. Er hatte eine Sonnenbrille auf und machte einen nervösen Eindruck. Normalerweise wäre er rübergekommen, ich war für ihn so was wie eine große Schwester.«

»Wieso ist er dann nicht rübergekommen?«

»Woher soll ich das wissen?«

»Und Sie sind auch nicht zu ihm gegangen?«

»Ich bin davon ausgegangen, dass er auf Trip war.«

»Ist er jemandem begegnet, hat er mit jemandem gesprochen?«

»Nein. Plötzlich war er einfach weg. Ich dachte noch, er würde ein paar Tage später wieder auftauchen, aber Fehlanzeige.«

»Haben Sie ein Foto von ihm?«

Sie zieht ihr Handy raus und tippt darauf herum. Es ist eins der neueren Modelle, wie sie die jungen Leute haben. Sie reicht ihm das Telefon. Auf dem Display ist das Foto eines Mannes um die vierzig zu sehen. Er lächelt und tippt sich auf das zu enge Shirt mit dem aufgedruckten Café-Rústica-Logo, das er über sein eigenes T-Shirt gezogen hat. Ein in die Jahre gekommener, aber hübscher Bursche, etwas ausgebrannt und müde, wie eine dieser verkrachten Existenzen, die er zuhauf von Fuerteventura kennt. Surfer, die sich weigern, ihre Neoprenanzüge auszuziehen, Partygirls, die nicht mehr zurück in die Vororte wollen, Barkeeper, die rund um die Uhr arbeiten. Auch Raúl würde so aussehen, wäre sein Vater nicht einer der reichsten Männer der Insel. Er sieht aus wie Erhard vor siebzehn Jahren.

»Es gibt noch mehr.« Ellen wischt das Foto zur Seite, und ein neues taucht auf. »Personalfest, eins von vielen, er war natürlich dabei, das war damals …«

Derselbe fröhliche Kerl auf allen Bildern. Aber die gestellte Freude wirkt auf jedem neuen Bild bedrückender.

Erhard sieht sie an. »Waren Sie ein Paar?«

»Nein. Es hat nicht viel gefehlt, aber man geht doch keine Liebesbeziehung mit seinem kleinen Bruder ein, stimmt's? Außerdem hat er sich jedes Mal sofort verliebt, wenn ein Mädel ihm länger als fünf Minuten zugehört hat.«

Die Bilder sprechen ihre eigene deutliche Sprache. Auf mehreren Fotos küsst er Mädchen auf die Wange, auf einem zwischen die Brüste.

»In die auch?« Er zeigt auf ein Foto, auf dem er einem Mädchen mit straff zurückgebundenen Haaren die Arme um den Bauch legt und es hochhebt.

»Lily«, sagt Ellen. »Nein, die war nicht Sørens Typ. Er wollte sie sogar rausschmeißen. Weil sie sich geweigert hat, ihm an seinem Geburtstag einen zu blasen, meinte sie. Würde mich nicht wundern.«

»Ein etwas unheimlicher Typ. Die Frau, meine ich.«

»Fucking bitch, wenn Sie mich fragen. Garantiert lesbisch, aber ambitioniert. Davon gibt es nicht viele hier auf der Insel.«

Erhard kennt durchaus ein paar. »Vielleicht sehen wir sie ja irgendwann als Präsidentin von Teneriffa wieder.«

»Too late. Sie ist zurück nach Fuerteventura, hat ein Restaurant oder so von ihrem Großvater geerbt.«

»Wie heißt das Lokal?« Erhard denkt dabei an Bill Haji. Aber soweit er weiß, war der weder Großvater, noch hat ihm ein Restaurant gehört. Er hatte ein paar Nachtclubs und eine Cocktailbar im Hafen von Corralejo.

»Keine Ahnung.«

Erhard sieht sich weitere Bilder an und erkennt das Mädchen, das ihn bei seinem letzten Besuch auf der Insel bedient hat.

»Das ist Millie, Amerikanerin, die konnte Søren gut leiden. Er mag größere Frauen.«

»Genug, um sie zu schwängern?«

Ellen lacht. »Millie? Nein, die war – die *ist* eher der entspannte amerikanische Typ: all talk, aber keine Action. Sie ist wieder zu Hause, hat aber vor, im nächsten Sommer wiederzukommen.«

»Kennen Sie alle Mädchen, die für Sie arbeiten?«

»Die meisten, ja. Manche sind Saisonjobber und nur für einen Sommer hier. Für einige bin ich wohl so eine Art Mutterfigur. Junge Mädchen, die ziemliches Gepäck mit sich rumschleppen … Altlasten von ihren Eltern. Ich weiß sehr wohl, dass ich scheißungemütlich werden kann und sicher nicht von allen geliebt werde, aber sie wissen, woran sie bei mir sind, und ich versuche, ihnen etwas beizubringen, und gebe ihnen die Chance, Verantwortung zu übernehmen.«

»Würden die Mädchen es Ihnen sagen, wenn sie ungewollt schwanger würden?«

Ellen denkt nach. »Ja, aber sie wüssten auch, für wie dumm ich das dann hielte. Wir sollten uns das Leben nicht schwerer machen, als es ohnehin schon ist. Für uns.«

»Sie meinen die Frauen?«

»Ich bin für Sex vor der Ehe – im großen Stil. Genieß es, bedien dich von allen Tellern, aber benutz verdammt noch mal ein Gummi oder schluck die Pille. Wenn man erst mal schwanger ist, bestimmt ein anderer über dein Leben. Dann war's das mit freien Entscheidungen.«

Und was ist mit Sex nach der Ehe? Oder mit einer älteren Frau auf dem Gartentisch? Sein Mai Tai ist leer. Es ist Viertel vor fünf. Er muss zum Flughafen und wirft ein paar Euro auf den Tresen. »Das war, wie soll ich sagen, eine interessante Unterhaltung, Señorita Ellen. Auf Wiedersehen.«

Er läuft runter zum Wasser. An der nächsten größeren Straße winkt er ein Taxi an den Straßenrand und setzt sich auf die Rückbank. Er registriert alles, was der Fahrer macht, und schweigt. Es gibt nichts Ätzenderes, als Taxifahrer zu fahren, die alles besser wissen.

62

Als er über die FV-1 nach Hause fährt, klatscht ein dicker Tropfen auf die Windschutzscheibe. Erhard betrachtet ihn verwundert, bis er die schweren grauen Regenwolken bemerkt. Normalerweise liebt er Regen, nicht aber an diesem Tag. Irgendwie sieht er darin ein schlechtes Omen. Er schaltet das Radio ein. Prompt redet der Radio-Mucha-Moderator über Niederschlag. Als er noch in dem alten Haus gewohnt hat, ist er bei Regen immer schnell nach Hause gefahren, um alles festzuzurren und eine Plane übers Dach zu ziehen. Wenn die Ziegen in der Nähe waren, hat er sie in ihren Pferch gesperrt. Sie werden bei Regen unruhig, und besonders Hardy konnte weit weglaufen, um irgendwo Schutz zu suchen, manchmal fünf Kilometer. Aber das Dach ist inzwischen repariert, und Hardy … Tja, wenn er wüsste, wo der ist. Außerdem wohnt er nicht mehr in seinem alten Haus. Er ist jetzt ja Direktor. Er wartet auf weitere Tropfen, aber es kommt nichts. Mit trockener Scheibe fährt er in die Tiefgarage unter seinem Haus.

Im Fahrstuhl überkommen ihn Müdigkeit und Unruhe. Auch wenn Beatriz nur ein paar Stunden mehr als sonst allein war, macht er sich Gedanken. Manchmal füllt sich der Katheterbeutel außergewöhnlich schnell, dann hindert sie der

Druck daran, mehr Urin auszuscheiden. Es ist nicht leicht, einen Menschen am Leben zu erhalten. Fast macht es den Eindruck, als wollte sie gar nicht mehr leben. Als täte sie alles, was noch in ihrer Macht steht, um es ihm so schwer wie möglich zu machen. Die Worte des Arztes hallen noch immer in seinem Kopf: unmenschlich, würdelos. Er ist geneigt, ihm zuzustimmen, andererseits kann jederzeit der Wendepunkt kommen. Schließlich leugnet nicht einmal der Arzt, dass sie noch eine Überlebenschance hat. Wie kann er da anders handeln, als alles nur Erdenkliche zu tun, wie klein die Chance auch sein mag?

Er holt den Schlüssel raus und schließt die Tür auf. Beiläufig bemerkt er, dass die Fußmatte, eine dünne, schwarze Gummimatte, schief liegt. Er überprüft, ob der Ersatzschlüssel noch unter der Stufe klebt. War der Arzt hier, ohne Erhard Bescheid zu sagen?

Er schiebt die Tür hinter sich zu und steuert das Schlafzimmer an. Hört ein seltsames Piepsen. Er schaltet das Licht an. Die Warnlämpchen des Beatmungsgeräts leuchten, und das Stativ mit dem Tropf ist umgestürzt. Erhards Hälfte des Bettes ist gemacht, während Beatriz' leer ist.

Erst jetzt sieht er ihre rechte, vom Tropf hochgehaltene Hand, die wie zum Gruß über die Bettkante ragt.

Er stürmt um das Bett herum und hält sie fest, als würde sie ohne ihn weiter abstürzen. Sie liegt unnatürlich verdreht zwischen Schläuchen und Kabeln, und ihre Augen zucken. Beide. Ihr Mund bewegt sich und ihre Hand ist beinahe warm.

»Bea«, stößt er hervor. »Meine Bea.«

Sie reagiert nicht. Erhard rutscht ein Stück näher, um ihr in die Augen zu sehen. Ihr hübsches Gesicht, so schlicht ohne Schminke und Ohrringe. Dann bemerkt er die Veränderung, sieht die Zerstörung, erkennt mit einem Mal, dass es nichts mehr zu retten gibt. Es ist nicht in Worte zu fassen, was anders ist, aber das Gesicht wirkt wie eine Maske, die den Besitzer gewechselt hat. Der Blick – der Mensch hinter der Maske – ist komplett verändert. Oder gar nicht mehr da? Die Augen zucken. Sie sind feucht, die Pupillen leicht geweitet. Die Augen leben noch, gehören aber niemandem mehr, den er kennt. Es ist ihm plötzlich nicht mehr wichtig, ihren Namen zu sagen, sie zu umarmen, vielleicht ein letztes Mal, weil da niemand mehr ist, den er umarmen möchte, nur mehr Zellen und Atem, angetrieben von einer Maschine. Trotzdem – aus Höflichkeit – streicht er ihr über die verfilzten, ungewaschenen Haare.

»E.«

Erhard ist sich beinahe sicher, dass der Laut aus den Geräten kommt. Ihre Lippen sind leicht geöffnet, trocken, bewegen sich aber nicht.

»Em«, kommt es durch den Spalt zwischen den Lippen. Aus ihrem Körper.

»Kannst du mich hören, Beatriz? Nick oder sag Ja, wenn du mich hörst.«

»E.«

»Beatriz, wer hat dir das angetan? Wer hat dich geschlagen?«

»Ema.« Der Laut presst sich wie unter gewaltiger Anstrengung aus ihrem Körper heraus. Die Augen zucken immer stärker, wie bei einem Vogel. Es ist nicht auszuhalten – so viel Schmerz. Erhard kommen die Tränen.

»Du musst mir antworten, Beatriz, es ist wichtig, versuch, mir zu antworten. Wer hat dir das angetan?«

»E«, sagen die Lippen. Dann ist alles wieder still.

Sekunden vergehen. Erhard traut sich nicht, sich zu bewegen. Ihre Augen sind noch immer offen. Starr. Über dem Bett leuchtet eine rote Lampe.

Er springt auf und schnappt sich das Telefon. Die Nummer des Arzts hat er im Kopf, aber die Finger wollen die Tasten nicht treffen. Es klingelt viel zu lang, dann wird der Hörer abgenommen. Erhard zittert vor Erleichterung.

»Michel, ich bin's. Sie spricht.«

Stille am anderen Ende. »Nein«, sagt er nur.

»Aber sie ist … Jetzt ist sie wieder weg, und die Geräte geben Warntöne von sich.«

»Sitzt alles, wie es soll?«, fragt der Arzt.

»Nein, sie ist aus dem Bett gefallen und hat sich in den Kabeln und Schläuchen verwickelt.«

»Legen Sie sie wieder ins Bett und stabilisieren Sie sie, sie braucht jetzt vor allem Ruhe. Vielleicht wacht sie wieder auf, vielleicht war das ein Signal ihres Körpers.«

»Ein Signal? Wie meinen Sie das?«

»Einige Patienten wachen kurz vor einem Herz- oder Hirnschlag noch mal aus dem Koma auf.«

Er hasst diese kühle Sachlichkeit des Arztes. Er knallt den Hörer auf und geht wieder zur anderen Seite des Bettes, um sie hochzuheben. Dann überprüft er die Schläuche und den Katheter, wie er es gelernt hat. Er schiebt ihr das Mundstück zwischen die Lippen und hört das Beatmungsgerät arbeiten. Ihr Puls ist schwach und ungleichmäßig, der Warnton verstummt, nur die rote Lampe brennt immer noch. Der Pyjama ist zerrissen, er sieht die blasse Haut ihrer Brust. Ihr Busen wirkt eingefallen. Erhard wird schlecht, der Anblick seiner Freundin zieht ihm den Boden unter den Füßen weg, und die Fantasien, die er angesichts ihres Körpers gehabt hat, ekeln ihn an. Als hätte er sich nur den Körper gewünscht, nicht aber den Menschen. Dabei ist es ganz anders, das erkennt er jetzt. Was er will, ist sie. Die Haut ist grau wie billiges Mehl.

Er holt einen neuen Urinbeutel aus dem Bad und klemmt ihn an.

E. Em. Ema. Unvollständig und abgehackt, aber unmissverständlich. Ema. Er wünscht sich, sie läge in einer Privatklinik, weit weg von allem, von Ema, von ihm. Aber es ist zu spät, irgendetwas zu bereuen. Vielleicht hätte er die Sache ganz anders angehen sollen. Vielleicht …

Es klopft. Vorsichtig, rhythmisch. Er hat keine Ahnung, wer das sein kann. Seit er wieder daheim ist, sind höchstens fünf Minuten vergangen, es kann also nur jemand sein, der auf ihn gewartet und ihn kommen gesehen hat. Er legt den vollen Katheterbeutel weg, bleibt still sitzen und wartet darauf, dass er Schritte hört, die sich entfernen. Oder die Aufzugtür. Aber er hört nichts. Vorsichtig verlässt er das Schlafzimmer und geht zur Wohnungstür. Es klopft erneut.

Erhard wendet sich von der Tür ab. »Wer ist da?«, ruft er in die andere Richtung, damit es sich so anhört, als wäre er weit weg.

»Señor Direktor, Sind Sie zu Hause?«

Dumme Frage. Die neue Mieterin. Sie klopft wieder.

»Einen Augenblick«, sagt er und zieht die Schlafzimmertür zu. Er weiß nicht, was er von der Nachbarin halten soll. Für eine Prostituierte ist sie seltsam naiv, aber ihre Hartnäckigkeit ist verdächtig. Oder ist sie einfach nur einsam?

Er schließt die Tür auf, zieht sie aber nur einen Spaltbreit auf.

»Störe ich? Sind Sie allein?« Sie lächelt. Sie trägt dieselben Kleider wie bei ihrer letzten Begegnung. Sie scheint irgendwas genommen zu haben, die Nase ist rot.

»Schon okay.«

»Sind Sie allein?«, fragt sie noch einmal.

»Ja, ich …«

Plötzlich kommt ein Mann zum Vorschein, der sich neben der Tür an der Wand versteckt hat, und drängt an ihr vorbei, packt Erhard am Kragen und drückt ihn gegen die Wand. Erhard rutscht ab und geht mitsamt dem Mann zu Boden. Er ist überrascht, aber nicht schockiert. Die seltsamen Fragen seiner Nachbarin waren eine Warnung, ohne dass er begriffen hätte, wovor. Das Gesicht des Mannes hat er schon mal gesehen, schmal, mit Bärtchen und dunkler Sonnenbrille wirkt er, als wäre er einer italienischen Komödie entsprungen. Nur Strohhut und Zigarette fehlen. Sein dürrer, sehniger Körper ist gespannt wie eine Bogensaite, und die Hände, die Erhards Hemd zerrissen haben und jetzt nach seinem Hals und seinen Schultern greifen, sind stark. Erhard robbt in Richtung Schlafzimmer. Er sieht die Frau hinter dem Mann, sie wirkt, als wartete sie darauf, dass es nun endlich überstanden ist. Nachdem nur sie ihn hören würde, ruft Erhard nicht einmal um Hilfe.

Warum, denkt er nur. Warum? Dabei weiß er die Antwort. Der Mann will Erhard wegen des Jungen aus dem Weg schaffen. Das alles hat mit diesem Schiff zu tun – mit den Seeleuten, mit Emanuel Palabras. Vielleicht war er der Vater des Jungen. Oder der Liebhaber der Mutter. Vielleicht ist er einer der Männer vom Schiff. Vielleicht hat Palabras den Mann persönlich geschickt, genau wie die Nachbarin. Was Erhard allerdings am meisten verwirrt: dass er den Mann schon mal gesehen hat. Er muss ihm schon länger folgen, vielleicht hat er ihn im Flugzeug gesehen, auf der Straße in Santa Cruz, im Rückspiegel auf dem Weg zum Büro oder als Kunde bei Silón. Verdammt, vielleicht ist die Nachbarin ja die Mutter des Jungen, was weiß denn er?

Es ist mindestens acht Jahre her, dass Erhard zuletzt in eine Prügelei verwickelt war. Schon damals ist es ihm nicht gut ergangen, da war er schon zu alt, um sich zu wehren. Seine Augenbraue platzte auf, und seine Knöchel waren hinterher kaputt. Heute droht ihm Schlimmeres. Heute ist es ein Kampf um … um Leben und Tod? Erhard hat keine Chance gegen diesen Mann, die Muskeln und diese Gewandtheit. Die Arme des Mannes, die er durch den Stoff seines Hemdes spürt, sind wie Stahlrohre, er riecht nach verbrannten Kastanien und Rauch. Und Schweiß. Adrenalin. Erhard versucht, das Gesicht unter der Sonnenbrille zu erkennen, aber obgleich er sich Gesichter ganz gut merken kann, weiß er immer noch nicht, wo er ihn schon mal gesehen hat. Er versucht, ihn hin- und herzuwälzen, damit ihm die Sonnenbrille vom Gesicht rutscht und er die Augen sehen kann. Er stellt sich blaue Augen vor … aber der Mann wehrt sich. Es ist kein Ringkampf, der Mann will gar nicht ringen, er hat ein Stück Kabel in der Hand, das er um Erhards Hals zu legen sucht. Die ersten beiden Versuche scheitern, aber beim dritten Mal spürt Erhard das Kabel im Nacken.

»Verdammtes Schwein«, keucht Erhard und schlägt mit aller Kraft auf das Gesicht des Mannes ein, der mit Ellenbogen und Unterarmen pariert. Dann schlägt einer von beiden gegen die Klinke der Schlafzimmertür, die krachend auffliegt. Beide Männer stürzen in den dunklen Raum. Erhard hat damit einen kleinen Vorteil, er kennt den Raum, er macht einen Schritt zur Seite und hört, wie der Mann gegen das Bett stolpert. Gleich darauf ist er wieder bei Erhard und legt ihm von Neuem das Kabel um den Hals. Es brennt, und Erhard schreit zum ersten Mal. Der Mann kreuzt die Arme und reißt am Kabel. Angst und Schmerz explodieren in Erhards Hirn. Er ist kurz davor, einfach aufzugeben. Den leichtesten Weg zu gehen. Dann wäre alles überstanden. Diesen Kampf kann er nicht gewinnen.

Er rutscht an der Wand nach unten, als der Mann das Kabel fester zuzieht. Erhards Hände lassen die Arme des Manns los. Solange er nicht nach Atem ringt, kann er die Panik auf Abstand halten.

Die Frau schaltet das Licht im Schlafzimmer ein und fängt an, hysterisch zu kreischen. »Was ist denn das?« Sie hat Beatriz entdeckt.

Der Mann dreht den Kopf eine Ahnung und sieht zum Bett. Für einen Moment lockert sich das Kabel, und Erhard kann Luft holen. Ein Feuerstrahl schießt ihm bis in die Fingerspritzen. Im selben Moment richtet der Mann seine Aufmerksamkeit wieder auf Erhard und zieht das Kabel erneut zu. Erhard stellt sich vor, dass der Draht wie ein Käseschneider in sein altes, weiches Fleisch schneidet. Erhards Arm rutscht vom Nachttisch, und seine Finger bekommen etwas Warmes, Weiches zu fassen. Erst glaubt er, es wäre Beatriz, doch dann weiß er plötzlich, was das ist. Er nimmt all seine Kraft zusammen und klatscht dem Mann den Urinbeutel ins Gesicht. Die Brille fliegt ihm von der Nase, und die warme Flüssigkeit trieft ihm übers Gesicht, über die Haare und läuft ihm in die Augen. Erst wirkt er unbeeindruckt, höchstens verärgert, dann plötzlich beginnt sein Blick zu flackern. Er hat tatsächlich blaue Augen. Und im Schein der Lampe kann Erhard sich jetzt auch wieder erinnern, wo er die Augen schon einmal gesehen hat.

Ein dunkelroter, beinahe schwarzer Schleier zieht vor die Augen des Mannes. Er kneift sie zu, reißt sie wieder auf und schreit laut und guttural. Der Geruch ist stärker als der von Urin. Es stinkt nach Krankheit, Verfall, Verwesung, ein Geruch, vor dem jedes lebende Wesen die Flucht ergreift. Inzwischen hat der Gestank auch die Frau erreicht, die erneut aufschreit, diesmal aber nicht stehen bleibt, um weiter zuzusehen. Erhard hört ihre Schritte, sie flucht und schreit: »Du hast gesagt, es wär eine leichte Sache! Du hast gesagt …« Dann hört Erhard nichts mehr. Ohne zu wissen, woher die plötzliche Energie kommt, stemmt er sich hoch und drückt den Mann immer weiter nach hinten. Das Kabel fällt zu Boden, und der Mann – benommen von den Substanzen, die an ihm kleben – stolpert rückwärts und sucht nach Halt. Erhard setzt sein ganzes Gewicht ein und hämmert den Mann an den Türrahmen, an die Spiegeltür des Garderobenschranks. Er hört, wie eine Rippe bricht und der Lunge mit einem trockenen Popp alle Luft entweicht.

Paralysiert bleibt der Mann stehen. Erhard greift um sich, bekommt das Tropfstativ zu fassen, das an der Wand lehnt, und schwingt den Fuß mit den fünf ausladenden Rollbeinen über den Kopf des Mannes. Noch in der Bewegung bereut er, was er gerade tut. Er sieht das Stativ auf das verwirrte Gesicht zuschnellen und denkt noch, dass es schiefgehen wird, dass er ihn jetzt umbringt. Der Fuß des Stativs trifft Nase und Lippen, und plötzlich ist überall Blut. Erhard rechnet schon damit, dass der Mann umkippt, aber er geht nur in die Knie, dreht sich zur Seite und flüchtet halb krabbelnd aus dem Schlafzimmer hinaus auf den Flur.

Erhard fallen die vielen Messer in der Küche ein, und er mobilisiert das letzte bisschen Energie, um dem Mann zu folgen. Er schreit seine Verzweiflung und seine Wut hinaus, teils mit dänischen Worten, die er seit Jahren nicht mehr in den Mund genommen hat.

Die Frau hat die Wohnungstür aufgerissen und schreit den Mann an, der hinter ihr her durch die Tür taumelt.

»Halt dein gottverdammtes Maul!«, hört Erhard den Mann zischen, als sie die Treppe hinunterstürzen. Er denkt kurz darüber nach, ihnen zu folgen, aber wozu sollte das gut sein? Beatriz hat ihn auf ironische Weise gerettet.

Er schiebt die Tür zu, schließt ab und eilt zurück ins Schlafzimmer, wo er Beatriz' Ausrüstung wieder in Ordnung bringt. Das Stativ ist kaputt, zwei Räder sind verbogen, aber es steht noch, wenn er es unter dem Bett einklemmt.

Am Ende legt er sich neben Beatriz aufs Bett. Er spürt, wie sein Puls erst beschleunigt und dann wieder ruhiger wird. Das Gefühl des Kabels an seinem Hals verschwindet langsam. Im Zimmer stinkt es nach Urin, aber das ist ihm egal.

Er kann nicht länger in der Wohnung bleiben, so viel ist klar. Der Angreifer wird es wieder versuchen, möglicherweise mit Verstärkung. Er kommt zurück und ist dann besser vorbereitet. Die Demütigung und die Wut, die in ihm brodeln müssen, werden für Erhard tödlich sein.

Zurück in sein Haus kann er nicht, dort wäre er zu leicht zu finden. Außerdem wäre er dort allein und ausgeliefert. Er muss in Bewegung bleiben, immer in der Nähe anderer Menschen. Das ist seine einzige Chance. Noch besser: Er verschwindet. Mit dem Flugzeug oder Schiff.

Aber was wird dann aus Beatriz?

Er muss sie wegbringen, bevor er verschwindet. Der Arzt wird sie ihm nicht abnehmen, das weiß er. Er muss einen Ort finden, wo jemand auf sie aufpasst, wenn er weg ist. Er spielt ein paar Möglichkeiten durch, aber keine davon ist befriedigend. Wenn er sie nur zu Palabras bringen könnte! Immerhin ist sie seine Schwiegertochter, und er könnte es sich leisten, besser für sie zu sorgen, als Erhard jemals dazu in der Lage wäre. Aber Palabras ist ein manipulativer, skrupelloser

Teufel. Erhard weiß noch nicht, wie alles zusammenhängt oder wie Palabras es gemacht hat, aber der Name dieses Mannes taucht immer wieder auf. Er ist der Kopf hinter allem.

Erhard will aufstehen und etwas unternehmen, kann aber nicht. Steif und unbeweglich bleibt er liegen. Die Müdigkeit der letzten Wochen zwingt ihn in die Knie. Irgendwann schließt er einfach die Augen.

DER LÜGNER

19. Februar – 22. Februar

63

Es ist früher Vormittag und hell.

Erhard schiebt sich aus dem Bett.

Er muss zusehen, dass er wegkommt. Runter ins Auto, fort, auf die Straße. Er stinkt nach Urin, will aber keine Zeit im Bad vergeuden. Er wäscht sich das Gesicht mit brühheißem Wasser und fährt sich kurz durchs Haar. Im Kühlschrank liegen noch ein paar Oliven und Salami. Er steckt beides in die Tasche und fährt mit dem Fahrstuhl direkt in die Tiefgarage, läuft zum Wagen und fährt eilig auf die Landstraße, durch die Dünen, nur noch weg.

Er fährt den ganzen Tag und versucht, sich einen Plan zurechtzulegen. Am liebsten würde er seine Angst bei der Polizei abladen. Es ihnen überlassen, die Bösewichte dingfest zu machen. Das Ganze ist ihm mit einem Mal zu groß und zu gefährlich. Die Sache mit Raúl, Beatriz und Alina – damit ist er noch irgendwie klargekommen. Mit dem Arzt, dem Rechtsmediziner, den Seeleuten auf Teneriffa und den Bildern des Jungen in dem Pappkarton. Aber nicht mit Emanuel Palabras, Auftragskillern und Gewalt. Verdammte Scheiße, allein bei dem Gedanken an den Mann mit der Sonnenbrille wird ihm schlecht. Aber er kann jetzt nicht zur Polizei gehen, er kann Bernal nicht alles erzählen, ohne Alina und Beatriz zu erwähnen. Da wäre die Kacke am Dampfen.

Er ist zu aufgewühlt, um auch nur einen zusammenhängenden Gedanken zu fassen. Er meidet die üblichen Orte, die er sonst ansteuert, lässt Esquinzo links liegen und fährt zurück durch La Pared auf die FV-605. Diese Strecke ist er noch nie gefahren. Er rollt langsam durch die Ortschaften, um Zeit zu schinden. Am Abend umkreist er mehrmals Tuineje, fährt auf und ab und drum herum und irgendwann wieder ab, um zu tanken. Der Tankwart redet übers Regenwetter. »Die Götter meinen es nicht gut mit uns«, sagt er und nimmt Erhards Geld entgegen, ohne Wechselgeld herauszugeben.

Mónica wohnt ganz in der Nähe.

Er hält an der Straßenecke und lässt den Blick über den löchrigen Asphalt schweifen. Er muss mit jemandem reden. Gern mit Mónica – besonders mit Mónica. Am liebsten mit Mónica, die ihm immer ruhig zuhört. Er weiß nicht, was er sagen will oder was passiert, wenn er den Mund aufmacht, aber er hat Angst vor dem, was kommen mag, wenn er es nicht tut. Irgendwie hat er das Gefühl auseinanderzufallen, wenn er mit niemandem redet.

Andererseits will er sie nicht in die Sache hineinziehen und diesen Mann zu ihr führen. Er will nicht, dass ihr seinetwegen etwas zustößt. Er stellt das Auto hinter einer Ecke ab, sodass es von der Hauptstraße aus nicht zu sehen ist, und läuft auf ihr Haus zu.

Als sie die Tür aufmacht, sieht sie ihn verwirrt an. »Sind wir verabredet?«

»Ich war in der Nähe …«

»Okay«, sagt sie und lässt die Tür los, damit er eintreten kann.

Es ist dunkel und unordentlich. Anders, als wenn er Aaz bei ihr abliefert. Die Gardinen sind zugezogen. Auf dem Sofa liegen Sachen, die sie eilig zusammenklaubt und ins Schlafzimmer wirft. Erstmals kommt ihm der Gedanke, dass sie viel Zeit darauf verwenden könnte, für Aaz' Besuche aufzuräumen. Er ist selbstverständlich davon ausgegangen, dass es bei ihr immer ordentlich ist. Frische Blumen auf dem Tisch, ein glatt gestrichenes Handtuch neben dem Handwaschbecken. Aber vielleicht ist das nur mittwochs so. Dem Sohn zu Ehren, vielleicht auch ein bisschen Erhard zu Ehren.

Sie steht vor ihm und sieht ihn an. »Ja?«

»Ich war in der Nähe«, sagt er wieder.

»Heute ist nicht Mittwoch.«

»Darf ich mich setzen?« Er nimmt auf einem Stuhl Platz, der vom Tisch weggerückt ist. Ein Kartenspiel liegt auf dem Tisch, daneben ein Glas mit einem Rest Rotwein. »Hast du Karten gespielt?«

»Nicht wirklich«, sagt sie. Er sieht erst jetzt, wie schick sie angezogen ist. Dunkelblaues Kleid und Strumpfhose, tiefer Ausschnitt. Er sieht ihre Brust, ihren Hals und eine Kette mit einem kleinen Anker. Sie will ausgehen. Ist in der Stadt verabredet, bestimmt zum Essen.

Er bekommt schon wieder Lust auf sie, wie beim letzten Mal, heftig, schreiend.

»Was willst du?«

»Ich dachte, ich schaue mal vorbei, um ein wenig zu reden.«

Sie lacht. Kein gutes Zeichen. »Du willst reden? Das nenn ich schlechtes Timing.«

»Ja, ich seh schon, dass du aufbrechen willst.«

»Ich bin es einfach leid zu warten.«

»Wie meinst du das?«

»Ich hab so lange gewartet. Ich kann nicht mehr.«

Erhard fühlt sich wie damals, als seine Eltern von ihm geredet haben, obwohl er im Raum war. »Ich glaub, ich kann dir nicht ganz folgen.«

»Genau das ist das Problem. Ich hab darauf gewartet, dass zwischen uns etwas passiert. Und dann passiert etwas, und danach ist es wieder wie gehabt. Fünf Tage Schweigen. Das ist zu viel Zeit für mich, für mein Alter. Ich kann das nicht. Mein Leben muss weitergehen.«

»Ich wusste nicht, dass du wartest.«

Wieder lacht sie. Kein liebenswertes Lachen. Sie leert das Rotweinglas. »Ach, Erhard, lass uns nicht streiten.«

»Warum sollten wir streiten?«

»Worüber wolltest du reden?«

»Egal. Ein andermal.«

»Sag es, sag, was ist.«

»Nein, nicht jetzt.«

»Sag, was ist oder ich … oder ich …«

Er will sie in dieser Situation nicht darum bitten, sich um Beatriz zu kümmern. Will das alles nicht auf Mónica abwälzen. »Ich kann Aaz nicht länger fahren. Es ist, wie du vor einiger Zeit gesagt hast. Ich muss weg und mich um ein paar Dinge kümmern, darum kann ich ihn nicht länger fahren. Ich darf nicht.«

»Gut«, sagt sie und stellt das Glas ab. »Besser so.«

»Meinst du das ernst?«

»Du bist eine erbärmliche kleine Laus, wirklich. Der Junge hat mehr Vertrauen zu dir als zu irgendwem sonst … mehr als zu mir. Und jetzt lässt du ihn hängen.«

Erhard steht wie versteinert da. »Ich lasse ihn nicht hängen.«

»Ach, spar dir deine Erklärungen. Ich wusste, dass das irgendwann passieren würde. Erst Lui und jetzt du.«

Erhard hat keine Ahnung, wer Lui ist, vermutet aber, dass es der Vater oder ein anderer wichtiger Mann in ihrem Leben war. »Ich hab nie was versprochen. Ich bin … Taxifahrer.«

»Bist du nicht, mein Gott. Bist du nicht, verdammt. Du bist, du bist, du bist …«

Er weiß, was sie sagen will.

»Ich bin nicht sein Vater.« Dann wird es still.

Er sieht zu ihr hinüber, als sie die Tür abschließt. »Ich fahr dich.« Er wünscht sich fast, dass sie ablehnt.

»Nein danke.«

»Mónica, ich wusste doch nicht, wie es in dir aussieht.«

»Nein, du siehst nicht, was sich direkt vor deiner Nase abspielt.«

»Ich hatte in den letzten Tagen einiges um die Ohren, ich war …«

»Du warst unterwegs und hast Räuber und Gendarm gespielt, ja. Ich hab bei deiner Arbeit angerufen. Die Sekretärin hatte keine Ahnung, wo du steckst. Sie hat versucht, es zu überspielen.«

Mónica hat ja recht. Er hat Räuber und Gendarm gespielt. Aber im Grunde ist er einfach nur ein alter, erschöpfter Mann. »Willst du mitfahren? Der Wagen steht gleich hier.«

»Jetzt hör auf, den Gentleman zu spielen.« Sie marschiert los in Richtung Bushaltestelle. Will den Bus nach Puerto nehmen, mit dem Aaz nicht fahren soll. »Du bist nicht so nett, wie du aussiehst.«

»Wir hatten vor Kurzem ein gutes, ähm, Erlebnis zusammen. Was ist passiert?«

Er hat die längeren Beine, aber sie die schnelleren Schritte, sodass er wie ein verzweifelter Straßenverkäufer neben ihr herläuft.

Sie sagt nichts, bleibt abrupt stehen, als sie die Straße erreichen, auf der ein Lkw-Fahrer mit überhöhter Geschwindigkeit durch die Ortschaft donnert. »Nichts ist passiert, Erhard.«

»Hast du nicht gesagt, dass du stille Männer magst?«

»Das sagt man so. Damit die Stillen sich entspannen können und vielleicht ja doch einmal was sagen. Niemand will stille Männer. Nicht mal stille Frauen.«

»Ich kann dich fahren, wohin du willst. Der Bus kommt womöglich erst in einer Stunde oder zwei.«

Sie wirft einen Blick auf die schmale Armbanduhr an ihrem Handgelenk. Die Straße ist leer. Drüben bei der Tankstelle beobachtet der Tankwart ihre Unterhaltung. Tuineje ist einer der Orte, wo die Touristen sich nicht trauen anzuhalten. Ein Ort für Menschen, die in Ruhe gelassen werden, aber eben doch nicht ganz auf Nachbarn oder das Gefühl von Zivilisation verzichten wollen. Erhard könnte hier nicht leben. Er will klare Verhältnisse: entweder das Leben, den Gestank und die Buntheit der Stadt oder die Einsamkeit, die Weite und Stille der Ödnis.

»Okay, aber das ändert nichts daran, dass du ein Mistkerl bist.«

Sie gehen zum Auto. Er will ihr die Tür aufhalten, lässt es dann aber bleiben. Sie fahren in Richtung Puerto. Er fragt sie, wo sie abgesetzt werden will.

»In der Stadt«, sagt sie, »in der Nähe von Juan Tadeo Cabrera.«

Erhard will ihr erklären, warum er Aaz nicht mehr fahren kann, nicht mehr fahren darf, befürchtet aber, dass er sie damit umso mehr beunruhigt. Außerdem ist sie im Augenblick zu aufgebracht und nimmt alles persönlich. Trotzdem kann er es sich nicht verkneifen. »Es ist aus Sorge um Aaz«, sagt er. »Aus Sorge um ihn – und um dich –, dass ich ihn nicht mehr fahren kann.« Am liebsten würde er seine Worte gleich wieder zurücknehmen.

»Was ist das denn für eine lächerliche Entschuldigung?«

»Sollte ihm was zustoßen … Das wäre … Das wäre unverzeihlich.«

»Du machst mir Angst, Erhard. Würdest du mir bitte erklären, was du damit meinst?«

»Falls was passiert, also aus Versehen, weil mir jemand … irgendwas … oder meinem Auto … Ach, ich weiß auch nicht.«

»Was meinst du?« Der Zorn in ihrer zitternden Stimme schlägt beinahe um in Hysterie.

»Okay, beruhige dich«, sagt er, weil sie jetzt fast schon hyperventiliert. »Es wird ihm nichts geschehen. Darum sag ich diese Dinge ja – ich will ihn in nichts reinziehen. Und dich auch nicht.«

Ihre weit aufgerissenen Augen schimmern feucht. Aus dem Handschuhfach angelt er eine Schachtel Kleenex.

»Es ist bloß zur Sicherheit. Sagen wir, bis auf Weiteres. Wenn alles überstanden ist, kann ich ihn wieder fahren.«

»Nein«, sagt sie. »Nie mehr. Das kannst du nicht. Der Junge … Er hat schon so viel durchgemacht. Nicht noch mehr halbe Väter oder Menschen, die ihn enttäuschen.«

Willkommen im wahren Leben, Aaz. »Kannst du ihm nicht erklären, dass ich verreist bin? Dass ich ein paar Mittwoche nicht kommen kann?« Erhard hasst sich selbst dafür, dass er gerade anfängt, Probleme auf eine Art zu lösen, die ihm selbst nicht schmeckt.

»Alles oder nichts. Und wenn du wirklich eine Gefahr für ihn darstellst, ist die Antwort bereits klar.«

»Ich hab doch gar nicht gesagt, dass er in Gefahr ist.«

»Aber das wolltest du doch wohl sagen, oder?«

»Ich weiß es nicht. Nein.« Im Grunde ist es genau das, was er meint. Sofern Ema tatsächlich Emanuel Palabras ist und er wirklich – in welcher Form auch immer – hinter der vermeintlichen Kaperung der Seascape Hestia steckt und seinen Gorilla beordert hat, Erhard umzubringen, dann schwebt er in akuter Gefahr. Und damit auch Aaz und Mónica. Vielleicht hat er ja seinen eigenen Sohn aus dem Land geschafft und Erhard nur auf den Direktorenposten gesetzt, um ihn besser im Blick zu behalten. Immerhin taucht Emanuel Palabras' Name in dieser Sache immer wieder auf.

Womöglich bildet er sich das alles aber auch nur ein, vielleicht ist es ja doch Zufall, dass Emanuel Palabras' Fracht von dem Schiff verschwunden ist. Es wär doch denkbar, dass Beatriz Emanuels Namen nur gesagt hat, weil sie mit ihm sprechen wollte, und Erhard nur deshalb Chef geworden ist, weil er es verdient hat.

»Ich will nur sagen … Ich muss diverse Dinge regeln, und es wäre besser, wenn ich mich in den nächsten Monaten ganz darauf konzentrieren könnte. Sobald es überstanden ist, kann ich Aaz wieder fahren. Ehrenwort.«

»Dann ist er nicht in Gefahr. Du willst die Dinge nur auf deine Weise erledigen. Mag sein, dass alle anderen Kinder so was verstehen, aber Aaz nicht. Er braucht dich, er … mag dich. Man kann die Menschen in seinem Leben nicht einfach wieder abgeben.«

»Sagt Aaz oder sagst du?«

»Hör zu, wenn es so um dich steht, dann sind wir schlicht und einfach nicht mehr interessiert. Dann sind wir fertig mit dir. Du wirst Aaz nicht länger fahren, du wirst uns nicht besuchen, weil du gerade in der Nähe bist, und du wirst mich nicht zum Essen einladen. Tritt ab. Du bist freigestellt.« Die Bemerkung fällt, gerade als sie Puerto erreichen, und sie hätte ihre volle Wirkungskraft entfaltet, wenn Mónica jetzt ausgestiegen wäre, was bei Tempo achtzig allerdings nicht möglich ist. »Und solltest du es immer noch nicht begriffen haben, weil deine Antennen schlechter sind als irgendeine Scheißantenne auf einem Scheißfernseher: Ich habe gleich ein Date. Mit einem eleganten, erfolgreichen … reizenden Mann.«

»Nähe Juan Tadeo Cabrera, sagst du? Welches Ende?«

»Bist du jetzt wieder Taxifahrer?«

»Ich hab versprochen, dich zu deiner Verabredung zu bringen, also fahr ich dich dorthin.«

Sie fingert wütend an ihrem Portemonnaie herum und schleudert ein paar Scheine durch den Wagen. »Da hast du dein Geld, Arschloch. Stimmt so. Wir wollen nichts von dir zurück.«

»Hast du nicht selbst gesagt, dass in deinem Leben kein Platz für einen Mann ist? Erst neulich noch? Was hab ich daran missverstanden?«

»Ach, verdammt!«

Erhard muss vor einer roten Ampel auf die Bremse steigen. Sie reißt die Tür auf, springt hinaus und läuft über die Straße. Hinter ihm ertönt eine Hupe. Er sieht ihr nach, bis sie um die Ecke biegt. Traut sich nicht, ihr zu folgen.

Soll das Auto hinter ihm doch hupen. Er lässt seinen Blick über die Straße schweifen, als hoffte er darauf, dass eine große Welle vom Meer herüberschwappt und Autos, Läden und die kettenrauchende Waschfrau an der Ecke mitsamt Korb und zwei Hunden fortspült – die ganze Insel – und die Erde reinwäscht.

64

Er fährt in die Zentrale, weiß nicht, wo er sich sonst hinwenden soll, und hofft, dass sein Büro einer der Orte ist, an dem Palabras nichts gegen ihn unternehmen wird. Es ist unter Garantie kein Zufall, dass der Überfall bei ihm zu Hause stattgefunden hat.

Er sitzt kaum auf seinem Schreibtischstuhl, als Ana zu ihm reinkommt. Sie arbeitet auch samstags.

»Wir haben ein Problem«, sagt sie. »Unten auf der Straße stehen drei Fahrer und streiten. Es geht um unsere Vereinbarung mit dem Hafen.«

»Und wo ist Marcelis?«, fragt er.

»Zu Hause«, sagt sie, aber ihr Blick verrät, dass sie ihn mehrmals angerufen hat – vergeblich. Er überlegt, ob das ein Hinterhalt sein könnte, ob Palabras ihm mit seinem Sonnenbrillenfreund unten auf der Straße auflauern könnte, aber die Sekretärin sieht ehrlich betroffen aus.

Er folgt ihr runter in die Werkstatt. Sie mustert ihn von oben bis unten, als wollte sie was sagen, verkneift sich aber jede Bemerkung.

Es sind die drei Fahrer, mit denen er schon ein paarmal gesprochen hat. Sie stehen dicht voreinander vor der Werkstatt, umringt von vier oder fünf Schaulustigen. Gustavo – mit dunkler Haut und Vollbart – wollte einen Kunden abholen, der ihn vom Hafen angerufen hat. Luis, ein aufbrausender, leicht schielender Typ, findet, Gustavo hätte sich wie alle anderen in die Warteschlange am Hafen einreihen und die Fahrt letztlich einem anderen überlassen müssen. Zwischen ihnen steht Manni, der ebenfalls in den Streit verwickelt zu sein scheint, ohne dass Erhard erkennen könnte, auf wessen

Seite er steht. Vielleicht will er auch nur vermitteln, doch seine Bemühungen scheinen sie nur anzustacheln.

»Ich erinnere mich noch an Sie, Luis Hernaldo«, sagt Erhard. Niemand hat ihn kommen sehen, sie sehen alle gleichermaßen überrascht aus. »Ich weiß noch, wie Sie gesagt haben, dass die guten Fahrer diejenigen wären, die schnell Kunden kriegen. Damals haben Sie argumentiert, dass wir da sein müssten, wo die Kunden sind. Stimmt doch, oder?«

Luis sieht Erhard an. »Worauf wollen Sie hinaus, Ermitaño?«

»Na ja, bei diesem Streit hier scheint mir Gustavo Ihre und Sie selbst meine Rolle eingenommen zu haben. Mit der Jugend kommen die Ambitionen, mit dem Alter der Gerechtigkeitssinn, nicht wahr?« Er ist zwischen die drei Fahrer getreten. »Danke, Manni«, sagt Erhard und reicht Manni formell die Hand, als wollte er damit zum Ausdruck bringen, dass sich ab jetzt die Geschäftsführung um den Streit kümmert. Manni zuckt mit den Schultern und schlendert zu seinem Wagen.

»Sie kriegen beide eine Minute, um mir zu erzählen, was passiert ist. Das hier ist keine Gerichtsverhandlung, Sie müssen sich also nicht verteidigen. Sagen Sie mir nur, wie Sie die Sache sehen. Zuerst Sie, Luis, Sie sind der Ältere.« Erhard ist die Sache an sich gleichgültig, er weiß aber, dass viele Fahrer denken und immer wieder hören wollen, dass sie Respekt verdienen – besonders nach so vielen Jahren in einem Job mit geringem Status. Er hört sich die Erklärungen an. Gustavo hat seines Erachtens einen Dienst am Kunden geleistet; der Kunde war bereits zuvor mit ihm gefahren, hatte die Handynummer und verlangte dezidiert nach ihm, um am Hafen abgeholt zu werden. Luis meint, Gustavos Verhalten stünde im Widerspruch zu einem System, in dem die Fahrten unter allen Fahrern gerecht verteilt würden. Der Streit ist nicht neu, doch Erhard hört, dass Luis noch mehr auf dem Herzen hat. Er fühlt sich nicht betrogen, sondern dumm.

»Sie sprechen einen wichtigen Punkt an, Luis«, sagt Erhard. »Sie haben wie kein anderer Ihren Beitrag für das System geleistet. Womöglich haben Sie selbst solche Aufträge geradeheraus abgelehnt, um den anderen gegenüber loyal zu sein.« Erhard weiß, dass das manipulativ formuliert war, denn Luis hat natürlich niemals irgendetwas abgelehnt. Er hat eine Handvoll Stammkunden, vermutlich ein paar Kranke und einige Huren, die ihm einen kleinen Bonus zahlen, um schnell abgeholt zu werden, wenn es Probleme gibt. Erhard nimmt Gustavo ins Visier. Das Gesicht des Mannes ist schwer zu lesen. »Andererseits legen Sie, Luis, ebenfalls großen Wert darauf, Ihren Kunden den bestmöglichen Service zu bieten.«

»Wir wollen keine Umsatzeinbußen durch solche Betrüger«, keift Luis. Einige der anderen Fahrer grunzen zustimmend.

»Nein, im Gegenteil, Sie sollten umso mehr bekommen«, sagt Erhard und fängt Gustavos verwirrten Blick auf.

Luis sieht sich um. Er glaubt, gewonnen zu haben.

»Es ist nur recht und billig, wenn alle mehr bekommen, wenn ein guter Fahrer alles richtig macht.«

»Stimmt«, kommt es von den anderen Fahrern, obwohl ein paar von ihnen langsam zu verstehen scheinen, dass die Argumentation in eine andere Richtung geht. Luis nicht. Er ruft: »Hört, hört!«, als wäre er ein Gewerkschaftsboss, der soeben eine Forderung durchgebracht hat.

»Ich werde, wir *werden* drei Euro zusätzlich an das wartende Kollektiv zahlen, wenn jemand eine eigene Fahrt organisiert. Das heißt, dass Fahrer wie Gustavo, die ein großes Netzwerk haben, für die Kollegen Geld mitverdienen, die am Taxistand in der Schlange stehen.«

Es wird still. Gustavo sieht ratlos zu Erhard – mit einem kaum wahrnehmbaren Lächeln im Gesicht.

»Gute Idee«, brummt einer.

»Und woher soll das Geld kommen?«, fragt ein anderer.

»Das wird doch nur anderswo abgezogen«, wirft Bilal ein. Er ist Mechaniker, macht sich aber mehr Gedanken über das Geschäft als viele andere.

»Lassen Sie das meine Sorge sein«, sagt Erhard. »Es ist nicht zu Ihrem Schaden. Glauben Sie mir, ich war lang genug an Ihrer Stelle. Und Ihre Arbeit ist eine gute Arbeit, die mehr Wertschätzung verdient. Das hier ist erst der Anfang, ich würde gern noch ein paar andere Dinge ändern. Wär das ein Kompromiss, mit dem Sie leben könnten, Luis?«

Luis nickt. Er scheint nicht zu überblicken, welche Auswirkung das Ganze auf seinen Geldbeutel haben wird. Die anderen scheinen regelrecht begeistert zu sein. Luis nickt Erhard zu und macht einen Schritt zurück, während Erhard vortritt und Gustavo die Hand reicht.

»Ich hoffe, Sie wissen, dass Sie das Richtige getan haben. Service am Kunden darf nicht bestraft werden.«

»Aber belohnt wird er auch nicht. Stattdessen geben Sie den anderen Kollegen Geld dafür, dass sie still dasitzen und auf Kunden warten.«

»Ja, weil sie es nicht besser wissen. Wenn Sie irgendwann der Held sind, der ihnen am Monatsende fünfzehn, zwanzig Euro mehr beschert, wird sich das ändern. Schließlich will jeder der Großherzige sein. Wichtig ist nur, dass Sie nicht aufhören, das Richtige zu tun.«

»Und was, wenn man jeden Straßenkunden als Auftragsbestellung angibt? Zahlen Sie wirklich drei Euro, ohne das zu überprüfen?«

»Ganz durchdacht ist es noch nicht, aber wir finden schon eine Lösung. Vielleicht können Sie mir dabei helfen.«

Gustavo grinst, wird dann aber wieder ernst. »Ich fahr erst seit drei Monaten – und da fragen Sie mich? Ich mache das doch nur, um nebenher ein bisschen zu verdienen.«

»Neben was?«

»Ich bin Musiker.«

»Schlagzeug?«

»Woher wissen Sie das?«

»Die Art, wie Sie die Arme bewegen, die sitzen bei Ihnen irgendwie lockerer als bei anderen.«

Gustavo grinst wieder. »Wenn Sie meinen? Ich helfe gern. Also Ihnen.«

»Wir besprechen das, wenn wir uns nächste Woche treffen«, sagt Erhard noch und geht zurück in sein Büro. Erst als er an der Treppe ankommt, bemerkt er, dass Ana immer noch hinter ihm ist.

»Das haben Sie gut gemacht«, sagt sie leise.

»Überrascht Sie das?«

»Ja, ein bisschen. Marcelis hasst diesen Luis.«

»Alle hassen Luis, aber er fährt seit mehr als zwanzig Jahren Taxi.«

»Marcelis hätte ihn gefeuert.«

»Und das wäre ein Fehler gewesen.«

»Woher wollen Sie die drei Euro nehmen?«

»Keine Ahnung. Ich dachte an unsere Firmenabsprachen, vielleicht ist da ja noch ein bisschen rauszuholen.«

»Wir sind auch so schon teurer als TaxiVentura.«

»Soweit ich weiß, sind die aber auch viel zu billig.«

»Marcelis wird die Idee nicht gefallen, wenn Sie nicht wissen, woher Sie das Geld nehmen wollen. Will ich Ihnen nur sagen.«

Plötzlich ist Erhard voller Energie. Seit Monaten hat er sich nicht mehr so lebendig gefühlt. Er nimmt zwei Stufen auf einmal, Ana kann ihm kaum mehr folgen.

»Sie haben heute Nachmittag ein Treffen mit Alphonso Suárez«, sagt sie, als sie ihn kurz vor dem Büro einholt. »Um halb sechs.«

»Ist es dafür nicht zu früh? Das Casino ist noch nicht mal fertig gebaut.«

»Keine Ahnung. Marcelis hat mich gebeten, den Termin im Kalender einzutragen. Und es musste an einem Samstag sein. Suárez geht samstags gerne aus, Marcelis meint, das wäre wichtig für ein erfolgreiches Abkommen.«

Es vergehen bestimmt noch zwei Jahre, bis der Bau fertig ist. »Okay«, sagt er trotzdem und schließt die Tür seines Büros. Zum ersten Mal hat er Lust, den Ordner mit den Abrechnungen durchzugehen, der auf seinem Tisch liegt. Zum ersten Mal hat er so richtig Lust, Direktor zu sein.

Doch als er auf seinem Stuhl Platz nimmt, meldet sich die Unruhe wieder.

Solange er unten auf dem Hof den Streit geschlichtet hat, hat er nicht an den Vorfall in seiner Wohnung denken müssen. Jetzt weiß er nicht mehr, was er tun soll, wenn die Dunkelheit kommt und alles verriegelt wird. Viele Möglichkeiten hat er nicht. Sein altes Leben hat er aufgegeben. Die Schuld dafür kann er nur sich selbst geben.

Wo soll er hin? Die Wohnung kommt nicht mehr infrage, die Nachbarin passt sicher auf, ob und wann er heimkehrt, und dann muss er mit einem ganzen Trupp Gorillas rechnen. Zum Haus zurück kann er auch nicht. Alles, was ihn dort so fasziniert hat – die Einsamkeit, der Abstand zu den Nachbarn, der pfeifende Wind –, wäre mit Verbrechern und Mördern an den Fersen ein existenzieller Nachteil.

Miza. Solilla. Die letzten beiden Menschen, die ihm noch bleiben, denen er vertraut und die ihm sicher auch einen Platz auf ihrem Sofa anbieten würden, wenn er sie darum bäte. Aber er will sie nicht in die Sache hineinziehen. Er mag sich gar nicht vorstellen, was Palabras und der Mann mit der Sonnenbrille noch bereit wären zu tun. Es ist niederschmetternd, in Gedanken seine Freunde durchzugehen und festzustellen, dass da eigentlich nur mehr zwei flüchtige Bekannte sind. Bis vor Kurzem hatte er mehr Freundschaften, als er pflegen konnte, doch jetzt ist das alles vorbei. Er ist ein oberflächlicher Mensch, denkt er, ein Mensch, der an der Peripherie seines Daseins dahinvegetiert und nie den Punkt erreicht, an dem man sich tatsächlich spürt und zum Kern seiner Existenz gelangt. Normalerweise verleitet ihn dieser Gedanke zu einer extensiven Sauftour. Dann weiß er über Tage nicht mehr, wie er heißt. Doch heute ist das anders. Heute zieht er es vor, wach und konzentriert zu bleiben, lieber deprimiert als benommen von Lumumba.

Einen kurzen, sehr kurzen Moment lang erwägt er, zurück nach Dänemark zu fliegen. Er könnte zurückkehren, ohne jemandem etwas zu sagen. In einem anderen Landesteil wohnen, in einem kleinen Haus in Nordjütland, Hühner züchten, Schnee schippen, Taxi fahren, Klaviere stimmen. Annette würde sich womöglich wundern, dass das Geld von einem anderen Ort käme, doch letzten Endes wäre es ihr egal. Solange er nur zahlt und keinen Kontakt zu den Mädchen sucht. Aber er kann nicht zurückkehren, niemals. Das weiß er. Er blickt auf seine Hand hinab. Vor zwanzig Jahren hat er seinen Finger gegen ein neues Leben am anderen Ende der Welt eingetauscht. Dieser Tausch ist nicht mehr rückgängig zu machen. Außerdem ist er fertig mit Dänemark, wie man fertig ist mit dem Rauchen oder sich irgendwann nicht mehr nach jungen Mädchen in Bikinis umdreht. Aus und vorbei.

Erhard durchdenkt noch andere Möglichkeiten, andere Orte, wo er schlafen könnte, wohnen, den Wagen parken, aber keine davon ist gut. Außerdem ist da immer noch Beatriz. Sie kann nicht in der Wohnung bleiben. Der Sonnenbrillentyp hat Emanuel Palabras aller Wahrscheinlichkeit nach von der Frau im Schlafzimmer erzählt, und auch wenn Palabras unmöglich wissen kann, dass es sich dabei um Beatriz Colini handelt, wird er doch erfahren, dass Erhard Geheimnisse hat.

Ema.

Er geht noch einmal alle möglichen und unmöglichen Verstecke durch und kommt zu einem Schluss: Olympus. Das verlassene Hotel im Süden von Las Dunas. Dort kann er in das nie ganz fertiggestellte Parkhaus fahren, aus dem noch ein anderer Weg hinausführt. Außerdem gibt es dort einen schmalen Pfad runter zum Strand. In ein paar Bereichen soll es sogar nach wie vor Wasser und Strom geben. Der Bau ist vom griechischen Investor derart überstürzt abgebrochen worden, dass Werkzeug, Zementmischer und Material für Tausende von Euro liegen geblieben sind. Mittlerweile ist natürlich alles, was von Wert war, längst geklaut und weiterverscherbelt worden, aber zur Freude der Obdachlosen, die dort draußen wohnen, sind Strom und Wasser in der Bauruine nie abgestellt worden. Einer der Dauerbewohner, Guillermo Trajo, der wie eine Frau aussieht, hat Erhard mal erzählt, dass er auf Kosten des Hotels fernsieht und sich die Haare föhnt. Erhard könnte Beatriz auf den Rücksitz legen, den silbergrauen Wagen vor einem Sicherungskasten parken und daraus Strom für das Beatmungsgerät zapfen. Problemlos geht das sicher nicht, aber es ist die beste Lösung, die ihm in den Sinn kommt.

Bleibt nur, Beatriz zu holen, bevor der Sonnenbrillentyp, die Nachbarin und Emanuel Palabras in seine Wohnung einbrechen und sie finden. Oder die Geduld verlieren und Erhard im Büro heimsuchen.

Er nimmt seine Tasche und geht, als wäre er auf dem Weg nach Hause. Ana sieht ihm nach. »Haben Sie die Nachricht gesehen?«

Er dreht sich um.

»Gestern hat jemand angerufen und eine Nachricht hinterlassen, sie liegt auf Ihrem Tisch.«

Erhard geht zurück und mustert seinen Schreibtisch. Mitten darauf klebt ein gelber Zettel.

Juan Pascual = P.

Er geht wieder zurück zu Ana. »Was hat das zu bedeuten?«

»Weiß ich auch nicht. Aber der Mann hat mich gebeten, das genauso aufzuschreiben. Er hat ziemlich lang gebraucht, um das für mich zu buchstabieren, als wäre er Legastheniker.«

»Welcher Mann?«

»Simón oder Simone, ich hab's nicht richtig mitbekommen.«

Dann hat er sich also doch noch gemeldet. Juan Pascual war Señor P, der Steuermann, der auf die Seascape Hestia kam. Aus Fuerteventura, wie Simão behauptet hat. Boshaft und besoffen.

»Dieser Juan Pascual wohnt hier auf der Insel. Können Sie ihn für mich nachschlagen?«

Sie wendet sich Ihrem Bildschirm zu und tippt etwas ein. »Vielleicht ... Es sind ja nicht alle hier gemeldet.«

»Wenn er den Namen richtig buchstabiert hat, gibt es nur einen Juan Pascual. Hier in Corralejo.«

Sie nimmt Erhard den Zettel aus der Hand und notiert die Adresse unter dem Namen.

»15 Lago de Bristol. Sind die Gebäude nicht längst abgerissen worden?«

»Kann sein. Manche Adressen sind schon alt …«

Er nickt und verlässt das Vorzimmer. Ana folgt ihm mit dem Blick. »Ich will mich ja nicht einmischen, aber …«

Er bleibt stehen. »Ja?«

»Ihr Aufzug reicht natürlich für die Fahrer, denen fällt so was nicht auf, aber sollten Sie sich nicht vielleicht umziehen, bevor Sie zu diesem Termin gehen?«

Erhard sieht an sich hinab. Sein Hemd ist zerknittert, und mitten auf der Brust prangt ein brauner Fleck. Er hat nicht einen einzigen Gedanken darauf verschwendet, dass er immer noch die Kleidung vom Überfall trägt. Er will sich nichts anmerken lassen, kann seine Wut aber kaum mehr beherrschen. Plötzlich hat er wieder das Gefühl, ein winziges Rädchen in einem viel zu großen Getriebe zu sein. »Ich gehe nicht zu diesem Termin, Ana. Ich muss mich um wichtigere Dinge kümmern. Hab jetzt keine Zeit für solchen Quatsch.«

Sie sieht ihn entsetzt an. »Soll ich Sie entschuldigen, den Termin absagen?«, fragt sie leise.

»Ja, verdammt, sagen Sie ab. Sagen Sie alles ab, für den Rest der Woche.«

»Was ist denn passiert?«, ruft sie ihm hinterher.

Auf dem Weg zum Auto legt er sich zurecht, wie er Beatriz aus der Wohnung und ins Auto bugsieren wird. Es ist ein schlechter Plan, aber der einzige, der ihm auf die Schnelle einfällt. Im Keller parken kann er nicht, er muss durch die Haustür hinein und über die Treppe hochgehen, nur so hat er eine Chance, an der Nachbarin vorbeizukommen. Aber er braucht Hilfe. Von einer der lächerlichsten Figuren der Stadt. Dem Taschenhändler Silón.

65

Silóns Laden liegt gleich gegenüber von Erhards Haustür. Schon von draußen sieht man das Chaos aus bunten Einkaufstaschen, aufblasbaren Tieren und geflochtenen Strandmatten, und durch die rückwärtige Ladentür ist der Parkplatz zu erkennen. Wenn er dort parkt, sind es kaum dreißig Meter vom Auto zum Aufzug. Durch den Laden. Silón verkauft auch große rechteckige Koffer, manche mit Rollen.

Er tritt durch die Hintertür ein und sieht sich in dem grauenvollen Geschäft um. Wie immer nach der Siesta sitzt Silón vor dem Laden und raucht seine Selbstgedrehten, die nach allem anderen als Tabak riechen. Erhard hofft, dass er bereits so viel von diesem Zeug geraucht hat, dass er leichter zu überreden ist. Er sieht Silóns Rücken und hört, wie er jemandem weiter unten an der Straße etwas zuruft. Silón kennt hier jeden, zumindest behauptet er das.

Erhard tippt was in die Kasse ein und löst damit ein Piepsen und ein Jaulen aus, und wie erhofft springt Silón von seinem Hocker auf und rennt in den Laden, sieht sich aufgeregt um, entspannt sich aber wieder, als er Erhard entdeckt.

»Raúls Freund«, sagt er und deutet mit einer Geste an, dass Erhard sich ruhig im Laden umsehen soll.

»Ich suche einen sehr großen Koffer, den größten, den Sie haben.«

Silón zeigt auf einen roten Reisekoffer, der an einem Draht von der Decke hängt.

»Nein, ich brauche einen rechteckigeren.«

Sie blicken beide zu einer Korbtruhe hinüber, die randvoll mit Schwimmringen, Hüpfbällen und Plüschdelfinen mitten im Ladenlokal steht. »Meine Auslage«, brummt Silón. »Das geht nicht. Wo soll ich denn mit den Sachen hin?«

»Ich gebe Ihnen hundert Euro.«

»Zweihundert«, versucht es Silón.

»Hundertfünfzig.«

Silón leert die Truhe aus und verstaut die Delfine und den ganzen übrigen Plunder inklusive Staub und Dreck in einem Pappkarton.

»Ich bräuchte allerdings noch Ihre Hilfe, die Truhe zu transportieren.«

Silón demonstriert ihm, wie leicht die rollenlose Truhe zu tragen ist. Der Mann schielt, vielleicht ist er aber auch einfach nur müde. Erhard soll das nur recht sein, das Beste wäre, wenn er sich morgen nur mehr verschwommen an alles erinnern würde.

»Sie können hier warten. Wenn ich mit dem Aufzug runterkomme, müssten Sie mir nur helfen, die Truhe ins Auto zu tragen.«

»Ziehen Sie aus?«, fragt Silón.

»Nur ein paar Bücher.«

»Sie haben viele Bücher …« Trotzdem stellt sich Silón an die Kasse.

»Ich bezahle, wenn ich runterkomme und Sie mir beim Tragen geholfen haben.«

»Okay, Raúls Freund«, sagt er, ohne zu ahnen, worauf er sich da einlässt.

Erhard hebt die Korbtruhe an. Silón muss kräftiger sein, als er aussieht, die Truhe ist nicht annähernd so leicht, wie Erhard gehofft hat. Sie die Treppe hochzutragen ist beschwerlich. Er überlegt kurz, doch den Aufzug zu nehmen, schreckt dann aber davor zurück. Er will die Nachbarin nicht auf den Plan rufen. Mit dem Fahrstuhl wartet er lieber, bis er Beatriz in der Truhe verstaut hat. Er setzt darauf, dass die Nachbarin dann glaubt, dass er nach oben und nicht runterfährt.

»Halten Sie nach mir Ausschau – da drüben«, sagt Erhard und dreht Silóns Kopf so weit, dass er den Hauseingang sieht. »Ich bin in drei, vier Minuten wieder da.«

Er nimmt den Schlüssel in die Hand und hebt die Truhe hoch, verlässt den Laden und überquert eilig die Straße.

Er schaut über die Schulter in Richtung Hafen und entdeckt knapp zehn Meter vom Hauseingang entfernt Charles, Emanuel Palabras' eingegipsten Mann für alles. Er hat ihm den Rücken zugekehrt und ist für den Moment an der Eistheke eines kleinen Cafés beschäftigt. Während Erhards Hirn versucht zu verarbeiten, dass da tatsächlich Charles steht, und sich überlegt, wie schnell ein Mann mit Gipsfuß laufen kann, dreht Charles sich auch schon um und sieht Erhard direkt an. Er scheint weder zornig noch aufgeregt zu sein. Er winkt ihm zu. Das macht Erhard noch nervöser. Er fummelt mit den Schlüsseln herum und stolpert um ein Haar über die Truhe, die plötzlich viel zu groß und klobig ist.

Charles kommt auf ihn zu.

Spontan lässt Erhard seine Truhe stehen, doch statt zurück durch Silóns Laden zu flüchten, läuft er die Straße runter und direkt in die Arme eines Mannes mit Sonnenbrille. Es ist heller Nachmittag, um ihn herum sind Menschen, trotzdem bereitet Erhard sich innerlich darauf vor, um sich zu schlagen und laut zu schreien. Der Mann schiebt die Sonnenbrille ins Haar und sieht Erhard an.

Es ist nicht sein Angreifer von zuvor – es ist Hassib, der Polizist. Neben ihm steht ein älterer Kollege, den Erhard schon einmal gesehen hat, dessen Namen er aber nicht kennt.

»Ich hab doch gesagt, dass ich noch nicht mit Ihnen fertig bin«, sagt Hassib, als hätten sie gerade erst eine Vernehmung beendet. Erhard weiß nicht, ob er erleichtert oder unangenehm überrascht sein soll.

»Können wir das auf ein andermal verschieben?«, fragt Erhard mit einem Blick auf Silóns Laden, um sicherzugehen, dass der Verkäufer noch dort ist – und um im spiegelnden Schaufenster zu überprüfen, wo Charles abgeblieben ist.

»Ich bin hier, um Sie zu verhaften, Erhard Jensen.«

»Jorgenson. Ich heiße Jorgenson. Oder wollen Sie jemand anderen verhaften?«

»Patata piñata«, sagt Hassib. »Ich meine Sie. Sie waren in der Wohnung, in der wir Beatriz Colini gefunden haben.«

»Und weswegen wollen Sie mich anklagen?« Erhard versucht, das Gespräch in die Länge zu ziehen, bis er weiß, wo Charles abgeblieben ist.

»Noch sind Sie nicht angeklagt, aber so was kann ganz schnell passieren.«

»Weshalb?«

»Wo wollen Sie denn mit der Kiste hin?«

»Nirgendwohin. In meine Wohnung.«

»Sie scheinen es aber sehr eilig zu haben.«

»Ich hab Hunger und wollte einkaufen.« Er redet völlig unzusammenhängendes Zeug, das ist ihm klar.

»Wenn Sie uns bitte begleiten würden …«

»Nur wenn ich festgenommen bin.«

»Kommen Sie einfach mit, Jensen«, sagt der zweite Beamte.

»Sie vergeuden Ihre Zeit. Ich habe Ihnen schon gesagt, dass Beatriz meine Freundin war. Ich hab ihr nichts getan.«

»Es gibt Leute, die etwas anderes behaupten. Und darüber möchten wir mit Ihnen reden. Wir wollen alles noch mal aus Ihrem Mund hören.«

»Lassen Sie mich nur schnell die Truhe wegräumen«, sagt Erhard mit einem Blick zum Taschenladen und die Straße runter. Charles ist weg. Ganz langsam kann er mit seinem gebrochenen Fuß also nicht sein. »Aber Sie fahren mich auch wieder nach Hause.«

»Schauen wir mal.«

66

Hoffentlich werden seine Besuche im Schloss nicht zur Gewohnheit, denkt Erhard. Die Atmosphäre dort bereitet ihm Unwohlsein, aber die Ehrfurcht ist inzwischen weg. Die Gewölbedecken und der dominierende Renaissancestil beeindrucken ihn nicht länger. Stattdessen fallen ihm alle möglichen anderen Sachen auf: die wilden Kabelknäuel unter den Tischen, die überladenen, billigen Metallregale, der abblätternde Putz und das bunt zusammengewürfelte Büroinventar. Vor allem aber das fehlende Tageslicht. Keine Fenster, keine Türen raus zur Welt. Die Luft ist aufgeheizt wie in einer Pizzeria.

Sie laufen an dem Tisch vorbei, an dem er schon mal mit Hassib gesessen hat, in einen Raum, der wie eine Holzkiste mitten in dem Großraumbüro steht. Er sitzt noch nicht, als es schon losgeht: Hassib redet auf ihn ein, während der ältere Kollege an der Wand lehnt und auf sein Handy starrt.

»Wann haben Sie Raúl Palabras zum letzten Mal gesehen?«

Erhard denkt nach. »In der Nacht, bevor er verschwunden ist.«

»In der Nacht auf Samstag, den 20. Januar?«

»Das könnte passen. An solche Sachen erinnere ich mich immer ganz schlecht.«

»Und seitdem haben Sie ihn nicht wiedergesehen?«

»Nein.«

»Und Raúl Palabras hat Ihnen seitdem auch keinen Besuch abgestattet.«

»Ist das eine Frage?«

»Hat er oder hat er nicht?«

»Er hat mir keinen Besuch abgestattet.«

»Gerade meinten Sie noch, dass sie sich ganz schlecht erinnern.«

»An Daten oder daran, was ich im Detail zu einem bestimmten Zeitpunkt gemacht habe. Ich weiß aber genau, dass ich Raúl nicht mehr gesehen habe, seit Beatrizia Colini unter der Leiter lag.«

»Und da sind Sie sich ganz sicher?«

»Ja.«

»Und draußen in Ihrem Haus in Majanicho hat er Sie auch nicht aufgesucht?«

»Doch, aber nicht mehr danach. Jetzt hören Sie schon auf.«

»Stecken Sie mit Raúl Palabras unter einer Decke und verstecken ihn in Ihrem Haus, während Sie in seiner Wohnung wohnen?«

Das ist neu. »Nein«, antwortet Erhard und ist fast schon schockiert. »Fahren Sie doch raus und überzeugen Sie sich selbst.«

»Das haben wir bereits getan.«

»Und, haben Sie ihn gefunden?«

»Raúl hat Sie gebeten, in seine Wohnung zu ziehen. Und er hat Sie aufgefordert, ihm Señorita Colini vom Hals zu schaffen.«

»Nein. Nichts davon trifft zu.«

»Wie erklären Sie uns dann, dass Sie aus diesem Haus, na ja, nennen wir es doch beim Namen, aus diesem *Schuppen* in Majanicho umziehen in eine der teuersten Wohnungen im Ort?«

»Emanuel Palabras hat mich gefragt, ob ich dort wohnen will, bis Raúl zurück ist. Der Mann war in Trauer, und da dachte ich, dass ich ihm den Gefallen gern tun würde.«

»Um einem armen Vater zu helfen?« Hassib lacht leise. Der ältere Kollege ist immer noch mit seinem Handy beschäftigt und lacht nicht mit.

»Tja, sozusagen.«

»Emanuel Palabras sagt etwas anderes«, meldet sich plötzlich der Ältere. Hassib sieht ihn mit kühler Miene an.

»Wie bitte?«

»Señor Palabras wundert sich ebenfalls, wieso sein Sohn Ihnen die Wohnung überlassen hat.«

»Er lügt. Emanuel hat selbst …«

»Wir sind eher daran interessiert, wo Raúl im Augenblick gerade steckt, und wir glauben, dass Sie es wissen«, fällt Hassib ihm ins Wort.

»Ich weiß nicht, wo Raúl steckt, ich schwöre es …«

»Please, no, das hilft uns auch nicht weiter«, sagt Hassib. »Ich hasse es, wenn Leute schwören. Da kann man meistens davon ausgehen, dass sie lügen.«

»Das ist keine Lüge. Raúl Palabras war mein Freund.«

»Stopp, Señor Gorsensen, jetzt hören Sie mir mal zu. Ich bin die Ausflüchte leid. Ein Zeuge hat Raúl Palabras am 20. Januar draußen bei Ihrer Bruchbude in Majanicho gesehen.«

»Davon weiß ich nichts.«

»Am selben Tag, als Sie seine Lebensgefährtin gefunden haben, die angeblich von der Leiter gestürzt ist.«

»Ich habe keine Ahnung, was er bei mir zu suchen hatte. Ich hab ihn nicht gesehen.«

»Der Zeuge gibt an, er hätte Sie und ihn streiten gesehen.«

»Wer ist der Zeuge? Eine Ziege? Wer läuft denn dort draußen herum und sieht zufällig zwei sich streitende Männer?«

»Sie haben sich also gestritten?«

»Nein, eben nicht. Ihr Zeuge, wer immer das ist, muss sich verguckt und verhört haben.«

»Aber Sie haben Raúl Palabras getroffen?«

»Nein, verdammt noch mal, das hab ich nicht!«

»Ganz ruhig«, sagt der Ältere und tritt einen Schritt vor.

»Schon möglich, dass Raúl Palabras ohne mein Wissen auf meinem Grundstück war. Und dass ihn jemand dabei gesehen hat. Das kann ich nicht sagen. Aber ich weiß mit Sicherheit, dass ich nicht …«

»Ja, ja, ja«, sagt Hassib.

»Er ist mein Freund. Ich wüsste ja selbst gern, wo er steckt. Er hat das Land verlassen.«

»Woher wollen Sie denn wissen, dass er das Land verlassen hat?«

Erhard ist plötzlich unsicher. Hat Emanuel Palabras ihm das erzählt? »Ich glaube, Ihr Kollege Bernal hat mir erzählt, dass Raúl am Flughafen gesehen worden wäre.«

»Davon weiß ich nichts. Wissen Sie etwas davon?«

Der ältere Kollege grunzt, antwortet aber nicht auf die Frage.

»Wir haben auch gehört, dass Sie und Raúl Palabras am Dienstag, den 16. – wenige Tage vor seinem Verschwinden –, in eine Schlägerei verwickelt gewesen wären. Worum ging es da?«

Das trifft Erhard völlig unvorbereitet. »Davon weiß ich nichts.«

»Davon wissen Sie also auch nichts.« Hassib schaut auf einen kleinen Zettel. »Ein junger Musiker wird verprügelt, seine Klamotten werden verbrannt und Geld und Mobiltelefon gestohlen – von einem älteren Mann mit vier Fingern an der linken Hand.«

Erhard schaut auf die Tischplatte, und sein Herz fängt an zu rasen. Der Musiker ist offenbar zur Polizei gegangen und hat dort seine eigene, absurde Version des Vorfalls geschildert. Damit hat er nicht gerechnet. Schlimmer ist aber, dass ihn das mit Alina in Verbindung bringen könnte.

»Das hört sich nicht gut an, aber ich weiß wirklich nichts davon.«

Hassib lacht. »Dann muss es wohl ein anderer älterer Herr mit vier Fingern gewesen sein.«

»Es tut mir leid, Herr Hassib, aber ich war es nicht«, sagt Erhard.

»Was haben Sie am 29. Januar hier gemacht?«

Erhard kann sich nicht an das Datum erinnern.

»Ich helfe Ihnen gern auf die Sprünge. Das war der Tag, als wir uns am Ausgang getroffen haben.«

Der Tag, an dem er den Karton mit den Zeitungsschnipseln abgeholt hat. »Ich habe ein Paket gefahren.«

»Und wer hat Sie gebeten, das Paket zu fahren? Und wohin?«

»Das weiß ich nicht mehr.«

»Morro Jable, haben Sie zu mir gesagt. Kann das sein?«

»Wenn Sie meinen.«

»Und wer hat Ihnen den Auftrag erteilt?«

»Das weiß ich nicht mehr. Irgendein García.«

»Na klar, Gorsensen.« Hassib sieht seinen Kollegen an. »Interessanterweise hat niemand hier im Haus oder in Morro Jable die Fahrt eines Pakets in Auftrag gegeben oder ein Paket entgegengenommen.«

»So ein Durcheinander.« Erhard hat keine Ahnung, wie er das erklären soll. »Ich hab nur meinen Auftrag ausgeführt.

Und García hat das Paket in Morro Jable vor dem Revier angenommen, auf dem kleinen Platz dort.«

Hassibs Augen blitzen auf. »Sie behaupten also, dass mich einer unserer Beamten anlügt?«

»Was weiß denn ich? Das sind Ihre Kollegen. Ich kann Ihnen nicht sagen, wieso die lügen.«

Hassib schnappt nach Luft. »Sie sind hier der Lügner. Und Sie verstricken sich immer tiefer in diesen Mist.«

Erhard stützt den Kopf auf. Er fühlt sich wie eine Marionette in den Händen dieses Polizisten. Jedes Mal, wenn der die Arme hochreißt oder mit der Hand auf den Tisch schlägt, ruckt und zerrt es an Erhards Gesichtsmuskeln, und er weiß nicht, wie er gucken soll.

»Waren Sie in Beatrizia Colini verliebt?«

Jetzt versucht es Hassib also mit einer neuen Taktik. »Sie hätte meine Tochter sein können.«

»Waren Sie in sie verliebt?«

»Nein. Aber ich mochte sie sehr.« Mag sie sehr, denkt Erhard.

»Gar nicht so einfach bei einer wie ihr, oder? Nur gucken, aber nicht anfassen.«

»Was wollen Sie damit sagen?«

»Kommen Sie schon, Gorensen. Eine echte Pibón mit traumhaften Brüsten. Meine Kollegen sagen, dass unten im Gelben Hahn unglaubliche Gerüchte über sie kursieren.«

Das sagt Hassib nur, um ihn zu provozieren. Aber Beatriz konnte wirklich unglaublich aufreizend sein, fast vulgär. Die langen Nägel, der knallrote Lippenstift und die Spitzenborte ihres BHs, die so unschuldig aus ihrem Blusenausschnitt lugte.

»Davon weiß ich nichts. Für mich war sie eine Freundin, nichts weiter. Ich war doppelt so alt wie sie.« Er muss sich konzentrieren, um in der Vergangenheitsform zu bleiben.

»Sie haben in letzter Zeit ungewöhnlich viel um die Ohren gehabt, stimmt das?«

»Ich bin Direktor geworden.« Erhard vermutet, dass es nicht das ist, worauf Hassib anspielt.

»Sie kommen rum in der Gegend, werden an den merkwürdigsten Orten in Begleitung von Journalisten gesehen und so weiter.«

Die Polizei ist gar nicht so schlecht informiert, stellt Erhard beunruhigt fest. »Ich hab nichts damit zu tun.«

»Womit haben Sie nichts zu tun?«

»Mit Raúl. Ich war auf Teneriffa, um mit ein paar Leuten zu reden.«

»Was waren das für Leute?«

Erhard sieht Hassib in die Augen. Am liebsten würde er ihm alles erzählen: von dem Jungen am Strand, von Alina, Emanuel Palabras, Beatriz, der Kaperung, allem. Aber er befürchtet, dass es als einziges Durcheinander und Chaos aus ihm herausbrechen würde. Also sagt er nichts und wartet, bis Hassib ihn lang genug angestarrt hat.

»Wann waren Sie zuletzt auf Teneriffa?«

»Ähm, vor ein paar Tagen.«

»Und davor?«

»Das weiß ich nicht. Vor zwei Wochen vielleicht.«

»Genau am 30. Januar. Zehn Tage, nachdem Raúl Palabras bei Ihrem Haus war.«

»Er war nicht bei meinem Haus.«

»Behaupten Sie. Und was haben Sie auf Teneriffa gemacht?«

»Mit ein paar Leuten geredet.«

»Glauben Sie, wir wissen nicht, was Sie gemacht haben?«

Erhard spürt wieder die unsichtbaren Fäden des Puppenspielers. Er hat das Gefühl, dass seine Augen vor Anstrengung aus den Augenhöhlen gepresst werden.

»Wie viele Male in den siebzehn Jahren, die Sie jetzt hier leben, haben Sie einen Ausflug nach Teneriffa gemacht, um mit ein paar Leuten zu reden? Sie brauchen nicht zu antworten. Null Mal. Null fucking Mal. Und da erwarten Sie, dass ich glaube, Sie hätten nichts am Start? Nichts zu verbergen?«

»Sie haben mit Bernal gesprochen und wissen ganz genau, was ich da mache. Ich mache Ihre Arbeit – ich tue das, was Sie von Anfang an hätten tun sollen.«

»Sagen Sie. Und das ist auch, was alle glauben. Aber wie läuft es denn? Haben Sie die Mutter inzwischen gefunden? Haben Sie den Tod des armen Jungen aufgeklärt?«

»Nein, aber ich hab mehr herausgefunden, als Sie imstande sind …«

Hassib lacht. »Das können Sie Ihrer Großmutter erzählen. Dann klären Sie doch bitte schön auch gleich mit auf, warum sich in der vorletzten Nacht in Villaverde ein bekloppter Siebzehnjähriger totgefahren hat – oder dieses Mysterium um ein junges Mädchen, das vor ein paar Wochen an seiner eigenen Kotze erstickt ist.«

»Das ist was anderes.«

»Sagen Sie. Fakt ist, dass Sie sehr viele sehr verdächtige Dinge tun, seit Beatrizia Colini tot und Raúl Palabras verschwunden ist. Irgendetwas ist passiert. Sie verhalten sich seltsam. Diese Dinge hängen irgendwie zusammen. Cause and effect.«

»Ich versuche bloß herauszufinden, was mit dem Jungen passiert ist.«

Hassib wirft dem älteren Kollegen einen langen Blick zu. »Jede Hausfrau auf der Insel spricht von dem Extranjero, der nach der Mutter des Jungen sucht. Man könnte fast meinen, Sie benutzen die Geschichte als Ausrede«, sagt Hassib. »Also, hören Sie her: Wir haben Beweise – ich sage: Be-wei-se –, dass Raúl in Ihrem Haus in Majanicho war. Und wir haben Zeugen, die aussagen, dass Sie am Tag danach in die Werkstatt gekommen sind, um ihr Auto anderthalb Stunden lang gründlich zu reinigen. Sehr gründlich. Unglaublich gründlich.«

Hassib versucht zu bluffen. Das sieht Erhard ihm an. Der Polizist geht auf Risiko, es gibt keine Beweise. Ganz sicher nicht. Außer, jemand hat sie ausgelegt, um Erhard den Mord an Raúl Palabras anzuhängen.

»Zeugen und Beweise«, wiederholt Erhard. »Es scheint fast, als wollten sie auf Teufel komm raus eine Anklage gegen mich konstruieren, für die Ihnen noch das entscheidende Puzzleteilchen fehlt. Zum Beispiel ein Geständnis.«

»Ein Geständnis wäre wirklich gut«, sagt Hassib und lächelt. Das Lächeln eines Pokerspielers.

Erhard beugt sich vor. Letzter Versuch. Er hat keine Kraft mehr. »Hassib. Ich war es nicht. Ich weiß sehr wohl, dass Sie mir nicht glauben, aber sehen Sie mich doch an. Ich bin bald siebzig, ein Schwächling und nicht einmal talentiert. Obendrein bin ich auch noch mit demjenigen befreundet, von dem Sie glauben, ich hätte ihn umgebracht – und mit seinem Vater. Wieso also? Warum? Ist das Motiv nicht die zentrale Frage, die man sich als Ermittler stellen muss? Sie bekommen ein Geständnis: Ich war es nicht. Egal, was irgendwelche Leute behaupten, und egal, was Ihr in meinem Haus oder meinem Wagen findet. Ich war es nicht.«

67

Die Tür fällt zu. Erhard steht einen Augenblick da und wartet darauf, dass sie wieder aufgeht, aber alles bleibt still. Die Wände sind mausgrau. Er befindet sich in einem Anbau des Schlosses – graue, viereckige Zellen mit hohen Decken und gepanzerten Türen.

Er bleibt lange stehen, als käme es einem Geständnis gleich, wenn er sich setzte. Als seine Beine nach einer Stunde beginnen, vor Müdigkeit zu zittern, lehnt er sich an die Wand und rutscht nach unten. Er weiß nicht, was als Nächstes passieren wird. Nachdem sie ihm mitgeteilt haben, er sei verhaftet, hat er abgeschaltet und sich über triste Treppen und lange Flure abführen lassen. Er geht davon aus, dass sie mit einem Geständnis rechnen, wenn sie ihn nur lang genug schmoren lassen. Und vielleicht geht ihre Rechnung sogar auf. Aber nicht wegen des Raumes oder der kahlen, demütigenden Wände – damit kann er sich abfinden. Er kann sich nicht damit abfinden, dass er eingesperrt ist, dass er nicht mehr einfach durch die Tür gehen kann.

Er kneift die Augen zusammen, stellt sich einen warmen Tag vor. Felsen, Sonne, ein Haus, sein Haus in Majanicho. Die Ziegen laufen vor ihm weg, als wäre er ein Fremder, ein durstiger Wanderer, der sich erschöpft dem Haus nähert. Da ist Raúl – Raúl vor seinem Haus, Raúl auf dem Stuhl hinter dem Haus, Raúl zwischen den Wäscheleinen, Raúl schwebend, als wäre er zu klein, um den Boden zu erreichen. Er folgt Raúl ins Haus. In seinem Bett – in Erhards Bett – liegt Beatriz. Raúl wühlt sich durch die Decken, kann sie aber nirgends finden.

Er schlägt die Augen wieder auf, ohne geschlafen zu haben. Etwas scheppert an den Wänden entlang, aber in der Zelle ist niemand. Nur sein Atem und die flackernde weiße Lampe.

Hassib macht das kleine Fenster in der Tür auf und fragt, wie es ihm geht.

»Es ist die Hölle hier drinnen«, antwortet Erhard.

»Gut«, sagt der Polizist und geht wieder.

Er bekommt Kartoffelpüree, vielleicht sind es auch einfach nur Kartoffeln. Die Wachen lachen so laut, als er isst, dass er argwöhnt, sie könnten in sein Essen gepinkelt haben, ehe sie es ihm gebracht haben. Die ganze Episode ist ein klarer Verstoß gegen die Menschenrechte und die spanischen Gesetze, aber er hat nicht die Kraft zu protestieren. Sitzt still am Boden und hält das Wasser. Er will hier drinnen nicht pinkeln. Will es einfach nicht. Zusammengerollt in der Ecke gelingt es ihm, die Schmerzen zu verdrängen, ohne die Muskeln anzuspannen. Es ist Stunden her, seit er zuletzt auf der Toilette war. In Teneriffa, sein Körper erinnert sich noch gut daran, seine Eichel erinnert sich noch gut daran, wie entspannend es sich anfühlte, die Blase zu entleeren. Die Schmerzen kommen in Wellen, werden immer schlimmer, dazwischen dann wieder Phasen, in denen es besser geht. Zuletzt gepinkelt hat er im Café Rústica, nach dem Mai Tai. In einer schwarz gestrichenen Toilette, in der es nach Fett aus der Küche roch. Die Erinnerung hilft ihm über die nächsten Minuten hinweg, dann kommen der Druck und die Schmerzen zurück.

Es ist ihre Art, ihn zu quälen, ihn zu brechen. Er weiß das, hat genug Krimis gelesen, kennt die Methoden der New Yorker Polizei, wie sie jemanden von der Straße bearbeiten, bis er flennend zusammenbricht, obwohl er gar nicht der

Täter ist. Genau das werden sie mit ihm machen, er spürt es. Vielleicht haben sie ihm auch irgendein harntreibendes Mittel ins Essen gemischt und deshalb so gelacht.

Hassib kommt wieder vorbei und fragt, wie es geht.

»Gut, danke der Nachfrage«, lautet Erhards Antwort, aber der Polizist sieht ihm an, dass das nicht der Wahrheit entspricht. Er sieht Erhards geweitete Augen und den verzweifelten Versuch seines Körpers, seine Bedürfnisse zu verdrängen.

»Haben Sie Schmerzen, Erhard?«

»Ja, verdammt!«

»Gut!«, antwortet Hassib und schließt das kleine Fenster.

Sie bringen ihm erneut etwas zu essen, Suppe, und diesmal ist Erhard sich sicher, dass sie reingepinkelt haben. Die lauwarme Suppe stinkt und schmeckt sauer. Obwohl er Hunger hat und ihm beinahe egal ist, was sie gemacht haben, will er keine weitere Flüssigkeit zu sich nehmen. Er will einfach nur in den Verhörraum, um sich zu erleichtern: in die Hose, auf den Stuhl, auf alles, einfach die Blase entleeren, die brennt wie Feuer. Doch er beherrscht sich. Hält durch. Er hat sich über Wochen von billigem Dosenfraß ernährt, wenn er überhaupt irgendwas hatte, von Abfällen, schimmligem Brot und viel zu kleinen Fischen. Er braucht nichts, braucht kein Essen, will nichts haben.

Nach der dritten Mahlzeit, die er nicht anrührt, holen sie ihn endlich in den kleinen Holzkasten in der Mitte des Großraumbüros. Er sieht dem älteren der beiden Beamten an, dass ihm nicht wohl in seiner Haut ist. Sein Blick zuckt immer wieder zu Hassib, der die Fäden in der Hand hält und auf sein Handy schaut, als hätte er gerade eine spannende Nachricht erhalten. Sie drücken Erhard auf einen Stuhl. Als er sich setzt, entspannt er die Muskeln, und mit einem brennenden Schmerz sieht er, wie seine Hose sich bis zu seinen

Füßen dunkel färbt. Hinter ihm ist ein Kichern zu hören. »Großartig«, sagt jemand. Doch die Erleichterung kommt nicht, für Erlösung sind die Schmerzen zu stark und halten selbst dann noch an, als der Urin aufgehört hat zu laufen.

Danach kommt die Müdigkeit. Der Drang, Wasser zu lassen, hat ihn wach gehalten. Jetzt kann er vor Müdigkeit kaum noch aufrecht sitzen. Hassib kann es ihm ansehen, spricht mit ihm, ruft ihn. Erhard weiß, dass er sich in einem Verhör befindet und sie versuchen werden, ihm ein Geständnis zu entlocken. Vor lauter Erschöpfung ist er bereit, alles zu sagen, um nur endlich schlafen zu können. Die Erkenntnis überrascht ihn. Er hat immer geglaubt, es bräuchte mehr, um ihn zu brechen. Hat sich für hartnäckig gehalten, für tough. Dabei haben sie ihn längst am Boden. Er will nichts weiter als schlafen, nur schlafen. Endlich, nach einer gefühlten Ewigkeit, kommt Hassib zur Sache.

»Sie gestehen also, Raúl Agosto Palabras an Ihrem Haus an der Vía Majanicho am Nachmittag des 20. Januar getroffen zu haben?«

»N…«

»Sie gestehen, sich am 20. Januar mit Raúl Agosto Palabras in Ihrem Haus an der Vía Majanicho gestritten zu haben?«

»Na ja.«

»Sie haben ihn umgebracht und seine Leiche am Abend des 31. Januar im Kofferraum von Señor Palabras' Mercedes weggeschafft.«

»Hm.«

»Wir haben einen Zeugen, der Sie in der Parkgarage des Hauses an der Calle del Muelle mit einem großen Gegenstand hat hantieren sehen. Stimmt es, dass Sie das waren?«

»Hm.«

So geht es weiter. Er weiß nicht, worauf er antwortet, warum oder was er sagt. Egal, was sie behaupten, egal, was er in seinem Zustand von sich gibt – er wird die Sache hinterher wieder geradebiegen können. Wenn er nur erst schlafen darf, die Augen schließen, liegen.

Der Stuhl verschwindet unter ihm, und auf dem Weg nach unten schläft er ein.

68

Er hat eine Beule über dem linken Auge, mit dem er kaum noch etwas sieht. Der Kopf ist schwer, trotzdem isst er was, irgendwas mit Reis und dicken Fleischbrocken. Die lachenden, pissenden Wachen lassen ihn in Frieden. Einer von ihnen kommt sogar in seine Zelle und hilft ihm, sich hinzusetzen, bevor er die Schale mit dem Essen neben ihn stellt und ihm mitteilt, dass er bald in den Keller verlegt wird, wo er ein Bett, einen Tisch und einen Stuhl hat. Vielleicht sogar Meerblick. Es fehlen nur noch ein paar Papiere. Auch Besuch kann er dann bekommen.

Der Wachmann sieht aus wie eine gigantische Maus, als er sich über Erhard beugt und das Licht der Lampe abschirmt. Das mit dem Bett klingt gut.

»Weißt du«, fährt der Mann fort, als er aus der Zelle geht, »wir verstehen dich. Die Reichen tun doch, was sie wollen, manchmal muss man als kleiner Mann da einfach Stopp sagen.«

Erhard hat keine Ahnung, wie das gemeint sein soll. Soll das die Strafe für das gute Leben sein, das er gelebt hat? Für die Zeit in Raúls Wohnung? Auf dem Direktorensessel? Dafür, dass er einer Sterbenden unter den Rock geschaut hat?

Das Essen tut seine Wirkung. Irgendwann – wann genau, weiß er nicht – kommt er wieder zu sich und sieht, wo er ist. Der Raum hat Holzwände, solide, ungehobelte Bretter, an die man sich nicht anlehnen will. Er kommt sich vor wie in einer Transportkiste auf dem Weg über den Atlantik, eine betäubte, zahnlose Hyäne, die an irgendeinen Pleitezoo verscherbelt worden ist. Ganz oben ist ein Lüftungsgitter. In der linken Ecke unter der Decke haben sie eine Art Glaskuppel installiert, eine Überwachungskamera. Die Tür ist aus Leichtmetall, mit einem kleinen Fenster in der Mitte, das von außen geöffnet werden kann. Er sieht sich um, als hoffte er, irgendwo doch noch eine versteckte Tür oder ein Brecheisen zu finden.

Rücken und Nacken schmerzen von der langen Zeit auf dem harten Boden. Er schiebt sich in die Mitte des Raumes und streckt sich aus. Arme und Beine zur Seite. Der vitruvianische Mensch. Er fragt sich, ob er sich ausziehen soll, um es perfekt zu machen, aber damit würde er wahrscheinlich niemanden schockieren. Sie halten ihn ja ohnehin für einen armen, alten Verrückten. Es fühlt sich an, als wäre sein Rücken mit dem kühlen Zement verwachsen, mit der Welt, vereint mit dem Schloss, den alten Steinen, den heruntergekommenen Büromöbeln, den Berichtsstapeln und den überquellenden Mülleimern mit angebissenen Gebäckstücken. Er hat das Gefühl, Schritte und Telefonate zu spüren, die Klospülung, die eine Etage über ihm betätigt wird, die Münzen auf einem Bartresen unten am Hafen, ein Auto, das in der Stadt mit der Radkappe an einem Bordstein entlangkratzt. Und vor allem Mónicas faltiges, beiges Fleisch, eine harte Matratze unter ihrem weichen Hinterteil, seine abgehackten Herzschläge. Das Haus ist friedlich. Draußen vor dem Fenster sprießt ein Grashalm durch einen Riss im Asphalt. Eine

Flasche wird von den Wellen immer wieder an den Strand gespült. Schläfrige Ziegenaugen blinzeln in die Sonne, bevor die Tiere einschlafen. Er hört Laurels Glöckchen hinter den Felsen läuten. Und er spürt die Hitze der brennenden Hütte, die fünf Meter hohen Flammen, die alles pulverisieren. Kein Rauch, nur Flammen. Als sie in einem letzten, zischenden Windhauch verlöschen, sitzt er wieder in der Zelle und spürt den harten Boden unter sich. Sonst nichts.

Nach der nächsten Mahlzeit, einem klebrigen Gericht mit weißen Fischstückchen, schieben sie ihm ein paar Unterlagen durch das Fenster in der Tür. »Die Anklageschrift«, sagt der Beamte auf der anderen Seite. Und sein Geständnis. Sobald er unterschrieben hat, wird er in eine größere Zelle gebracht. Mit Fernseher.

Das Dokument ist gefährlich. Auf den ersten Blick formell und nichtssagend, sodass er sich beinahe verleiten lässt, es zu unterschreiben, ohne es richtig durchzulesen. Bei genauerem Hinsehen aber erkennt er das Kleingedruckte. Unterzeichnet er dieses Geständnis, werden alle anderen möglichen Deutungen unglaubwürdig. Erhard wird endgültig wach, als er liest, was er während des Verhörs zugegeben hat. Sein Geständnis steht nicht allein, sondern wird untermauert von Zeugenaussagen und technischen Beweisen, die Erhard nicht mal kennt. Er muss scharf nachdenken. Er braucht einen Anwalt, er braucht Hilfe von außen, muss irgendjemanden erreichen. Egal, wen, nur nicht Emanuel Palabras, denn dass er hinter all dem steckt, ist für Erhard sonnenklar.

Der Wachmann klopft an, dabei sind erst wenige Minuten vergangen, seit er Erhard die Papiere gebracht hat.

»Augenblick«, sagt Erhard, starrt auf das Feld für die Unterschrift und auf den Kugelschreiber hinab, den sie ihm gegeben haben. Er unterschreibt, aber nicht mit seinem Namen. Er schreibt den Namen Emanuel Palabras und hofft, den Prozess damit hinauszuzögern, Zeit zu schinden, um jemanden zu finden, der ihm helfen kann. »Ich würde gern mit jemandem sprechen, telefonieren«, ruft er dem Wachmann zu, der die Papiere entgegennimmt. Wie erhofft sieht der Mann sich die Unterschrift nicht an.

»Ja, ja«, sagt er und verschwindet. Es ist wieder still.

Erhard geht in Gedanken sämtliche Bekannten durch, aber ihm will einfach niemand einfallen, der ihm helfen könnte.

Er muss irgendwie an ein Telefon kommen und den Arzt anrufen. Sie haben sein Notizbuch mit den Adressen an sich genommen, aber er hat die Nummer im Kopf. Der Arzt muss sich um Beatriz kümmern, sie zu sich holen. Er darf sie um keinen Preis in ein Krankenhaus bringen. Emanuel Palabras wäre sicher nicht begeistert, wenn er erführe, dass seine Schwiegertochter noch am Leben ist. Beatriz hat Erhard darum gebeten: Versteck mich! Sie hat Angst vor Ema – und das mit gutem Grund. Die Macht des Mannes reicht tatsächlich bis ins Gefängnis.

Draußen vor der Zelle werden Stimmen laut. Bestimmt wollen sie jetzt die richtige Unterschrift und kommen gleich zum letzten Mal.

»So, dann mal raus mit Ihnen«, kommt es von draußen. Es ist Bernal.

»Ich möchte mit einem Anwalt sprechen«, sagt Erhard.

»Sie sprechen höchstens mit sich selbst. Sie kommen jetzt nach unten in den Keller.«

»Ich hab nicht unterschrieben. Das ist nicht meine Unterschrift.«

»Egal«, sagt Bernal, als hätte er ihn nicht gehört, und schiebt eine Tür auf. »Drehen Sie sich um.«

Erhard gehorcht. Er braucht eine spontane Idee, wie er seine Verlegung verzögern kann, aber ihm fällt nichts ein. Bernal legt ihm Handschellen an und führt ihn über den Flur in den Bürotrakt, wo schlagartig alle verstummen. Erhard wagt es nicht, den Blick zu heben, und geht vor Bernal her zwischen den Tischen hindurch.

»Jetzt werden Sie verdammt noch mal sehen, wie wir mit Menschen wie Ihnen fertigwerden«, sagt Bernal. Hinter ihm ist Murmeln zu hören, leises Raunen, aber Erhard versteht es nicht. »Rein, rein da«, sagt Bernal und schubst ihn so grob in den Aufzug, dass Erhard mit der Schulter gegen die Wand stößt.

Erhard versucht es noch einmal: »Bernal, ich hab nichts von all dem getan. Ich will mit einem Anwalt sprechen. Ich hab Anspruch …«

»Jetzt hören Sie schon auf«, sagt Bernal seltsam laut, als die Fahrstuhltüren hinter ihnen zugehen.

»Ich hab ein Recht auf …«

Als der Fahrstuhl sich in Bewegung setzt, packt Bernal ihn bei den Handschellen. »Wachen Sie auf, Ermitaño«, sagt er. »Emanuel Palabras hat mich geschickt. Er will Ihnen helfen. Gleich sind wir unten, dann schlagen Sie mir hart ins Gesicht und hauen ab. Auf dem Parkplatz wartet einer Ihrer Mitarbeiter auf Kunden. Steigen Sie in den Wagen und legen Sie sich flach auf die Rückbank. Bitten Sie den Fahrer, Sie in Raúls Wohnung zu bringen. Sie haben zehn Minuten, um eine Tasche zu packen und zu verschwinden.«

»Was …«

Plötzlich schnappen die Handschellen auf. Erhard dreht sich um und sieht Bernal mit großen Augen an.

»Wollen Sie raus und Ihre Unschuld beweisen, oder wollen Sie hier einsitzen und Ihre Schuld bekennen? Jetzt schlagen Sie mich, so hart Sie können.« Bernal tippt sich an die Nase. Die krumme, schöne Nase. Erhard weiß nicht, ob seine Kraft reicht. »Jetzt!«, sagt Bernal, als der Fahrstuhl langsamer wird und der Lärm verstummt.

Erhard denkt nicht einmal nach, sondern schlägt Bernal direkt auf die Nase. Der Mann fällt nach hinten und schlägt mit dem Kopf gegen den Handlauf. Erhard weiß nicht, ob Bernal schauspielert, aber er bleibt reglos auf dem Boden liegen. Mit einem Pling gleiten die Fahrstuhltüren auf.

LUCIFIA

23. Februar

69

Es ist Gustavo. Was sie ihm erzählt haben, weiß Erhard nicht, aber er gibt sofort Gas. Er fragt nicht, sieht Erhard nicht an, fährt einfach nur. Erhard hat nicht die Kraft, etwas zu sagen oder zu erklären, er wüsste nicht mal, was er sagen sollte.

Es sind keine Sirenen zu hören, und nach fünf Minuten, als sie auf der FV-10 auf dem Weg nach Corralejo via La Oliva sind, wagt Erhard einen vorsichtigen Blick durch die Rückscheibe. Niemand folgt ihnen.

»In der Sporttasche sind eine Hose, eine Jacke und eine Sonnenbrille für Sie«, sagt Gustavo.

Er fragt sich kurz, weshalb er sich umziehen sollte. Möglicherweise, um nicht so schnell erkannt zu werden, falls sie eine Fahndung nach ihm rausgeschickt haben. Und seine eigene Hose stinkt nach Pisse. Die Wechselhose ist ein bisschen groß, trotzdem scheint das alles gut geplant zu sein. Die Sonnenbrille ist billig, ein Modell, wie es an jeder Straßenecke verkauft wird, und die Jacke, eine Sportjacke, könnte von Gustavo sein.

»Da sind zu viele Menschen unterwegs, ich setz Sie oben bei Escámez ab«, sagt Gustavo.

»Warum?« Erhard will nicht so weit laufen, wenn die Polizei hinter ihm her ist.

»Fiestas del Carmen. Das Fest ist schon in vollem Gang.«

Erst da wird Erhard klar, dass er drei volle Tage im Schloss war. Eigentlich hat er die Mahlzeiten gezählt und ist auf zwei Tage gekommen. Die Fiestas del Carmen sind Corralejos größte Feierlichkeiten. Sie beginnen am frühen Vormittag und enden gegen Mitternacht mit einem großen Feuerwerk unten am Strand. Im letzten Jahr hat er das Feuerwerk von Raúls Terrasse aus gesehen – zusammen mit Raúl und Beatriz. Ein friedlicher Abend mit definitiv zu vielen Wodka Tonics. Gemeinsam sahen sie die Sonne untergehen und aßen gegrillte Shrimps. »Auf Carmen, die Lieblingshure aller Männer«, rief Raúl über die Dächer.

Er tätschelt kurz Gustavos Schulter, steigt aus – hat sich die dreckigen Klamotten unter den Arm geklemmt – und verschwindet in der Menge. Überall Eltern, die ihre Kinder an den Händen halten. Erhard muss Slalom laufen und aufpassen, dass er nicht in Richtung Bühne geschoben wird, auf der gerade eine Art Kindertalentshow stattfindet. Weiter unterhalb herrscht noch dichteres Gedränge, dort treten Tänzer auf, Jongleure, Marokkaner, die mit Stöcken auf Blechfässer schlagen. Es gibt auch Marktstände mit billigen Handys in Neonfarben und Carmen-Figuren in sämtlichen Varianten: Carmen als Meerjungfrau, Carmen als vollbusige Strandblondine, Carmen mit Delfinen, Carmen als Mutter mit einem kleinen Jungen auf dem Schoß. Am liebsten würde er eine Figur für Aaz kaufen. Er glaubt zwar nicht an die Schutzheilige der Seeleute und ihre heiligen Kollegen, Aaz dafür umso mehr. Unwillkürlich schiebt er die Hand in die Tasche, um nachzusehen, ober er noch genügend Geld für eine Mutter mit Kind hat, als ihm wieder einfällt, dass seine Wohnungsschlüssel und sein Geldbeutel auf dem Polizeirevier liegen. Sie haben seine Taschen geleert und seine Sachen konfisziert, ehe sie ihn in die Zelle gesperrt haben. Er kann gar nicht in die Wohnung, spürt plötzlich, wie ihm die Luft wegbleibt. Er weicht auf eine schmale Nebenstraße aus, aber dort ist es noch schlimmer. Schließlich zieht er sich in einen Hauseingang zurück, um wieder zu Atem zu kommen. Seit er in das Taxi gestiegen ist, hat er die Erschöpfung der letzten Tage fast vergessen, aber jetzt merkt er mit jeder Faser seines Körpers, wie müde und ausgelaugt er ist. Er will sich gerade hinkauern, aufgeben und darauf warten, dass die Polizei ihn findet, als er etwas in der Jackentasche ertastet. Er schiebt die Hand hinein und zieht ein Bündel Fünfzig-Euro-Scheine raus. Er sieht sich um, zählt das Geld. Die Straße ist voller Menschen und Hunde, es ist laut, aber niemand achtet auf ihn. Er kann es nicht fassen. Es sind dreitausend Euro. Dann entdeckt er einen Post-it-Zettel, der auf dem unteren Schein des Bündels klebt. Die Handschrift kennt er.

Verlassen Sie die Insel. Nehmen Sie das Schiff Lucifia. EP.

Emanuel Palabras ist ein Verbrecher und Lügner. Wieso will er Erhard retten und ihm helfen? Erhard hätte nicht schlecht Lust, Emanuels Angebot anzunehmen, er kann Hilfe gut gebrauchen, wenn er nicht für etwas eingebuchtet werden will, was er nicht getan hat. Er ist hin- und hergerissen zwischen Verwirrung und Wut, und ihm wird warm.

Er schiebt sich weiter durch die Menschenmenge, die Straße hinauf in Richtung Wohnung. Die meisten Menschen strömen hinunter zum Hafen, wollen sich einen guten Platz sichern, um zu sehen, wie Carmen aufs Meer hinausgeschickt wird, und um das Feuerwerk nicht zu verpassen. Er eilt an Silóns Laden vorbei, ohne hineinzuschauen, und läuft direkt in die Tiefgarage, von wo aus er mit dem Aufzug in den fünften Stock hochfährt.

Der Ersatzschlüssel klebt immer noch unter der Treppe.

Vorsichtig schließt er auf. Lauscht auf das leiseste Geräusch. Die Wohnung wirkt fremder, gefährlicher denn je. Die Räume sind verwaist. Er läuft im Wohnzimmer auf und ab, ins Büro, auf die Toilette, in die Küche und ins Esszimmer, weiter ins Badezimmer, den luxuriösesten Raum der Wohnung, und zu guter Letzt ins Schlafzimmer, wo Beatriz immer noch genauso daliegt, wie er sie verlassen hat. Er lagert sie behutsam um, wechselt den Katheterbeutel und hängt einen neuen Beutel mit milchigem Nahrungsbrei an das Stativ.

Dann zieht er sich um, zieht erstmals eins von Raúls Hemden und eine neue Hose aus dem großen Schrank. Zuletzt packt er ein paar Sachen in einen Rucksack, wie Bernal es vorgeschlagen hat. Er will so wenig wie möglich mitnehmen. Ein kurzärmeliges Hemd, ein Unterhemd, Unterhosen, Kamm, Zahnbürste, ein paar Konserven, Flaschenöffner, ein kleines Messer. Mehr fällt ihm nicht ein. Ziemlich idiotische Dinge eigentlich, da er doch nicht mal weiß, wo seine Reise mit dem Schiff hingehen soll. Alles erinnert ihn an seinen Aufbruch aus dem Haus am Fuglebjergvej vor knapp achtzehn Jahren. Wieder ist er auf der Flucht. Ein Muster wird erst zum Muster, wenn es sich wiederholt. Wieso ist das bei ihm so? Was bringt ihn immer wieder an diesen Punkt? Mit einer billigen, mit willkürlichen Dingen gefüllten Tasche und ohne die geringste Ahnung, wo er in einem Monat, einem Jahr sein wird? Er mag diese Insel, das spürt er, als er aus dem Fenster hinunter zum Hafen schaut. Hunderte von Booten und Schiffen kreuzen in der Bucht. Kinder in Gummibooten, Familien in Ruderbooten, zwei junge Mädchen auf dem Sonnendeck eines Speedboat; total high von irgendwas tanzen ihre Freunde im Cockpit hinter ihnen. Ein Stück entfernt liegt die Isla de Lobos. Auf dem Fensterbrett steht ein vertrocknetes Basilikum, die Erde steinhart, die Blätter fast schwarz. Fern und nah.

Was er da tut, fühlt sich nicht richtig an.

Er wird nicht mehr auf die Insel zurückkehren. Das Leben, das er hier gelebt hat, ist vorbei. Er wird sich als Bettler in Marokko durchschlagen müssen oder wo auch immer sie ihn absetzen. Die dreitausend Euro werden nicht lang reichen, und er wird kein Geld mehr an Annette und die Mädchen schicken können.

Sein zukünftiges Leben liegt ganz deutlich vor ihm – eine Rutschbahn in die Hölle. Es wird härter werden. Das Muster wird sich umkehren. Die Flucht nach Fuerteventura hat ihn einsam und zu einem Ausgestoßenen gemacht, der trotz allem noch ein wenig Würde, der noch Kraft hatte. In Afrika wird ihm auch das abhandenkommen. Er wird erledigt sein – ein lächerlicher, jämmerlicher, alter, armer weißer Mann. Ein Mann, der im Leben jede Chance gehabt, aber eine nach der anderen in den Sand gesetzt hat. Er kann nicht an Bord dieses Schiffes gehen, aber er muss.

Er hat keine andere Wahl.

Bleibt er auf Fuerteventura, wird die Polizei ihn über kurz oder lang schnappen. Und selbst wenn das Rechtssystem funktionieren sollte, blieben da immer noch sein Geständnis, sein Fluchtversuch und eine ganze Reihe bizarrer Umstände, selbst wenn er ihnen den Zusammenhang zwischen dem Jungen im Karton, Beatriz und Alina irgendwie klarmachen könnte. Will Palabras Erhard loswerden, weil er ihm zu nah gekommen ist? Weil sonst irgendwann herauskommen könnte, dass Palabras seine eigene Fracht gestohlen hat – weiß Gott, aus welchem Grund – und dass dabei einige Leute draufgegangen sind? Der falsche Chris Jones ist über Bord geworfen worden, weil er versucht hat, die Aktion zu verhindern. Und Raúl wurde womöglich aus dem Verkehr gezogen, weil er Wind davon bekommen hat, dass sein Vater da mit drinsteckt. Wahrscheinlich haben sie ihn mitgenommen und woanders umgebracht, während sie Beatriz zum Sterben in der Wohnung zurückgelassen haben.

Anfangs hat Palabras versucht, Erhard den Mord an Raúl in die Schuhe zu schieben. Als der dann in Polizeigewahrsam war, wurde ihm das zu unsicher, weil er ja nicht wusste, ob Erhard von dem Jungen und der Kaperung erzählen würde. Deshalb der Entschluss, Erhard zur Flucht zu verhelfen. Er geht davon aus, dass Palabras einen Henker auf der Lucifia postiert hat. Pranken, die ihn auf See über Bord werfen. Seine Leiche würde mit der Strömung ums Kap der Guten Hoffnung treiben und niemals gefunden werden. Fall abgeschlossen. Da ist es immer noch besser, in Agadir oder Tarfaya ausgesetzt zu werden, das sind vier, fünf Stunden Fahrt von hier. Um die lebend zu überstehen, braucht Erhard irgendeine Versicherung. Etwas, was Palabras und seine Helfer davon abhält, ihn auf den Grund des Atlantiks zu schicken. Er kann nicht die ganze Geschichte niederschreiben, das würde ihn mit seiner krakeligen Handschrift Stunden kosten. Er denkt darüber nach, noch mal Solilla zu kontaktieren. Nicht ihren jungen Journalistenfreund, sondern sie persönlich. Solilla könnte ihm ihre guten, irritierenden Fragen stellen, Erhards schweren Kopf um alle Details erleichtern und schließlich selbst einen Artikel schreiben. Aber auch das würde Stunden dauern. Er müsste seine Aussage mit einer Kamera aufnehmen, so einem kleinen Ding, wie es inzwischen die meisten seiner Kunden haben. Raúl hat bestimmt irgendwo so eine Kamera, er hat doch immer das Neueste vom Neuen. Nur dass Erhard wieder mal nicht wüsste, wie er sie bedienen sollte.

Er schiebt die Idee beiseite.

Es sei denn …

Eilig sucht er seine Sachen zusammen. Er hält sich schon zu lang in dieser Wohnung auf. Er muss immer noch den Arzt anrufen und ihm mit allen Mitteln klarmachen, dass er die Verantwortung für Beatriz übernehmen und sie verstecken muss. Vielleicht hat er ja eine Möglichkeit, sie über sein Netzwerk von der Insel und in eine weit entfernte Klinik zu bringen. Unter Alinas Namen – Angelina Mariposa. Die Identität ist ja jetzt frei.

Er zählt tausend Euro von dem Geld aus der Jacke ab und legt sie auf den Nachttisch neben Beatriz. Dann greift er zum Telefon, um den Arzt anzurufen.

Vergiss mich.

Zum ersten Mal seit Langem hört er wieder Beatriz' Stimme.

Leise wie eine Schwingung in der Luft.

Er betrachtet ihren Körper, der grotesk pfeift und unmenschliche Nahrung aufsaugt, das Wesen, das er erschaffen hat, indem er sie versteckt und am Leben erhalten hat – an einem Leben, das es nicht wert ist, als solches bezeichnet zu werden. Ihr Körper hat keine Bedeutung mehr, ist nur noch Erinnerung, ein Andenken aus Fleisch und Blut. Sie lebt nicht, ist nicht tot, ist von ihm abhängig, nicht mehr sie selbst.

Er kann nur noch eins tun.

»Hola«, meldet sich der Arzt.

Ohne irgendwas zu sagen, presst Erhard sich den Hörer gegens Ohr und schaltet die Geräte ab, als bräuchte er einen Zeugen, Zuspruch, dass er das Richtige tut. Er hört die Atemzüge des Arztes und Kinder im Hintergrund. Das Beatmungsgerät pfeift, bis er den Stecker zieht. Dann stirbt auch dieser Laut.

»Ich liebe sie zu sehr, um sie am Leben zu erhalten. Ich tue es. Ich stelle die Geräte ab. Jetzt.«

»Jorgenson«, ruft der Arzt. »Verdammt, das können Sie doch nicht machen!«

Das Mundstück ist feucht und beschlagen. Erhard nimmt es ihr ab und schiebt Beatriz zurecht, damit sie entspannt auf dem Bett liegen kann.

»Buen viaje«, sagt er noch und legt dann auf.

70

Er mischt sich wieder unter die Leute und läuft runter zum Hafen. Dort will er sich zur Lucifia durchfragen. Die Männer dort kennen den Hafen doch wie ihre Westentasche.

Massen sind unterwegs, um an den Fiestas del Carmen teilzunehmen. Die größte Attraktion ist der Umzug mit der Statue der Heiligen, die herumgetragen wird und alle segnet, und jeder will von diesem Segen etwas abhaben. Die Zuschauer empfangen den Umzug mit Gesang und legen der Statue Blumensträuße und Schmuck und Geschenke zu Füßen.

Auf dem Weg durch die Menge begegnet Erhard mehreren bekannten Gesichtern. Er starrt nach unten und versucht, sich unsichtbar zu machen, wird aber trotzdem von mehreren Fahrern mitsamt Familien, von Stammkunden, die er jahrelang gefahren, und von Menschen, deren Klaviere er gestimmt hat, erkannt. Zum Glück ist es in diesem Chaos unmöglich, sich zu unterhalten, weshalb er nur kurz grüßt und weiterläuft.

Unten bei den Molen wird es ruhiger. Auch vor den Buden, aus denen Fährtickets nach Lanzarote oder die Isla de Lobos verkauft werden, ist es vergleichsweise friedlich. Erst dem dritten Hafenarbeiter, den er fragt, sagt der Name was. »Ja, ja, ja, die liegt schon ein paar Tage hier«, meint er und nennt Erhard die Kainummer. »Sie können sie von hier aus sehen.« Er zeigt auf einen Krabbenkutter, der mal rot gewesen sein muss, jetzt aber ockerfarben glüht.

Erhard bedankt sich und geht los. Mal schauen, ob jemand an Bord ist. Die Sonne steht am höchsten Punkt und brennt auf Erhards Glatze. Die Schatten sind verschwunden; um ihn herum ist nur noch weißes, gleißendes Licht. Abertausende Meerkristalle und der einst rote Kutter. Er betrachtet das Boot aus der Entfernung. Es ist größer, als er es sich vorgestellt hat. Ein zu einem Touristenboot umgebauter Kutter, von dem aus Engländer mit Bierdosen in der Hand Meeräschen und Stachelrochen fangen können. Das Deck ist leer.

Er hat also noch Zeit. Vielleicht eine Stunde.

Erhard springt von der Mole und läuft zurück, taucht wieder in den wogenden Menschenstrom ein und duckt sich auf Kinderhöhe unter Ellenbogen, Schultertaschen und Rucksäcken hindurch. Immer vorwärts. Er kommt am Gelben Hahn und am Fischladen vorbei. Irgendwann glaubt er, seinen Namen zu hören, aber als er sich umdreht, ist niemand zu sehen.

Bald ist er derart außer Atem, dass er zum Verschnaufen in einen Souvenirladen flüchtet. Er kniet sich hin, als wollte er sich den Schuh zubinden. Der Inhaber steht vor dem Nachbarladen und trinkt Rotwein. Erhards Hände zittern, und er versucht, seinen Atem zu beruhigen. Zwei Teenager, die Sonnenbrillen ausprobieren, beobachten ihn amüsiert. Sicher sehen sie in ihm den alten, verwirrten Mann, der er ist.

Nach ein paar Minuten steht er wieder auf und nimmt eine Barcelona-Kappe mit einer großen Krone vorne drauf von einem Ständer. Aaz wäre begeistert. Erhard würde sie gern bezahlen, aber der Verkäufer steht immer noch bei seinem Nachbarn. Er will nicht mehr Aufmerksamkeit auf sich ziehen als nötig, also setzt er die Kappe auf und verlässt den Laden.

Bald hat er den schmalsten Abschnitt der Strandpromenade erreicht. Die Menschen stehen dicht gedrängt vor Bill Hajis ehemaligem Nachtclub Azura. Nichts geht mehr, weder vorwärts noch rückwärts. Der Club wurde mittlerweile umgebaut zu einer modernen Café-Bar, in der sich nur die reichsten Touristen tummeln. Zur Feier des Tages tragen die Kellner das Gewand Unserer Heiligen Carmen – mit Fischernetz und Krone. Sie stehen in einer Reihe und schlagen Austernschalen gegeneinander wie Kastagnetten, während sie darauf warten, dass der Umzug an ihrem Café vorbeizieht. Er erkennt die große junge Frau wieder, die bei Bill Hajis Beerdigung neben Hajis Schwester hergelaufen ist. Er hat gehört, dass das Lokal viel besser läuft, seit es nicht mehr Haji gehört.

An der Marítima biegt er ab und kommt endlich schneller vorwärts. Einige Läden schließen wie gewohnt zur Siesta, aber die meisten Geschäfte hoffen an diesem Tag auf einen besseren Umsatz. Er biegt noch zweimal ab und erreicht irgendwann die Nuestra Señora del Carmen. Auch hier wimmelt es von Menschen. Alles ist bereits voll auf den Abend ausgerichtet, Familienväter parken abenteuerlich und steigen in weißen Klamotten aus ihren Autos, und Jugendliche mit zu großen Bierflaschen grölen von Balkonen. Als er Cormacs Elektroladen erreicht, zwängt er sich an einer Gruppe Kinder vorbei durch die Tür.

Der Laden ist gut besucht. Mit hochrotem Kopf berät Cormac einen Mann, der sich ein Handy kaufen will. An der Kasse steht ein junger Kerl mit dichtem, weiß gebleichtem Haar und kassiert gerade eine Kundin ab. Erhard läuft in den hinteren Teil des Ladens und sieht sich ein paar auf Stative geschraubte Videokameras an. Er versucht, Cormacs Aufmerksamkeit auf sich zu ziehen – vergebens. Erst als er mit einem verpackten Gerät an der Kasse steht und die Kreditkarte des Kunden durch den Kartenleser zieht, entdeckt er Erhard und wirft ihm einen neugierigen Blick zu. Erhard zieht sich weiter in den hinteren Teil zurück.

»Hat dich der gnadenlose Arm des Gesetzes wieder gehen lassen«, sagt Cormac und bleibt auf der anderen Seite des Regals mit den Videokameras stehen.

»Was weißt du darüber?«, fragt Erhard leise und späht zum Ladeneingang.

»Dieser verrückte Taschenhändler hat gesehen, wie sie dich in Handschellen abgeführt haben.«

»Handschellen hatte ich keine, aber ja, ich bin nicht mehr in Untersuchungshaft.«

»Du siehst mitgenommen aus«, stellt Cormac fest.

»Du musst mir helfen.«

»Komm«, sagt Cormac und schiebt Erhard durch den Perlenvorhang ins Hinterzimmer. »Was ist?«

»Ich müsste mir mal eine Videokamera ausleihen, jetzt und hier, für fünf bis zehn Minuten.«

Cormac sieht nicht gerade begeistert aus. »Fiestas del Carmen – ich hab jetzt keine Zeit.«

Erhard sieht ihn an. »Du bist meine einzige Chance.«

»Worauf?«, fragt Cormac.

»Meine Sünden zu bekennen. Am besten auf Video.«

Cormac sieht ernst aus, lacht aber trotzdem. »Was hast du angestellt? Hat das was mit der Mutter des Jungen zu tun?«

»Kann man so sagen.«

»Wo willst du die Aufnahme denn machen? Hier?«

»Wenn das möglich wäre? Aber ich darf nicht gestört werden. Und niemand darf mich hören.«

»Dann geh raus ins Lager. Da ist niemand. Aber das Licht ist schlecht.«

Erhard atmet auf, sackt vor der Wand zusammen.

»Und was willst du danach mit deinem Geständnis anstellen?«, fragt Cormac.

»Ich nehm das Band mit und versteck es irgendwo.«

»Welches Band? Es gibt keine Bänder mehr, my friend.«

Erhard versteht nicht, was das heißen soll. »Und wie nehm ich es dann auf?«

»Digital. Und hinterher spielt man die Datei auf einem Computer oder etwas Ähnlichem ab. Ich kann sie für dich auf einen USB-Stick speichern. Den du dann mitnehmen kannst.«

»Ja, dass ich den gleich mitnehmen kann, ist wichtig.«

»Das Übertragen dauert aber ein bisschen.«

»Wie lang?«

»Vielleicht eine Viertelstunde nach Abschluss der Aufnahme.«

Erhard rechnet im Kopf nach. »Das ist zu lang. Da krieg ich das Schiff nicht mehr.«

»Was für ein Schiff?«

»Kannst du den USB-Stick als Brief an jemanden schicken oder für mich abgeben?«

»Kann ich schon«, sagt Cormac und sieht Erhard skeptisch an.

Erhard greift nach einem letzten Strohhalm. »Wenn du mich mit der Kamera aufnimmst und mitbekommst, was ich sage, kannst du ja selbst entscheiden, ob du mir helfen willst oder nicht. Wenn nicht, gibst du mir die Aufnahme mit. Wenn doch, schickst du die Aufnahme an eine Freundin.«

»Dann aber jetzt gleich. Auf der Stelle.«

»Ich bin bereit«, sagt Erhard.

Cormac holt eine der größeren Kameras aus dem Laden. Er drückt verschiedene Tasten und legt ein Kabel durch die Tür zum Lager, wo er auch ein Stativ aufbaut. Er schubst Erhard vor ein Regal mit irgendwelchen Verpackungen und schaltet eine gelb leuchtende Birne unter der Decke an.

»Let's go«, sagt Cormac. »Kamera läuft.«

Erhard hat keine Zeit mehr, weiter darüber nachzudenken.

Er fängt ganz vorn an, fürchtet schon, etwas vergessen zu können, spricht schnell und an einigen Stellen unzusammenhängend. Er erzählt von Chris Jones, der zusammengeschlagen wurde, von der Kaperung, dem Umladen der Fracht von einem Schiff aufs andere – wobei einer der Container beschädigt wurde und ein Seemann ertrunken ist. Das Auto am Strand, der Junge im Pappkarton …

»What?«, sagt Cormac.

»Das Auto ist sechs Kilometer weit durchs Meer getrieben und in Cotillo an den Strand gespült worden.«

Cormac starrt ihn an und zündet sich dann mit einem altmodischen Benzinfeuerzeug eine Zigarette an.

Das Café auf Teneriffa. Der verschwundene Hollisen. Emanuel Palabras klaut seine eigene Fracht, verscheuert sie und kassiert jetzt wahrscheinlich noch die Versicherungssumme. Die Besatzung ist nach wie vor verschwunden, aber Erhard hat mit einem Seemann gesprochen, der auf dem anderen Schiff angeheuert hatte und der behauptet hat, die Fracht sei zurück nach Teneriffa gegangen und die Besatzung in Marokko abgesetzt worden. Und damit das nicht auffliege, habe

Emanuel Palabras seine Schwiegertochter umgebracht und mit größter Wahrscheinlichkeit auch seinen Sohn und dann versucht, das alles Erhard in die Schuhe zu schieben.

Alina erwähnt er nicht. Und auch nicht Beatriz, die in der Wohnung liegt. Mit dem Mann mit der Sonnenbrille, der ihn erdrosseln wollte, und dem Polizeiverhör mit dem erzwungenen Geständnis, seiner Flucht aus dem Revier und dem Schiff unten im Hafen beendet er seinen Bericht.

»Holy fucking Christ and Mighty Mother Mary«, sagt Cormac nach ein paar Sekunden.

»Wie lang hat das gedauert?«

Cormac checkt das Display. »Siebzehn Minuten.«

»Ich muss los.«

»Woher weißt du, dass das alles zusammenhängt?«

»Das tut es, in meinem Kopf.«

»Ich bin wahrlich kein Freund der Polizei, aber ich glaub, dir fehlen noch einige Puzzleteilchen, bevor sie dir glauben. Das mit dem Auto …«

»Volkswagen. Was soll ich sagen?«

Cormac lacht und zieht an seiner Zigarette.

»Was soll ich denn sonst machen?«, fragt Erhard. »Ich komm einfach nicht weiter. Ich hab die Sache so lange verfolgt, wie ich konnte, aber jetzt kann ich einfach nicht mehr. Diese Aufnahme ist meine Lebensversicherung, damit ich nicht irgendwo auf offenem Meer über Bord geworfen werde. Jetzt müssen andere weitermachen. Hilfst du mir?«

Cormac sieht ihn an. »Ich hab hier meinen Laden und eine neue Freundin …«

»Jeder hat sein Päckchen zu tragen. Ich hab jedenfalls gesagt, was es zu sagen gab. Ich würd das Video gern an eine Freundin weitergeben, an eine Journalistin aus Puerto. Sie ist in Ordnung. Sie kann sich der Sache weiter annehmen, macht das aber vermutlich erst, wenn mir wirklich etwas zustößt. Würdest du das für mich an sie schicken?«

Cormac sieht Erhard an. »Sorry, my friend, ich hab die Aufnahme für dich gemacht, aber weiter will ich da nicht reingezogen werden. Ich leb jetzt schon die Hälfte meines Lebens hier auf dieser Insel, hab hier meinen Laden, meine Frau, meine Söhne und meine neue Freundin. Ich kann nicht. Ich spiel dir den Film auf einen USB-Stick, so viel Zeit wirst du wohl haben.« Cormac verschwindet mit der Kamera durch die Tür und lässt Erhard allein im Lager zurück.

71

Auf dem Weg zurück zum Schiff denkt er nur noch daran, dass er jetzt alles hinter sich lässt. Er ist müde und verwirrt. Versuchen sie, ihn über Bord zu werfen, kann er sich nicht wehren, vermutlich würde er es gar nicht erst versuchen.

Der USB-Stick, den er von Cormac bekommen hat, drückt und reibt in seiner Tasche wie ein spitzer Stein. Er muss ihn irgendjemandem zustecken oder an Solilla schicken. Auf der Strandpromenade hält er nach einem Kiosk Ausschau, um sich einen Umschlag und Briefmarken zu kaufen. Etwas weiter unten ist eine Eisdiele mit angeschlossenem Souvenirladen. Er stellt sich in die Schlange, als plötzlich ein Haufen Kinder auftaucht, die schnell noch ein Eis wollen, bevor die Heilige Carmen kommt. Sie singen das Lied über die schöne Carmen, die ihre Hand schützend über die Fischer hält. In Erhards Ohren klingt es einfach nur schief, die Kinder singen nicht im Takt, dafür schrill und voller Inbrunst.

Ein Elternpaar redet auf einen Jungen ein, der lauthals schreit, weil er ein Eis will.

Gleich ist Erhard an der Reihe. Im Hintergrund sieht er das Café Azura. Und die große junge Bedienung. Das blasse Gesicht einer Frau in den Zwanzigern, die ihr Haar zu einem dünnen Pferdeschwanz zurückgebunden und sich die Lippen tiefrot, fast schwarz geschminkt hat. Sie scheint sich nicht wohlzufühlen in den eleganten Klamotten, als trüge sie viel lieber Jogginghosen und Gummistiefel. Und plötzlich weiß Erhard, wo er sie schon mal gesehen hat. Nicht auf Bill Hajis Beerdigung, sondern im Café Rústica. Die Besitzerin dort hat sie als Bitch und Lesbe bezeichnet. Sie ist nach Fuerteventura zurückgekehrt, weil sie was geerbt haben soll. Und arbeitet jetzt hier in Bill Hajis Großstadtcafé? In einem gebügelten Rock?

Sie kannte Hollisen. Sie weiß, was aus ihm geworden ist, denkt Erhard, tritt aus der Schlange und läuft auf das Café zu.

»Tisch für eine Person?«, fragt die Bitch, als Erhard unter der Markise stehen bleibt. Sie bedeutet ihm mitzukommen. Zwischen den Tischen stehen Menschen, an der Bar, an den Wänden. An einem kleinen Tisch rückt sie ihm einen Stuhl zurecht.

»Haben Sie vielleicht noch einen Tisch, der weiter von der Straße weg ist? Drinnen? Im Schatten?«

»Wenn Sie nichts dagegen haben, bei den Toiletten zu sitzen«, sagt sie.

»Das bin ich gewöhnt«, sagt Erhard.

»Klingt nicht gut«, antwortet sie, was Erhard fast ein Lachen entlockt. Sie ist schlagfertiger, als er gedacht hat. Sie hält ihm die aufgeklappte Speisekarte hin.

»Haben Sie auch Spezialitäten aus Teneriffa?«, fragt er, nachdem er sich gesetzt und seinen Rucksack unter den Tisch geschoben hat.

»Die meisten Sachen sind aus Madrid, London und New York.«

»Ich war dort mal im Café Rústica. Kennen Sie das?«

Die Bitch weicht einen Schritt zurück und mustert ihn. »Sekunde, María. Übernimmst du schnell die Rechnung an Tisch sieben?« Dann richtet sie ihren Blick wieder auf Erhard. »Sie waren im Rústica ...«

»Ein paarmal.«

»Urlaub.«

»So was in der Art.«

»Aber Sie wohnen hier.«

»Ja, noch.«

»Ein kaltes Bier?«

»Ein San Miguel.«

»Ich bring Ihnen ein amerikanisches, ist besser für Sie.«

Sie geht und kommt mit einem Flaschenbier wieder. Eine amerikanische Marke, die er nicht kennt. In der anderen Hand hat sie eine Schale mit frischen Garnelen und einem Dip. »Zu Ehren Unserer Heiligen Carmen.«

Erhard sieht ihr nach, als sie wieder geht. Er will sie fragen, ob sie Hollisen gesehen oder etwas von ihm gehört hat, seit sie Teneriffa verlassen hat. Bei ihrer letzten Begegnung war sie nicht gut auf Hollisen zu sprechen. Die Wahrscheinlichkeit, dass sie bereit ist, über ihn zu lästern, sofern sie etwas über ihn weiß, ist damit hoch. Anfangs beantwortet sie seine Blicke mit einem professionellen Lächeln. Als er sie weiter ansieht, weicht sie irgendwann seinem Blick aus und räumt Tische ab, mixt blaue Drinks und redet dann mit einem Koch, der seinen Kopf durch die Durchreiche steckt.

Die Garnelen sind überraschend gut.

Erhard ist von der Promenade aus nicht zu sehen. Das Risiko, dass die Polizei an einem Tag wie diesem jedes Café kontrolliert, ist gering. Und Charles oder Palabras' Leute suchen bestimmt andernorts nach ihm. Sicher schäumen sie vor Wut, weil er nicht aufs Schiff gekommen ist.

Noch bevor er sein Bier ausgetrunken hat, muss er aufs Klo. Direkt neben dem Pissoir steht ein großes Aquarium mit einem Hummer und ein paar großen roten Fischen, die zwischen grünen Pflanzen hervorspähen. Über dem Aquarium liegt eine dicke Schieferplatte, aber eine Ecke ist zum Füttern frei gelassen worden. Erhard schüttelt den letzten Tropfen ab, wäscht sich die Hände und klopft mit dem Zeigefinger gegen die Scheibe, bevor er wieder zu seinem Tisch geht. Sie kommt aus der Küche, die Lippen tiefrot nachgezogen. Der intensive Geruch von Zigaretten und Bratfett weht hinter ihr her. Er bittet um die Rechnung. Sie druckt sie an der Kasse aus und gibt sie einer anderen Angestellten, die sie auf einem kleinen Teller an Erhards Tisch bringt. Sie selbst bleibt am Tresen stehen. Und mit einem Mal sieht er die Ähnlichkeit mit Bill Haji. Das Grinsen, wie er den Kopf zurückwarf, wenn er einen Witz machte oder einer seiner Tänzerinnen unter den Rock fasste – natürlich nur für das Geschäft. Bill war so schwul, wie man es nur sein konnte. Die ganze Insel verfolgte interessiert sein Liebesleben. Besonders die Frauen litten regelrecht mit ihm, wenn er wieder mal verlassen oder betrogen wurde und die nächste Beziehung scheiterte. Die Männer ignorierten ihn oder wünschten ihn zur Hölle. Erhard hat oft Leute von ihm reden hören, auf dem Rücksitz seines Taxis, morgens im Café, auf der Straße oder beim Friseur. Das Leben des Mannes schien wirklich jeden zu interessieren. Es war extrem. Und jetzt steht da plötzlich jemand, der ihm wie aus dem Gesicht geschnitten ist. Seine Enkelin? Seine Tochter? Jedenfalls scheint sie Erhard zu meiden, sie sieht nicht mal mehr in seine Richtung und bleibt hinter dem Tresen. Er muss einen anderen Ort finden, um mir ihr zu reden.

Er bezahlt am Tresen. Das Wechselgeld lässt er auf dem Tellerchen liegen und fragt nach einer kleinen Plastiktüte und einem Gummiring. Der Angestellte holt ihm beides aus der Küche und sieht Erhard ratlos an, der noch mal auf die Toilette geht.

Erst stellt er sicher, dass er wirklich allein ist. Dann kramt er Cormacs USB-Stick hervor, steckt ihn in die Plastiktüte und saugt alle Luft heraus, knotet den Beutel zu und wickelt das Gummi mehrmals drum herum, bis das Päckchen ganz klein und hart ist. Er blockiert die Tür mit einem Fuß, taucht die Hand ins kalte Wasser des Aquariums und schiebt den Stick zwischen die Pflanzen. Es klappt nicht ganz so gut, wie er es sich vorgestellt hat, trotzdem ist er nur zu sehen, wenn man ganz genau hinguckt. Ob der Hummer wohl an dem Päckchen herumspielen wird? Doch dann sieht er, dass dem Tier bereits die Hälfte seiner Zangen fehlt.

Er klopft noch mal gegen die Scheibe. Dann verlässt er das Café. Mit gesenktem Kopf überquert er die Straße und schlüpft in eine enge Gasse. Am Boden liegen tote Katzen und Glasscherben. Auf zusammengefalteten Kartons schlafen zwei Männer mit blutigen Nasen. Die Gasse führt zu einer schmalen Straße, die hinter den Cafés und Bars entlangführt – ein Weg für Müllwagen, Kinder und Hunde, für Leute, die nur schnell was einkaufen und die Hauptstraße meiden wollen. Er läuft zum Hintereingang des Café Azura. Inmitten eines Berges aus Zigarettenkippen steht ein wackliger Barhocker. Er setzt sich und wartet, lässt den Blick über die Gasse schweifen. Außer einem Besoffenen, der in einem Liegestuhl schläft, ist niemand zu sehen. Nach einer halben Stunde hört er Schritte.

Die Hintertür fliegt auf, und die Bitch kommt raus, stützt sich an der Wand ab und erbricht sich. Rote Suppe tropft von der Wand ins welke Gras.

»Sie sind aber kein Stalker, oder?«, fragt sie und hält den Kopf weiter gesenkt. »Das pack ich jetzt nicht.«

»Sind Sie okay? Was fehlt Ihnen?«

»Zu viel gefeiert, zu wenig geschlafen.« Mit dem Handrücken wischt sie sich über den Mund. »Wer sind Sie?«

»Einer von Bills Freunden. Erhard.« Er streckt ihr die Hand hin, kann damit das Eis aber nicht brechen. Sie sieht, dass ihm ein Finger fehlt, und schlägt nur halbherzig ein.

»Davon gibt es plötzlich ziemlich viele. Und alle kommen sie angerannt. Reden Sie mit Ernesto. Der ist zuständig.«

»Ich hab ihn gefunden. Nach dem Unfall.«

Sie sagt nichts, sucht stattdessen in dem Täschchen für Portemonnaie und Kugelschreiber nach ihren Zigaretten.

»Und Sie sind seine Enkelin?«

»Er war mein Großvater, erste Generation Homo, in einer Familie von Homos, die Kinder kriegen, ohne zu wissen, warum.«

»Ich wusste nicht mal, dass er Kinder hat. Oder Enkel.«

»Vermutlich wusste er das selbst nicht.«

»Immerhin hat er Ihnen das Café vererbt.«

»Nee, das hat mein Vater gekriegt. Und der hat es mir überschrieben. Das ist jedenfalls die Kurzversion. Die schöne Version.«

»Und Ihr Vater arbeitet auch hier?«

Sie verzieht den Mund zu einem schiefen Lächeln und hält sich den Bauch, als hätte sie Schmerzen. »Sie sind jedenfalls kein Journalist«, sagt sie.

Erhard deutet das als ein Nein. »Dann haben Sie im Rústica aufgehört und sind von Teneriffa nach Hause gekommen, als Bill starb? Haben Sie von drüben noch mal wen gesehen?«

Sie schüttelt den Kopf.

»Kennen Sie Søren Hollisen?«

Es passiert etwas in ihrem Gesicht, als er Hollisens Namen nennt.

»Das haben Sie mich schon einmal gefragt. Und ich hab Ihnen schon mal gesagt, dass jeder, der im Rústica arbeitet, das Schwein kennt.«

»Was hat er Ihnen getan?«

»Sie meinen, was er nicht getan hat? Er hat rumgevögelt, mit allen, das hat er gemacht.«

»Wissen Sie, was aus ihm geworden ist?«

»Der ist bestimmt zurück nach Dänemark. Suchen Sie dort nach ihm, Extranjero … Good luck.«

»Ist er gewalttätig?«, will Erhard wissen.

»Diesem Psychopathen ist alles zuzutrauen. Mehr sag ich dazu nicht.«

»Ihre alte Chefin meinte, er wäre beliebt gewesen …«

»Klar war er beliebt. Das ist ja gerade das Ding mit Psychopathen.« Sie zündet sich eine neue Zigarette an. »Ich muss mich setzen«, sagt sie, zeigt auf den Barhocker, und Erhard macht ihr Platz. Sie sieht sehr müde aus. »Er hat Scheiße gebaut, oder? Sonst würden Sie nicht fragen.«

»Er muss Ihnen was angetan haben, sonst würden Sie nicht so über ihn reden.«

»Touché«, sagt sie und lässt den Rauch langsam entweichen, sodass er ihr in die Augen steigt. Sie kneift die Lider zusammen. Und wieder erkennt er Bill Haji in dem länglichen Gesicht, in dem irgendwie alles zu groß und wütend wirkt. Hübsch ist sie wirklich nicht.

»Wissen Sie, ob er eins der Mädchen geschwängert hat?«

Sie schüttelt langsam den Kopf. »Das Kind täte mir leid.«

»Wie meinen Sie das?«

»Hier aufzuwachsen ist Misshandlung. All die Idioten, die es hier gibt. Die Inseln fressen ihre Kinder, wissen Sie das nicht?«

»Darüber hab ich noch nie nachgedacht«, sagt Erhard.

»Ein Kind von Søren hat auf jeden Fall die Arschkarte gezogen.«

»Dann hat er ein Kind?«

»Das hab ich nicht gesagt.« Die Art, wie sie auf dem Stuhl hängt, ist irgendwie alarmierend.

»Hat er Sie krank gemacht? Hat er Sie mit irgendetwas angesteckt?«

Sie lacht, sodass ihr der Rauch gleichzeitig aus Mund und Nase quillt. »Sie glauben nicht ernsthaft, dass ich mit diesem Psychopathen gevögelt hätte?«

»Warum nicht?« Vielleicht ist sie ja doch lesbisch, schießt es Erhard durch den Kopf.

»Sie sind echt witzig«, sagt sie, ohne zu lächeln.

»Sie sehen krank aus. Ich meine das nicht böse, Sie sehen aus, als hätten Sie Schmerzen.«

»Das ist mein Problem, nicht Ihres.«

»Wenn Sie sterben, während wir hier stehen, kann es zu meinem Problem werden. Die Menschen um mich herum haben so eine Tendenz zu sterben.«

»Beruhigen Sie sich, Opa. Mir ist bloß ein bisschen schlecht.«

»Wie alt sind Sie? Und wie heißen Sie eigentlich?«

»Siebenundzwanzig. Keine weiteren Fragen. Ich kann nicht mehr. Außerdem muss ich heute noch bis vier Uhr nachts arbeiten. Dank sei Unserer lieben Carmen.« Sie steht auf.

»Warum glauben Sie, dass er in Dänemark ist?«

»Weil er sonst nie so lang weg war. Der muss diesmal richtig weit weg sein.«

»Haben Sie nach ihm gesucht?«

»Er schuldet mir Geld, und das kann man verdammt gut brauchen, wenn man einen Laden wie diesen führt.«

»Ihre alte Chefin hat gesagt, Hollisen hätte immer wieder Probleme mit Geld gehabt.«

»Das haben doch alle. Aber sagen wir mal so: Ich zahle Ihnen gerne Finderlohn, wenn Sie ihn irgendwo aufgabeln.« Sie zieht die Hintertür des Azura auf, und Lärm dringt aus der Küche. Sie wirft einen letzten Blick zurück und lächelt leicht verwirrt.

Erst in diesem Moment sieht er ihre Silhouette, den Bauch, der den schwarzen Rock ausbeult.

»Sie sind es …«

»Was?«

»Sie sind die Mutter.«

72

Der Junge. Er hat eigentlich nie richtig an den Jungen gedacht. Ihn sich nie richtig vorgestellt. In einer kleinen Höhle, einem kleinen Sarg, einem Pappkarton, einem Laufstall, einem Kinderbett. Er hat ihn sich nie als lebendigen Jungen vorgestellt, sondern immer nur wie eine billige Puppe, wie die, mit der Lene gespielt hat. Mit Stoffkörper und Händen und Füßen aus rosa Plastik.

Jetzt sieht er ihn urplötzlich vor sich in dem dunklen Karton, blassblau, fast phosphoreszierend. Zwischen den Zeitungsschnipseln, wie ein Vogeljunges in einem Nest. Die Haare unsichtbar im Dunkel, die braunen Augen vom vielen Weinen erschöpft. Er weint nicht, liegt ganz still da, streicht mit seinen Fingerchen über den scharfen Rand des Kartons. Abgetrieben, nicht nach zwölf Wochen im Bauch der Mutter, sondern nach zwölf Wochen im Leben. Ein missglückter Abort mitsamt Haaren und Däumchen. Das Schlimmste ist nicht, dass er tot ist, dass seine Eltern ihn getötet haben, sondern dass sie ihn drei Monate lang leben ließen, bevor sie ihn umbrachten. Drei Monate ohne Liebe, drei Monate ohne Blickkontakt und Fürsorge, ohne Schnuller und Teddy, ohne geflüsterte Küsse, ohne bewundernde Blicke von der Bettkante oder eine tröstende Hand im Dunkeln. Drei Monate Gleichgültigkeit, bis sie ihn verließen, ihn in einen Karton steckten und wie ein Päckchen mit unbekannter Adresse verschickten.

Die Bitch steht in der Tür und will sie eigentlich zuziehen, sieht Erhard aber immer noch an.

»Hat Hollisen Ihnen den Sohn weggenommen?«, fragt Erhard. »Ist er mit ihm abgehauen?«

»Er wollte es haben.«

»Wie meinen Sie das?«

»Ich wollte es nicht, das hab ich ihm gleich gesagt. Das war nicht gratis. Nichts im Leben ist gratis.«

»Aber warum waren Sie dann mit auf diesem Schiff?«

»Was für ein Schiff? Davon weiß ich nichts. Ich weiß nur, dass er unsere Verabredung nicht eingehalten hat. Ich dachte wirklich, er wäre nach Dänemark geflogen.«

»Was für eine Verabredung?«

»Ich bin nicht stolz darauf, aber es war ein Deal. Nicht mehr und nicht weniger.«

»Was für ein Deal?«

»Er wollte es behalten. Ich nicht. In meiner Familie treiben alle ab. Deshalb war das auch nicht gratis.«

»Wie meinen Sie das? Wollten Sie Geld?«

»Er hat mir zwanzigtausend versprochen und ist dann einfach abgehauen. Hat es einfach mitgenommen. Ich war echt angepisst.«

»Was haben Sie unternommen?«

»Nicht viel. Es durfte ja niemand wissen. Ich durfte dieses Kind ja gar nicht haben.«

»Sie haben gar nichts unternommen, als er Ihnen den Sohn weggenommen hat?«

»Einen Scheißdreck hab ich.«

»Und auch mit niemandem gesprochen?«

»Ich hab getan, was ich tun konnte, damit niemand was bemerkt. Hätte ich etwas gesagt oder mich mit dem Kind gezeigt, wär ich gefeuert und aus der Wohnung rausgeworfen worden. So einfach ist das. Auch wenn alle bei uns schwul und lesbisch sind, ist meine Familie ziemlich religiös. Meine Tante ist verdammt schwierig. Ich hab nichts mehr gegessen, man konnte mir kaum ansehen, dass ich schwanger war. Fuck, ich wusste es ja selbst erst, als ich wegen einer Blutung zum Arzt musste. Aber da war es zu spät.«

»Wie, zu spät?«

»Da konnte ich es nicht mehr wegmachen lassen. Ich hab versucht, es mit Alkohol umzubringen. Und mit Tabak. Aber das kleine Ungeheuer saß einfach zu fest. Und irgendwann hat Søren gesagt, dass er es haben und dafür bezahlen will. Ich hab nur gedacht, scheiß drauf, und das Kind gekriegt.«

»Und wo war Hollisen bei all dem?«

»Er hat sich ständig eingemischt, wollte, dass ich es stille, aber das wollt ich nicht. Søren hat es gefüttert. Er hat mit ihm gesprochen, als würde es irgendwas verstehen. Und dann nach einer Woche oder zehn Tagen war er einfach weg. Ich war draußen, um eine zu rauchen, und als ich zurückkam, war er auf einmal nicht mehr da. Als hätte er das Ganze geplant. Das hat mich verdammt angepisst.«

»Zehn Tage? Wann war denn die Geburt?«

»Am 21. Oktober oder so.«

»Dann ist Hollisen mit Ihrem Sohn Anfang November abgehauen?«

»So in etwa, ja. An den genauen Tag erinnere ich mich nicht mehr.«

»Und was ist dann passiert?«

»Er hat mich immer wieder angerufen und gesagt, er will mir eine zweite Chance geben. Aber verdammt, ich wollte keine zweite Chance, ich wollte mein Geld. Aber er hatte kein Geld, er hatte nichts, verdammt noch mal gar nichts. Und dann faselt er was von Verreisen, Wegfliegen, wo er nicht mal Geld fürs Essen hat.«

»Und Sie sind nicht auf die Idee gekommen, die Polizei zu informieren?«

Sie schnaubt. »Ich hätte niemanden mit reinziehen sollen, hätte das meinem Großvater nie erzählen dürfen. Er war total aus dem Häuschen. Hat sich darauf gefreut, das Kind zu sehen. Er hat gesagt, er kennt Leute, die Hollisen schon finden werden. Aber dann ist der Unfall passiert. Danach hab ich nichts mehr unternommen.«

»Wann war das genau?« Erhard hat ein ungutes Gefühl. Er wirft einen Blick die Straße hinunter. Der Besoffene krakeelt, ist offenbar auf die Fresse geflogen.

»An Silvester hat er angerufen, um mir ein frohes neues Jahr zu wünschen und all das Zeug, und weil ich nun mal besoffen und müde war, hab ich ihm bei diesem Telefonat alles erzählt. Er war total von den Socken, total.«

Hundert Meter entfernt wird der Lärm lauter. Ein Streifenwagen biegt um die Ecke und rollt auf Erhard zu. Er fährt nicht schnell. Die Beamten scheinen sich nur für den Besoffenen zu interessieren, der sich wieder aufgerappelt hat und an einer Wand in einen Eimer pisst. Einer der Beamten streckt den Arm aus dem Fenster und sagt etwas. Erhard zieht sich die Kappe tiefer ins Gesicht.

»Dann haben Sie keine Ahnung, was aus Hollisen und Ihrem Sohn geworden ist?«

Sie schüttelt den Kopf, raucht die Zigarette bis auf den Filter runter und legt die Hand auf den Bauch.

»Kennen Sie jemanden mit Namen Rick?«

Sie sieht ihn mit dunklen Augen an und schüttelt den Kopf.

Erhard fragt sich, ob er es ihr erzählen soll. Gleich jetzt. Ob er ihr von dem Jungen in dem Pappkarton erzählen soll, den eingetrockneten Augen, den kaputten Fingern. Aber sie ist so von ihrer eigenen Wut besessen, dass es sie nicht einmal berühren würde. So ist es einfach nur traurig.

»Wenn Sie ihn finden, sagen Sie ihm, dass er mir das Geld noch schuldet. Ich kapier nur nicht, warum Sie nach ihm suchen. Hat er Sie auch beschissen?«

Erhard kann es sich nicht mehr verkneifen. »Verglichen mit Ihnen kommt mir der Mann vor wie ein Heiliger.«

Sie macht den Mund auf, um etwas zu sagen, aber da hat Erhard sich schon umgedreht. Der Streifenwagen rollt auf sie beide zu. Einer der Beamten starrt konzentriert nach vorn. Mit der Kappe tief im Gesicht läuft Erhard an ihnen vorbei. Er hört das Wort Stopp, läuft weiter, durch die schmale Passage, durch die er gekommen ist, und taucht im Gewimmel der Menschen unter, die hinunter zum Strand wollen, um dabei zu sein, wenn Carmen auf ihr Floß gesetzt wird. Er senkt den Kopf und macht sich kleiner. Drängelt sich zu einer Familie mit großen Kindern vor, die Bilder machen. Ein Kinderwagen mit zwei blonden Mädchen versperrt ihm den Weg, und er muss darüber hinwegsteigen, um weiterzukommen.

»Ermitaño«, hört er hinter sich. »Da ist der Ermitaño!«

Er wirft einen Blick über die Schulter und glaubt, Charles mit seinen Krücken zu erkennen.

Erhard pflügt durch die Menge. Arme, Beine und Blumen halten ihn auf, er wird herumgeschubst, bis er nicht mehr weiß, wo vorn und hinten ist. Das Meer, das Leben und die menschliche Unerbittlichkeit halten ihn gefangen.

Er endet verwirrt in einer Seitenstraße, die zurück in die Stadt führt, und ringt einen Moment um Atem. Am einfachsten wäre es, sich vom Strom der Menschen mitziehen zu lassen, runter zum Schiff und raus aufs Meer. Wie er es immer getan hat. Das Leben hat ihn auf die Insel gespült, wo er an Land gekrochen ist und noch mal ganz von vorn begonnen hat. Jetzt wiederholt es sich, und nichts spricht dafür, dass er daran was ändern und die Welle aufhalten könnte. Und doch ist es genau das, was er tut. Er hält seit zwei Monaten die Luft an und stemmt sich gegen den Strom, hat alles überlebt, jede Aufgabe gelöst.

Die Lucifia soll ohne ihn ablegen. Er will nicht kapitulieren. Nicht ehe er den Kindsmörder und Verbrecher Palabras so weit überführt hat, dass er ihn mit in die Tiefe reißt. Er weiß genau, wer die Fäden der Geschichte zusammenbringen kann, damit auch die Polizei ihm zuhören wird und Palabras es nicht mehr wagt, gegen Erhard vorzugehen. Es gibt jemanden, der weiß, was aus Hollisen geworden ist und welche Rolle Palabras spielt. Juan Pascual.

Erhard läuft zurück ins Zentrum.

Als Erstes muss er sein Aussehen ändern.

73

Er kommt im Friseursalon an, als Petra gerade den Boden fegt. »Tut mir leid, Schätzchen, wir machen schon zu. Unsere Carmen ruft.«

»Lassen Sie sie noch fünf Minuten weiter rufen, Petra.«

Sie stellt den Besen weg und sieht Erhard an. »Was ist denn mit Ihnen passiert? Sie stinken, als würden Sie auf der Straße wohnen, und Ihre Kleider hängen an Ihnen wie … Und dann diese Schirmmütze …«

»Ja, ich weiß – bitte, Petra, seien Sie so gut, fünf Minuten, Sie müssen mir helfen!«

»Wer sagt, dass ich das will oder kann?«

»Ich weiß, dass Sie das können. Sie sollen nur machen, was Sie immer machen.«

Petra schüttelt einen Umhang aus und nimmt ihr Scherenset vom Tresen. »Was ist passiert?«

»Nehmen Sie gleich den Rasierer, es soll kurz werden.« Erhard nimmt die Kappe ab.

»Ich rasier doch keine Männer über sechzig. Die sehen sonst aus wie Polacken.«

»Machen Sie mich einfach zum hübschesten Polacken, den Sie je gesehen haben«, erwidert Erhard und setzt sich.

Petra sieht ihn im Spiegel an. »Aber nur dieses eine Mal. Wenn Sie dabei bleiben wollen, gehen Sie runter zu Hussein. Der rasiert jeden Schädel für fünf Euro.«

Er sieht sie wortlos an, bis sie ihm wirklich den Schädel rasiert. Sie fängt im Nacken an, wo es am stärksten kitzelt, und fährt mit dem Rasierer aufwärts. Erhards graue Haare fallen büschelweise hinunter. Neuer Ansatz im Nacken und wieder aufwärts. Von links nach rechts. Um die Ohren herum ist sie besonders gründlich. Als sie fertig ist und die Haare mit dem Föhn von seinen Schultern bläst, ist sie alles andere als begeistert. Erhard drückt die dunklen Gläser aus dem Sonnenbrillenrahmen, sodass es aussieht, als trüge er eine normale Brille, und Petra tritt einen Schritt nach hinten.

»Damit sehen Sie aus wie dieser Agent aus *Die drei Tage des Condor*.«

»Robert Redford?«

»Nein, Max von Sydow. Der Schurke.«

»Hauptsache, ich seh nicht aus wie ich.«

»Keine Sorge. In was sind Sie da reingeraten? Hat das was mit dem Jungen zu tun, den sie am Strand gefunden haben?«

»Nein«, sagt Erhard.

»Wusste ich's doch, dass Sie nichts damit zu tun haben. Sie sind schließlich kein Polizist.«

»Danke für Ihre Hilfe, Petra. Ich schulde Ihnen was.« Es juckt im Nacken.

»Für so eine Polackenfrisur nehm ich nichts. Sollte jemand fragen – ich hab Ihnen die Haare nicht geschnitten. Wo geht's denn hin?«

»In einen Waschsalon«, sagt er.

Alle Maschinen stehen still, seit Stunden scheint hier niemand mehr gewesen zu sein. Er zieht ein Türchen nach dem anderen auf. Erst in der vierten Maschine liegen Kleider. Hauptsächlich Unterwäsche. In der siebten Maschine hat er mehr Glück: T-Shirts, Unterhemden, Socken. Er wühlt die Sachen durch und entscheidet sich für ein grünes T-Shirt mit dem Aufdruck »Viva la evolucíon«. Den Rest drückt er zurück in die Trommel. Dann zieht er sich um und eilt als neuer Mensch durch die Straßen. Dem Spiegelbild in den Schaufensterscheiben sieht man seine beinahe siebzig Jahre nicht an, auf den ersten Blick nimmt man nur die Schirmmütze, die Brille und das bunte T-Shirt wahr. Er sieht aus wie ein amerikanischer Tourist. Äußerlich so verändert, dass er vermutlich direkt an Charles oder Emanuel Palabras vorbeigehen könnte, ohne von ihnen erkannt zu werden. Ein befreiender Gedanke, er fühlt sich wundersam belebt.

Die Nummer 15 ist ein flaches, lang gezogenes zweigeschossiges Haus. Alle Wohnungen haben eine kleine Terrasse oder einen Balkon mit Blick auf die Bucht und die Windmühlen. Die Luft ist warm und feucht vom Wasser, das an den Felsen zerstäubt. Ein paar Möwen kreischen, ansonsten ist es wie ausgestorben. Alle sind im Ort.

Er redet sich ein, er hätte massenhaft Zeit, und Juan Pascual müsste doch früher oder später und erschöpft von den Fiestas del Carmen nach Hause kommen, vielleicht mit ein oder zwei Frauen im Schlepptau, doch dann fällt ihm wieder ein, dass der Mann Steuermann ist. Vielleicht ist er unterwegs und kehrt erst in mehreren Wochen zurück. Neben der Eingangstür hängt eine Tafel mit einer Reihe Namen. Ganz unten steht Juan Pascual. Heißt das, dass er im hintersten Apartment wohnt? Oben oder unten?

Er späht über die fast zwei Meter hohe Mauer hinüber zu der letzten Wohnung im Erdgeschoss. Vor der geschlossenen Terrassentür stehen ein Tisch und drei gusseiserne Stühle auf dem roten Fliesenboden. Vor der Wand liegt ein dicker Knochen mit vertrockneten Fleischresten, wie er zu einem mittelgroßen Hund passen würde. Wenn Juan Pascual allein lebt, hat er unter Garantie keinen Hund. Wohnt er mit jemandem zusammen, stünden vermutlich zwei Namen auf dem Schild. Erhard richtet seinen Blick auf den Balkon darüber. Die Tür ist nicht ganz geschlossen, und eine Gardine züngelt durch den Türspalt.

Erhard zieht sich ein Stück weiter zwischen ein paar Bäume zurück und steigt auf eine Kiste, um alles überblicken zu können. Auf den anderen Terrassen und Balkonen hängen Handtücher, stehen Topfpflanzen, Gartentische oder Sonnenschirme.

Der hintere Balkon ist ungenutzt. Dort wohnt ein Mann, den der Meerblick nicht weiter interessiert, der keine Lust hat, in der Sonne zu sitzen. Ein Seemann.

Von der Mauer, die zwischen den Häusern verläuft, müsste man auf den Balkon gelangen. Dafür müsste er allerdings von der Kiste, auf der er jetzt steht, hochklettern und dann sieben, acht Meter weit über die schmale Mauer balancieren. Für alle gut sichtbar, ganz zu schweigen von dem Risiko runterzufallen.

Er hält sich an einem Ast fest. Es sieht so harmlos aus – eine einfache, vielleicht fünfundzwanzig Zentimeter breite Mauer, verputzt und gestrichen. Aber er fühlt sich schrecklich exponiert. Der Wind bläst plötzlich kräftiger, und die Mauer unter ihm wirkt immer runder, glatter. Er setzt einen Fuß vor den anderen und bewegt sich auf die Mitte der Mauer zu. Eine Möwe fliegt über ihn hinweg. Der Lärm aus dem Zentrum weht in Schüben herauf. Erhard traut sich nicht, den Blick zu heben, aber es können höchstens noch vier oder fünf Meter sein bis zu der Wand, an der er sich festhalten kann. Es zieht sich. Ihm bricht der Schweiß aus, und er versucht, an nichts zu denken, einfach nur zu gehen. Endlich spürt er die sichere Wand unter der Handfläche. Über ihm ist der Balkon. Er hat nicht überlegt, wie es von hier aus weitergehen soll, aber irgendwie muss er sich hochziehen und die Beine über das Geländer kriegen. Er streckt die Arme hoch und greift mit beiden Händen um den Handlauf. Hört laute Musik. Sambarhythmen mit Flöte und Trommeln. Zwei

Apartments weiter geht die Balkontür auf, und ein vielleicht achtjähriger Junge betritt den Balkon. Er ist ganz auf den Keks in seiner Hand konzentriert, den er rundherum anknabbert, bis er wie ein Stern aussieht. Aus der Wohnung sind aufgeregte Frauenstimmen zu hören, aber keine davon ruft den Jungen wieder rein. Erhard steht ganz still da, um keine Aufmerksamkeit auf sich zu ziehen, aber er sieht, wie der Blick des Jungen vom Keks zu dem dunklen Schatten vor der Wand wandert, bis er auf Erhard trifft.

Erhard versucht, das Bein hochzuschwingen, aber der Abstand ist zu groß und der Winkel zu steil. Seine Beine sind nicht gelenkig genug. Er kann nur hoffen, dass seine Arme stark genug sind und er sich hochziehen kann. Er nimmt die Füße von der Mauer und baumelt am Balkongeländer.

»Mama«, sagt der Junge. Erhard kann ihn jetzt nicht mehr sehen, hat zu sehr damit zu tun, sich festzuhalten. »Mama?«

Verzweifelt schwingt Erhard seine Beine zur Seite und hebt den einen Fuß zum unteren Balkonrand. Doch er rutscht ab und kracht mit der Hüfte gegen die Wand.

Die Mutter des Jungen antwortet irgendwas, was er nicht versteht, aber der Junge ruft erneut: »Mama, guck mal.«

Erhard schwingt erneut das rechte Bein nach oben, und dieses Mal gelingt es ihm, den Fuß zwischen Balkonboden und Geländer zu schieben. Er zieht sich hoch, schiebt die Hand weiter zur Ecke vor und hebt den anderen Fuß auf den Balkon. Jetzt kann er sich hochstemmen.

Der Junge läuft in die Wohnung, um seine Mutter zu holen.

Schnell klettert Erhard über das Geländer und schiebt die Tür so weit auf, dass er in die Wohnung schlüpfen kann.

74

Er ist sich nach wie vor nicht sicher, ob er in der richtigen Wohnung ist. Er weiß weder, was ihn erwartet, noch worauf er sich bei seiner Suche konzentrieren soll. Alte Seekarten an den Wänden, Buddelschiffe in den Regalen, Aschenbecher mit ausländischen Münzen, Fahrpläne an der Kühlschranktür. Oder einen erschöpften, schnarchenden Seemann auf dem Sofa.

Die Wohnung ist zugemüllt und unpersönlich wie ein Obdachlosenlager. Auf dem Boden verstreut liegen Klamotten, Computerspiele, ein Real-Madrid-Handtuch und Süßigkeitenpapierchen. Die Schwarz-Weiß-Fotos an den Wänden hingen sicher schon hier, als Juan Pascual die Wohnung bezogen hat. Küche und Wohnzimmer gehen ineinander über. Vom Küchentisch kann man über die Bucht blicken. In den Schränken nur ein paar Pappteller, Pappbecher, Plastikbesteck und Konserven. Wie lang wohnt er schon hier? Jedenfalls lang genug, um im Telefonbuch zu stehen. Vier, vielleicht fünf Jahre. Trotzdem sieht es so aus, als wäre er gerade auf dem Sprung, als wartete er nur auf eine Veränderung in seinem Leben. Vielleicht ist er auch drogenabhängig. Erhard weiß, wie Junkies hausen, aber ganz so versifft ist Pascuals Wohnung nicht. Sie sieht nur unendlich traurig aus. Als würde hier ein Mensch ganz ohne Wurzeln wohnen.

Er schaut in die Schubladen und in den einzigen Schrank. Nichts. Keine Papiere, keine Briefe, keine Telefonrechnungen. Nichts, was irgendwie bestätigen könnte, dass Juan Pascual hier wohnt. Erhard nimmt ein Bier aus dem Kühlschrank und setzt sich in einen Sessel mit Blick auf die Wohnungstür. Er will warten, bis der Mann nach Hause kommt.

Obwohl es nur ein dünnes, fades San Miguel ist, haut das Bier ihn völlig um. Die Ereignisse der letzten beiden Tage ziehen ihn in einen Abwärtsstrudel. Er hält den Blick auf die Tür gerichtet, blinzelt, reißt die Augen wieder auf, blinzelt und schläft ein, wird in ein magnetisch schwarzes Loch gesogen, wo alles süßer und einfacher ist. Ein Tisch mit einem weißen Tuch und Kerzenhaltern. Ein Kellner, der für zwei eindeckt und Wein aus einer Lampe einschenkt. Die groteske Erkenntnis, dass der Traum besser ist als die Realität.

Er zuckt zusammen und steht auf, ihm ist schwindlig.

Seine Blase drückt. Als er zur Toilette läuft, stellt er fest, dass sich das Licht auf dem Balkon verändert hat. Er scheint länger geschlafen zu haben als die gefühlten zehn Minuten. Eine Stunde vielleicht. Oder noch länger. Er knöpft die Hose auf und pinkelt. Auf dem Klo hängt ein Geruch, der an die Ziegenkötel in Majanicho erinnert.

Er macht das Schränkchen über dem Handwaschbecken auf. Juan Pascual hat offenbar Magenprobleme. Vier, fünf Packungen Fortasec und ein paar Fläschchen Pepto-Bismol. Daneben leere Pillendöschen. Darauf stehen unterschiedliche Namen, nur nicht Juan Pascual. Clomipramin … Das kennt Erhard nicht, und dem Etikett ist nicht zu entnehmen, wofür oder wogegen es hilft. Im unteren Fach liegt ein Handy, klein, kobaltblau mit schwarzen Tasten. Es ist ausgeschaltet. Eine bekannte Marke, Nokia. So eins, wie Beatriz es hatte. Daneben eine kleine Schachtel mit durchsichtigen Gummihütchen, die wie Pilzköpfe aussehen.

Er spült. Als er sich die Hände waschen will, fällt sein Blick auf den Abfalleimer unter dem Becken, der sich bei genauerem Hinsehen als Pappkarton mit Plastiktüte entpuppt. Zuoberst liegen zerknülltes Klopapier und eine hautfarbene

Mullbinde. Er nimmt den Karton hoch und schiebt das Papier zur Seite. Es dauert ein paar Sekunden, bis er erkennt, was er da vor sich sieht. Ein paar dünne, feste Plastikriemen, wie man sie um Pakete oder Paletten spannt. Instinktiv fasst sich Erhard an den Hals. Unter weiteren Papierschichten kommt eine Sonnenbrille zum Vorschein, die mit einem rostbraunen Exkrementebrei verschmiert ist. Daher also der seltsame Geruch.

Im selben Moment hört er, wie an der Wohnungstür ein Schlüssel ins Schloss gesteckt wird. Blitzschnell knipst er das Licht aus. Durch die angelehnte Tür fällt nur mehr ein schmaler Lichtstreifen herein.

75

Juan Pascual hat sich den Bart abrasiert und sieht ganz gewöhnlich, beinahe freundlich aus. Erhard ist sich trotzdem sicher, dass er der Mann ist, der ihn in Raúls Wohnung überfallen hat. Seither ist so viel passiert, dass er keine Zeit gehabt hat, darüber nachzudenken – aber er fragt sich doch, ob er den Mann schon mal unten am Hafen oder im Rückspiegel seines Taxis oder an jenem Abend in der Jazzbar gesehen hat, als Alina mit der Band abzog.

Pascual hat es eilig. Er stürmt ins Wohnzimmer, während er mit jemandem spricht. Im ersten Moment glaubt Erhard, dass an der Wohnungstür noch jemand steht, aber dann hört er ihn auf ungestellte Fragen antworten, erklären, argumentieren. Eine zweite Stimme hört er nicht.

Er redet ungewöhnlich laut. »Ich war überall«, sagt er, und dann nach einer Weile: »Wär es nicht besser, weiter dranzubleiben? Ich hab immerhin versprochen, dass … Nein. Die ist in Arrecife. Gestern. Nein. Das mach ich ja. Wir brauchen nicht … Das wird schwierig, wenn im Ort … Nein. Überhaupt nicht. Das kann er nicht. Nein. Ich beschwer mich nicht … Ich beschwer mich doch gar nicht! Ich sag … Ich sag doch nur … Wieso da draußen? Ich will mich lieber im Ort treffen. Und wie sieht's morgen aus? Ich bring das hier noch zu Ende und dann …«

Schweigen.

Scheppern.

Hört sich an wie die Flasche, die Erhard auf der Sessellehne stehen gelassen hat. Der Mann, der sich Juan Pascual nennt, scheint sich nicht mal darüber zu wundern.

Erhard rechnet jede Sekunde damit, dass er ins Bad gelaufen kommt, um zu pinkeln oder eine Pille zu nehmen. Er presst sich an die Wand und versucht, ein Bein anzuwinkeln, damit er die Tür mit aller Kraft zutreten kann, sobald er Pascuals Kopf im Türspalt sieht.

Die Kühlschranktür schlägt scheppernd zu, und gleich darauf hört er, dass eine Dose geöffnet wird. Die Schritte kommen näher. Der Lichtstreifen im Türspalt verdunkelt sich, und Erhard schiebt den Fuß zurecht, um der Tür gleich einen kräftigen Tritt zu verpassen. Er will den Schädel des Mannes zertrümmern.

Der Lichtstreifen wird wieder hell, und dann hört Erhard, wie die Wohnungstür aufgeht und wieder zuschlägt. Er steht wie versteinert da und fragt sich, was er jetzt tun soll. Er hat die ganze Zeit auf eine Chance gehofft, mit Juan Pascual zu reden, ihm Fragen zu jener Nacht zu stellen, als er auf der Seascape Hestia war, Fragen zur Kaperung und dem falschen Chris Jones. Aber jetzt ist Pascual wieder weg und diesmal vermutlich länger als nur für ein paar Stunden. Erhard weiß ein paar Sekunden lang partout nicht, wie er weitermachen soll.

Doch mit einem Mal erinnert er sich wieder, wo er das Gesicht schon mal gesehen hat.

Im Café – und zwar an jenem Vormittag, als Bernal und seine Kollegen gekommen sind und Erhard gebeten haben, sie zum Schloss zu begleiten, um sich die Zeitungsschnipsel anzusehen. Der Mann saß im hinteren Teil des Raumes und wirkte verkatert oder zumindest todmüde. Natürlich – das war derselbe Mann, von dem Raúl öfter erzählt hat, Pesce, sein Trinkkumpan. Er konnte ihn gut leiden. Laut Raúl ein Mann, der die guten Fischgründe vor der Küste kannte und mit verbundenen Augen nach Lanzarote und zurück segeln konnte. Natürlich! So was in der Art hat auch Simão von Señor P behauptet, der auf die Seascape Hestia gekommen sei.

Er läuft hinaus auf den Balkon, schwingt die Beine über das Geländer und hangelt sich vorsichtig runter. Er hängt vielleicht einen guten halben Meter über der Erde, als er loslässt. Er spürt, wie seine Knie nachgeben und knacken wie mürbe Zweige. Aber er hat jetzt keine Zeit, sich darum zu kümmern. Er schiebt einen der schmiedeeisernen Stühle vor sich her zur Mauer und nutzt ihn als Leiter, um rüberzuklettern. Im selben Moment fährt Juan Pascual in einem dunkelblauen Lieferwagen vorbei. In einem Leihwagen.

Da draußen. Da draußen, hat er gesagt.

Normalerweise bedeutet da draußen Las Dunas. Sicher nicht Puerto oder einer der anderen Orte. Mit da draußen kann nur ein einsamer, verwaister Platz gemeint sein. Außer er fährt über Alejandros Weg – dann könnte da draußen auch bedeuten, dass Juan Pascual auf die FV-1 oder FV-101 will. Beide Straßen gehen vom Kreisverkehr beim

Stadion ab. Erhard nimmt an, dass Juan Pascual die Avenida Juan Carlos nimmt und das Zentrum umfährt. Wenn es Erhard jetzt gelingt, binnen zwei Minuten ein Taxi zu ergattern, kann er mit ganz viel Glück über die Carmen zeitgleich mit Juan Pascual den Kreisverkehr erreichen und ihm folgen, bis sich eine Möglichkeit ergibt, ihn anzuhalten. Vielleicht sieht Erhard sogar, mit wem sich Juan Pascual verabredet hat, vermutlich mit Charles oder mit Palabras persönlich.

Er läuft so schnell wie möglich zur Calle Galicia und überquert die Straße, um zur Calle Pizarro zu gelangen. Alles tut ihm weh. Es ist Abend, die Musik um ihn herum ist laut, aber außer Mopeds mit zu vielen Mitfahrern ist nichts zu sehen. Vor allem kein Taxi.

Erst an der Ecke zur General García sieht er ein Taxi stehen. Es ist Ponduel, der faule Sack, mit seinem geliebten Lexus. Verdammt. Aber Erhard hat keine Zeit, weiter zu suchen. Er läuft auf das Auto zu, fängt Ponduels Blick auf und steigt auf der Beifahrerseite ein. Ponduel hat sich die Sportnachrichten auf einem kleinen Bildschirm angesehen. Jetzt schiebt er ihn zwischen die Sitze und sieht Erhard unterkühlt an.

»Zum Stadion, schnell.«

»Ich fahr keine Verräter.«

»Halt die Klappe, Ponduel, und fahr.« Erhard kann kaum sprechen, stattdessen fummelt er zwei Fünfzig-Euro-Scheine heraus und wedelt Ponduel damit vor der Nase herum.

»Warum sollte ich?«, fragt der, setzt trotzdem den Blinker und rollt aus der Parklücke auf die General García.

»Du kriegst zweihundert, wenn du Gas gibst.«

Ponduel schielt zu Erhard rüber, als er um die Ecke in die Isaac Peral einbiegt und an der Schlange vorbeifährt, die sich vor dem Restaurant Le Provençal gebildet hat. »Was läuft da, Ermitaño? Hab gehört, sie haben dich eingebuchtet?«

»Sie haben mich wieder gehen lassen«, sagt Erhard.

»Warum haben wir es denn so eilig? Ich hab keine Lust, einen Strafzettel zu kriegen.«

»Fahr einfach, Ponduel, benimm dich wie ein Taxifahrer.«

Ponduel rast schneller durch die engen Gassen, als Erhard es sich jemals trauen würde. Ponduel ist nicht der Hellste, aber fahren kann er. Und ein Lexus fährt um Längen schneller als beispielsweise ein Lieferwagen.

»Wie ist der Verkehr auf der Juan Carlos?«

»Okay.«

»Kannst du für einen Stau am Rostpfeiler sorgen?« Das ist der Name der Statue, die auf dem ersten Kreisel steht, über den Juan Pascual fahren muss.

»Hä?«

»Na ja, irgendjemanden dazu bringen, im Kreisverkehr zu parken? Was weiß ich.«

»Warum?«

Erhard drückt den Knopf des Funkgeräts und sagt laut: »Achtundzwanzig hier, alle Wagen im Bereich C11: Kann einer von euch im Kreisverkehr anhalten? Wir haben einen C & C auf der Juan Carlos.« Ein C & C ist eine unbezahlte Rechnung, entweder ein Taxikunde, der die Zeche prellt, oder ein Autofahrer, der nach einem Unfall Fahrerflucht begeht. Unter Taxifahrern zwei der schlimmsten Vergehen.

Ponduel schubst Erhard zur Seite, damit er den Knopf loslässt. »Jodido, was machst du denn, bist zum Feind übergelaufen, was fällt dir ein …«

»Tut mir leid, Ponduel, das musste sein. Ich muss den Kerl zu fassen kriegen.«

»Ein C & C? Wo ist dein Wagen, hat er ihn zu Schrott gefahren?«

»Nein, kein C & C, mir ist auf die Schnelle nur nichts Besseres eingefallen. Ich erklär es dir später.« Erhard nimmt zweihundertfünfzig Euro aus dem Bündel. »Für dich. Und jetzt fahr und lass mich beim Stadion raus, mehr verlang ich nicht. Aber erzähl niemandem, dass du mich gefahren hast.« Ihm ist natürlich klar, dass Ponduel das kaum schaffen wird, aber er muss es wenigstens versuchen.

Ponduel nimmt Erhard das Geld aus der Hand. »Du bist echt nicht ganz sauber.« Der Tacho zeigt 160 km/h, und die Leute, an denen sie vorbeirasen, blicken erschrocken auf. Falls jemand auf die Straße tritt, hat Ponduel keine Chance zu bremsen oder auszuweichen.

»Wagen siebzehn hier, Motorpanne am Rostpfeiler. Höchstens vier, fünf Minuten. Sebastiano.«

»Das ging aber schnell«, sagt Ponduel und kann sich ein Grinsen nicht verkneifen. In Wahrheit liebt er diesen Ungehorsam – er liebt alles, was das System unterminiert.

Obwohl es schnell gegangen ist, zweifelt Erhard insgeheim daran, dass es schnell genug war. Wenn der Verkehr auf der Juan Carlos nicht ungewöhnlich dicht ist, dann ist Juan Pascual längst auf der FV-1 oder FV-101.

Sie fahren schweigend weiter und rasen über den kleinen Kreisel vor dem Oasis Dunas. Was Erhard unternimmt, ist ein absoluter Schuss ins Blaue, Juan Pascual kann genauso gut eine andere Strecke gefahren sein. Andererseits ist Erhard sich beinahe sicher, dass er die breite Straße zu dem großen Kreisverkehr genommen hat.

»Siebzehn hier, ein paar Autos fahren einfach anders herum durch den Kreisel, um die Sperre zu umfahren. Achtundzwanzig, wie sieht dein C & C aus?«

Ponduel sieht Erhard an, dann drückt er den Sprechknopf und lässt Erhard sprechen.

»Blauer Lieferwagen, SEAT, Leihwagen.«

Der Funk knistert. »Siebzehn hier, der ist gerade an mir vorbeigefahren.«

»Scheiße«, flucht Erhard bei gedrücktem Sprechknopf.

»Jorgenson, sind Sie das?«, fragt Sebastiano.

»Ja, Jorgenson hier.« Er zieht eine Augenbraue hoch und funkelt Ponduel an.

Als sie den Kreisverkehr erreichen, sieht Erhard den Lieferwagen ein paar hundert Meter vor ihnen auf der FV-101. Er zeigt nach vorn.

»Ist er das?« Ponduel fährt mit den linken Reifen über die Verkehrsinsel, schneidet einen von rechts kommenden Pkw und rast weiter auf die FV-101. Der Lieferwagen liegt jetzt nur mehr drei Wagen vor ihnen. »Und jetzt?«

»Fahr einfach«, sagt Erhard. »Aber nicht so aggressiv, besser, er bemerkt uns nicht.«

Der Lieferwagen und die anderen Fahrzeuge vor ihnen fahren etwa 100 km/h. Ponduel hat den Funk ausgeschaltet und seufzt genervt. »Wie weit fahren wir denn noch? Ich muss um 21.30 Uhr zurück sein.«

»Nicht mehr weit, nehm ich an«, sagt Erhard. Da draußen, hat Juan Pascual gesagt. Nicht da unten, das würde Süden bedeuten. Draußen, mitten im Nirgendwo. Er hat weder eine Adresse wiederholt, noch sich Notizen gemacht, also muss es ein Ort sein, an dem er schon mal war.

Erhard nimmt die Kappe ab und reibt sich über den Kopf. Ponduel sieht ihn schräg von der Seite an, als er die neue Frisur bemerkt, sagt aber nichts.

Südlich von Corralejo und östlich von Majanicho wird die Landschaft flacher und schroffer als sonst irgendwo auf der

Insel. Einige Landwirte haben das Gebiet mit nutzlosen Steinwällen in schiefe kleine Vierecke zerteilt. Man kann den Wind regelrecht über die ausgeblichenen grauen Steine und die eingetrockneten Erdklumpen fegen sehen. Die Montaña Colorada ein paar Kilometer westlich sieht aus wie die hochgeklappte Ecke eines Teppichs. Der Lieferwagen biegt rechts ab – nach Cappelania. Die Wagen, die zuvor zwischen ihnen gefahren sind, fahren jetzt geradeaus weiter. Noch bevor er Ponduel bitten kann, dem Lieferwagen mit ein wenig Abstand zu folgen, ist der schon abgebogen und nimmt den Fuß vom Gas, damit weiter gut hundert Meter zwischen ihnen liegen.

Die Cappelania ist eine asphaltierte Ansammlung von Häusern, Palmen, einem Bewässerungssystem und einem Gemeinschaftspool. Erhard geht davon aus, dass der Lieferwagen vor einem der Häuser anhalten wird, doch stattdessen biegt er am Ende der Straße ab und fährt über einen Schotterweg wieder aus der Siedlung raus. Das Taxi hält am Ende der asphaltierten Straße. Erhard und Ponduel blicken dem blauen Lieferwagen hinterher.

»Glaubst du, er hat uns entdeckt ... und versucht jetzt, uns abzuhängen?« Ponduel sieht Erhard ratlos an.

»Lass uns kurz warten und schauen, was er vorhat.«

Der Schotterweg schlängelt sich über die Ebene den Hang hinauf. Zeitweilig erkennen sie nur das blaue Dach, das wie ein fliegender Teppich den Hang hochfliegt.

»Er fährt über den Pass. Ihm nach«, sagt Erhard.

Ponduel guckt auf die Uhr und gibt Gas.

76

Sie fahren der Staubwolke hinterher, der Lieferwagen selbst ist nicht zu sehen. Der Staub hat den Vorteil, dass Juan Pascual nicht merken sollte, dass sie ihm folgen. Der Camino Calderas ist eine anspruchsvolle, schmale Straße, die sonst nur Touristen nehmen. Der Weg schlängelt sich durch die Montaña Colorada, führt unterhalb der größten Vulkankrater entlang und weiter am Calderón Hondo vorbei nach Lajares. Ponduel murmelt irgendwas von Steinschlag, er sorgt sich um seinen schönen Lexus.

Sie fahren langsam und vorsichtig. Als der Wagen an den wenigen Häusern am Fuß der Montaña Colorada vorbeirauscht, ist Erhard sich fast sicher, dass Juan Pascual sie doch bemerkt und diese Straße genommen hat, um sie abzuschütteln. Warum sonst hätte er diesen beschwerlichen Weg nach Lajares wählen sollen? Sofern er nicht auf dem Weg nach Cotillo ist. Sie fahren bergauf, an Kratern auf der rechten Seite und steil abfallenden Hängen zur Linken vorbei. Plötzlich legt sich die Staubwolke.

Ponduel bremst. »Jodido …«

»Da«, sagt Erhard und zeigt nach vorn. Der Lieferwagen steht hundert Meter vor ihnen in einer Haltebucht. Ein Stück weiter sehen sie, wie Juan Pascual nach oben klettert. Er ist vor der hellbraunen Erde kaum auszumachen.

»Wo will der denn hin?«, fragt Erhard.

»Vielleicht mag er Vulkane.«

»Bleib hier«, sagt Erhard und steigt aus.

»Ich muss zurück, meine Frau … Wir wollen zum Fest«, sagt Ponduel wenig überzeugend.

Erhard beugt sich vor. »Zehn Minuten. Wenn ich bis dahin nicht zurück bin, kannst du fahren. Dann vergisst du, dass du mich jemals gesehen hast.« Ponduel nickt müde. Da fällt Erhard ein, dass er Solilla noch über das kleine Computerding im Aquarium informieren muss. »Und noch etwas: Bitte richte Solilla in der 46 Calle de los Reyes Católicos aus, dass ich im Aquarium auf dem Klo des Café Azura in Corralejo etwas deponiert hab. Das ist wirklich wichtig, Ponduel.«

»In einem Aquarium? Was redest du da eigentlich für eine Scheiße?«

Erhard fischt die restlichen Geldscheine aus der Tasche. »Wenn ich nicht zurückkomme, gehören sie dir.« Er wirft sie auf den freien Sitz. »Aber bitte, bitte, gib Solilla Bescheid.«

Ponduel nimmt das Geld, ohne etwas zu sagen.

Erhard wiederholt Solillas Adresse und den Namen des Cafés und macht sich auf den Weg den Berg hinauf. In dieselbe Richtung wie Juan Pascual.

Er erwartet schon, dass Ponduel losfährt, aber das Taxi bleibt am Straßenrand stehen. Selbst als er fast am Krater ist, steht der Lexus immer noch unten. Erhard nähert sich dem Rand, von dem aus er in den Krater blicken kann. Er geht in die Knie und beugt sich vor, bis der Schmerz im Rücken ihn ausbremst. Er dreht sich leicht nach links, um ungesehen über den Kraterrand zu schauen.

Juan Pascual ist verschwunden.

Erhard starrt nach unten in den Steinkrater. Beige, schwarz, rot. Teilweise glatt geschliffen von den Füßen unzähliger Touristen. Wie Juan Pascual hier verschwinden konnte, ist unbegreiflich, aber er ist weg. Wie vom Erdboden verschluckt. Erhard scannt mit dem Blick den Krater ab, untersucht jeden Schatten, jede Steinformation. Aber nichts ist groß genug, als dass ein Mensch sich dort verstecken könnte. Vielleicht ist er in eine Vertiefung gesprungen und hat Steine und Dreck auf sich geschaufelt? Erhard fokussiert den Bereich direkt unter sich und sucht den Krater Meter für Meter ab. Seine Augen brennen vor Anstrengung. Es ist nichts zu sehen. Kann es sein, dass Juan wieder aus dem Krater herausgeklettert ist?

Er geht ein paar Schritte nach Westen. Was will Juan Pascual überhaupt an diesem Ort? Hier ist nichts. Dabei hat es sich angehört, als wollte er sich hier mit jemandem treffen. Ist er in einem geheimen Stollen verschwunden, in dem Emanuel Palabras – oder wer sonst mit ihm telefoniert hat – auf ihn wartet?

Plötzlich ist lautes Hupen zu hören. Vermutlich will Ponduel Erhard an die Zeit erinnern oder ihm signalisieren, dass er jetzt nach Hause fährt, um mit seiner Familie zum Fest zu gehen.

Erhard wirft einen Blick über die Schulter. Im selben Moment bemerkt er linker Hand eine dunkle Silhouette vor dem gelben Himmel. Ponduels Hupen begleitet die Bewegung des Schattens, der jetzt auf Erhard zustürzt. Beide gehen zu Boden, rutschen ein Stück den Krater hinab. Erhard versucht, seinen Kopf mit beiden Armen zu schützen, doch der andere trifft seinen Kiefer, dann die Rippen. Juan Pascual drückt Erhard mit seinem vollen Gewicht zu Boden und versucht, sich etwas ins Ohr zu drücken. Ein Hörgerät. Es muss ihm aus dem Ohr gerutscht sein. Er ist zornig, schlägt Erhard mit der Faust ins Gesicht. Die Hiebe tun weh, und Erhards Haut platzt auf. Die nachfolgenden Schläge spürt er nicht mal mehr.

»Macho, warum lassen Sie nicht locker?«, keucht Juan Pascual, während er Erhard die Faust seitlich gegen die Brust drischt.

»Ich … hab alles an einen Journalisten weitergegeben«, stammelt Erhard.

Juan Pascual lehnt sich dicht über ihn. »Nein. Sie waren im Knast. Wie haben Sie mich gefunden?« Er gibt Erhard eine Ohrfeige.

»Ich weiß alles. Über die Kaperung. Über Sie. Den toten Maschinisten. Und das Kind.«

»Das Kind? Sie meinen den Jungen?«

»Sagen Sie Palabras, dass ich alles … alles aufdecken werde.«

»Palabras ist weg, und Sie werden gar nichts mehr aufdecken.« Der Mann macht ein Gesicht, als stünde er zu nah am Feuer.

»Sie sind krank«, keucht Erhard. »Krank.« Er hat sich wieder daran erinnert, wie Juan Pascual vor Wochen in diesem Café gesessen hat – und jetzt fällt ihm auch wieder ein, was Raúl erzählt hat. Er sei in der Hölle gewesen und wieder zurückgekehrt. Bei diesen Worten hat Erhard unwillkürlich an den Balkankrieg in den Neunzigern denken müssen. Viele junge Spanier bekamen damals einen Einberufungsbescheid. Doch plötzlich sieht er dies alles in einem ganz anderen Licht. Juan Pascual fehlt irgendetwas. Sein Blick ändert sich – nur ein kleines bisschen. Er fingert in der Tasche seiner dünnen Windjacke herum, legt mit einer schnellen Bewegung einen Plastikriemen um Erhards Hals und zieht zu. Erhard spürt, wie sich der Kunststoff in seine Haut schnürt. Unerbittlich. Noch einmal füllt er seine Lunge, kann die Luft dann aber kaum mehr ausatmen. Bis auf einen winzigen Durchlass ist sein Hals zugeschnürt.

Juan Pascual steht wortlos auf.

Seine Silhouette zeichnet sich in den letzten Sonnenstrahlen vor der kreisrunden Krateröffnung ab. Dann tritt er zu. Seine Schuhspitze bohrt sich wieder und wieder in Erhards

Seite. Bei jedem Tritt presst die Luft aus seiner Lunge in den Hals, kommt aber nicht weiter.

Dann packt Juan Pascual zu und dreht ihn zu sich um. »Geben wir der Polizei doch mal etwas zu tun. Ein kleiner Unfall mit Ihrem Taxi wird die doch beschäftigen, oder?«

Erhard spürt seine Beine nicht mehr, ist kurz davor, das Bewusstsein zu verlieren. Juan Pascual zieht ihn aus dem Krater und dann den Hang hinunter. Erhards Füße schleifen über den Boden. Irgendwie ist das alles seltsam. Weiß Juan Pascual denn nicht, dass Ponduel im Taxi sitzt? Hat er ihn nicht hupen hören? Und was, wenn Ponduel sie sieht und begreift, dass da etwas faul ist? Bringt Juan Pascual sie dann beide um?

Unten an der Straße läuft Juan Pascual schneller. Erhard klemmt wie eine Schaufensterpuppe unter seinem Arm. Neben dem Pkw lässt er ihn fallen.

»Dann schauen wir doch mal, wo du die Schlüssel hast …« Er durchwühlt Erhards Taschen, findet aber nichts. Dann läuft er um den Lexus herum, zieht die Tür auf, setzt sich hinein. Wo ist Ponduel? Hat Juan Pascual ihn ausgeschaltet, bevor er Erhard angegriffen hat?

Pascual startet den Wagen und fährt auf die Straße. Dann steigt er wieder aus und wuchtet Erhard auf den Fahrersitz, stellt seine Füße auf die Pedale. »So, jetzt kannst du fahren.« Er legt den Drive-Gang der Automatik ein, und der Wagen beginnt, die Straße hinunterzurollen. Erhard will den Blick heben, die Hände aufs Lenkrad legen, bremsen. Bremsen! Aber es geht nicht. Er kann sich nicht bewegen.

»Buen viaje«, ruft Juan Pascual noch.

Erhard erwartet schon, die Tür zuschlagen zu hören, aber das Geräusch kommt nicht. Stattdessen dringt ein anderer Laut an sein Ohr – ein Stöhnen. Juan Pascuals Stöhnen.

»Jodido«, sagt eine laute Stimme.

Dump! Dump! Zwei Schläge gegen das Auto. Der Wagen rollt immer weiter. Die Straße hinunter. Schotter unter den Rädern.

Irgendwie gelingt es Erhard, die Hände aufs Lenkrad zu hieven, aber er kann es nicht festhalten. Seine Hände rutschen an dem warmen Leder ab und fallen in seinen Schoß. Er zwingt sich, den Blick zu heben, während er mit den Bauchmuskeln versucht, wenigstens ein kleines bisschen Luft an der Plastikschlinge vorbei in seine Lunge zu pumpen. Sobald er den Kopf bewegt, meldet sich stechender Schmerz. Der Wagen rollt immer schneller. Am Rand seines Blickfelds sieht er was Helles, dann was Violettes, das muss der Abendhimmel sein. Könnte er schreien, würde er es jetzt tun. Sein Fuß drückt aufs Pedal, kraftlos, und doch macht der Wagen sofort einen Satz nach vorn. Er schiebt den Fuß nach links auf die Bremse. Der Lexus wird ein wenig langsamer. Neben sich hört er Schritte, jemand rennt neben dem Wagen her. Will Juan Pascual ihn bis zum Schluss begleiten?

Er nähert sich der Kurve. Ist nicht in der Lage zu lenken. Der Wagen wird geradeaus weiterrollen. Er wünscht sich, ohnmächtig zu werden, um nichts zu spüren. An dieser Stelle geht es sicher fünfzig, wenn nicht hundert Meter in die Tiefe. Der Wagen rollt schneller, und Erhard sieht die Straße nicht mehr, nur noch den Himmel. Die Ränder der Windschutzscheibe sind wie der Rand eines Kartons, der sich über ihm schließt.

Im selben Moment packt jemand sein Hemd und zieht ihn nach draußen. Sein Kopf schlägt hart gegen die Karosserie, und die Schulter kugelt aus, als er auf dem Boden aufschlägt. Das letzte bisschen Luft ist aus seinem Körper entwichen, jegliche Energie verbraucht. Im nächsten Augenblick ist das Auto verschwunden, er hört ein Knirschen, gefolgt von einem Krachen, und gibt jeden weiteren Versuch auf, atmen zu wollen. In seinen Ohren rauscht es nur noch, und ein Sinn nach dem anderen meldet sich ab.

77

»Tja, bis um halb zehn schaff ich es wohl nicht mehr nach Hause«, lauten die ersten Worte, die Erhard hört. Ponduel muss ihn von den Toten zurückgeholt haben. Er hält den Plastikriemen in der einen und ein Taschenmesser in der anderen Hand. »Verrückt. Was ist hier eigentlich los? Wollte der dich wirklich wegen eines blöden C & C umbringen?«

Erhard pumpt Luft in sich hinein und spürt Nässe an der Schläfe. Er tastet über den Hals, wo der Riemen gesessen hat.

»Dein Auto?«, keucht er.

»Das schuldest du mir, du kranker alter Mann. Und die achthundertfünfundsiebzig Euro, die du mir gegeben hast. Die finden sie in diesem Wrack doch garantiert nicht mehr.«

»Wo warst du?«

»Ich war das Warten leid und wollte fahren, hab dann aber diesen Typen am Rand des Kraters in deine Richtung laufen sehen. Mit dem Hupen wollte ich dich warnen. Ich konnte von unten nicht sehen, was da los war, und hab mir Sorgen gemacht. Deshalb bin ich dann auch hoch zum Krater, hab aber irgendwie die Orientierung verloren und bin auf der falschen Seite rausgekommen. Von da aus hab ich dann gesehen, wie dieses Arschloch dich nach unten zum Wagen geschleppt hat. Erst dachte ich, der will dich mitnehmen, aber dann hab ich gesehen, wie er dich in den Lexus gesetzt hat.

Ey, geht's noch? Ich hab mir also einen dicken Stein geschnappt und bin nach unten gerannt, um diesem Kerl eins über den Schädel zu geben. Da hatte der aber bereits den Gang eingelegt und den Wagen in Bewegung gesetzt. Ich hab ihm den Stein direkt ins Gesicht gedonnert, trotzdem hat der Kerl es noch geschafft, mich zweimal zu Boden zu schlagen. Irgendwann ist es mir gelungen, ihn von der Kante zu stoßen, sodass ich dem Auto und dir hinterherkonnte. Du warst echt verdammt dicht dran, deine letzte Fahrkarte zu lösen«, sagt Ponduel. »Du blutest ein bisschen am Hals, aber ich musste die Klinge ja irgendwie unter diesen Plastikriemen kriegen, um ihn durchzuschneiden. Außerdem hab ich dir ein paarmal kräftig auf die Brust geschlagen, damit deine Pumpe wieder läuft. Lo siento.«

»Wo ist er?«

»Da oben. Er hatte noch eins von diesen Plastikdingern in der Tasche, das hab ich ihm um Arme und Beine gezogen, der läuft uns also nicht weg. Ich wollte schon die Polizei anrufen, aber mein Handy war im Auto. Du hast auch keins, oder?«

»Ich hab ihn telefonieren sehen …« Erhard kann fast wieder schmerzfrei atmen.

»Vielleicht liegt es ja im Lieferwagen. Da hab ich noch nicht nachgesehen. Ich hab die Schlüssel.«

Erhard stemmt sich auf die Ellenbogen und sieht Ponduel an. »Keine Polizei. Noch nicht.«

»Dann war das gar kein C & C?«

Vielleicht ist Ponduel doch nicht so dumm, wie Erhard angenommen hat. Er schüttelt den Kopf, und Ponduel hebt hilflos die Arme.

Erhard versucht, auf die Beine zu kommen. Sein Körper fühlt sich irgendwie unkoordinierbar an, als wäre er auseinandergefallen und falsch wieder zusammengesetzt worden. Er macht ein paar unsichere Schritte, kommt aber nicht weit.

»Ich hol den Lieferwagen.« Zügig marschiert Ponduel die Straße hinauf. Erhard hat ihn noch nie so schnell gehen sehen. Ein paar Minuten später rollt der blaue Lieferwagen die Straße herunter. Ponduel hält an, steigt aus und hilft Erhard auf den Beifahrersitz. Er wedelt mit einem schwarzen Handy, das er im Wagen gefunden hat. Dann wendet er und fährt zwanzig, dreißig Meter weiter hoch. Juan Pascual liegt dort am Straßenrand unter einem Felsabsatz, Arme und Beine sind in einer seltsamen Position gefesselt, und er scheint das Bewusstsein verloren zu haben.

»Was machen wir mit dem?«, fragt Ponduel.

»Wir müssen ihn mitnehmen. Nach Corralejo.«

Ponduel steigt noch mal aus dem Lieferwagen, zieht Pascual aus dem Graben zur Straße herauf und bugsiert ihn hinten rein. Erhard kann zwar nichts sehen, hört aber, wie Pascual stöhnt und protestiert.

Sie fahren vorbei am Calderón Hondo zurück in die Stadt. Erhard lehnt sich auf dem Sitz zurück und spürt jede Faser seines Körpers. Vor ihnen geht die Sonne unter.

Der Gedanke an den kaputten Lexus macht Ponduel zorniger, je näher sie Corralejo kommen. Er weiß nicht, was er seiner Frau sagen und wie er in den nächsten Tagen zu Geld kommen soll. Erhard rät ihm, es der Polizei zu melden, sobald er daheim ist. Dass der verrückte Ermitaño ihn als Geisel genommen und seinen Wagen gestohlen hätte. Das werden die bestimmt glauben.

Ponduel ist sich da nicht sicher. Zumindest seine Frau würde die Lüge durchschauen. »Majoreros merken so was, das war schon immer so.«

»So ist das halt mit Frauen«, meint Erhard, aber Ponduel schnaubt nur.

»Du siehst mit deinen kurzen Haaren echt aus wie ein verfluchter Penner«, stellt Ponduel fest.

Sie fahren zur Bauruine des Hotel Olympus und in das unfertige Parkhaus. Ponduel wirft die Tür des Lieferwagens zu und verschwindet im Dunkeln, vermutlich nimmt er einen der Schleichwege, die an der Rückseite der teuren Villen vorbei nach unten zu dem Häuserkomplex führen, in dem er mit seiner Frau wohnt. Erhard bleibt sitzen. Er weiß ohnehin nicht, was er noch tun soll. Weder mit dem Auto noch mit Juan Pascual, der begonnen hat, im Laderaum zu lärmen. Er wälzt sich herum und schreit: »Hallo, ist da wer?« Offenbar hat er keine Ahnung, wer ihn niedergeschlagen und in den Lieferwagen verfrachtet hat. Vertauschte Rollen.

Erhard tritt aufs Gaspedal, und der Motor heult auf. Dann presst er sich das T-Shirt vor den Mund und versucht, Palabras' Stimme zu imitieren. »Schrei ruhig, mein Freund, dich hört hier niemand.«

»Ich hab gemacht, worum Sie mich gebeten haben – ich hab alles ganz genau so gemacht! Der Alte ist erledigt, jetzt fehlt nur noch die Frau, lassen Sie mich die Sache beenden! Geben Sie mir eine Chance! Ich brauch meine Medizin, sonst geh ich drauf!«

Erhard denkt scharf nach. »Du kriegst gar nichts, bevor wir uns sicher sein können, dass du nicht gleich zur Polizei rennst.«

»Ich schwöre bei der Heiligen Maria, Sie können mir vertrauen!«

»Und wenn der Alte … mit jemandem gesprochen hat?« Wieder tritt Erhard das Gaspedal durch, sodass er kaum noch zu hören ist.

»Was?«, ruft Juan Pascual.

»Was, wenn der Alte geredet hat?«, ruft er jetzt lauter. Pascual hat wahrscheinlich sein Hörgerät bei dem Gerangel verloren.

»Ich hab ihn beobachtet.«

»Du bist gesehen worden, du Depp.«

»Wer? Wer hat mich gesehen? Und wo?«

»Was glaubst du denn?«

»Was?«

»In der Wohnung, als du dich um Beatrizia Colini gekümmert hast. Die Nachbarn im Haus gegenüber haben dich gesehen.«

Schweigen. »Ich hab doch gesagt, dass ich das nicht war. Raúl war oben, um zu telefonieren. Nach der Sache mit der Nutte. Ich hab draußen gewartet, nachdem wir wieder zurück waren. Irgendwie kam es mit Colini zu einem Streit. Ich hab wirklich noch versucht, in die Wohnung zu kommen, aber er hat mich nicht mehr reingelassen ... erst als es zu spät war. Ich hab vorgeschlagen, mich um den Alten zu kümmern, der oben schlief, aber Raúl wollte das nicht.«

Erhard spürt ein Knistern in seinem Hirn, wie unmittelbar vor einem Kurzschluss. »Was habt ihr mit der Nutte gemacht?«

»Was?«

»Was ihr mit der Nutte gemacht habt?«

»Das hab ich doch erzählt.«

»Erzähl's noch mal.«

Schweigen. Aus dem Laderaum ist ein dumpfer Schlag zu hören. »Fuck you! Wer sind Sie überhaupt? Sind Sie das, Palabras?«

»Ihr habt sie umgebracht.«

»Was, verdammt? Das wissen Sie doch ...«

Erhard lässt den Motor laufen und steigt aus. Ihm ist übel. Er schnappt nach Luft, schmeckt die salzige Luft und riecht den feuchten Zement. Das hilft. Der Brechreiz legt sich.

Wieder ein paar Puzzleteilchen mehr an ihrem Platz.

Alina ist wirklich nicht aus freien Stücken vom Dach gesprungen, natürlich nicht, sie wurde gestoßen. Warum ist er nicht selbst darauf gekommen? Wie konnte er glauben, dass niemand gewusst hätte, dass sie bei ihm war? Raúl. Der wusste es. Erhard hat es ihm ja selbst erzählt. Erleichterung und Wut steigen in ihm auf. Er ist nicht schuld, dass sie gesprungen ist. Raúl oder Pesce hat sie gestoßen und einfach an der Kette baumeln lassen wie ein erlegtes Tier. Sie haben das dumme, verwirrte Mädchen ermordet und gehofft, Erhard die Schuld dafür in die Schuhe schieben zu können.

Er lässt den Lieferwagen stehen und durchquert das Hotel. Oder das, was mal ein Hotel werden sollte. Die traurigen Reste der viel zu hochfliegenden Ambitionen dieser Insel. Andererseits haben derlei Ruinen auch etwas Poetisches. Im Licht der Scheinwerfer ist so was wie ein Restaurant oder ein Speisesaal mit Treppen und Emporen vor einer fensterdurchlöcherten Wand zu sehen und dahinter das Meer. Er tritt gegen eine aufgerissene Supermarkttüte mit einem aufgedruckten grünen Dinosaurier. Am liebsten würde er die Tür zum Laderaum öffnen, Juan Pascual ins Scheinwerferlicht zerren und ihn grün und blau schlagen. Oder ihn umbringen – ihm mit einer Stange den Schädel zertrümmert. Aber wozu sollte das gut sein? Der Seemann hat bloß die Befehle eines anderen ausgeführt, aller Wahrscheinlichkeit nach die von Emanuel Palabras.

Fehlt nur noch die Frau, hat er gesagt. Die Frau. Damit muss Mónica gemeint sein, schießt es Erhard durch den Kopf. Sie scheinen zu glauben, dass Mónica irgendwas weiß.

Erhard hebt die Tüte auf und überprüft, ob man sie über den Kopf ziehen kann. Sie riecht gammelig. Er geht zurück zum Lieferwagen, zieht die Tür auf und klettert in den Laderaum. Juan Pascual liegt in einer Ecke und bewegt sich kaum, als Erhard kommt, er stößt nur einen Fluch aus, als der ihm die Tüte über den Kopf zieht. »Warum hast du den Maschinisten umgebracht?«

»Wen, verdammt …«

Erhard tritt ihn mit aller Kraft in die Nieren. Die Plastiktüte knistert, bläht sich auf und zieht sich zusammen. »Warum hast du ihn umgebracht? Sag es, dann nehm ich die Tüte wieder weg.«

Juan Pascual ringt nach Atem. »Er konnte nicht … kannte sich mit dem Schiff nicht aus, ein … Das war ein verfluchter Junkie! Nimm sie weg, los, nimm sie weg!« Die Tüte zieht sich über seinem Mund zusammen.

»Er hat versucht, dich daran zu hindern, den Container von Bord zu hieven.«

»Das war ein Arschloch, hat total Stress gemacht, was von einem Jungen gefaselt, völlig wirres Zeug. Es war totales Chaos, und er hat die ganze Zeit geschrien … wegen dieses Jungen. Wir mussten weiter.«

Erhard tritt noch einmal zu. »Und die Frau – was wollt ihr mit ihr machen?«

»Was …«

Erhard lässt seine ganze Wut raus und tritt immer wieder zu, während er schreiend seine Frage wiederholt.

Irgendwann liegt Pascual ganz still da. Neben ihm ein weiterer Plastikriemen. Erhard hebt ihn auf und denkt kurz darüber nach, ob er ihn um Pascuals Hals legen soll. Stattdessen steckt er ihn ein, zieht die Tüte von Pascuals Kopf und klettert wieder aus dem Laderaum.

Es gibt nur einen, der das Ganze stoppen kann.

Unter der Handbremse liegt Juan Pascuals Handy. Erhard starrt auf die Tasten. Dann tippt er Emanuel Palabras' Nummer ein, ohne dass etwas geschieht. Er drückt auf die große grüne Taste mit dem fliegenden Telefon und hört es klingeln.

Sechsmal. Siebenmal. Achtmal. Endlich wird der Hörer abgenommen.

»Ja?«

Palabras' Stimme. Distanziert, abwartend.

»Sie verfluchtes Schwein.« Erhard findet keine besseren Worte.

»Warum sind Sie nicht einfach abgehauen? Warum müssen Sie unbedingt den Helden spielen?«

»Ich will Sie entlarven – Sie und Ihr ganzes verfluchtes Spiel.«

»Gut, dass Sie anrufen, ich hab mich gerade schon gefragt, wann ich wieder von Ihnen höre.«

»Halten Sie das Maul, Sie Heuchler! Ich hab Ihren Handlanger hier.«

Kurze Pause. »Ich hab keine Ahnung, wen Sie meinen.«

»Er hat mir spannende Dinge über Sie erzählt.«

»Wenn ich Ihnen sage, dass ich keine Ahnung habe, wen Sie meinen, müssen Sie mir das glauben.«

»Jetzt halten Sie endlich Ihre …«

»Ich rate Ihnen, mir jetzt mal gut zuzuhören, Klavierstimmer. Ich hab unsere kleine – wie soll ich sie nennen – Freundin hier. Jetzt kenne ich die ganze, wirklich sehr bewegende Geschichte.«

Erhard kommt ins Stocken. »Sie dürfen ihr … ihr …«

»Ich mach gar nichts. Aber ich ziehe ernsthaft in Erwägung, ihrem elenden Dasein ein Ende zu bereiten, wenn Sie nicht allmählich vernünftig werden.«

»Lassen Sie mich mit ihr reden.«

Palabras lacht. »Sie sind wirklich unglaublich. Sie sagt nicht viel, aber wenn, würde sie bestimmt nach Ihnen fragen. Bis auf Weiteres tun Sie, was ich sage.«

»Ich haue ab, wenn Sie mir versprechen, ihr nichts anzutun.«

»Ich will Sie hier bei mir haben. Jetzt. Im Hafen von Corralejo. Nehmen Sie endlich dieses verfluchte Schiff. Das bringt Sie her, dann reden wird.«

»Her?«, kann Erhard noch fragen, ehe die Verbindung unterbrochen wird.

Er geht am Wasser entlang. Hat seine Schuhe ausgezogen und spürt den kühlen Sand zwischen den nackten Zehen. Der Ort, die ganze Bucht leuchtet in bunten Farben. Musik weht herüber. Jeder Schritt ist eine Kraftanstrengung, sein Körper ist vollkommen ausgepowert. Er bezweifelt sehr, dass er je wieder der Alte wird. Sollte er sein Ziel erreichen, dann nur aus Sorge um Mónica. Das Bild ihres blassen Bauches zwischen den zerbrochenen Blumentöpfen treibt ihn weiter.

Juan Pascual liegt immer noch im Laderaum des Lieferwagens. Erhard rechnet nicht damit, dass er entkommt – ein Trumpf, den er nötigenfalls ziehen kann.

Am Strand sind Pavillons errichtet worden, in denen die Gäste der Küstenhotels mit Essen und schöner Aussicht verwöhnt werden. Begeisterte, laute Stimmen klingen zu ihm herüber. Sie alle warten auf den Höhepunkt des Abends, die letzte Fahrt der Heiligen Carmen auf ihrem kleinen Floß, die von einem Feuerwerk begleitet wird, das man bis nach Majanicho sehen kann.

Der Strand endet an der übervollen Promenade. Überall ist Lärm und Licht, sodass Erhard schon fürchtet, von einem

Polizisten entdeckt zu werden, der vor dem Juweliergeschäft steht, doch gleich darauf ist er auch schon wieder von Feiernden umgeben. Wenige hundert Meter später kommt er am Café Azura vorbei und sieht die Bitch. Langsam nähert er sich dem Hafen.

78

Der rote Kutter tuckert los. Der Mann am Steuer wirkt nicht annähernd so bedrohlich, wie Erhard ihn sich vorgestellt hat. Er hat alle Hände voll zu tun, die vielen Jollen und Schlauchboote zu umschiffen, die unterwegs sind, weil die Leute das Schauspiel der aufs Meer fahrenden Carmen vom Wasser aus sehen wollen. Am Ufer sind Fackeln entzündet worden, die den ganzen Strand erleuchten.

Erhard glaubt erst, dass sie eine der großen Jachten ansteuern, die vor dem Hafen ankern, aber sie lassen die Boote links liegen und nehmen stattdessen Kurs auf einen schwarzen, magnetischen Flecken am Horizont.

Die Isla de Lobos.

Abweisend und unabhängig, von Fischern und Vögeln geliebt, gelegentlich von Touristen angesteuert und einmal in den Sechzigern von John Coltrane besucht, der wenige Monate vor seinem Tod im einzigen Café der Insel auf dem höchsten Punkt ein Freiluftkonzert mit Jazzgrößen der Zeit gegeben hat. Zuvor hatte Coltrane ein paar einsame Wochen auf der Insel verbracht, in einer Hütte mit Ausblick auf einen Strand voller Seehunde, denen die Insel ihren Namen zu verdanken hat, die mittlerweile aber verschwunden sind. Eines Morgens sah Coltrane plötzlich einen Mann von Fuerteventura übers Wasser laufen. Mich selbst, sagte er später – einen nackten Mann mit auftätowierten Kompositionen am ganzen Körper.

Heute ist die Insel eher der Schatten Corralejos. Ohne Licht und Leben, ein stummer Steinhaufen, der sich dunkel vor dem Bug erhebt. Obwohl der Kutter ordentlich Fahrt aufgenommen hat, scheint die Insel nicht größer zu werden oder näherzukommen, sondern zurückzuweichen und sich zwischen die Wellen zu ducken. Erhard lehnt schläfrig an der Reling und feuert Fragen auf den Schiffer ab, der reglos im Dunkeln steht und auf seiner Zigarette herumkaut.

Irgendwann sieht er vor sich einen schmalen Holzpier ins Wasser ragen. Routiniert legt der Kapitän an und schaltet den Motor aus. Es ist still. Dunkel. Erhard vergisst fast, warum er hergekommen ist. Er fühlt sich unbedeutend und folgt ohne zu zögern dem Schiffer, der inzwischen auf den Steg geklettert ist. Erhard war schon mal hier, aber nie nach Einbruch der Dunkelheit. Normalerweise werden nachmittags sämtliche Besucher heimgeschickt. Als würde die Insel nachts von Kräften regiert, die nicht jeder zu beherrschen weiß. Gleich erfährt er, was dahintersteckt.

Sie laufen über schmale Pfade, die in der Dunkelheit kaum zu erkennen sind, den Hang hinauf. Das Knirschen und das spitze Stechen unter seinen Fußsohlen rührt von den schwach perlmuttschimmernden Muschelschalen her, mit denen die Pfade aufgeschüttet wurden.

Jenseits des Höhenzugs liegt eine kleine Bucht. Unten am Wasser stehen ein paar viereckige Bungalows. Nirgends ein Lebenszeichen, nur die Atemzüge des Meeres. Das Klatschen der Wellen gegen die Felsen.

Der Schiffer zeigt zum Ende des Pfades. Die Dunkelheit ist beklemmend. Als Erhard wissen will, worauf der Mann gezeigt hat, ist der bereits verschwunden. Nur das Knirschen unter seinen Füßen verrät Erhard, dass er zu seinem Kutter zurückkehrt.

Erhard tastet nach einem Handlauf. Er arbeitet sich langsam in dieses Nichts, in lauter Nuancen von Grau hinein. Er nähert sich einer Klippe und rechnet fast damit, im nächsten Augenblick in eine Grube zu fallen, in ein Loch, in dem Mónica bereits liegt, blass, nackt und tot. Erst als er die Klippe fast erreicht hat und die gespeicherte Wärme spürt, sieht er einen kleinen Schuppen vor sich, der zwischen den Felsen klemmt, und eine von gelbem Licht umkränzte Tür.

»Da rein«, sagt eine bekannte Stimme, und Erhard ist beinahe erleichtert.

»Ich kann immer noch weglaufen, Charles.«

»Nicht solange ich die hier habe.« Erhard wird von dem grellen Licht einer Taschenlampe geblendet. »Rein da, auf der Stelle.« Charles schubst Erhard vor sich her zur Tür, die von innen aufgezogen wird.

»Wie sehen Sie denn aus, Klavierstimmer? Spielen Sie jetzt einen verrückten Touristen?« Emanuel Palabras füllt mit seinem üppigen Körper den Türrahmen beinahe aus. »Es ist immerhin der Abend der Heiligen Carmen«, sagt er und winkt ihn herein, als würde er zu einem Festessen laden – wie gewohnt umringt von seiner Entourage aus Massai. Hölzerne Sessel, Tische, Bänke und andere exzentrische Möbelstücke stehen in der Hütte herum. Acht Frauen sind es insgesamt, die wie Schwestern oder Cousinen aussehen, eine schwärzer als die andere. Palabras setzt gerade zu einer Erklärung an, wieso die Isla de Lobos an just diesem Abend der beste Ort sei für ein Treffen, aber Erhard hört ihm nicht mehr zu. Sein Blick schweift auf der Suche nach Mónica durch den Raum.

In der hinteren Wand ist eine rote Tür. Von dort ist ein merkwürdiges Klopfen zu hören, als würde jemand gegen Wasserrohre schlagen.

»Sie suchen Ihre Freundin? Um die wird sich im Nebenzimmer gekümmert.«

Erhard will sich auf Palabras stürzen und ihn umreißen, aber Charles' Hand packt ihn an der Schulter.

»Tun Sie nichts, was Sie später bereuen könnten. Es ändert nichts, wenn sie mich jetzt angreifen. Ich bin wirklich ein geduldiger Mensch, der Ihnen viele Chancen gegeben hat, damit Sie mir beweisen können, dass Sie für sich selbst und andere keine Gefahr darstellen.«

»Ich will sie sehen. Ich will sehen, dass es ihr gut geht.«

»Es geht ihr besser als bei Ihrem letzten Treffen, so viel kann ich Ihnen garantieren.«

Erhard denkt an sein letztes Gespräch mit Mónica. Sie war aufgewühlt und wütend. »Sie rühren sie nicht an!«

Palabras breitet die Arme aus, und Erhard sieht ihn lange an. Es will ihm nicht in den Kopf gehen, dass dieser Mann, bei dem er jahrelang ein- und ausgegangen ist, so viel Bosheit in sich trägt und derart skrupellos sein kann.

»Warum? Warum tun Sie das alles? Wollen Sie nur Macht ausüben, oder ist es wegen des Geldes? Oder sind Sie einfach nur krank?«

»Ich mache es aus Liebe.«

»Sie sind krank!«

»Sie verstehen das nicht. Bedingungslose Liebe. Ergebenheit.«

Erhard muss beinahe lachen. »So schöne Worte – aus Ihrem Mund!«

»15. September 1995.«

»Was war da?«

Das Klopfen geht weiter. Ein irritierendes Geräusch. Palabras winkt Charles zu sich, bittet ihn, sich darum zu kümmern, und Charles verschwindet für einen Moment hinter der roten Tür.

»Am 15. September 1995«, nimmt Palabras seine Erklärung wieder auf, »betritt Annette – Ihre Frau – das Fernsehzimmer, um nachzusehen, wieso Sie nicht ins Bett kommen. Und wo sind Sie? Wo ist der Vater ihrer Töchter, der Mann in ihrem Leben? Nach allem, was Sie beide durchgemacht haben, macht sie das sehr, sehr traurig. Können Sie sich das vorstellen, Erhard?«

Schlagartig zittert Erhard, als würden sich die Zellen in seinem Körper zersetzen. »Sie wissen nichts! Sie wissen nicht, was damals passiert ist!«

»Ich will damit nur sagen, dass Sie nicht wissen, was Liebe ist. Echte Liebe, für die man alles täte. Was auch immer.«

»Erklären Sie mir, was das hier mit Liebe zu tun hat.«

»Ob Sie es glauben oder nicht, ich empfinde tatsächlich so was wie Liebe für Sie, mein schweigsamer, schuldiger Klavierstimmer. Jahr für Jahr sind Sie zu mir gekommen und haben versucht, mir zu helfen. Sie haben mich nie um etwas gebeten, wollten weder meine Hilfe noch mein Geld. Sie tun nichts, sind die Freundlichkeit in Person. Und doch bringen Sie wie ein langsam wirkendes Gift meinen eigenen Sohn gegen mich auf.«

»Ich hab nie …«

»Er hört auf Sie. Auf alles, was Sie sagen. Alles ist richtig und einfach und interessant.«

»Er hat nie zugehört, es war ihm immer egal.«

»Und was tut man als Vater? Gibt man auf? Opfert man sich? Verlässt man seine Familie? Oder tut man alles, was nur möglich ist, um irgendwo alles zusammenzuhalten?«

Charles kommt zurück und flüstert Palabras etwas ins Ohr.

»Sie sind verrückter, als ich je gedacht habe«, stellt Erhard fest. »Es gibt keine Entschuldigung für das, was Sie getan haben.«

»Sparen Sie sich Ihre Sprüche. Ich weiß von meiner Mutter – möge sie in Frieden ruhen –, dass Schuld nie zu etwas Gutem führt.« Palabras winkt demonstrativ ab. »Aber die Liebe – für die Liebe muss man bereit sein, etwas zu opfern.«

»Hören Sie auf. Sie können nicht einfach auf diese Weise über das Leben und den Tod anderer Menschen bestimmen. Sie sind ein Verbrecher, und Sie werden für Ihre Verbrechen büßen.«

»Genau wie ich es befürchtet habe. Unüberlegt. Ohne jeden Beweis.«

»Ich hab Beweise, an einem sicheren Ort. Es wird alles in der Zeitung stehen, sobald mir etwas zustößt. Außerdem hab ich einen Zeugen.«

Emanuel Palabras lässt sich in einen der Sessel fallen. Wie auf Kommando schlingen sich vier Massai-Arme um seinen Oberkörper. Er lacht. »Ich hab Ihnen doch gesagt, Sie sollen nicht Räuber und Gendarm spielen. Dafür haben Sie kein Talent.«

»Ich weiß mehr, als Sie ahnen.«

»Sie vergessen Ihre eigene Rolle.«

»Wie meinen Sie das?«

»Wo hatten Sie die Leiche her?«

»Welche Leiche?«

»Die tote Frau in Beatrizias Sarg. Wer war das?«

Erhard erstarrt. Sie müssen Beatriz' Leiche in der Wohnung gefunden haben.

»Das war die Frau, die Sie oben in Majanicho bei mir daheim ermordet haben. Die Prostituierte. Ich hab Beatriz vor Ihnen in Sicherheit gebracht. Mehr nicht.«

Emanuel Palabras lacht erneut. Er klingt verwundert, als hätte er davon noch nie gehört. »Und sehen Sie, wie das ausgegangen ist?«

»Nicht ich habe sie umgebracht. Das waren Sie und Ihr Sohn und dieser kranke Steuermann, Juan Pascual.«

»Wenn Michel Faliando mich richtig informiert hat, haben Sie das Beatmungsgerät abgeschaltet. Er hat versucht, Sie davon abzuhalten.«

»Sie hat gelitten, es ging ihr nicht mehr gut.« Wie zum Teufel hat Palabras den Arzt ausfindig gemacht?

»Wer bestimmt jetzt über Leben und Tod?«

»Sie drehen einem das Wort im Mund um!«

»Tun wir das nicht alle?«

»Und was passiert jetzt? Fahren Sie jetzt mit mir aufs Meer hinaus und werfen mich den Fischen zum Fraß vor? Nur zu. Was immer passiert, ich hab die Story weitergeleitet. Ein Journalist sitzt bereits daran.«

»Ich gebe zu, dass ich große Lust hätte, Sie aus dem Weg zu räumen. Wobei ich das natürlich nicht persönlich tun würde, sondern mein guter Charles. Ihr Tod würde die ganze Sache wesentlich vereinfachen. Aber Charles mit seinem Bein ist nach wie vor gehandicapt, und allen Widrigkeiten zum Trotz will ich Ihnen nichts Böses.«

»Juan Pascual behauptet was anderes. Er hat versucht, mich zu erdrosseln. Auf Ihren Befehl.«

»Sie hören nicht richtig hin. Ich hab nichts mit diesem Pascual zu tun und nie jemandem befohlen, Sie umzubringen. Ich gebe zu, dass ich meinen Vertrauten bei der Polizei gebeten hab, Sie festzunehmen und gründlich zu verhören. Aber da hab ich Sie auch wieder rausgeholt. Sie haben dem jungen Polizisten nichts gesagt, mehr Loyalität hätte ich von Ihnen nicht erwarten können. Ich hatte so gehofft, dass Sie heute Nachmittag mit dem Boot hier rausgekommen wären, wir hätten Sie zu einer süßen kleinen Dame in eine Lehmhütte nach Marokko verfrachtet, aber stattdessen hat Sie ja mal wieder der Teufel geritten. Sie sind Charles davongelaufen, haben sich eine grauenvolle Frisur verpassen lassen und sind abgetaucht. Und jetzt, da ich Sie wiedersehe, sind Sie völlig durchgedreht, grün und blau geschlagen und behaupten, ich stünde hinter all den Unglücksfällen.«

»Sie haben Juan Pascual angeheuert und Ihr eigenes Schiff gekapert, um die Versicherungssumme zu kassieren. Sie haben Ihren eigenen Sohn umgebracht und mich auf den Direktorensessel gesetzt, damit Sie mich im Auge behalten konnten. Und Sie hätten auch Beatriz umgebracht, wenn Sie gewusst hätten, dass sie noch lebte.«

Palabras seufzt. »Bring ihn hin«, sagt er zu Charles, der Erhard auf die rote Tür zuschiebt. Der große Raum dahinter ist von einer kräftigen Lampe erleuchtet. In der Rückwand befindet sich eine weitere Tür mit einem Vorhängeschloss. Die Massai folgen Erhard wie neugierige Katzen, streichen um seine Beine, duften nach Weihrauch.

In der Mitte des Raumes, direkt unter dem staubigen Licht, stehen ein Rollstuhl und ein Tropf. In dem Rollstuhl sitzt ein Mensch. Er scheint fest an die Rückenlehne geschnallt zu sein. Der Bademantel ist feucht von Speichel. Es dauert einen Augenblick, bis Erhard klar wird, dass es sich dabei um Beatriz handelt. Sein Herz überschlägt sich regelrecht. Verwirrt und froh, unglücklich und zornig zugleich. Er war sich sicher, sie oben in der Wohnung zum letzten Mal gesehen und sich für immer von ihr verabschiedet zu haben, aber jetzt sitzt sie hier – auferstanden von den Toten. Oder wiederbelebt. Ohne Beatmungsgerät. Sie schnappt nach Luft, als wäre sie zu dünn, ihr Kopf ruckt ganz leicht auf und ab, und sie zittert. Erhard ist sprachlos.

»Hallo?«, dringt es von fern durch die Holztür, aber Erhard sieht nur Beatriz. Was von ihr übrig ist. Was er aus ihr gemacht hat. Ihr Körper, ihr Name, ihr Leben – alles zerstört. Nur weil er eine Stimme zu hören glaubte, eine Stimme, die sagte: Versteck mich, vergiss mich.

Palabras legt seine Hand auf Beatriz' Schulter. »Der Arzt hat mich kontaktiert, weil er sich Sorgen gemacht hat. Eine kluge Entscheidung. Er hat mir alles erzählt. Dass Sie sie versteckt und sie gewaschen haben und all das andere. Beeindruckend, aber auch irgendwie befremdlich, wenn Sie mich fragen. Warum, werde ich nie begreifen, aber Sie werden Ihre Gründe gehabt haben. Gevögelt haben Sie sie jedenfalls nicht, das hat er untersucht, nein, ich weiß wirklich nicht, warum Sie diesen ganzen Zirkus veranstaltet haben.«

»Ich bin Ihnen keine Erklärung schuldig«, sagt Erhard.

»Hätten Sie sich mal auf Ihre gute Arbeit konzentriert und sich nicht eingemischt. Ich hab Ihnen die Chance gegeben weiterzukommen, und Sie schießen alles in den Wind.«

»Hallo?« Wieder die Stimme, gefolgt von einem heftigen Hämmern gegen die Tür.

Palabras signalisiert Charles, dass er etwas gegen den Lärm unternehmen soll. »Ich dachte, du hättest dich um ihn gekümmert?«

»Eigentlich hätten die Lichter bei ihm für eine ganze Weile ausgehen müssen«, murmelt Charles.

»Wer ist das?«, fragt Erhard und geht auf die Tür zu.

»Erhard, bist du das?«

Im selben Augenblick erkennt Erhard die Stimme wieder. Tief und kratzig, lang nicht gebraucht. Aber ganz ohne Zweifel seine Stimme.

»Raúl? Raúl, bist du das, verdammt?«

»Erhard!«, ruft die Stimme.

Charles schiebt sich zwischen Erhard und die Tür und fingert an dem Vorhängeschloss herum. »Still jetzt, ich hab gesagt, du sollst still sein.«

»Warum haben Sie ihn eingesperrt?«, fragt Erhard und starrt auf das Schloss, ohne irgendetwas zu begreifen.

»Lass mich raus, Erhard«, ruft Raúl. »Sag denen, dass sie mich freilassen sollen.«

»Was zum Teufel macht er da drin?«

»Mischen Sie sich nicht ein«, sagt Palabras zornig und versucht, Erhard zurückzuhalten, indem er seinen Stock zwischen ihn und Charles schiebt. Aber Erhard lässt sich nicht aufhalten. Er wirft sich mit aller Kraft gegen Charles. Die Wucht trifft den Mann unvorbereitet, und sein Schädel kracht gegen die Holztür, ehe er zusammen mit Erhard nach vorn kippt und die Tür aufspringt. Erhard liegt auf Charles, und in dem Licht, das aus dem angrenzenden Raum fällt, sieht er Raúl in einer Jogginghose, mit Bart und verfilztem Haar. Er sieht aus wie Saddam Hussein, als man ihn aus seinem Versteck in Adwar holte, verwirrt, manisch. Er blickt kurz auf Erhard und Charles hinab, dann stößt er sich ab und hat mit einem Satz sein Gefängnis verlassen.

Erhard versucht, schnell auf die Beine zu kommen. Charles schreit, über seinem Gips schimmert weiße Haut, und er ruft etwas, was Erhard nicht versteht. Stattdessen hört er, wie Palabras den Massai zuruft: »Helft mir hoch, verdammt noch mal!«

»Komme«, sagt Charles.

Erhard durchquert den Raum. Mit blutverschmiertem Mund und Bart liegt Palabras am Boden. Auf einmal sieht der große Mann einfach nur alt und schwach aus. Eine Massai schiebt ihm die Brille schief auf die Nase, eine andere reicht ihm den Stock, der zum anderen Ende des Raumes geschleudert worden ist. Sogar eins der Mädchen hat Blut im Mundwinkel. Charles humpelt zur Tür.

»Halt, Carlitos – lass ihn gehen«, kommt es angestrengt von Palabras. »Wir können im Moment nichts tun. Vor morgen früh kommt er nirgendwohin. Er ist ein guter Schwimmer, aber er weiß sehr wohl … dass er in seinem Zustand nicht weit von der Insel wegkommt.« Charles sieht Palabras an, dann humpelt er durch die Tür. »Carlitos, stopp!«, ruft Palabras noch einmal leise und streckt den Arm aus. »Diese verfluchten Mitarbeiter! Jeder macht hier, was er will!«

»Was soll das alles, Palabras? Raúl ist Ihr Sohn. Warum haben Sie ihn eingesperrt? Hat er sich geweigert, bei Ihrem schmutzigen Plan mitzumachen?«

»Seien Sie still, Sie Idiot. Sie begreifen gar nichts. Der Junge ist doch schuld an allem. Kapieren Sie das nicht? Ich hab versucht, ihn zu beschützen, ihn aus dem Ganzen rauszuhalten. Ich lieb ihn doch, den dummen Jungen, aber er macht einfach nichts richtig. Beraubt sogar seinen eigenen Vater.«

Erhard sieht in Palabras' dunkle Augen und versucht zu erkennen, ob der Mann die Wahrheit sagt oder ihm schon wieder Märchen auftischen will. Seine Augen sehen müde aus, trocken, als hätte er vergessen zu blinzeln. »Wollen Sie damit sagen, Raúl hätte das Schiff gekapert?«

»Nicht er persönlich, aber er steckte dahinter. Nur er kannte die Leute, die mitmachen sollten, damit es ordentlich gemacht würde. Aber natürlich hat ihm jemand geholfen.«

»Juan Pascual«, sagt Erhard.

»Was Sie immer mit diesem Pascual haben … Ich rede von richtig schweren Jungs. Schweren alten Männern. Los Tres Papas.«

Eins der Mädchen bringt Palabras ein Glas Milch, das er gierig hinunterkippt.

»Ich dachte, Sie wären einer der Los Tres Papas.«

Palabras reicht dem Mädchen das Glas und will eigentlich lachen, fasst sich dann aber an die aufgeplatzte Lippe. »Das wär ich gern gewesen. Früher mal. Aber das passte nicht zu dem, was ich mache. Alles, was sie tun, ist illegal. Ich mag es lieber gemischt – das Beste aus beiden Welten.«

»Wenn es also Los Tres Papas waren, was ist dann mit Raúl?«

»Raúl ist Raúl. Als kleiner Junge hat er meinen Geldbeutel stibitzt und mir von dem Geld einen goldenen Zigarrenschneider gekauft. So war er immer, wollte schon immer alle auf die verkehrte Art beeindrucken. Sie haben ihm geholfen, Sie haben den Kleinjungenstreichen die Spitze genommen, Sie haben ihn dazu gebracht, den Kopf einzuschalten. Aus unerfindlichen Gründen hat er geliebt, was immer Sie gesagt und getan haben. Aber das Mädel dort hat alles verdorben.« Er zeigt auf den Rollstuhl mit dem, was noch von Beatriz übrig ist. »Sie hat ihn angestachelt, immer mehr zu wollen, mehr Geld, mehr Einfluss, einen besseren Job. Er hasste seinen Job. Verstehen Sie, was ich meine? Ich war also gewarnt. Ich hab befürchtet, dass es irgendwann so käme, hab ihm was zu tun gegeben, damit er nicht auf dumme Gedanken kommt, aber dann, ja, dann ist das hier passiert.«

»Es war nicht Beatriz, sie hat ihn nicht zu all dem angestachelt, sie hat ihn nie um so etwas gebeten.«

»Quién sabe.« Palabras winkt ab. »Jedenfalls hatte der Junge auf einmal abgehobene Ideen. Und dann hat er eine Dummheit gemacht.«

Erhard weiß nicht, was er glauben soll. »Raúl hat die Kaperung gemeinsam mit Los Tres Papas organisiert?«

»Der kleine Scheißkerl hat sie in ihrem Auftrag ausgeführt.«

»Wie haben Sie das rausgefunden?«

»Er fing an, schlecht über Sie zu reden. Dass Sie mit dem Taxi schwarzfahren würden und dass Sie den Tres Papas diesen Verräter Federico Molino vom Hals geschafft hätten.«

»Warum sollte er so was gesagt haben?«

»Weil er jemanden gesucht hat, der Sie krankenhausreif schlägt. Er wusste, dass ich Ihnen helfen würde, wenn er es selbst getan hätte, und dass das dann nur im Chaos enden würde. Also hat er versucht, mich davon zu überzeugen, was für ein mieser Kerl Sie wären und die Sache selbst in die Hand zu nehmen.«

Erhard setzt sich neben Beatriz auf einen Stuhl. »Warum? Aber … warum?«

»Als er mich gefragt hat, hab ich das auch nicht gleich verstanden. Ich hab nur gesagt, dass ich der Sache auf den Grund gehen würde. Nur hab ich ihn stattdessen observiert.«

»Und?«

»Dass da was nicht koscher war, ahnten wir, als Mario, Charles' Neffe, gesehen hat, wie Raúl zu Ihnen gefahren ist und ein Mädchen von Ihrem Dach geschubst hat, während Sie bei Raúl zu Hause waren.«

»Mario? So ein schlaksiger Kerl mit großen Zähnen?« Da saß ein junger Mann gegenüber vom La Mar Roja, als er Raúl an jenem Morgen traf.

»Charles' Statur hat er nicht, darauf können wir uns einigen.«

»Und dann ist Charles – oder dieser Mario – in die Wohnung eingebrochen, hat Beatriz zusammengeschlagen und Raúl hierhergebracht?«

»Nicht ganz. Wir haben das mit Beatriz erst entdeckt, nachdem Sie die Polizei gerufen haben. Wir sind Raúl gefolgt, als er und dieser andere Scheißkerl von Ihrem Haus zurückkamen. Die beiden waren ganz kurz oben in der Wohnung, und anschließend hatten sie es auf einmal sehr eilig. Fuhren aus der Tiefgarage direkt runter zum Hafen. Es war offensichtlich, dass sie ein klares Ziel hatten. Als Raúl allein im Wagen saß und telefonierte, haben Charles und Mario sich ihn geschnappt. Wir haben ihn zu einem Boot geschleppt und sind auf die spontane Idee gekommen, ihn hier rauszufahren.«

»Der andere Typ war Pesce, Juan Pascual«, sagt Erhard mehr zu sich selbst. »Augenblick – was ist dann mit der Videoaufnahme vom Flughafen? Von der die Polizei gesprochen hat? Raúl auf dem Weg zum Flieger? Die Passagierlisten …«

»Na ja, wir haben denen, wenn man so will, ein bisschen geholfen.«

Raúl hat das Land gar nicht verlassen. Raúl war die ganze Zeit hier eingesperrt. Und es war Raúl, der Beatriz niedergeschlagen hat. Oben auf den Schädel, wo sie am verletzlichsten war. Vermutlich hat er sie für tot gehalten und einfach in den Schrank gewuchtet. Er war gerade aus Majanicho zurück, wo er Alina vom Dach gestoßen hatte – und hat dann in seinem Rausch der Wut und Frustration auf Beatriz eingeprügelt.

»Sie müssen sich um sie kümmern.« Erhard zeigt auf Beatriz. »Das sind Sie ihr als Schwiegervater schuldig. Egal wie. Bringen Sie sie in ein gutes Krankenhaus, lassen Sie ihr die beste Behandlung zukommen.«

»Sie haben mir gar nichts vorzuschreiben«, sagt Palabras.

»Doch, ein bisschen schon.«

Charles kommt zurück. »Der Junge hat sich unten bei La Rasca ein Ruderboot organisiert. Ich hab ihn nach dem alten Jorge rufen hören.«

»Was ist mit dem Motorboot?«

»Das hat er nicht entdeckt.«

»Und warum hältst du ihn nicht auf?«

»Sie haben gesagt, ich soll ihn laufen lassen.«

»Nicht, wenn er versucht, die Insel zu verlassen.«

»Shit«, sagt Charles, macht kehrt und läuft wieder nach draußen.

Erhard stemmt sich von seinem Stuhl hoch und läuft hinter ihm her. Er hört, wie Palabras versucht, ihn zurückzurufen, wird dann aber von der Dunkelheit verschluckt. Mild und mondgrau. Er sieht Charles' weißen Gips und den Lichtkegel der Taschenlampe, der wie ein Finger über eine Tastatur hüpft. Sie folgen nicht dem Pfad, sondern laufen quer über die Felsen. Erhard rutscht zweimal aus, schlägt sich die nackten Zehen an und hat Schwierigkeiten, mit Charles' Tempo mitzuhalten. Jeder Schritt auf den scharfkantigen Felsen tut ihm weh, trotzdem zwingt er sich vorwärts.

Unter sich, vielleicht zweihundert Meter entfernt, sieht Erhard die Küste und die sanfte Brandung, das Wasser ist recht ruhig, nur eine schwache südwestliche Brise weht. Aus ein paar Hütten sind Rufe zu hören, hinter ihnen das helle Keifen der Massai, die sich in der Dunkelheit verständigen. Charles hält Kurs auf die Hütten. »Wo steckt er?«, ruft er und wedelt mit der Taschenlampe herum.

Wenn Raúl versucht, aus der Bucht zu rudern, wird er zum Spielball von Strömung und Wind werden. Auf dem offenen Meer kann er gegen den Wind nicht anrudern und wird hinausgetrieben. Aber er hat sicher genügend Wut in sich, um ungeahnte Kräfte zu mobilisieren.

Aus einem spontanen Impuls heraus biegt Erhard nach Norden ab und läuft schneller. Der Mond steht hinter der Insel, alles ist in Schatten getaucht. Doch er hat ein Gespür für die Landschaft, setzt vorsichtig einen Fuß vor den anderen. Das leise Plätschern des Wassers verrät ihm, dass sich linker Hand ein Kiesstrand befindet.

Er erreicht die Landzunge, ist jetzt von beiden Seiten von Wasser eingerahmt, die Felsen vor ihm sind nur als Schattenrisse zu erkennen. Er sieht nach unten, achtet auf jeden Schritt, den er macht, und wirft immer wieder hastige Blicke übers Wasser. Hinter sich hört er, wie Charles ein Boot zu Wasser lässt. Ein Motor wird angeworfen. Er hört gerade noch ein »Fuck«, ehe der Motor losdröhnt.

Das Boot kämpft in südlicher Richtung gegen den Wind. Mit der Taschenlampe sucht Charles das Wasser ab, und so erstaunlich weit, wie der Lichtschein reicht, wird ihm schnell klar, dass er in der falschen Richtung sucht.

Dann hört er irgendwo vor sich eine Stimme. Es sind nur noch rund fünf Meter bis zum Wasser, wo die Landzunge in zersplitterte Felsen mündet und sich im schwarzen Atlantik verliert.

Vorsichtig tastet Erhard sich weiter, um nicht zu stürzen. Über den Motorenlärm hinweg hört er ein merkwürdiges Klopfen, als würde jemand mit einem Holzschuh gegen einen Eimer treten oder Treibholz gegen einen Steg schlagen. Dann dämmert ihm, dass es ein Mann sein muss, der nicht rudern kann.

Raúl Palabras versucht ungelenk und wenig koordiniert, das Boot von den Felsen weg zu manövrieren. Er stößt sich immer wieder ab und will die Ruder ins Wasser kriegen. Der Motorenlärm entfernt sich. Trotzdem werden Raúls Bewegungen immer verzweifelter. Erhard versucht, die Landschaft zu lesen und abzuwägen, auf welchen Stein er treten kann, um zu dem Boot zu gelangen, als Raúl auf einmal Wasser unter den Kiel bekommt, rasch fünf Meter von den Felsen wegtreibt und vom Wind erfasst wird. Im schwachen Mondlicht sieht er, wie Raúl die Ruder in die Dollen steckt und sich mit seinem ganzen Gewicht in die Riemen legt. Die Strömung hindert ihn daran, Fahrt aufzunehmen, trotzdem hat er bald die letzten größeren Steine und Felsbrocken hinter sich gelassen und verschwindet in der Nacht.

Erhard fragt sich, ob er Charles rufen soll. Aber der Motor ist nicht mehr zu hören. Vielleicht wäre er ja bei den Hütten zu hören – aber es würde sicher zu lang dauern, bis dort irgendwer kapierte, was er will, und ihm mit einem Boot zu Hilfe käme.

Erhard klettert über die Felsen weiter nach unten und spürt das kalte Wasser an seinen Füßen. Er watet hinaus. Seine Hose saugt sich mit Wasser voll. Dann das T-Shirt. Noch hat er Boden unter den Füßen, aber auch der verschwindet irgendwann. Er schwimmt zu der Stelle, wo er das Boot zuletzt gesehen hat. Die Wellen, die von oben wie ein leichtes Kräuseln gewirkt haben, sind jetzt Hügel, Berge, die sich vor Erhard auftürmen. Er muss tief Luft holen und die Lippen zusammenpressen, um kein Wasser zu schlucken. Erhard ist kein besonders guter Schwimmer, aber stark und ausdauernd. Andererseits stecken ihm die vergangenen Tage mächtig in den Knochen. Kaum hat er sich ein Stück von den Felsen entfernt, übermannen ihn Müdigkeit und Angst. Er will nicht in die Dunkelheit hinausschwimmen. Wenn er das Boot sehen würde, wäre es sicher einfacher. Aber er sieht es nicht.

Er weiß nicht, woran er noch glauben soll, hat keinen Grund, länger im Wasser zu bleiben, schwimmt trotzdem weiter. Das Wasser wird kälter und die Wellen werden höher. Er denkt darüber nach, Raúl zu rufen und an ihre Freundschaft zu appellieren, damit er ihn aufsammelt. Aber er ist sich beinahe sicher, dass ein Hilferuf Raúl veranlassen würde, umso kräftiger zu rudern. Er hätte nichts mehr zu gewinnen, wenn er Erhard aus dem Wasser zöge. Ihre Freundschaft ist beendet, wenn sie denn je was anderes als der Versuch eines Jungen war, seinen Vater zu ersetzen.

Plötzlich treibt etwas Hartes, Schwarzes dicht an Erhards Kopf vorbei. Er kann gerade noch den Arm heben, um nicht getroffen zu werden. Es ist das Stück eines zerbrochenen Ruders – das Blatt plus zwanzig, dreißig Zentimeter Schaft. Erhard greift danach, schiebt es mit frischer Energie vor sich her. Wenn das ein Ruder aus Raúls Boot ist, wird der nicht mehr weit kommen. Der Wind wird ihn vor sich hertreiben, allenfalls gelingt es ihm, das Boot mit dem verbliebenen Riemen aufs offene Meer zu manövrieren.

Erhard strampelt, schiebt sich durch die Wellen. Seine Erschöpfung lässt tatsächlich nach.

Dann hört er ganz in der Nähe wieder dieses eigenartige Klopfen. Das Ruderboot. Im nächsten Augenblick sieht er es kurz über einer Welle, dann ist es verschwunden. Taucht in vielleicht zehn Metern Entfernung wieder auf. Entweder hat Raúl die Orientierung verloren oder das Boot nicht mehr im Griff. Erhard hört ihn fluchen und Selbstgespräche führen, als er mit dem verbliebenen Ruder von einer Seite auf die andere wechselt.

Eine kräftige Welle schiebt Erhard bis fast an die Bootswand heran. Er hat sich keine Gedanken darüber gemacht, was er tun soll, wenn er Raúl eingeholt hat. Jetzt ist er so nah dran, dass er macht, was ihm als Erstes in den Sinn kommt.

Er drückt das abgebrochene Ruderblatt mit aller Gewalt nach unten, lässt es dann hochschnellen, packt den Schaft und schlägt über die Bordwand in Raúls Richtung. Er hat keine Zeit, auf dessen Kopf zu zielen, es ist eine rein intuitive Bewegung, angetrieben von unbändigem Willen.

Erhard sieht nicht einmal, ob er trifft, als er das Ruderstück loslässt, doch in der nächsten Sekunde ist ein lautes Brüllen aus dem Boot zu hören. Raúl richtet sich auf und schlägt blindlings mit dem anderen Ruder ins Wasser. Erhard greift danach und versucht, sich über Wasser zu halten. Raúl hat jetzt das abgebrochene Ruder zu fassen gekriegt und schlägt damit wild auf die Wellen. Erst sieht er Erhard nicht, aber als seine Augen sich endlich auf die Dunkelheit eingestellt haben, erkennt er ihn. Die Panik in seinem Blick weicht purem Hass.

»Scheiße, was zum Teufel willst du?«

Noch einmal schlägt er mit dem Riemenstumpf aufs Wasser und trifft Erhards Hand. Ein stechender Schmerz schießt Erhards Arm hinauf, aber der ohnehin schon erschöpfte und schmerzgebeutelte Körper steckt den Schlag ganz einfach weg. Raúl setzt erneut an, sodass Erhard loslassen muss, um nicht getroffen zu werden.

Du kannst nicht entkommen, will er Raúl zurufen, aber seine Stimme versagt. Die Kälte des Wassers macht sich langsam bemerkbar.

Unsicher steht Raúl im Boot und versucht weiter, Erhard zu treffen. »Schwimm an Land, Alter, sonst säufst du ab! Du bist schon zwanzig Minuten da drin, irgendwann kannst du nicht mehr. Denk an die Temperatur.«

Ob es die Worte an sich sind oder die darin liegende Wahrheit, weiß Erhard nicht, doch mit einem Mal spürt er die Erschöpfung in jeder Zelle seines Körpers. Allein die Vorstellung, wieder an Land schwimmen zu müssen, bereitet ihm geradezu physische Schmerzen, und seine Beine fangen an zu zucken. Es ist Jahre her, seit er das letzte Mal im Meer geschwommen ist, dabei war er früher mal ein richtig guter Schwimmer. Vor zehn Jahren. Er muss irgendwie in Raúls Boot gelangen, wenn er bei sinkender Körpertemperatur nicht kollabieren will.

Raúl steht immer noch schwankend im Boot und wartet, ob Erhard reagiert. Dann schlägt er erneut nach ihm, fester, wütender. Ein Schlag trifft die Dolle, die auf einer Metallschiene sitzt. Die Schiene reißt aus der Verankerung und hängt über den Bootsrand. Wenn sie abfällt, wird es schwer, das Boot überhaupt noch zu navigieren. Raúl bückt sich, um sie festzuhalten, doch sie rutscht ihm aus den Fingern und versinkt im Wasser. Als er sich über den Rand beugt, neigt das Boot sich zur Seite.

Es dauert einen kurzen Moment, ehe Erhard seine Chance erkennt. Er schwimmt zur anderen Seite hinüber, ohne dass Raúl, der immer noch ins Wasser starrt, ihn bemerkt hätte. Dann stemmt er sich mit den Füßen gegen die Bootswand, packt das Dollbord und zieht es mit aller Kraft zu sich herunter. Das Boot schwankt heftig, und die gegenüberliegende Kante schlägt Raúl mit voller Wucht gegen die Nase. Tut mir leid, will er fast rufen, ist aber froh, dass der Schlag Raúl so sauber und hart getroffen hat. Wie ein gefällter Baum kippt Raúl ins Boot, ohne auch nur einen Mucks von sich zu geben.

Erhard hangelt sich zum Steven vor, stemmt sich mit Mühe über den Rand und zieht die Beine nach. Entkräftet rollt er sich zusammen, doch der warme Wind, der mit einem Mal über seine Arme und Füße streicht, gibt ihm neuen Mut.

Er zieht Juan Pascuals Kabelbinder aus der Hosentasche und fesselt Raúls Fuß an die intakte Dolle. Dann steigt er über die Ruderbank. Raúl liegt noch immer reglos da und streckt die Arme von sich. Er packt Raúls Kopf, will ihm in die Augen sehen und seinen Schädel an der Bordkante zertrümmern. Im selben Moment schlägt er die Augen auf.

»Es tut mir so leid«, sagt eine fremde Stimme aus Raúls Mund. »Ich liebe sie – ich hab das nicht gewollt, hab das nicht gewollt ...«

Erhard lässt ihn los, will nicht hören, was er zu sagen hat. »Halt die Klappe, dummer Junge.«

»Alles, was ich hatte, war von ihm. Ich wollte mein eigenes Leben.«

»Du bist krank, du brauchst Hilfe.«

»Wenn du die Nutte meinst ...«

»Ich meine alles. Alle. Den kleinen Jungen. Beatriz. Alina. Das Ganze.«

»Sich selbst zu retten hat seinen Preis, das hast du selbst gesagt.«

»Aber doch nicht so, du Scheißkerl!« Erhard legt seine Hände um Raúls Hals, will ihn wachrütteln und dann das Leben aus ihm rauspressen. Aber ihm fehlt die Kraft dazu.

Stattdessen wälzt Raúl sich über Erhard und schafft es trotz seines gefesselten Fußes, sich hinzustellen. In diesem Augenblick wird Erhard bewusst, wie ungleich die Kräfte verteilt sind. Trotz des wochenlangen Eingesperrtseins ist Raúl immerhin fünfunddreißig Jahre jünger als Erhard. Mit einem einzigen Schwinger könnte er ihn ausschalten und ihm den letzten Rest geben. Aber er steht nur da und sieht auf Erhard hinunter, bewegt die Lippen, als würde er beten. Dann kommt der Arm, die Hand, in ihr ein Stein, der im Boot gelegen haben muss.

Erhard rollt zur Seite, das Boot krängt, sodass Raúl mit dem Fuß an der Rudergabel das Gleichgewicht verliert. Er kippt nach vorn und stürzt über die Bordwand. Seine Hände greifen ins Nichts. Die Dolle reißt. Das Boot wippt kurz und heftig, liegt dann aber wieder stabil im Wasser.

Es vergehen ein paar Sekunden, bis Raúl prustend wieder an die Oberfläche kommt. Er streckt die Arme nach dem Boot aus, kann es aber nicht packen, stattdessen taucht sein Kopf wieder unter, und er schluckt Wasser. Dann kommt er wieder hoch und sagt etwas. Es klingt wie: Warte.

Im selben Moment geht das Feuerwerk in Corralejo los. Der Höhepunkt des Tages. Unsere Heilige Carmen wird auf ihrem Floß aufs Meer geschickt, begleitet von Blumen, schwimmenden Teelichtern und Gesang, während das Feuerwerk den Himmel erleuchtet – größer und bunter als zu Neujahr.

Ich kann nicht, will Raúl sagen, aber sein Mund füllt sich mit Wasser. Er fuchtelt mit den Armen, ängstlich, panisch, verzweifelt, als würde er von unten aufgefressen. Er windet sich, das Wasser um ihn schäumt. Erhard will ihm erklären, dass Panik ihm nicht nützt, sieht ihn aber nur schweigend an. Raúls Gesicht löst sich langsam in der Dunkelheit auf. Jeder Kracher, der von Corralejo herüberschallt, hämmert ihn tiefer hinab ins Meer.

Ein Arm ragt aus dem Wasser, mit der anderen Hand versucht er, sich von der Plastikfessel und der Dolle zu befreien. Mit seinem Strampeln schiebt er das Boot immer weiter von sich weg, aber das scheint ihm egal zu sein. Er schnappt nach Luft und schluckt wieder Wasser.

Irgendwann streckt Erhard seine Hand so weit aus, wie er kann. Er fragt sich, wie er das Boot auf Raúl zubewegen soll, um ihn an Bord zu ziehen, beide Ruder sind weg, beide Rudergabeln abgerissen, er kann nichts machen. Er kann Raúl nur die Hand entgegenstrecken, aber es fehlt ein guter Meter, und der Junge scheint seine Bemühungen nicht zu bemerken. Er starrt ihn nur aus vom Salz geröteten Augen an. Sein Gesicht scheint sich aufzulösen.

Ich kann nicht, sagt er unter Wasser.

Erhard blickt auf seine Hand hinab, ehe er sie zurückzieht. Vier Finger, schmal, beinahe menschlich.

Raúl verstummt, taucht ein letztes Mal unter und kommt nicht wieder hoch.

Erhard ist so erschüttert, dass er nicht mal schreien kann. All die Klangfarben von Verrat, Verlust, Hass und Liebe schlagen ihm wie eine Explosion entgegen und treiben ihm die Tränen in die Augen.

Vor ihm ist nur mehr Wasser. Und weit weg das verebbende Knallen und Knistern des Feuerwerks.

LILY

28. Februar

79

Sie hat ja keine Ahnung, wie erleichtert er ist, sie zu sehen, Aaz zur Tür zu bringen und ihn wortlos hineinzuschicken. Die Stunden, in denen er geglaubt hat, dass Palabras sie in seiner Gewalt hätte und ihr etwas antun könnte, um Erhard zu bestrafen, stecken ihm noch in den Knochen. Er kann sich nichts Schöneres vorstellen als ihr lebendiges altes Gesicht.

»Und du fährst wieder Taxi?«

»Noch nicht, aber das werd ich wieder.«

»Nicht mehr der Herr Direktor?«

»Weiß nicht. Auf jeden Fall fahr ich wieder ein bisschen, dann … mal schauen.«

Sie versucht, seinen Blick einzufangen, aber er späht an ihr vorbei in den Flur und durch das Küchenfenster in den Garten.

»Dann ist alles überstanden?«

»Ja.«

»Was ist mit dem Jungen?«

»Ich hab die Mutter gefunden.«

»Wirklich?«

»Ja.«

»Ist sie tot?«, flüstert sie.

»Nein, sie ist quicklebendig. Sie hat ein Restaurant. Eine widerspenstige junge Frau.«

Mónica lacht. »Davon kennst du wohl einige.«

Sie meint sich selbst, Erhard denkt aber an Annette. Und an die Zeit, in der er sie nicht länger ertragen konnte. Es ist am schwersten, jene zu lieben, die Liebe brauchen – viel leichter ist es bei denen, die sie nicht haben wollen.

»Bis um fünf dann«, sagt er und geht die Stufen runter. Sie steht noch eine Weile in der Tür und schließt sie erst, als er das Ende des Gartenwegs erreicht hat.

Er fährt einen roten Opel Corsa, Baroukis Wagen, einen Leihwagen. Bis er einen gebrauchten Mercedes gefunden hat, der nicht mehr als neunzigtausend Kilometer auf der Uhr hat. Und er soll besser als sein alter Mercedes sein. Den Morgen will er draußen bei Miza einläuten und dann nur vormittags fahren. Einen Tag geht er vielleicht nach oben ins Büro, falls es dort etwas zu tun gibt. Barouki ist anders als Marcelis. Sie lachen sogar über dieselben Sachen.

Langsam fährt er bis nach Corralejo. Zu seiner Rechten sieht er den Calderón Hondo, der sich wie ein blasses Dreieck vor dem tiefblauen Himmel abzeichnet. Der Krater wird ihn immer an Juan Pascual erinnern, auch Pesce genannt. Aufenthaltsort unbekannt. Als Erhard zurück zum Hotel Olympus kam, standen die hinteren Türen des Lieferwagens offen, und jemand hatte den Wagen angezündet. Er war zwar nicht völlig ausgebrannt, aber hinüber. Irgendwer muss das Feuer ziemlich bald wieder gelöscht haben. Von Juan Pascual fehlt seitdem jede Spur. Seine Wohnung ist verwaist. Vielleicht hat er an Bord eines Schiffes angeheuert und segelt um das Kap der Guten Hoffnung. Ein Seemann weiß besser als jeder andere, wie groß die Welt ist.

Am Flughafen herrscht Aufregung. Eine der großen Fluggesellschaften hat gerade ein Viertel der Belegschaft gefeuert und die Inselverbindung gestrichen. Dreißig Menschen wurde gekündigt, und die Politiker streiten, wie der Tourismus aufrechterhalten werden kann. Die Gewerkschaft hat überdies versucht, den Flughafen zu blockieren. Aktivisten haben mit ihren Autos die Zufahrtsstraße zugeparkt und hupen, die Taxis kommen weder vor noch zurück. Die Polizei gibt sich alle Mühe, die Blockade aufzulösen. Im Radio diskutieren sie ebenso wild wie am Kiosk an der Ecke, wo er parkt.

Er läuft die schmale Gasse hinunter, wartet zehn Minuten, vielleicht fünfzehn. Der Koch kommt mit einem Müllsack und entdeckt Erhard. Er gibt ihm zwanzig Euro, und der Koch verschwindet wieder in der Küche.

»Hab ich's mir doch gedacht, dass Sie das sind«, sagt sie. Sie sieht müde aus, aber nicht mehr annähernd so fertig wie bei ihrer letzten Begegnung. Ein bisschen, als würde sie eine Standpauke erwarten.

»Wollen Sie wissen, was aus Søren Hollisen und Ihrem Sohn geworden ist?«

Sie sagt nichts, setzt sich aber auf den alten Barhocker.

»Søren Hollisen ist tot. Jemand hat ihn von Bord eines Schiffes in den Atlantik gestoßen. Er ist ertrunken.«

Sie sagt immer noch nichts, starrt bloß zu Boden. Er erwartet schon, dass sie sich eine Zigarette anzündet, aber statt die Kippen aus dem Kellnertäschchen zu ziehen, fingert sie nur kurz am Reißverschluss.

»Dieser Arsch, so ein verdammtes Arschloch«, flüstert sie. Ihre Augen heben sich hart von dem blass gepuderten Gesicht ab. Sie färbt sich die Haare schwarz, zupft sich die

Augenbrauen und hat bestimmt an allen möglichen Stellen Piercings. Trotzdem ist unter der Schminke das verletzliche, wütende Mädchen zu erkennen.

»Er wollte mit dem Jungen nach Marokko, aber das Schicksal hatte etwas anderes mit ihm vor. Das Schiff wurde gekapert.«

Sie hebt den Blick. Verwirrt. »Wie meinen Sie das?«

»Hollisen hat versucht, die Kaperung zu verhindern. Sie haben ihn für einen verrückten Spinner gehalten, dabei hat er nur versucht, Ihren Sohn zu retten, der in einem der Container lag.«

Sie starrt mit leerem Blick vor sich hin. Wartet auf mehr. Wartet auf Schlimmeres.

»Hollisen hatte den Jungen in einem Auto versteckt. Das Auto ist aus dem Container gerollt und ins Meer gefallen, als er versucht hat, das Umladen zu verhindern. So oder so ähnlich muss es abgelaufen sein.«

»Dann ist der Junge ertrunken?«

»Nein, aus irgendeinem Grund ist der Wagen an der Oberfläche getrieben und dann bis an den Strand von Cotillo.«

»Was?«, fragt sie verwirrt.

»Vermutlich war er anderthalb Tage im Wasser, bis er gestrandet ist. Die Gezeiten haben kaum Spuren an dem Wagen hinterlassen. Die Polizei geht von einem Diebstahl aus – bei einem Händler in Puerto del Rosario. Es gab hier auf der Insel ziemlich viel Gerede über diesen Jungen aus dem Pappkarton …«

»Pappkarton?«

»Aus irgendeinem Grund hat Hollisen ihn in einen Pappkarton gelegt. Wahrscheinlich nur vorübergehend, vermutlich sollte der Junge nur ganz kurz im Wagen bleiben. Dann kam die Kaperung dazwischen.«

»Ich hab nichts von einem Jungen in einem Pappkarton gehört. Nur dass eine Nutte ihr Kind am Strand zurückgelassen haben soll. Das war kurz nach meinem Umzug *das* Thema. Aber wer interessiert sich schon für das Kind einer Prostituierten.«

»Es war nicht das Kind einer Prostituierten. Es war Ihr Sohn.«

Sie sieht ihn an, als wollte sie ihm den Kopf abreißen.

»Ist er am 23. Oktober zur Welt gekommen?«

»Nein, am 21. Oktober.«

»Und warum hat Hollisen dann gedacht, das Kind wäre am 23. geboren?«

»Weil ich ihn angelogen hab. Ich wollte nicht, dass er bei der Geburt dabei ist. Ich hab ihm nichts gesagt, wollte mich allein um das Kind kümmern. Ohne ihn. Ich brauchte ihn nicht. Hab es nicht so mit Männern, wissen Sie? Aber dann hat der Kleine die ganze Zeit geschrien. Irgendwann konnte ich nicht mehr. Ich bin aus der Klinik heim, und da war Hollisen – high und happy wie immer. Ich hab ihm den Jungen in die Arme gedrückt. Guck mal, das ist dein Werk. Dein Sohn. Er war stinksauer, dass ich ihm nichts gesagt hab, hätte mir helfen wollen und wär gern bei der Geburt dabei gewesen – all das Zeug eben, das Männer in so einer Lage sagen.«

Er zeigt ihr den Zeitungsschnipsel: *rick 2310*. Er hat ihn neben dem vertrockneten Finger im Regal gefunden, in Majanicho, nachdem er wieder dort hingezogen war und angefangen hatte aufzuräumen.

Er rechnet mit einer Frage. Stattdessen beginnt sie zu weinen. Stille Tränen laufen aus ihren schwarzen Augen. Sie knüllt das Papier zusammen und wirft es auf den Müll. Er will schon etwas sagen, lässt es dann aber bleiben.

»Er hat diesen lächerlichen Film geliebt und in einer Tour davon geredet, in Marokko ein Café zu eröffnen. Wir haben ihn einmal zusammen gesehen, im Kino in Santa Cruz, unten am Meer. Damals wusste er noch nicht, dass ich zu nichts zu gebrauchen bin.«

»Welchen Film?«

»Den mit Humphrey Bogart. Bei dem er in diesem Café ist. Rick's.«

Søren Hollisen, der Träumer. Der sich so sehr gewünscht hat, ein besonderes Leben zu führen, dem aber immer alles missglückt ist. So was kommt also dabei heraus, wenn ein Mensch versucht, hinter sich aufzuräumen. Wenn er nie die Hoffnung aufgibt, dass das Glück sich für ihn wenden könnte. Bis es dann zu spät ist.

Erhard nimmt ihre Hand und hält sie fest. Erst ist es ihr egal, dann drückt sie seine vier Finger, bis es wehtut. Eine ganze Weile bleiben sie so stehen.

»Er lag erst draußen an der Playa del Matorral, aber ich hab ihn nach Oleana überführen lassen. Auf der Namenstafel steht Rick Hollisen. Wenn Sie wollen, passt Ihr Name auch noch drauf.«

Sie antwortet nicht, hört aber auf zu weinen. »Und was ist mit dem, der das alles … dem, der Søren über Bord geworfen hat? Der ist doch schuld …«

»Ich hab den Mann aufgespürt, der dahintersteckte. Er hat seine Strafe bekommen.«

»Was? Ein paar Jahre im Schloss, freie Kost und Logis?«

»Die Polizei war nicht involviert. Nein, er ist tot. Ich hab ihn sterben sehen.«

Sie steht einen Moment da und denkt nach, dann lässt sie seine Hand los und legt sich beide Hände auf den Bauch. »Stecken Sie deswegen in Schwierigkeiten? Beim letzten

Mal, als ich Sie gesehen hab, war die Polizei hinter Ihnen her.«

»Das war ein Missverständnis. Ich bin für die Polizei nicht interessant.« Erhard denkt an den USB-Stick mit dem Video, das im Aquarium auf der Toilette des Cafés liegt. Das Video ist nicht mehr auf dem neuesten Stand, liefert aber immer noch hinreichend Informationen, um den Fall wieder aufzunehmen, falls die Presse es je in die Finger bekommt.

»Sie klingen fast wie mein Großvater.«

Erhard deutet das als Kompliment. »Dann hör mir zu, als würde dein Großvater mit dir reden. Lass es abtreiben. Jetzt. Du bist doch bestimmt schon im dritten Monat. Mach nicht denselben Fehler noch einmal.«

»Ich kann nicht. Ich kann es nicht töten.«

»Doch, das kannst du. Das musst du.«

»Ich kann es nicht.«

»Dann lass es sein und bekomm das Kind. Aber dann lieb es auch, verdammt noch mal, als hättest du nie etwas anderes getan. Lieb es wie dich selbst. Lieb es wie das Kind, das du schon hast, das es aber nicht mehr gibt. Lieb es so, dass es sich nie allein fühlt.«

»Ich will keinen Mann. Ich will keine Familie. Ich kann keine Mutter sein.«

»Vergiss das alles, sei einfach mit dem Kind zusammen. Du brauchst weder Mann noch Familie, um ein Kind zu lieben. Es gibt viele Möglichkeiten, Mutter oder Vater zu sein. Finde deinen eigenen Weg. Wie Søren versucht hat, seinen Weg zu finden.«

Der Koch kommt raus und sieht sie an. »Lily, da ist ein Kunde, der sein Geld zurück will. Und Frida fragt nach dir.«

»Komme«, sagt sie. Als der Koch wieder verschwunden ist, sieht sie Erhard noch kurz an, bevor sie die Hand auf die Klinke legt. »Danke.«

»Und den hier sollst du auch haben«, sagt Erhard und holt etwas aus seiner Tasche. Er reicht ihn ihr, und sie mustert ihn, bis sie erkennt, was es ist. »Wo? Wo haben Sie den her?«

»Ich finde Dinge, die verschwunden sind«, sagt er.

»Was sind Sie nur für ein seltsamer Mensch? Ich raff nicht, warum Sie das alles machen.«

»Ich bin einfach nur ein alter Mann, der sonst nichts zu tun hat.«

Sie schiebt sich den Ring auf den Finger. Er ist viel zu groß. Sie probiert es mit dem Zeigefinger. Es sieht aus, als hätte er schon immer dort gesessen. »Danke«, sagt sie noch mal und schlüpft durch die Tür.

Auf dem Heimweg fährt er über Alejandros Weg. Er hat die Kurve vermisst. Doch statt hineinzugehen, setzt er sich auf einen Stein in die Sonne. Die Ziegen sind da. Sogar Hardy ist wieder zurück, wenn auch nicht unten am Haus, sondern oben am Hang. Kurz darauf steht Laurel neben ihm und sieht zu Erhard runter. An diesem Tag ist er es, der zu ihnen geht.

DANK

Man muss schon sehr diszipliniert und ziemlich verrückt sein, um ein Buch zu schreiben. Und man muss Geduld und Kraft haben, um mit einem Schriftsteller zusammenzuleben. Ich liebe meine Familie, weil sie mir immer den Raum gegeben hat, den ich brauchte. Danke, geliebte P., die mich beflügelt und mich wie niemand sonst herausfordert. Danke all den guten Freunden, die immer an mein Debüt geglaubt haben. Und Danke allen, die mit ihrem Interesse und Wissen zum Buch beigetragen haben: mein Lektor K., mein Agent, meine spanische Übersetzerin, Nicole Callaghan aus Fuerteventura, diverse Seeleute, Taxifahrer und Klavierstimmer und das Personal im Café Louisiana, das mir drei Jahre lang immer wieder schwarzen Kaffee nachgeschenkt hat.

NOCH MEHR **HEYNE ENCORE**

»Ein Ausnahmeroman!«
Karl Ove Knausgård

ISBN 978-3-453-27073-2

Das mutigste Orchester der Welt

ISBN 978-3-453-27102-9

Geduld ist die Tugend des Jägers

ISBN 978-3-453-27111-1

Der große New-York-Roman des Hollywood-Stars

ISBN 978-3-453-20114-9

HEYNE ENCORE

heyne-encore.de